ଫୁଲଚୋରି ଓ ଅନ୍ୟାନ୍ୟ ପ୍ରେମ ଗଳ୍ପ

ଫୁଲଚୋରି ଓ ଅନ୍ୟାନ୍ୟ ପ୍ରେମ ଗଳ୍ପ

ଅଧ୍ୟାପକ ବିଶ୍ୱରଞ୍ଜନ

New Wave Publication
2019

 **NEW WAVE PUBLICATION**
an imprint of BLACK EAGLE BOOKS
7464 Wisdom Lane
Dublin, OH 43016
E-mail: info@blackeaglebooks.org
Website: www.blackeaglebooks.org

First International Edition published by
NEW WAVE PUBLICATION, 2019

**Phulachori O Anyanya Prema Galpa
by Adhyapak Biswaranjan**

Cover & Interior Design: Ezy's Publication

ISBN- 978-1-64560-043-5 (Paperback)

Printed in United States of America

ନିଜର ପ୍ରେମ ଓ ପ୍ରାର୍ଥନାର ପବିତ୍ର ସ୍ପର୍ଶରେ
ଗୋଟିଏ ଅସୁଖୀ, ଅପୂର୍ଣ୍ଣ ମନେହେଉଥିବା
ପ୍ରାପ୍ତିର ପୂର୍ଣ୍ଣତା ଓ ପୁଲକ ଭରିଦେଇଥିବା
ସ୍ନେହାସ୍ପଦା **ସ୍ନେହା** ହାତରେ

ଗଛକ୍ରମ

ମଳୟ ମଂଜରୀ

ଭଲ ପାଇବାର କାହାଣୀଟିଏ କେହି କହିବାକୁ କହିଲେ ବା ପ୍ରେମ ଗଳ୍ପଟିଏ ବରାଦ କଲେ ପ୍ରଥମେ ତମ କଥା ହିଁ ମୋର ମନେପଡ଼େ।

ମଳୟ ମଂଜରୀ! ତମେ ଏବେ କେଉଁଠି!!

ତମ କଥା ମନେପଡ଼ିଲେ ଗହନ ନିଦରେ ଶୋଇ ପଡ଼ିଥିବା ଆଖି ପତା ଦୁଇଟି ମେଲି ହୋଇଯାଏ। ତା' ଭିତରେ ଢଳ ଢଳ ହେଉଥାଏ ତୁମ ମୁହଁର ଛବି। ଅନେକ ଦିନୁ ଛବି ହୋଇ ରହିଥିବା ଝରକାଟିକୁ ଠେଲିଦେଇ ଦଲକାଏ ଖୋଲା ପବନ ଭଳି ତମେ ହଠାତ୍ ଭିତରକୁ ପଶି ଆସ। ମନଟା ମୁକ୍ତ ହୋଇଯାଏ। ପୁଣି ଯୁକ୍ତ ହୋଇଯାଏ କାହିଁ କେତେ ବର୍ଷ ତଳର ନିରୁଦ୍ଦିଷ୍ଟ ଏକ କିଶୋର ମନ ସହିତ। ଶବ୍ଦରେ ଓ ନିଃଶବ୍ଦରେ ବାରମ୍ବାର ତୁମର ନାଁକୁ ମୁଁ ଉଚ୍ଚାରଣ କରି ବସେ – 'ମଳୟ ମଂଜରୀ', 'ମଳୟ ମଂଜରୀ'।

ତୁମର ସ୍ୱର, ଶବ୍ଦ କିଛି ଶୁଭେ ନାହିଁ। କେବଳ ଝାପ୍‌ସା ହୋଇ ଦିଶିଯାଏ ତୁମର ମୁହଁଟି। ଈଷତ୍ ନୀଳ ରଙ୍ଗର ଫ୍ରକ୍‌ଟି ଉପରେ ଲାଗି ଲାଗି ଛୋଟ ଛୋଟ ଧଳା ରଙ୍ଗର ଟୋପା ଗୁଡ଼ିଏ। ଛାତିର ଉଚ୍ଚତାକୁ ଘୋଡ଼େଇବା ଲାଗି ଘୋଡ଼ଣୀ ଭଳି ଫ୍ରକ୍‌ର ଗୋଲାକାର ଝାଲରଟିଏ। ତାହା ହିଁ ସେତେବେଳେ ଫ୍ରକ୍‌ର ସବୁଠାରୁ ନୂଆ ଡିଜାଇନ୍। ତମ ଦେଖା ଦେଖି ସ୍କୁଲର ଅନ୍ୟ ଝିଅମାନେ ପରେ ସେଇ ଡିଜାଇନ୍‌ର ଫ୍ରକ୍ ପିନ୍ଧିଲେ ସତ, ହେଲେ ତମ ଭଳି ଆଉ ଦିଶିଲେ ନାହିଁ। ଛାତିକୁ ଘେରି ରହିଥବା ବୃତ୍ତାକାର

ଝାଲରର ସେଇ ନୀଳଫ୍ରକ୍ ଭିତରେ ତମେ ମୋତେ ନୀଳ ପରୀଟିଏ ଭଳି ଦିଶୁଥିଲ। ମୋ ପାଇଁ ସବୁ ଝିଅଙ୍କ ମେଳରେ ତମେ ହିଁ ଥିଲ ଅନନ୍ୟା, ଅନୁପମା। ସେତେବେଳେ ବାରମ୍ବାର ତୁମର ନାଁଟିକୁ ମୁଁ ମୋ ଭିତରେ ଘୋଷି ହେଉଥିଲି - 'ମଳୟ ମଂଜରୀ', 'ମଳୟ ମଂଜରୀ'। ଏତେ ବଡ଼ ନାଁ ଧରି ଡାକିବା କିନ୍ତୁ ସହଜ ହେଉନଥିଲା। ମୁଁ କିଛି କହିବା ଆଗରୁ ଏ ଅସୁବିଧା ଟିକକ ଉପଲବ୍ଧ କରିପାରି ତମେ ମୋତେ କହିଲ - ଡାକ ନାଁ ମୋର ମାନି। ମୋତେ ତୁ ଏଥର ଏଇ ନାଁରେ ହିଁ ଡାକିପାରୁ। 'ମାନି' ବୋଲି ଡାକୁଥିଲି। ବୋଉ କହିଲା - 'ଖାଲି 'ମାନି' କ'ଣ ? ସେ ତୋଠାରୁ ପ୍ରାୟ ବର୍ଷେ ଖଣ୍ଡେ ବଡ଼ ହେବ। ତୁ ତାକୁ ମାନିଅପା ବୋଲି ଡାକିବୁ।

ସେଇଦିନୁ ତମେ ହୋଇଗଲ ମାନିଅପା; ଘରେ, ବାହାରେ, ସ୍କୁଲରେ ସବୁଠି ମୋର ମାନିଅପା; 'ମଳୟ ମଂଜରୀ' ନାଁଟିରେ ଚାବି ପଡ଼ିଗଲା। ହୃଦୟର ନିଭୃତ କୋଠରୀ ଭିତରେ ସବୁଦିନ ପାଇଁ ସେଇ ନାଁଟି ସଞ୍ଚିତ, ସୁରକ୍ଷିତ ହୋଇ ରହିଗଲା। 'ମଳୟ'ରୁ 'ମାନିଅପା'ର ନାମାନ୍ତରରେ କିନ୍ତୁ ମନର ଭାବ ଓ ଅନୁଭବରେ କିଛି ପରିବର୍ତ୍ତନ ହେଲା ନାହିଁ।

ନାମ, ସଂଜ୍ଞା ଓ ବୟସ ସହିତ ଭାବର କ'ଣ କୌଣସି ସମ୍ପର୍କ ଥାଏ ? ଭଲ ପାଇବାର ଭାବ ଭିତରେ ସବୁ ସୀମା, ସରହଦ ଆପେ ଆପେ ଅଛୁଆଁ ହୋଇ ରହିଯାଏ।

ମୋ ଭିତରେ ଏଇ ଭଲ ପାଇବାର ଭାବ ଟିକକ ତମେ ହିଁ ପ୍ରଥମେ ଛୁଆଁଇ ଦେଲ। ଭଲ ପାଇବାର ସଂଜ୍ଞା କ'ଣ, ଏହାର ସ୍ୱରୂପ କିଭଳି ଏ ସମ୍ପର୍କରେ ସାମାନ୍ୟ କୌଣସି ଧାରଣା ମୋର ସେତେବେଳେ ନଥିଲା। ଏସବୁ ଜାଣିବାର ବୟସ ମଧ୍ୟ ହୋଇ ନଥିଲା। ଅଥଚ କେମିତି ଏକ ନୂଆ ଅନୁଭବଟିଏ ମୋତେ ପୂରାପୂରି ଆଚ୍ଛନ୍ନ ଓ ପୁଲକିତ କରି ରଖୁଥିଲା। ତମ କଥା ଭାବିଲେ ଭଲ ଲାଗୁଥିଲା। ତମକୁ ଦେଖିଲେ ଭଲ ଲାଗୁଥିଲା। ତମ ସାଙ୍ଗେ ଗପିବାକୁ ଭଲ ଲାଗୁଥିଲା। ପ୍ରତିଦିନ ସ୍କୁଲ ଗଲାବେଳେ ତମର ସାଙ୍ଗଛଡ଼ା ହୋଇଗଲେ ମନଟା ଉଦାସ ହୋଇଯାଉଥିଲା। ପ୍ରମୋଦ, ବିଜୟ ବା ଆଉ କାହାରିକୁ ତମ ସାଙ୍ଗରେ ଯିବାର ଦେଖିଲେ ମନ ଭିତରେ କେମିତି ଏକ ଅସମ୍ଭବ ରାଗ ଜମିଯାଉଥିଲା। କିନ୍ତୁ ସ୍କୁଲରୁ ଫେରି ସାଙ୍ଗ ହୋଇ ଏକାଠି ପଢ଼ିବା ଲାଗି ତମେ ମୋତେ ତମ ଘରକୁ ଡକେଇ ପଠେଇଲେ ସବୁ ରାଗ ଅଭିମାନ ଭୁଲି ତୁମ ପାଖରେ ଯାଇ ପହଞ୍ଚିବାକୁ ମନ ଅସ୍ଥିର ହେଉଥିଲା। ବହି ଧରି, ଘଣ୍ଟା ଘଣ୍ଟା ବସି ସେଇ ବହିର ଅକ୍ଷର ଭିତରେ ତମ ମୁହଁ ଦେଖିବାକୁ, ତୁମ କଥା ଶୁଣିବାକୁ ଭଲ ଲାଗୁଥିଲା। ଖୁବ୍ ଭଲ ଲାଗୁଥିଲା। ବର୍ଷ ଭିତରେ କେବଳ ଗୋଟିଏ ଦଶହରା ଛୁଟିରେ ଆଠ ଦିନ ପାଇଁ ବାପାଙ୍କୁ ପାଖରେ ପାଇଲେ ମନଟା ଅବ୍ୟକ୍ତ ଆନନ୍ଦରେ ପୂରି ଉଠୁଥିଲା।

ସ୍କୁଲ ଛୁଟି ପରେ ବୋଉକୁ ଘର ଦୁଆର ମୁହଁରେ ଦେଖିବା ମାତ୍ରେ ଭୋକ ଶୋଷ ଭୁଲି ହୋଇଯାଉଥିଲା । ଭଲ ଲାଗୁଥିଲା ସାନ ଭାଇ ଭଉଣୀଙ୍କର ଚପଳତା, ଜେଜେମା'ଙ୍କର ସ୍ନେହ । ଘର ଭିତରେ ସମସ୍ତେ ମୋତେ ଭଲ ଲାଗୁଥିଲେ । ମାତ୍ର ତୁମକୁ ଦେଖିଲେ ଯେଉଁ ଭଲ ଲାଗିବା ସେ ଏକ ସ୍ୱତନ୍ତ୍ର ଧରଣର । ତା' ସହିତ ଏସବୁର କିଛି ସାମଞ୍ଜସ୍ୟ ନଥିଲା । ତୁମକୁ ଦେଖିଲେ ଭଲ ଲାଗିବାର ଯେଉଁ ଅନୁଭବ, ତାକୁ ବ୍ୟକ୍ତ କରିବା ଲାଗି ଏତେ ବର୍ଷ ପରେ ମଧ୍ୟ ଶବ୍ଦଟିଏ ଖୋଜି ପାଇବାକୁ ମୁଁ ସମର୍ଥ ହୋଇନାହିଁ ।

ମଳୟ ମଞ୍ଜରୀ, ଓରଫ୍ ମାନିଅପା ! ଏତେ ବର୍ଷ ପରେ ମୋର ନିରନ୍ଧ୍ର, ନିବୁଜ କୋଠରୀ ଭିତରକୁ ତମେ ହଠାତ୍ କାହିଁକି ଓ କିଭଳି ଯେ ପଶି ଆସିଲ ମୁଁ ଜାଣେନା । ମାତ୍ର ମୁଁ ଦେଖୁଛି, ମୋର ଭିତରେ ମୁଁ ଆଉ ନାହିଁ । ଜୀବନର ନାନା ଜଞ୍ଜାଳ ଭିତରେ ଅହରହ ସନ୍ତୁଳିତ, ବାଇଶି-ବୟାଳିଶି ବର୍ଷର ଏ ଅଭିଜ୍ଞ, ଦାୟିତ୍ୱସମ୍ପନ୍ନ ସଂସାରୀଟିର ଆକସ୍ମିକ ରୂପାନ୍ତର ଘଟିଛି । ବୁଢ଼ା ସଁବାଳୁଆରୁ ସେ ଏବେ ପ୍ରଜାପତିଟିଏ । ପରରେ ତା'ର ସୁନେଲି ରଙ୍ଗ । ସବୁଜ, ସ୍ୱପ୍ନମଖା ମନଟି ଧରି ସେ ଖାଲି ଘୂରି ବୁଲୁଛି । ତା' ଚାରିପଟେ ଖେଳି ବୁଲୁଛି ସ୍ମୃତିର ସୁରଭି । ସବୁ ଦୃଶ୍ୟ ଏବେ ଅଦୃଶ୍ୟ । ପୁଣି ସବୁ ଅଦୃଶ୍ୟ ଏବେ ଦୃଶ୍ୟମାନ, ତା'ର ଚେତନାରେ, କଳ୍ପନାରେ । ଆକସ୍ମିକ ଘଟାନ୍ତରରେ ନବମ, ଦଶମ ଶ୍ରେଣୀରେ ପାଠ ପଢୁଥିବା ସ୍ୱପ୍ନ-ବିଭୋର କିଶୋର ହୋଇ ଯାଇଥିବା ଏକ ସଂସାରୀ ମଣିଷ ଏବେ ତମକୁ ଖୋଜୁଛି ।

ମଳୟ ମଞ୍ଜରୀ ! ତମେ ଏବେ କେଉଁଠି ! କେତୋଟି ପୁଅ ଝିଅଙ୍କର ମା'ହୋଇଛ ? ଖାଲି ପୁଅଝିଅ କାହିଁକି, ନାତି ନାତୁଣୀଙ୍କର ମା' ଡାକ ବୋଧହୁଏ ଶୁଣିବଣି । ଶୁଣିଥିଲି କଲେଜରେ ପାଦ ଦେବା ଯାଏଁ ତୁମକୁ ଆଉ ଅପେକ୍ଷା କରିବାକୁ ପଡ଼ି ନ ଥିଲା । ସ୍କୁଲ ଛାଡ଼ିବା ସଙ୍ଗେ ସଙ୍ଗେ ତୁମର ବାହାଘର ହୋଇଗଲା । ଆଉ ବାହା ହେବାର ବର୍ଷେ, ଦୁଇ ବର୍ଷ ପରେ ଯଦି ମାଆ ହୋଇଥାଅ, ତା'ହେଲେ କୋଳରେ ନାତି ନାତୁଣୀଙ୍କୁ ଧରି ସେମାନଙ୍କ ହସକାନ୍ଦ, ଅଳି ଅଝଟରେ ଘାଣ୍ଟି ହେଉଥିବ ।

କେମିତି ସତରେ ଦେଖାଯାଉଥିବ ଏବେ ? ମୁଁ ମୋଟେ କଳ୍ପନା କରିପାରୁନି ତୁମର ଜେଜେମା' ରୂପ । ମୋ ଆଖିରେ ତମେ ଏବେ ବି ସେଇ ଫ୍ରକ୍ ପିନ୍ଧା ନବମ ଶ୍ରେଣୀର କିଶୋରୀ ହୋଇ ଅଛ । ଅନ୍ୟ କୌଣସି ରୂପରେ ମୁଁ ଆଉ ତୁମକୁ ଦେଖିବାକୁ ସୁଯୋଗ ପାଇନି । କେତେ ବର୍ଷ ଏହା ଭିତରେ ବିତିଗଲାଣି ମନେ ପଡୁଛି ?

ଆମ ସାହିରେ ସେ ବଡ଼ଶଙ୍ଖ ଆଜି ଆଉ ନାହିଁ । ଯେଉଁ ଶଙ୍ଖ ଉପରେ ବସି ରାତିର ବିଳମ୍ବିତ ପ୍ରହରରରେ ମୁଁ କେତେ କଥା କଳ୍ପନା କରୁଥିଲି - କେତେ କବିତାର

ପଂକ୍ତି ଯୋଡୁଥିଲି। ସହର ଭିତରେ କେତେ ନିରୋଳା, ନିକାଞ୍ଚନ ଥିଲା ଆମର ସେ ବଡ଼ଶଙ୍ଖ ଅଞ୍ଚଳ। ଆଙ୍ଗୁଠି ଅଗରେ ଗଣି ହୋଇଯାଉଥିବା କେତୁଟା ଘର। ଆଉ ସେ ଘରର ସାନବଡ଼ କେତେ ଜଣ ବା ପୁଅଝିଅ ଆମେ! ଆମର ସେ ଅଞ୍ଚଳକୁ ସମସ୍ତେ କହୁଥିଲେ ନଅ-ଦିନିଆ ସହର। ରଥଯାତ୍ରା ବେଳେ ତିନି ଠାକୁର ଗୁଣ୍ଡିଚା ଘରକୁ ଆସିଲାବେଳେ ଯାହା କିଛି ଗହଳ ଚହଳ। ତା'ପରେ ସବୁ ଶୂନ୍‌ଶାନ୍। ନିର୍ଜନ ନିଃଶବ୍ଦ। ପ୍ରତି ଖରାଛୁଟିରେ ଆମେ ସମସ୍ତେ ମିଶି ଡ୍ରାମା କରୁଥିଲେ। ଘର ଘର ବୁଲି ଚାନ୍ଦା ଆଦାୟ କରୁଥିଲେ। ହାତରେ ସିନ୍, ସିନେରୀ ଟାଙ୍ଗୁଥିଲେ। ସାହିଟା ଯାକର ପିଲା ବୁଢ଼ା, ମରଦ ମାଇପେ ସମସ୍ତେ ଜମାହୋଇ ଯାଉଥିଲେ ଆମ ଡ୍ରାମା ଦେଖିବାକୁ। ରାତିରେ ଖାଇ ପିଇ ଦେଇ ଆସି ବସି ଯାଉଥିଲେ। ଡ୍ରାମା ଆରମ୍ଭ ହେଉ ହେଉ ରାତି ଏଗାର କି ବାର ବାଜିଯାଉଥିଲା। ତମର ମନେ ଅଛି ନା, ତୁମେ ଥରେ ମୋର ମାଆ ଭୂମିକାରେ ଅଭିନୟ କରୁଥିଲ। ବୁଲୁ ଓସ୍ତାଦ୍‌ର ମା'। ସ୍କୁଲରେ, ବାହାରେ ଯେତେ ପ୍ରକାର ଦୁଷ୍ଟାମି, ଚଗଲାମି କରି ବୁଲୁ ଓସ୍ତାଦ୍‌ର ଭୂମିକାରେ ମୁଁ ଘରକୁ ଫେରୁଥିଲି। ମମତାମୟୀ ମା'ର ଭୂମିକାରେ ତମେ ଠିଆ ହୋଇଥିଲ। ତମରି ଅଞ୍ଚଳ ତଳେ ମୁହଁ ଲୁଚେଇ ମୁଁ ଭୁଲି ଯାଉଥିଲି ବାହାରର ଯେତେ ଯାହା ଗାଳି ମନ୍ଦ ଅପମାନ। ବୁକୁ ଉପରକୁ ତମେ ମୋତେ ଆଉଜାଇ ନେଉଥିଲ। ଏହା ଥିଲା ଅଭିନୟ। ମାତ୍ର ସେଇ ଅଭିନୟ ଭିତରେ ତମ ଛାତିର କମ୍ପନ ମୋ ଛାତି ଭିତରେ ସଞ୍ଚରି ଯାଉଥିଲା। ମୋ ଭିତରେ ମୁଁ ସେତେବେଳେ ଅନୁଭବ କରୁଥିଲି ମଳୟର ସ୍ପର୍ଶ। ଏକ ଅନନୁଭୂତ ଶିହରଣ। ଇଚ୍ଛା ହେଉଥିଲା, ତୁମ ଛାତିର ଅଞ୍ଚଳ ଖୋଲି ସଞ୍ଚି ରଖିଥିବା ଅମୃତ ଟିକକ ଶୋଷି ନିଅନ୍ତି। କିଶୋର ବୟସରେ ସେଇ ଅଦ୍‌ଭୂତ ଇଚ୍ଛା, ତମେ ହିଁ ପ୍ରଥମେ ମୋ ଭିତରେ ସୃଷ୍ଟି କରିଥିଲ।

ମଳୟ ମଞ୍ଜରୀ! ସତ କହିଲେ ତମେ ହିଁ ହେଉଛ ମୋର ପ୍ରଥମ ଗୋପନ ଅଭିଳାଷ। ନିଷିଦ୍ଧ କାମନା, ଯାହା ଅଜିଯାଏଁ ଅନେକ ପ୍ରାପ୍ତି ଭିତରେ ତଥାପି ଅପୂର୍ଣ୍ଣ ଅପୂରଣ ରହିଯାଇଛି।

ମା' ପୁଅର ସେଇ ମିଛିମିଛିକା ଅଭିନୟ ପରେ ଆମ ସମ୍ପର୍କରେ ସତକୁ ସତ କିଛିଟା ନିବିଡ଼ତା ଆସିଯାଇଥିଲା। ତମେ ଆଉ ଆଗ ଭଳି ତୁମର ପଡ଼ୋଶୀ ପ୍ରଫେସରଙ୍କ ପୁଅ ପ୍ରମୋଦ ମିଶ୍ର ସହିତ ସ୍କୁଲକୁ ନ ଯାଇ ଆମ ଘରକୁ ଆସି ମୋତେ ଡାକୁଥିଲ। "ଅଭିନୟରୁ ଶଳା ଚାନ୍‌ସଟାଏ ମାରିନେଲୁ" ବୋଲି କହି ପ୍ରମୋଦ ମିଶ୍ର, ବିଜୟ ବରାଳ ପ୍ରଭୃତି ମୋ ସାଙ୍ଗରେ ଆଉ ଭଲରେ ମିଶୁ ନଥିଲେ। ତୁମ ସହିତ ମୋତେ ଏକାଠି ଯିବାର ଦେଖିଲେ ରାଗରେ ଜଳି ଯାଉଥିଲେ। ମୁଁ ସେତେବେଳେ

ତୁମକୁ ଏସବୁ କିଛି ଜଣାଇ ନଥିଲି। ଏପରିକି ସ୍କୁଲ ଠିକଣାରେ ମୋ ପାଖକୁ ଆସିଥିବା କେତୋଟି ବେନାମୀ ଚିଠି ସମ୍ପର୍କରେ ମଧ୍ୟ କିଛି କହି ନଥିଲି। ଗୋଟିଏ ଚିଠିରେ ମତେ ତୁମ ସାଙ୍ଗରେ ଯିବା ଆସିବା, ମିଳାମିଶା ବନ୍ଦ କରିଦେବା ପାଇଁ ଧମକ ଦିଆଯାଇଥିଲା। ମାତ୍ର ଏ ଧମକ ମୋ ଉପରେ କୌଣସି ପ୍ରଭାବ ନ ପକେଇବାରୁ ଏଥର ତମ ନାଁରେ, ତମ ଚରିତ୍ର ସମ୍ପର୍କରେ ଅନେକ ଆଜେବାଜେ କଥା ସବୁ ଲେଖାଗଲା। ଗୋଟେ ଚିଠିରେ ପ୍ରମୋଦ ମିଶ୍ର ସହିତ ତମର ଖରାପ ସମ୍ପର୍କ ଅଛି ବୋଲି ଲେଖା ଥିଲା। ଏ ଖରାପ ସମ୍ପର୍କର ସ୍ୱରୂପ ସମ୍ପର୍କରେ ବିଶେଷ ଧାରଣା ନଥିଲେ ବି କିଛି କିଛି ବୁଝୁଥିଲି। ମାତ୍ର ଏସବୁ ଧମକଚମକ, ତୁମ ସମ୍ପର୍କରେ କୁତ୍ସିତ କାହାଣୀ ମୋତେ ତୁମଠାରୁ ଦୂରେଇ ନେବା ପରିବର୍ତ୍ତେ ଆହୁରି ନିକଟକୁ ନେଇଗଲା। ଏଥର ଖାଲି ସ୍କୁଲ ଗଲାବେଳେ ନୁହେଁ, ଘରେ ପଢ଼ିଲାବେଳେ ମଧ୍ୟ ଏକାଠି ସାଙ୍ଗ ହୋଇ ବସିଲେ।

ମନେ ପଡୁଛି, ଦିନେ ଗୋଟିଏ ସପ୍ତାହ ପାଇଁ ତମେ ଆଉ ସ୍କୁଲ ଗଲ ନାହିଁ। କାରଣ ଜାଣିବା ପାଇଁ ତୁମ ଘରକୁ ଗଲେ ବି ତୁମର ଦେଖା ମିଳିଲା ନାହିଁ। କେବଳ ଅସୁସ୍ଥ ଅଛ ବୋଲି ଖବର ପାଇଲି। ମାତ୍ର ଏଭଳି କି ଅସୁସ୍ଥତା ଯେ, ତୁମକୁ ଦେଖିବାର ମଧ୍ୟ ସୁଯୋଗ ମିଳିଲା ନାହିଁ। ମୋର ଅନ୍ୟ ସାଙ୍ଗମାନଙ୍କୁ ଏ ବିଷୟରେ ପଚାରିବାରୁ ସେମାନେ ଯାହା କହିଲେ, କାନକୁ ତାହା ବଡ଼ ଅଶ୍ଳୀଳ, ଖରାପ ଶୁଣାଗଲା। କଥାଟା ମୋ ପାଇଁ କିଛି ପରିମାଣରେ ଦୁର୍ବୋଧ ମଧ୍ୟ ଥିଲା। ଏ ଆକସ୍ମିକ ଅନୁପସ୍ଥିତି ପରେ ତୁମେ ଯେତେବେଳେ ପୁନର୍ବାର ସ୍କୁଲ ଆସିଲ, କେମିତି ଏକ ନୂଆ ନୂଆ ଲାଗିଲ। ତୁମ ମୁହଁରେ ନୂଆ ରଙ୍ଗ ଲାଗିଥିବାର ମନେହେଲା। ହଠାତ୍ ମୁଁ ଭରସି କିଛି ପଚାରି ପାରିଲି ନାହିଁ। ମାତ୍ର ଦିନେ ନିରୋଳା ସୁଯୋଗ ଦେଖି, ତୁମ ଘରେ ପଢ଼ିବାକୁ ବସିଥିଲାବେଳେ କଥାଟା ପଚାରିଦେଲି। ତୁମ ଅନୁପସ୍ଥିତିର କାରଣ ଜାଣିବାକୁ ଚାହିଁଲି। କଥାଟା ଶୁଣି ତମେ ହସିଦେଲ। କିଛି କହିଲ ନାହିଁ। ତମେ ସେତେବେଳେ ଘର ଭିତରେ ଶାଢ଼ି ପିନ୍ଧିଥିଲ। ଫ୍ରକ୍ ଅପେକ୍ଷା ଶାଢ଼ିରେ ଆହୁରି ସୁନ୍ଦର ଦିଶୁଥିଲ। ମାତ୍ର ମୋ ଅପେକ୍ଷା ଅନେକ ବଡ଼ ଜଣା ପଡୁଥିଲ। ଇଚ୍ଛା ହେଉଥିଲା, ସତକୁ ସତ ତମେ ମୋ ମାଆ ହୋଇଯାଆନ୍ତ କି! ଆଉ ମୁଁ ତୁମ ଛାତିରେ ମୁହଁ ଗୁଞ୍ଜି ଅବୁଝା ଶିଶୁଟିଏ ଭଳି ପଡ଼ି ରହିଥାଆନ୍ତି।

ତୁମ ପ୍ରତି ମୋର ଏ ଆକର୍ଷଣ କ'ଣ କେବଳ ଦେହଜ? ମନ ସହିତ ଏହାର କୌଣସି ସମ୍ପର୍କ ନଥିଲା? ମନ କ'ଣ ଦେହଠାରୁ ଭିନ୍ନ? ଦେହକୁ ବାଦ୍ ଦେଇ ମନର କ'ଣ କିଛି ଅସ୍ତିତ୍ୱ ଅଛି? ଏସବୁ ବିଚାର ଏବେ ମନକୁ ଆସୁଛି।

ସେତେବେଳେ ଆସି ନଥିଲା। ଏ ପ୍ରକାର ବିଚାର ବିତର୍କରୁ ମନଟା ଥିଲା ପୂରାପୂରି ମୁକ୍ତ। ପ୍ରଜାପତି ଭଳି ଚଳଚଞ୍ଚଳ। ତୁମ ପାଖରେ ଥିଲାବେଳେ ତୁମକୁ ଛୁଇଁ ଦେବାଲାଗି, ତୁମ ଛାତିରେ ମୁହଁ ଗୁଞ୍ଜି ଦେବାଲାଗି ଅଥବା ତୁମ ମୁହଁରେ ମୁହଁ ଯୋଡ଼ି ସମୟକୁ ଅସ୍ୱୀକାର କରିବା ଲାଗି ମନ ଭିତରେ ଅହେତୁକ ଆବେଗ ସୃଷ୍ଟି ହେଉଥିଲା। ଏ ପ୍ରକାର ଆବେଗ କ'ଣ ଥିଲା ତୁମ ପ୍ରତି ମୋର ପ୍ରେମ ବା ଭଲ ପାଇବାର ଲକ୍ଷଣ ? ନା - ଏସବୁ କେବଳ ସାମୟିକ ମୋହ। ତୁଚ୍ଛା କାମନା ! ଇନ୍ଦ୍ରିୟ ବାସନା ! ଏ ସବୁର ଊର୍ଦ୍ଧ୍ୱରେ ପ୍ରକୃତ ଭଲ ପାଇବା ଓ ପ୍ରେମ ବୋଲି କିଛି ଅଛି ? ଯାହାକୁ କବିମାନେ, ଋଷିମାନେ, ଦ୍ରଷ୍ଟା ଓ ଦାର୍ଶନିକମାନେ ସ୍ୱର୍ଗୀୟ ବୋଲି କହିଛନ୍ତି। ସେଥିରେ ଅମରତ୍ୱ ଆରୋପ କରିଛନ୍ତି।

ସେତେବେଳେ ମୁଁ ଏସବୁ କିଛି ବୁଝି ନଥିଲି। ଏବେ ମଧ୍ୟ ବୁଝି ନାହିଁ। ମାତ୍ର ଏତିକି ଉପଲବ୍ଧି କରୁଛି ଯେ, ସେ ପ୍ରକାର ଭାବାବେଗ କେବଳ ସାମୟିକ ଉତ୍ତେଜନା ବା କ୍ଷୟଶୀଳ ଦେହର ବାସନା ହୋଇଥିଲେ, ଆଜିକି ଏତେ ବର୍ଷ ପରେ ଏ ସଂସାରୀ ଜୀବନରେ ମୋର ଆଖି ଦୁଇଟି ତୁମକୁ ଖୋଜି ବୁଲୁଥାଆନ୍ତା କାହିଁକି ! ମନର କେଉଁ ଉପକୂଳରେ ତୁମ ଲାଗି ଅଧୀର ଆବେଗର ତରଙ୍ଗଟିଏ ଉଚ୍ଛୁଳି ଉଠୁଥାଆନ୍ତା କାହିଁକି ? କାହିଁକି ମୁଁ ତୁମେ ଯିବା ପରେ ତୁମର ନାମ, ରୂପ, ଆକୃତି ଓ ପ୍ରକୃତିରେ ସାମାନ୍ୟ କୌଣସି ସାଦୃଶ୍ୟ ଥିବା ନାରୀ ବା କୁମାରୀ ଭିତରେ ତୁମ ସ୍ମୃତିର ସନ୍ଧାନ କରି ବୁଲୁଥାଆନ୍ତି ?

ତୁମ ଘରେ ଏକାଠି ପାଠ ପଢ଼ିଲାବେଳେ ତୁମ ଅଜାଣତରେ ମୋତେ ତୁମେ ଯେମିତି ଭଲ ପାଇବାର ପାଠ ଶିଖେଇ ଦେଇଥିଲ। ଏ ପାଠରେ କୌଣସି ଅକ୍ଷର ନଥିଲା। ଶବ୍ଦ ନଥିଲା। ସଂଳାପ ନଥିଲା। 'ମୁଁ ତୁମକୁ ଭଲପାଏ' ଓ 'ଆଇ ଲଭ୍ ୟୁ' ବୋଲି ସ୍କୁଲର ପରିଶ୍ରାଗାର କାନ୍ଥରେ ଲେଖା ହୋଇଥିବା ବାକ୍ୟ ସବୁ ଆମେ କେହି କାହାକୁ କହିନଥିଲେ। 'ତୁମେ ମୋତେ ଭଲପାଅ କି ?' ବୋଲି ଚିରାଚରିତ ପ୍ରଶ୍ନ ମଧ୍ୟ କେହି କାହାକୁ ପଚାରି ନଥିଲେ। ପାଠ ପଢ଼ା ଶେଷରେ ବା ପଢ଼ା ମଝିରେ ସ୍କୁଲ କଥା, ସାର୍‌ମାନଙ୍କ କଥା ଗପିଲାବେଳେ ପ୍ରେମ ସମ୍ପର୍କିତ କୌଣସି ଅନୁଚିତ, ଅବାଞ୍ଛିତ ନିରବତା ଭିତରେ ଭଲ ପାଇବାର ଅସରନ୍ତି କଥା ସବୁ ଯେମିତି କହି ହୋଇଯାଉଥିଲା।

ମୁଁ ତୁମ ହାତରେ କେବେ ହାତ ରଖି ନାହିଁ। ଓଠରେ ଓଠ ଛୁଆଁଇ ନାହିଁ। ନିରୋଳା ମୁହୂର୍ତ୍ତ ଦେଖି ଛାତିରେ ଜଡ଼ାଇ ଧରିବାର ଚେଷ୍ଟା କରିନାହିଁ। ଆଲୁଅରେ ହେଉ ବା ଆଲୁଅ ଲିଭିଗଲେ ଅନ୍ଧାରରେ ହେଉ, ତୁମ ମୁହଁକୁ କେବଳ ଚାହିଁ ରହିଛି। ସେଇଦିନୁ ସେ ଚାହିଁବାର ଯେମିତି ଶେଷ ନାହିଁ। ଛୁଇଁ ଦେଇଥିଲେ ଭଲ ପାଇବାର

କଢ଼ିଟି ହୁଏତ ମୋ ଭିତରୁ ଶୁଖି ଝଡ଼ି ପଡ଼ିଥାନ୍ତା। ଆଉ ଏତେ ଦିନ ଯାଏଁ ସେମିତି ଫୁଟନ୍ତା ଅବସ୍ଥାରେ ସତେଜ, ସୁରଭିତ ରହି ମୋର ମନ, ପ୍ରାଣ, ହୃଦୟକୁ ବାସ୍ନାମୟ କରି ରଖି ନ ଥାଆନ୍ତା।

ମୋର ସେଦିନର ସେ ଭଲ ପାଇବାରେ କୌଣସି ଆଦ୍ୟ କଥନୀ ବା ଉପକ୍ରମଣିକା ନଥିଲା। ଉପସଂହାର ଆସିବ କେମିତି ? ମାତ୍ର ଏତେ ଶୀଘ୍ର କୌଣସି ଅଧ୍ୟାୟ ଲେଖା ହେବା ପୂର୍ବରୁ ଅସମ୍ପୂର୍ଣ୍ଣ ଭାବରେ ଆମ ସମ୍ପର୍କ ଯେ ସେଇ ଗୋଟିଏ ବିନ୍ଦୁରେ ଅଟକିଯିବ, ଏକଥା ମୁଁ କେବେ ଭାବି ନଥିଲି। ମୁଁ ଭାବିଥିଲି, ନବମ, ଦଶମ, ଏକାଦଶ ଏହିପରି ଆହୁରି ତିନୋଟି ଶ୍ରେଣୀ ତିନି ବର୍ଷ ଆମେ ଏକାଠି ପଢ଼ିବା। ତା'ପରେ କଲେଜ ଯିବା। ମାତ୍ର ହଠାତ୍ ଦିନେ ଆମ ସମସ୍ତଙ୍କୁ ଚମକାଇ ଦେଇ ତମେ ଘୋଷଣା କଲ ଯେ, ତମେ ଆମ ସହର ଓ ସ୍କୁଲ ଛାଡ଼ି ଚାଲିଯାଉଛ। ପ୍ରଥମେ କଥାଟାକୁ ମୁଁ ବିଶ୍ୱାସ କଲି ନାହିଁ। ମାତ୍ର ସତକୁ ସତ ଦିନେ ଦେଖିଲାବେଳକୁ ତମେ ସ୍କୁଲ ଯିବା ପାଇଁ ଆଉ ଡାକିବାକୁ ଆସିଲ ନାହିଁ। ବାଟଯାକ ତମକୁ ଅପେକ୍ଷା କରି କରି ଧୀରେ ଧୀରେ ମୁଁ ସ୍କୁଲ ଯାଇ ସେଦିନ ଡେରିରେ ପହଞ୍ଚିଲି। ଭାବିଲି ପୁଣି କିଛି ଦେହ ଫେହ ଖରାପ ହେଲା କି ! ବଡ଼ ଚିନ୍ତିତ ଓ ଉଦ୍‌ବିଗ୍ନ ଅବସ୍ଥାରେ ସେଦିନ ଘରକୁ ଫେରି ଶୁଣିଲି ଯେ, ସତକୁ ସତ ତମେ କିଛି ସମୟ ପୂର୍ବରୁ ଆମ ସ୍କୁଲ ଓ ସହର ଛାଡ଼ି ଚାଲିଯାଇଛ ତୁମ ଘରକୁ ତୁମ ବାପାଙ୍କ ପାଖକୁ।

ଏଠି ତୁମେ ତୁମର ବଡ଼ ବାପାଙ୍କ ଘରେ ରହୁଥିଲ। ତୁମର ବଡ଼ବାପା, ବଡ଼ବୋଉଙ୍କର ପୁଅଝିଅ କିଛି ନଥିଲେ। ତେଣୁ ତୁମକୁ ସେମାନେ ତାଙ୍କର ଝିଅ ଭଳି ଆଦର ଯତ୍ନରେ ରଖିଥିଲେ। ମାତ୍ର ହଠାତ୍ ପଢ଼ା ଶେଷ ନ ହେଉଣୁ, ତୁମର ବାପାଙ୍କ ପାଖକୁ ଫେରିଯିବାର ନିଷ୍ପତ୍ତି ଯେ କିଏ କାହିଁକି ନେଲେ, ତା'ର କାରଣ କିଛି ଜାଣିପାରିଲି ନାହିଁ। ମନଟା ଭାଙ୍ଗି ପଡ଼ିଲା। ବଡ଼ ଉଦାସ ମନରେ ମୁଁ ସେଦିନ ଘରକୁ ଫେରିଲି। କେଉଁଥିରେ ମନ ଲାଗିଲା ନାହିଁ। ଖାଇବାକୁ ଇଚ୍ଛା ହେଲା ନାହିଁ। ପଢ଼ିଲାବେଳେ ତୁମ କଥା ମନେ ପଡ଼ିଲା। ପଢ଼ା ବହି ଭିତରେ ତୁମ ମୁହଁ ଖାଲି ଦିଶିଲା। ପ୍ରିୟଜନଙ୍କୁ ହରେଇବାର ଦୁଃଖ ଯେ କେତେ ଗଭୀର, ତୁମ ବିଦାୟରେ ପ୍ରଥମ ଥର ପାଇଁ ମୁଁ ତାହା ଅନୁଭବ କଲି। ମୋର କିଶୋର ବୟସରେ ତୁମେ ଥିଲ ମୋର ପ୍ରଥମ ପୁଲକ। ଭଲ ପାଇବାର ମଧୁ ନେଇ ଫୁଟିଥିବା ପ୍ରଥମ ଫୁଲର ମହକ। ତମେ ପୁଣି ହେଇଗଲ ମୋ ମନର ପ୍ରଥମ ଦୁଃଖ। ପ୍ରଥମ କ୍ଷତ। ସେ କିଛି ଦିନ ମୁଁ ପୂରାପୂରି ଅନ୍ୟମନସ୍କ ରହିଲି। ମୋର ଶୁଖିଲା ମୁହଁ, ହାବଭାବ, ଚାଲିଚଳଣୀରୁ ବୋଉ ବୋଧହୁଏ କିଛି ଅନୁମାନ କରି ପାରିଲା। ମାତ୍ର କିଛି କହିଲା ନାହିଁ। ଖାଲି ପଚାରିଲା

- "କ'ଣ ହେଇଚି କିରେ ! ତୋ ଦେହ କ'ଣ ଭଲ ଲାଗୁନାହିଁ ! ନା ମାନିଅପା ଚାଲିଗଲା ବୋଲି ଦୁଃଖ କରୁଛୁ।" ମୁଁ କିଛି କହିଲି ନାହିଁ।

ତୁମେ ଯିବାର ପ୍ରାୟ ମାସେ ଏହା ଭିତରେ ବିତିଯାଇଥିଲା। ହଠାତ୍ ଦିନେ ମୋତେ ଆଚମ୍ବିତ କରି ଦେଇ ତୁମ ହସ୍ତାକ୍ଷରରେ ଚିଠିଟିଏ ମୋ ସ୍କୁଲ ଠିକଣାରେ ଆସି ପହଞ୍ଚିଲା। ତୁମର ସେଇ ପ୍ରିୟ ସବୁଜ କାଳିରେ ଚେପ୍‌ଟା ଅକ୍ଷରରେ ଲେଖା ହୋଇଥିଲା ଠିକଣା - ଅବିନାଶ ମହାପାତ୍ର, ନବମ ଶ୍ରେଣୀ (କ), ପୁରୀ ଜିଲ୍ଲା ସ୍କୁଲ, ପୁରୀ। ଖେଳଛୁଟିବେଳେ ଚିଠିଟା ପାଇବା ମାତ୍ରେ ସାଙ୍ଗେ ସାଙ୍ଗେ ଗୋଟିଏ ନିରୋଳା ଜାଗାକୁ ଯାଇ ଏକା ନିଃଶ୍ୱାସକେ ପଢ଼ି ପକାଇଲି। ସେ ଚିଠିରେ କ'ଣ ସବୁ ଲେଖିଥିଲ - ଏବେ ଆଉ ମନେ ନାହିଁ। ମାତ୍ର ଚିଠି ଶେଷରେ ତୁମ ଠିକଣା ଦେଇଥିଲ ଏବଂ ଲେଖିଥିଲ - ତୁମ ପାଖକୁ ଚିଠି ଲେଖିବାକୁ। ମୋ ଚିଠି ପାଇଲେ ତୁମେ ପୁଣି ଚିଠି ଦେବ ବୋଲି ନିର୍ଭର ପ୍ରତିଶ୍ରୁତି ମଧ୍ୟ ଦେଇଥିଲ ଏବଂ ଯାହା ମନେ ପଡୁଛି, ଗୋଟିଏ ଜାଗାରେ ବୋଧହୁଏ ପଚାରିଥିଲ, ତମ କଥା ମୋର ଆଉ ମନେ ପଡୁଛି କି ନାହିଁ? ସେଇ ଗୋଟିଏ ଧାଡ଼ି ପଢ଼ି ସେଦିନ ହଠାତ୍ ଅବିନାଶ ମହାପାତ୍ର ନାମକ କିଶୋରଟିର ଆଖିରୁ ଦି'ଠୋପା ଲୁହ ଝରି ପଡ଼ିଥିଲା। ପ୍ରିୟଜନର ବିରହରେ ତା' ଆଖିରୁ ସମ୍ଭବତଃ ତାହା ହିଁ ଥିଲା ପ୍ରଥମ ଅଶ୍ରୁ।

ଚିଠିଟିରୁ ତୁମର ଠିକଣା ଟିପିରଖି ମୁଁ କିନ୍ତୁ ସାଙ୍ଗେ ସାଙ୍ଗେ ତାକୁ ଚିରି ଦେଇଥିଲି। କାଳେ କାହା ହାତରେ ପଡ଼ିଯିବ - ଏଇ ଭୟ ଆଶଙ୍କାରେ। ମାତ୍ର ଚେପ୍‌ଟା ସବୁଜ ଅକ୍ଷରରେ ନାମାଙ୍କିତ ସେଇ ଲଫାଫାଟିକୁ ମୁଁ ବହୁ ଦିନ ଯାଏଁ ସାଇତି ରଖିଥିଲି - ଅନ୍ତତଃ କଲେଜ ପାଠ ଶେଷ କରି ଏମ୍‌ଏ ପଢ଼ିବା ଲାଗି ଅନ୍ୟ ଏକ ବିଶ୍ୱବିଦ୍ୟାଳୟକୁ ଯିବା ଯାଏଁ। ଏବେ କିନ୍ତୁ ପୁରୁଣା ଚିଠିର ଅଳିଆ ଗଦା ଭିତରୁ ତୁମର ସେ ଲଫାପାଟିକୁ ଆଉ ଖୋଜି ପାଇଲି ନାହିଁ। କିଶୋର ବୟସର ସେଇ ଅଦ୍‌ଭୂତ ଭଲ ପାଇବାର ପ୍ରଥମ ଓ ଶେଷ ସନ୍ତକ ଟିକକ ଇଚ୍ଛା କରି ମଧ୍ୟ ସାଇତି ରଖିପାରିଲି ନାହିଁ।

ତୁମ ଚିଠି ପାଇବାର ଦୁଇ ଦିନ ଭିତରେ ମୋର ସଞ୍ଚିତ ଭାବାବେଗକୁ ପ୍ରକାଶ କରି ଦୀର୍ଘ ଚିଠିଟିଏ ଲେଖିଲି। ମନେ ପଡୁଛି ଖାଲି ଗୋଟିଏ ଧାଡ଼ି, ଯାହା ମୁଁ ସେଇ ନବମ ଶ୍ରେଣୀରେ ହିଁ ଲେଖିଥିଲି ଆଉ ମୋ ମନର ଭାବକୁ ଏଭଳି ଭାଷାରେ ବ୍ୟକ୍ତ କରିପାରିଛି ବୋଲି ଖୁବ୍ ପୁଲକିତ ଅନୁଭବ କରୁଥିଲି। ଲେଖିଥିଲି - "ତୁମର ନାଁ ଖାଲି ମଳୟ ନଥିଲା, ମାନିଅପା, ମୋ ପାଇଁ ତମେ ସତରେ ଥିଲ ବସନ୍ତର ମମତା ମଧୁର ମନ୍ଦ-ମଳୟ। ତୁମେ ଚାଲିଯିବା ପରେ ଏବେ ମୋ ପାଇଁ ଅଛି ଖାଲି

ବର୍ଷାର ଝନ୍‌ଜା ଓ ଗ୍ରୀଷ୍ମର ଝାଞ୍ଜି।... ...” ମୋର ଅବ୍ୟକ୍ତ ଭଲ ପାଇବାର ସେ ସବୁ ଥିଲା ପ୍ରଥମ ପ୍ରକାଶିତ ଶବ୍ଦଲିପି।

ତୁମଠାରୁ ଏହା ପରେ ଆଉ କୌଣସି ଚିଠି କିନ୍ତୁ ଆସିଲା ନାହିଁ। ତଥାପି ଆଉ ଦୁଇଟି ଚିଠି ମଧ୍ୟ ମୁଁ ତୁମକୁ ଲେଖିଥିବାର ମନେ ପଡୁଛି। ମାତ୍ର ଆଶ୍ଚର୍ଯ୍ୟର କଥା, ତମେ ନିରବ। ନିରୁତ୍ତର। ଆଶଙ୍କା ହେଉଛି, କାଳେ ମୋ ଚିଠିଟି ତୁମ ଘରେ ଅନ୍ୟ କାହା ହାତରେ ପଡ଼ିଗଲା ଏବଂ ସେ ଚିଠିରେ ସେଭଳି କୌଣସି ଅସୁନ୍ଦର ଅସ୍ୱାଭାବିକ କଥା ନଥିଲେ ବି ମୋ ଭଳି ଜଣେ ସହପାଠୀ ସହ ଏ ପ୍ରକାର ପତ୍ର-ସମ୍ପର୍କ ନ ରଖିବା ଲାଗି ତମର ଗୁରୁଜନମାନେ ତୁମକୁ ସତର୍କ କରାଇଦେଲେ। ମୋର ଅନୁମାନ ଠିକ୍ ଥିଲେ ଅନ୍ତତଃ ଏଇ କଥା ଜଣେଇଦେଇ ଦି’ ଧାଡ଼ି ତ ଲେଖିପାରିଥାଆନ୍ତ। ମାତ୍ର ସବୁଦିନ ଲାଗି ମୋତେ ତୁମେ ଆଶା ଆଶଙ୍କାର ଦୋଳିରେ ବସେଇ ରହିଗଲ। ସେଇଦିନଠାରୁ ମୁଁ ତୁମ ଫେରନ୍ତା ଚିଠିକୁ ଅପେକ୍ଷା କରିଛି। ତୁମ ଖବର ଟିକିଏ ଜାଣିବା ପାଇଁ ବ୍ୟାକୁଳ ହୋଇ ଚାହିଁ ରହିଛି। କାଳେ କେଉଁଠି ତୁମର ଦେଖା ପାଇଯିବ ବୋଲି ମୋର ଆଖି ଦୁଇଟି ସବୁବେଳେ ତୁମକୁ ଖୋଜି ବୁଲୁଛି।

ହଁ, ସେଇଦିନୁ ଆଜିଯାଏ। ଦୀର୍ଘ ଛବିଶ ବର୍ଷ। ଏ ଅପେକ୍ଷାରେ ଯେମିତି ଅନ୍ତ ନାହିଁ।

ଚିଠି ଖଣ୍ଡିଏ ନ ଲେଖିଲ ନାହିଁ - ତୁମର ବାହାଘର ନିମନ୍ତ୍ରଣ ପତ୍ରରୁ ତ ଖଣ୍ଡିଏ ପଠାଇ ପାରିଥାଆନ୍ତ। ମାତ୍ର କାହିଁକି ତୁମର ଏ ଅସ୍ୱାଭାବିକ ନିରବତା ! ଏତିକି ଜାଣିବା ଲାଗି ଏବେ ମଧ୍ୟ ମୁଁ ବେଳେବେଳେ ନିଜ ଭିତରେ ଅସ୍ଥିରତା ଅନୁଭବ କରେ। ଶୁଣିଥିଲି କଲେଜ ଯିବାକୁ ପଡ଼ି ନଥିଲା। ଏପରିକି ମ୍ୟାଟ୍ରିକ୍ ପାଶ୍ କରିବା ପୂର୍ବରୁ ତୁମର ବାହାଘର ହୋଇଗଲା। ମାତ୍ର କେଉଁଠି, କାହା ସହିତ, ତାହା ମଧ୍ୟ ଜାଣିପାରିଲି ନାହିଁ। ଅବଶ୍ୟ ମୁଁ ଇଚ୍ଛା କରି କାହାକୁ ଏ ବିଷୟ ପଚାରି ନାହିଁ। ମୁଁ ଭାବୁଥିଲି, ଏ ଖବର ତମେ ମୋତେ ଦେବ। ତୁମ ଖବର ମୁଁ ଆଉ କାହା ପାଖରୁ ଶୁଣିବି କାହିଁକି ?

ତୁମର ବଡ଼ବାପା, ବଡ଼ବୋଉ ଏ ସହରରେ ଏବେ ବି ଅଛନ୍ତି। ନିଜ ଘର ଛାଡ଼ି ଏ ପରିଣତ ବୟସରେ ଆଉ କୁଆଡ଼େ ବା ଯିବେ ? ପୋଲିସ୍ ଚାକିରିରୁ ଅବସର ନେଲା ପରେ ତୁମ ବଡ଼ବାପାଙ୍କର ମନ ବୋଧେ ଦିଅଁ ଦେବତାଙ୍କ ଆଡ଼କୁ ବେଶି ଢଳିଛି। ବୁଢ଼ାବୁଢ଼ୀ ଦି’ ଜଣଙ୍କୁ ଦେଖେ, ପ୍ରାୟ ସବୁଦିନ ସନ୍ଧ୍ୟାରେ ଚାଲି ଚାଲି ମନ୍ଦିର ଯାଆନ୍ତି। ମଝିରେ ମଝିରେ ସେମାନଙ୍କ ସହ ମନ୍ଦିର ବେଢ଼ାରେ ଭେଟ ହୋଇଛି। ମୋର ଭଲ ମନ୍ଦ ସେମାନେ ପଚାରିଲାବେଳେ ଭାବିଛି, ପଚାରି ଦେବି ତମ କଥା।

ମାତ୍ର ଅସମ୍ଭବ ଲଜ୍ଜା, ସଙ୍କୋଚ ମୋ ଜିଭକୁ ଟାଣି ଧରିଛନ୍ତି। ମନର କଥାକୁ ସେଇ ମନରେ ରଖି ମୁଁ ଚୁପ୍ ହୋଇଯାଇଛି।

ବେଳେବେଳେ ଭାବେ, ତମେ କ'ଣ ତା' ହେଲେ ଏ ଓଡ଼ିଶାରେ ନାହଁ? ତମର ପରିବାର ସହ ଓଡ଼ିଶା ବାହାରେ ବା ଅନ୍ୟ କେଉଁ ବିଦେଶ ଭୂଇଁରେ ଆତଯାତ କରୁଛ? ଯେତେ ଯାହା ହେଲେ ବି ରଥ ଦେଖିବାକୁ ତ ଥରେ ଥରେ ଆସୁଥିବ। ପ୍ରାୟ ନିୟମ କଲା ଭଳି, ସେଭଳି ବିଶେଷ କୌଣସି ଅସୁବିଧା ନଥିଲେ ମୁଁ ପ୍ରତି ବର୍ଷ ରଥ ବେଳକୁ ପୁରୀରେ ଥାଏ। ରଥ ଦାଣ୍ଡରେ ଗହଳ ଚହଳ ମୋତେ ଆଦୌ ଭଲ ନ ଲାଗିଲେ ବି ଖାସ୍ ତୁମକୁ କାଳେ ପାଇଯିବି, ଏଇ ଅସମ୍ଭବ ଆଶା ନେଇ ମୁଁ ଏକା ଏକା ବଡ଼ ଦାଣ୍ଡରେ ଘୂରି ବୁଲେ। ଥରେ ଥରେ ତୁମ ବଡ଼ବାପାଙ୍କ ଘର ଆଗରେ ରଥ ଗଲାବେଳେ ରଥ ଟାଣିବା ବାହାନାରେ ମୁଁ ଯାଇ ଛାତ ଉପରକୁ ଲକ୍ଷ୍ୟ କରେ। କାଳେ କେଉଁଠି ଠିଆ ହୋଇ ରଥ ଦେଖୁଥିବ। ନା, କୌଣସି ଥର ମୋର ଚେଷ୍ଟା ସଫଳ ହୋଇନାହିଁ।

ମାତ୍ର କହିଲ ଦେଖି, କେଡ଼େ ନିର୍ବୋଧ ସତରେ ମୁଁ! ଭଲ ପାଇବାର ଭଉଁରୀ ଭିତରେ ଥରେ ପଡ଼ିଗଲେ ମଣିଷ କ'ଣ ଏମିତି ନିର୍ବୋଧ ପାଲଟିଯାଏ? ତା' ନ ହେଲେ କାହାକୁ ମୁଁ ଖୋଜୁଥିଲି? ଦୀର୍ଘ ଛବିଶ ବର୍ଷର ବ୍ୟବଧାନ ପରେ ନବମ ଶ୍ରେଣୀର ସେଇ ଫ୍ରକ୍‌ପିନ୍ଧା କିଶୋରୀଟିକୁ ମୁଁ ଖୋଜି ବସିଲେ ପାଆନ୍ତି କେମିତି? ରବୀନ୍ଦ୍ର ନାଥଙ୍କ 'କାବୁଲିବାଲା' ଆଉ ଖୋଜି ପାଇଲା କି ତା'ର ମିନିକୁ? ନବମ ଶ୍ରେଣୀରୁ ବିଦାୟ ନେଇ ଯିବା ପରେ ଆଉ କେବେ କୌଣସି ପରିସ୍ଥିତିରେ, କୌଣସି ବୟସରେ ମଧ୍ୟ ମୁଁ ତୁମକୁ ଦେଖି ନାହିଁ। ଏପରିକି ତୁମର କୌଣସି ଫଟୋଚିତ୍ର ମଧ୍ୟ ମୋ ଦୃଷ୍ଟିରେ ପଡ଼ିନାହିଁ। ଏବେ ମୋ ସାମ୍ନାରେ ବଡ଼ ଦାଣ୍ଡରେ ତୁମର ସ୍ୱାମୀ-ସନ୍ତାନଙ୍କ ସହ ଚାଲିଗଲେ ବି କେମିତି ମୁଁ ଜାଣିବି ଯେ ତମେ ହେଉଛ ମୁଁ ଖୋଜୁଥିବା ସେଇ ମାନିଅପା ଓରଫ ମଳୟ ମଞ୍ଜରୀ!

ଅଥଚ ଏଇ ଖୋଜିବାର ଯେମିତି ଶେଷ ନାହିଁ। ସେଇ କିଶୋର ବୟସରୁ ହିଁ ଏ ହଜେଇବା ଓ ଖୋଜିବାର କାହାଣୀ। ତୁମକୁ ଖୋଜିବାକୁ ଯାଇ ଅନେକଥର ମୁଁ ପୁଣି ନିଜକୁ ହଜେଇଛି। ଅନେକଙ୍କ ବନ୍ଧନରେ ପଡ଼ିଛି। ଜାଣି ଜାଣି ମୁଁ ସେମାନଙ୍କ ପାଖରେ ନିଜକୁ ଧରା ଦେଇଛି। ସେମାନେ ବିନା ଦ୍ୱିଧାରେ ମୋ ପାଖରେ ସବୁ କିଛି ସମର୍ପଣ କରିଛନ୍ତି। ଅଥଚ ମୁଁ କିଛି ପାଇନାହିଁ। ଅପୂର୍ଣ୍ଣତାର ଜ୍ୱାଳା ନେଇ ପ୍ରତିଥର ପ୍ରତ୍ୟେକଙ୍କ ନିକଟରୁ ମୋତେ ପୁଣି ଫେରିବାକୁ ହୋଇଛି ମୋ ନିଜ ପାଖକୁ। ନିଜ ଭିତରେ ଆତ୍ମସ୍ଥ ହୋଇ ବସିଥିଲାବେଳେ ମଝିରେ ମଝିରେ ତମେ ପୁଣି ପଶି ଆସିଛ

ବିନା ଶବ୍ଦ ଓ ସଙ୍କେତରେ। ମୋର ଆତ୍ମମଗ୍ନ ଭାବଟିକୁ ଭାଙ୍ଗି ଦେଇଛ। ମୁଁ ପଛକୁ ଦଉଡ଼ିବାକୁ ଆରମ୍ଭ କରିଛି - 'ମଳୟ ମଞ୍ଜରୀ।" ଆଉ କେତେବେଳେ 'ମାନିଅପା!' ମୋତେ ଏଥର ଆଗକୁ ଯିବାକୁ ଦିଅ। ଗୋଟିଏ ପାହାଚରେ ଠିଆ ହୋଇଗଲେ, ଆଉ ଏତେଗୁଡ଼ାଏ ପାହାଚ ମୁଁ ପାରିହେବି କେମିତି ? ଅନେକ ଦୂର ଯେ ଯିବାକୁ ଅଛି।

ତମେ କିଛି କୁହ ନାହିଁ ଆଗ ଭଳି ଖାଲି ହସି ଦିଅ। ସେମିତି ହସି ହସି ହାତକୁ ମୋର ଲୁଣ ଲଙ୍କା ଦିଆ କଞ୍ଚା ଆମ୍ବରୁ ଖଣ୍ଡେ ବଢ଼େଇ ଦେଇ ଖସିଯାଅ। ସେ ଆମ୍ବରୁ ପୁଳେ କାମୁଡ଼ି ଦେଇ ମୁହଁକୁ ମୁଁ ଆମ୍ବିଳା କରି ପକାଏ। ଠିକ୍ କରେ, ନା - ଆଉ ନୁହେଁ। ଆଉ କେବେ ତୁମଠାରୁ ଆମ୍ବ ନେଇ ମୋର ଦାନ୍ତମୂଳ ଖଟା କରିବି ନାହିଁ। ମାତ୍ର ପର ମୁହୂର୍ତ୍ତରେ ମୋର ସବୁ ପଣ ଓ ପ୍ରତିଜ୍ଞା ଭୁଲିଯାଇ ପୁଣି ହାତଟିକୁ ବଢ଼େଇଦିଏ। କଳ୍ପନାରେ ଓ କଳ୍ପନାରେ ତୁମ ସହ ପଛକୁ ବାରମ୍ବାର ଦଉଡ଼ି ପଳେଇବାର ଏ ଖେଳ ଯେମିତି ଶେଷ ହେବାର ନୁହେଁ।

ଦିନେ ଗୋଟିଏ ମଜା ଘଟଣା ଘଟିଲା ଏ ଅଧ୍ୟାପକର ଜୀବନରେ। ତୁମକୁ ଖୋଜିବାକୁ ଯାଇ ମୁଁ କଲେଜର ସବୁ ପୁଅ ଝିଅଙ୍କୁ ଭଲ ଭାବରେ ଲକ୍ଷ୍ୟ କରେ। ଭାବେ କାଳେ ତମ ପୁଅ ଝିଅ କେହି ଏ କଲେଜରେ ପଢ଼ି ପାରୁଥାଏ। ଟ୍ୟୁଟୋରିଆଲ୍ କ୍ଲାସ୍‌ମାନଙ୍କରେ ପୁଅଝିଅମାନଙ୍କୁ ସେମାନଙ୍କ ନିଜ ନାଁ, ଗାଁ ଛଡ଼ା, ବାପା, ମା'ଙ୍କ ନାଁ ମଧ୍ୟ ପଚାରି ପକାଏ। କାଳେ କାହା ପାଟିରୁ ତୁମ ନାଁଟି ଶୁଣିପାରିବି -ଏଇ ଅଦ୍ଭୁତ ଖିଆଲରେ। ହଠାତ୍ ଗୋଟିଏ ଟ୍ୟୁଟୋରିଆଲ୍ କ୍ଲାସ୍‌ରେ ଆବିଷ୍କାର କଲି ବିଏ ଶେଷ ବର୍ଷର ଗୋଟିଏ ଝିଅକୁ, ଯାହାର ଚେହେରା ତୁମ ଚେହେରା ସହିତ ଅନେକଟା ମିଶି ଯାଇଥିଲା। ତା' ମୁହଁରୁ ତା' ନାଁଟା ଶୁଣିବା ପରେ ଖୁବ୍ ଉତ୍ସାହିତ ହୋଇ ପଡ଼ିଲି। କାରଣ ତା' ନାଁ ଥିଲା 'ବସନ୍ତ ମଞ୍ଜରୀ'; ଏଇ ନାଁ ଶୁଣୁ ଶୁଣୁ ମୁଁ ହଠାତ୍ କହିଦେଲି, "ତୁମର ମାଆଙ୍କ ନାମ ମଳୟ ମଞ୍ଜରୀ।" କ୍ଲାସ୍‌ର ସବୁ ପିଲା ଠୋ କିନା ହସିଦେଲେ। ଝିଅଟି ମଧ୍ୟ ହସିଦେଲା ଏବଂ ସାମାନ୍ୟ ଲାଜେଇ ଗଲା। ତା'ପରେ ହସି ହସି ତା'ର ମାଆଙ୍କ ନାଁ ଯାହା କହିଲା ସେ ନାଁ ସହିତ ମୋର କୌଣସି ସମ୍ପର୍କ ନଥିଲା। ଅନେକ ନାଁ ଭିତରୁ ସେ ନାଁ ଥିଲା ଗୋଟିଏ। ମାତ୍ର ସେଦିନ କ୍ଲାସ୍‌ରେ ସେଇ ମା'ଙ୍କ ନାଁ ପଚାରିବା ଘଟଣାରୁ ଝିଅଟିର ମୋ ପ୍ରତି ଆକର୍ଷଣ କେମିତି ବୃଦ୍ଧି ପାଇଲା। କ୍ଲାସ୍ ବାହାରେ ମଧ୍ୟ ସେ ମୋଠାରୁ ପଢ଼ା ବୁଝିବାକୁ ଚାହିଁଲା। ପଢ଼ା ବୁଝିବା ବାହାନାରେ ମୋ ସହିତ ସଂସାରର ଅନେକ କଥା ଗପି ଚାଲିଲା। ତା' ନିଜ କଥା - ମୋ କଥା - କାହିଁକି ମୁଁ ସମସ୍ତଙ୍କ ବାପା-ମା'ଙ୍କ ନାଁ ପଚାରୁଛି ଇତ୍ୟାଦି ଇତ୍ୟାଦି। ବଡ଼

ନିଃସଙ୍କୋଚରେ ସେ ମୋତେ ନ ପଚାରିବା କଥା ସବୁ ପଚାରି ବସିଲା। କହିବା ନିଷ୍ପ୍ରୟୋଜନ ଯେ, ତା'ର ସବୁ ପ୍ରଶ୍ନ, ସବୁ କଥା ଶୁଣିବାକୁ ଭଲ ଲାଗୁଥିଲା। ଆଉ ବଡ଼ ଆଶ୍ଚର୍ଯ୍ୟର କଥା ଯେ, ମୋ ଭଳି ଗମ୍ଭୀର ପ୍ରକୃତିର ଲୋକ ପ୍ରଗଳ୍‌ଭ ହୋଇ ତା' ଆଗରେ ସବୁ କିଛି ଗପି ଚାଲିଲା। ମୋ ଅଜାଣତରେ ମୁଁ ମଧ୍ୟ ତା' ପ୍ରତି ଆକର୍ଷିତ ହେଲି। ଏ ପ୍ରକାର ଆକର୍ଷଣରେ ମୁଁ ଭୁଲିଗଲି ମୋର ସଂସାରୀ ଜୀବନର ଅନେକ ଦାୟିତ୍ୱ ଓ କର୍ତ୍ତବ୍ୟ। ମୋର ଅନ୍ୟମନସ୍କତା ବଢ଼ିଲା ଏବଂ ସଂସାର ପ୍ରତି ଅବହେଳା ମଧ୍ୟ କ୍ରମଶଃ ବୃଦ୍ଧି ପାଇଲା। ସଫଳ ସଂସାରୀଟିଏ ତା'ର ବାଟ ଏଥର ହୁଡ଼ିବାକୁ ଲାଗିଲା।

ମଳୟ ମଞ୍ଜରୀ! ତୁମକୁ ଖୋଜିବାକୁ ଯାଇ ମୋ ଜୀବନରେ ଏ ନୂଆ ମାୟା, ନୂଆ ମୋହ! ମୋହ ଭଙ୍ଗ ହେବା ପାଇଁ ସମ୍ପୂର୍ଣ୍ଣ ଦୁଇ ବର୍ଷ ଲାଗିଗଲା। କିନ୍ତୁ ତମେ ସେମିତି ଅପହଞ୍ଚ, ଅସ୍ପୃଶ୍ୟ ହୋଇ ରହିଗଲ। ଦୂର ଆକାଶର ତାରା ଭଳି ମଝିରେ ମଝିରେ ଝଲସି ଉଠିଲ, ହେଲେ ଧରା ଦେଲ ନାହିଁ। ଇନ୍ଦ୍ରଧନୁର ରଙ୍ଗ ଭଳି ମୁଗ୍ଧ; ମୋହିତ କରି ଦେଇ ମୁହୂର୍ତ୍ତକର ଅନ୍ତରେ ପୁଣି ମେଘସିକ୍ତ ଆକାଶ ଭିତରେ ହଜିଗଲ।

ମୁଁ ଚାହିଁ ରହିଲି ସେମିତି ଦୂର ଆକାଶକୁ। ମେଘ ଭର୍ତ୍ତି ଆକାଶକୁ, ତାରା ଭର୍ତ୍ତି ଆକାଶକୁ, ଜହ୍ନ ରାତିର ଆକାଶକୁ, ସୂର୍ଯ୍ୟାସ୍ତ ଓ ସୂର୍ଯ୍ୟୋଦୟର ଆକାଶକୁ।

ଆକାଶର ସେଇ ନୀଳିମା ଓ କାଳର କାଳିମା ଭିତରେ ସମ୍ପୂର୍ଣ୍ଣ ମିଶି ହଜି ଯାଇଛି ନୀଳ ଫ୍ରକ୍‌ପିନ୍ଧା କିଶୋରୀର ଅସ୍ତିତ୍ୱ। ମୋ କିଶୋର ବୟସର ପ୍ରଥମ ପୁଲକ, ପ୍ରଥମ ସମ୍ପର୍କ।

ଜାଣେ, ହାତ ବଢ଼େଇଲେ ମଧ୍ୟ ଆକାଶକୁ ଛୁଇଁ ହେବ ନାହିଁ।

କାହାକୁ ଛୁଇଁବ? କେମିତି ବା ଛୁଇଁବ? ଆକାଶର ଅନ୍ୟ ନାମ ପରା 'ଶୂନ୍ୟ'!

ସେଇ ଶୂନ୍ୟତା ଭିତରେ ହିଁ ମୋ ସମ୍ପର୍କର ସ୍ମୃତି ଓ ସ୍ଥିତି, ବିନ୍ଦୁଟିଏ କେବଳ। ଯାହାର ବ୍ୟାପ୍ତି ନାହିଁ କି ବିସ୍ମୃତି ନାହିଁ। ମାତ୍ର କେମିତି ବା ମୁଁ ଅସ୍ୱୀକାର କରିବି ଏହାର ସ୍ଥିତିକୁ? ଇଚ୍ଛା କରି କେମିତି ବା ମୋ ମନର କଳାପଟାରୁ ଲିଭେଇ ଦେଇପାରିବି ପ୍ରଣୟର ସେଇ ପ୍ରଥମ ବିନ୍ଦୁଟିକୁ?

ପ୍ରତୀକ୍ଷାର ପ୍ରତିଶବ୍ଦ : ପୁରୀ

ତମେ ଯେଉଁ ସହରରୁ ଆସିଥିଲ, ଜୀବନର ହେତୁ ପାଇଲାଦିନୁ ସେ ସହର ପ୍ରତି ମୋର କେମିତି ଏକ ଅଦ୍‌ଭୂତ ଆକର୍ଷଣ।

କେତେ ଛୋଟ ନାଁଟିଏ - 'ପୁରୀ'। କେତେ ସରଳ ଏହାର ଉଚ୍ଚାରଣ। ଅଥଚ ଏଇ ଛୋଟ ସରଳ ନାଁଟିରେ ଲୁଚି ରହିଛି ଜୀବନର ବହୁ ଅର୍ଥ, ବହୁ ଭାବ। ଜୀବନ ମରଣର ଅନେକ ଅବ୍ୟକ୍ତ ରହସ୍ୟ।

'ପୁରୀ' କହିଲେ ମୁଁ ବୁଝେ - ସମୁଦ୍ର, ସ୍ୱର୍ଗଦ୍ୱାର, ଶ୍ରୀମନ୍ଦିର

ସମୁଦ୍ରର ଅସୀମତା, ସ୍ୱର୍ଗଦ୍ୱାରରେ ଜୀବନର ଶୂନ୍ୟତା, ଶ୍ରୀମନ୍ଦିରର କୋଳାହଳ ଭିତରେ ଅନେକ କିଛି ହଜେଇ ଦେଇ କିଛି ପୁଣି ଖୋଜି ପାଇବାର ବ୍ୟାକୁଳତା ମୋତେ ଅଭିଭୂତ କରିଦିଏ।

ଅନେକ ଶୂନ୍ୟତା ଭିତରେ ତଥାପି କିଛି ପ୍ରାପ୍ତି ଓ ପୂର୍ଣ୍ଣତାର ପ୍ରତୀକଟିଏ ମୋ ପାଇଁ ପୁରୀ।

ପିଲାଦିନେ ବାପାଙ୍କ ସାଙ୍ଗରେ ପ୍ରଥମ ଥର ପାଇଁ ପୁରୀ ଯାଇଥିଲି। ସମୁଦ୍ରର ବାଲି ଭିତରେ ଆଖି ପିଛୁଳାକେ ଲୁଚି ଯାଉଥିବା କଙ୍କଡ଼ାକୁ ଧରିବା ପାଇଁ ଧାଉଁଥିଲି, ଶାମୁକା ଗୋଟାଉଥିଲି। ବାଲି ଭିତରେ ପାଦ ଦୁଇଟିକୁ ପୋତି ଦେଇ ଠିଆ ହେଉଥିଲି। ଢେଉମାନଙ୍କୁ ହାତଠାରି ପୁଣି ଡାକୁଥିଲି - ବାଲିଗଦା ଭିତରୁ ପାଦକୁ ମୋର ମୁକୁଳେଇ ଦେବା ପାଇଁ। ସେଇ ଶୈଶବରୁ ହିଁ ସମୁଦ୍ର ମୋତେ ଆଚ୍ଛନ୍ନ କରି ରଖିଥିଲା। ଚେତନାରେ ମୋର ଚିତ୍ରଟିଏ ଆଙ୍କି ଦେଇଥିଲା।

ତାର ବହୁ ବର୍ଷ ପରେ ଯେତେବେଳେ ପ୍ରକୃତରେ ମୁଁ ବୁଝିବାକୁ ଆରମ୍ଭ କଲି ପାଖୁଡ଼ା ପାଖୁଡ଼ା ହୋଇ ମୁକୁଳିତ ହୋଇଗଲା। ମୋର ଜୀବନ, ଠିକ୍ ସେଇ ପ୍ରତୀକ୍ଷିତ ବୟସରେ ହିଁ ପୁଣି ଥରେ ଭେଟିଥିଲି ସମୁଦ୍ରକୁ। ସାଙ୍ଗରେ ବାପା ନଥିଲେ। ଥିଲ ତମେ, କଙ୍କଡ଼ା, ଶାମୁକା, ଢେଉମାନଙ୍କୁ ନେଇ ଶିଶୁ ମନର ସେ କୌତୁହଳ ଆଉ ନଥିଲା। ଥିଲା କେବଳ ଅସୁମାରୀ ସ୍ୱପ୍ନ। ଘନ ଅନ୍ଧାର ଛାଇ ହୋଇ ରହିଥିଲା। ରାତିରେ ନିରୋଳା ମୁହୂର୍ତ୍ତରେ ତମ ସହିତ ସମୁଦ୍ରକୁ ସାମ୍ନା କରି ମୁଁ ବସିଥିଲି। ସବୁରି ଦୃଷ୍ଟିକୁ ଫାଙ୍କି ଦେଇ କିଛି ଗୋଟାଏ ମିଛର ବାହାନା କରି ଆମେ ସେଦିନ ବନ୍ଧୁମାନଙ୍କ ମେଳରୁ ଚାଲି ଆସିଥିଲେ ସମୁଦ୍ର କୂଳକୁ। ମନ ଭିତରେ ଅନେକ ଆଶଙ୍କା, ଉଦ୍‌ବେଗର ଉଦ୍‌ବେଳନ। ଶୀଘ୍ର କୂଳ ଛାଡ଼ି ସହର ଭିତରକୁ ଚାଲିଯିବା ପାଇଁ ମୁଁ ଅସ୍ଥିର ହେଉଥିଲି। ତମେ କହିଲ - "ଏ ରାତି ଏଇଠି ପାହିଯାଉ। ଭୟ କାହିଁକି? ଏମିତି ବସିଥିବା - ଗପୁଥିବା ସୂର୍ଯ୍ୟ ଆସିଲେ ସହରକୁ ବାହୁଡ଼ିଯିବା।

ରାତି ପାହିଲେ ପୁରୀ।

ମୋ ସ୍ୱପ୍ନର ପ୍ରାପ୍ତି ଓ ପୂର୍ଣ୍ଣତା।

ମୋ ଜୀବନରେ ରାତି କିନ୍ତୁ ପାହିବାର ନଥିଲା।

ଗୋଟିଏ ରାତି ସାତରାତି, ଶତ ସହସ୍ର ରାତିରେ ରୂପାନ୍ତରିତ ହୋଇଗଲା। ଗଣ୍ଠି ପଡ଼ିଗଲା ମୋର ପଣତ କାନିରେ।

ହାତ ପାଆନ୍ତାରୁ ପୁରୀ ଘୁଞ୍ଚିଗଲା ଦୂରକୁ।

ଦୃଷ୍ଟିର ବଳୟ ଭିତରୁ ହଜିଗଲା ଦିଗ୍‌ବଳୟ।

ସୂର୍ଯ୍ୟ ଉଇଁବାର ସକଳ ସମ୍ଭାବନା ସତ୍ତ୍ୱେ ସକାଳ ଆସିଲା ନାହିଁ।

ରାତି ପାହିଲେ ପୁରୀ।

ଅନେକ କିଛି ପ୍ରାପ୍ତିର ଏକ ସୁନ୍ଦର ସକାଳ।

ନ ପାହିଲେ-

ଅନ୍ଧାର ଓ ଅନ୍ଧାର।

ଆମ ଚାରିପଟେ ଛାଇ ହୋଇ ରହିଥିଲା - ଅନିଶ୍ଚିତତାର ଅନେକ ଅନ୍ଧାର। କିନ୍ତୁ କଥା ଥିଲା, ଅନ୍ଧାରର ସିଆର କାଟି ଆମେ ପରସ୍ପରକୁ ଭେଟିବା - ଆମର ଈପ୍‌ସିତ ସହରରେ। ରାତିର ଅନ୍ଧାରରେ ନୁହେଁ - ସକାଳର ନିଶ୍ଚିତ, ନିର୍ଭର, ଆଲୁଅରେ ଆମେ ସମୁଦ୍ରର ଢେଉ ଭାଙ୍ଗିବା।

ତମେ ସମୟ ମାଗିଥିଲ।

କାନ୍ଥରେ ମୋର ତିନୋଟି ଗାର ଟାଣି ଦେଇ ଯାଇଥିଲ। ଏକ, ଦୁଇ, ତିନି।

ମାଗିଥିଲି ମାତ୍ର ତିନୋଟି ବର୍ଷ । ଭଉଣୀର ବାହାଘର, ଭାଇର ପଢ଼ା ଶେଷ, ନିଜର ଯୋଗ୍ୟତାକୁ ଚାହିଁ ନିର୍ଭରଯୋଗ୍ୟ ଜୀବିକା ।

ତିନି ବର୍ଷ ଭିତରେ ସତକୁ ସତ ତିନୋଟି ଦାୟିତ୍ୱରୁ ତମେ ନିଜକୁ ମୁକ୍ତ କରି ଦେଇଥିଲ । ମୁଁ ମୁକ୍ତିର ଦିନ ଗଣୁଥିଲି । କାନ୍ଥରେ କାଟି ଦେଇଥିବା ତିନୋଟି ଗାର ଉପରେ ମୁଁ ଗୋଟିଏ ବଡ଼ ଛକି କାଟି ଦେଇଥିଲି । ଭାବିଥିଲି ଶେଷ ହୋଇଗଲା ଏଥର ବନ୍ଦୀର ଜୀବନ । ପୂର୍ବ ଦିଗ ଲାଲ ଦିଶିଲାଣି । ପକ୍ଷୀମାନଙ୍କର ନିଦ ଭାଙ୍ଗିଗଲାଣି । ସମୁଦ୍ରର ଢେଉ ଏଥର ହାତଠାରି କୂଳକୁ ଡାକିଲାଣି ।

ତିନି ବର୍ଷରେ ଏଇ ଗୋଟିଏ ଯୁଗର କିନ୍ତୁ ଅବସାନ ଘଟିଲା ନାହିଁ । ଆଉ ତିନି ବର୍ଷର ଦୁଇଟି ଯୁଗ ବିତିଗଲା । ସୁଦୀର୍ଘ ନଅବର୍ଷର ଅପେକ୍ଷା ।

ଶେଷରେ ତମେ ଲେଖିଲ - ସ୍ୱପ୍ନ ଦେଖିବାର ଏକ ନିର୍ଦ୍ଦିଷ୍ଟ ବୟସ ଥାଏ । ଯେଉଁ ବୟସରେ ଭଲ ପାଇବାର ଏକ ଅଦ୍ଭୁତ ଭାବାବେଗ ମନକୁ ପୂରାପୂରି ଆଚ୍ଛନ୍ନ କରି ରଖିଥାଏ । ଭଲପାଇବା ମନର ଏକ ଅବସ୍ଥା । ବୟସ ବଦଳିଲେ ମନର ଅବସ୍ଥା ମଧ୍ୟ ବଦଳିବାକୁ ବାଧ୍ୟ । ଭଲ ପାଇବା ଏକ ବ୍ୟାଧି - ଯାହା ମନକୁ ସମ୍ପୂର୍ଣ୍ଣ ଆକ୍ରାନ୍ତ କରି ପକାଏ । ମୋହଗ୍ରସ୍ତ କରି ରଖିଦିଏ । ବାସ୍ତବତାର ମୁହାଁମୁହିଁ ହେଲେ ସେ ମୋହ ଭାଙ୍ଗିଯାଏ । ଭଲ ପାଇବାର ଭଉଁରୀ ଭିତରେ ପଡ଼ିଗଲେ ବ୍ୟକ୍ତି ହୋଇଯାଏ ଦାସ । ଉଭୟ ନାରୀ ଓ ପୁରୁଷକୁ ଦାସତ୍ୱରେ ଶୃଙ୍ଖଳରେ ଏହା ବାନ୍ଧିଦିଏ । ଉତ୍ତରଣ ଆଉ ସମ୍ଭବ ହୁଏ ନାହିଁ । ମୁଁ ତୁମକୁ ମୋର କ୍ରୀତଦାସୀ କରିବାକୁ ଚାହୁଁ ନାହିଁ କିମ୍ବା ତୁମର ଦାସତ୍ୱକୁ ମଧ୍ୟ ସ୍ୱୀକାର କରିବା ପାଇଁ ନିଜକୁ ଆଉ ପ୍ରସ୍ତୁତ କରି ପାରୁନାହିଁ ।

ବୟସ ବଢ଼ିବା ସଙ୍ଗେ ସଙ୍ଗେ ତୁମେ ଏଥର ନୂଆଦୃଷ୍ଟି ନେଇ ଜଗତକୁ ଦେଖିବାକୁ ଆରମ୍ଭ କରିଥିଲ । ତୁମର ସ୍ୱର ଓ ସଂଳାପରେ ଆବିଷ୍କାର କଲି ଭଲ ପାଇବାର ନୂଆଦର୍ଶନ । ନୂତନ ଅନୁଭବ । ସମାଜରେ ଏବେ ତୁମର ନୂଆ ପରିଚୟ, ନୂଆ ପ୍ରତିଷ୍ଠା । ତୁମେ ତ ଆଉ ସେଦିନର ସାଦାସିଧା, ସରଳ, ସ୍ନେହ ସର୍ବସ୍ୱ, ମଣିଷ ହୋଇ ରହିନାହଁ । ତୁମ ମଥାରେ ଏବେ ଅନେକ ମୋହର । ସେଇ ମୋହର ଭିତରେ ଫୁଟିଉଠୁଛି ନୂଆ ବ୍ୟକ୍ତିତ୍ୱ । ତୁମ ଚାରିପଟେ ଏବେ ଆଲୋକର ଏକ ନୂତନ ପୃଥିବୀ ।

ସେ ପୃଥିବୀରୁ ବହୁ ଦୂରରେ ମୁଁ । ମୋର ପୁରୁଣା ସ୍ୱପ୍ନ, ଭଲ ପାଇବା, ସ୍ମୃତିର ଶାମୁକା ସବୁକୁ ଏକାଠି ସାଉଁଟି ବସି ରହିଛି । କାହାରି ବିରୁଦ୍ଧରେ କୌଣସି ଅଭିଯୋଗ ନାହିଁ । ଅବଶୋଷ ମଧ୍ୟ ନାହିଁ । ଯାହା ଘଟିବାର କଥା, ତାହା ହିଁ ଘଟୁଛି । ଗୋଟିଏ ଇଚ୍ଛା ହିଁ ସବୁଠି ପ୍ରକାଶିତ ହେଉଛି । ଆମେ ସମସ୍ତେ ସେଇ ଗୋଟିଏ ଇଚ୍ଛାର ଅଭିବ୍ୟକ୍ତି ମାତ୍ର । ଏତେ ବର୍ଷର ଅପେକ୍ଷା, ଭଲ ପାଇବାର ବିଚିତ୍ର ଅନୁଭବ ଭିତରେ

ମୋର ଏକ ନୂଆ ଅନୁଭୂତି ଆସିଛି ଯେ, ଚରମ ପ୍ରାପ୍ତି ବୋଲି କିଛି ନାହିଁ। ପରିପୂର୍ଣ୍ଣତା ମଧ୍ୟ ଏକ ଅବାସ୍ତବ, ଅସମ୍ଭବ କଳ୍ପନା। ଅପୂର୍ଣ୍ଣତା ଭିତରେ ହିଁ, ଏହାର ସ୍ଥିତି ଓ ସ୍ଥାୟିତ୍ୱ।

ସମୟ ବଦଳିଗଲେ ସତରେ କ'ଣ ବ୍ୟକ୍ତି ବଦଳିଯାଏ ? ସମ୍ଭବତଃ ନୁହେଁ। କାହାକୁ ନେଇ ବ୍ୟକ୍ତିର ପରିଚୟ ? ତା'ର ଶରୀର ? ବୟସ ବଦଳିଲେ ଶରୀରର ରୂପରଙ୍ଗ, ଆକାର ପ୍ରକାର ତ ବଦଳିଯାଏ। ତା'ର ବାହାରର ଆଚରଣରେ ମଧ୍ୟ ପରିବର୍ତ୍ତନ ଆସେ। ମାତ୍ର ବଦଳେ ନାହିଁ ତା'ର ଚାହାଣୀ। ତା'ର ଦୃଷ୍ଟିର ଝଲକରୁ ହିଁ ବହୁ ବର୍ଷ ପରେ ତାକୁ ଚିହ୍ନି ହୁଏ। ତା'ର ଆକାର ପ୍ରକାରର ସବୁ ପ୍ରକାରର ପରିବର୍ତ୍ତନ ଭିତରେ ମଧ୍ୟ ସେଇ ଚାହାଣୀର ପରିବର୍ତ୍ତନ ନଥାଏ।

ତୁମକୁ ମୁଁ ସେଦିନ ଯେମିତି ଚିହ୍ନିଥିଲି - ଆଜି ମଧ୍ୟ ଠିକ୍ ସେମିତି ଚିହ୍ନିଛି। ମୋ ଚିହ୍ନିବାରେ କିଛି ଭୁଲ୍ ନାହିଁ। ଭୁଲ୍ ହେବ ନାହିଁ।

ମୋର ବିଶ୍ୱାସ, ତମେ ମଧ୍ୟ ମୋତେ ଠିକ୍ ଚିହ୍ନିଛ। ଏ ଚିହ୍ନା ପରିଚୟରେ ଭୁଲ୍ ଭଟକାର ପ୍ରଶ୍ନ ହିଁ ନାହିଁ।

ସେଇଥିପାଇଁ ତ ଏତେ ବର୍ଷ ପରେ ତମେ ବେଶ୍ ସ୍ୱଚ୍ଛ ଓ ନିଃସଂକୋଚ ଭାବରେ ତୁମର ଦର୍ଶନ ମୋ ନିକଟରେ ବ୍ୟକ୍ତ କରିଦେଇ ପାରିଲ।

ଏବେ ମଧ୍ୟ ମୁଁ ସମୁଦ୍ର କୂଳରେ ଅଛି।

ଅବଶ୍ୟ ସବୁ ସମୁଦ୍ର କୂଳରେ 'ପୁରୀ' ନଥାଏ।

ତଥାପି ଏଇଠି ମୁଁ ମୋ ସ୍ୱପ୍ନର ପୁରୀଟିଏ ଗଢ଼ିଛି। ମୋର ଶିକ୍ଷା-ସାଧନାକୁ ପୁଞ୍ଜି କରି ମନ୍ଦିରଟିଏ ତୋଳିଛି, ଯେଉଁ ମନ୍ଦିର ଭିତରେ ଅନେକ ଶିଶୁଙ୍କର ନିତ୍ୟନିୟତ ମଧୁର କୋଳାହଳ। ମୁଁ ସେଇଠି ପୂଜାରିଣୀଟିଏ। ସେବିକାଟିଏ କେବଳ।

ପୁରୀ ପ୍ରତି ମୋର ପ୍ରତୀକ୍ଷା ଓ ଭଲ ପାଇବା କିନ୍ତୁ ତୁଟିବାର ନୁହେଁ।

ଜୀବନରେ ନ ହେଲେ ବି ମୃତ୍ୟୁରେ ମୁଁ ପୁରୀକୁ ଭେଟିବାକୁ ଚାହେଁ।

ଭଲ ପାଇବାରେ ଶେଷ କଥା ବୋଲି କ'ଣ କିଛି ଅଛି ? ନା ମୃତ୍ୟୁ ହିଁ ଜୀବନର ଶେଷ କଥା ?

ତମର ମନେଥିବ ନିଶ୍ଚୟ, ସେଇ ସମୁଦ୍ର କୂଳରେ ବସି ମୁଁ ତୁମକୁ ସେଦିନ କହିଥିଲି ନା, ଏ ସହରକୁ ନେଇ ବଞ୍ଚିବା ସମ୍ଭବ ନ ହେଲେ ଶେଷଥର ପାଇଁ ମରିବାକୁ ନିଶ୍ଚୟ ଆସିବି।

ସ୍ୱର୍ଗଦ୍ୱାର ମୋ ପାଇଁ ମଶାଣି ଭୂଇଁ ନୁହେଁ - ମୋର ଜୀବନବ୍ୟାପୀ ସ୍ୱପ୍ନ ଓ ସାଧନାର ପବିତ୍ର ତୀର୍ଥଭୂମି। ସ୍ୱର୍ଗଦ୍ୱାରର ବାଲିଶେଯରେ ମୁଦ୍ରିତ ନୟନ ଦେଇ ସମୁଦ୍ରର

ସତ୍ତାକୁ ମୁଁ ବେଶ୍ ଅନୁଭବ କରିପାରିବି। ନିଆଁ ଲିଭିଗଲେ ବେଳାଭୂଇଁରେ ଶାମୁକାଟିଏ ହୋଇ ହଜିଯାଇ ପାରିବି।

'ପୁରୀ' ଏବେ ମଧ୍ୟ ମୋର ଚେତନାରେ ଚନ୍ଦନ ବିନ୍ଦୁଟିଏ। ଭଲ ପାଇବାର ଭାବ-ସମୁଦ୍ର ଭିତରେ ଝଲସି ଉଠୁଥିବା ସ୍ୱପ୍ନଟିଏ।

ଏ ସ୍ୱପ୍ନଟିକୁ ନିଜର କରିବା ଲାଗି ଅନନ୍ତକାଳ ଯାଏଁ ମୁଁ ଏମିତି ଅପେକ୍ଷା କରିଥିବି। ବଞ୍ଚୁଥିବି-ମରୁଥିବି।

■■

ତମେ ଆସିବା ଦିନୁ

ଦେଖୁଛ – ତମେ ଆସିବା ଦିନୁ ମୁଁ ହସୁଛି ଯେ ହସୁଛି । କାଢ଼ି ଫିଙ୍ଗି ଦେଇଥିବା ଗହଣା ଗାଣ୍ଠିକୁ ଦେହରେ ନାଇ, ତୁମର ବାଟକୁ ଚାହିଁ ବସୁଛି ଯେ ବସୁଛି । ତମେ ଆସିଲେ ମୁଁ ଫିଟିପଡୁଛି –

କଣ୍ଟାର ଆଢୁଆଳରୁ ଫୁଲଟିଏ ହୋଇ ମୁଁ ଫୁଟିଯାଉଛି ।

ମୁକୁଳିତ ହୋଇ ଯାଉଛି ମୋର ଆତ୍ମା–ଚଉଦିଗରେ ବାସ ଚହଟି ଯାଇଛି ।

ତମେ ବସିଛ –

ସ୍ନେହର ପସରା ମେଲି ଦେଇ ବସିଛ ଯେ ବସିଛ – ଥରକୁ ଥର ମୁଁ ଲୁଟି ନେଉଛି ମୋର ସବୁ କିଛି ତୁମର ସେଇ ପସରାରୁ । ମୂଲ ମାଗୁ ନାହଁ ତମେ – କ'ଣ ବା ମୋର ଅଛି ଯେ ! ଖାଲି ହସୁଛ – ହସି ହସି ତମେ କହୁଛ – ତମେ ହସ । ସେଇ ଯେ ମୋର ଅମୂଲ ମୂଲ । ହସିଦେଲେ ମୋର ମୂଲ ମୁଁ ପାଇ ଯାଉଛି ।

ମୁଁ ଯେ ହସିପାରେ, ଛଳ ଛଳ କଳକଳ ନାଦରେ ଝରିଯାଇପାରେ, ମୋ ଠାରେ ସେ କସ୍ତୁରୀ ଅଛି – ସେଇ ବାସ୍ନାରେ ମୁଁ ମହମହ ବାସିପାରେ, ଏକଥା କେହି ତ କହି ନଥିଲେ ଆଜିଯାଏଁ । ଦୁଃଖକୁ ମୋର ସାଉଁଟି ନେବା ଲାଗି କେହି ତ ଅଣ୍ଟି ଦେଖେଇ ଦେଇ ନଥିଲେ । ମୋ ଓଠରେ ହସର ଛିଟା ଟିକିଏ ଖେଳେଇ ଦେବା ଲାଗି କେହି ତ ଘଣ୍ଟା ଘଣ୍ଟା ଧରି ବସିନଥିଲେ ମୋ ପାଖରେ । ମୋ ଉପାସୀ ଆତ୍ମାକୁ ଭୁଞ୍ଜାଇ ଦେବା ଲାଗି କେହି ତ ଯତ୍ନ କରି ନଥିଲେ । ତୁଣ୍ଡ ଖୋଲି ପଚାରି ନଥିଲେ ଥରଟିଏ – କେମିତି ମୁଁ ଅଛି । ମରିଛି ନା ଜୀଇଁଛି !

କେଉଁଠି ଥିଲ ତମେ -

କେଉଁଠି ଲୁଚିଥିଲ ଆଜିଯାଏଁ - କେଉଁ ଦେବତାର ନିର୍ଦ୍ଦେଶରେ ତମେ ଚାଲି ଆସିଲ ମୋ ପାଖକୁ।

ନା - ତମେ ନିଜେ ହିଁ ଦେବତା - ମୋରି ପୃଥିବୀକୁ ଓହ୍ଲେଇ ଆସିଛ ଅବତାର ହେଇ - ହଁ କେବଳ ମୋରି ଲାଗି - ଏ ରକ୍ତ ମାଂସର ପ୍ରତିମା ଦେହରେ ପ୍ରାଣ ସଞ୍ଚାରିବା ଲାଗି।

ଆଉ ମୋର ଦୁଃଖ କ'ଣ ଯେ :

ଏଥର ମୁଁ ହସି ହସି ମରି ପାରିବି। ଶେଷଥର ପାଇଁ ନିଶ୍ୱାସ ଟିକକ ନେବା ପୂର୍ବରୁ ଏତିକି ଭାବି ଆଶ୍ୱସ୍ତ ହେବି ଯେ - କେହି ଜଣେ ଥିଲା ମୋ ପାଇଁ, ଯିଏ ମୋର ଅଦୃଶ୍ୟ ମନର ଫଟୋଗ୍ରାଫଟିଏ ତୋଳି ନେଇ ପାରିଥିଲା - ନିଜ ବୁକୁ ତଳେ ତାକୁ ସାଇତି ରଖିଥିଲା ପରମ ଆଗ୍ରହରେ, ମୋର ମୃତ୍ୟୁ ପରେ କେହି ଜଣେ ରହିବ ଏ ପୃଥିବୀରେ, ଯିଏ ମୋ' ସ୍ମୃତିରେ ତା' ଜୀବନର ଶେଷ ସନ୍ଧ୍ୟା ଯାଏଁ ଶ୍ରଦ୍ଧାଞ୍ଜଳି ବାଢୁଥିବ।

ସେଇ ଜଣକ ଲାଗି ତ ମୁଁ ମରିବି ମରିବି ବୋଲି ଆଜିଯାଏଁ ମରି ପାରୁ ନଥିଲି। ଗୋଡ଼ କାଢୁଥିଲେ ବି ଏରୁଣ୍ଡି ବନ୍ଧ ଡେଇଁ ପାରୁନଥିଲି। କୌଣସି ଏକ ଅଜ୍ଞାତ ଇଚ୍ଛା ମୋତେ ପଛରୁ ଟାଣି ଧରୁଥିଲା - ଆଉ ଘଡ଼ିଟେ ରହିଯା - ଅବଶୋଷ ଓ ଅବସାଦରେ ଘାରି ହୋଇ ଜୀବନ ହାରିଦେ' ନା - ଅପେକ୍ଷା କରି ଯା - ତୋ ମନର ମଣିଷ ଆସୁଛି - ତା'ରି ପାଖରୁ ଭଲ ପାଇବାର ବିଚିତ୍ର ପୁଲକ ଓ ଯନ୍ତ୍ରଣାକୁ ଥରେ ନିଜର କରିନେ - ନ ହେଲେ ଏ ଧରାରେ ଜନ୍ମ ତୋର ଅସାର୍ଥକ ରହିଯିବ। ଅସମାପ୍ତ ଓ ଅସମ୍ପୂର୍ଣ୍ଣ ରହିଯିବ ତୋର ଜୀବନ କାବ୍ୟ।

ବିଶ୍ୱାସ ହେଉ ନଥିଲା - ସତରେ କ'ଣ କେହି ଅଛି - କେହି ଆସିବ ମୋ ପାଇଁ କହିବ ଉଠ୍ ଉଠଲୋ ବାୟାଣୀ - କେତେ କାଳ ଆଉ ଶୋଇଥିବୁ ମୁହଁ ମାଡ଼ି, ମନ ମାରି ! ଉଠି ଯା - ରାତି ପାହିଲାଣି। ଅନନ୍ତ କାଳର ନିଦ୍ରା ତେଜି ମୁଁ ଉଠି ଆସିବି ମୋର ଶୂନ୍ୟ ପଲଙ୍କରୁ - ଦୁଆର ମୁହଁରେ ଝଟକୁଥିବା ଉଜ୍ଜ୍ୱଳ ନରମ ଆଲୁଅରେ ଆସିବି ଅପରୂପ ମୋହନ ବେଶରେ ପାଦରେ ପାଦ ଛନ୍ଦି, ହାତରେ ବଂଶୀ ଧରି ଠିଆ ହୋଇଥିବ ମୋର 'ଭଲପାଇବା' - ତା'ର ବଂଶୀ ସ୍ୱନରେ ଉଚ୍ଚାଟ, ଉଚ୍ଚକିତ ହୋଇ ଉଠିବ ମୋର ମନ ଓ ପ୍ରାଣ - ତା'ର ମଧୁର ସ୍ପର୍ଶରେ ପଲ୍ଲବି ଉଠିବ ମୋର ଯୌବନ - ଯାହା ଝରି ଯାଉଥିଲା ଅବେଳରେ, ଅଯତ୍ନରେ ଓ ସବୁରି ଅଲକ୍ଷ୍ୟରେ।

ବିଶ୍ୱାସ ହେଉ ନଥିଲା - ସତରେ କ'ଣ କେହି ଆସିବ ମରଣର ଅନ୍ଧାରି

ଗୁହା ଭିତରୁ ମୋ ହାତ ଧରି ବାଟ କଢ଼େଇ ମୋତେ ଟାଣି ନେଇଯିବ ଜୀବନର ସୂର୍ଯ୍ୟସ୍ନାତ ସରଣୀ ଆଡ଼କୁ, ମୋ ହାତରେ ଖଡ଼ି ଧରେଇ ପ୍ରଥମ କରି ମୋତେ ଶିଖେଇବ ଜୀବନର ସ୍ୱରବର୍ଣ୍ଣ - ଶୁଣେଇବ ଜୀବନର ବର୍ଣ୍ଣବୋଧ - କହିବ - ଆଗକୁ ଆଗକୁ ପାଦ ପକେଇ ଯା - ଚାଲିବା ହିଁ ଜୀବନ। ପଛକୁ ହଟି ପଳେଇଯିବା ନୁହେଁ - ସାମ୍‌ନାରେ ଶତ୍ରୁକୁ ମୁକାବିଲା କରି ପ୍ରାଣ ଦେବା ଏବଂ ଶତ୍ରୁକୁ ଭୟ କରି ପ୍ରାଣ ଘେନି ପଳେଇଯିବା ଭିତରେ ଯେଉଁ ତଫାତ୍ ରହିଛି - ସେ ତଫାତ୍ ଟିକକ ଭୁଲିଯାଅନା - ତୋର ଶକ୍ତି ଉପରୁ ଭରସା ଟିକକ ତୁଟେଇ ଦେ'ନା ବିଭୁଦତ୍ତ ସୌନ୍ଦର୍ଯ୍ୟକୁ ତୋର ଜାଣି ଜାଣି ପଙ୍କ କାଦୁଅରେ ଫିଙ୍ଗି ଦେଏନା - ଦୁଇ ଚାରିଜଣ ମଣିଷଙ୍କ ସମ୍ପର୍କରେ ଆସି ସମଗ୍ର ମଣିଷ ଜାତି ଉପରୁ ଆସ୍ଥା ଟିକକ ହରେଇ ଦେଏନା। ମନୁଷ୍ୟତା ଶୂନ୍ୟ ଅଦ୍‌ଭୂତ ଜୀବଜନ୍ତୁ ଘେରା ଉଆସ ଭିତରେ ଥାଇ ଏ ପୃଥିବୀକୁ କଳିବାକୁ ଅପଚେଷ୍ଟା କରନା - ଅସୁନ୍ଦର କହି ତାକୁ ଅସ୍ୱୀକାର କରିଦେ'ନା -

କୃତ୍ରିମତାର ସବୁ ବନ୍ଧନୀ ଡେଇଁ ତୁ ଥରେ ପଦାକୁ ଚାଲିଆ - ଆକାଶ ସହିତ ଆଖି ମିଳେଇ ଠିଆ ହୋଇଯା - ସବୁଦ୍ରର ବାଲିରେ ଥରେ ଗଡ଼ିଯା - ଝରି ପଡୁଥିବା ବରଷାର ଧାରା ଭିତରେ ଭିଜି ଭିଜି ଯା - ଦୁଇ ହାତ ପ୍ରସାରି ପିଲା ଦିନର ସେଇ ଚକା ଚକା ଭଉଁରୀ ଗୀତ ଗାଇ ଥରେ ନାଚି ଯା - ଦେଖିବୁ କେତେ ରହସ୍ୟ ଓ ଆନନ୍ଦ ଲୁଚି ରହିଛି ଏ ଜଗତରେ - ଯାହାର ଆକର୍ଷଣ ଏଡ଼ି ଦେଇ ତୁ କେବେ ବି ପଳେଇ ଯାଇ ପାରିବୁ ନାହିଁ - ଯିବାକୁ ମନ କହିବ ନାହିଁ। ମନ କହିବ, ମରିଗଲେ ବି ମୁଁ ପୁଣି ଥରେ ଜନ୍ମ ହୁଅନ୍ତି କି ଲାବଣ୍ୟମୟୀ ଏ ଧରିତ୍ରୀ କୋଳରେ।

କେହି ତ ମୋତେ ଜୀବନର ଏ ବାଣୀ ଶୁଣେଇ ନଥିଲେ। ଏ ବିପୁଳା ପୃଥିବୀର ବିପୁଳତାର ଅନୁଭବ କରିବାର ସୁଯୋଗ ଦେଇ ନଥିଲେ। ଧରିତ୍ରୀର ଧୂସର ଅଗଣରେ ଧୂଳି ବାଲିରେ ଲୋଟି ଯିବାକୁ କହି ନଥିଲେ। ମୋ ପାଇଁ ଏ ବିଶାଳ ପୃଥିବୀ ଥିଲା ଏକ କ୍ଷୁଦ୍ର ବନ୍ଦୀଶାଳା ଆଉ ଜୀବନ କହିଲେ, 'ବନ୍ଦୀତ୍ୱ'କୁ ବୁଝାଉଥିଲା। ତମେ ହିଁ ପ୍ରଥମେ ଏ ବନ୍ଦୀଶାଳା ଆଡ଼କୁ ଟାଣି ହୋଇ ଆସିଲ ଆଉ ଆଖିରେ ମୋର ନୂତନ ପୃଥିବୀର ଆଲୋକ ଦେଲ - ମୋ କାନରେ ଶୁଣେଇଲ 'ବନ୍ଧନ'ର ଅନୁପମ ବାର୍ତ୍ତା -

ମୁଁ ଜାଣିଥିଲି ମୋର ଜୀବନ କହିଲେ, ଗୋଟିଏ ବନ୍ଦୀଶାଳାରୁ ମୁକୁଳି ଆଉ ଏକ ବନ୍ଦୀଶାଳାରେ ପ୍ରବେଶ କରିବା - ଗୋଟିଏ ବନ୍ଦୀତ୍ୱର ବନ୍ଧନ କାଟି ଆଉ ଏକ ବନ୍ଦୀତ୍ୱର ବନ୍ଧନକୁ ବରଣ କରିବା।

ତମେ କିନ୍ତୁ ପ୍ରଥମ ଥର ପାଇଁ ମୋତେ ବୁଝେଇ ଦେଲ ଯେ - ବନ୍ଦୀତ୍ୱ ଓ ବନ୍ଧନ ଏକା କଥା ନୁହଁ।

ବନ୍ଦୀତ୍ୱ ବ୍ୟକ୍ତିତ୍ୱକୁ ସଂକୁଚିତ ଓ ସୀମିତ କରିଦିଏ।

ବନ୍ଧନ କିନ୍ତୁ ମଣିଷର ମନ ଓ ଆତ୍ମାକୁ ବିଶାଳ ଓ ବିସ୍ତୃତ କରିଦିଏ।

ଜୀବନର ବନ୍ଧନ ଭିତରେ ମୁକ୍ତିର ଅମୃତ ସଂଗୀତ ଯେ ଶୁଣି ହୁଏ, ଏ କଥା ତମେ ହିଁ ମୋତେ ପ୍ରଥମେ ଶିଖେଇ ଦେଇ ଗଲ। ଆଉ ପ୍ରତି ମୁହୂର୍ତ୍ତରେ ବନ୍ଦୀତ୍ୱର ବନ୍ଧନ କାଟି ମୁକୁଳି ଯିବା ଲାଗି ପ୍ରେରଣା ଯୋଗାଇଲ।

ତା'ପରେ...

ବଞ୍ଚିବାର ନିଶା ଯାହା ମନରେ ଲାଗିଛି ସେ ଆଉ କି ମରିପାରେ? ବନ୍ଧନର ସ୍ୱପ୍ନ ଯାହା ମନରେ ଲାଗିଛି ସେ କି ସ୍ଥିର ହୋଇ ରହିପାରେ?

ତା'ପରେ – ଯାହାର ହେବାର କଥା ତାହା ହିଁ ହେଲା। ସବୁରି ଅଲକ୍ଷ୍ୟରେ ବନ୍ଦୀଶାଳାର ସମସ୍ତ ପ୍ରହରୀଙ୍କର ସତର୍କ, ସନ୍ଧାନୀ ଦୃଷ୍ଟିକୁ ଏଡ଼ିଦେଇ ମୁଁ ଚାଲି ଆସିଲି।

କିନ୍ତୁ ଏ କ'ଣ!

ତୁମକୁ ଆଉ ଦେଖୁନାହିଁ ଯେ – କୁଆଡ଼େ ଗଲ ତମେ!

ମୋତେ ଏକୁଟିଆ ଆଲୋକିତ ରାଜରାସ୍ତାରେ ଛାଡ଼ିଦେଇ କୁଆଡ଼େ ଅଦୃଶ୍ୟ ହୋଇଗଲ!

ତୁମରି ଅମୃତ-ଆହ୍ୱାନରେ ତ ମୁଁ ମୋର ବନ୍ଦୀ ଜୀବନର ସମସ୍ତ ବନ୍ଧନ କାଟିଦେଇ ଚାଲିଆସିଲି ଆଉ ଏକ ନୂଆ ଜୀବନର ବନ୍ଧନ ଭିତରେ ମୁକ୍ତିର ମଧୁର ସଂଗୀତ ଶୁଣିବି ବୋଲି। ତମେ କିନ୍ତୁ କେଉଁଠି ଲୁଚିଗଲ!

– 'ମୁଁ ଅଛି – ଏଇଠି ତୁମ ପାଖେ ପାଖେ–'

ନା – ମୋତେ ତୁମେ ଦେଖାଦିଅ... ମୋ ହାତଧରି ତୋଳି ନିଅ... ଏକୁଟିଆ ମୁଁ ଚାଲି ଶିଖିନାହିଁ... ଚାଲି ପାରିବି ନାହିଁ। ମୋତେ ଖୁବ୍ ଭୟ ଲାଗୁଛି।

– 'ଭୟ କାହିଁକି? କାହାକୁ ତୁମର ଏ ଭୟ!

ବନ୍ଦୀଶାଳାର ସେଇ ନିଷ୍ଠୁର ହୃଦୟହୀନ ପ୍ରହରୀମାନଙ୍କୁ। ଯେ କୌଣସି ମୁହୂର୍ତ୍ତରେ ସେମାନେ ପୁଣି ଚାଲି ଆସି ପାରନ୍ତି... ମୋତେ ନେଇ ଯାଇ ପାରନ୍ତି ଦୂରରେ ଅନ୍ୟ କେଉଁ ନିଭୃତ ବନ୍ଦୀଶାଳାକୁ... ଯେଉଁଠି ତୁମେ ଆଉ ପହଞ୍ଚି ପାରିବ ନାହିଁ କି ତୁମର ବାର୍ତ୍ତା ମୋତେ ମିଳିବ ନାହିଁ...।

– 'ନା, ଥରେ ଚାଲି ଶିଖିଲେ କେହି ତୁମକୁ ଅଟକାଇ ପାରିବେ ନାହିଁ। ଥରେ ଭଲ ପାଇବାର ମନ୍ତ୍ରରେ ଦୀକ୍ଷିତା ହୋଇଗଲେ କେହି ତୁମକୁ ଭୟ ଦେଖେଇ ପାରିବେ ନାହିଁ। ଥରେ ମମତାର ବନ୍ଧନୀ ଭିତରେ ବାନ୍ଧି ହୋଇଗଲେ ଆଉ କେହି ତୁମକୁ ବନ୍ଦୀଶାଳାକୁ ନେଇ ଯାଇ ପାରିବେ ନାହିଁ। ଭୟ କର ନାହିଁ... ମୋ ପାଇଁ

ଦୁଃଖ କର ନାହିଁ... ଗଛର ପବନ ଭଳି, ଫୁଲର ସୁରଭି ଭଳି ମୁଁ ତୁମ ପାଖେ ପାଖେ ରହିଛି ଓ ରହିଥିବି।'

କେଉଁଠୁ ? କେତେ ଦୂରରୁ ଆସୁଛି ଏ ବାର୍ତ୍ତା ! ଦେଖିପାରୁ ନାହିଁ... ହେଲେ ଖୁବ୍ ନିକଟରୁ ମୁଁ ଶୁଣିପାରୁଛି ମୋର ପ୍ରିୟ ପରିଚିତ ଏ ସ୍ୱର... ଯାହାର ମଧୁରତାରେ ଭିଜି ଭିଜି ମନ୍ତ୍ରମୁଗ୍ଧା ହରିଣୀଟିଏ ଭଳି ମୁଁ ଚାଲିବାକୁ ଆରମ୍ଭ କରିଛି...'

ଜାଣେ ନା କେତେଦୂର ? କେତେ ଦୂରେ ମୋର ସେଇ ଈପ୍ସିତ ଲକ୍ଷ୍ୟସ୍ଥଳ ?

ମୁକ୍ତି-ପ୍ରୟାସୀ ମନ ମୋର ସେ ଲକ୍ଷ୍ୟସ୍ଥଳରେ ପହଞ୍ଚି ପାରିବ ତ ? ପହଞ୍ଚିଗଲେ ସେଠି ମୁଁ ମୋର ପ୍ରିୟ ଦେବତାର ଦର୍ଶନ ପାଇବି ତ ???

ନିର୍ଜନ ଖରାବେଳ

ମନେ ଅଛି ! ... ମନେ ଅଛି ତୋର...!!

ଖାଁ ଖାଁ ଖରାବେଳଟାରେ ବସି ବସି ମୁଁ ତତେ ଖାଲି କବିତା ଶୁଣଉଥିଲି - ଗୋଟିକ ପରେ ଗୋଟିଏ - ଚିହ୍ନା ଅଚିହ୍ନା, ଖୁବ୍ ନାଁକରା ଓ ନାଁ ନଥିବା କେତେ କେତେ କବିଙ୍କର ବଛା ବଛା କବିତା - ଚୁପ୍‌ଚାପ ମୋ ମୁହଁକୁ ଚାହିଁ ତୁ ଖାଲି ବସି ଶୁଣୁଥିଲୁ। ଶୁଣିବାରେ ତୋର କ୍ଲାନ୍ତି ନଥିଲା କି ମୋର ପଢ଼ିବାରେ। ପ୍ରକୃତ କବିତା ହିଁ ସବୁ କ୍ଲାନ୍ତି ଦୂର କରି ଗଭୀର ପ୍ରଶାନ୍ତି ଭରିଦିଏ ଜୀବନରେ। ମୁଁ ଯାହା ପଢୁଥିଲି, ସେ ସବୁ କବିତା ନାଁରେ ଲେଖା ହୋଇଥିବା ସୁଦୀର୍ଘ ପ୍ରବନ୍ଧ ବା କିଛି ଥିଓରି ଭିତ୍ତିକ ଅସଂହତ ଗଦ୍ୟ ରଚନା ନଥିଲା। ତାହା କବିତା ହିଁ ଥିଲା -

ଛଳ ଛଳ ଜୀବନର ଛଳନାହୀନ କଥା। ପ୍ରଚୁର ଯୌବନର ସ୍ୱପ୍ନ - ପ୍ରଚୁର ପ୍ରେମ, ପକ୍ଷୀର କୁଜନ - ଉଚ୍ଛନ୍ନ ପବନ ସବୁଜ ପୃଥିବୀ - ସୁନୀଳ ଆକାଶ ଉଜ୍ଜ୍ୱଳ ଆଶା ଓ ଆଲୋକର କଥା...

ନିରୋଳା, ନିଟୋଳ ନିଖୁଣ କବିତା - ଜୀବନର ଶୂନ୍ୟପାତ୍ରକୁ ଯାହା ପୂର୍ଣ୍ଣ କରିଦିଏ - ଅଭାବରେ ଆଣିଦିଏ ଭାବ - ଦୂରକୁ କରିଦିଏ ନିକଟ - ପରକୁ କରେ ଆପଣାର।

ଘୋଟି ଆସୁଥିବା ମେଘ - ଅନ୍ଧାର, ଏକାକୀ ହୋଇଯିବାର ଆଶଙ୍କା କିମ୍ୱା ମୃତ୍ୟୁର ନିଶ୍ଚିତ ପଦଧ୍ୱନି ମନକୁ ଆଉ ଶଙ୍କିତ ଓ ସଂକୁଚିତ କରିଦିଏ ନାହିଁ।

"ଝରାଫୁଲ ଆମେ ଅକାଳେ ଫୁଟିଛୁ
ସକାଳେ ବି ଯିବୁ ଝରି
ଝରିବାରେ ନାହିଁ ଶୋଚନା ଆମର
ଫୁଟିବାରେ ନାହିଁ ଅଳି।"

- ମନେ ପଡୁଛି! ମନେ ଅଛି ତୋର ଏ କବିତା!!

ପ୍ରଥମେ ଏଇ କବିତା - ଆବୃତ୍ତିରୁ ହିଁ ଆରମ୍ଭ ହୋଇଥିଲା ଆମର ଖରାବେଳର କବିତା ପାଠୋତ୍ସବର ଆସର।

ମନେ ଅଛି, ତୁ ପଚାରିଥିଲୁ - କିଏ ଏ କବିତାର କବି।

ମୁଁ କହିଥିଲି - କହିଲେ ଜାଣିପାରିବୁ ନାହିଁ। କାରଣ ହୁଏତ ଏ କବିଟିର ନା ଆଦୌ ଶୁଣି ନଥିବୁ। ଓଡ଼ିଆ ସାହିତ୍ୟର ସୂଚୀପତ୍ରରେ ବିଶେଷ ଭାବରେ ମୁଦ୍ରିତ ନୁହେଁ ଏଇ ନାମ - ଅପର୍ତ୍ତି ଚରଣ ପଣ୍ଡା। ଛୋଟ ଛୋଟ ନିଶ୍ୱାସ ପରି ତାଙ୍କ କବିତା - ମୃଦୁ, ଉଷ୍ମ ଓ ସ୍ୱତଃସ୍ଫୁର୍ତ୍ତ -

"ଏ ମରୁରେ ମତେ ସାଥୀ ନ ମିଳିଲେ
ଏକା ମୁଁ ପାରିବି ଚାଲି
ଦୁଃଖରେ କେବେ ନଇଁ ପଡ଼ିବିନି ମାପି ମାପି ମରୁବାଲି।"

ଆମ ଦୁହିଁଙ୍କୁ ଏକ କରିଥିଲା ଏଇ କବିତା - କେତେ ନିରୋଳା, ନିଶୂନ ଖରାବେଳମାନଙ୍କରେ ଏଇ କବିତା ହିଁ ଆମକୁ ଆଛନ୍ନ କରି ରଖୁଥିଲା। ଆମର ତ ନିଜର ସ୍ୱତନ୍ତ୍ର କଥା କିଛି ଆଉ ନଥିଲା ପରସ୍ପର ପାଖରେ। ଯାହା ବି ଥିଲା, ତାହା ଏଇ ଦରଦୀ କବିମାନଙ୍କର କବିତା ଭିତରେ ହିଁ ଆମେ ପାଇ ଯାଉଥିଲେ। ଏଇ କବିତା ସବୁ ଥିଲା ଆମ ପ୍ରାଣର କଥା - ପ୍ରୀତିର କଥା - ଆମ ସ୍ୱପ୍ନର କଥା - ସମ୍ପର୍କର କଥା। ତା'ରି ଭିତରେ ଆମେ ନିଜକୁ ବେଶ୍ ଅନ୍ତରଙ୍ଗ ଭାବରେ ଆବିଷ୍କାର କରି ପୁଲକିତ ହେଉଥିଲେ।

'ତୁମେ ମୋର ଚିହ୍ନା ନଦୀ, ମୁଁ ତୁମର ସାଗରର ବେଳା,
ମୁଁ କଙ୍କାଳ, ତୁମେ ମୋର ମାଂସର ମେଖଳା।'
++++++
'ମୁଁ ତୁମ ଆଖିର ଅଶ୍ରୁ, ତୁମେ ମୋର ଶୋଣିତ ପସରା,
ମୁଁ ତୁମ ସ୍ନାୟୁର ଶୋଷ, ତୁମେ ମୋର ଆବେଗର ସୁରା।'

ତରୁଣ କବି କୁଳମଣି ଜେନାଙ୍କର କବିତା - 'ତୁମ ପାଇଁ।' - ମନେ ପଡୁଛି ତୋର! ଏଇ କବିତା ଶୁଣୁ ଶୁଣୁ କେମିତି ଏକ ଭାବ ମୂର୍ଚ୍ଛିତ ଆବେଗରେ

ମୋତେ ତୁ ପଚାରିଲୁ - 'ତମେ ମୋ ଜୀବନରେ ଚିରକାଳର କବିତାଟିଏ ହୋଇପାରିବ ?'

ଉତ୍ତରରେ ମୁଁ ପୁଣି ଶୁଣେଇଥିଲି ସେ କବିତାରୁ ଆଉ ପଦେ -

"ମୁଁ କବିତା, ତୁମେ ତା'ର ଆବୃତ୍ତିର ଛନ୍ଦ
ମୁଁ ତୁମ ଗଭାର ଫୁଲ, ତୁମେ ତା'ର ଚିରନ୍ତନ ଗନ୍ଧ ।"

ମୋର ସେଇ କବିତା ଆବୃତ୍ତିରେ ଅନୁଭବ କଲି, ତୁ ଯେମିତି ପୂରାପୂରି ଛନ୍ଦି ହୋଇପଡୁଛୁ । କେମିତି ଏକ ଅପୂର୍ବ ବାସ୍ନାରେ ତୁ ମହକି ଉଠୁଛୁ । ସେଇ ବାସ୍ନା ଭିଜା ଦେହ ମନ ନେଇ ତୁ ଉଠିଆସିଲୁ ମୋ ପାଖକୁ । ମୋ ଦେହକୁ ଲାଗି ବସି ରହିଲୁ । ତୋ ମୁହଁକୁ ଚାହିଁଲି । ଲଜ୍ଜା, ପୁଲକ ଓ କାମନାର ମିଶାମିଶି, ଫେଣ୍ଟାଫେଣ୍ଟି ଏକ ଆଶ୍ଚର୍ଯ୍ୟ ସୁନ୍ଦର ଛଟା ତୋ ମୁହଁରେ । ଅନୁଭବ କଲି ସତେ ଯେମିତି ବନ୍ୟ ଝରଣାଟିଏ ଭଳି ସେଇ ମୁହୂର୍ତ୍ତରେ ହିଁ ତୁ ବହିଯିବାକୁ ଚାହୁଁ - କୁଳୁକୁଳୁ ଛନ୍ଦରେ ଦୃଷ୍ଟି ଫେରେଇ ମୁଁ ପୁଣି କବିତା ଆବୃତ୍ତି କଲି -

ମୁଁ ଘଞ୍ଚ ଜଙ୍ଗଲ ଏକ, ତୁମେ ତା'ର ବିସ୍ତାରିତ ଛାଇ
ଆଦିମ ଝରଣା ପରି ତୁମେ ଯାଅ କୁଳୁକୁଳୁ ବହି ।

"ମୋର ବାଁ ହାତ ପାପୁଲିକୁ ତୁ ସେତେବେଳେ ତୋର ଦୁଇ ହାତରେ ଚାପି ଧରିଥିଲୁ । ତୋ ମୁହଁକୁ ଥରେ ଚାହିଁଦେଇ ମୁଁ କବିତାଟିର ଶେଷ ଧାଡ଼ିଟି ଗାଇ ଦେଲି -

"ମୁଁ ଘାସ ଗାଲିଚା ଏକ, ତୁମେ ସେଠି କ୍ରୋଟନର ଛାୟା
ତୁମ ଓଠେ ଓଠ ଚାପି ଭୁଲିଯାଏ ପୃଥିବୀର ମାୟା"

କବିତାର ଏଇ ଶେଷ ଧାଡ଼ିଟି ଶେଷ ନ ହେଉଣୁ ଓଠକୁ ମୋର ତୋ ଓଠର ଅଠାରେ ନିବୁଜ କରି ବୁଜି ଦେଇଥିଲୁ । କେତେ କ୍ଷଣ ? କିଛି ମନେ ଅଛି... ମନେ ପଡୁଛି ତୋର ?

ତା'ପରେ ମୁଁ ଯେତେବେଳେ ଓଠକୁ ମୋର ମୁକୁଳେଇ ନେଲି, ତୁ କହିଲୁ - ନା ମୋତେ ଆଉ କବିତା ଶୁଣାଅ ନାହିଁ - ତୁମେ ମୋ ପାଇଁ କବିତାଟିଏ ହୋଇଯାଅ । କବିତାର ସେଇ ଶେଷ ଧାଡ଼ି । କିଛି ଶଙ୍କା, ସଙ୍କୋଚ ଓ ସଂସ୍କାରଗ୍ରସ୍ତ ମନର ଭୀରୁ ଭୀରୁ ଭାବ ନେଇ ମୋ କମ୍ପିତ ଅଧରକୁ ତୋର ତୃଷାର୍ତ୍ତ ଅଧରରେ ଯେତେବେଳେ ସାମାନ୍ୟ ଛୁଆଁଇ ଦେଇ ନେଇ ଆସିଲି, ତୁ ପ୍ରତିବାଦ କଲୁ - 'ନା, ନେଇଯାଅ ନାହିଁ, - ପ୍ଲିଜ ।' ଏହା କହି ମୋର ଓଠକୁ ପୁଣି ଥରେ ଚାପି ଧରିଲୁ ତୋ ଓଠରେ ।

ଏ ଖେଳ କେତେ ସମୟ ଯାଏ ଚାଲିଥିଲା ? ମନେ ଅଛି - କିଛି ମନେ ପଡୁଛି ତୋର... ?

ମନେ ଅଛି... ଆଉ ଦିନେ ତୁ ମୋତେ ପଚାରିଲୁ - ମୋତେ ତୁମେ ସାଙ୍ଗରେ ଆଜି ମନ୍ଦିର ନେଇଯାଇ ପାରିବ ? ତୁମ ସହିତ ମନ୍ଦିର ବେଢ଼ାରେ ଘେରାଏ ବୁଲି ଆସିବାକୁ ମୋର କାହିଁକି ଖୁବ୍ ଇଚ୍ଛା ହେଉଛି। 'ହଁ' କି 'ନାହିଁ' କିଛି ଉତ୍ତର ଦେବା ପୂର୍ବରୁ ଗୋଟାଏ ମିନିଟ୍‌ରେ ତୁ ତୋର ଶାଢ଼ି ବଦଳେଇ ସତକୁ ସତ ବାହାରି ଆସିଥିଲୁ, ମୋ ହାତ ଧରି ଟାଣିଥିଲୁ ଚାଲନା - ଏତେ ଭାବୁଛ କ'ଣ ?

ଉଦୁଉଦିଆ ଦି' ପହରଟାରେ ମନ୍ଦିରର ବେଢ଼ା ପରିକ୍ରମା - ବୁଦ୍ଧିକୁ ତୋର ପ୍ରଶଂସା ନ କରି ରହି ପାରିଲି ନାହିଁ। ଦ୍ୱିପ୍ରହରର ଖରାରେ ସହରର ଜଣାଶୁଣା ପରିଚିତ କେହି ମନ୍ଦିରରେ ନଥିଲେ। ଯାହା ଥିଲେ ଅଳ୍ପ କେଇଜଣ ବାହାରର ଯାତ୍ରୀ। ନିଶ୍ଚିନ୍ତରେ ଆମେ ଅନେକ ସମୟ ଯାଏଁ ଏକ ନିରୋଳା ନିକାଞ୍ଚନ ଜାଗାରେ ବସିଥିଲେ। ତା'ପରେ ବୁଲି ବୁଲି ମନ୍ଦିରର କାରୁକାର୍ଯ୍ୟ ସବୁ ଦେଖିଥିଲେ। ସତେ ଯେମିତି ଆମେ ପ୍ରଥମଥର ପାଇଁ ବାହାର ଯାତ୍ରୀ ଦୁଇଜଣ ଏ ମନ୍ଦିର ଭିତରକୁ ଆସିଛୁ ଏବଂ ନୂଆ କରି ମନ୍ଦିର ଗାତ୍ରରେ ଥିବା କାରୁକଳା ସବୁ ଆବିଷ୍କାର କରୁଛୁ। ସୃଷ୍ଟିର ଆଦିମ ସଂଗୀତ ଗାଇ ରତିକ୍ରୀଡ଼ାରେ ରତ ଥିବା ଶିଳ୍ପୀ ହାତର ଗଢ଼ା ସେଇ ଅନୁପମ ପାଷାଣ ପ୍ରତିମାକୁ ଚାହିଁ ତୁ ମୋତେ ପଚାରିଥିଲୁ - "ଏହିଭଳି କାରୁକାର୍ଯ୍ୟ ତୁମେ ସୃଷ୍ଟି କରି ପାରିବ ମୋ ପାଇଁ ? ହୋଇପାରିବ ମୋ ଜୀବନ-ଯୌବନର କଳାକାର ?"

ମୁଁ ଉତ୍ତର ଦେଇଥିଲି - 'ମୋର କଳା ହୋଇଯିବ ତୋ ଜୀବନର କଳଙ୍କ। ସେ କଳଙ୍କର ଟୀକା କପାଳରେ ମାରି ବାଟ ଚାଲିବା ତୋ ପକ୍ଷରେ ସହଜ ହେବ ନାହିଁ।

'ମୁଁ କିନ୍ତୁ ପାରିବି' - ତୋର କଣ୍ଠସ୍ୱର ଓ ଆଖିର ଚାହାଣୀରେ ମୁଁ ଲକ୍ଷ୍ୟ କରିଥିଲି ଅସମ୍ଭବ ଦୃଢ଼ତା ଓ ଗଭୀର ଆତ୍ମପ୍ରତ୍ୟୟ। ବିସ୍ମିତ ଓ ଅଭିଭୂତ ହୋଇ ପଡ଼ିଥିଲି।

ଆଉଦିନେ ଖରାବେଳେ...

ତୁ କହିଲୁ - "କାହିଁ କେତେକାଳ ହେଲା ସମୁଦ୍ରର ସ୍ୱର ମୁଁ ଶୁଣି ନାହିଁ - ଶୁଣି ନାହିଁ ଝାଉଁ ବଣର ସଂଗୀତ। ଚାଲନା - ଆଜି ସମୁଦ୍ର କୂଳ ଯିବା - କଙ୍କଡ଼ା ଧରିବା। ଲୁଣିପାଣିରେ ପାଦ ପଖାଳିବା।"

ହଠାତ୍ ମୁଁ ନିଜକୁ ପ୍ରସ୍ତୁତ କରି ପାରି ନ ଥିଲି। କହିଲି - ଦେଖ - ନିଛାଟିଆ ଏ ଖରାବେଳେ ଆମ ଦୁହିଁଙ୍କର ବେଳାଭୂମିରେ ବିହାର ଆଦୌ ନିରାପଦ ନୁହେଁ। କାହିଁକି ଜାଣିଶୁଣି ଅଯଥା ବିପଦ ଓ ଆପଦକୁ ବରଣ କରି ଆଣିବା ?

"ଅନାଗତ ଓ ଅନିଶ୍ଚିତ ବିପଦକୁ ଭୟ କରି ଘରେ ବସି ରହିଲେ, ଜୀବନର ସ୍ୱାଦ ଉପଭୋଗ କରି ହେବ ନାହିଁ - ଜୀଇଁ ଥାଉ ଥାଉ ଜୀବନ ଅଛୁଆଁ ହୋଇ ରହିଯିବ।"

ତୋର ଯୁକ୍ତି ପାଖରେ ମୋତେ ପରାଜୟ ସ୍ୱୀକାର କରିବାକୁ ପଡ଼ିଥିଲା।

ନିର୍ଜନ ଖରାବେଳଟାରେ ଛାଇ ଛାଇକା ଝାଉଁବଣ ଭିତରେ ବସି ଆମେ ସେଦିନ ସମୁଦ୍ରର ସ୍ୱର ଶୁଣିଥିଲେ। ପରସ୍ପର ପାଖରେ ନିଜ ମନ-ସମୁଦ୍ରର ଗଭୀରତା କଳିବାକୁ ଚେଷ୍ଟା କରିଥିଲେ। ଜାଣିଶୁଣି ମୁଣ୍ଡ ଉପରେ ଓଢ଼ଣା ଟାଣି ଦେଇଥିଲୁ। ପାଖକୁ ଆସି ମୁହାଁମୁହିଁ ନ ହେଲା ଯାଏଁ କେହି ଆଉ ଚିହ୍ନିବାର ଉପାୟ ନାହିଁ। ଦୂରରୁ ଦେଖିଲେ ଯେ କେହି ଭାବିନେବ ଯେ, ସ୍ୱାମୀ ସ୍ତ୍ରୀ ଦୁଇଜଣ ବସିଛନ୍ତି।

ସେଦିନ ବେଳାଭୂଇଁରୁ ଫେରିଲାବେଳକୁ ସୂର୍ଯ୍ୟ ଆଉ ପୂର୍ବ ଦିଗରେ ନଥିଲେ। ସମୁଦ୍ରରେ ସୂର୍ଯ୍ୟୋଦୟ ଦେଖିବାର ସୌଭାଗ୍ୟ ତୋର କେବେ ହୋଇନଥିଲା। ସୂର୍ଯ୍ୟାସ୍ତର ଶୋଭା ଟିକକ ଦେଖିବା ଲାଗି ତୁ ଜିଦ୍ ଧରି ବସିଲୁ। ସେଇ ଜିଦ୍ ଫଳରେ ଫେରୁ ଫେରୁ ଅନ୍ଧାର ହୋଇଯାଇଥିଲା। କେମିତି ଏକ ଭୟ ଭୟ ଭାବ ମୋ ଭିତରେ ସଞ୍ଚରି ଯାଉଥିଲା। ତୁ କିନ୍ତୁ ବେଶ୍ ନିର୍ଦ୍ୱନ୍ଦ୍ୱ ଓ ନିର୍ଭୀକ ମନରେ ରିକ୍ସାଟିଏ ଡାକି ବସିଥିଲୁ - ମୋତେ ବସିବା ପାଇଁ ନିର୍ଦ୍ଦେଶ ଦେଇଥିଲୁ। ବାଟରେ ପଚାରିଥିଲି - ଘରେ ଏବେ ତୋର ବାପା-ବୋଉ ଫେରି ଆସିଥିବେ। ଯଦି ପଚାରନ୍ତି, କୁଆଡ଼େ ଯାଇଥିଲୁ ବୋଲି - କ'ଣ ଉତ୍ତର ଦେବୁ? ତୁ କହିଲୁ - ଆସିଲାବେଳେ 'କାଲୁ'କୁ ମୁଁ କହି ଦେଇ ଆସିଥିଲି - ଏବେ ମଧ୍ୟ ସେଇଆ କହିବି ଯେ - ମୋ ସାଙ୍ଗର ଜନ୍ମଦିନ ପାଇଁ ତା' ଘରକୁ ଯାଇଥିଲି - ନିମନ୍ତ୍ରଣ ଥିଲା।

- 'ସତ କହିଲେ ମରିବାକୁ ପଡ଼ିପାରେ। ମୁଁ କିନ୍ତୁ ବଞ୍ଚିବାକୁ ଚାହେଁ। ଆଉ ବଞ୍ଚିବାକୁ ହେଲେ ସତ ଅପେକ୍ଷା ମିଛର ପ୍ରୟୋଜନ ସବୁବେଳେ ବେଶି।

କବିତା-ପଢ଼ା, ସମୁଦ୍ର ବେଳା ବା ମନ୍ଦିରର ବେଢ଼ା ପରିକ୍ରମା ଭିତରେ ଏମିତି କେତେ ଖରାବେଳ ଯେ ବିତିଗଲା - କିଛି ମନେ ଅଛି... ମନେ ପଡୁଛି ତୋର ?

ମେ-ଜୁନ୍-ଦୀର୍ଘ ଦୁଇ ମାସରେ ସେ ଖରାବେଳ। ବିଏ ପରୀକ୍ଷା ଦେଇ ସାରି ତୁ ତୋ ଫଳକୁ ଅପେକ୍ଷା କରିଥାଉ - ଆଉ ଏମ୍ଏ ପରୀକ୍ଷା ଦେଇସାରି ମୁଁ ମୋ ଫଳକୁ। ଅପେକ୍ଷାର ଏଇ ଅଖଣ୍ଡ ଅବସରରେ ଆମ ଦୁହିଁଙ୍କର କବିତା ଆସର।

ଠିକ୍ ରଜ ବାସିଦିନ - ଖରାବେଳଟାରେ ଚାରିଦିଗ ଅନ୍ଧାର କରି କେଉଁଠି ଥିଲା କେଜାଣି ମାଡ଼ି ଆସିଲା ମେଘ। ବର୍ଷି ଦେଇଗଲା। ଖାଲି ବର୍ଷା ଆଉ ବର୍ଷା। ସାରା ସହରରେ ଗୋଟିଏ ମିନି ନଦୀର ଦୃଶ୍ୟ। କେମିତି ଘରୁ ବାହାରିବି - ମୋର ସେଇ ଗୋଟିଏ ଚିନ୍ତା। ଦୁଆରେ ମେଲା କରି ତୁ ଚାହିଁଥିବୁ - ଆଶା ଓ ଆଶଙ୍କାରେ ଦୋଳି ଖେଳୁଥିବୁ - ମୁଁ ଯିବି ନା ନାହିଁ। ଏକା ଏକା ବର୍ଷାର ଦୃଶ୍ୟକୁ କ'ଣ ଉପଭୋଗ

କରିହୁଏ ? ଘର ଭିତରେ ଛତା ଖୋଜିଲି - ନା, ଛତା ନଥିଲା। ତା'ପରେ ଚୁପ୍‌ଚାପ୍ ସାଇକେଲଟିଏ ଧରି ଏକମୁହାଁ ହୋଇ ଛୁଟିଲି - ତୋ ପାଖରେ ପହଞ୍ଚିଲା ବେଳକୁ ଦେହସାରା ଓଦା ଜୁଡୁବୁଡୁ। ମୋତେ ଦେଖୁ ଦେଖୁ ଏକ ରକମ ଜାବୁଡ଼ି ଧରି ବହେ ନାଚିଗଲୁ ଛୋଟ ପିଲାଙ୍କ ଭଳି - "ଓଃ କି ମଜା ! କି ମଜା !" - ମନେ ଅଛି ! କିଛି ମନେ ପଡୁଛି ତୋର... ! !

ମୁଁ କହିଲି - 'ହେଇ, ଏମିତି ପିଲାଙ୍କ ଭଳି ନାଚୁଛୁ କ'ଣ। ଓଦାରେ ମୋର ଦେହ ଥରୁଛି - କ'ଣ ଗୋଟାଏ ଆଣ ଶୀଘ୍ର। ମୁଁ ପୋଛାପୋଛି ହୋଇଯାଏ।'

'ତୁମ ଦେହର ଓଦାକୁ ମୋ ଦେହରେ ପୋଛିଦିଅ ନା - ତୁମ ସାମନାରେ ତ ମୁଁ ଠିଆ ହୋଇଛି।' - ଏହା କହି ପିନ୍ଧା ଶାଢ଼ିରେ ଆଗ ପୋଛିଦେଲୁ ମୋର ଦେହ ମୁହଁ। ତା'ପରେ ମୋଟା ତଉଲିଆଟା ଆଣି ଭଲକରି ମୋ ମୁଣ୍ଡଟାକୁ ପୋଛି ପକେଇଲୁ। ମୁଣ୍ଡରେ ମୋର ଗୋଛାଏ ବାଳ। ଥପ୍ ଥପ୍ ହୋଇ ନିଗିଡ଼ି ପଡୁଥାଏ ବର୍ଷାପାଣି। ମୋତେ ଶାସନ କରିବା ଭଙ୍ଗୀରେ କହିଲୁ - 'କାଲି ସକାଳୁ ବାରିକ ଡାକି ତମେ ଆଗ ଲଣ୍ଡା ହୋଇଗଲ।'

'ଲଣ୍ଡା ହୋଇଗଲେ ତୁ କ'ଣ ମୋତେ ତୋ ପାଖରେ ବସେଇବୁ ?'

- 'ଆହୁରି ପାଖରେ - ନିଜ କୋଳରେ ବସେଇ ନଣ୍ଡାମୁଣ୍ଡରେ ଚୁମା ଦେବାକୁ ମୋତେ ବେଶି ଭଲ ଲାଗିବ।'

ତୋର ଫାଜିଲାମିରେ ମୁଁ ହସିଦେଲି। ତା'ପରେ ଘରକୁ ଯାଇ ପାନିଆ ଆଣି ମୋର ମୁଣ୍ଡ କୁଣ୍ଡେଇ ଦେଲୁ ମୁଁ ସେମିତି ଠିଆ ହୋଇଥାଏ। ସତେ ଯେମିତ ଆଠ ଦଶ ବର୍ଷର ଅବୋଧ କାହ୍ନୁ - ଆଉ ମୋ ସାମ୍ନାରେ ତୁ ଠିଆ ହୋଇଛୁ ସ୍ନେହ ଦେଇ ଶାସନ କରୁଥିବା ଜନନୀ ଯଶୋଦା।

ମନେ ପଡ଼ି ଯାଉଥାଏ ମୋ ବୋଉ କଥା- କେତେ ବଡ଼ ହେଲା ଯାଏଁ, ସମ୍ଭବତଃ ମାଟ୍ରିକ୍ ପରୀକ୍ଷା ଦେବାଯାଏ ବୋଉ ଏମିତି ମୋର ମୁଣ୍ଡ କୁଣ୍ଡେଇ ଦେଉଥିଲା। ସମସ୍ତେ ଥଟ୍ଟା କରୁଥିଲେ ହେଲେ ମୋତେ ଆଦୌ ସୁନ୍ଥା ଭାଙ୍ଗି ଆସୁନଥିଲା। ଏପରିକି କଲେଜରେ ପଢ଼ିଲାବେଳେ ଯେତେବେଳେ ମୋ ବୋଉ ହାତରେ ପାନିଆ ଆଉ ନଥିଲା ମୋର ନୁଖୁରା ଫୁରୁଫୁରୁ ଉଡୁଥିବା ବାଳକୁ ସାଉଁଳି ଦେବା ପାଇଁ, ସେତେବେଳେ ମୋର ପଢ଼ା ସାଙ୍ଗ ବାବୁଲା ହିଁ କଲେଜରେ ପହଞ୍ଚିଲା ମାତ୍ରେ ମୋ ମୁଣ୍ଡକୁ ଆଉ ଥରେ ତା' ନିଜସ୍ୱ ରୁଚିରେ ସଜାଡ଼ି ସୁନ୍ଦର କରି ଦେଉଥିଲା।

ମନେ ଅଛି... ମୁଣ୍ଡ କୁଣ୍ଡେଇ ଦେବା ପରେ ପଚାରିଲୁ - 'କ'ଣ ଦର୍ପଣ ଦରକାର ?' ମୁଁ କ'ଣ ଉତ୍ତର ଦେଇଥିଲି... ମନେ ପଡୁଛି ତୋର... !

– "ତୋର ଆଖିର ଦର୍ପଣରେ ତ ମୁଁ ନିଜକୁ ଭଲକରି ଦେଖି ପାରୁଛି। ଆଉ ଦର୍ପଣ କ'ଣ ହେବ!"

ତା'ପରେ କି ଏକ ଗଭୀର ସ୍ୱପ୍ନ ଓ ଭାବର ଆବେଗରେ ସୁନ୍ଦର ଦିଶୁଥିବା ତୋର ସେଇ ଘୁମନ୍ତ ଆଖିପତାରେ ମୁଁ ସ୍ନେହର ତ୍ରିଭୂଜଟିଏ ଆଙ୍କି ଦେଇଥିଲି।

ହସି ହସି ତୁ ପଚାରିଥିଲୁ – କ'ଣ, ଇଏ ମୋର ପାରିଶ୍ରମିକ?

ଦୁଷ୍ଟାମିରେ ହସୁଥିବା ଆଖି ଦୁଇଟି ମୋର ନିରବରେ ସମ୍ମତି ଜଣେଇଥିଲା।

କୃତ୍ରିମ କ୍ରୋଧ ପ୍ରକାଶ କରି କହିଥିଲୁ – ଦରକାର ନାହିଁ ବାବା ଆମର ଏ ସାମାନ୍ୟ ପାଉଣା। ନେଇଯା – ଫେରେଇ ଦେଉଛି। ତା'ପରେ ସତକୁ ସତ ମୋ ଓଠର ସ୍ନେହକୁ ତୁ ଫେରେଇ ଦେଇଥିଲୁ ତୋ ଓଠରେ।

କ'ଣ କିଛି ମନେ ଅଛି! ମନେ ପଡୁଛି ତୋର...!!

ପ୍ରତିଦିନ ସେଇ ଖରାବେଳେ ମୁଁ ପହଞ୍ଚିବା ପୂର୍ବରୁ କେତେ ପ୍ରକାର ଖାଇବା ଜିନିଷ ନିଜ ହାତରେ ତିଆରି କରି କେତେ ସରାଗରେ ତୁ ସାଇତି ରଖିଥାଉ ମୋ ପାଇଁ। ପ୍ରତିଦିନ ନୂଆ ନୂଆ କିଛି ରାନ୍ଧି ଖୁଆଇବା ପାଇଁ ତୁ ଗୋଟିଏ ରନ୍ଧନ ପ୍ରଣାଳୀର ବହି ବି ଶେଷକୁ କିଣି ପକେଇଲୁ। ମାସ ଦି'ଟାରେ ମୋତେ ଖୁଆଇ ଖୁଆଇ ମୋଟା କରିଦେବା ପାଇଁ ତୋର ଥିଲା ଅଦ୍‌ଭୂତ ନିଶା। ପହଞ୍ଚିଲା ମାତ୍ରେ ମୁଁ 'ନାହିଁ' 'ନାହିଁ' କରିବା ସତ୍ତ୍ୱେ ତୁ ମୋର କୌଣସି କଥା ନ ଶୁଣି ବଳେଇ ବଳେଇ ଜୋର୍ କରି ମୋ ପାଟିରେ ଭରି ଦେଉଥିଲୁ ପ୍ଲେଟଭର୍ତ୍ତି ଜଳଖିଆ। କହୁଥିଲୁ – ପେଟରେ ଭୋକ ରଖି ମୁହଁରେ ଲାଜ କରିବା ଢଙ୍ଗ ଛାଡ଼୍। ଖାଇ ସାରିବା ପରେ ଦୁଷ୍ଟାମି କରି ମୁଁ କହୁଥିଲି – ନା, ଏତିକିରେ ପେଟ ପୂରିଲା ନାହିଁ। ଆଉ ଗୋଟିଏ ଖାଇବା ଜିନିଷ ବାକି ରହିଗଲା। ମୋ କଥାର ଅର୍ଥ ତୁ ଠିକ୍ ବୁଝି ଶୂନ୍ୟପ୍ଲେଟ ଓ ଗ୍ଲାସ ଧରି ମୋ ପାଖରୁ ଚଟାପଟ୍ ଉଠି ପଳେଇ ଯାଉଥିଲୁ। ଲବଙ୍ଗଦିଆ ସାଦା ପାନ ଖଣ୍ଡେ ଆଣି ମୋ ପାଟିରେ ଗୁଞ୍ଜିଦେଇ କହୁଥିଲୁ – 'ଏଥର ମୋ ପାଇଁ କ'ଣ ଆଣିଛ ଦିଅ।'

ପକେଟ ଭିତରୁ ଲୁଚେଇ ରଖିଥିବା କାଗଜ ପୁଡ଼ିଆଟିଏ ତୋ ହାତରେ ଧରେଇ ଦେଉଥିଲି। ସେଥିରେ ଥାଏ କିଛି ମିଠା ଚିନାବାଦାମ ବା ପେଡ଼ାଟିଏ ବା କିଛି ଅଙ୍ଗୁର। କେଉଁ ଦିନ କ'ଣ। ରଙ୍କୁଣୀ ଛୁଆଟିଏ ଭଳି ଅଧୀର ଆକୁଳତାରେ ମୋ ହାତରୁ ସେତକ ଝାମ୍ପି ନେଇ ପରମ ଆଗ୍ରହରେ ଖାଇ ଦେଉଥିଲୁ – ଅବଶ୍ୟ ଖାଇବା ପୂର୍ବରୁ ମୋ ପାଟିରେ ମଧ୍ୟ ଟିକିଏ ଦେବାକୁ ଭୁଲୁ ନଥିଲୁ। ମନେ ଅଛି... ସେଇ ପରମ ଆହ୍ଲାଦିତ ମୁହୂର୍ତ୍ତର ସ୍ମୃତି ସବୁ?

ଖାଁ ଖାଁ ଖରାବେଳ।

ଶବ୍ଦମୟ ନିରବତା ଓ ଗୀତିମୟ କବିତା ପଢ଼ାର ଖରାବେଳ-

ପେଟଭରି ଖାଇବା ଓ ଖୁଆଇବା ଖରାବେଳ

ନିର୍ଜନ, ନିଶୂନ ଖରାବେଳ।

ଲୁହାର ଫାଟକ, ପଥରର ପାଚେରୀଘେରା ବିରାଟ ପ୍ରାସାଦ ଭିତରେ କେବଳ ତୁ ଆଉ ମୁଁ। ମୁଁ ଆଉ ତୁ...

ଦୁଇଜଣ ତୋର ଗୃହରକ୍ଷୀ ଅବା ଦେହରକ୍ଷୀ।

ଜଣେ ମଣିଷ ଅନ୍ୟଟି ପଶୁ।

ଜଣେ 'କାଳନ୍ଦୀ' ବା 'କାଲୁ' ନିଶ୍ଚିତ ନିଦ୍ରାରେ -

ଆଖିବୁଜି ଚେଇଁ ରହିଥିବା 'ଟାଇଗର' ବନ୍ଧା ଲୁହାର ଶିକୁଳିରେ।

ତା'ପରେ କେବଳ ଆମେ ଦୁଇଜଣ ମୁକ୍ତବନ୍ଦୀ। ଆଖି ବୁଜି ଶୋଇନଥିଲୁ। କିନ୍ତୁ ସ୍ୱପ୍ନ ଦେଖୁଥିଲୁ।

ଆମର ସ୍ୱପ୍ନ ଦେଖିବା, କବିତା ପଢ଼ିବା, ବର୍ଷାରେ ଭିଜିବା - ପରସ୍ପର ଭିତରେ ହଜିଯାଇ ପୁଣି ନିଜକୁ ଖୋଜିବା - ଏ ସବୁରେ ବାଧା ଦେବାକୁ କେହି ଆଉ ନଥିଲେ। ନା ତୋର ଛୋଟ ବଡ଼ ଭାଇ ବା ଭଉଣୀ।

ବାପା-ମା'ଙ୍କର ଏକମାତ୍ର ଅଲିଅଳ ରାଜଜେମା ତୁ - (ତୋରି ଭାଷାରେ) 'ଚିର ଦୁଃଖିନୀ-ଚିର-ବନ୍ଦିନୀ'।

ବାବା - ରାଜନୀତିରେ କେଉଁ ଏକ ରାଜନୀତିକ ଦଳର ଟାଣୁଆ ସଭ୍ୟ, ଆନ୍ଦୋଳନ, ଉତ୍ସବ ଅନୁଷ୍ଠାନ ଭିତରେ ବ୍ୟସ୍ତ। ଘର ଭିତରେ ବସି ରହିବା ପାଇଁ ତାଙ୍କୁ ସମୟ ବା କାହିଁ? ଘର ହେଉଛି ତାଙ୍କ ପାଇଁ ଗୁମ୍ଫାଟିଏ। କେତେବେଳେ କେମିତି ଚରିବୁଲି କ୍ଳାନ୍ତ ହୋଇଗଲେ, ପଥଶ୍ରାନ୍ତ ଦୂର କରିବା ପାଇଁ 'ଘର' ନାମକ ଗୁମ୍ଫାଟି ଭିତରେ ପଶିଯାଆନ୍ତି। ଆଉ ମା'ଙ୍କର ତ ଏ ଘରର ପରିଧି ବାହାରେ ଅଛି ଏକ ବିସ୍ତୃତ ସମାଜ - ସହରର ଅଗ୍ରଗାମୀ ପ୍ରଗତିଶୀଳା ମହିଳାମାନଙ୍କୁ ନେଇ। ଖରାବେଳଟା ତାଙ୍କର ସେଇ 'ମହିଳା ସମାଜ'ର ସଭା ଗୃହରେ ହିଁ କଟି ଯାଉଥିଲା। ସେଇ ସମାଜର ସେ ସଭାନେତ୍ରୀ। ତା'ଛଡ଼ା ନୂଆକରି ସେ ଏକ ସିଲେଇ ଶିକ୍ଷାକେନ୍ଦ୍ର ବି ଖୋଲି ଥାଆନ୍ତି। ସେଇ ସିଲେଇ ଶିକ୍ଷା କେନ୍ଦ୍ରର ସେ ହେଉଛନ୍ତି ଅଧ୍ୟକ୍ଷା। ସୁତରାଂ ଖରାବେଳଟା ତାଙ୍କ ପାଇଁ ଘରେ ଶୋଇରହି ଅଳସ ଭାଙ୍ଗିବାର ଅବସର ସମୟ ନଥିଲା। ତାହା ଥିଲା ସମାଜ ସେବାରେ ଉତ୍ସର୍ଗୀକୃତ ଏକାନ୍ତ କର୍ମ ବହୁଳ ଫଳପ୍ରଦ ଖରାବେଳ।

ଆଉ ତୋ ପାଇଁ... ! ତୁ କହୁଥିଲୁ ଖାଁ ଖାଁ ଖାଇ ଗୋଡ଼ଉଥିବା ସେଇ ନିଷ୍ଠୁର ନିଛାଟିଆ ଖରାବେଳକଟାକୁ ଶୁଭ୍ର, ସତେଜ ସକାଳର ସୁନ୍ଦରତାରେ ଭରିଦେଇ ମୁଁ କୁଆଡ଼େ ସିଧାସଳଖ ସ୍ୱର୍ଗରୁ ଚାଲି ଆସିଥିଲି ଦେବଦୂତଟିଏ, ତତେ 'ବନ୍ଦିନୀ'ର ଦୁଃସାହସ ନିଃସଙ୍ଗତା କବଳରୁ ସାମୟିକ ମୁକ୍ତି ଦେବାଲାଗି।

ତୋ ପାଖରେ ମୋର ଉପସ୍ଥିତି ବାପା-ମା'ଙ୍କୁ ତୋର ଅଜଣା ନଥିଲା। ପ୍ରଥମରୁ ହିଁ ତୁ ମୋତେ ସେମାନଙ୍କ ସହିତ ପରିଚୟ କରେଇ ଦେଇଥିଲୁ। ଆଉ ସେଇ ପ୍ରଥମ ଦେଖାରେ ହିଁ ସେମାନେ ମୋତେ ନିରାପଦ ଶଶକଜାତୀୟ ବ୍ୟକ୍ତିଟିଏ ଭାବି ଗ୍ରହଣ କରି ନେଇଥିଲେ। ମୋତେ ନେଇ ସେମାନଙ୍କ ମଧ୍ୟରେ କୌଣସି ପ୍ରକାର ଭୟ ବା ଶଙ୍କା ଆଦୌ ନଥିଲା। ସେମାନେ ଠିକ୍ ଜାଣିଥିଲେ ଯେ, ଏମିତି କୌଣସି ଖରାବେଳ ଆସିବ ନାହିଁ, ଯେତେବେଳେ ମୋ ଭିତରୁ ବାଘଟିଏ ମାଡି ଉଠିବ ଏବଂ ତା'ର ବିଷାକ୍ତ ନଖଦାନ୍ତରେ ତାଙ୍କର ଏକମାତ୍ର ଅଲିଅଳି ରାଜଜେମାକୁ ଲହୁ ଲୁହାଣ କରିଦେବ। ଲୋକ ଚିହ୍ନିବାରେ ସେମାନଙ୍କର କୌଣସି ଭୁଲ୍ ହୋଇନଥିଲା।

କହ, ହୋଇଥିଲା କି ?

ପରସ୍ପରର ଏମିତି ଚିନ୍ତାମୁକ୍ତ, ଶାନ୍ତ, ଶୀତୋଷ୍ଣ ସାନ୍ନିଧ୍ୟ ଭିତରେ କେତେବେଳେ ଖରା ଯାଇ ବର୍ଷା ଆସିଗଲା - ଆମେ କେହି ଜାଣିପାରିଲେ ନାହିଁ। ପ୍ରାଣ ସଞ୍ଚାରୀ, ପ୍ରଳୟଙ୍କରୀ ବର୍ଷା। ଏଇ ବର୍ଷାର ସ୍ପର୍ଶ ଓ ସଙ୍ଗୀତରେ ଭରିଯାଏ ନୂଆ ଫସଲ। ଜନ୍ମନିଏ ନୂଆ ଜୀବନ। ଗଢ଼ାହୁଏ ସମ୍ପର୍କରେ ସେତୁ। ଏଇ ବର୍ଷା ପୁଣି ସବୁକିଛି ଭାଙ୍ଗିରୁଜି, ଧୋଇଧାଇ ଭସେଇ ନେଇଯାଏ - ମିଶେଇ ଦିଏ ନେଇ କେଉଁ ଅତଳତଳ ଦୂର ଦରିଆ ଭିତରେ। ପରିପୂର୍ଣ୍ଣତା ଭିତରେ ପୁଣି ଅସମ୍ଭବ ରକମର ଶୂନ୍ୟତା ଛାଇ ହୋଇଯାଏ।

ଏମିତି ଏକ ବର୍ଷୁଥିବା ଖରାବେଳେ ହିଁ ତୋର ବହୁ ଆକାଂକ୍ଷିତ ବିଏ ପରୀକ୍ଷାର ଫଳଟି ନାଲି ଟହଟହ ପାଚି ଖସିପଡ଼ିଲା ତୋର ଶୂନ୍ୟ ଆଞ୍ଜୁଳାରେ। ଦୁଇ ହାତରେ ମୁଠେଇ ଧରି ତୋର ସେ କି ଆନନ୍ଦ ଉନ୍ମାଦ ଭାବ ସେତେବେଳେ। କିଛି ମନେ ଅଛି... ମନେ ପଡୁଛି ତୋର !!

ସବୁକିଛି ଏଥର ବଦଳିବାକୁ ଲାଗିଲା,
ନଈ ପୁଣି ବାଙ୍କ ବୁଲିଲା।
ଶେଷ ହେଲା କବିତା ପଢ଼ା - ସମୁଦ୍ରର ବେଳା ଓ ମନ୍ଦିରର ବେଢ଼ା ପରିକ୍ରମା -
ନୂଆ ସହରକୁ ଯାଇ ନୂଆ ପାଠ ପଢ଼ିବାର ନିଶା ତତେ ଘାରିଲା।

ପୁରୁଣା ଖେଳ ସରିଗଲା।

ଆରମ୍ଭ ହେଲା ନୂଆ ଖେଳ।

ଆକାଶରେ ସେମିତି ମେଘ-ବାଦଲ ଲୁଚକାଳି ଖେଳୁଥାଏ। ଆଖିରେ ମୋର ଅନ୍ଧପୁଟୁଳି ବାନ୍ଧିଦେଲୁ। କହିଲୁ - ମୁଁ ଲୁଚୁଛି ତମେ ମୋତେ ଏଥର ଖୋଜି ବାହାର କର। ପିଲାଦିନେ ଏଇ ଖେଳ ମୋତେ ଖୁବ୍ ଭଲ ଲାଗୁଥିଲା।'

ମୁଁ ଖୋଜିବାକୁ ଆରମ୍ଭ କଲି।

ତୋର ସର୍ତ୍ତ ଥିଲା - ଖୋଜି ନ ପାଇଲେ, ହାରିଯିବା କଥା ସ୍ୱୀକାର କଲେ ତୁ ନିଜେ ଆସି ଆଖିରୁ ମୋର ଅନ୍ଧପୁଟୁଳି ଖୋଲିଦେବୁ। କିନ୍ତୁ କୌଣସି ମତେ ମୁଁ ନିଜେ ଯେପରି ନ ଖୋଲେ। ଯଦି ଖୋଲିଦିଏ, ତାହା ହେଲେ, ତୁ କେବେ ବି ଆଉ ମୋର ହୋଇ ରହିବୁ ନାହିଁ। ସବୁଦିନ ପାଇଁ ଆଖି ଆଗରୁ ଉଭାନ୍ ହୋଇଯିବୁ।

ଆରମ୍ଭ ହେଲା ଏଥର ଲୁଚିବା ଓ ଖୋଜିବାର ଖେଳ। ମଝିରେ ମଝିରେ ମୋତେ ଉଚ୍ଚାଟିତ କରିଦେଇ ଦେହରେ ମୋର ତୋ ହାତ ଛୁଆଇଁ ଦେଉଥାଉ। କହୁଥାଉ - ହେଇଟି ଧର ଧର ମୋତେ। ହାତ ଦୁଇଟିରେ ସାରା କୋଠରୀଟାକୁ ଅଣ୍ଡାଳି ପକାଉଥାଏ ମୁଁ। ଏମିତି କେତେ ସମୟ ଚାଲିଲା ସେ ଖେଳ।

ତା'ପରେ ତୋର ସ୍ୱର - ଶବ୍ଦ ଆଉ ଶୁଭିଲା ନାହିଁ। ଭୟଙ୍କର ନିରବତା, ମୋତେ ଓ ସାରା ପ୍ରାସାଦଟିକୁ ନିର୍ଜୀବ, ନିସ୍ତବ୍ଧ କରି ଦେଇଥିଲା। ଖୋଜିବା ବନ୍ଦ କରିଦେଇ ପାଟିକରି କହୁଥିଲି - 'ମୁଁ ହାରିଗଲି। ହାରିଗଲି ମୁଁ। ପରାଜୟ ସ୍ୱୀକାର କରୁଛି ଏଥର ସାମ୍ନାରେ ଆସି ଧରାଦିଅ। ଆଖିରୁ ମୋ ଅନ୍ଧ-ପୁଟୁଳି ଖୋଲିଦିଅ।'

ନା କୌଣସି ପ୍ରତିଶବ୍ଦ ନଥିଲା। ମୋ ନିଜର ସ୍ୱର ଚାରି କାନ୍ଥରେ ଧକ୍କା ଖାଇ ମୋ ପାଖକୁ ପୁଣି ଫେରି ଆସୁଥିଲା।

ମଝିରେ ମଝିରେ ଖାଲି 'କାଲୁ'ର ନିଘୋଡ଼ ନିଦର ଘୁଙ୍ଗୁଡ଼ି ଶବ୍ଦ ବା ସନ୍ଦେହୀ ଟାଇଗର୍‌ର ଶ୍ରୁତିକଟୁ ଭୋ ଭୋ ଚିତ୍କାର।

ମୁଁ କ୍ରମଶଃ ଧୈର୍ଯ୍ୟ ହରେଇ ବସୁଥିଲି।

ମନ କହୁଥିଲା - ଖୋଲିଦେ ଆଖିରୁ ଅନ୍ଧପୁଟୁଳି।

ତୋର ସର୍ତ୍ତ କିନ୍ତୁ ସେଥିରୁ ମୋତେ ନିବୃତ୍ତ କରୁଥିଲା ନିଜେ ଖୋଲିଦେଲେ ତତେ ସବୁଦିନ ପାଇଁ ହରେଇ ବସିବାର ଭୟ।

ମନେ ପଡୁଥିଲା - ଶ୍ରୀମନ୍ଦିର ଭିତରେ ଅଧାଗଢ଼ା ତିନି ଠାକୁରଙ୍କର କାହାଣୀ।

ଶିଳ୍ପୀ ବିଶ୍ୱକର୍ମାର ସର୍ତ୍ତ ଭୁଲିଗଲେ ରାଜା ଇନ୍ଦ୍ରଦ୍ୟୁମ୍ନ। ରାଣୀ ଗୁଣ୍ଡିଚାଙ୍କ

ଅନୁରୋଧରେ ନିର୍ଦ୍ଦିଷ୍ଟ ଦିନ ପୂରଣ ପୂର୍ବରୁ ଖୋଲି ଦେଲେ ମନ୍ଦିରର ଦ୍ୱାର। ଶିଳ୍ପୀ ଉଭାନ୍ - ମନ୍ଦିରରେ ଅସମ୍ପୂର୍ଣ୍ଣ ଠାକୁର ଜଗନ୍ନାଥ, ବଳଭଦ୍ର ଓ ସୁଭଦ୍ରା।

ଚୁପ୍‌ଚାପ୍ ସେମିତି ବସି ରହିଥିଲି।

ଆଖିରେ ଅସମ୍ଭବ ଜ୍ୱାଳା। ଅନ୍ଧପୁଟୁଳି ଭେଦି ଲୁହ ଝରି ପଡୁଥିଲା।

ବାହାରେ ଘନଘୋର ବର୍ଷା -

ଲୁହ, ବର୍ଷା, ଶ୍ରାବଣ।

ଶ୍ରାବଣ, ବର୍ଷା, ଲୁହ।

ଭିତରେ ଚାରିକାନ୍ଥର ବନ୍ଧନୀ ଭିତରେ ମୁଁ ଏକା - ଅନ୍ଧ

କେଉଁଠି ଲୁଚିଥିଲୁ ତୁ! କେତେ ଦୂରରେ!!

ଆଖିରେ ଅନ୍ଧପୁଟୁଳି ବାନ୍ଧି, ମନେ ମନେ ତତେ ଖୋଜି ଖୋଜି ସ୍ଥିର ଓ ଅଚଞ୍ଚଳ ରହି କେତେ କାଳ ମୁଁ ସେମିତି ବସି ରହିଥିଲି - କେତେ ଦିନ କେତେ ମାସ ବା କେତେ ବର୍ଷ - କ'ଣ କିଛି ମନେ ଅଛି... ମନେ ପଡୁଛି ତୋର!!

ଆଉ କିଏ ଶେଷରେ ମୋ ଆଖିର ଅନ୍ଧପୁଟୁଳି ଖୋଲିଦେଲା - ତୁ ନା ମୁଁ। ଆଉ କେବେ?

କେତେଦିନ - କେତେମାସ ବା କେତେବର୍ଷ ପରେ?

ମନେ ଅଛି! ମନେ ଅଛି ତୋର!!

ତୁ ଚାଲିଯିବା ପରେ

ତୁ ଚାଲିଯିବା ପରେ ମୁଁ ପୁଣି ବନ୍ଧନୀଭୁକ୍ତ ହୋଇଯାଇଛି।

ତୁ ଥିବା ଯାଏ ବନ୍ଧନୀ ଭିତରୁ ମୁକୁଳି ଯାଇ ମୋର ସବୁ ସମୟକୁ ତୋ ସମୟ ସହିତ ଯୋଡ଼ି ଦେଉଥିଲି। ସାରାଦିନ ମୋର ବିତିଯାଉଥିଲା ତୋରି ପାଖରେ। ପ୍ରତିଟି ସକାଳ ଚାହୁଁ ଚାହୁଁ ସଞ୍ଜ ହୋଇ ଯାଉଥିଲା - ସଞ୍ଜ ହେଉଥିଲା ରାତି। ରାତି ପୁଣି ପାହିବା ପୂର୍ବରୁ ମୁଁ ଫେରି ଆସୁଥିଲି। ଫେରିବାକୁ ପଡୁଥିଲା। ରାତିଟିଏ ତୋ ସାଙ୍ଗରେ ଗପିବାର ଅଧିକାର ମୋର ନଥିଲା। କେବେ ବି ରହିବ ନାହିଁ। ଏ ଅଧିକାର ଆମର ସମାଜ ଆମକୁ ଦେଇନାହିଁ - ଦେବ ନାହିଁ। ଏ ଅଧିକାର ଦାବି କରିବାର ସତ୍‌ସାହସ ବା ଦୁଃସାହସ ଆମର ନାହିଁ। ତେଣୁ ଫେରିବାକୁ ପଡୁଥିଲା। ଫେରିବା ପୂର୍ବରୁ ଅନେକ ଥର ତୁ କହିଛୁ - ଆଜି ରାତିଟା ରହିଯାଆନ୍ତ ନାହିଁ! ମୁଁ କହେ - ରଖିବୁ? ରଖି ପାରିବୁ? ତୁ କହୁ - ମୁଁ ପାରିବି। ତମେ କିନ୍ତୁ ରହିବ ନାହିଁ। ମୁଁ କ୍ଷୀଣ କଣ୍ଠରେ ପ୍ରତିବାଦ କରେ - ନା ମୁଁ ରହିପାରିବି। ତୁ କିନ୍ତୁ ରଖିପାରିବୁ ନାହିଁ।

ଏମିତି ମିଛିମିଛିକା କଥା କଟାକଟି ଭିତର ଦେଇ ମୋତେ ଫେରିବାକୁ ପଡୁଥିଲା - ତୁ ବି ଅନେକ ଦୀର୍ଘ ନିଶ୍ୱାସକୁ ଚାପିରଖି ମୋ ଫେରିବା ବାଟକୁ ଚାହିଁ ଠିଆ ହେଉଥିଲୁ। ତୁ ଜାଣିଥିଲୁ ଯେ, ତୁ ମୋତେ ରଖିପାରିବୁ ନାହିଁ। ଏମିତି ଆମେ ପରସ୍ପରକୁ ଭେଟୁଥିବା - ଗୋଟିଏ ସହରରେ ଥିବା ଯାଏଁ। ପ୍ରତିଟି ସକାଳ ଆଉ ସଞ୍ଜରେ - ଅନେକ ଈର୍ଷା, ସନ୍ଦେହ ଓ ଅବିଶ୍ୱାସଭରା ଦୃଷ୍ଟିମାନଙ୍କୁ ଏଡ଼ିଯାଇ -

ଅନେକ ସତର୍କ ଓ ସନ୍ଧାନୀ ଦୃଷ୍ଟିର ପରିଧି ଭିତରେ - କିଛି ପାଇ ନ ପାଇବାର ଯନ୍ତ୍ରଣାସିକ୍ତ ପୁଲକ ଭିତରେ; ଆମେ ପରସ୍ପରକୁ ଛୁଇଁ ଦେଉଥିବା କଥାରେ ଓ କଥାରେ - ଲୁହରେ ଓ ଲୁହରେ ଭିଜିଯାଉଥିବା - ହଜିଯାଉଥିବା ପରସ୍ପରର ଅନେକ ଅକୁହା କଥାର ଆବର୍ତ୍ତ ଭିତରେ, ଭାସିଯାଉଥିବା ଅଧୀର ଆବେଗର ଉଚ୍ଛଳ ସୁଅରେ। ଚମକି ଚାହିଁଲା ବେଳକୁ ସକାଳ ହୋଇଯାଇଥିବ ସଞ୍ଜ। ସଞ୍ଜ ପୁଣି ଆଗେଇଥିବ ରାତିର ଗଭୀରତାକୁ ଛୁଇଁ ଦେବାକୁ। ସମୟର ଏ ସତର୍କ ଘଣ୍ଟିରେ ମୋତେ ପୁଣି ଫେରିବାକୁ ହେବ। ଏମିତି ବି ହୋଇପାରେ - ଗୋଟିଏ ସହରରେ ଆଉ କେବେ ବି ଆମ ପାଇଁ ସକାଳ ନ ହୋଇପାରେ - ସଞ୍ଜ ନ ଆସିପାରେ। କେବଳ ଥିବ ରାତି ଆଉ ରାତି। ରାତିର କଳା ପରଦା ଆଢୁଆଳରେ ଆମେ ଅଦୃଶ୍ୟ ହୋଇଯାଇଥିବା ପରସ୍ପରଠାରୁ। ଏ ରାତି ପାହିବ ନାହିଁ। ହୃଦୟରେ କେଉଁ କୋଣରେ ଝରିଯାଉଥିବା ବେଦନାର ଝରଣାଟିଏ ଶୁଖିବ ନାହିଁ - ଏକ ନୂତନ ସକାଳ ପାଇଁ ଆମ ବ୍ୟାକୁଳ ପ୍ରତୀକ୍ଷାର ଅବସାନ ଘଟିବ ନାହିଁ।

ଏମିତି ଏକ ରାତିର କାହାଣୀ ଆରମ୍ଭ ହେବାକୁ ଆଉ କେତେ ଡେରି? ଏଇତକ ଭାବିଦେବା ମାତ୍ରେ ମୁଁ ହଠାତ୍ ଉଦାସ ହୋଇଯାଏ। ଏକ ଅଜଣା ଆତଙ୍କ ଓ ଆଶଙ୍କାରେ ତୁ ବି ଶିହରି ଉଠୁ। ହଠାତ୍ ନିରବତା ଛାଇ ହୋଇଯାଏ ଆମ ଚାରି ଦିଗରେ। ଶବ୍ଦଟିଏ ହଜିଯାଏ ଓଠ ପାଖରୁ। ପରସ୍ପର ପାଖରେ ବସି କେହି କାହାକୁ ଦେଖି ପାରୁନା - ସେଇ ଅନାଗତ ବିଯୋଗ ଭାବନା ଆମକୁ ନିର୍ବାକ ଓ ନିସ୍ପନ୍ଦ କରିଦିଏ କ୍ଷଣକ ଲାଗି। ତା'ପରେ ପ୍ରଥମେ ମୁଁ ହିଁ ନିରବତା ଭାଙ୍ଗିବାର ଚେଷ୍ଟା କରେ। ତୋର ହାତ ପାପୁଲିକୁ ମୋ ହାତରେ ଝାଳେଇ ଦେଇ ପଚାରେ - କ'ଣ ଭାବୁଛୁ? ଫେରିଆସୁ ତୁ ଭାବନାର ଅନ୍ୟ ଦିଗନ୍ତରୁ। ଶୁଖିଲା ହସଟିଏ ଖେଳାଇ କହୁ - ନା - କିଛି ନାହିଁ।

ମୁଁ କହେ - ଆମେ ବସିଥିବା ଟ୍ରେନ୍‌ଟି କେବେ ବି କୌଣସି ଷ୍ଟେସନରେ ପହଞ୍ଚିବ ନାହିଁ ଜାଣି ମଧ୍ୟ ଆମେ ସେଥିରେ ବସିଛେ - ଯାତ୍ରା ଆରମ୍ଭ କରିଛେ - ତେଣୁ କାହିଁକି ଆଉ ଭୟ? କାହିଁକି ଏ ଅସ୍ଥିରତା?

ତୁ କହୁ - ଗାଡ଼ି ଆମର କୌଣସି ଷ୍ଟେସନରେ ନ ପହଞ୍ଚୁ, ଚିନ୍ତା ନାହିଁ - ହେଲେ ଏ ଯାତ୍ରା ଶେଷ ହୋଇ ନଯାଉ। ମଝି ରାସ୍ତାରେ କୌଣସି ଦୁର୍ଘଟଣା ଆମକୁ ପରସ୍ପରଠାରୁ ବିଚ୍ଛିନ୍ନ କରି ନ ଦେଉ।

ଦୁର୍ଘଟଣା ଉପରେ କାହାର ହାତ ଅଛି କହିଲୁ? ମୁଁ ତତେ ବୁଝେଇବାକୁ ଚେଷ୍ଟା କରେ।

ତୁ କହୁ - ମୁଁ କିନ୍ତୁ ବାରମ୍ବାର ସେଇ ଦୁର୍ଘଟଣାର ସ୍ୱପ୍ନ ହିଁ ଦେଖୁଛି। ଟ୍ରେନ୍‌ଟି କୌଣସି ପୋଲ ଉପରେ ଗତି କଲାବେଳେ ହଠାତ୍ ପୋଲଟି ଭୁଷୁଡ଼ି ପଡୁଛି ଏବଂ ଟ୍ରେନ୍‌ଟି ଖସି ପଡୁଛି ନଦୀ ଗର୍ଭକୁ। ଆଶ୍ଚର୍ଯ୍ୟଜନକ ଭାବରେ ଅକ୍ଷତ ଅବସ୍ଥାରେ ମୁଁ ଉଦ୍ଧାର ପାଇଯାଉଛି। ଅଥଚ କୂଳକୁ ଆସି ଦେଖେ ତ - ତମେ ନାହିଁ।

ଏସବୁ ତୋର ଅବଚେତନ ମନରେ ବସା ବାନ୍ଧିଥିବା ଅହେତୁକ ଭୟର ପରିପ୍ରକାଶ। ସ୍ୱପ୍ନର ମନସ୍ତାତ୍ତ୍ୱିକ ଦିଗ ସମ୍ପର୍କରେ ମୁଁ ତୋ ଆଗରେ ନାତିଦୀର୍ଘ ଭାଷଣଟିଏ ଦେଇ ତତେ ସାନ୍ତ୍ୱନା ଦିଏ। ଅଥଚ ତୋ ଆଗରେ କେବେ ପ୍ରକାଶ ନ କଲେ ବି ମୁଁ ମଧ୍ୟ ଦେଖୁଥିବା ଅନୁରୂପ ଦୁଃସ୍ୱପ୍ନର ବିବରଣୀ ମନେ ପକେଇ ଆପଣା ଭିତରେ ଶଂକିତ ଓ ସଂକୁଚିତ ହୋଇଯାଏ।

କୌଣସି ଏକ ତୃତୀୟ ସହରରେ ଗୋଟିଏ ରିକ୍‌ସାରେ ବସି ଆମେ ଦୁହେଁ ଯାଉଛେ - ହଠାତ୍ ସାମ୍ନାରୁ ଦୈତ୍ୟକାୟ ଏକ ବିରାଟ ଟ୍ରକ ଆସି ରିକ୍‌ସା ଉପରକୁ ମାଡ଼ିଯାଉଛି। ମୋର ବିକଳ ଚିତ୍କାରରେ ନିଦ ଭାଙ୍ଗିଯାଉଛି।

ଜୀବନର ଯେତେ ସବୁ ମଧୁର ସ୍ୱପ୍ନ - ତାହା ସେଇ ସ୍ୱପ୍ନରେ ହିଁ ରହିଯାଏ। ହେଲେ ଦୁଃସ୍ୱପ୍ନ ଅଦ୍ଭୁତ ଭାବରେ ସତ ହୋଇଯାଏ।

ଏହାର ନିରାକରଣ ଲାଗି ତୁ ମୋ ଆଗରେ ପ୍ରସ୍ତାବ ବାଢୁ ଯେ ପ୍ରତି ଶନିବାର ଦିନ ମନ୍ଦିରକୁ ଯାଇ ନବଗ୍ରହଙ୍କ ନିକଟରେ ଦୀପ ଓ ମାଳ ଯେପରି ମୁଁ ଦିଏ ଏବଂ ମନ୍ଦିର ଭିତରେ ବୁଲୁଥିବା ମାଙ୍କଡ଼ମାନଙ୍କୁ ଖଇ, କୋରା, କଦଳୀ ପ୍ରଭୃତି ଭୋଗରାଗ ଦେଇ ସନ୍ତୁଷ୍ଟ କରେ। ତା'ହେଲେ ମନ୍ଦବେଳ ଯାହା ପଡ଼ିଛି - କଟିଯିବ - ରିଷ୍ଟ ଖଣ୍ଡନ ହୋଇଯିବ।

ତୁ ଥିବା ଯାଏ ମନ୍ଦିରର ଦ୍ୱାର ମୁଁ ମାଡୁନଥିଲି। ଆଉ ବଳକା ସମୟ କେଉଁଠି ଥିଲା ଯେ, ଠାକୁରଙ୍କ ପାଖରେ ବିତେଇ ଥାଆନ୍ତି। ହେଲେ ତୁ ଚାଲିଯିବା ପରେ କେବଳ ଶନିବାର କାହିଁକି ପ୍ରତିଦିନ ସକାଳେ ଗାଧୋଇ ପାଧୋଇ ସାରିବା ପରେ ମନ୍ଦିର ଯାଇ ନ ଫେରିଲା ଯାଏଁ, ମୁଁ ଚା' ବି ସ୍ପର୍ଶ କରୁନାହିଁ। ମନ୍ଦିର ଭିତରେ ବେଢ଼ା ବୁଲିଲାବେଳେ ଛୋଟ ବଡ଼ ଅନେକ ଠାକୁର - ଠାକୁରାଣୀଙ୍କ ନିକଟରେ ମୁଣ୍ଡ ନୁଆଁଇଲାବେଳେ ସେଇ ଗୋଟିଏ କାମନା ମୋ ଭିତରୁ ନିରବରେ ଉଚ୍ଚାରିତ ହେଉଛି ଯେ - ଆମର ସବୁ ଦୁଃସ୍ୱପ୍ନ ଚିରକାଳ ସେଇ ଅନ୍ଧାର ଭିତରେ ଆତ୍ମଗୋପନ କରି ରହିଯାଆନ୍ତୁ। ସତ୍ୟର ଆଲୋକ କେବେ ବି ସେମାନଙ୍କୁ ସ୍ପର୍ଶ ନ କରୁ। ଦେବଦେବୀମାନେ ସମ୍ଭବତଃ ହସନ୍ତି - ବିଦ୍ରୂପ କରି ପଚାରନ୍ତି - ଆରେ! କେଉଁଠି ଥିଲା ତୋର ଏ ଭକ୍ତି ! ତୋର ଏ ଭକ୍ତି, ଭୟର ରୂପାନ୍ତର ନୁହେଁ ତ ? ଭଲ ପାଇବାରେ

ଆମେ ବଶ୍ୟତା ସ୍ୱୀକାର କରୁ - ଭୟଜନିତ ଭକ୍ତିରେ ନୁହେଁ। ଆମ ପ୍ରତି ତୋର ଧ୍ୟାନ-ଧାରଣା, ପୂଜା-ଅର୍ଚ୍ଚନା ପ୍ରକୃତ ଭକ୍ତିର ଲକ୍ଷଣ ନୁହେଁ। ଏହାର ଅନ୍ୟ ନାମ ଭ୍ରାନ୍ତି।

ମୁଁ ଶଙ୍କିଯାଏ - କହେ - ମାନୁଛି। ଭୟ ଜନିତ ଭାବରୁ ମୁଁ ତୁମ ପାଖକୁ ଧାଇଁ ଆସୁଛି। ମୁଁ ଭୀତ, ଶଙ୍କିତ, ଦୁର୍ବଳ ଓ ଶକ୍ତିରହିତ। ଅସହାୟ ଏକ ଭ୍ରାନ୍ତ ପଥିକ। ତୁମେ ମୋ ମନରୁ ସେ ଭ୍ରାନ୍ତି ଦୂର କରିଦିଅ। ଶକ୍ତି ଭରିଦିଅ ମୋ ମନରେ। ସବୁ ଦୁଃସ୍ୱପ୍ନକୁ ଅପସାରଣ କରି ନିଅ। ଖେଳେଇ ଦିଅ ମୋ ଭିତରେ ସୁନ୍ଦର, ସବୁଜ ସ୍ୱପ୍ନ। କୁସୁମିତ ହେଉ ମୋର ଚଲାପଥ - ତେବେ ଦେଖିବ, ମୁଁ ତମକୁ ଭଲ ପାଇ ପାରୁଛି କି ନାହିଁ।

ନିରୁତ୍ତରିତ ଦେବଦେବୀମାନେ ସେମିତି ହସୁଥାଆନ୍ତି - ସତେ ଯେମିତି କହୁଥାନ୍ତି ଆରେ ମୂର୍ଖ - ତୁ ଭଲ ପାଇବା କ'ଣ ଜାଣିଲୁ ନାହିଁ। ଭକ୍ତି କ'ଣ ବୁଝିଲୁ ନାହିଁ। ନିଜର କାମନା-ବାସନାରେ ଅନ୍ଧ ହୋଇ କେବଳ ବାଟ ଚାଲିଲୁ। ତେଣୁ ବାଟବଣା ହେଉଛୁ।

ସନ୍ତୋଷଜନକ ଉତ୍ତର କିଛି ଦେଇପାରେ ନାହିଁ - ମନର ସଂଶୟ ବଢ଼େ। ସେଇ ସଂଶୟ ଭିତରେ ମୁଁ ପ୍ରତିଦିନ ସକାଳେ ମନ୍ଦିରକୁ ଯାଏ ଓ ବାହୁଡ଼ି ଆସେ। ସବୁ ଦେବଦେବୀଙ୍କ ମୁହଁ ଭିତରେ ମୁଁ ତୋରି ମୁହଁକୁ ହିଁ ବାରମ୍ବାର ଆବିଷ୍କାର କରେ। ମୁହୂର୍ତ୍ତକ ଲାଗି ପୁଲକିତ ହୁଏ - ପୁଣି ପର ମୁହୂର୍ତ୍ତରେ ତୋ ମୁହଁ କ୍ରମଶଃ ଅସ୍ପଷ୍ଟ ହୋଇ ଅଦୃଶ୍ୟ ହୋଇଯାଏ। ମନେ ପକେଇବାକୁ ଯେତେ ଚେଷ୍ଟା କଲେ ବି ଆଉ ମନେ ପଡ଼େ ନାହିଁ।

ଜାଣେନା କାହିଁକି ଏମିତି ହୁଏ? କାହିଁକି ତୋର ଚିଠିକୁ ଅପେକ୍ଷା କରି ଚିଠି ଖଣ୍ଡିଏ ବି ପାଏ ନାହିଁ? ମୋ ଚିଠି କ'ଣ ସତରେ ତୋ ପାଖରେ ପହଞ୍ଚେ ନାହିଁ? ଏସବୁ କ'ଣ ଆମ ଜୀବନରେ ସେଇ ସୁଦୀର୍ଘରାତ୍ରି ଆସିବାର ପୂର୍ବାଭାସ? ସକାଳୁ-ସଞ୍ଜ ଯାଏଁ ଅପେକ୍ଷା ଓ ଅପ୍ରାପ୍ତିର ଦୁଃସହ ଭାର ବହନ କରି ମୁଁ ଏମିତି ଖାଲି ଭ୍ରମୁଥାଏ ମନ୍ଦିରରୁ ଘର, ଘରୁ ଡାକଘର, ଡାକଘରୁ ସମୁଦ୍ର କୂଳ - ସଞ୍ଜ ହୋଇଗଲେ ଶୃଙ୍ଖଳିତ ସାମାଜିକ ଜୀବନଟିଏ ହୋଇ ପଶି ଆସେ ମୋ ଖୋପ ଭିତରକୁ - ମୋର ସବୁ ସ୍ୱପ୍ନ ଓ ଦୁଃସ୍ୱପ୍ନକୁ ଏକାଠି କରି ନିଦେଇ ଯାଏ ଅବା ତାରାଙ୍କ ମେଳରେ ବିନିଦ୍ର ରାତ୍ରି ବିତେଇ ଦିଏ। ବେଳେବେଳେ ମଧ୍ୟ ରାତ୍ରିରେ ସବୁରି ଅଗୋଚରରେ ଏକା ଏକା ମୁଁ ଖସିଯାଏ ବେଳା ଭୂଇଁକୁ। ତୁ ବୋଧେ ବିଶ୍ୱାସ କରୁନାହୁଁ। ଦ୍ୱିତୀୟ ଲୋକର ଉପସ୍ଥିତି ବିନା ଗୋଟିଏ କୋଠରୀରେ ଏକୁଟିଆ ରହିବା ଯାହା ପକ୍ଷରେ ଅନେକ

ସାଧ ଓ ସାଧନାର କଥା, ସେ ପୁଣି ଭୟଶୂନ୍ୟ ହୋଇ ମଧ୍ୟ ରାତ୍ରିରେ ସମୁଦ୍ର କୂଳରେ ବସେ ? ଆଶ୍ଚର୍ଯ୍ୟ ହେବାର କଥା - ମାତ୍ର ତୋର ସଂସ୍ପର୍ଶରେ ଆସିବା ଦିନୁ ମନର ସବୁ ଭୟ କେଜାଣି କିପରି ମୋ ମନରୁ ଉଭେଇ ଯାଇଥାଏ - ଠିକ୍ ଯେମିତି ମୋ ଲାଗି ତୁ ତୋର ଭୟ ଓ ସଂକୋଚକୁ ଉଜେଇଁ ଦେଇଥିଲୁ ସମୁଦ୍ର ଭିତରେ। ତା'ଛଡ଼ା ସମୁଦ୍ର କୂଳରେ ବସିଲାବେଳେ ମୁଁ ତ ମୋ ପାଖେ ପାଖେ ତାରି ସତ୍ତା ହିଁ ଉପଲବ୍ଧି କରୁଛି - ଯଦଓ ମୋ ସହିତ ଥରଟିଏ ମାତ୍ର ତୁ ସମୁଦ୍ର କୂଳରେ ବସିଥିଲୁ ଏବଂ ସେଇ ବସିବା ବୋଧେ ପ୍ରଥମ ଓ ଶେଷ।

ମୁଁ ସେଦିନ ପଚାରିଥିଲି - ମୋ ସହିତ ଏଠି ବସିଲାବେଳେ ତୋତେ ଭୟ ଲାଗୁନାହିଁ? ହସି ହସି ତୁ କହିଥିଲୁ - ଭୟ ଥିଲା, ଏବେ ଆଉ ନାହିଁ। ତମେ ହିଁ ମୋର ଭିତରୁ ଯୁଗ ଯୁଗ ଧରି ସଞ୍ଚିତ ହୋଇ ରହିଥିବା ଭୟ, ଉଚିତ-ଅନୁଚିତର ପ୍ରଶ୍ନ, କେତେ କ'ଣ ନୀତି ନିୟମ, କରଣୀୟ-ଅକରଣୀୟ ଦ୍ୱନ୍ଦ୍ୱ ଓ ଦୋଳନକୁ ଦୂରେଇ ଦେଇ ମୋ ଭିତରଟାକୁ ନିର୍ମଳ ଓ ପରିଷ୍କାର କରି ଦେଇଚ। ମୋ ସାମ୍ନାରେ ଗୋଟି ଗୋଟି ହୋଇ ଟଣା ହୋଇଥିବା ଅସଂଖ୍ୟ ଗାରକୁ ଡେଇଁ ମୁକ୍ତ ବେଳା ଭୂଇଁରେ ପାଦ ଥାପିବା ଲାଗି ପ୍ରେରଣା ଯୋଗାଇଛ। ଆଉ କେତେ କାଳ ବା ଭୟ ଭିତରେ ପବିତ୍ର ଆତ୍ମାକୁ ମୋର ବନ୍ଦୀ କରି ରଖିଥାଆନ୍ତି ?

ସେଇ ପ୍ରଥମ ଓ ସମ୍ଭବତଃ ଶେଷ ଥର ପାଇଁ ଆମେ ଦୁହେଁ ସମୁଦ୍ରର ବେଳା ଭୂଇଁରେ ବସିଥିଲେ, ଭୟଶୂନ୍ୟ ହୋଇ ବେଶ୍ ନିରାପଦରେ। ଆମେ ସୁରକ୍ଷିତ ଓ ନିରାପଦ ଥିଲୁ - କାରଣ ଆମ ଦୁହିଁଙ୍କ ମଝିରେ ଥିଲା ମୋର ପରିପୂର୍ଣ୍ଣ ସଂସାର। ତୁ ଚାଲିଯିବା ପରେ ତୋରି କଥା ମାନି, ମୁଁ ହୋଇଛି ଏକ ଶୃଙ୍ଖଳିତ, ଆଦର୍ଶ ସଂସାରୀ। ମୋ ପାଇଁ ତୁ ଟାଣି ଦେଇ ଯାଇଥିବା ତିନି ଗାରର ସୀମିତ ପୃଥିବୀ ଭିତରେ ମୁଁ ଏବେ ବାଟ ଚାଲୁଛି -

ଖୁବ୍ ସକାଳୁ ଉଠୁଛି। ଘଷି ମାଜି ଦାନ୍ତ ସଫା କରୁଛି - ଚା' ନ ପିଇ ଆଗ ଲେମ୍ବୁ ଓ ମିଶ୍ରିଯୁକ୍ତ ସରବତ୍ ପିଉଛି - ତା'ର କିଛି ସମୟ ପରେ ଚା'। ତା'ପରେ ସ୍ନାନ ଓ ମନ୍ଦିର ଯାତ୍ରା - ଠିକ୍ ସମୟରେ ଦିବା ଭୋଜନ ଓ ରାତ୍ରି ଭୋଜନ। ଖିଆପିଆରେ କିଛି ବ୍ୟତିକ୍ରମ ନାହିଁ। ନିଜ ପ୍ରତି ଆଦୌ ଅବହେଳା ନାହିଁ। ମୋର ପ୍ରିୟ-ପରିଜନ ସଭିଏଁ ମୋର ଏ ଅଦ୍ଭୁତ ପରିବର୍ତ୍ତନରେ ବିସ୍ମିତ ଓ ପୁଲକିତ। ସେମାନେ ମୋତେ ଉପଦେଶ ଦେଉଛନ୍ତି - "ତୁମେ ନିଜେ ହିଁ ସତ୍ୟ - ଆଉ ସତ୍ୟ ହେଉଚି ତୁମର ଏଇ ଘର, ପରିବାର ଓ ସଂସାର। ଆଉ ସବୁ ମିଛ, ମାୟା, ଅଳୀକ, ଅବାସ୍ତବ। ଏଣିକି ଆଉ ବାଜେ ସ୍ୱପ୍ନ ଦେଖାରେ ତୁମର ସମୟ ଓ ଶକ୍ତି ସବୁ ନଷ୍ଟ କରିଦିଅ ନାହିଁ। ସ୍ୱପ୍ନକୁ

ନେଇ ମୁହୂର୍ତ୍ତକ ଲାଗି ବିଳାସ କରାଯାଇପାରେ। ମାତ୍ର ସବୁଦିନ ସ୍ୱପ୍ନ ଦେଖାରେ ମାତିଗଲେ ଅସରନ୍ତି ଯନ୍ତ୍ରଣା ହିଁ ଜୀବନର ସାଥୀ ହୋଇଯାଏ। ଏ ସଂସାରରେ କେବଳ ନିର୍ବୋଧମାନେ ହିଁ ବାସ୍ତବତାକୁ ଉପେକ୍ଷା କରି ସ୍ୱପ୍ନକୁ ଆପଣାର କରିବାର ଅପଚେଷ୍ଟା କରିଥାଆନ୍ତି।"

ମୁଁ ଯୁକ୍ତି କରୁନାହିଁ, ପ୍ରତିବାଦ କରୁନାହିଁ। ହେଲେ ପ୍ରଶ୍ନଟିଏ ମୁଣ୍ଡ ଟେକୁଛି, ଅନୁଚ୍ଚାରିତ, ଅନୁତ୍ତରିତ ରହିଯାଉଛି ମନ ଭିତରେ -

ପ୍ରକୃତରେ ସତ କ'ଣ ? ମିଛ କ'ଣ ?

କିଏ ମାୟା - କିଏ ବା ବାସ୍ତବ ?

ମୋର ସଂସାର ନା ସ୍ୱପ୍ନ ? ସ୍ୱପ୍ନ ନା ସଂସାର ? ? ?

ପ୍ରକୃତ ସାର୍ଥକତା କେଉଁଥିରେ - ଜୀବନକୁ ଯନ୍ତ୍ରଟିଏ କରିଦେଇ ନିର୍ଦ୍ଦିଷ୍ଟ ଶଗଡ଼ ଗୁଳାରେ ବାଟ ଚାଲିବାରେ ନା ଅନ୍ତରର ଆହ୍ୱାନରେ ସବୁ କିଛି ଭୁଲିଯାଇ ଘନ ନୀଳ ଅବାସ୍ତବ ସ୍ୱପ୍ନ ଭିତରେ ନିଜକୁ ହଜେଇ ଦେବାରେ !

ତୁ ଚାଲିଯିବା ପରେ ସଂଶୟର ଭଉଁରୀ ଭିତରେ ଅହରହ ମୁଁ ଖାଲି ଘାରି ହେଉଛି। ଆଉ ତୁ ?

କାହିଁ କେତେ ଦୂରରେ ତୁ।

କ'ଣ କରୁଛୁ ? କିପରି ଅଛୁ ?

■■

ଶୂନ୍ୟ ଆକାଶରେ ନୂପୁର ନିକ୍ୱଣ

କେଉଁ ନାମରେ ମୁଁ ତୁମକୁ ଡାକିବି ?

ମଧୁ ? ନା ମିତା ?

ନା ମଧୁମିତା ? ? ?

ସମସ୍ତେ ତୁମକୁ 'ମିତା' ବୋଲି ଡାକନ୍ତି - ଘରେ ତୁମର ବାପା, ବୋଉଙ୍କଠାରୁ ଆରମ୍ଭ କରି ବାହାରେ ସାଙ୍ଗସାଥୀଙ୍କ ଯାଏଁ। କୁନି କୁନି ଝିଆରୀ ପୁତୁରାଙ୍କ କଅଁଳ କଣ୍ଠରେ କେବେ କେବେ 'ମିଠା ଆଣ୍ଟି' ବି ତୁମେ ହୋଇଯାଅ।

ମୁଁ କିନ୍ତୁ ତୁମକୁ 'ମଧୁ' ବୋଲି ଡାକିବି।

କେବଳ ମଧୁ।

କ'ଣ କିଛି ଆପତ୍ତି ?

ଅଳ୍ପ ବୟସର ତୁମ ଝିଆରି ପୁତୁରାମାନେ ତୁମଠାରେ ଯାହା ପାଇଛନ୍ତି - ତାକୁ ଇ କେବଳ ମୁଁ ପ୍ରକାଶ କରୁଛି ଭିନ୍ନ ଏକ ଶବ୍ଦର ସମ୍ବୋଧନରେ।

'ମଧୁ' ଆଉ 'ମିଠା' କ'ଣ ଏକା କଥା ନୁହେଁ?

ମୋ ପାଇଁ ତୁମ ମଧୁର କଣ୍ଠର କଥା ସବୁ କବିତାର ଝର ହୋଇ ଝରିଯାଏ। ଆଉ ମୁଁ ସେ ଝରଣାର କୁଳୁ କୁଳୁ ଛନ୍ଦରେ ଆପଣାକୁ ପାଶୋରି ପକାଏ - ମୁହୂର୍ତ୍ତକ ଲାଗି।

ମଲା ନଈରେ ଦୁଇ କୂଳ ଖାଇ ବନ୍ୟାଜଳ ଉଛୁଳି ଉଠେ।

ଶୁଷ୍କ ଊଷର ଭୂଇଁରେ ହସି ହସି ଲୋଟିଯାଏ ଶ୍ୟାମଳ, ସୁନ୍ଦର କେଦାର ?

ଶୂନ୍ୟ ଆକାଶରେ ପୁଣି ଶୁଭିଯାଏ ମେଘମାଳାର ନୂପୁର ନିକ୍ୱଣ।

କାହିଁ କେତେ ବର୍ଷ ପରେ - ଏସବୁ ଘଟୁଛି।

ଥୁଣ୍ଟା ଗଛଟିଏ ହୋଇ ମୁଁ ଠିଆ ହୋଇଥିଲି।

ମୋର ସାମନା ଦେଇ ଚାଲି ଯାଉଥିଲେ କେତେ ଚିହ୍ନା ଅଚିହ୍ନା ବାଟୋଇ। କେହି ଥରେ ଭୁଲ୍‌ରେ ସୁଦ୍ଧା ଆଖି ମେଲି ମୋ ଆଡ଼କୁ ଚାହିଁ ନଥିଲେ। ମୁଁ ଯେ ଏକଦା ପତ୍ରପୁଷ୍ପ ଶୋଭିତ ହୋଇ ଏ ମାଟିରେ ମୋର କାୟା ବିସ୍ତାର କରିଥିଲି, ମୋର ସୁଶୀତଳ ଛାୟାରେ ଅନ୍ୟର କ୍ଳାନ୍ତି ଅପହରଣ କରି ନେଉଥିଲି, ମୋ ଫୁଲର ସୁରଭି ଓ ହୃଦୟର ମମତାରେ ସଭିଙ୍କୁ ମୋ ଆଡ଼କୁ ଆକର୍ଷି ଆଣି ପାରୁଥିଲି ସେ କଥା ଅତୀତର କାହାଣୀ ହୋଇ ଯାଇଥିଲା। ସମସ୍ତେ ଭୁଲି ଯାଇଥିଲେ ମୋ ସୁନ୍ଦର ଅତୀତର ଇତିହାସ।

କେଉଁଠୁ କେଜାଣି ତମେ ସେଇ ଅତୀତର କାହାଣୀ ଶୁଣିଲ। ଖୋଜି ଖୋଜି ପଢ଼ିବସିଲ ହଜି ଯାଇଥିବା ମୋର ଇତିହାସର ପାଣ୍ଡୁଲିପି। ତା'ପରେ ସହାନୁଭୂତିରେ ଭିଜି ଭିଜି କେଉଁ ଆକର୍ଷଣରେ କେଜାଣି ଟାଣି ହୋଇ ଆସିଲ ମୋରି ପାଖକୁ। ତୁମ ହୃଦୟର ମମତାର ମଧୁ ଭୂଇଁ ଭେଦି ଛୁଇଁଗଲା ମୋର ଚେର ମୂଳକୁ। ମୁଁ ଠିଆ ହୋଇଥିବା ଭୂମିତଳ ଚହଲିଗଲା। ସ୍ପନ୍ଦିତ ହେଲା ମୋର ସାରା ଶରୀର।

ଭାବିପାରୁ ନାହିଁ - କିଭଳି ଘଟିଗଲା ଏ ଅଭାବିତ ଘଟଣା ?

ସମସ୍ତଙ୍କୁ ଆଚମ୍ଭିତ କରିଦେଇ ତମେ ଆସିଲ।

କାହିଁ କେତେ ବର୍ଷ ପରେ ? - ତମେ ଆସିଲ ମଧୁ।

ତମ ସ୍ନେହ ସଜଳ କୋମଳ ହାତ ଛୁଇଁ ଦେଇଗଲା ପତ୍ରପୁଷ୍ପହୀନ ଥୁଣ୍ଟା ଗଛର ଶାଖା ପ୍ରଶାଖାକୁ। ନୂଆପତ୍ର କେଇଟି କଅଁଳି ଉଠିଲା।

ସତରେ କ'ଣ ଆଉ ଥରେ କୁସୁମିତ ହେବ ଏ ଥୁଣ୍ଟାଗଛ ? ଦେଖଣାହାରୀଙ୍କ ଆଖିରେ ପଲକ ପଡୁନାହିଁ। ମନରେ ବିସ୍ମୟ।

ଆପଣାର ଯେଉଁମାନେ ଥୁଣ୍ଟାଗଛ ଭାବି ନିଆଁଖୁଣ୍ଟା ଦେଇ ଯାଉଥିଲେ ସେମାନଙ୍କ ମନରେ ଈର୍ଷାର ନିଆଁ। କିଏ ଏହି ଅବୋଧ ବାଳିକା ବାଟ ଭୁଲି ଚାଲି ଆସିଛି। ଠିଆ ହୋଇଚି ଏ ମଲାଗଛ ପାଖରେ। ତାକୁ ଜୀବନ୍ୟାସ ଦେବାର ଆନନ୍ଦ ଓ ଆତ୍ମ-ପ୍ରତ୍ୟୟରେ ଉଜ୍ଜ୍ୱଳି ଉଠୁଛି ତା'ର ମୁହଁ। ଶୁଖିଲା ଗଛଟା ବି କେମିତି ସବୁଜ ଛନଛନିଆ ଦିଶିଯାଉଛି।

ଦିଗବିଦିଗରେ ପ୍ରସରି ଯାଉଛି ଏଇ କାହାଣୀ। କଥାରେ ପୁଣି ନଥା। କଳ୍ପନା

ଜଳ୍ପନାର ରଙ୍ଗରେ ମାଜି ହୋଇ ବାଦ-ଅପବାଦ, ଈର୍ଷା ଓ ଅସୂୟାର କେତେ ଉପକଥା ଖେଳି ହୋଇଯାଉଛି ଆପଣା ଛାଏଁ ଛାଏଁ। ପ୍ରଚାରିତ ହୋଇଯାଉଛି ସାରା ସହରରେ। ଆପଣାର ଲୋକ ସବୁ ଛିଗୁଲେଇବାକୁ ଆରମ୍ଭ କରିଛନ୍ତି। ତମର କେଉଁଆଡ଼େ ଦୃଷ୍ଟି ନାହିଁ - ଧ୍ୟାନ ନାହିଁ। ନିର୍ବିକାର ଭାବରେ ନିର୍ଲିପ୍ତ ଚିତ୍ତରେ, ମନ୍ତ୍ରମୁଗ୍‌ଧା ହୋଇ ତମେ ଠିଆ ହୋଇଛ। ହାତ ଓ ପାଦରେ ଫୁଟିଛି ପଦ୍ମ-ଗଭୀର ପ୍ରଶାନ୍ତିରେ ମୁଦି ହୋଇଯାଉଛି ଦୁଇ ଆଖିପତା। ସମୁଦ୍ର ଲହଡ଼ି ଭାଙ୍ଗୁଛି ତୁମ ଦେହରେ - ସାରା ଆକାଶର ରଙ୍ଗ ତମ ମୁହଁରେ।

କେତେ ବର୍ଷ ପରେ ?

କେତେ ବର୍ଷ ପରେ ଏସବୁ ଘଟିଲା ମଧୁ।

କିଛି ମନେ ପଡୁଛି... ?

ପାଞ୍ଚ କି ଛଅ ବର୍ଷର ଅବୋଧ ବାଳିକା ତମେ ସେତେବେଳେ। ଗଛର ସୌନ୍ଦର୍ଯ୍ୟରେ ଟାଣିହୋଇ ଯିବାର ବୟସ ତୁମକୁ ଛୁଇଁ ନଥିଲା। ମିଛିମିଛିକା ବାଲିଘର ତୋଳିବାର କିମ୍ବା ସେଇ ଧୂଳିବାଲିରେ ମନ୍ଦିର ଗଢ଼ି ତାକୁ ପୁଣି ଭାଙ୍ଗି ଦେବାର ଖେଳ କଉତୁକରେ ତମେ ମାତିଥାଅ। କେଉଁ ଏକ ନିର୍ଦ୍ଦିଷ୍ଟ ଦେବତାର ପ୍ରତିମୂର୍ତ୍ତିକୁ ମନର ଦେଉଳରେ ଥାପି ତାକୁ ପୂଜା ଅର୍ଚ୍ଚନା ଦେବାର ନିଶା ତୁମକୁ ଘାରି ନଥାଏ। ସେତିକିବେଳେ କଅଁଳ ସବୁଜ ଛନ ଛନ ପତ୍ର ଓ ସୁରଭିତ ଫୁଲରେ ଛାଇ ହୋଇ ମୁଁ ଉଲ୍ଲସିତ ହୋଇ ଉଠେ। ମୋ'ରି ପାଖରେ ଆସି ନୂଆ ନୂଆ ସ୍ୱପ୍ନ ଦେଖି ମିଶୁଥିବା କେତେ କିଶୋରୀ ସେମାନଙ୍କର ଖେଳକୁଦ ଆରମ୍ଭ କରି ଦେଇଥାଆନ୍ତି। ତା'ରି ଭିତରେ ଥିଲା ତୁମର ଅତି ଆଦରର ଭଉଣୀ ଜଣେ ଯିଏ ମୋତେ ପୂରାପୂରି ନିଜର କରି କିଣିଦେବା ଲାଗି ପ୍ରବଳ ଆଗ୍ରହ ନେଇ ଦଉଡ଼ି ଆସିଥିଲା ମୋ ପାଖକୁ।

କିଛି ମନେ ପଡୁଛି ମଧୁ?

ସେ ଶୈଶବର ସ୍ମୃତି ?

ତମେ କିନ୍ତୁ ଦେଖିଛ - ସେଇ ଭଉଣୀଟି ଆସି ଠିଆ ହୋଇଥିଲା। କେତେ କୁଆଡ଼ର କଥା ଲମ୍ବେଇ ଦେଇଥିଲା ମୋ ସାଥୀରେ। ସେ ଏକା ନୁହେଁ - ତା'ର ଅନେକ ସାଙ୍ଗସାଥୀ ଆସି ଗପ ଯୋଡ଼ି ଦେଇଥିଲେ - ବନ୍ଧୁତା ବାନ୍ଧିଥିଲେ। ତା'ର କିନ୍ତୁ ଏକା ଜିଦ୍ ମୁଁ ଆଉ କାହାର କଥା ଶୁଣିବି ନାହିଁ। କାହାରି ସଙ୍ଗେ ମିଶିବି ନାହିଁ। କେବଳ ତା'ର ହୋଇ ରହିବି ପୂରାପୂରି ତା'ର।

ନାହିଁ ନ କଲେ ବି ପୂରା ମାନି ନେଇ ପାରୁ ନଥିଲି।

ଗୋଟିଏ କିଶୋରୀ ମନର ପ୍ରଥମ କାମନା - ପ୍ରଥମ ସ୍ୱପ୍ନ - ପ୍ରଥମ ଆକର୍ଷଣ

ସ୍ୱୀକୃତି ନ ପାଇବା ଫଳରେ ଏକ ବନ୍ୟାମୁଖର ନଦୀ ଭଳି ଉଦ୍ଦାମ ହୋଇ ଉଠିଲା । ଭୀଷଣ ଭାବରେ ପ୍ରତିଶୋଧ ନେଲା ସେ । ଦିନେ ସନ୍ଧ୍ୟାରେ କେହି କୁଆଡ଼େ ନଥିଲାବେଳେ ମୋ ମୂଳରେ ଆସି ହାଣି ଦେଇଗଲା କୁରାଢ଼ିର ଚୋଟ । ଝର ଝର ହୋଇ ଝରିପଡ଼ିଲା ରକ୍ତ । ଗାଢ଼ ଲାଲ ରକ୍ତ । ଯନ୍ତ୍ରଣାରେ ମୁଁ ଚିତ୍କାର କଲି । କେମିତି ଏକ ପାଶବିକ ଉଲ୍ଲାସରେ ସେ ଅଟ୍ଟହାସ କରି ଉଠିଲା ।

ମଧୁ ! ତମେ ଯେଉଁଠି ହାତ ରଖିଛ - ଠିକ୍ ତା'ରି ତଳେ ପରଖିନିଅ କେତେ ବଡ଼ ବଡ଼ କ୍ଷତ ଚିହ୍ନ । ଆଜିଯାଏଁ ବି ସେ ଚିହ୍ନ ଲିଭି ନାହିଁ ।

କ'ଣ କିଛି ମନେ ପଡ଼ୁଛି ?

ନା - ମନେପକାଇବାର କିଛି ଆବଶ୍ୟକତା ନାହିଁ । ମୁଁ ବି ଭୁଲିଯାଏ - ସେଇ ସୁଦୂର ଅତୀତର ମଧୁର-ତିକ୍ତ କାହାଣୀ । ତମେ ଆସିଛ - କାହିଁ କେତେ ବର୍ଷ ପରେ । ନିଷ୍ଫଳ ବ୍ୟର୍ଥତାରେ ଆକାଶକୁ ମୁହଁ କରି ଠିଆ ହୋଇଥିବା ଥୁଣ୍ଟାଗଛ ପାଖକୁ ତମେ ଆସିଛ । ଝରିଯାଉଛ ଝର ଝର ବର୍ଷା ହୋଇ । ନ ଫୁଟୁ ପଛେ ଫୁଲ, ପଲ୍ଲବି ଉଠୁଛି କେତୋଟି ନୂଆ ପତ୍ର - ସେତିକି ମୋ ପାଇଁ ଯଥେଷ୍ଟ ।

ମୁଁ ବିଭୋର, ମୁଁ ବିହ୍ୱଳ ।

କିନ୍ତୁ କାହିଁକି ତମେ ଆସିଲ ?

ତୁମକୁ ପାଖରେ ପାଇ ଯେତିକି ମୁଁ ପୁଲକିତ ହୋଇ ଉଠୁଛି, ପର ମୁହୂର୍ତ୍ତରେ ଠିକ୍ ସେତିକି ବିଷର୍ଣ୍ଣତାରେ ମୁଁ ଢାଙ୍କି ହୋଇଯାଉଛି । ଅସହାୟତାରେ ମୁଁ ପୂରାପୂରି ଭାଙ୍ଗି ପଡ଼ୁଛି । ତୁମକୁ କିଛି ଦେଇ ନପାରିବାର ଅସହାୟତା । କ'ଣ ମୋ ପାଖରେ ଆଉ ଅଛି ଯେ ମଧୁ - ଯାହାକୁ ଗ୍ରହଣ କରି ତମେ ଏ ପୃଥିବୀକୁ ସ୍ୱର୍ଗ ମଣିବ ।

ମୁଁ ଯେ ପୂରାପୂରି ନିଃସ୍ୱ ।

ତୁମକୁ ଶୂନ୍ୟ ହାତରେ ଫେରେଇ ଦେବାର ଦୁଃଖ ମୋର କେମିତି ମୁଁ ତୁମକୁ ବୁଝେଇବି ମଧୁ !

କିଛି ନେବା ପାଇଁ ନୁହେଁ - ଦେବା ପାଇଁ ହିଁ ତୁମେ ଆସିଛ । ବାଣ୍ଟି ବାଣ୍ଟି ନିଜକୁ ନିଃସ୍ୱ କରି ଦେବାର ସଂକଳ୍ପ ନେଇ ତୁମେ ଠିଆ ହୋଇଛ । ସେଇଥିରେ ତୁମର ଆନନ୍ଦ ।

ପ୍ରାପ୍ତିର ପ୍ରତ୍ୟାଶା ନ ରଖି ନିଜକୁ ଅଜାଡ଼ି ଦେବା ଓ ଉଜାଡ଼ି ଦେବା ଏହାରି ନାଁ କ'ଣ ଭଲ ପାଇବା ?

ମଧୁ ! କାହିଁ କେତେ ବର୍ଷ ପରେ - ମୁଁ ଦେଖୁଛି ଭଲ ପାଇବାର ଏଇ ନିରୋଳା ପ୍ରତିମୂର୍ତ୍ତିଟିକୁ ! ଅନୁଭବ କରୁଛି - ତା'ର ସତ୍-ଚିତ୍-ଆନନ୍ଦମୟ ସ୍ୱରୂପକୁ ?

ଏଇ ଭଲ ପାଇବାକୁ ହିଁ ମୁଁ ସ୍ୱଧର୍ମ କରି ନେଇ ଥୁଣ୍ଟା ପାଲଟିଯାଇଛି।

ଚାହିଁ ରହିଛି ସେମାନଙ୍କର ଫେରିବା ବାଟକୁ - ଯେଉଁମାନେ ଦିନେ ଆସିଥିଲେ। ମୋ ଶାଖା ପ୍ରଶାଖାରେ ଝୁଲି ଝୁଲି ଦୋଳି ଖେଳିଥିଲେ। ମୋରି ଛାଇତଳେ ନିଶ୍ଚିନ୍ତରେ ନିଦ ଯାଇଥିଲେ। କ୍ଳାନ୍ତି ଭୁଲିଥିଲେ। ତା'ପରେ କେଉଁ ଦୂର ବନସ୍ତ ଓ ପାହାଡ଼ର ସୌନ୍ଦର୍ଯ୍ୟରେ ଆକର୍ଷିତ ହୋଇ ଗଲେ ଯେ ଗଲେ - ଆଉ ଫେରିଲେ ନାହିଁ। ସେମାନଙ୍କ ଯାତ୍ରାର ଶୁଭ ମନାସି ମୁଁ ଏଠି ଠିଆ ହୋଇଛି।

ଠିକ୍ ଏତିକିବେଳେ ତମେ।

ଫେରାଇ ଦେବାକୁ ଆସିଛ ମୋର ହୃତ ସମ୍ପଦ।

ତୁମରି ମମତାର ମଧୁରେ ଭରି ଦେବାକୁ ଆସିଛ ମୋ ଦେହରେ ପୁଣି ସେଇ ସୁନ୍ଦର ସାବ୍‌ଜା ପତ୍ର-ଫୁଲର ସୌନ୍ଦର୍ଯ୍ୟ।

ସୌଭାଗ୍ୟ ମୋର - ତମେ ଆସିଛ।

ଦୁଃଖ ମୋର - ତୁମ ଭଲ ପାଇବାର ଦାନକୁ ଗ୍ରହଣ କରିବାର ସ୍ୱାଧୀନତା ଟିକକ ହିଁ ହରେଇ ବସିଛି।

ଅନ୍ୟର ବଗିଚାରେ ମୁଁ ଯେ ବନ୍ଦୀ।

ହେଇ ଦେଖୁଛ ! ତୁମକୁ ଅନେକ ବେଳ ହେଲା ମୋ ପାଖରେ ଠିଆ ହୋଇଥିବାର ଦେଖି ବଗିଚାର ମାଳିଟି କେମିତି ଦଉଡ଼ି ଆସୁଛି। ତା' ମନରେ ଆଶ୍ଚର୍ଯ୍ୟର ସୀମା ନାହିଁ। କିଏ ଏହି ବାଳିକା - କେଉଁ ସାହସରେ ସେ ପଶି ଆସିଛି ଭିତରକୁ। ଗପ ଯୋଡ଼ି ଦେଇଛି ଏଇ ଥୁଣ୍ଟାଗଛଟି ସହିତ। ରାଗିପାଚି ରକ୍ତରଙ୍ଗା ହୋଇ ଯାଇଛି ତା'ର ମୁହଁ।

ସେ ଆସି ଏଠି ପହଞ୍ଚିଯିବା ପୂର୍ବରୁ ତୁମେ ଏଠାରୁ ଚାଲିଯାଅ ମଧୁ ! ପ୍ଲିଜ୍ ! ତୁମ ନାରୀତ୍ୱର ଅବମାନନା ମୁଁ ସହ୍ୟ କରିପାରିବି ନାହିଁ।

ତୁମ ଆଖିରେ ଲୁହ।

- ଫେରିଯିବା ପାଇଁ ତ ମୁଁ ଆସି ନ ଥିଲି। ମୋତେ ଫେରାଇ ଦେଉଛ କାହିଁକି ?

କାହିଁ କେତେ ବର୍ଷ ପରେ ମୁଁ ଆବିଷ୍କାର କରୁଛି ଏ ଲୁହ।

ଜଣଙ୍କ ପାଇଁ ଆଉ ଜଣକ ଆଖିରେ ଲୁହ ?

ଥୁଣ୍ଟା ଗଛଟିଏ ଲାଗି ସତର ଅଠର ବର୍ଷର କିଶୋରୀ ଆଖିରେ ଲୁହ ?

ଏହାରି ନାଁ କ'ଣ ଭଲପାଇବା ?

ମଧୁ ! କେଉଁଠି ନେଇ ଲୁଚେଇ ରଖିବି ତମର ଏଇ ଭଲ ପାଇବାର ସମ୍ପତ୍ତିକୁ ?

ଆଖିରୁ ଲୁହ ପୋଛି କହୁଛ – 'ଭଲପାଇବା ତ ଲୁଚେଇ ରଖିବା ବସ୍ତୁ ନୁହେଁ। ଭୟ କରୁଛ କାହିଁକି ? କାହାକୁ ତୁମର ଏତେ ଭୟ ?

'ଏଇ ଦେଖି ପାରୁନାହିଁ – ବଗିଚାର ମାଳି ତୁମକୁ ଦେଖି ଦଉଡୁଛି। ତୁମକୁ ସେ ତଡ଼ିନେବ ମୋ ପାଖରୁ।'

ତୁମେ ହସୁଛ। ହସି ହସି ଲୋଟିପଡୁଛ ମୋ ଉପରେ। – 'କେହି ମୋତେ ତୁମଠାରୁ ନେଇ ଯାଇପାରିବେ ନାହିଁ। କିଛି କାମନା ରଖି ତ ମୁଁ ଆସିନାହିଁ। ଭୟ କରିବି କାହିଁକି ? ମୁଁ ତୁମ ପାଖରେ ଅଛି – ରହିଥିବି।'

ମଧୁ ! ମୁଁ ଦେଖିଲି ହଠାତ୍ ତୁମେ ଜହ୍ନଟିଏ ହୋଇ ଉଠିଯାଇଛ ମୋ ମୁଣ୍ଡ ଉପର ଆକାଶକୁ। ସେଇଠି ଥାଇ ତମେ ଚାହିଁ ରହିଛ ଏକା ଲୟରେ। ମୁଁ ଚାହିଁଛି ତୁମକୁ।

ତୁମେ ହସୁଛ। ସେଇ ହସର ମଧୁର ଜ୍ୟୋସ୍ନା ଝରି ପଡୁଛି ମୋ ଉପରେ। ଆଉ ମୁଁ ସେଇ ଜ୍ୟୋସ୍ନାରେ ଭିଜି ଭିଜି ଠିଆ ହୋଇଛି। କେତେବେଳେ ମେଘ ଭିତରେ ମୁହଁ ଲୁଚେଇଦେଇ ତୁମେ ମୋ ସହିତ ଲୁଚକାଳି ଖେଳୁଛ।

ଗୋଟିଏ ଥୁଣ୍ଟା ଗଛ ସହିତ କୁଆଁରୀ ଜହ୍ନର ଏଇ ଲୁଚକାଳି – ଏହାରି ନାଁ କ'ଣ ଭଲପାଇବା ?

କେଉଁ ନାଁରେ ମୁଁ ତୁମକୁ ଡାକିବି ମଧୁ !

ମଧୁ ! ନାଁ ମିତା !!

ନା ମଧୁମିତା !!!

■■

ଉତୁରି ପଡୁଥିବା କ୍ଷୀରର ବାସ୍ନା

ଉତୁରି ପଡୁଥିବା କ୍ଷୀରର ବାସ୍ନା ଅବିନାଶକୁ ଉଚ୍ଚାଟ ଓ ଉଦ୍‌ବେଳିତ କରିଦିଏ। ସେଇଥିପାଇଁ ଅଧିକାଂଶ ସମୟରେ ଜଳନ୍ତା ହିଟର ଚୁଲିରେ କ୍ଷୀର ବସେଇ ଦେଇ ସେ ବସିଯାଏ ନିଜ ମନ ପସନ୍ଦର ବହିଟିଏ ଖୋଲି। ବହିର ପୃଷ୍ଠା ଭିତରେ ହଜିଗଲାବେଳେ ଏଣେ କ୍ଷୀର ଉତୁରି ଚୁଲିରେ ପଶିଯାଏ। ଚୁଲିରେ ପଶି ଯାଇଥିବା କ୍ଷୀରର ସେଁ ସେଁ ଶବ୍ଦରେ ଓ ପବନରେ ଖେଳି ଯାଉଥିବା ଅପୂର୍ବ ବାସ୍ନାରେ ଅବିନାଶର ଧ୍ୟାନ ଭାଙ୍ଗେ। ବହିର ପୃଷ୍ଠା ଭିତରୁ ଦୃଷ୍ଟି ଫେରେଇ ସେ ଧାଇଁଯାଏ ଚୁଲି ପାଖକୁ।

ଚୁଲି ଭିତରେ କ୍ଷୀର। ପାତ୍ର ଖାଲି କହିଲେ ଚଳେ। ପୋଷେ ହେବ କ୍ଷୀର ଥାଏ କି ନଥାଏ। ଉପରେ ବାମ୍ଫ। ସର ସବୁ ଶୁଖି ପାତ୍ରର ଭିତରେ, ବାହାରେ ଲାଗି ରହିଥାଏ। କ୍ଷୀର ଆଉ ପିଇପାରେ ନାହିଁ ଅବିନାଶ। ମାତ୍ର ଉତୁରି ଯାଇଥିବା କ୍ଷୀରର ବାସ୍ନାରେ ତା'ର ପେଟ ପୂରିଯାଏ।

କ୍ଷୀର ପିଇବା ଅପେକ୍ଷା ଉତୁରି ଯାଇଥିବା କ୍ଷୀରର ବାସ୍ନା ଅବିନାଶକୁ ଅଧିକ ତୃପ୍ତିକର ମନେ ହୁଏ। ସେ ବାସ୍ନାକୁ ଭାଷାରେ ବର୍ଣ୍ଣନା କରିହେବ ନାହିଁ। କେବଳ ଅନୁଭବ କରିହେବ। ଆଘ୍ରାଣ ଇନ୍ଦ୍ରିୟ ଦେଇ ତାହା ଅବିନାଶର ହୃଦୟକୁ ଆଚ୍ଛନ୍ନ କରିପକାଏ। ରସଘନ କରିଦିଏ। ଚାହିଁ ରହେ ଅନାମିକାର ଆସିବା ବାଟକୁ...।

ରାତି ପାହିବ। ସକାଳ ହେବ। ସୂର୍ଯ୍ୟ ଆସି ଆସ୍ଥାନ ଜମେଇ ଦେବ ମଝି ଆକାଶରେ। ଲୋକଙ୍କ ଗହଳି କମିଯାଇଥିବ। ରାସ୍ତାଘାଟ ଶୂନ୍‌ଶାନ୍। ଚୁପ୍‌ଚାପ୍

ଅନାମିକା ଆସିବ। କବାଟରେ ଖୁବ୍ ଧୀରେ ହାତ ମାରିଦେବ। ସଂଗୀତ ଖେଳିଯିବ ଘର ଭିତରେ। ତା'ର ଏ ପ୍ରକାର ସ୍ପର୍ଶ ଓ ସଂଗୀତ ସହିତ ପରିଚିତ ଅବିନାଶ ଚୁପ୍‌ଚାପ୍ ଯାଇ କବାଟ ଖୋଲିଦେବ। ଝଲକାଏ ଶୀତର ପବନ ପରି ପଶି ଆସିବ ଅନାମିକା।

ଆପେ ଆପେ ବନ୍ଦ ହୋଇଯିବ କବାଟ। ତା'ପରେ ଶୀତଳ ପବନ ହଠାତ୍ ଅଗ୍ନିବର୍ଷାରେ ଫିଟି ପଡ଼ିବ ଅବରୁଦ୍ଧ କୋଠରୀ ଭିତରେ। ଅବିନାଶ ତା' ଖଟ ଉପରେ ବସିଥିବ। ଖଟ ପାଖକୁ ଲାଗି ଚଉକି ଉପରେ ଅନାମିକା। ଗଲା ରାତିର ଉତୁରି ପଡ଼ିଥିବା କ୍ଷୀରର ବାସ୍ନା ତଥାପି ଖେଳି ବୁଲୁଥିବ ଘର ସାରା।

ସେଇ ବାସ୍ନାରେ ବିଭୋର ଅବିନାଶ। ତା' ତୁଣ୍ଡରେ ଶବ୍ଦ ନଥିବ କି ସଂଳାପ ନଥିବ। ଅନାମିକା ବି ନିରବ। ମୌନାବତୀ ରହସ୍ୟମୟୀ ରାତିଟିଏ ଯେପରି। ଖାଲି ଗୁମୁରି ଉଠୁଥିବ।

ବୁକୁରୁ ତା' ବାମ୍ଫ ବାହାରୁଥିବ।

ଉଛୁଳି ଉଠୁଥିବ କ୍ଷୀର।

ହେଲେ ଅବିନାଶ ସେମିତି ତୃଷାର୍ତ୍ତ ହୋଇ ଚାହିଁ ରହିଥିବ। ଉଛୁଳି ଉଠୁଥିବା, ପୁଣି ବାମ୍ଫ ହୋଇ, ଶୂନ୍ୟରେ ମିଳେଇ ଯାଉଥିବା କ୍ଷୀରର ସ୍ୱାଦ ସେ ଅନୁଭବ କରି ପାରିବ ନାହିଁ।

ଜଳି ଜଳି ଚୁଲି ଭିତରଟା କଳା ପଡ଼ିଯାଇଥିବ। କଳଙ୍କର କାଳିମା ଚାରିଆଡ଼େ ଖେଳି ଯାଉଥିବ। ଅବିନାଶର ଦେହ ସାରା କଣ୍ଟି ହୋଇଯାଇଥିବ ଝାଳ।

ଅନାମିକାର ମୁହଁରେ ସେଇ ଝାଳର ବିନ୍ଦୁ। ଦେହସାରା ବାମ୍ଫ।

ସେଇ ବାମ୍ଫରେ ବତୁରି ଯାଇଥିବ ଅନାମିକା।

ଉତୁରି ଉଠୁଥିବ ଅବିନାଶ।

ଉତୁରି ଯାଇଥିବ କ୍ଷୀର।

ସେଇ ବାସ୍ନାରେ ବିଭୋର ଅବିନାଶ।

ବାମ୍ଫରେ ବତୁରା ଅନାମିକା।

ପାତ୍ରର ପରିସର ଭିତରୁ, ଅବରୁଦ୍ଧ କୋଠରୀ ଭିତରୁ ପୂର୍ଣ୍ଣ ହୋଇ ଶୂନ୍ୟରେ ମିଳେଇ ଯାଉଥିବେ। ଖୋଲି ଯାଇଥିବ କବାଟ ଝରକା। ଶୂନ୍ୟ କୋଠରୀ। ସେଠି ପୂର୍ଣ୍ଣତାର ବାସ୍ନା। ଶୂନ୍ୟତାର ମଧୁର ବେଦନା।

ଅବିନାଶ ଚାହିଁ ରହିଥିବ ଶୂନ୍ୟ ମଣ୍ଡଳକୁ।

ଖରା ନଇଁ ଯାଇଥିବ। ସୂର୍ଯ୍ୟ ମଝି ଆକାଶରୁ ବାହାରି ଯାଇଥିବେ ଲେଉଟାଣି ରାସ୍ତାର ଶେଷ ସୀମାକୁ।

ସୂର୍ଯ୍ୟାସ୍ତ ଆକାଶର ରଙ୍ଗ ଦେଇ ଅବିନାଶ ଅପେକ୍ଷା କରୁଥିବ ରାତିର ଅନ୍ଧାରକୁ।

ଅନାମିକା ରାତିରେ ଆସେ ନାହିଁ। ଦିନରେ ଆସେ। ଦିନର ଆଲୁଅରେ ରାତିର ଅନ୍ଧାର ପାଲଟିଯାଏ ଏବଂ ସେଇ ଅନ୍ଧାରରେ ଅବିନାଶ ତା' ସହିତ ବୋହୂଚୋରୀ ଖେଳ ଆରମ୍ଭ କରିଦିଏ - "ହେଇ ମୁଁ ଅଛି। ମତେ ଛୁଁ - ମତେ ଛୁଁ"ର ଖେଳ।

ଚୁଲି ଉପରୁ କ୍ଷୀର ଉତୁରି ପଡ଼ିଥାଏ।

କେତେ ଦିନ, କେତେ ରାତି ଏ ଖେଳ ଖେଳୁଥିବ ଅବିନାଶ।

ଉତୁରି ଯାଉଥିବା କ୍ଷୀରର ବାସ୍ନାରେ କେବଳ ବିଭୋର ହେଉଥିବ, ଅଥଚ କ୍ଷୀରର ସ୍ୱାଦ ବା ଶକ୍ତି ଟିକକ ପାଇ ପାରୁନଥିବ! ସବୁ କିଛି ତା' ପାଇଁ ଅପହଞ୍ଚ, ଅସ୍ପୃଶ୍ୟ ହୋଇ ଉଡ଼ିଯାଉଥିବ!!

ଅବିନାଶ ଠିକ୍ କଲା - ନା, ଏଥର ସେ କ୍ଷୀରକୁ ଆଉ ସିଝିବାକୁ ବା ଉତୁରିବାକୁ ଦେବ ନାହିଁ। କଞ୍ଚା କ୍ଷୀରରେ ବଳ ବେଶି ବୋଲି ବଡ଼ମାନେ କହିଥାଆନ୍ତି।

ଅନାମିକା ଆଗରେ ଦିନେ ସେ ଏଇ ପ୍ରସ୍ତାବ ବାଢ଼ିଲା।

ତା' ବୁକୁର ବସ୍ତ୍ର ଖସି ତଳେ ଲୋଟିଲା।

ଏବେ କ୍ଷୀର ସମୁଦ୍ରରେ ଉବୁଟୁବୁ ହେଉଛି ଅବିନାଶ।

ଅନାମିକା ସେମିତି ଠିଆ ହୋଇ ରହିଛି।

ହସୁଛି ମନ ଖୋଲି।

ବେପରୱା, ବୁକୁଫଟା ହସ।

ଅବିନାଶର ଆଖିପତା ମୁଦି ହୋଇ ଆସୁଛି।

ତୃପ୍ତିରେ ନା ତୃଷାରେ?

ଭୟରେ ନା ଭଲ ପାଇବାର ବାସ୍ନାରେ??

ଅପେକ୍ଷାରେ ଚିରକାଳ

॥ ଏକ ॥

ଖରା ଯାଇ ବର୍ଷା ଆସିଲା -

ଛୁଟି ସରିଗଲା ।

ଅପେକ୍ଷାର କିନ୍ତୁ ଶେଷ ହେଲା ନାହିଁ ।

ବର୍ଷାରେ ତ ଖାଲି ବର୍ଷା ହିଁ ବର୍ଷା ।

"ବର୍ଷାରେ କ'ଣ କେହି ଘରୁ ଗୋଡ଼ କାଢ଼େ" - ଏତିକି ଲେଖି ଦେଇ ତମେ ନିରବ ରହିଗଲ ।

ତୁମର ନିରବତାକୁ ଆଦରି ନେବା ଛଡ଼ା ମୋର ଆଉ କ'ଣ ବା ଉପାୟ ଥିଲା ?

ଏଥରର ନାହିଁ ନଥିବା ବର୍ଷା ସାଙ୍ଗରେ ଆଣିଲା ବନ୍ୟା - ଭାସିଗଲା କେତେ ଗାଁ ଗଣ୍ଡା, ଘରଦ୍ୱାର । ହଜିଗଲା କେତେ ପ୍ରାଣ - ଉଜୁଡ଼ିଗଲା କ୍ଷେତ, ବଗିଚା, ଫୁଲ ଓ ଫସଲ । ସମ୍ପର୍କର ସେତୁ ସବୁ ଭୁଷୁଡ଼ି ପଡ଼ିଲା । ତୁମ ସହ ଯୋଗାଯୋଗ ମଧ୍ୟ ବିଚ୍ଛିନ୍ନ ହୋଇଗଲା ।

ତଥାପି ମୁଁ ତୁମକୁ ଚିଠି ଲେଖୁଥିଲି । ପ୍ରତି ରାତିରେ ବିଜୁଳିର ଆଲୁଅ ଲିଭିଗଲେ ବି ମହମବତୀ ଜାଳି, ସମସ୍ତେ ଶୋଇଗଲା ପରେ ନିରବରେ, ଏକାନ୍ତ ନିଭୃତରେ ବସି ଚିଠି ଲେଖୁଥିଲି । କଲମରୁ କାଳି ସରିଯାଉଥିଲା । ଆଖିରୁ ଲୁହ କିନ୍ତୁ

ସରୁନଥିଲା। ସେଇ ଆଖିର ଲୁହରେ ପୁଣି ଲିଭି ଯାଉଥିଲା କାଲିର ଅକ୍ଷର। ସକାଳର ଆଲୁଅରେ ସେଇ ଦରଲିଭା, ଦରଲେଖା ଚିଠିକୁ ଡଙ୍ଗାଟିଏ କରି ଭସେଇ ଦେଇଥିଲି ଘର ଦାଣ୍ଡରେ ଜମିଯାଇଥିବା ବର୍ଷା ପାଣିର କୃତ୍ରିମ ପୋଖରୀ ଭିତରେ।

ପୋଖରୀର ଜଳରେ ନଈପାଣିର ସୁଅ ନଥାଏ - କିମ୍ବା କାଗଜର ଡଙ୍ଗା କେବେ ଭାସିଯାଇ କୂଳରେ ଲାଗେ ନାହିଁ। ଏହିପରି ପ୍ରତି ରାତିରେ ନୂଆ ନୂଆ ଚିଠି ସବୁ ଜନ୍ମ ନେଉଥିଲା - ମୋର ଅସରନ୍ତି ପ୍ରତୀକ୍ଷାର ପୁଲକ ଓ ଯନ୍ତ୍ରଣା ଭିତରେ। ରାତି ପାହିଲେ ମୋ ଆଖିର ଲୁହ ଓ ଜମି ଥିବା ଆକାଶର ଲୁହରେ ତାହା ପୁଣି ସଲିଳ ସମାଧି ଲଭୁଥିଲା।

ତଥାପି ଅପେକ୍ଷା କରୁଥିଲି। ସତେ ଯେମିତି ମୋ ଚିଠି ତମେ ପାଇ ଯାଇଛ - ଆଉ ଝଡ଼ ଭଳି ଯେକୌଣସି ମୁହୂର୍ତ୍ତରେ ତମେ ହଠାତ୍ ପଶି ଆସିବ ମୋର କୋଠରୀ ଭିତରକୁ, କେହି ଦେଖିବା ପୂର୍ବରୁ। ତୁମେ ଆସିବାର ସମ୍ବାଦ କେହି ପାଇବା ପୂର୍ବରୁ ମୋର ତୃଷାର୍ତ୍ତ ଦେହ ଓ ମନରେ ମେଘ ମହ୍ଲାରର ମଧୁର ମୂର୍ଚ୍ଛନା ତୋଳି ତମେ ପୁଣି ଉଭାନ୍ ହୋଇ ଯାଇଥିବ ଝଡ଼ ଭଳି।

ଅପେକ୍ଷାରେ ମୋର ପୂର୍ଣ୍ଣଚ୍ଛେଦ ପଡ଼ିଲା ନାହିଁ। ବର୍ଷା ରାତିର ଝଡ଼ ହୋଇ ତମେ କେବେ ଆସିଲ ନାହିଁ। ବନ୍ୟାର ଉଦ୍ଦାମତା ନେଇ କୂଳ ଲଙ୍ଘିବାକୁ ମୋତେ ପ୍ରଲୋଭିତ କଲ ନାହିଁ। ଶାନ୍ତ, ସ୍ଥିର, ସରସୀ ଜଳରେ ଭଉଁରୀ ଖେଳିଲା ନାହିଁ। ଅବଶ ଦେହ ଓ ମନ ନେଇ ପୋଖରୀ ତୁଠର ପଥରଟିଏ ହୋଇ ପଡ଼ି ରହିଲି।

ବର୍ଷା ବିଦା ହୋଇଗଲା -

ବନ୍ୟାର ପ୍ରକୋପ କମିଗଲା।

କାଶତଣ୍ଡି ଫୁଲର ହସରେ, ଅଶିଣର ପବନରେ, ନିର୍ମଳ ଆକାଶରେ ଭାସି ବୁଲୁଥିବା ଖଣ୍ଡ ଖଣ୍ଡ ମେଘ ଭିତରେ 'ଦେବୀ' ଆସୁଥିବାର ବାର୍ତ୍ତା - ଶରତର ଶୁଭ ଶଙ୍ଖଧ୍ୱନି। ବନ୍ୟାର କରୁଣ ଅଶ୍ଳୀଳ ସ୍ମୃତି ସବୁ ମ୍ଳାନ ପଡ଼ିଗଲା। ପୁଣି ଥରେ ମାତି ଉଠିବାର; ଜୀଇଁ ଉଠିବାର ଅପୂର୍ବ ଆବେଗ ଓ ଉନ୍ମାଦନା ସବୁରି ଭିତରେ।

ଆଖି ମେଲି ଚାହିଁଲି -

ପଥର ଦେହରେ ଅଶିଣର ପ୍ରାଣ ସଞ୍ଚାରୀ ପବନର ସ୍ପର୍ଶ।

କିଏ ଯେମିତି କାନ ପାଖରେ ଚୁପି ଚୁପି କହି ଦେଇଗଲା - ଏଥର ଅପେକ୍ଷା ବ୍ୟର୍ଥ ଯିବ ନାହିଁ। ପୂଜାଛୁଟି କେବେ କାହାରି ବ୍ୟର୍ଥ ଯାଏ ନାହିଁ। ପୂଜାଛୁଟି। ବରଷକେ ଥରେ ନିଜର ପ୍ରିୟ ପରିଜନଙ୍କୁ ଭେଟିବାର ଛୁଟି - ସୁଦୀର୍ଘ ବିଚ୍ଛେଦର ବିରହ ପରେ ଏଇ ଋତୁରେ ହିଁ ରାମଚନ୍ଦ୍ର ତାଙ୍କର ପ୍ରାଣପ୍ରିୟା ସୀତାଙ୍କୁ ଶେଷରେ ଉଦ୍ଧାର କରିଥିଲେ ଅଶୋକ ବନରୁ।

ଶରତର ଋତୁ ମିଳନର ଋତୁ।

କ'ଣ ସତକଥା।

ସତରେ କ'ଣ ମୋର ଅପେକ୍ଷାରେ ପ୍ରାପ୍ତିର ପୂର୍ଣ୍ଣଚ୍ଛେଦଟିଏ ଟାଣି ଦେଇ ଆସିବେ ମୋର ପ୍ରିୟ ଦେବପ୍ରିୟ।

କିନ୍ତୁ ଋତୁ ଯଦି ତା'ର ରଙ୍ଗ ବଦଳାଏ। ସ୍ୱଧର୍ମ ଭୁଲିଯାଏ। ବାଟରେ ଆସୁ ଆସୁ ମହାରଣ୍ୟ ଭିତରେ ପଥ ଭୁଲି ଯଦି ଭିନ୍ନ ପଥର ଯାତ୍ରୀ ହୁଅନ୍ତି ରାମଚନ୍ଦ୍ର। ତେବେ ଅହଲ୍ୟାକୁ ମୁକ୍ତି ଦେବ କିଏ ? ତା'ର ଏତେ କାଳର ପ୍ରତୀକ୍ଷା କ'ଣ ନିଷ୍ଫଳ ବ୍ୟର୍ଥତା ଭିତରେ ହଜିଯିବ ?

ପୂଜା ଛୁଟି ସରିବାକୁ ଆଉ କେତେ ଦିନ ବାକି ?

ଅଶିଣର ଆକାଶରେ କୁଆଁରୀ ଜହ୍ନର ପୁଚିଖେଳ ଆରମ୍ଭ ହେବାକୁ ବାକି ଆଉ କେତେ ରାତି ? ?

ଦେବୀ ଆସିଲେ - ଗଲେ।

କାହିଁ ଗଲେ ମୋର ପ୍ରିୟ- ଦେବପ୍ରିୟ ! !

ନା - ଆସୁ ଆସୁ ବାଟ ଭୁଲିଗଲେ। ନା ଅନ୍ୟ କେଉଁ ମାୟାବିନୀ ତାଙ୍କୁ ଭୁଲାଇ ନେଇଗଲା ନିଜ ସ୍ୱପ୍ନର ମାୟାପୁରୀ ଭିତରକୁ ! !

॥ ଦୁଇ ॥

କଥା ଦେଇ ଆଜିକାଲି କଥା ଆଉ ରଖି ହୁଏ ନାହିଁ।

କଥା ନ ରଖିପାରିବା ମୂଳରେ ଆଗ୍ରହ ଓ ଆନ୍ତରିକତାର ଯେ ଅଭାବ ରହିଛି ତାହା ନୁହେଁ।

ମଣିଷ ମାତ୍ରେ ହିଁ ପରିସ୍ଥିତି ଓ ପରିବେଶର ଦାସ।

ସଂସାର ଭିତରେ ଥରେ ପଶିଗଲେ ନିଜର ଇଚ୍ଛା ଆଉ ନିଜର ହୋଇ ରହେ ନାହିଁ। ସବୁ କିଛି ବନ୍ଧା ପଡ଼ିଯାଏ ଅପର ପାଖରେ। ଥରେ ବନ୍ଧା ପଡ଼ିଗଲେ ସେଥିରୁ ମୁକୁଳିବା ଆଉ ସହଜ ହୁଏ ନାହିଁ। ସୁଯୋଗ ମିଳେ ନାହିଁ। କଥା ଦେଇ କଥା ତେଣୁ ରଖି ହୁଏ ନାହିଁ।

କଥା ଥିଲା - ବରଷକେ ଥରେ, ଖରାଛୁଟି, ନ ହେଲେ ପୂଜା ଛୁଟିରେ ଆମେ ପରସ୍ପରକୁ ଭେଟିବା। ରଥଯାତ୍ରା, ଦଶହରା ପରି ଆମର ପାରମ୍ପରିକ ମିଳନ ଉତ୍ସବ ପାଳିବା। ଆମ ସମ୍ପର୍କର ସ୍ମୃତିଚାରଣ କରିବା। ବିଶ୍ୱାସ ଓ ବୁଝାମଣାର ଅଭାବରେ ଭାଙ୍ଗି ପଡୁଥିଲେ ସେତୁଟିକୁ ପୁଣି ଥରେ ଗଢ଼ିନେବା - ବରଷକେ ଅନ୍ତତଃ ଥରେ ନିଜ

ନିଜର ଦାୟିତ୍ୱ ଓ କର୍ମ ପରିସରର ଶୃଙ୍ଖଳିତ ବନ୍ଧନୀ ଭିତରୁ ମୁକୁଳି ଯିବା। ନିଖୋଜ ହୋଇଯିବା ଆପଣାର ପରିଚିତ ପୃଥିବୀ ଭିତରୁ।

ଭୁଲିନାହିଁ - ଭୁଲିନାହିଁ ମୋର ଏ ପ୍ରତିଶ୍ରୁତି। ହେଲେ ମୋର ପରିଚିତ ପୃଥିବୀର ଇଲାକା କ୍ରମଶଃ ବିସ୍ତାରିତ ହେବାରେ ଲାଗିଛି। ପୂରାପୂରି ନିଖୋଜ ହୋଇଯିବା ମୋ' ପାଇଁ ଏବେ ଏକ ସମସ୍ୟା ହୋଇଯାଇଛି।

ପୂଜା ଛୁଟିର ପ୍ରଥମ କେତେଦିନ ମୋ ସଂସାରକୁ ସାଙ୍ଗରେ ଧରି ଘୂରି ବୁଲିବାକୁ ପଡ଼ିଲା ଏଣେତେଣେ - ନିଜର ଜ୍ଞାତି ପରିଜନଙ୍କୁ ସଂଖୋଳିବାରେ। ଶେଷ କେତେଦିନ ସ୍ଥିର କରିଥିଲି ନିଜ ସ୍ୱପ୍ନର ସହର ଭିତରକୁ ଖସିଯିବା ଲାଗି। ଶୁଭ ଯାତ୍ରା ଲାଗି ତିଥି, ବାର, ବେଳା ସବୁ ସ୍ଥିର କରିସାରିଥିଲି। କେଉଁଠି ଥିଲା କେଜାଣି ଶରତ ନିର୍ମଳ ଆକାଶରୁ ହଠାତ୍ ମାୟାବିନୀ ମେଘମାଳ ଆସି ବାଟ ଓଗାଳିଲା। କାଶତଣ୍ଡି ଫୁଲର ହସରେ ହସୁଥିବା ଅଶିଣ ହଠାତ୍ ଧାରା ଶ୍ରାବଣରେ ରୂପାନ୍ତରିତ ହୋଇଗଲା। ତଥାପି ମନକୁ ଦୃଢ଼ କରି ହାତରେ ଛତା ଧରି ପାଦ କାଢୁଛି - ସଂସାର ଆସି ସାମ୍ନାରେ ଦୁଇହାତ ମେଲି ଠିଆ ହେଲା -

"ପଶୁପକ୍ଷୀଙ୍କର ସ୍ୱର ଶବ୍ଦ ଶୁଭୁନାହିଁ - ଏ ଘନ ଘୋର ବରଷା କାଳରେ କୁଆଡ଼େ ବାହାରି ପଡ଼ିଲ ତମେ ? କେଉଁ ଉଦ୍ଦେଶ୍ୟରେ କେଉଁ ଦିଗରେ ତୁମର ଏ ଶୁଭ ଅନୁକୂଳ ?"

ଉତ୍ତର ଦେବା ଆଗରୁ ହାତରୁ ଛତା, ପାଦରୁ ଯୋତା ସବୁ କାଢ଼ି ନିଆଯାଇଥିଲା। ମୋ ପାଇଁ ପ୍ରତିବନ୍ଧକ ହୋଇସାରି ମୋ' ଦୁଃଖରେ ପୁଣି ବର୍ଷା ଆସି ବାହାରେ ମଥା ପିଟୁଥିଲା।

ବର୍ଷା ମିଳନର ଋତୁ। ପୁଣି ବିରହର।

ସଂସାର ସହିତ ମିଳନ ଘଟିଲେ ସ୍ୱପ୍ନଠାରୁ ଦୂରରେ ରହିବାକୁ ହୁଏ। ସ୍ୱପ୍ନ ଓ ସଂସାର, ଆକାଶ ଓ ପୃଥିବୀ କେବେ ଏକାଠି ହାତ ଧରାଧରି ହୋଇ ବାଟ ଚାଲିବା ସମ୍ଭବ ହୁଏ ନାହିଁ। ତଥାପି ଆକାଶ ଚାହିଁ ରହେ ପୃଥିବୀକୁ। ପୃଥିବୀ ଚାହିଁ ରହେ ଆକାଶକୁ। ଦିନେ ନା ଦିନେ ସଂଯୁକ୍ତ ହେବାର ଆଶା ନେଇ ସେମାନେ ଅପେକ୍ଷା କରିଛନ୍ତି ପରସ୍ପରକୁ।

ମୁଁ ବି ସେମିତି ଅପେକ୍ଷା କରିଛି। ଆଶା ହରେଇ ନାହିଁ।

ଋତୁ ପୁଣି ରଙ୍ଗ ବଦଳେଇବ। ମେଘମୁକ୍ତ ହେବ ଆକାଶ। ଶରତ ଯାଇ ଶୀତ ଆସିବ - ଆସିବ ବସନ୍ତ। ବନ୍ୟାବିଧୌତ ପୃଥିବୀ ଫେରି ପାଇବ ତା'ର ରୂପ ଲାବଣ୍ୟ। ମଳୟର ପରଶରେ ଶିହରି ଉଠିବ ତା'ର ଦେହମନ ଯୌବନ।

ମୁଁ ପୁଣି ଥରେ ମୋ ସ୍ୱପ୍ନର ନଦୀଶଯ୍ୟାରେ ବସି ସ୍ମୃତିର ସ୍ୱର୍ଣ୍ଣରେଣୁ ସବୁ ସାଉଁଟି ଆଣିବି। ସାଇତି ରଖିବି ଗଣ୍ଠିଧନ କରି। ସେଇ ସଞ୍ଚିତ ଧନରୁ ଟିକିଏ ଟିକିଏ ଖର୍ଚ୍ଚ କରି ସଂସାରରେ ବଳକା ଜୀବନ ବିତେଇ ଦେବି।

ଭୁଲ୍ ବୁଝିବୁ ନାହିଁ।

ସଂସାରର ଯାତନା କ'ଣ ତୁ ବୁଝି ପାରିବୁ ?

ତୋ' ସ୍ୱପ୍ନର ଯନ୍ତ୍ରଣା କିନ୍ତୁ ମୁଁ ବୁଝିଛି।

ମୋରି ପାଇଁ ତ ସଂସାରର ସ୍ୱପ୍ନକୁ ଜଳାଞ୍ଜଳି ଦେଇ ତୁ ମୋରି ସ୍ୱପ୍ନକୁ ହିଁ ସଂସାର କରି ନେଇଛୁ। ସେଇ ସ୍ୱପ୍ନରେ ଗଢ଼ିଛୁ ମନ୍ଦିରଟିଏ - ଥାପିଛୁ ଭଲପାଇବାର ଅପରୂପ ଦେବତାର ମୂର୍ତ୍ତିଟିଏ। ସେଇ ମନ୍ଦିର ହୋଇଛି ତୋର ଘର ଓ ସଂସାର। ସେଇ ଦେବତା ହୋଇଛି ତୋର ସ୍ୱାମୀ ଓ ସନ୍ତାନ। ସବୁରି ଅଦେଖା, ଅଜଣାରେ କୋଟି କାରୁକାମ ଖଚିତ ଅପୂର୍ବ କଳାଶ୍ରୀ ମଣ୍ଡିତ ସେଇ ମନ୍ଦିର ଭିତରେ ବସି ତୁ ଦେବତାର ପୂଜା ଅର୍ଚ୍ଚନା କରୁଛୁ। ସ୍ୱପ୍ନର ସେଇ ଛୋଟ ସଂସାର ଭିତରେ ସ୍ୱାମୀ ଓ ସନ୍ତାନଙ୍କ ଲାଗି ତୋର ଆଦର, ଅନୁରାଗ, ସ୍ନେହ-ସରାଗର ସୁମିଷ୍ଟ ବ୍ୟଞ୍ଜନ ପରଷିବାରେ ଲାଗିଛୁ।

ନିଛକ ସ୍ୱପ୍ନକୁ ନେଇ ସଂସାର ଗଢ଼ିବା କିଛି ସହଜ କଥା ନୁହେଁ।

ତୁ କିନ୍ତୁ ପାରିଛୁ। ଅସାଧ୍ୟ ସାଧନ କରିଛୁ। ଭଲପାଇବାର ଅଗ୍ନି ପରୀକ୍ଷା ଭିତରେ ବିଜୟିନୀର ଗୌରବ ଟୀକା ପିନ୍ଧି ମୋତେ ବିସ୍ମୟ, ବିମୁଗ୍ଧ କରି ଦେଇଛୁ। ତୋର ଏ କୃତିତ୍ୱର ଅନୁପମ କାହାଣୀ କୌଣସି ଇତିହାସରେ କେବେ ଲେଖା ହେବ ନାହିଁ। ଖୋଜି ବସିଲେ ତୋ ଘର ବା ମନ୍ଦିରର ଠିକଣା କେହି କେବେ ପାଇବେ ନାହିଁ। ହେଲେ ମୁଁ ? ମୁଁ ତାକୁ ଭୁଲିବି କେମିତି ?

ଭୁଲିନାହିଁ - ଭୁଲି ପାରିବି ନାହିଁ।

॥ ତିନି ॥

ଭୁଲିଗଲି ମୁଁ - ଭୁଲିଗଲି ମୋ ଘରର ଠିକଣା - ଭୁଲିଗଲି ମୋ ଦେବତାର ପରିଚୟ। ଭୁଲିନାହିଁ - ଭୁଲି ହୋଇଗଲା। କୌଶଳୀ କାଳରାତି ମୋତେ ସବୁ ଭୁଲେଇ ଦେଲା।

କବିପ୍ରିୟା ହେବା ଗର୍ବ ଓ ଗୌରବରେ ଝଲସି ଉଠୁଥିଲା ମୋର ହୃଦୟ ଓ ମନ। ଚେତନାର କୋଣ ଅନୁକୋଣ। ନିମିଷକ ଭିତରେ ସେଠି ଛାଇ ହୋଇଗଲା ଘନ ଅନ୍ଧାରର ଆସ୍ତରଣ।

ଅନ୍ଧାର ଭିତରେ ଅନ୍ଧ ହୋଇଗଲି।

ଆଖି ଖୋଲିଲା ବେଳକୁ ଦେଖିଲି ସକାଳର ଆଲୁଅରେ ଭଙ୍ଗା ମନ୍ଦିରର ଦୃଶ୍ୟ।

ମନ୍ଦିର ଭାଙ୍ଗି ଯାଇଥିଲା।

ରତ୍ନବେଦୀ ଉପରୁ ଉଭେଇ ଯାଇଥିଲେ ଦେବତା -

ମନ୍ଦିରର ଅତୀତ ଐଶ୍ୱର୍ଯ୍ୟରୀ ସ୍ମୃତି - ସାକ୍ଷୀ ହୋଇ ପଡ଼ି ରହିଥିଲା ମୁଖଶାଳା - ଦେବତାଙ୍କୁ ଅପହରଣ କରିନେଇଥିବା ଦସ୍ୟୁର ଫେରିଯିବାର ପାଦଚିହ୍ନ।

କାହିଁକି ଘଟିଗଲା ଏ ଅଭାବିତ ଘଟଣା ? ଘଟଣା ନୁହେଁ ଦୁର୍ଘଟଣା।

ମୋ ଭଲ ପାଇବାରେ କ'ଣ କିଛି ଭେଜାଲ ମିଶିଥିଲା ?

ଅଗ୍ନିଦାହ ଭିତରୁ ଶୁଦ୍ଧ ସୁବର୍ଣ୍ଣ ପ୍ରତିମାର କାନ୍ତି ନେଇ ମୁଁ ମୁକୁଳି ପାରିଲି ନାହିଁ। ଜଳିଗଲି - ଶୋଚନୀୟ ଭାବରେ ଜଳି ଧ୍ୱଂସ ପାଇଗଲି।

ଦାରୁଣ ଦୁଃସମୟ ମୋତେ ମୁଠାଏ ପାଉଁଶ କରି ଦେଇ ଚାଲିଗଲା।

ଦେବତା ଲାଗି ଚିରକାଳର ପ୍ରତୀକ୍ଷା ମୋର ଶେଷ ହୋଇଗଲା।

ଆଉ କ'ଣ ଅବଶେଷ ରହିଲା ଯେ !

କେଉଁ ଐଶ୍ୱର୍ଯ୍ୟ ଓ ଗୌରବବୋଧରେ ଫୁଲି ଫୁଲି ମୁଁ ବାଟ ଚାଲିବି ! ଅପବାଦ ଓ ଅପମାନର କଳଙ୍କକୁ ସୀମନ୍ତର ସିନ୍ଦୂର କରିନେବି ! !

ସବୁ ବାଟ ଯେ ମୋ ପାଇଁ ଅବାଟ ହୋଇଗଲା।

ଜାଣି ନଥିଲି ମୁଁ - ସବୁ ରାତି ଶେଷରେ ସକାଳ ଆସେ ନାହିଁ।

ସବୁ ପୂର୍ଣ୍ଣମୀର ରାତିରେ ଜ୍ୟୋସ୍ନାର ଝରଣା ଫିଟି ପଡ଼େ ନାହିଁ।

ବେଳେ ବେଳେ ମେଘ-ଅନ୍ଧାରର ବନ୍ଦୀଶାଳାରେ ସୂର୍ଯ୍ୟ-ଚନ୍ଦ୍ର ତାରା ବନ୍ଦୀ ହୋଇ ଯାଆନ୍ତି।

ଆଲୋକର ସ୍ୱପ୍ନ ଦେଖୁଥିବା ମଣିଷଟି ଅସହାୟତାରେ ଭାଙ୍ଗି ପଡ଼େ।

ଆରମ୍ଭ ହୁଏ ସ୍ୱପ୍ନଭଙ୍ଗର କାହାଣୀ।

ତା'ର ସମସ୍ତ ଅପେକ୍ଷା, ଆଶା ଓ ଆକୁଳତାର ଦୃଶ୍ୟପଟ୍ଟରେ ବ୍ୟର୍ଥତାର କରୁଣ ପୃଷ୍ଠ ସଂଗୀତ ତୋଳି ନଇଁ ଆସେ ଯବନିକା।

... ...

ସେଦିନ ରାତିରେ ମୁଁ ତମକୁ ଅପେକ୍ଷା କରୁଥିଲି।

ତୁମଠାରୁ କୌଣସି ସମ୍ବାଦ ନ ପାଇଥିଲେ ବି କେଜାଣି କାହିଁକି ମନ କହୁଥିଲା - ତମେ ନିଶ୍ଚେ ଆସିବ। ବର୍ଷା ବେଗ ବଢୁଥିଲା। ବର୍ଷା ରାତି ମୋ ପାଇଁ ଅନେକ ସ୍ମୃତିର ରାତି - ଅନେକ ସ୍ୱପ୍ନର ରାତି।

ସେଦିନ ତୁମର ପୁରୁଣା ଚିଠି ଭିତରୁ ସେଇ ଘଟଣା ସବୁ ମନେ ପକଉଥିଲି।

ଡାହାଣ ଆଖିପତା ବାରମ୍ବାର ଡେଉଁଥିଲା। ଆଶଙ୍କା ଜନ୍ମୁଥିଲା - ତମେ ବୋଧେ ଆସିବ ନାହିଁ କିମ୍ବା କିଛି ଅଘଟଣ ଘଟିଯିବ। ଯାହା ଘଟିବାର ଘଟୁ ପଛକେ ମନ କହୁଥିଲା, ଏଇ ବର୍ଷା ଅନ୍ଧାର ରାତିରେ ତମେ ହଠାତ୍ ଚାଲି ଆସନ୍ତ କି ମୋ ପାଖକୁ! ତମ ଚିଠିକୁ ଛାତିରେ ଜାକି କେତେବେଳେ ଛାଇ ନିଦରେ ଘୁମେଇ ପଡ଼ିଛି - ମନେ ହେଲା, ବାହାରେ ଖୁବ୍ ଧୀର ନିଦରୁ ଉଠି ଝରକାରେ ମୃଦୁ ଆଘାତ କରି ତମେ ମୋତେ ଡାକୁଛ। ହଠାତ୍ ନିଦରୁ ଉଠି ପଡ଼ିଲି। ଚୁପ୍‌ଚାପ୍ ଝରକା ଖୋଲିଦେଲି। ବିଜୁଳିର ଆଲୁଅ ଲିଭି ଯାଇଥିଲା।

ଆଃ! ସତରେ କ'ଣ ମୋର ସ୍ୱପ୍ନ ସତ ହୋଇଛି!

ବର୍ଷା ଅନ୍ଧାରକୁ ସାଙ୍ଗରେ ଧରି ତୁମେ ଆସିଛ ମୋ ପାଖକୁ।

ନିଃଶବ୍ଦରେ ଯାଇ କବାଟ ଖୋଲିଦେଲି। ଅନ୍ଧାରରେ ତମେ ଠିଆ ହୋଇଥିଲ। ବର୍ଷାରେ ଭିଜି ଭିଜି ଦେହ ତୁମର ଶୀତରେ ଥରୁଥିଲା। ଶୀତରେ ଠକ୍ ଠକ୍ କରୁଥିବା ତୁମ ଦେହରେ ମୋର ଜଳନ୍ତା ଦେହର ଉଷ୍ମତାକୁ ଭରିଦେବା ଲାଗି ଦୁଇ ବାହୁ ମେଲି ତୁମକୁ ତୋଳି ନେଲି।

ତା'ପରେ - ବିନା ସ୍ୱର, ସଂଳାପ ଓ ସମ୍ଭାଷଣର ବିନିମୟରେ କେବଳ କି ଏକ ଅପୂର୍ବ ଆବେଗ ଓ ଉତ୍ତେଜନାରେ କୁଳୁକୁଳୁ ଛନ୍ଦରେ ବହିଯିବାର ଶବ୍ଦ।

ବେଗବତୀ ବର୍ଷାର ଜଳରେ ଭାଙ୍ଗିଗଲା ନଈର ବନ୍ଧ। ସେଇ ପ୍ରଖର ବଢ଼ିପାଣିର ସୁଅରେ ମୋତେ ଆଶ୍ରା କରି ତୁମେ କେବଳ ଭାସି ଯାଇଥାଅ - ଆଉ ତୁମକୁ ଆଶ୍ରା କରି ମୁଁ।

ବର୍ଷାର ବେଗ କମି ଆସିଲା ବେଳକୁ ରାତି ପାହି ଆସୁଥାଏ। ସେଇ ପାହାନ୍ତି ସକାଳର ଅସ୍ପଷ୍ଟ ଆଲୁଅରେ ଆଖି ଖୋଲିଦିଏ ତ!

ଆଃ! ଭୟଙ୍କର ଏକ ଶବ୍ଦରେ ଆକାଶ ଫଟେଇ ବଜ୍ରଟିଏ ଖସିପଡ଼ିଲା ମୋ କୋଠରୀ ଭିତରେ।

ଆଖିର ପଲକ ମାତ୍ରେ ଜଳି ଧ୍ୱଂସ ପାଇଗଲା କାହିଁ କେତେ ବର୍ଷର ସୁନିର୍ମିତ ସୌଧ ମୋର। ମନ୍ଦିରର ଚୂଡ଼ା ମାଟିରେ ମିଶି ଯାଇଥାଏ। ମୋର ପୂଜା ଅର୍ଚ୍ଚନାକୁ ଗ୍ରହଣ କରି ମୋରି ଆଖି ଆଗରେ ଦ୍ରୁତ ପାଦରେ ମୋ ଦେବତା ବଦଳରେ ଅପଦେବତାଟିଏ ଅପସରି ଯାଉଥିବାର ହୃଦୟବିଦାରକ ଦୃଶ୍ୟ। ମୋ ଆଖିକୁ ମୁଁ ବିଶ୍ୱାସ କରି ପାରୁନଥିଲି।

ବୟସରେ ମୋ ଠାରୁ ବର୍ଷେ ସାନ - ମୋର ସହପାଠୀ। ହେଲେ ମୋତେ

ଯିଏ 'ଅପା' ବୋଲି ଡାକି ତା' ଅନ୍ତରର ଶ୍ରଦ୍ଧା ଓ ସମ୍ମାନରେ ସର୍ବଦା ଋଣୀ କରି ଆସିଛି - ଯାହା ଆଗରେ ନିଃସଙ୍କୋଚରେ ମୁଁ ଖୋଲି ଦେଇଥିଲି ମୋର ସବୁ ସୁଖ ଦୁଃଖର କାହାଣୀ, ତୁମ ସହ ମୋର ସମ୍ପର୍କର ବିସ୍ତୃତ ବିବରଣୀ - ସେଇ ପ୍ରିୟ ଦେବଦାସ ! ଏଇ କିଛି ସମୟ ପୂର୍ବରୁ ମୋ ସ୍ୱପ୍ନର ମନ୍ଦିର ଭିତରେ ଅପଦେବତାର କାୟା ଧରି ପ୍ରବେଶ କରି ଚାଲିଗଲା !

ସକାଳର ଆକାଶରେ ପୂର୍ବ ରାତିର ମେଘର ଆଉ ଚିହ୍ନବର୍ଣ୍ଣ ନଥିଲା । ହେଲେ ମୋ ଭିତରେ ବର୍ଷା ଓ ବୈଶାଖର ଝଡ଼ ଓ ଝାଞ୍ଜି ସେମାନଙ୍କର ଲୀଳା ଆରମ୍ଭ କରି ଦେଇଥିଲେ ।

ତମେ କୁହନା - ମଣିଷ ପରିସ୍ଥିତି ଓ ପରିବେଶର ଦାସ । ମୁଁ ଗ୍ରହଣ କରେ ନାହିଁ । ମୁଁ କହେ - ପରିସ୍ଥିତି ଓ ପରିବେଶ ମଣିଷକୁ ଚଳାଏ ନାହିଁ । ମଣିଷ ହିଁ ନିଜ ଇଚ୍ଛାରେ ପରିବେଶକୁ ଗଢ଼େ ଆଉ ଭାଙ୍ଗେ । କେଡ଼େ ଶୀଘ୍ର ଭୁଲ୍ ହୋଇଗଲା ମୋର ଏ ସିଦ୍ଧାନ୍ତ ? ?

ଦେବପ୍ରିୟ ! ବିଶ୍ୱାସରେ ହିଁ ମଣିଷ ବଞ୍ଚେ । ବିଶ୍ୱାସରେ ଏ ପୃଥିବୀ ତିଷ୍ଠିଛି । ସେଇ ବିଶ୍ୱାସ ଟିକକ ସମ୍ବଳ କରି ମୁଁ ଆଜିଯାଏଁ ଚାଲୁଥିଲି । ବିଶ୍ୱାସ ଥିଲା ମୋ ପାଇଁ ସର୍ବବ୍ୟାପୀ ଭଗବାନ । ଅବିଶ୍ୱାସ ଟିକକ କ୍ଷଣକ ପାଇଁ ହେଲେ ବି ଧୂମକେତୁ ସାଜି ଆସି ଚାଲିଗଲା । ଚୋରିକରି ନେଇଗଲା ଭଗବାନଙ୍କର ମୂର୍ତ୍ତି ।

ଏବେ କେଉଁ ଅବିଶ୍ୱାସକୁ ଆଉ ଦେବତାର ସମ୍ମାନ ଦେଇ ପୂଜା ଅର୍ଚ୍ଚନା ବାଢ଼ିବି ?

ଅପଦେବତାକୁ କ'ଣ ଦେବତାର ଆସନରେ ବସେଇ ପୂଜା କରି ହୁଏ ? ଉତ୍ତର ଖୋଜୁଛି -

ସତରେ କ'ଣ ତୁମେ ଆଉ ଉତ୍ତର ଫେରାଇବ ?

ମୋ ଜୀବନରୁ ବିଶ୍ୱାସହୀନତାର ବିଷ ଟିକକ ହରିନେଇ ଚିରନ୍ତନ ବିଶ୍ୱାସର ଅମୃତ ଟିକକ ପୁଣି ଭରିଦେବ ? ?

ଦୂର ଅରଣ୍ୟର ମାୟା

କେଉଁଠୁ ଆରମ୍ଭ କରିବି ଏ କଥା ?

ଏ କଥାର ନା କେବେ ଆରମ୍ଭ ଥିଲା ନା ଶେଷ !

ମୋ ଜୀବନରେ ଏପରି ଏକ କଥାର ସଂଯୋଗ ଘଟିବ ବୋଲି ସତରେ କ'ଣ କେବେ କଳ୍ପନା କରିଥିଲି ।

ମାତ୍ର ବାସ୍ତବ ଜୀବନର କଥା ବେଳେବେଳେ କଳ୍ପନାର କାହାଣୀଠାରୁ ମଧ୍ୟ ଅଧିକ ଅଦ୍‌ଭୂତ ଓ ରହସ୍ୟମୟ ମନେ ହୁଏ । ଜଣକର ଚାହିଁବା ନ ଚାହିଁବାକୁ ନେଇ ସେ କଥା ଲେଖା ହୁଏ ନାହିଁ । ସତେ ଯେମିତି କେହି ଜଣେ ଅଜ୍ଞାତ ଲେଖକ ଅଦୃଶ୍ୟରେ ରହି ଅନ୍ୟର ଜୀବନ ପୃଷ୍ଠାରେ ଲେଖି ଚାଲିଥାଏ ନିଜ ଇଚ୍ଛା-ଅନିଚ୍ଛାର କାହାଣୀ । ତାରି ଆଜ୍ଞା ଓ ଇଙ୍ଗିତରେ ସବୁ ଯେମିତି ଘଟି ଯାଉଥାଏ – ଯଥାରୀତି, ନିର୍ଦ୍ଦିଷ୍ଟ, ନିରୁପିତ ଭାବରେ । ଯାହାର ଜୀବନକୁ ଭିତ୍ତି କରି ଏ କାହାଣୀ ଲେଖା ହୋଇଥାଏ – ସେ ଯେମିତି ନିମିତ୍ତ ମାତ୍ର । ନିରୁପାୟ, ନିହାତି ଅସହାୟ ।

କେଉଁଠୁ ଆରମ୍ଭ କରିବି ମୋର ଏ କଥା ।

ନା – କଥା ନୁହେଁ, ମୋ ଜୀବନରେ ବେଦନାର ସାଥୀଟିଏ । କା' ଆଗରେ ଶୁଣେଇବି ଏ ଗାଥା । କାହାକୁ କହିବି ଜୀବନର ଏ ଗୋପନ କଥା !

ଏ କଥା କ'ଣ କାହାକୁ କହିହୁଏ ? ବୁଝିହୁଏ ନା ବୁଝେଇ ହୁଏ ?

ସବୁ ପ୍ରାପ୍ତିର ପୂର୍ଣ୍ଣତା ଭିତରେ କେଉଁ ପ୍ରତ୍ୟାଶାରେ ବା କାହାର ପ୍ରତୀକ୍ଷାରେ

ଆନମନା ହୋଇ ମୁଁ ପୁଣି ମେଘାଚ୍ଛନ୍ନ ବା ମେଘଶୂନ୍ୟ ଆକାଶକୁ ଚାହିଁ ରହେ ? ନିଶାର୍ଦ୍ଧରେ ଗଭୀର ନିଦରେ ଶୋଇ ପଡ଼ିଥିବା ମୋର ସ୍ୱାମୀ-ସନ୍ତାନଙ୍କ ମେଳରୁ ଉଠି ଆସି ଖୋଲା ଝରକା ପାଖରେ ଠିଆ ହୋଇ କ'ଣ ବା ସତରେ ମୁଁ ଖୋଜୁଥାଏ ।

ଏଭଳି ଖୋଜିବା ଓ ନିରର୍ଥକ ଭାବରେ ଚାହିଁ ରହିବାର ଅର୍ଥ କ'ଣ ପ୍ରେମରେ ପଡ଼ିବା ?

ମୁଁ କ'ଣ ତେବେ ପ୍ରେମରେ ପଡ଼ିଛି !

ଜାୟା - ଜନନୀର ସ୍ୱୀକୃତି ନେଇ ଏକ ସଫଳ ସଂସାର ଭିତରେ ସୁରକ୍ଷିତା ନାରୀ ଜୀବନରେ ଏ କଥା କ'ଣ କେବେ ସମ୍ଭବ ହୋଇପାରେ ? ନିଜର ସ୍ଥିତି ଓ ଶୃଙ୍ଖଳାର ସୀମା ସରହଦ ଡେଇଁ ଡେଇଁ ଦୂର ଅରଣ୍ୟର ସବୁଜ ମାୟାରେ ଉଚ୍ଛନ୍ନ ହୋଇ ଝରିଯିବା ଲାଗି ବ୍ୟାକୁଳତା ପ୍ରକାଶ କରିପାରେ ?

କେଉଁଠୁ ଆରମ୍ଭ କରିବି ମୋ କଥା !

ମୋ ପ୍ରେମର କଥା ! ଗୋପନ କଥା !

'ପ୍ରେମ' ଶବ୍ଦର ଅର୍ଥ ଓ ପରିଚୟ ସତରେ କ'ଣ ମୁଁ କିଛି ଜାଣିଥିଲି, ନା ବୁଝିଥିଲି ? ଯେଉଁ ବୟସରେ ସାଧାରଣତଃ ଦେହ ଓ ମନର ରଙ୍ଗ ସହିତ ପ୍ରେମର ରଙ୍ଗ ମିଶିଯାଏ, ସାରା ଆକାଶକୁ ହାତମୁଠାରେ ଧରି ରଖିବାକୁ ଇଚ୍ଛା ହୁଏ, ଉଚ୍ଛନ୍ନ ହୁଏ ମନ ଲୋଟି ପଡ଼ିବାକୁ କେଉଁ ଦୂର ଦରିଆର ବୁକୁ ଉପରେ, ସେଇ କିଶୋରୀ ବୟସରେ ଅବା ତାରୁଣ୍ୟ ଓ ଯୌବନର ସ୍ୱର୍ଗରେ 'ପ୍ରେମ'କୁ ମୁଁ ଚିହ୍ନିଥିଲି ଗଳ୍ପ-ଉପନ୍ୟାସର ଚରିତ୍ରମାନଙ୍କ ଭିତରେ । ମୋର ନିଜସ୍ୱ କୌଣସି କାହାଣୀ ସେତେବେଳେ ନଥିଲା । ଥିଲା କେବଳ କଳ୍ପନା, ସ୍କୁଲ-କଲେଜରୁ ଫେରି ଆସିଲା ପରେ ଘରର ଏରୁଣ୍ଡିବନ୍ଧ ଡେଇଁ କୁଆଡ଼େ ଆଉ ଯାଉ ନଥିଲି । ଯିବାର କୌଣସି ବାଧା ବା ବନ୍ଧନ ନଥିଲା । ମାତ୍ର ଆଗ୍ରହ ଆସୁନଥିଲା ନିଜର ପଢ଼ା ଘର ଭିତରେ ବସି ରହି ବିଭିନ୍ନ ବହି ସବୁ ପଢ଼ିବାରେ ମୋର ଅବସର ବିନୋଦନ ହୋଇଯାଉଥିଲା । ମୋର ଭାଇ ସେତେବେଳେ ଗଳ୍ପ କବିତା ସବୁ ଲେଖୁଥିଲେ । ଭିନ୍ନ ଭିନ୍ନ ପତ୍ରପତ୍ରିକାରେ ସେ ଲେଖା ପ୍ରକାଶ ପାଉଥିଲା । ଅନେକ ସମୟରେ ଲେଖାଟିଏ ପ୍ରକାଶ ପାଇଁ ପଠାଇବା ପୂର୍ବରୁ ମୋତେ ସେ ପଢ଼ି ଶୁଣାଉଥିଲେ । ପଢ଼ା ସାରି କେମିତି ଲାଗିଲା ବୋଲି ମୋର ମତାମତ ମଧ୍ୟ ଜାଣିବାକୁ ଚାହୁଁଥିଲେ । ମାତ୍ର ଭାଇଙ୍କ ଲେଖା ଅପେକ୍ଷା ବରଂ ବାପାଙ୍କ ଗୀତ ଶୁଣିବାକୁ ମୋତେ ବେଶି ଭଲ ଲାଗୁଥିଲା । ବେଳେବେଳେ ଭାଇଙ୍କର କିଛି ଲେଖା ମୋତେ ଜଟିଳ ଓ ଦୁର୍ବୋଧ ମନେ ହେଉଥିଲା । ବାପାଙ୍କର ଗୀତି କବିତା କିନ୍ତୁ ବେଶ୍ ସରଳ ଓ ପ୍ରାଣସ୍ପର୍ଶୀ । ନିଜର ଲେଖାକୁ ସେ କେବେ କେଉଁଠି ପ୍ରକାଶ ପାଇଁ ଦେଉ ନଥିଲେ ।

ଅଥଚ ପ୍ରତିଦିନ କିଛି ନା କିଛି ଲେଖୁଥିଲେ। ରାତିରେ ଲେଖିଥିବା ଗୀତି କବିତା ସକାଳେ ଦରଦ ଦେଇ ଗାଉଥିଲେ। ବାପାଙ୍କର କଣ୍ଠ ସଂଗୀତରେ ପାହାନ୍ତା ପହରର ନିଦ ଭାଙ୍ଗି ଯାଉଥିଲା। ବିଛଣାରେ ପଡ଼ି ରହି ମୁଁ ସେ ଗୀତ ଶୁଣୁଥିଲି। ଏବେ ବି ସ୍ପଷ୍ଟ ମନେ ପଡ଼ିଯାଉଛି ତାଙ୍କ ଦରଦୀ କଣ୍ଠର ମଧୁର ସଂଗୀତ -

କଣ୍ଠରୁ ମୋର ଝରି ଝରି ଯାଉ ତୁମରି ସଂଗୀତ ଝର
ନୟନେ ମୋହର ନାଚି ଯାଉ ସଦା ତୁମ ଛବି ମନୋହର
ମନ ମନ୍ଦିରରେ ତୁମରି ମୂରତି ଥାପି ନିବେଦିବି କଣ୍ଠର ଆରତି
ଶ୍ରବଣେ ଶୁଣିବି ତୁମରି କୀରତି ଦିବାନିଶି ନିରନ୍ତର
କରିବି ମୁଁ ସଦା ତୁମର ଅର୍ଚ୍ଚନା
ସୃଜିବି ବୀଣାରେ ତୁମରି ମୂର୍ଚ୍ଛନା
ଭୁଲିବି ଜୀବନେ ଦାରୁଣ ବେଦନା
ପିଇ ତୁମ ପ୍ରେମ ନୀର।

ବୋଉର ଆକସ୍ମିକ ବିୟୋଗ ପରେ ବାପା କିନ୍ତୁ ପୂରାପୂରି ନିରବ ହୋଇଗଲେ। ତାଙ୍କର ସ୍ୱର ଆଉ ଶୁଣିବାକୁ ମିଳିଲା ନାହିଁ। ପ୍ରତିଦିନ ରାତିରେ କିନ୍ତୁ ସେ କିଛି ନା କିଛି ଲେଖୁଥିଲେ। ଭାଇ କହୁଥିଲେ, ବାପାଙ୍କ ଲେଖା ସବୁ ଏକାଠି କରି ବହିଟିଏ ଛପେଇବେ ବୋଲି। ମାତ୍ର ପଢ଼ା ଶେଷ କରି ଚାକିରି ତଥା ପାରିବାରିକ ଜୀବନ ଆରମ୍ଭ କରିବା ପରେ ଭାଇ ତାଙ୍କ ଲେଖା ଛାଡ଼ିଲେ। ବାପାଙ୍କ ଲେଖାକୁ ନେଇ ବହି ଛାପିବା କଥା ମଧ୍ୟ ଭୁଲିଗଲେ।

ମୁଁ ନିଜେ ଲେଖାଲେଖି ନ କଲେ ବି ଭାଇ ଓ ବାପାଙ୍କ ପ୍ରଭାବରୁ ଲେଖକମାନେ ହିଁ ମୋ ଜୀବନର ଅନ୍ତରଙ୍ଗ ବନ୍ଧୁ ହୋଇଯାଇଥିଲେ। ସେମାନଙ୍କ ଲେଖା ଥିଲା ଏଇ ଭାବଗତ ସମ୍ପର୍କର ସେତୁ। ବାପା ଥିଲେ ମୋର ପ୍ରିୟ କବି। ମାତ୍ର ପ୍ରିୟତମ ଥିଲେ ଆଉ ଜଣେ, ଯାହାଙ୍କର ଅନେକ ରୋମାଣ୍ଟିକ୍ ଗଳ୍ପ ଓ କବିତା ମୋତେ ସେତେବେଳେ ପୂରାପୂରି ଆଚ୍ଛନ୍ନ କରି ରଖୁଥିଲା। ତାଙ୍କୁ ମୁଁ କେବେ ଦେଖିନଥିଲି। ଜାଣି ନଥିଲି। ମାତ୍ର ତାଙ୍କ ଲେଖାର 'ପ୍ରେମ'ରେ ପଡ଼ିଯାଇଥିଲି। ତାଙ୍କର ଗଳ୍ପ ଗୁଡ଼ିକର ସୀମା ଓ ପରିସର ଖୁବ୍ ସଂକ୍ଷିପ୍ତ ଅଥଚ ସେଇ ଅଳ୍ପ କଥାର ଗଳ୍ପମାନଙ୍କରେ ପ୍ରେମର ଅନେକ ରୂପ ରଙ୍ଗ ଆବିଷ୍କାର କରି ମୁଁ ବିସ୍ମୟ ବିଭୋର ହୋଇଯାଉଥିଲି। ମନେ ହେଉଥିଲା, ତାଙ୍କର ପ୍ରତ୍ୟେକ ଗଳ୍ପ ଭିତରେ ସେ ନିଜେ ହିଁ ଯେମିତି ଲୁଚି ରହିଚନ୍ତି। ସେ ଥରେ 'ସ୍କୁଲଝିଅ' ସମ୍ପର୍କରେ ଏକ ଗପ ଲେଖିଥିଲେ। ଗଳ୍ପର ନାୟକ ବହୁବାର 'ପ୍ରେମ'ରେ ପ୍ରତାରିତ ହେବା ପରେ ଦିନେ ଏକ ସ୍କୁଲ ଝିଅର ପ୍ରେମରେ ପଡ଼ିଗଲା।

ମୁଁ ସେତେବେଳେ ସ୍କୁଲରେ ନବମ ଶ୍ରେଣୀର ଛାତ୍ରୀ । ଗଳ୍ପଟି ପଢ଼ି ସାରିଲା ପରେ ନିଜ ଭିତରେ କେମିତି ଏକ ଅଜଣା ପୁଲକ ଓ ଶିହରଣ ଖେଳିଗଲା । ମନେ ହେଲା, ସତେ ଯେମିତି ପ୍ରେମରେ ପଡ଼ିଯାଇଥିବା ମୁଁ ନିଜେ ସେଇ ସ୍କୁଲ ଝିଅ । ଆଉ ମୋର ପ୍ରେମିକ ହେଉଛନ୍ତି ନିଜେ ଲେଖକ । ଅନେକ ସମୟରେ ଇଚ୍ଛା ହୋଇଛି - ତାଙ୍କୁ ଥରେ ଦେଖନ୍ତି କି !

କୁହାଯାଏ, ମଣିଷ ମୁହଁ ଦେଖି ତା'ର ଚରିତ୍ରକୁ ଜାଣି ହୁଏ ଏବଂ ଲେଖା ଭିତରୁ ଜଣେ ଲେଖକକୁ ଚିହ୍ନି ହୋଇଯାଏ । ମାତ୍ର ସମସ୍ତଙ୍କ କ୍ଷେତ୍ରରେ ଏକଥା ସତ ନୁହେଁ । ଲେଖାଟିଏ ଲେଖିଲାବେଳେ ଅନେକ ଲେଖକ 'ମୁଖା' ପିନ୍ଧିଥାଆନ୍ତି । ସେମାନଙ୍କ ସମ୍ପର୍କରେ ଆସିଲେ ଯାଇ ସେମାନଙ୍କର ମୁଖାହୀନ ସ୍ୱରୂପକୁ ଜାଣିହୁଏ । ସେମାନଙ୍କ ଲେଖା ଭିତରେ ଫୁଟି ଉଠିଥିବା ଭାବ ଓ ଭାଷା ସହିତ ସେମାନଙ୍କ ଜୀବନର ଭାବ ଓ ଭାଷାର କୌଣସି ସମ୍ପର୍କ ନଥାଏ । ଭାଇଙ୍କ ଯୋଗୁଁ ତାଙ୍କର ପରିଚିତ ଯେଉଁ କେତେ ଜଣ ଲେଖକଙ୍କ ସହିତ ମୁଁ ମିଶିବାର ସୁଯୋଗ ପାଇଛି, ସେମାନଙ୍କ ଲେଖା ପଢ଼ି ମୋର ଯେଉଁ ଧାରଣା ହେଲା, ଭେଟିବା ପରେ ଆଶାତୀତ ଭାବରେ ମୋର ସେ ଧାରଣା ବଦଳି ଯାଇଛି । ମୋହଭଙ୍ଗ ହୋଇଛି । ମାତ୍ର ମୋର ସେଇ ପ୍ରିୟତମ ଲେଖକ ଏମାନଙ୍କ ଭିତରେ ଜଣେ ନଥିଲେ । ସେଇ କିଶୋରୀ ବୟସରେ ତାଙ୍କର ଲେଖା ପଢ଼ି ମନ ଭିତରେ ଯେଉଁ ଇମେଜ୍‌ଟିଏ ମୁଁ ତିଆରି କରିଥିଲି, ବହୁ ବର୍ଷ ପରେ ତାଙ୍କୁ ଯେତେବେଳେ ଭେଟିଲି, ଦେଖିଲି ତାଙ୍କର ସେଇ ଇମେଜ୍‌ରେ ଏତେ ଟିକିଏ ବି ଧୂଳିମଳି ଲାଗି ନାହିଁ । ମୋ କଳ୍ପନାର ଅବିକଳ ମଣିଷ ଥିଲେ ସିଏ ।

ସାହିତ୍ୟ ପ୍ରତି ମୋର ପ୍ରବଳ ଆଗ୍ରହ ଅନୁରାଗ ଥିଲା ସତ, ହେଲେ ପଢ଼ିଲାବେଳକୁ ଗଣିତ ପଢ଼ିଲି । ଅର୍ଥାତ୍ ଗଣିତ ଶାସ୍ତ୍ରରେ ହିଁ ପୋଷ୍ଟ ଗ୍ରାଜୁଏଟ୍ ଡିଗ୍ରୀ ହାସଲ କଲି । ଇଚ୍ଛା ଥିଲା, ଅଧ୍ୟାପିକାଟିଏ ହେବି । ଚାକିରି ଜୀବନରେ ହୁଏତ କୌଣସି କଲେଜରେ ମୋର ସେଇ ପ୍ରିୟ ଲେଖକ ଅଧ୍ୟାପକଙ୍କ ସହ ଭେଟ ହୋଇଯିବ । କ୍ଲାସ୍‌ରେ ପିଲାମାନଙ୍କୁ ଗଣିତ ବୁଝେଇ ସୁଝେଇ କ୍ଳାନ୍ତ ହୋଇଯିବା ପରେ କମନ୍ ରୁମ୍‌ରେ ବା ଲାଇବ୍ରେରୀ ଭିତରେ ନିରୋଳାରେ ବସି ଲେଖକ ବନ୍ଧୁଙ୍କଠାରୁ କବିତା ଶୁଣିବି । ତାଙ୍କ ସହିତ ସାହିତ୍ୟ ଆଲୋଚନା କରିବି । ମାତ୍ର ଏପରି ହବାର ନଥିଲା । ବାପା ଓ ଭାଇ ତାହା ହେବାକୁ ଦେଲେ ନାହିଁ । କାରଣ ଅଧ୍ୟାପିକାଟିଏ ହୋଇ ଚାକିରି କଲେ ବି ସେମାନଙ୍କର ଦାୟିତ୍ୱ ଶେଷ ହୋଇ ନଥାଆନ୍ତା । ବୋଉ ନ ଥିବାରୁ ମୋତେ ନେଇ ସେମାନଙ୍କର ଚିନ୍ତା ଓ ଦାୟିତ୍ୱରୁ ମୁକ୍ତ ହେବାକୁ ଚାହୁଁଥିଲେ । ମୁକ୍ତିର ଦିନ ମଧ୍ୟ ସେମାନଙ୍କ ପାଇଁ ଖୁବ୍ ଶୀଘ୍ର ଆସିଗଲା । ମୋ ସବା ଶେଷ ପରୀକ୍ଷାର ଫଳ ନ

ବାହାରୁଣୁ ସେମାନେ ମନ ପସନ୍ଦର ସୌମ୍ୟରୂପ ଯୁବକଟିଏ ପାଇଗଲେ। ବେଶ୍ ଯୋଗ୍ୟତା ସମ୍ପନ୍ନ। ଭଲ ପରିବାର। ଓଡ଼ିଶା ସରକାରଙ୍କ ଅଧୀନରେ ଆଡ୍‌ମିନିଷ୍ଟ୍ରେଟିଭ୍ ସର୍ଭିସ୍। ମୁଁ ଯେମିତି ଆମ ଘରର ଗୋଟିଏ ବୋଲି ଝିଅ, ମନୋନୀତ ପାତ୍ର ଜଣକ ଥିଲେ ତାଙ୍କ ବାପା-ମାଆଙ୍କର ଏକମାତ୍ର ପୁଅ। କାହାରି ଆଉ ଚିନ୍ତା କରିବାର କିଛି ନଥିଲା। ଅଧ୍ୟାପିକାଟିଏ ହେବାର ଅଭିଳାଷରେ ଡୋର ବାନ୍ଧି ଦେଇଥିଲେ। ବାହାଘର ପରେ ସ୍ୱାମୀଙ୍କୁ ଯେତେବେଳେ ଚାକିରି କଥା କହିଲି, ହସି ଦେଇ ସେ କହିଲେ, ଜଣେ ଲୋକ ଏକା ସାଙ୍ଗରେ ଦୁଇଟି ଜାଗାରେ ଚାକିରି କରିବା ନିୟମ ବିରୁଦ୍ଧ କାର୍ଯ୍ୟ। ମହିଳାମାନଙ୍କ ପାଇଁ ଆଇସିଏସ୍ (ଇଣ୍ଡିଆନ୍ କୁକିଙ୍ଗ୍ ସର୍ଭିସ୍) ହେଉଛି ସବୁଠାରୁ ଲୋଭନୀୟ ଓ ଆକର୍ଷଣୀୟ ଚାକିରି। ଥରେ ସେ ଚାକିରିରେ ଜଏନ୍ କରିସାରିଲା ପରେ ଅନ୍ୟ କେଉଁଥିପାଇଁ ମନ ବଳାଉଛ କାହିଁକି? ସତକୁ ସତ ନୂଆ ସଂସାର ଗଢ଼ିବାର ନିଶା ଭିତରେ ଅଧ୍ୟାପିକା ହେବାର ନିଶା କୁଆଡ଼େ ହଜିଗଲା। କ୍ରମଶଃ ଦାୟିତ୍ୱ ବଢ଼ିଲା, ଜଞ୍ଜାଳ ବଢ଼ିଲା।

ଦୁଇଟି ପୁଅ ଝିଅକୁ ନେଇ ମୋର ଛୋଟ ସଂସାରଟିଏ। ଦିନଗୁଡ଼ିକ ସ୍ୱାଚ୍ଛନ୍ଦ୍ୟରେ ଗଡ଼ି ଯାଉଥିଲା। ପୁଅ ଝିଅଙ୍କୁ ଗଣିତ ଯେ ବୁଝାଉଥିଲି ତା' ନୁହେଁ, ସାହିତ୍ୟ ମଧ୍ୟ ପଢ଼ାଉଥିଲି। ରାତିରେ ଶୋଇଲାବେଳେ ମୋଠାରୁ ଗପ ନ ଶୁଣିଲେ ସେମାନଙ୍କୁ ନିଦ ହେଉ ନଥିଲା। ପିଲାମାନେ ଶୋଇଗଲା ପରେ ମଧ୍ୟ ମୋ ଆଖିକୁ ନିଦ ସହଜରେ ଧରା ଦେଉ ନଥିଲା। ଅଧିକାଂଶ ଦିନ ଇଏ ଟୁର୍‌ରେ ଥାଆନ୍ତି। କେତେ ରାତିରେ ଯେ ଫେରିବେ, ତା'ର କିଛି ଠିକ୍ ଠିକଣା ନଥାଏ। ତାଙ୍କ ବାଟ ଚାହିଁ ମୁଁ ଗଳ୍ପ ଉପନ୍ୟାସର ପୃଷ୍ଠା ଖୋଲେ। ବେଳେବେଳେ ପୃଷ୍ଠା ସବୁ ସରିଯାଏ। ଅଥଚ ସ୍ୱାମୀଙ୍କ କଣ୍ଠସ୍ୱର ଶୁଭେ ନାହିଁ। ଦିନେ ଦିନେ ସେ ଶୀଘ୍ର ଫେରିଆସିଲେ, ଇଚ୍ଛା ହୁଏ, ତାଙ୍କ ସହ ପଢ଼ିଥିବା ବିଷୟବସ୍ତୁର ଆଲୋଚନା କରନ୍ତି। କିମ୍ବା ତାଙ୍କଠାରୁ ତାଙ୍କ ଚାକିରି ଜୀବନର ବିଶେଷ ଅନୁଭୂତି କିଛି ଶୁଣନ୍ତି। ମାତ୍ର ଅଫିସ୍ ବା ଟୁର୍‌ରୁ ବିଳମ୍ବରେ ଫେରି ନିଜର ନିତ୍ୟକର୍ମ ଶେଷ କରି ଖାଇଦେଲା ପରେ ତାଙ୍କୁ ଶୀଘ୍ର ନିଦ ଆସିଯାଏ। କ୍ଲାନ୍ତ ମଣିଷକୁ ଆଉ ଅଧିକ ସମୟ ଚିଆଁଇ ରଖିବାକୁ ଇଚ୍ଛା ହୁଏ ନାହିଁ। ଅଗତ୍ୟା ମୁଁ ମଧ୍ୟ ଚୁପ୍‌ଚାପ୍ ଆଖି ବୁଜେ। ଏ ଥିଲା ଏକ ସଫଳ (?) ପାରିବାରିକ ଜୀବନର ନିତିଦିନିଆ କାହାଣୀ। ଏଥିରେ ବୈଚିତ୍ର୍ୟ କିଛି ନଥିଲା। ବିଶେଷ ଘଟଣା ବା ଦୁର୍ଘଟଣା କିଛି ଘଟୁନଥିଲା। କହିବାକୁ ଗଲେ ମୁଁ ଏକ ପ୍ରକାର ସୁଖୀ ଥିଲି।

ମାତ୍ର ସୁଖଲାଭ କରିବା ଓ ମନ ଭିତରେ ଖୁସି ହେବା ବା ଆନନ୍ଦ ପାଇବା ବୋଧହୁଏ ଏକାକଥା ନୁହେଁ। ସୁଖର ପ୍ରାପ୍ତିଠାରୁ ଆନନ୍ଦର ଅନୁଭବ ବୋଧହୁଏ କିଛିଟା

ଭିନ୍ନ। ଦୂରରୁ ଦେଖିଲେ, ବାହ୍ୟ ଦୃଷ୍ଟିରୁ ବିଚାର କଲେ ମୋର ଜୀବନ ଥିଲା ସୁଖ-ସ୍ୱାଛନ୍ଦ୍ୟରେ ଭରପୂର ଏକ ପରିପୂର୍ଣ୍ଣ ଜୀବନ। ସେ ପୂର୍ଣ୍ଣତା ଭିତରେ ତଥାପି ଅନେକ ଫାଙ୍କ ରହିଯାଉଥିଲା। ମନ ଯେମିତି ଅନ୍ୟ ଏକ 'ଆନନ୍ଦ' ଭିନ୍ନ ଏକ 'ଖୁସି' ଖୋଜି ବୁଲୁଥିଲା। ସେ ଖୁସି ମୋତେ ମିଳିଗଲା, ଯେଉଁଦିନ ମୁଁ ମୋର ଭାବଜଗତର ପ୍ରିୟ ମଣିଷଟିକୁ ଭେଟିଲି। ଖାଲି ଭେଟିଲି ନୁହେଁ, ତାଙ୍କୁ ନିଜର ପଡ଼ୋଶୀ ଭାବରେ ମଧ୍ୟ ପାଇଗଲି। ଶୁଣିଛି, ଅନ୍ତରର ଆଗ୍ରହ ନେଇ ଖୋଜିଲେ, ଖୋଜୁଥିବା ବ୍ୟକ୍ତି ବା ବସ୍ତୁ କେବେ ଅପ୍ରାପ୍ୟ ରହେ ନାହିଁ। ସତ ହୋଇଗଲା ମୋ ଜୀବନରେ।

ଘଟଣା ବିହୀନ ଜୀବନରେ ଏଥର ଘଟଣାର ଆରମ୍ଭ। ଅନେକ ବନ୍ଧନରେ ଯୁକ୍ତ ଜୀବନରେ ମୁକ୍ତିର ନୂଆ ସଂଗୀତ। ନୂତନ ପ୍ରାପ୍ତିର ପୁଲକ। ବହୁ ପ୍ରତୀକ୍ଷିତ, ଅଥଚ ଅପ୍ରତ୍ୟାଶିତ ସେ ଦିନର ସେ ସକାଳ। ମୁଁ ଚା' କରୁଥାଏ। ଆମର ଇଏ ଖବରକାଗଜର ପୃଷ୍ଠା ଓଲଟାଉ ଥାଆନ୍ତି। ଜଣେ ଅପରିଚିତ ଭଦ୍ରବ୍ୟକ୍ତିଙ୍କୁ ସାଙ୍ଗରେ ଧରି ପଡ଼ୋଶୀ ମହାନ୍ତି ବାବୁ ପଶି ଆସିଲେ ଘର ଭିତରକୁ। ସାଙ୍ଗେ ସାଙ୍ଗେ ପରିଚୟ କରେଇଦେଲେ। କହିଲେ ଆଜିଠାରୁ ଆମ ଭଳି ଚରାବୁଲା ମଣିଷଙ୍କ ମେଳରେ ଜଣେ କବି ରହିବେ। ଇଏ ହେଲେ ଅଧ୍ୟାପକ ଅନୁପମ ପଟ୍ଟନାୟକ। ଆମ ଏଠା କଲେଜକୁ ବଦଳି ହୋଇଆସିଛନ୍ତି। ମାତ୍ର ତାଙ୍କର ଏକ ବିଶେଷ ପରିଚୟ ହେଲା ଯେ, ସେ ଜଣେ ସୁପରିଚିତ କବି ଓ ଗାଳ୍ପିକ।

ରୋଷେଇଘର ଭିତରେ ଚା' ପାଇଁ କ୍ଷୀର ଢାଳୁଥିଲି। ନାଁ ଶୁଣୁ ଶୁଣୁ ହାତରୁ ମୋର କ୍ଷୀରତକ ଚହଲିଗଲା।

ଅଧ୍ୟାପକ ଅନୁପମ! ମୋର କିଶୋରୀ ଜୀବନର ପ୍ରିୟତମ ଲେଖକ ଆଜି ଏ ଘର ଭିତରେ ଆସି ପହଞ୍ଚି ଯାଇଛନ୍ତି। ମୁଁ ବିଶ୍ୱାସ କରିପାରୁ ନଥିଲି। ମାତ୍ର ମୋର ବିଶ୍ୱାସ ଅବିଶ୍ୱାସକୁ ଅପେକ୍ଷା ନ କରି ସେ କିନ୍ତୁ ଆସିଥିଲେ। ମୁଁ ସେଦିନ ଚା' ନେଇ ସେମାନଙ୍କ ସାମ୍ନାକୁ ଯାଇ ପାରି ନଥିଲି। କିପରି ଏକ ଅସମ୍ଭବ ପ୍ରକାର ଲଜ୍ଜା ମୋ ମନକୁ ଛାଇ ଯାଇଥିଲା। ମନେ ହେଉଥିଲା, ମୁଁ ଯେମିତି ହଜିଲା ଦିନର କୁମାରୀ କନ୍ୟାଟିଏ। ସେଦିନର ସେ ଲଜ୍ଜା ଓ ସଂକୋଚ ଦୂର ହେବାକୁ ବେଶି ଦିନ କିନ୍ତୁ ଲାଗି ନଥିଲା। ଏକ ଶାନ୍ତ, ସ୍ଥିର, ସରସୀର ଜଳଧାରା, ବନ୍ୟାପ୍ଲାବିତା ନଦୀର ଉଚ୍ଛନ୍ନ ସ୍ରୋତରେ ରୂପାନ୍ତରିତ ହୋଇଗଲା। ତା'ର କୂଳ ଲଙ୍ଘି ବହି ଯିବାର ଇଚ୍ଛା। ଏ ପ୍ରକାର ଇଚ୍ଛା କେତେ ଦୂର ସ୍ପୃହଣୀୟ ବା ଗ୍ରହଣୀୟ ସେ ବିଚାର ଅର୍ଥହୀନ, ଅବାନ୍ତର।

ଦିନେ ମୁଁ ନିଜେ ଅନୁପମଙ୍କୁ ଆମ ଘରକୁ ଚା' ପାଇଁ ନିମନ୍ତ୍ରଣ କଲି। ମୁଁ ଯେ ତାଙ୍କ ଗଳ୍ପ-କବିତାର ଏକାନ୍ତ; ଅନୁରାଗିଣୀ ପାଠିକାଟିଏ - ଏଇ ବିଶେଷ ପରିଚୟ

ତାଙ୍କ ନିକଟରେ ବାଢ଼ିଦେଲି। ତାଙ୍କ ଲେଖକ ଜୀବନର ସୀମା ବାହାରେ ତାଙ୍କର ପାରିବାରିକ ଜୀବନର ପରିଚୟ ମଧ୍ୟ ପଚାରି ବସିଲି।

ଅଧ୍ୟାପକ ଅନୁପମ ପଡ଼ୋଶୀ ମହାନ୍ତିବାବୁଙ୍କର ବାଲ୍ୟବନ୍ଧୁ। ସେ ଏଠି କଲେଜକୁ ବଦଳି ହୋଇ ଆସିଥିବା ଖବର ପାଇ ମହାନ୍ତିବାବୁ ତାଙ୍କ ନିଜ କ୍ୱାର୍ଟରରେ ରହିବା ପାଇଁ ଅନୁରୋଧ କରିଥିଲେ। କାରଣ ମହାନ୍ତିବାବୁଙ୍କର ପରିବାର ସବୁବେଳେ ଗାଁରେ ଥାଆନ୍ତି। ଅନୁପମଙ୍କ ପରିବାର ମଧ୍ୟ ଏଠାରେ ଆସି ରହିବାର କୌଣସି ସମ୍ଭାବନା ନଥିଲା। କାରଣ, ତାଙ୍କର ପତ୍ନୀ କେତେବେଳେ ସୁନ୍ଦର ରାଜଧାନୀ ଛାଡ଼ି ଅନ୍ୟ ସହରରେ ରହିବାକୁ ଚାହାନ୍ତି ନାହିଁ। ତାଙ୍କର ଯୁକ୍ତି, ପିଲାମାନେ ତାଙ୍କର ପବ୍ଲିକ୍ ସ୍କୁଲରେ ପଢୁଛନ୍ତି। ଅନ୍ୟଠି ପଢ଼ାପଢ଼ିର ସେ ସୁବିଧା ବା କାହିଁ? ସେ ତେଣୁ ସ୍ୱାମୀଙ୍କୁ ତାଙ୍କର କହିଦେଇ ଥାଆନ୍ତି, "ତମେ ତମର ଯୁଆଡ଼େ ବୁଲିବା କଥା ବୁଲୁଥାଅ। ମୁଁ କିନ୍ତୁ ମୋ ପିଲାଙ୍କ ପଢ଼ାପଢ଼ି ଓ ସେମାନଙ୍କ ଭବିଷ୍ୟତ ନଷ୍ଟ ହେବାକୁ ଦେବି ନାହିଁ।" ଅନୁପମ ପତ୍ନୀଙ୍କ କଥାରେ କୌଣସି ପ୍ରତିବାଦ କେବେ କରି ନାହାନ୍ତି। ସେ ତେଣୁ ନିଜର ଚାକିରି ଜୀବନରେ ବାରମ୍ବାର ଘୂରି ବୁଲିଛନ୍ତି ଏ ସହରରୁ ସେ ସହର। ମାତ୍ର ନିଜର ବଦଳି, ପୋଷ୍ଟି ଏବଂ ଚାକିରି ଜୀବନରେ ଅନ୍ୟାନ୍ୟ ସୁଖ - ସ୍ୱାଚ୍ଛନ୍ଦ୍ୟ ପାଇଁ ନିଜର ସାହିତ୍ୟ ବା ସାହିତ୍ୟିକ ସମ୍ପର୍କକୁ କେବେ ଉପଯୋଗ କରି ନାହାନ୍ତି।

ଅନୁପମଙ୍କ ଲେଖା ପଢ଼ି ତାଙ୍କ ପ୍ରତି ମୋ ମନ ଭିତରେ ଯେଉଁ ଅନୁରାଗ ଜନ୍ମ ନେଇଥିଲା, ତାଙ୍କର ଘନିଷ୍ଠ ସମ୍ପର୍କରେ ଆସିବା ପରେ ସେ ଅନୁରାଗ କ୍ରମଶଃ ଆସକ୍ତିରେ ପରିଣତ ହେଉଥିଲା। ଆଜିଯାଏ ମୋର ଜୀବନ ଥିଲା ଏକ ଗଣିତ ଖାତା - ଯେଉଁ ଖାତା ଭିତରେ ଘରକରଣାର ଯାବତୀୟ ହିସାବପତ୍ର ଲେଖା ହୋଇ ରହିଥିଲା। ଏବେ କିନ୍ତୁ ସେଠି କବିତା ଲେଖା ଆରମ୍ଭ ହେଲା।

ମୋର ବହିପଢ଼ାର ଆଗ୍ରହ ଦେଖି ଅନୁପମ କଲେଜ ଲାଇବ୍ରେରୀରୁ ମୋ ପାଇଁ ନିୟମିତ ଭଲ ଭଲ ବହି ସବୁ ଆଣି ଦେଉଥିଲେ। ମୁଁ ତାଙ୍କ ପାଖରୁ ତାଙ୍କ ନିଜ ଲେଖା ପଢ଼ି ଶୁଣେଇବାକୁ ଅନୁରୋଧ କରୁଥିଲି। ଆଗରୁ ସ୍ୱାମୀ ଓ ପିଲାମାନେ ଅଫିସ୍ ଓ ସ୍କୁଲ ଚାଲିଯିବା ପରେ ଖାଁ ଖାଁ ଖରାବେଳର ନିର୍ଜନତାରୁ ମୁକ୍ତି ପାଇବା ପାଇଁ ନିଦର ଆଶ୍ରୟ ନେଇ ଯାଉଥିଲି। ପିଲାମାନେ ସ୍କୁଲରୁ ଫେରିଲାବେଳକୁ ହିଁ ମୋ ନିଦ ଭାଙ୍ଗୁଥିଲା। ଏବେ କିନ୍ତୁ ନିଃସଙ୍ଗ ଖରାବେଳର ସାଥୀ ହୋଇଗଲେ କବି ଓ କବିତା। ନିଦ୍ରା ଭୁଲି ମୁଁ ଚାହିଁ ରହୁଥିଲି ଅନୁପମଙ୍କର ଆସିବା ବାଟକୁ। ଦିନ ଦୁଇଟା ପରେ ତାଙ୍କର ପ୍ରାୟ କ୍ଲାସ୍ କିଛି ନଥାଏ। କଲେଜରୁ ସିଧା ସେ ମୋ ପାଖକୁ ଚାଲି ଆସନ୍ତି। ଆଗରୁ ସମୟ ଜାଣି ଚା' ବସେଇ ଦେଇଥାଏ। ସେ ଆସିବା ମାତ୍ରକେ ହାତକୁ

ତାଙ୍କର ଚା କପ୍ ବଢ଼େଇ ଦିଏ । ସେ ମୋ ହାତକୁ ଲବଙ୍ଗ ଗୁଜରାତି ଦିଆ ସାଦା ପାନ ଖଣ୍ଡିଏ ବଢ଼େଇ ଦିଅନ୍ତି । ଆଗରୁ କେବେ ପାନ ଅଭ୍ୟାସ ମୋର ନଥିଲା । ମାତ୍ର ଅନୁପମ ଆସିବା ପରେ ତାଙ୍କର ହାତରୁ ପାନ ଖଣ୍ଡିକ ପାଇଁ ମୁଁ ଯେମିତି ଦିନ ଭିତରେ ସେଇ ଖରାବେଳକୁ ହିଁ ଚାହିଁ ରହୁଥିଲି ।

ଚା' ପାନର ଭାବ ବିନିମୟ ପରେ ସେ ବସି କବିତା ପଢୁଥିଲେ । କେତେବେଳେ ସ୍ୱରଚିତ, କେତେବେଳେ ଅନ୍ୟ କୌଣସି ପ୍ରିୟ କବିଙ୍କର କବିତା । କବିତାର ବାସ୍ନାରେ ସୁରଭିତ ହୋଇ ଯାଉଥିଲା ନିର୍ଜନ ଖରାବେଳ । ମୋ ମନର କୋଣ-ଅନୁକୋଣ । ଖରାବେଳ ଗଡ଼ିଯାଇ କେତେବେଳେ ପୁଅ ଝିଅଙ୍କର ସ୍କୁଲ ଫେରିବା ସମୟ ହୋଇଯାଉଥିଲା, ମୁଁ ମୋଟେ ଜାଣିପାରୁ ନଥିଲି । ଦିନେ ଦିନେ ଏଇ କବିତାର ନିଶାରେ ପଡ଼ି ମୁଁ ପିଲାଙ୍କ ପାଇଁ ଜଳଖିଆ ତିଆରି କରିବାକୁ ମଧ୍ୟ ଭୁଲି ଯାଉଥିଲି । ଧୀରେ ଧୀରେ ମୋର ଏଇ ଭୁଲିବା ବଢ଼ିବାକୁ ଲାଗିଲା । ଚା'ରେ ଚିନି ପକେଇବାକୁ ଯାଇ କେତେବେଳେ ଲୁଣ ପକେଇ ଦେଲି ତ, କେତେବେଳେ ବିନା ଲୁଣରେ ତରକାରୀ ବାଢ଼ିଲି । ଜୀବନରେ ଏମିତି ଭୁଲିବା ଓ ଭୁଲ୍ କରିବା ମୋର ଏଇ ପ୍ରଥମ ।

ଭଲ ପାଇ ବସିଲେ ମଣିଷ କ'ଣ ସତରେ ନିଜକୁ ଭୁଲିଯାଏ ? ଭୁଲ୍ ପରେ ଭୁଲ୍ କରିବସେ ? ନା- ମୋ ପାଖରେ ଏହାର କୌଣସି ଉତ୍ତର ନଥିଲା । ଉତ୍ତର ମଧ୍ୟ କେବେ ଜାଣିବାକୁ ଚାହୁଁ ନଥିଲି । କେବଳ ଅନୁଭବ କରୁଥିଲି । ସିଗାରେଟ୍‌ର କଡ଼ା ଧୂଆଁ ଗନ୍ଧ ଭିତରେ ରୁନ୍ଧି ହୋଇଯାଇଥିବା ଜୀବନ ମୋର ସାଦା ପାନର ଲବଙ୍ଗ ବାସ୍ନାରେ ମହମହ ହୋଇ ମହକି ଉଠୁଥିଲା ।

ଏହିଭଳି ଏକ ଅଲୌକିକ ମୁହୂର୍ତ୍ତ ପାଇଁ ସତେ ଯେପରି ମୁଁ ଅପେକ୍ଷା କରି ରହିଥିଲି । ସେ ମୁହୂର୍ତ୍ତ ଆସିବା ମାତ୍ରେ ମୁଁ ବଦଳିବାକୁ ଆରମ୍ଭ କରିଥିଲି । ଧୂଳି ଜମିଯାଇଥିବା ମୋ ମନବୀଣାରୁ ଧୂଳି ଝାଡ଼ିଦେଇ ଅନୁପମ ସେଠି ନିଜର ଅଙ୍ଗୁଳି ଛୁଆଁଇ ଦେଇଥିଲେ । ସେ ଆଙ୍ଗୁଳି ସ୍ପର୍ଶରେ କମ୍ପନ ଖେଳିଗଲା ବୀଣାର ତାରରେ ତାରରେ । ସୃଷ୍ଟି ହେଲା ନୂଆ ସଂଗୀତର ସୁର ଝଙ୍କାର । ନିଜକୁ ମୁଁ ସମର୍ପି ଦେଇଥିଲି ଭଲ ପାଇବାର ଏକ ଶୁଦ୍ଧ ଆବେଗ ନିକଟରେ ।

କେଉଁଠି ଥରେ ପଢ଼ିଥିଲି, କେହି ଜଣେ ପାଶ୍ଚାତ୍ୟ ଲେଖକ ଲେଖିଥିଲେ The soul of woman lies in love ପ୍ରେମରେ ହିଁ ନାରୀର ଆତ୍ମାର ସ୍ଥିତି । ଏ ପ୍ରେମର ସ୍ୱାକ୍ଷର କେବଳ ବିବାହ ବନ୍ଧନରେ ବା ଦେହର ସମର୍ପଣରେ ନଥାଏ । ଦେହ ସମର୍ପିତ ହେଲେ ବି ଜଣେ ନାରୀ ସବୁଦିନ ଲାଗି ଅସ୍ପୃଶ୍ୟ ଓ ଅପହଞ୍ଚ

ରହିଯାଇଥାଏ। ମାତ୍ର ମନ ଥରେ ସମର୍ପିତ ହୋଇଗଲେ ଦେହର ସମର୍ପଣ ଆଦୌ ବଡ଼କଥା ନୁହେଁ। ଆଜିଯାଏ ମନକୁ ମୋର କେହି ଛୁଇଁ ନଥିଲେ। ମନବୀଣାର ତାରରେ କମ୍ପନ ତୋଳି ନଥିଲେ। ମାତ୍ର ଥରେ ସେଠି କମ୍ପନ ସୃଷ୍ଟି ହେଲା ପରେ ଦେହ କ'ଣ ଆଉ ନିଜ ଆୟତ୍ତର କଥା ?

ମଝିରେ ଅନୁପମ କେତେଦିନ ଅନୁପସ୍ଥିତ ଥିଲେ। ସହର ବାହାରକୁ ଯାଇଥିଲେ କେଉଁ ଏକ ସାହିତ୍ୟ ସମ୍ମିଳନୀରେ ଯୋଗ ଦେବା ଲାଗି। ଅବଶ୍ୟ ତାଙ୍କରି ସେହି ଅନୁପସ୍ଥିତି ଦିନଗୁଡ଼ିକରେ ପଢ଼ିବା ପାଇଁ ମୋ ପାଖରେ ଅନେକ ବହି ରଖିଦେଇ ଯାଇଥିଲେ। ତଥାପି ମନ ମୋର ଆଦୌ ସ୍ଥିର ରହୁନଥିଲା। କବିର ମୁହଁରୁ କବିତାଟିଏ ଶୁଣିବାରେ ଯେଉଁ ଆନନ୍ଦ, ସେ ଆନନ୍ଦ କ'ଣ ବହିର ନିର୍ଜୀବ ପୃଷ୍ଠା ଭିତରୁ କେବେ ମିଳିପାରେ ?

ତିନି ଦିନ ପରେ ଯେତେବେଳେ ସେ ଫେରିଲେ, ଦେଖିଲି ସେ ଭୀଷଣ ଅସୁସ୍ଥ। ଦେହରେ ତାଙ୍କର ଜରର ପ୍ରକୋପ। ମୋର ପରିଚିତ ଡାକ୍ତରଙ୍କୁ ଡକେଇ ଔଷଧର ବ୍ୟବସ୍ଥା କଲି। 'ଇଏ' ଆମର ଟୁର୍‌ରେ ଯାଇଥିଲେ। ତାଙ୍କର ବନ୍ଧୁ ମହାନ୍ତିବାବୁ ମଧ୍ୟ ପାଖରେ ନଥିଲେ। ସପ୍ତାହାନ୍ତ ଛୁଟିରେ ତାଙ୍କ ଗାଁକୁ ଯାଇଥିଲେ। ରାତିରେ ମୋତେ ଆଦୌ ନିଦ ହେଲା ନାହିଁ। ପିଲାମାନେ ଖାଇପିଇ ଶୋଇ ପଡ଼ିବା ପରେ ସାହସ ବାନ୍ଧି ମୁଁ ତାଙ୍କ ପାଖକୁ ଗଲି। ସେ ଶୋଇ ନଥିଲେ। ବିଛଣାରେ ପଡ଼ ଛଟପଟ ହେଉଥିଲେ। ମୁଣ୍ଡ ବୋଧହୁଏ ଭୀଷଣ ବିନ୍ଧୁଥିଲା। ଅମୃତାଞ୍ଜନରୁ ଟିକିଏ କପାଳରେ ଘଷି ଦେଲି। କିଛି ସମୟ ପରେ ଆଖି ବୁଜିଲେ। କେତେ ସମୟ ମୁଁତାଙ୍କର ନିଦ୍ରିତ ମୁହଁକୁ ଚାହିଁ ତାଙ୍କ ପାଖରେ ବସି ରହିଲି କେଜାଣି। ଇଏ ଆମର ଟୁର୍‌ରୁ ଫେରିବାର ସମୟ ହୋଇଯାଇଥିଲା। ଘରକୁ ଫେରି ଆସିବାକୁ ଇଚ୍ଛା କରି ମଧ୍ୟ ପାରୁନଥିଲି। ତାଙ୍କ ହାତ ମୁଠାରେ ମୋର ହାତ। ତାଙ୍କ ଦେହର ତାତି ମୋ ଦେହକୁ ସଞ୍ଚରି ଆସୁଥିଲା। ମୁଁ ଚାହୁଁଥିଲି, ତାଙ୍କର ସ୍ନେହସ୍ନିଗ୍ଧ ବୁକୁ ଉପରେ ଲୋଟିପଡ଼ି ତାଙ୍କ ଦେହର ସମସ୍ତ ଉତ୍ତାପକୁ ନିଜ ଦେହରେ ବହନ କରି ଶଯ୍ୟାଶାୟୀ ହୁଅନ୍ତି। ସେ ମୋର ଶଯ୍ୟା ଧାରରେ ବସି କବିତା ପରେ କବିତା ପଢୁଥାଆନ୍ତେ।

ଏସବୁ କଳ୍ପନା ସହିତ ଜୀବନର କୌଣସି ସମ୍ପର୍କ ନଥାଏ। ଭଲ ପାଇବା ମନ ଭିତରେ ଅସରନ୍ତି କାମନା ସୃଷ୍ଟି କରେ। ସେ କାମନାର ପୂରଣ କିନ୍ତୁ ବାସ୍ତବ ଜୀବନରେ ସବୁବେଳେ ସମ୍ଭବ ନୁହେଁ। ଅଗତ୍ୟା ମୁଁ ଫେରି ଆସିଲି।

ଘରେ ପହଞ୍ଚି ଦେଖିଲି ଇଏ ଆମର ଫେରି ଆସିଲେଣି। କେତେବେଳେ ବା ଫେରିଲେ ? ତାଙ୍କ ଜିପ୍ ରହିବାର ଶବ୍ଦ ତ ମୁଁ ଶୁଣିପାରି ଥାଆନ୍ତି। ନା – ମୋର

କଳ୍ପନା ଓ କାମନାର ଜଗତ ଭିତରକୁ ଏ ବାହ୍ୟ ଜଗତର କୌଣସି ଶବ୍ଦ ବା ସ୍ୱର ପ୍ରବେଶ କରିପାରି ନଥିଲା। ମୋତେ କିଛି ପଚାରିବା ପୂର୍ବରୁ ମୁଁ କହିଲି ଅନୁପମଙ୍କୁ ଭୀଷଣ ଜର। ମହାନ୍ତିବାବୁ ତ ନାହାନ୍ତି। ଡାକ୍ତରଙ୍କୁ ଡାକି ଔଷଧର ବ୍ୟବସ୍ଥା କରିଛି। ଏବେ ଘରୁ କ୍ଷୀର ନେଇ ଦେଇ ଆସିଲି। ସେ କିଛି କହିଲେ ନାହିଁ। ନିଜର ନିତ୍ୟକର୍ମ ଶେଷ କରି ଖାଇ ପିଇ ଶୋଇ ପଡ଼ିଲେ।

ମୁଁ ବିଛଣାରେ ପଡ଼ି ଛଟପଟ ହେବାକୁ ଲାଗିଲି। ଅନୁପମଙ୍କ ଦେହର ଉତ୍ତାପ ସମ୍ଭବତଃ ମୋ ଭିତରକୁ ସଂକ୍ରମିତ ହୋଇ ଆସିଥିଲା। ସକାଳେ ଖଟରେ ପଡ଼ି ଆବିଷ୍କାର କଲି, ସତକୁ ସତ ମୋ ଦେହରେ ଭୀଷଣ ଜର। 'ଇଏ' ଆମର ଉଠିବାକୁ ମନା କଲେ। ଅଫିସ୍‌ରୁ ପିଅନ ଆସି ଘରର ସବୁ କାମ ଦାମ ରୋଷେଇବାସ କରି ଦେଇଗଲା। ପିଲାମାନେ ଯଥାରୀତି ସ୍କୁଲ ଗଲେ। 'ଇଏ' କିନ୍ତୁ ସେଦିନ ଅଫିସ୍ ଗଲେ ନାହିଁ। ଅନୁପମଙ୍କ ଦେହର ଅବସ୍ଥା କିପରି ଜାଣିବାକୁ ଇଚ୍ଛା ହେଉଥିଲା। ମାତ୍ର ଭରସି କରି କିଛି ପଚାରି ପାରୁନଥିଲି। ତିନିଦିନ, ତିନିରାତି ଜର ଭୋଗିବା ପରେ ସାମାନ୍ୟ ସୁସ୍ଥ ହେଲି। ଇଏ ଆମର ଅଫିସ୍ ଯାଇଥିଲେ। ପିଲାମାନେ ସ୍କୁଲ ଯାଇଥିଲେ। ଅନୁପମଙ୍କ ଖବର ଜାଣିବା ପାଇଁ ଯନ୍ତ୍ରବତ୍ ପାଦ ଟାଣି ହୋଇଗଲା ତାଙ୍କ ଘର ଯାଏଁ। ମାତ୍ର ଏ କ'ଣ ? ତାଙ୍କ ଦୁଆର ମୁହଁରେ ବଡ଼ କୋଲପ। ଭାବିଲି, ଏହା ଭିତରେ ସେ ବୋଧହୁଏ ସୁସ୍ଥ ହୋଇ କଲେଜ ଗଲେଣି। ଆଶ୍ୱସ୍ତ ହୋଇ ଫେରି ଆସିଲି। କବିତା ପଢ଼ାର ଖରାବେଳକୁ ଉତ୍କଣ୍ଠାର ସହ ଅପେକ୍ଷା କରି ରହିଲି।

ଖରାବେଳ ଆସିଲା - ପୁଣି ଲେଉଟି ଗଲା।
ପିଲାଏ ସ୍କୁଲରୁ ଫେରିଲେ - 'ଇଏ' ଅଫିସ୍‌ରୁ।
ମାତ୍ର ପଡ଼ିଶାଘରର କୋଲପ ଫିଟିଲା ନାହିଁ।
ଅନୁପମ ଫେରିଲେ ନାହିଁ।

ରାତିରେ ଖାଇଲାବେଳେ ସାହସ କରି ଯାଙ୍କୁ ପଚାରିଦେଲି। ସେ କହିଲେ, 'ମହାନ୍ତିବାବୁ ଗାଁରୁ ଫେରିବା ପରେ ତୁମ ଲେଖକଙ୍କୁ ନେଇ ତାଙ୍କ ଘରେ ଛାଡ଼ିଦେଇ ଆସିଛନ୍ତି। ଅସୁସ୍ଥତା ଭିତରେ ତାଙ୍କୁ ଏକୁଟିଆ ଏଠି ଚଳିବା କଷ୍ଟ ହୋଇଥାଆନ୍ତା...। ଡାକ୍ତର ମଧ୍ୟ କହିଲେ ତାଙ୍କର ଜର ସାଧାରଣ ନୁହେଁ, ଟାଇଫଏଡ୍ ଆଡ଼କୁ ଗତି କରିପାରେ।'

ଶୁଣିଥିଲି, ଦୀର୍ଘ ଦୁଇମାସ ଲାଗି ସେ ଛୁଟି ନେଇ ଯାଇଥିଲେ। ମାତ୍ର ମୋ ଲାଗି ତାଙ୍କର ଏ ଛୁଟି ଆଉ ଶେଷ ହେବାର ନଥିଲା। ଖବର ପାଇଲି, ସେଇ ଛୁଟି ଭିତରେ ତାଙ୍କର ଏଠା କଲେଜରୁ ବଦଳି ହୋଇଯାଇଥିଲା। ତାଙ୍କର ଏ ବଦଳି

କେମିତି ଅସ୍ୱାଭାବିକ ଲାଗିଲା। ମନ ଭିତରେ ନାନା ସନ୍ଦେହ, ନାନା ପ୍ରଶ୍ନ ଉଙ୍କି ମାରିଲା। ଅନୁପମଙ୍କର ଏ ବଦଳି ତାଙ୍କର ଇଚ୍ଛାକୃତ ନା ଏଥିରେ ଅନ୍ୟ କାହାର ଚେଷ୍ଟା ବା ଚକ୍ରାନ୍ତ ଥିଲା ? ବଦଳି ଅର୍ଡର ପାଇବା ପରେ କଲେଜକୁ ରିଲିଭ୍ ହେବା ପାଇଁ ତ ଆସିଥିବେ। ମାତ୍ର ଯିବା ପୂର୍ବରୁ ମୋତେ କିଛି ନ କହି, ମୋ ଠାରୁ ମାମୁଲି 'ବିଦାୟ'ଟିଏ ନ ନେଇ ଅଜଣା ଅଶୁଣା ଭାବରେ ଚାଲିଯିବାର ରହସ୍ୟ ମୁଁ କିଛି ବୁଝିପାରିଲି ନାହିଁ।

ଯିବା ପୂର୍ବରୁ ଦେଖା ନ କଲେ ନାହିଁ - ଗଲା ପରେ ଚିଠି ଖଣ୍ଡିଏ ତ ଲେଖି ପାରିଥାଆନ୍ତେ।

ନା - ତାଙ୍କ ସଂସାର ଭିତରେ ମୁଁ କିଏ ?

ମୋ ସଂସାର ଭିତରେ ତାଙ୍କର ପରିଚୟ ଓ ଭୂମିକା ବା କ'ଣ ?

କାହିଁକି ତେବେ ପ୍ରତିଦିନ ଖରାବେଳେ ଦୁଆର ଝରକା ମେଲେଇ ଦେଇ ମୁଁ ଚାହିଁ ରହିଥାଏ। ଭାବୁଥାଏ, ଅସମ୍ଭବ ପଣି ସମ୍ଭବ ହୁଅନ୍ତା କି ? ସେ ଆସି ପହଞ୍ଚିଯାଆନ୍ତେ - ହାତରେ ଅନେକ କବିତାର ପାଣ୍ଡୁଲିପି ଧରି। ଗୋଟିଏ ପରେ ଗୋଟିଏ ପଢୁଥାଆନ୍ତେ। କପ୍ ପରେ କପ୍ ଚା ମୁଁ ହାତକୁ ତାଙ୍କର ନେଇ ଦେଉଥାଆନ୍ତି। ଖରାଯାଇ ଆକାଶରେ ତାରା ଆସନ୍ତେ। କିନ୍ତୁ କବିତା ପଢ଼ା ସରନ୍ତା ନାହିଁ।

ଜାଣେ, ଏ ଜୀବନ କେବଳ କବିତା ନୁହେଁ। କିମ୍ବା ଜୀବନର ସୀମିତ ଭୂମି ଉପରେ ସବୁ ଭୂମିକା ଲାଗି ସ୍ଥାନ ନଥାଏ। ମୋ ଜୀବନରେ ସେ ଏକ ଭୂମିହୀନ ଭୂମିକା। ଏକ ସଂଜ୍ଞାହୀନ ସମ୍ପର୍କ। ଯାହାର ସ୍ଥିତି ଓ ସ୍ଥାୟିତ୍ୱ କେବଳ ଅନ୍ତର ଭିତରେ। ସବୁରି ଅଲକ୍ଷ୍ୟରେ, ଅଦୃଶ୍ୟରେ।

ମନେ ପଡୁଛି, ସାହିତ୍ୟ ସମ୍ମିଳନୀରୁ ଫେରି ଅନୁପମ ମୋତେ କବିତା ବହିଟିଏ ଉପହାର ଦେଇଥିଲେ। ପାଞ୍ଚ ଜଣ ତରୁଣ କବିଙ୍କ ରୋମାଣ୍ଟିକ କବିତାର ସମାରୋହରେ ଏ କବିତା ସଂକଳନ 'ପ୍ରିୟମ୍ବଦା'। ପ୍ରତ୍ୟେକ କବିଙ୍କର କାବ୍ୟ-ନାୟିକା ଏ ପ୍ରିୟମ୍ବଦା। ଅନୁପମ ନିଜେ ସେଥିରୁ କବିତାଟିଏ ମୋ ଆଗରେ ଆବୃତ୍ତି କରିଥିଲେ। ସମ୍ଭବତଃ ସେଇ କବିତା ଭିତରେ ସେ ନିଜ ମନକଥା ହିଁ ଯେମିତି କହି ଦେଇଥିଲେ। ମୋ ନିକଟରୁ ତାଙ୍କର ବିଦାୟ ବେଳା ଯେ ଆସନ୍ନ - ଏକଥା ବୋଧହୁଏ ସେ ଜାଣି ପାରିଥିଲେ। ଏବେ ମୁଁ ସେଇ ବହିର ପୃଷ୍ଠା ଖୋଲି ଶୁଣିବାକୁ ଚେଷ୍ଟା କରୁଛି ତାଙ୍କର ସ୍ୱର -

ପ୍ରିୟମ୍ବଦା...
ନିଜକୁ ନିଜର ବୋଲି

କହିବାର ଅଧିକାର ଯେଉଁଠି
ସାବ୍ୟସ୍ତ ହୋଇନି ସେଠି
କିଏ ଆପଣାର ଯେ
ତମେ ସମ୍ପର୍କର ସେତୁଟିଏ
ବାନ୍ଧି ଚାଲିଛ...
ଏଠି ଅତି ଘନିଷ୍ଠତା
ମାନେ ପାପ ବୋଲି ତ
ରାତି ପାହିଲେ ଓଲଟିଯାଏ
ସମ୍ଭାବନାର ପୃଥିବୀ ସବୁ
ରାଜା ଫେରିଯାଏ
ଅଜ୍ଞାତ ବାସକୁ ।
ପ୍ରିୟମ୍ବଦା,
ଏତେ ମଣିଷଙ୍କ ଭିତରୁ କିଏ 'ମୁଁ' ?
ଏଠି କେହି କାହାରି ନୁହେଁ ପ୍ରିୟମ୍ବଦା
ତମେ ପାରିବ ତ
ନିଭାଇ ଦିଅ ମୋ
ଆତ୍ମ ପରିଚୟ ତମ
ସ୍ମୃତିର ଦର୍ପଣ ଦେହରୁ

ଏବେ ଦେଖାହେଲେ କହନ୍ତି, ନାରୀ ମନର ସ୍ୱଚ୍ଛ ଦର୍ପଣରେ ଥରେ ଯାହାର ପ୍ରତିବିମ୍ବ ପଡ଼ିଯାଏ, ତାକୁ ଇଚ୍ଛାକରି ମଧ୍ୟ ଏତେ ସହଜରେ କେବେ ଲିଭେଇ ହୁଏ ନାହିଁ । ଜଣେ ପୁରୁଷ ବାରମ୍ବାର ନିଜକୁ ସମର୍ପଣ କରି ଫେରେଇ ନେଇପାରେ । ଥରକୁ ଥର ପ୍ରେମରେ ହଜି ପୁଣି ନିଜକୁ ଖୋଜି ଦେଇପାରେ । ମାତ୍ର ନାରୀ ତା' ଜୀବନରେ ଥରେ ମାତ୍ର ନିଜକୁ ସମର୍ପଣ କରେ । ହଁ, ଥରେ । ଆଉ ଥରେ ସମର୍ପିତା ହେଲା ପରେ ସେଇ ସମର୍ପଣର ସ୍ମୃତିକୁ ନେଇ ସେ ଅବଶିଷ୍ଟ ଜୀବନ ବିତେଇ ଦେଇପାରେ ।

ଦେଖା ହେଲେ କହନ୍ତି ଏସବୁ କଥା
ମାତ୍ର ଦେଖା ହେବ ତ ?
ନ ହୋଇ ବି ପାରେ ।
କିଛି ଯାଏ ଆସେ ନାହିଁ ସେଥିରେ ।

ଗଛର ପତ୍ରଟିଏ ହଲିଲେ, ଆମେ କହୁ ପବନ ବହିଲା। ପବନକୁ କ'ଣ କେହି କେବେ ଦେଖିଛି ସତରେ ! ସବୁରି ଅଦୃଶ୍ୟରେ ଥାଏ। ହସୁଥାଏ। ନାଚୁଥାଏ। ଗଛର ଡାଳପତ୍ର ଫୁଲଫଳମାନଙ୍କୁ ବି ନଚାଉଥାଏ ପ୍ରୀତିର ସ୍ପର୍ଶ ଦେଇ, ପରମ ଉଲ୍ଲାସରେ।

ଗଛର ପବନ ଭଳି, ଫୁଲର ମହକ ଭଳି ଅନୁପମ ମୋ ପାଇଁ କେବଳ ଅନୁଭବଟିଏ। ଅଛନ୍ତି ମୋ ଆତ୍ମାର ଆତ୍ମୀୟତାରେ।

(ଉଦ୍ଧୃତ କବିତାଂଶର କବି - ରାଧାକୃଷ୍ଣ ମହାପାତ୍ର)

ନିର୍ଲିପ୍ତ ନିର୍ବାଣ

ପାହାଡ଼ ଭିତରେ ଗାଁଟିଏ
ଗାଁ ଭିତରେ ଘରଟିଏ ।
ଘର ଭିତରେ ତମେ । ଏକା ଏକା ।
ଆଖି ବୁଜିଦେଲେ କେହି ନାହାନ୍ତି - ଆଖି ଖୋଲିଲେ ବି କେହି ନାହାନ୍ତି ।
ଆଗକୁ କେହି ନାହାନ୍ତି କି ପଛକୁ କେହି ନାହାନ୍ତି ।

ଆଗକୁ ଯେଉଁମାନେ ଥିଲେ - ତୁମର ବାପା ବୋଉ ଅବା କେହି ଗୁରୁଜନ, ବେଳ-ଅବେଳରେ ବାଟ କାଟି ସମସ୍ତେ ଚାଲିଗଲେ । ପଛକୁ ଯେଉଁମାନେ ଥିଲେ, ସେମାନେ ବି କେବେଠାରୁ ଏ ଘର, ଏ ଗାଁ, ଏ ପାହାଡ଼ ପାଖରୁ ଦୂରେଇ ଗଲେଣି । ସେଇ ଦୂରରୁ ସେମାନେ ଆଉ କେବେ ଇଚ୍ଛା କରି ଆଡ଼ ଆଖିରେ ବି ଥରେ ଏ ପାହାଡ଼, ପାହାଡ଼ ପାଖରେ ଗାଁ, ଗାଁ ଭିତରେ ଘର, ଘର ଭିତରେ ଏକା ଏକା ମହମର ବତୀଟିଏ ହୋଇ ପ୍ରତି ମୁହୂର୍ତ୍ତରେ ତରଳି ଯାଉଥିବା ମଣିଷଟିକୁ ଦେଖିବାକୁ ଆସି ନାହାନ୍ତି । ତା'ର 'ମନ' ବୋଲି କିଛି ଅଛି, ସେ କଥା ବୁଝି ନାହାନ୍ତି କିମ୍ବା ବୁଝିବାର ଆବଶ୍ୟକତା ମଧ୍ୟ ଅନୁଭବ କରି ନାହାନ୍ତି ।

ପାହାଡ଼ ସେମିତି ଠିଆ ହୋଇଛି ଏକା ଏକା ।

ପାହାଡ଼ ପାଖରେ ସେଇ ଗାଁ ଭିତରେ କଣିକିଆ ହୋଇ ଠିଆ ହୋଇଥିବା ଘରଟି ଭିତରେ ତମେ ଅଛ - ଏକା ଏକା ।

ପାହାଡ଼ ଚାହିଁଛି ଆକାଶକୁ।

ଆକାଶର ମେଘମାନେ କେତେବେଳେ ଆସି ଛୁଇଁଦେଇ ଯିବେ, ବର୍ଷା ହୋଇ ଝରିଯିବେ ତା'ର ଧୂସର ବୁକୁ ଉପରେ, ଶୀତଳତା ଭରିଦେବେ ତା'ର ତନୁ-ମନରେ, ସବୁଜ ଶ୍ୟାମଳ ଦିଶିବ ତା'ର ରୂପର ରଙ୍ଗ। ଖରାର ନିଆଁରେ ଜଳି ସେ ପ୍ରତୀକ୍ଷା କରୁଛି ଜ୍ୟୋସ୍ନାର। ଜ୍ୟୋସ୍ନାରେ ଭିଜି ଭିଜି ସେ ପୁଣି ଖୋଜି ବୁଲୁଛି ସୂର୍ଯ୍ୟ-ସ୍ପର୍ଶର ଉଷ୍ମତା।

ପାହାଡ଼ର ଚୂଡ଼ା ଛୁଇଁ ସୂର୍ଯ୍ୟ ଉଏଁ। ଜହ୍ନ ହସେ। ବର୍ଷା ଝରେ। ପୁଲକିତ, ପଲ୍ଲବିତ ହୁଏ ପାହାଡ଼। ମାତ୍ର ସେ ଜହ୍ନ-ଆଲୁଅର ଖେଳ କିମ୍ବା ବର୍ଷାର ଆବେଗ ଅଧୀର ସ୍ୱର ତମ ଭିତରେ କେବେ କମ୍ପନ ତୋଳେ ନାହିଁ। ତମ ଭିତରେ କେବଳ ସେଇ ଗୋଟିଏ ଋତୁର ଖେଳ। ବିଷାଦର ଋତୁ। ଖରାର ନିଆଁରେ ଜଳି ଯାଉଥିବା ପାହାଡ଼ଟିର ପ୍ରତିରୂପ ତମ ଭିତରେ। ଅସରନ୍ତି ପତୀକ୍ଷାର ପ୍ରତିଲିପି ତୁମ ମନର ପ୍ରତିଟି ପୃଷ୍ଠାରେ।

ପାହାଡ଼ ପାଖରେ ଗାଁଟିଏ - ଗାଁ ଭିତରେ ଘରଟିଏ - ଘର ଭିତରେ ତମେ ଏକା ଏକା। ଅସ୍ପୃଶ୍ୟ ଓ ସ୍ଥିର। ଚିରକାଳ ଗୋଟିଏ ମୁଦ୍ରାରେ। ଦୂରରୁ, ଅନେକ ଦୂରରୁ ମୁଁ ପାହାଡ଼ର ସେ ରୂପ ଦେଖିଛି। ବସି ବସି ଛବି ଆଙ୍କିଛି ପାହାଡ଼ ପାଖରେ ସେଇ ରାତିର ଓ ଗାଁ ଭିତରେ ଥିବା ଘରଟିର। ସ୍ଥାନ ଓ କାଳର ଦୂରତାକୁ ଡେଇଁ ପହଞ୍ଚି ଯାଇଛି ତୁମ ଘରଟିର ସଦାମୁକ୍ତ ଅବରୁଦ୍ଧ କୋଠରୀ ନିକଟରେ। ଧ୍ୟାନ ତୁମର ଭାଙ୍ଗି ଦେଉଛି। ହାତ ଧରି ଟାଣି ନେଉଛି ପାହାଡ଼ ଉପରକୁ। ଅସ୍ତଗାମୀ ସୂର୍ଯ୍ୟର ଶେଷ ରଶ୍ମି ଟିକକ ତୋଳି ଦେଉଛି ତୁମ ଦେହରେ। ରାତିର ସୁନ୍ଦର ଅନ୍ଧାରକୁ ବୁକୁ ଉପରକୁ ତୋଳି ନେଇ ତମେ ପୁଣି ସକାଳର ସ୍ୱପ୍ନ ଦେଖୁଛ। ତମ ଭିତରେ ଆରମ୍ଭ ହୋଇଯାଉଛି ସୂର୍ଯ୍ୟୋଦୟର ପ୍ରସ୍ତୁତି ପର୍ବ। ଅପସରି ଯାଉଛି ଏକା ଏକା ଭାବ। ଅଦୃଶ୍ୟ ହୋଇଯାଉଛି ତୁମର ଅତୀତ, ଭବିଷ୍ୟତ, ବର୍ତ୍ତମାନ। ଅନନ୍ତ ସ୍ୱପ୍ନ ଓ ଅଫୁରନ୍ତ ଆଲୋକର ବିସ୍ମୃତି ଭିତରେ ତମେ କେବଳ ବିନ୍ଦୁଟିଏ ହୋଇ ହଜିଯାଉଛ ଦୂର ଆକାଶର ନୀଳିମା ଭିତରେ।

ଛବି ଅଙ୍କା ସରେ ନାହିଁ। ତୂଳୀରେ ବାରମ୍ବାର ରଙ୍ଗ ନେଲେ ବି ସେ ରଙ୍ଗର ଛଟା କାଗଜରେ ଲାଗେ ନାହିଁ। ସାଦା କାଗଜ ସେମିତି ସାଦା, ରଙ୍ଗହୀନ ହୋଇ ରହିଯାଏ। ନିଜକୁ ଅପରାଧୀ ମନେ ହୁଏ।

କଥା ଥିଲା - ମୁଁ ତୁମ ଦେହରେ ରଙ୍ଗ ଦେବି। ପାହାଡ଼ର ପାଦ ଦେଶରେ ବସି ହାତରେ ତୁମର ହାତ ରଖି ଆଞ୍ଜୁଳାଏ ସ୍ୱପ୍ନ ସେଥିରେ ଭରି ଦେଇଥିଲି। ସୂର୍ଯ୍ୟାସ୍ତ ଆକାଶ ହିଁ ସାକ୍ଷୀ ଥିଲା। ପବନର ସ୍ୱରରେ ପାହାଡ଼ର ଗଛପତ୍ର ଆନନ୍ଦରେ ସମର୍ଥନ

କରିଥିଲେ। ଏମିତି ସ୍ୱପ୍ନକୁ ନେଇ ରଙ୍ଗ ଖେଳିବାରେ, ଘର ତୋଳିବାରେ କେତେ ସୂର୍ଯ୍ୟାସ୍ତ ଯେ ବିତିଯାଇଛି, ତା'ର ହିସାବ କରି ଆଉ ଲାଭ କ'ଣ ?

ସମୁଦ୍ରର ସହରରୁ ମୁଁ ଯାଇଥିଲି।

ନଦୀକୂଳ ପାହାଡ଼ ପାଖ ଗାଁରୁ ତମେ ଆସିଥିଲ।

ଛୋଟ ଛୋଟ ପାହାଡ଼-ଜଙ୍ଗଲ ଘେରା ଏକ ତୃତୀୟ ଇଲାକାରେ ଆମର ସାକ୍ଷାତ-ସଂଯୋଗ। ବିଦ୍ୟା ସଂଗ୍ରହର ସର୍ବଶେଷ ଅନୁଷ୍ଠାନ ସେଇ ତୃତୀୟ ସହରରେ। ସହର କହିଲେ ଭୁଲ ହେବ, ସହରଠାରୁ କିଛି ଦୂରରେ ଅନୁପମ ଏବଂ ଆରଣ୍ୟକ ପରିବେଶରେ ହିଁ ସେ ବିଶ୍ୱବିଦ୍ୟାଳୟର ସ୍ଥିତି। ଅନେକଙ୍କ ମେଳରେ ଆମେ। ତଥାପି ସେଇ ବିଦ୍ୟା-ଚର୍ଚ୍ଚା, ବିଚାର ଆଲୋଚନା, ପାଠାଗାରରେ ଘଣ୍ଟା ଘଣ୍ଟା ବସି ବହିପଢ଼ା ଭିତରେ ହିଁ ଆମ ସ୍ୱପ୍ନର ଜାଲ ବୁଣିଥିଲେ। ଆମ କଳ୍ପିତ ସଂସାର ଓ ସମାଜର ନକ୍ସା ଆଙ୍କିଥିଲେ।

କଥା ଥିଲା - ନଦୀ ମିଶିବ ସମୁଦ୍ରରେ। ଆକାଶ ଲୋଟି ପଡ଼ିବ ପାହାଡ଼ର ଛାତି ଉପରେ। ସ୍ୱର୍ଗ ଓହ୍ଲେଇ ଆସିବ ଆମ ସଂସାରକୁ। ଆମର ପ୍ରେମ ହେବ ପାରିଜାତ। ତା'ର ଅପୂର୍ବ ବାସ୍ନାରେ ସୁରଭିତ ହେବ ଆମର ଜୀବନ। ଆମେ ମୁକ୍ତ ହେବା। କିନ୍ତୁ ମୁକ୍ତ ଥିବା ଖୋଲା ଆକାଶ ଭଳି। ମେଲା ପାହାଡ଼ ପରି। ବହିଯାଉଥିବା ନଦୀର ଧାରା ଭଳି।

ସ୍ୱପ୍ନକୁ ଗଢ଼ିବା ଲାଗି ଯୁଗ ପରେ ଯୁଗ ବିତିଯାଏ। ସ୍ୱପ୍ନକୁ ଭାଙ୍ଗିବା ଲାଗି ମୁହୂର୍ତ୍ତଟିଏ ହିଁ ଯଥେଷ୍ଟ। ତା'ପରେ ଅବଶେଷ ଜୀବନ କେବଳ ଭଙ୍ଗା ସ୍ୱପ୍ନ ଅବଶୋଷରେ ହିଁ ବଞ୍ଚିବାକୁ ହୁଏ ଅବା ମରିବାକୁ ହୁଏ। ସ୍ୱପ୍ନ ଦେଖିବା ମୂଳରେ ନିଜ ମନର ଭୂମିକା ଥାଏ - ମାତ୍ର ସ୍ୱପ୍ନ ଭାଙ୍ଗିବା ପଛରେ ମନ ବହିର୍ଭୁତ ଅନ୍ୟ କୌଣସି ଶକ୍ତି ବା ପରିସ୍ଥିତି ହିଁ ଦାୟୀ ହୋଇଥାଏ। ଅସହାୟ ମଣିଷଟି ସେସବୁକୁ ସ୍ୱୀକାର କରିବାକୁ ଏକରକମ ବାଧ୍ୟ ହୋଇଥାଏ। ଅନ୍ୟ ଉପାୟ କିଛି ନଥାଏ।

ପାହାଡ଼ର ପାଦ ଦେଶରେ ବସି ମର୍ମରିତ ଝରାପତ୍ରର ଗୀତ ଶୁଣୁ ଶୁଣୁ ବର୍ଷ ଦୁଇଟି ବିତିଗଲା। ସର୍ବୋଚ୍ଚ ବିଦ୍ୟା ମନ୍ଦିରରେ ଆମର ପୂଜା ଉପାସନା ଶେଷ ହୋଇଗଲା।

ଏଥର ଘର ବାହୁଡ଼ା।

ବିଦାୟର ବେଳା।

ଆମର ପାଠ, ପରିଚୟ, ସ୍ୱପ୍ନ ଓ ସମ୍ପର୍କକୁ ଏକାଠି ବାନ୍ଧିବୁନ୍ଧି ଯତ୍ନରେ ସଜିଲ କରି ଆମେ ଫେରିଆସିଲେ।

ମୁଁ ଫେରିଲି ଆମ ଘରକୁ - ସମୁଦ୍ରର ସହରକୁ।

ତୁମେ ଫେରିଗଲ ତୁମ ଘରକୁ - ପାହାଡ଼ ପାଖରେ ସେଇ ଗାଁ ଭିତରକୁ। ବ୍ୟବଧାନ ବଢ଼ିଗଲା।

ବ୍ୟସ୍ତତା ବି ବଢ଼ିଲା। ମୋର ବ୍ୟସ୍ତତା, ଆଗରେ ଥିବା ଅନିଶ୍ଚିତ ଭବିଷ୍ୟତକୁ ନେଇ। ସମାଜ ଭିତରେ ନିଜର ସ୍ଥାନଟିଏ ବାଛି ନେବାକୁ ହେବ। ଯୋଗ୍ୟତାକୁ ଚାହିଁ ଜୀବିକାଟିଏ। ପାଦ ବଢ଼େଇଲେ ପ୍ରତିଯୋଗିତା। ସଂଖ୍ୟାହୀନ ପ୍ରାର୍ଥୀଙ୍କର ଧାଡ଼ି ଲମ୍ବିଥାଏ। ବୁଦ୍ଧି ହଜିଯାଏ। ପାଠ ସବୁ ଭୁଲି ହୋଇଯାଏ। ତଥାପି ଟଳି ପଡୁଥିବା ପାଦ ଦୁଇଟିକୁ ବଢ଼ାଇବାକୁ ହୁଏ। ପ୍ରଶ୍ନ ପରେ ପ୍ରଶ୍ନ। ପରୀକ୍ଷା ପରେ ପରୀକ୍ଷା। ଲିଖିତ ପୁଣି ସାକ୍ଷାତ। ଏସବୁ ଭିତରେ ଦୁଇ ବର୍ଷ ତଳର ପାହାଡ଼ ପାଖରେ ବସି ଦେଖିଥିବା ସ୍ୱପ୍ନର ବାସ୍ତବତାକୁ ନେଇ ଚିନ୍ତା କରିବାର ଅବକାଶ ବା କାହିଁ? ଆଗ ମୁଣ୍ଡ ଉପରକୁ ଛତାଟିଏ। ଖରାତରାରୁ ରକ୍ଷା ପାଇବା ଲାଗି ନିର୍ଭରଯୋଗ୍ୟ ଆଶ୍ରୟଟିଏ। ତା'ପରେ ଅନ୍ୟ ଯାହା - ସ୍ୱପ୍ନ ବା ସଂସାର।

ତମର କିନ୍ତୁ ସେ ସମସ୍ୟା ନଥିଲା। ବାପାଙ୍କୁ ହରାଇଥିବା ମା' ତୁମର ଚାହିଁଥିଲେ ବଡ଼ ଝିଅଟି ତାଙ୍କର ସୁଖର ସଂସାର କରୁ। ପାଠ ତା' ପାଖରେ ଥାଉ। ପାଠକୁ ନେଇ ଅର୍ଥ ଉପାର୍ଜନର ନିଶା ଥରେ ଲାଗିଲେ ବୟସ ଗଡ଼ିଯିବ। ସହଜରେ ସେଥିରୁ ଆଉ ମୁକୁଳି ହେବ ନାହିଁ। ତମେ ତେଣୁ ବ୍ୟସ୍ତ ହେଲ। ମୋତେ ବାଦ୍ ଦେଇ ତୁମ ସଂସାର ଗଢ଼ିବାର ସ୍ୱପ୍ନ କେବେ ସାକାର ହେବ ନାହିଁ ବୋଲି ବାରମ୍ବାର ଚିଠି ଲେଖି ଜଣାଇଦେଲ। ପ୍ରତ୍ୟୁତ୍ତରରେ ମୁଁ ମଧ୍ୟ ତୁମକୁ ବ୍ୟସ୍ତ ନ ହେବା ପାଇଁ ଅନୁରୋଧ କଲି। ପ୍ରତି ସପ୍ତାହରେ ପ୍ରାୟ ଦୁଇ ତିନୋଟି ଚିଠି ଏମିତି ନିୟମିତ ଆସୁଥିଲା ଓ ଯାଉଥିଲା। ପରେ ସେ ବ୍ୟବଧାନ କ୍ରମଶଃ ବଢ଼ିବାରେ ଲାଗିଲା। ନିଜ ସହରରୁ ଅଧିକାଂଶ ଦିନ ଅନୁପସ୍ଥିତ ରହିବା ଫଳରେ ମୋର ଚିଠି ଲେଖା ଏଥର ସପ୍ତାହରୁ ଯାଇ ମାସରେ ପହଞ୍ଚିଲା। ମାସ କେତୋଟି ମଧ୍ୟ ଅନାୟାସରେ ବିନା ଚିଠିରେ ବିତିଗଲା। ତମେ ମୋତେ ଭୁଲ୍ ବୁଝିବାକୁ ଆରମ୍ଭ କଲ। ଋତୁର ରଙ୍ଗ ବଦଳିଗଲା। କୁହୁଡ଼ି ଚାରିପଟେ ଛାଇ ହୋଇଗଲା। ସବୁକିଛି ଦିଶିଲା ଅସ୍ପଷ୍ଟ ଓ ଧୂଆଁଳିଆ।

ତମେ ଲେଖିଲ - କ'ଣ ବା ଆଉ ତୁମକୁ ଦେବାକୁ ବା ତୁମଠାରୁ ନେବାକୁ ବାକି ରହିଲା? କାହିଁକି ତୁମର ଏ ସ୍ୱେଚ୍ଛାକୃତ ନିର୍ବାସନ ଓ ନିରବତା? ନା - ନିରବତା ତୁମର ନୂଆ ପରିଚୟ? ତା'ହେଲେ କି ଲାଭ ଆଉ ଏକା ଏକା ଏ ନଈ କୂଳରେ ପାହାଡ଼ ପାଖରେ କାଠିକୁଟା ସବୁ ଏକାଠି କରି ମିଛିମିଛିକା ଘର ତୋଳିବାରେ। ତୁମର ନିରବତାକୁ ମୁଁ ସ୍ୱୀକାର କରି ନେଉଛି।

ତଥାପି ମୁଁ ଉତ୍ତର ଦେଲି ନାହିଁ। ଭାବିଲି ଏକାଥରକେ ହାତରେ ନିଯୁକ୍ତି ପତ୍ର ଧରି ତୁମ ପାଖରେ ଯାଇ ପହଞ୍ଚିଯିବି। ଅଭିମାନର ଜମାଟବନ୍ଧା କୁହୁଡ଼ି ସେଇ ମୁହୂର୍ତ୍ତରେ ହିଁ ମିଳେଇଯିବ। ଆରମ୍ଭ ହେବ ଏଣିକି ଆମର ସ୍ୱପ୍ନକୁ ସାକାର ରୂପ ଦେବାର ବାସ୍ତବ କାର୍ଯ୍ୟକ୍ରମ।

ମାତ୍ର ତାହା ହେବାର ନଥିଲା। ମୋ ନିଯୁକ୍ତିର ସମ୍ବାଦ ତୁମକୁ ଜଣାଇବା ପୂର୍ବରୁ ତୁମ ସମ୍ବାଦ ମୋ ପାଖରେ ଆସି ପହଞ୍ଚିଗଲା। ବେଶ୍ ବଡ଼ ବଡ଼ ଅକ୍ଷରରେ ଛପା ଅକ୍ଷରକୁ ଦେଖି ମଧ୍ୟ ମୁଁ ବିଶ୍ୱାସ କରିପାରିଲି ନାହିଁ। ମୁଦ୍ରିତ ନିମନ୍ତ୍ରଣ ପତ୍ର ସହ ଛୋଟ ଚିଠିଟିଏ। ଅନନ୍ତକାଳ ଯାଏଁ ମୁଁ ଅପେକ୍ଷା କରି ପାରିଥାଆନ୍ତି - ନିର୍ଭର ପ୍ରତିଶ୍ରୁତି ପଦେ ପାଇଥିଲେ। ମାତ୍ର ତୁମର ନିରବତାକୁ ସମ୍ବଳ କରି ରହିବା ସମ୍ଭବ ହେଲା ନାହିଁ। ତା'ଛଡ଼ା ଠାକୁରଘରେ ବସି ଲୁହ ଗଡ଼ଉଥିବା ବୋଉକୁ ମୁଁ କ'ଣ କହି ସାନ୍ତ୍ୱନା ଦେଇ ଥାଆନ୍ତି ? ପ୍ରସ୍ତାବଟି ସମ୍ପର୍କୀୟ ଜଣେ ମାମୁ ଦେଇଥିଲେ। ତାଙ୍କର ବନ୍ଧୁଙ୍କ ପୁଅ। ଅନ୍ୟ ଉପାୟ ନଥିଲା।

ଯେଉଁଦିନ ତୁମ ଜୀବନର ଅମୃତଲଗ୍ନ - ସେହିଦିନ ହିଁ ମୋ ଚାକିରି ଜୀବନର ସର୍ବଶେଷ ସାକ୍ଷାତକାର। ତେଣୁ ତୁମ ଶୁଭଦିନରେ ଉପସ୍ଥିତ ରହିବାର ସୁଯୋଗ ନଥିଲା।

ପରେ କିନ୍ତୁ ପ୍ରସ୍ତାବ ସମ୍ପର୍କରେ ସବିଶେଷ ସୂଚନା ପାଇ ବିଷାଦଗ୍ରସ୍ତ ମନକୁ ବୁଝେଇ ଦେଇଥିଲି। ବେଶ୍ ଭଲ ପ୍ରସ୍ତାବ। ତୁମ ମାମୁଙ୍କ ସାଙ୍ଗର ବଡ଼ ପୁଅ - ସଦ୍ୟ ଆଇପିଏସ୍ ପାଇଥାଆନ୍ତି। ଟ୍ରେନିଂରେ ଯିବା ପୂର୍ବରୁ ବାପାମାଆଙ୍କ ଇଚ୍ଛାକୁ ସମ୍ମାନ ଜଣାଇ ବିବାହ କରିନେଲେ। ସ୍ୱାମୀଙ୍କ ସହ ମାତ୍ର କେତୋଟି ମାସର ସ୍ମୃତି ଓ ଅନୁଭୂତି। ତା'ପରେ ସେ ଟ୍ରେନିଂକୁ ଚାଲିଗଲେ। ସେଇ ଟ୍ରେନିଂ ସମୟରେ ହିଁ ଘୋଡ଼ାଚଢ଼ାର ତାଲିମ ନେଉଥିଲାବେଳେ ଘୋଡ଼ା ଉପରୁ ଖସି ପଡ଼ିଲେ। ବାସ୍, ସେଇଠି ଶେଷ ହୋଇଗଲା ତୁମର ସଂସାର। ତା'ପରେ ତୁମେ ଫେରିଆସିଲ ପୁଣି ଥରେ ସେଇ ପହାଡ଼ ପାଖର ଗାଁଟିକୁ। ଗାଁର କଣ ମୁଣ୍ଡରେ ଥିବା ଗୋଟିକିଆ ହୋଇ ତୁମର ସେଇ ଘରକୁ। ମା' ତୁମର ଦେଖୁ ଦେଖୁ ମୂର୍ଚ୍ଛା ଗଲେ। ତା'ପରଠାରୁ ଆଉ ବିଛଣାରୁ ଉଠିଲେ ନାହିଁ। ତୁମରି ଚିନ୍ତାରେ ମାସ କେଇଟା ଭିତରେ ସେ ବି ଆଖି ବୁଜିଦେଲେ।

ଭାଇ ତ ଆଗରୁ ବିଦେଶରେ ଥିଲେ। ଖବର ପାଇ ଦି' ଠୋପା ଲୁହ ହୁଏତ ଗଡ଼େଇଥିବେ। ସାନଭାଇର ମେଡ଼ିକାଲ ପରୀକ୍ଷା ଚାଲିଥିଲା। ପରୀକ୍ଷା ପରେ ଆସି କିଛି ଦିନ ରହି ଚାଲିଗଲା। ତାରି ସାଙ୍ଗରେ ମେଡିକାଲ ପଢୁଥିବା କେଉଁ ଏକ ଝିଅକୁ ବାହା ହୋଇ ଦିଲ୍ଲୀରେ ରହିଗଲା। ତମେ ଅବଶ୍ୟ ତା' ବାହାଘର ନିମନ୍ତ୍ରଣ ପତ୍ର ପାଇଥିଲ। ସାନଭଉଣୀ ଗାଁ ପାଖ କଲେଜରେ ବିଏ ପଢୁଥିଲା। ତା'ର ଜଣେ ଅଧ୍ୟାପକଙ୍କ

ପ୍ରେମରେ ପଡ଼ି ଭୁବନେଶ୍ୱର ଆମୋଫୋଇ ସଂସ୍ଥାରେ ଯାଇ ବାହା ହୋଇଗଲା। ଅଧ୍ୟାପକ ଜଣକ ଅନ୍ୟ ଜାତିର। ସଂସ୍କୃତି ବିଭାଗର ମନ୍ତ୍ରୀଙ୍କ ଉପସ୍ଥିତିରେ କେବଳ ମାଳା ବିନିମୟରେ ହିଁ ଏ ବିବାହ ହୋଇଥିଲା - ଏହା ଏକ ଆଦର୍ଶ ବିବାହ ବୋଲି ସେମାନଙ୍କର ଫଟୋଚିତ୍ର ସହ ବିଶେଷ ବିବରଣୀ ମଧ୍ୟ ସମ୍ବାଦପତ୍ର ମାନଙ୍କରେ ପ୍ରକାଶ ପାଇଥିଲା। ବାହାଘର ପରେ ଉଭୟ ତୁମଠାରୁ ଆଶୀର୍ବାଦ ନେବାକୁ ଆସିଥିଲେ। ତୁମେ ସେମାନଙ୍କର ନୂଆ ଜୀବନର ଶୁଭକାମନା କରିଥିଲ। ତା'ପରେ ଏତେ ବଡ଼ ଘର, ବାରି, ବଗିଚା, ଜମିଜମା, ପରିପୂର୍ଣ୍ଣତା ଭିତରେ ଖେଳି ବୁଲୁଥିଲା ଖାଁ ଖାଁ ଶୂନ୍ୟତା। ଆଉ ତମେ ଥିଲ ସେଇ ପୂର୍ଣ୍ଣ ଅଥଚ ଶୂନ୍ୟ ସାମ୍ରାଜ୍ୟର ଏକମାତ୍ର ଅଧିକାରିଣୀ।

ଦ୍ରୁତ ବେଗରେ ଘଟି ଯାଇଥିବା ଏଇ ସବୁ ଘଟଣା ଓ ଦୁର୍ଘଟଣାର କିଛି ଦିନ ପରେ ତୁମକୁ ଭେଟିବା ଲାଗି ମୁଁ ଯାଇ ତୁମ ଗାଁରେ ପହଞ୍ଚିଲି। ତମେ ସେତେବେଳକୁ ତୁମ ଠାକୁର ଘରେ ଦୀପ ଜାଳି, ଆଖି ବୁଜି ଧ୍ୟାନରେ ବସିଥିଲ। ଆଖି ଖୋଲି ବୁଲି ପଡ଼ିଲାବେଳକୁ ଏରୁଣ୍ଡିବନ୍ଧ ଏପଟେ ମୁଁ ଠିଆ ହୋଇଥିଲି। ଆଗରୁ ଯାଇ ପହଞ୍ଚୁଛି ବୋଲି କିଛି ଖବର ଦେଇ ନଥିଲି। ମାତ୍ର ହଠାତ୍ ମୋତେ ଆବିଷ୍କାର କରି ଆଶ୍ଚର୍ଯ୍ୟ ହେବାର କୌଣସି ଭାବ ମୁଁ ତୁମଠାରେ ଦେଖିଲି ନାହିଁ। ସତେ ଯେମିତି ଯେ କୌଣସି ମୁହୂର୍ତ୍ତରେ ମୁଁ ପହଞ୍ଚି ଯାଇପାରେ ବୋଲି ତମେ ଆଶା କରୁଥିଲ। ଆନନ୍ଦ ବା ଗଭୀର ବିଷାଦର କୌଣସି ପ୍ରତିଫଳନ ମଧ୍ୟ ମୁଁ ତୁମ ମୁହଁରେ ଲକ୍ଷ୍ୟ କଲି ନାହିଁ। ବେଶ୍ ଶାନ୍ତ ଓ ନିର୍ଲିପ୍ତ ମନେ ହେଉଥିଲ।

ମୋତେ ଦେଖି ଚୁପ୍ ଚାପ୍ ରୋଷେଇ ଘରକୁ ଯାଇ ଷ୍ଟୋଭ୍ ଜାଳି ଚା' କଲ। ବିନା ବାକ୍ୟବ୍ୟୟରେ ମୁଁ ଯାଇ ମୁହଁ ହାତ ଧୋଇନେଲି। ହାତକୁ ମୋର ଚା' କପ୍ ବଢ଼େଇ ଦେଇ ଚାହିଁଲ। କୌଣସି ଅଳଙ୍କାର ଓ ଆଭୂଷଣ ନ ଥାଇ ମଧ୍ୟ ସାଧାରଣ ଧଳାଶାଢ଼ିଟି ଭିତରେ ତମେ ଏକ ଦେବୀ ପ୍ରତିମା ଭଳି ସୁନ୍ଦର ଦିଶୁଥିଲ। ଦୃଷ୍ଟିରେ ମୋର ଦୃଷ୍ଟି ରଖି ତମେ ସାମାନ୍ୟ ହସିଦେଲ। କହିଲ - "କ'ଣ ଦେଖୁଛ? ଧଳା ଶାଢ଼ି ତ ତୁମ ମନ ପସନ୍ଦର ଶାଢ଼ି। ଏଇ ଶାଢ଼ି ପିନ୍ଧିବା ଲାଗି ତମେ ସବୁବେଳେ ଜିଦ୍ କରୁଥିଲ।" ମୁଁ ଚମକି ପଡ଼ିଲି। ତମେ ମୋତେ ସେଇ ହଜିଲା ପଢ଼ା ଦିନର କଥା ମନେ ପକେଇ ଦେଲ। କ୍ଲାସକୁ ଆସିଲାବେଳେ ଅନ୍ୟ ସାଙ୍ଗମାନଙ୍କ ଭଳି ରଙ୍ଗବେରଙ୍ଗର ଦାମୀ ଶାଢ଼ି ନ ପିନ୍ଧି ସାଦା ଧଳା ଶାଢ଼ିଟିଏ ପିନ୍ଧି ଆସ ବୋଲି ମୁଁ ତୁମକୁ ଥରେ କହିଥିଲି। ତମେ ସେତେବେଳେ ପରିହାସରେ ପଚାରିଥିଲ - 'ମୋତେ କ'ଣ ତା'ହେଲେ ସବୁବେଳେ ବିଧବାର ବେଶରେ ରଖିବାକୁ ଚାହଁ?' ତୁମର ଏ ଲଘୁ ପ୍ରଶ୍ନ ଶୁଣି ମୁଁ ସେତେବେଳେ ରାଗି ଯାଇଥିଲି। ଦୁଇଦିନ ପର୍ଯ୍ୟନ୍ତ କଥାବାର୍ତ୍ତା ବନ୍ଦ

କରି ଦେଇଥିଲି । ମାତ୍ର ତା'ପରେ ତୁମର ଧଳା ଶାଢ଼ିର ପରିମାଣ କ୍ରମଶଃ ବଢ଼ି ଯାଇଥିଲା । ପଛ ଦିନର ସେଇ ସବୁ କଥା ମନେ ପକାଇ ଦେଇ କହିଲ 'ତମରି ଚାହିଁବା, ତମରି ଭଲ ପାଇବାର ଧଳା ରଙ୍ଗ ହିଁ ମୋର ଜୀବନକୁ ପୂରାପୂରି ଆଚ୍ଛନ୍ନ କରିଦେଲା ।" ତମେ ହସୁଥଲ । ହେଲେ ତମର ସେଇ ହସ ଭିତରେ ଟୋପି ଟୋପି ଲୁହ ସବୁ ଝରି ପଡ଼ିଥିବାର ଦୃଶ୍ୟ ମୁଁ ବେଶ୍ ଦେଖିପାରୁଥିଲି ।

ତା' ପରଦିନ ମୁଁ ତୁମ ପାଖରେ ପ୍ରସ୍ତାବ ରଖିଲି । କହିଲି - ଏଥର ତୁମର ଧଳାଶାଢ଼ିରେ ମୁଁ ରଙ୍ଗ ଦେବାକୁ ଚାହେଁ । ମୋତେ ଏଥିପାଇଁ ଅନୁମତି ଦିଅ । ତୁମର ଶୂନ୍ୟ ସୀମନ୍ତକୁ ପୂର୍ଣ୍ଣତାରେ ଭରିଦେବାକୁ ମୋର ଇଚ୍ଛା ।

ତମେ ସେମିତି ଶୁଷ୍କ ହସ ହସି କହିଥିଲ - କାହା ଇଚ୍ଛା-ଅନିଚ୍ଛାରେ ମୋର ବା ଆଉ ପ୍ରୟୋଜନ କ'ଣ ? ନିଜ ଇଚ୍ଛା ନେଇ ମୋତେ ଏଥର ରହିବାକୁ ଦିଅ । ଏଇ ବେଶ୍ ଭଲ । କେତେ ଦିନର ବା ଏ ଜୀବନ ! ଆଉ ଅଯଥା ରଙ୍ଗ ଖେଳରେ ମାତି ଲାଭ କ'ଣ ?

ତଥାପି ମୋ ମନ ବୁଝୁନଥିଲା । ବ୍ୟାଙ୍କ ଚାକିରିର ନିରାପତ୍ତା ଭିତରେ ଥାଇ ମଧ୍ୟ ମୁଁ ଅସ୍ଥିରତା ଅନୁଭବ କରୁଥିଲି । ତୁମର ଅସହାୟତା ମୋ ଭିତରେ କେମିତି ଏକ ଅପରାଧବୋଧ ସୃଷ୍ଟି କରୁଥିଲା । ମୁଁ ସେଇ ଅସ୍ଥିରତା ଓ ଅପରାଧବୋଧରୁ ମୁକ୍ତି ଖୋଜୁଥିଲି । ବାପାଙ୍କୁ ଜଣେଇଥିଲି ମୋର ପ୍ରସ୍ତାବ । ବାପାଙ୍କର ମୋରି କଥାରେ କେବେ କୌଣସି ଆପତ୍ତି ନଥିଲା । ସେ କାଳର ମଣିଷ ହେଲେ ବି ରକ୍ଷଣଶୀଳତାଠାରୁ ସେ ଥିଲେ ଦୂରରେ । ମାତ୍ର ତମେ ମୋର ଇଚ୍ଛାକୁ ନିଜର କରିବାକୁ ଚାହିଁ ନଥିଲ । କହିଥିଲ, 'ଏକମାତ୍ର ପୁଅ ବୋଲି ତୁମ ମନରେ କଷ୍ଟ ନ ଦେବା ଲାଗି ବାପା ତୁମର ହୁଏତ ଏ ପ୍ରସ୍ତାବରେ ରାଜି ହୋଇପାରନ୍ତି । ମାତ୍ର କହିଲ ଦେଖି, ଅନ୍ୟ କାହାର ବଧୂ ହୋଇ ବିଧବା ହେବା ପରେ ଆଉ ଥରେ କେହି କ'ଣ ତାକୁ କୁଳବଧୂ କରିବାରେ ଆଗ୍ରହ ପ୍ରକାଶ କରିପାରେ ?"

ଯେତେ ଥର ମୁଁ ଯାଇଛି ପ୍ରତିଥର ସେଇ ପୁରୁଣା ପ୍ରସ୍ତାବର ହିଁ ପୁନରାବୃତ୍ତି କରିଛି ତୁମ ପାଖରେ । ଆଉ ପ୍ରତିଥର ତମେ ମୋତେ ବୁଝେଇ ଶୁଝେଇ ଫେରାଇ ଦେଇଛ ।

କହିଛ - "ମୋତେ ପ୍ରକୃତରେ ସୁଖୀ ଦେଖୁବାକୁ ଚାହୁଁଥିଲେ, ଏଥର ତୁମେ ତୁମର ସଂସାର ଗଢ଼ିନିଅ । ମୁଁ ମୋର ଏ ଘର, ବଗିଚା, ଦୂରର ପାହାଡ଼ ଓ ଆକାଶକୁ ନେଇ ବେଶ୍ ଭଲରେ ଅଛି ।"

ହତାଶ ହୋଇ ଫେରିଆସୁଥିଲି । କାର୍ଯ୍ୟକ୍ଷେତ୍ରରେ ବ୍ୟସ୍ତତା ବଢ଼ି ଚାଲିଥିଲା ।

ତେଣୁ ମାସକେ ଥରେ, ଦି' ଥର ଯାଇ ତୁମକୁ ଦେଖି ଆସିବାର କାର୍ଯ୍ୟସୂଚୀ ମଧ୍ୟ ଏଣିକି ବଦଳିଗଲା। କିଛି ମାସ ପାଇଁ ଏକ ବିଶେଷ ଟ୍ରେନିଂ ପ୍ରୋଗ୍ରାମରେ ମୋତେ ଅନ୍ୟ ସହରକୁ ଯିବାକୁ ପଡ଼ିଲା। ତିନି ମାସ ପରେ ସେଠାରୁ ଫେରି ସିଧା ସଳଖ ଯାଇ ପହଞ୍ଚିଲି ତୁମ ଗାଁରେ। ତୁମେ ସେତେବେଳକୁ ଦାଣ୍ଡ ପିଣ୍ଡାରେ ବସି ଶୂନ୍ୟଦୃଷ୍ଟିରେ ଦୂର ପାହାଡ଼ ଆଡ଼କୁ ଚାହିଁ ରହିଥିଲ।

ପୂର୍ଣ୍ଣିମାର ତିଥି ବୋଧହୁଏ। ପାହାଡ଼ ଉପରେ ଜହ୍ନର ଆଲୁଅ। ଆକାଶରେ କିନ୍ତୁ ଭସା ବାଦଲର ପଟୁଆର। ଘର ଦାଣ୍ଡ ଛାଡ଼ି କିଛି ସମୟ ପରେ ଆମେ ବାହାରକୁ ଆସିଲେ। ନିକଟରେ ଥିବା ଏକ ଖୋଲା ପଡ଼ିଆରେ ଯାଇ ବସିଲେ। ମୁଁ ତୁମକୁ ତୁମର ଭାଇ ଭଉଣୀମାନଙ୍କ କଥା ପଚାରିଲି। ସେମାନଙ୍କଠାରୁ ଚିଠିପତ୍ର କିଛି ପାଉନାହଁ ବୋଲି କହିଲ, ମୋତେ ମୋ ଚାକିରି, ବାହାଘର କଥା ପଚାରିଲ। ଦୂର ଆକାଶରେ ଭରା ବାଦଲ ସହିତ ଜହ୍ନର ଲୁଚକାଳି ଖେଳ ଚାଲିଥିଲା। କିଛି ସମୟ ପରେ ହଠାତ୍ ବର୍ଷାର ସୂଚନା ଦେଖାଦେଲା। ଜହ୍ନ ସେତେବେଳକୁ ପୂରାପୂରି ମେଘମାନଙ୍କ କବଳରେ। ପବନର ଗତି ବଢ଼ିଥିଲା। ଆମେ ଘରଆଡ଼େ ମୁହଁ ଫେରାଇଲେ। ମାତ୍ର ଘରେ ପହଞ୍ଚିଲାବେଳକୁ ଦୁହେଁ ଯାକ ପୂରାପୂରି ଓଦାରେ ଜୁବୁବୁବୁ।

ତମେ ତମର ଓଦାଲୁଗା ବଦଳେଇ ଚୁଲିରେ ନିଆଁ ଧରେଇଲ। ମୁଁ ମଧ୍ୟ ଲୁଗା ବଦଳେଇ କିଛି ସମୟ ପରେ ଚୁଲି ପାଖରେ ଯାଇ ବସିଲି। ବାହାରେ ବର୍ଷାର ବେଗ ବଢୁଥିଲା। ମେଘ-ପବନର ଶୀତଳତା ଓ ଚୁଲି ନିଆଁର ଉଷ୍ମତା ମୋ ଭିତରେ ଅଦ୍ଭୁତ ଉତ୍ତାପ ଭରିଦେଲା। ମୁଁ କ୍ରମଶଃ ଜଳିବାକୁ ଆରମ୍ଭ କଲି। ମୋ ଭିତରର ସେ ନିଆଁ ଲିଭିଲାବେଳକୁ ରାତି ପାହି ଆସୁଥିଲା। ବାହାରେ ବର୍ଷା, ପବନର ଗତି ମଧ୍ୟ ଥମି ଯାଇଥିଲା। ତୁମ ଆଖିରେ ସେତେବେଳକୁ ଦୁଇ ବୁନ୍ଦା ଲୁହ ଟିକ୍ ଟିକ୍ କରୁଥିଲା। ମୁଁ ସେ ଲୁହକୁ ତଳେ ପଡ଼ିବାକୁ ଦେଲି ନାହିଁ। ମୋର ଥରି ଉଠୁଥିବା ଓଠରେ ତାକୁ ପୋଛି ନେଲି।

ମୁଁ ଯାହା ଆଶା କରୁଥିଲି, ତାହା ହିଁ ହେଲା। ତମେ ଗୋଟିଏ ଧାଡ଼ିର ଚିଠିରେ ଏ ସମ୍ବାଦ ଜଣେଇଦେଲ। ମୁଁ ଲେଖିଲି - 'ଏଥର ପ୍ରସ୍ତୁତ ହୋଇଥିବ। ସରୁ ଧଡ଼ିର ଧଳା ଶାଢ଼ିକୁ ବାକ୍ସରେ ରଖିଦେଇ ପଢ଼ାବେଳର ଆକାଶୀ ରଙ୍ଗର ଶାଢ଼ିଟି ପିନ୍ଧିଥିବ। ଘର, ବାରି, ବଗିଚାର ଦାୟିତ୍ୱ ନେବା ପାଇଁ ଲୋକଟିଏ ଠିକ୍ କରି ଦେଇଥିବ। ଏଥର ମୁଁ ଫେରିଲାବେଳକୁ ତୁମକୁ ମୋ ସାଙ୍ଗରେ ଫେରିବାକୁ ହେବ।'

ଆଦୌ ବିଳମ୍ବ ନ କରି ଫେରନ୍ତା ଡାକରେ ତମେ ଉତ୍ତର ଫେରାଇଲ। ଯେମିତି ଅନେକ ଆଗରୁ ଏ ନିଷ୍ପତ୍ତି ନେଇ ସାରିଥିଲ। ମନରେ ଏଥିପାଇଁ ତିଳେ ମାତ୍ର

ଦ୍ୱନ୍ଦ୍ୱ ବା ଦ୍ୱିଧା ନଥିଲା । ଲେଖିଥିଲ – 'ଧଳା ବଦଳରେ ଆକାଶୀ ରଙ୍ଗର ଶାଢ଼ି
ପିନ୍ଧିବାକୁ କାହିଁକି କହୁଛ ? ଭୁଲିଗଲ । ତମେ ପରା ଦିନେ କହିଥିଲ ଯେ, ଧଳା ରଙ୍ଗ
ହେଉଛି ଅନେକ ରଙ୍ଗର ସମାହାର । ସେଇ ରଙ୍ଗକୁ ହିଁ ମୁଁ ମୋ ଜୀବନର ରଙ୍ଗ କରି
ନେଇଛି । ତମେ ତ ମୋ ଶୁଭାକାଙ୍କ୍ଷୀ, ବନ୍ଧୁ, ପ୍ରିୟଜନ । ଏଠୁ ଯିବା କଥା କେବେ
ଆଉ କହିବ ନାହିଁକି ଲେଖିବ ନାହିଁ । ମୋର ଏକାକୀତ୍ୱ ପାଇଁ ତୁମ ମନରେ ଉଦ୍‌ବେଗ
ଥିଲା । ମୋର ନିଃସଙ୍ଗତା ତମ ମନରେ ଅସ୍ଥିରତା ଆଣୁଥିଲା । ମାତ୍ର ଏବେ ତ ମୁଁ ଆଉ
ଏକା ନାହିଁ । ମୋ ଭିତରେ ସେଇ ଶୁଦ୍ଧ ଭଲ ପାଇବାର ଶୁଭ୍ର ରଙ୍ଗ । ନିର୍ଜନ, ନିଃସଙ୍ଗ
ବେଳାଭୂମିରେ ଏବେ ନୀଳ ସମୁଦ୍ରର ଅଧୀର ତରଙ୍ଗ । ସେଇ ତରଙ୍ଗର ସ୍ୱପ୍ନ, ସ୍ପର୍ଶ ଓ
ସ୍ପନ୍ଦନକୁ ଆପଣାର କରି ମୁଁ ଏଥର ବେଶ୍ ଭଲରେ ବଞ୍ଚିଯାଇ ପାରିବି । ତମେ ବ୍ୟସ୍ତ
ହେବ ନାହିଁ ।"

ହାତରେ ତମର ପ୍ରତିଲିପିକୁ ଧରି ମୁଁ ଚାହିଁଛି –

କାହିଁ କେତେ ଦୂରରେ ସେଇ ପାହାଡ଼ ।

ପାହାଡ଼ ପାଖରେ ଗାଁ ।

ଗାଁ ଭିତରେ ତମର ସେଇ ଘର ।

ଆଉ ଘର ଭିତରେ ଶୁଭ୍ରତାର ବସନ ଭୂଷଣ ନେଇ କେତେ ରଙ୍ଗର ଦୀପ୍ତିରେ
ଦେବୀଟିଏ ଭଳି ତମେ ଝଟକି ଉଠୁଛ ।

ବେଳା ଓ ବଳୟ

ରୀତା ଚିଠି ଦେଇଛି -

ମୁଁ ସ୍ୱପ୍ନରେ ସୁଦ୍ଧା ଭାବି ନଥିଲି ଯେ, ଦୀର୍ଘ ପାଞ୍ଚ ବର୍ଷ ପରେ ଆଜି ହଠାତ୍ ଡାକବାଲା ମୋ ହାତକୁ ରୀତାର ଚିଠି ଖଣ୍ଡିକ ବଢ଼େଇ ଦେଇ ଯିବ ବୋଲି ।

ଲଫାପାର ଉପର ଠିକଣାରୁ ହିଁ ମୁଁ ତାହା ରୀତାର ଚିଠି ବୋଲି ଅନୁମାନ କରି ନେଇଥିଲି । କାରଣ ସେଭଳି ସୁନ୍ଦର ଅକ୍ଷର ରୀତା ଭିନ୍ନ ଆଉ କାହାର ବା ହୋଇଥାଆନ୍ତା ? ବିଗତ ଦଶ ବର୍ଷ ଭିତରେ ଛାତ୍ର ଛାତ୍ରୀଙ୍କର ଅନେକ ପ୍ରକାରର ଅକ୍ଷର ମୋ ଦୃଷ୍ଟିରେ ପଡ଼ିଛି । କିନ୍ତୁ ଅକ୍ଷର ଭିତରେ ନିଜର ମୁହଁକୁ ଏତେ ସାର୍ଥକ ଭାବେ ତୋଳି ଧରିବା କେବଳ ରୀତା ପକ୍ଷରେ ହିଁ ସମ୍ଭବ । ରୀତାକୁ ଆଜିଯାଏ ଭୁଲି ନ ପାରିବାର ଅନ୍ୟ ଏକ କାରଣ ହେଉଛି, ତା'ର ଏହି ସ୍ଫଟିକସ୍ୱଚ୍ଛ ଅକ୍ଷର । ଲେଖାଟିଏ ଲେଖି କୌଣସି ପତ୍ର-ପତ୍ରିକା ପାଇଁ ତାକୁ ପୁଣି ଥରେ ଉତାରିଲାବେଳେ ରୀତା ମୋର ବାରମ୍ବାର ମନକୁ ଆସେ । ଅତୀତରେ ମୋର ଅନେକ ପାଣ୍ଡୁଲିପି ତା' ହାତର ଅକ୍ଷରରେ ହିଁ ପ୍ରେସକୁ ଯାଇଛି । ତା'ର ହସ୍ତାକ୍ଷର ଓ ମୋ ପାଣ୍ଡୁଲିପି ଭିତରେ ଯଦି ଆଜୀବନ ଏକ ସମ୍ପର୍କର ଯୋଗସୂତ୍ର ସ୍ଥାପିତ ହୋଇପାରିଥାଆନ୍ତା ! ତାହା ହେବାର ନଥିଲା - ହେଲା ନାହିଁ - ଯଦିଓ ରୀତା ତାହା ହିଁ ଚାହୁଁଥିଲା ।

ଦୀର୍ଘ ପାଞ୍ଚ ବର୍ଷ ପରେ ମୋର ପ୍ରିୟ ସୁପରିଚିତ ସେହି ସୁନ୍ଦର ହସ୍ତାକ୍ଷର ଆଜି ପୁଣି ମୋ ପାଖକୁ ଫେରି ଆସିଛି, ଲଫାପା ଭିତରେ ଚିଠିଟିଏ ହୋଇ । ଅତୀତର

ଆଗ୍ରହ ଓ ଉତ୍କଣ୍ଠାର ସହ ଲଫାପା ଖୋଲି 'ଇତି' ପାଖରେ ପ୍ରଥମେ ଆଖି ବୁଲାଇ ଆଣିଲି, ମୋ ଅନୁମାନର ସତ୍ୟତା ପରଖି ନେବା ପାଇଁ। ଅନୁମାନ ମିଛ ହୋଇନଥିଲା - ରୀତା ଲେଖିଥିଲା। କ'ଣ ସେ ଲେଖିଛି। କେଉଁଠି ସେ ଅଛି ଏବେ? କ'ଣ କରୁଛି? ବାହା ହେଲାଣି ନା ନାହିଁ??

ମନପବନ ଘୋଡ଼ାରେ ଚଢ଼ି ମୁଁ ଏଥର ଉଡ଼ିଯାଉଥିଲି ଅନେକ ଦୂରରେ ଛାଡ଼ି ଆସିଥିବା ଏକଦା ମୋର ଅତି ଆପଣାର ସେଇ ଛୋଟ ସହରଟିକୁ। ଫୁଲର ବଣ ପାହାଡ଼ ଘେରା ଖୁବ୍ ଛୋଟ ଏକ ଆଶ୍ଚର୍ଯ୍ୟ ସୁନ୍ଦର ସହର ଫୁଲବାଣୀ।

ଦୀର୍ଘ ନଅବର୍ଷ ତଳର କାହାଣୀ।

ସ୍ମୃତିର ପାଖୁଡ଼ା ସବୁ ମେଲି ହୋଇଯାଉଥିଲା -

ମୋ ଚାକିରି ଜୀବନର ଆରମ୍ଭ। ଯେଉଁଦିନ ଫୁଲବାଣୀର ସରକାରୀ କଲେଜରେ ଅଧ୍ୟାପକ ହୋଇ ଯୋଗ ଦେବା ଲାଗି ନିଯୁକ୍ତିପତ୍ର ପାଇଲି - ସ୍ଥାନର ଦୂରତ୍ୱ ଯୋଗୁଁ ଖୁସି ହେବା ପରିବର୍ତ୍ତେ ମନଟା ମୋର କେମିତି ଦବି ଯାଇଥିଲା। କାହିଁ ପୁରୀ - କାହିଁ ଫୁଲବାଣୀ। ପ୍ରଥମ ପୋଷ୍ଟିଂ ବୋଲି 'ଈଶ୍ୱରଙ୍କ ଦାନ' ଭାବି ସ୍ୱୀକାର କରି ନେବାକୁ ବାପା ମତେ ଉତ୍ସାହ ଓ ପ୍ରେରଣା ଦେଇଥିଲେ। ସେଠି ଯାଇ ଜଏନ୍ କରିସାରିବା ପରେ ବି କେତେ ଦିନଯାଏ ମତେ ଆଦୌ କିଛି ଭଲ ଲାଗିନଥିଲା। କେମିତି ସେଠାରୁ ମୁକ୍ତି ପାଇବି ଏଇ ଚିନ୍ତାରେ ଅହରହ ଅସ୍ଥିର ହେଉଥିଲି।

ପାହାଡ଼କୁ ଲାଗି କଲେଜଟିଏ। ତା'ଠାରୁ ମାଇଲିଏ ଦୂରରେ ସହର ବୋଲି ଯାହାର ଅବସ୍ଥିତି - ତାହା ଆମ ଏଠାର କୌଣସି ବଡ଼ ଗାଁ ସହିତ ଆଦୌ ତୁଳନୀୟ ନୁହେଁ। କଲେଜକୁ ବାଦ୍ ଦେଲେ - ଗୋଟିଏ ହାଇସ୍କୁଲ ଓ ଗୋଟିଏ ସରକାରୀ ଡାକ୍ତରଖାନା - କଲେକ୍ଟୋରେଟ୍‌କୁ ମିଶାଇ କେତୋଟି ସରକାରୀ ଅଫିସ୍ କଳ। ଆଙ୍ଗୁଠିରେ ଗଣି ହୋଇଗଲା ଭଳି କେତୋଟି ସାଧାରଣ ଦୋକାନ ବଜାର। ସିନେମା ହଲ୍ କିମ୍ବା ଚିତ୍ତ ବିନୋଦନର ଅନ୍ୟ କୌଣସି ସଂସ୍ଥା ସେଠି ନଥିଲା। ପୁରୀ, କଟକ, ଭୁବନେଶ୍ୱର ଭଳି ସହରରେ ଚଳପ୍ରଚଳ ହୋଇଥିବା ଓ ଛାତ୍ର ଜୀବନର ଶେଷ ଦୁଇ ବର୍ଷ ଦିଲ୍ଲୀ ନଗରୀରେ ବିତାଇ ଆସିଥିବା ମୋ ଭଳି ଯୁବକ ପାଇଁ ଫୁଲବାଣୀରେ ଚାକିରି ଜୀବନ! ମନେହେଲା ଯେପରି କୌଣସି ଏକ ଗୁରୁତର ଅପରାଧ ପାଇଁ ମୁଁ ଏଠିକି ନିର୍ବାସନ ଦଣ୍ଡ ଭୋଗିବାକୁ ଆସିଛି। ବାପା କିନ୍ତୁ ବାରମ୍ବାର ଚିଠି ଲେଖୁଥିଲେ - ଈଶ୍ୱରଙ୍କ ଏ ସୃଷ୍ଟିରେ ପ୍ରତ୍ୟେକ ସ୍ଥାନର ସ୍ୱତନ୍ତ୍ର ସୌନ୍ଦର୍ଯ୍ୟ ରହିଛି। ପ୍ରସାଧନହୀନ ସେହି ସହରରେ - ପ୍ରକୃତି ସହିତ ତୁ ବନ୍ଧୁତା ବାନ୍ଧିଦେ। ତା'ହେଲେ ଦେଖିବୁ -

ତୋ ମନର ଅବସାଦ ଅଚିରେ ଦୂର ହୋଇଯିବ ଏବଂ ତୋ ଭିତରେ ଶୋଇପଡ଼ିଥିବା କବିତ୍ୱ ଟିକକ ଚେଇଁ ଉଠିବ। ବାପାଙ୍କ କଥା ମିଛ ହୋଇନଥିଲା।

ଖୁବ୍ ବେଶି ଦିନ ଲାଗିଲା ନାହିଁ। ସତକୁ ସତ ମୋର କବିପ୍ରାଣ ଫୁଲବାଣୀର ପ୍ରେମରେ ପଡ଼ିଗଲା। ତା'ର ମାଟି, ଆକାଶ, ପାହାଡ଼, ଜଙ୍ଗଲ ସବୁ କିଛି ଆପଣାର ମନେ ହେଲା। ମୁଁ ନିଜକୁ ପୂରାପୂରି ଭୁଲିଗଲି। ମୋର ସେହି ଆତ୍ମବିସ୍ମୃତ ଅବସ୍ଥାରେ ହିଁ ହଠାତ୍ 'ରୀତା'ର ଆବିର୍ଭାବ। ପ୍ରକୃତିର ବୈଚିତ୍ର୍ୟ ମତେ ମୁଗ୍ଧ କରିଥିଲା। ଅପରିଚିତା ରୀତାର ଅନନ୍ୟ ସାଧାରଣ ଆତ୍ମ ନିବେଦନ ମତେ ପୁଣି ବିହ୍ୱଳ କରିଦେଲା।

ମନେପଡ଼ିଲେ ଏବେ ବି ଶୀତଳ ଦେହରେ ଶିହ୍ରଣ ଖେଳିଯାଏ। ମନରେ ଚମକ ଲାଗେ।

ରୀତା ସେହି ଫୁଲବାଣୀ କଲେଜରେ ହିଁ ବିଏ ପଢୁଥିଲା। ମୁଁ ଅର୍ଥନୀତିରେ ଅଧ୍ୟାପକ ଥିଲି। ମାତ୍ର ଅର୍ଥନୀତି ତା'ର ବିଷୟ ନଥିଲା। ଫଳରେ ତାକୁ ଚିହ୍ନିବା ବା ତା' ସମ୍ପର୍କରେ ଆସିବାର କୌଣସି ଅବକାଶ ନଥିଲା।

କଲେଜରେ ମୋର ଜଏନ୍ କରିବାର ଦୁଇମାସ ସେତେବେଳକୁ ହୋଇ ସାରିଥାଏ। ଦିନେ ଖରାବେଳେ ଛୁଟି ହେବାର ବହୁ ପୂର୍ବରୁ ମୋ କ୍ଲାସ୍ ସବୁ ସରିଯାଇଥିବାରୁ ମୁଁ ଏକୁଟିଆ କଲେଜରୁ ଫେରୁଥାଏ। ନିଶୂନ୍ ରାସ୍ତା। ଅଧାବାଟ ଆସିବା ପରେ ହଠାତ୍ ମୁଁ ଦେଖିଲି ମୋ ପାଖରେ ରିକ୍ସାକୁ ବିଦା କରିଦେଇ ଝିଅଟିଏ ଓହ୍ଲାଇ ପଡ଼ିଲା ଏବଂ ମୋତେ 'ସାର୍' ବୋଲି କହି ନମସ୍କାର କଲା। ମୁଁ ପ୍ରତିନମସ୍କାର କଲି। ମୋ ସହିତ ପାଦ ମିଳାଇ ଚାଲୁ ଚାଲୁ ବେଶ୍ ସହଜ ଓ ସ୍ୱାଭାବିକ ଭାବରେ ସେ ନିଜର ପରିଚୟ ଦେଲା - "ମୁଁ ରୀତା। ବିଏ ଫାଇନାଲ୍ ଇୟରରେ ପଢ଼େ ମୋର ଆପଣଙ୍କର ସବଜେକ୍ଟ ନାହିଁ ସାର୍। ହେଲେ ଆପଣଙ୍କ ଅଲକ୍ଷ୍ୟରେ କ୍ଲାସ ବାହାରେ ଠିଆ ହୋଇ ଆପଣଙ୍କ ବକ୍ତୃତା ମୁଁ ଅନେକ ଥର ଶୁଣିଛି। ସେହି ଗାନ୍ଧୀ ଜୟନ୍ତୀ ଦିନ ଆପଣଙ୍କ ଭାଷଣ ସାର୍ ଖୁବ୍ ଭଲ ହୋଇଥିଲା।" ମତେ କିଛି କହିବାକୁ ନ ଦେଇ ନିଃସଙ୍କୋଚରେ ସେ ତା'ର ଗପି ଚାଲିଥିଲା। ସତେ ଯେମିତି ଅନେକ ଦିନରୁ ମତେ କହିବ ବୋଲି ଏକ ସୁଯୋଗ ଅପେକ୍ଷାରେ ଥିଲା ଏବଂ ଆଜି ସେ ସୁଯୋଗ ପାଇବା ମାତ୍ରେ ତାକୁ ହାତରୁ ଛାଡ଼ିଦେବା ପାଇଁ ଚାହେଁ ନାହିଁ।

"ଆମେ ସବୁ ଝିଅମାନେ ଠିକ୍ କରିଛୁ, ଏ ରବିବାର ଦିନ ପାଖ ଗାଁକୁ ଯାଇ ରାସ୍ତା ସଫେଇ କରିବୁ। ଆପଣ ଆମର ନେତୃତ୍ୱ ନେବେ ସାର୍।"

ଭୀଷଣ ଲଜ୍ଜା ଓ ବିସ୍ମୟରେ ମୁଁ ସେତେବେଳକୁ ମୂକ ପାଲଟି ଯାଇଥାଏ। ରୀତା ସହିତ ପାଦ ମିଳାଇ ଚାଲୁଥାଏ ସିନା, କିନ୍ତୁ ଦେହରେ ମୋର ପ୍ରାଣ ନଥାଏ।

ସେଦିନ ସେ ରାସ୍ତା ଉପରେ ଆରମ୍ଭ ହୋଇଥିବା ଶେଷହୀନ କଥାବାର୍ତ୍ତା ପରେ ଘଟଣାର ପ୍ରବାହ ଦ୍ରୁତ ଗତିରେ ବଢ଼ିବାକୁ ଲାଗିଲା। ରାସ୍ତା ସଫେଇ କାର୍ଯ୍ୟକ୍ରମଠାରୁ ଆରମ୍ଭ କରି କଲେଜର ସଭା ସମିତି, ସାହିତ୍ୟ-ସଂଗୀତର ଆସର ପର୍ଯ୍ୟନ୍ତ ନାନା ସ୍ଥାନରେ ପରିବେଶରେ ରୀତା ସହିତ ମିଶିବାର ଓ ତାକୁ ଚିହ୍ନିବାର ସୁଯୋଗ ପାଇଥିଲି। ତା' ସହିତ ମୋର ଆକସ୍ମିକ ସମ୍ପର୍କ ଓ କ୍ରମଶଃ ସେ ସମ୍ପର୍କର ଗଭୀରତା ସେହି ଛୋଟ ସହରଟିରେ ଅନେକଙ୍କ ପାଇଁ ବେଶ୍ ଆମୋଦଦାୟକ ଗପ ହୋଇଯାଇଥିଲା। ମୋର ଇଚ୍ଛା ଥାଉ ବା ନଥାଉ, ମୁଁ ନିଜକୁ ସେ ଗପର ନାୟକ କରିସାରିଥିଲି।

ଦିନେ ହଠାତ୍ ମୋତେ ବିସ୍ମିତ କରିଦେଲା ନାୟିକା ରୀତା। ନିଜ ତରଫରୁ କୌଣସି ଲଜ୍ଜା ନ କରି ମୋ ସହିତ ତା'ର ବିବାହ ପ୍ରସ୍ତାବ ବାଢ଼ିଥିଲା। - 'ମନ ଭିତରେ ଏଭଳି ଗଭୀର ଭାବରେ ମୁଁ ଆପଣଙ୍କୁ ଭଲ ପାଇ ବସିଛି ଯେ, ଆପଣଙ୍କୁ ବିବାହ ନ କରିପାରିଲେ ମୁଁ ବଞ୍ଚିପାରିବି ନାହିଁ।' ଏ ପ୍ରକାର ସଂଳାପ ମୋ ପାଇଁ ଆଦୌ ନୂଆ ନଥିଲା। କଲେଜ ଜୀବନରେ ଏମିତି କେତୋଟି ପ୍ରେମଗଳ୍ପର ନାୟକ ହେବାର ସୁଯୋଗ ବା ଦୁର୍ଯୋଗ ମୋ ଜୀବନରେ ଆସିଥିଲା ଏବଂ ସବୁଥର ନାୟିକା ମୁହଁରେ ସେଇ ଗୋଟିଏ ପ୍ରକାରର ସଂଳାପର ବିରକ୍ତିକର ପୁନରାବୃତ୍ତି ହିଁ ମୁଁ ଶୁଣି ଆସିଛି - ତେଣୁ ରୀତାର ସେହି ପ୍ରକାର ପ୍ରେମ-ନିବେଦନ ପ୍ରତି ମୁଁ ଆଦୌ ଗୁରୁତ୍ୱ ଦେଇନଥିଲି। ଏଥିରେ ଅବଶ୍ୟ କୌଣସି ସନ୍ଦେହ ନାହିଁ ଯେ ତା'ର ରୂପ, ଗୁଣ ଓ ଛଳନାମୁକ୍ତ ବ୍ୟବହାର ମୋତେ ମୁଗ୍ଧ ଓ ପ୍ରଲୁବ୍ଧ କରିଥିଲା। ମନ ଭିତରେ ତା' ସହିତ ମୋର ବିବାହ ଯେ ମୁଁ ଆଦୌ କାମନା କରିନଥିଲି - ଏକଥା କହିଲେ ମୁଁ ନିଶ୍ଚିତ ଭାବରେ ମିଛ କହୁଛି ବୋଲି ବୁଝିବାକୁ ହେବ। ମାତ୍ର ରୀତା ନିକଟରୁ ଜାଣି ଶୁଣି ମୋ ମନର ଭାବନା ଗୋପନ ରଖିଥିଲି - କାରଣ ମୁଁ ତା' ଭଲପାଇବାର ଅଗ୍ନିପରୀକ୍ଷା ନେବାକୁ ଚାହିଁଥିଲି। ସେଥିପାଇଁ ତାକୁ କହିଥିଲି - ତିନି ବର୍ଷ ପୂର୍ବରୁ ମୋର ବିବାହ ଆଦୌ ସମ୍ଭବ ନୁହେଁ। ଅପେକ୍ଷା କରିବ ବୋଲି ସେ ମୋତେ ପ୍ରତିଶ୍ରୁତି ଦେଇଥିଲା।

ମାତ୍ର ବର୍ଷକ ପରେ ହଠାତ୍ ଫୁଲବାଣୀ କଲେଜରୁ ବଦଳି ହୋଇଯିବାର ନିର୍ଦ୍ଦେଶ ମୁଁ ପାଇଁଲି। ଯେଉଁ ସହରକୁ ମୁଁ ଅବସାଦଗ୍ରସ୍ତ ମନ ନେଇ ଯାଇଥିଲି - ସେଠାରୁ ବିଦାୟ ନେଇ ଆସିବା ଲାଗି ଆଦେଶନାମା ପାଇଲା ମାତ୍ରେ ଏକ ଅବ୍ୟକ୍ତ ଯନ୍ତ୍ରଣାରେ ସାରା ଦିନ ମୁଁ ଅସ୍ଥିର ହୋଇଥିଲି। ତା'ପରେ ଆଖିର ଲୁହରେ ଦିନେ ମୋର ପ୍ରିୟ ଫୁଲବାଣୀ ଓ ତା'ର ଆଶ୍ଚର୍ଯ୍ୟ ସୁନ୍ଦରୀ ନାୟିକା ରୀତାଠାରୁ ବିଦାୟ ନେଇ ଚାଲିଆସିଲି।

ଫୁଲବାଣୀରୁ ବାରିପଦା।

ଦୂରତା କିଛି କମ୍ ନଥିଲା। ଚାଲିଆସିବା ପରେ ଫୁଲବାଣୀରୁ ରୀତା ବିଏ ପାସ୍ କରି ସମ୍ବଲପୁର ଯାଇଥିଲା ଏମ୍‌ଏ ପଢ଼ିବା ଲାଗି। ମୁଁ ଆସିବା ପରେ ନିୟମିତ ସେ ମୋ ପାଖକୁ ଚିଠି ଲେଖିଥିଲା। ପ୍ରଥମେ କେତେ ଦିନ ମୁଁ ତା' ଚିଠିର ଉତ୍ତର ଦେଇଛି। କିନ୍ତୁ ତା' ପରେ ତା'ର ଭଲପାଇବାର ଗଭୀରତା ମାପିବାକୁ ମୋ ମନର ଖିଆଲରେ ଜାଣିଶୁଣି ମୁଁ ତା' ପାଖକୁ ଚିଠି ଦେବା ବନ୍ଦ କରିଦେଲି। ମୋଠାରୁ ଚିଠିର ଉତ୍ତର ନ ପାଇବା ସତ୍ତ୍ୱେ ବି ଦୀର୍ଘ ତିନି ବର୍ଷ କାଳ ନିରବଚ୍ଛିନ୍ନ ଭାବରେ ସେ ଚଠି ଲେଖି ଚାଲିଥିଲା ଏବଂ ମୋତେ ପାଇବାର ପ୍ରତୀକ୍ଷା ତା'ର କେବେ ଶେଷ ହେବ ବୋଲି ବାରମ୍ବାର ପ୍ରଶ୍ନ କରୁଥିଲା।

ମୁଁ କିନ୍ତୁ ଆଶ୍ଚର୍ଯ୍ୟ ଭାବରେ ନିରବ ହୋଇଯାଇଥିଲି। ସତ କହିବାକୁ ଗଲେ ଫୁଲବାଣୀଠାରୁ ବହୁ ଦୂରରେ ସମ୍ପୂର୍ଣ୍ଣ ଏକ ନୂଆ ପରିବେଶ ଓ ନୂଆ ମଣିଷଙ୍କ ମେଳରେ ପୁରୁଣା ସ୍ମୃତିର ରଙ୍ଗ ମୋ ମନରୁ କ୍ରମଶଃ ଫିକା ପଡ଼ିଆସୁଥିଲା।

ରୀତା ସମ୍ଭବତଃ ମୋ ମନର ଏ ପରିବର୍ତ୍ତନକୁ ଦୂରରେ ଥାଇ ଆବିଷ୍କାର କରିପାରିଥିଲା। ତା'ର ଶେଷ ଚିଠିରେ ସେ ଲେଖିଥିଲା - "ତିନି ବର୍ଷ ପୂରିଗଲା। ଏହା ଭିତରେ ଆପଣଙ୍କର ଅସ୍ୱାଭାବିକ ନିରବତା ସୂଚେଇ ଦେଉଛି ଯେ ମୋର ବିବାହ ପ୍ରସ୍ତାବକୁ ଆପଣ ଆନ୍ତରିକତାର ସହିତ ପ୍ରତ୍ୟାଖାନ କରିଛନ୍ତି। ମାତ୍ର ଏଇ ସାଧାରଣ କଥା ଲାଗି ଆପଣଙ୍କ ପାଖରେ ସ୍ପଷ୍ଟୋକ୍ତିର ଅଭାବ ଘଟିଲା କାହିଁକି ? ଏ ସବୁ ସତ୍ତ୍ୱେ ଏବେ ବି ମୁଁ ଆପଣଙ୍କୁ ପୂର୍ବ ଭଳି ଭଲପାଏ ଏବଂ ଜୀବନର ଶେଷ ମୁହୂର୍ତ୍ତ ପର୍ଯ୍ୟନ୍ତ ଭଲପାଉଥିବି। ମୋ ଜୀବନରେ ଆପଣଙ୍କର ଜାୟା ହେବାର ସୁଯୋଗ ମତେ ଦେଲେ ନାହିଁ ସିନା, ହେଲେ ମୋର ଭଲ ପାଇବାର ଅନୁରୋଧ ଭବିଷ୍ୟତରେ (ଯଦି ମୁଁ ଚାହେଁ ଏବଂ ଚାହିଁବି ନିଶ୍ଚୟ) ଆପଣଙ୍କର ସନ୍ତାନର ଜନନୀ ହେବାର ସୁଯୋଗରୁ ମତେ ବଞ୍ଚିତ କରିବେ ନାହିଁ।"

ରୀତାର ଶେଷ ଚିଠିରେ ଏ ପ୍ରକାର ଅନୁରୋଧ ମତେ କମ୍ ବିସ୍ମିତ କରିନଥିଲା। ମାତ୍ର ଏହା ତା' ଖିଆଲି ମନର ଭାବପ୍ରବଣତା ଓ କଳ୍ପନା ବିଳାସ ଭାବି ଶେଷ ଥର ପାଇଁ ତାକୁ ହତାଶ ନ କରିବାର ଉଦ୍ଦେଶ୍ୟରେ ତା'ର ଏ ଅନୁରୋଧ ରକ୍ଷା କରିବାର ପ୍ରତିଶ୍ରୁତି ଦେଇ ମୁଁ ତା'ର ଶେଷ ଚିଠିର ଉତ୍ତର ଲେଖିଥିଲି।

ବାସ୍, ଏତିକିରେ ହିଁ ଆମ ଭାବ ବିନିମୟରେ ସେତେବେଳେ ପୂର୍ଣ୍ଣଚ୍ଛେଦ ପଡ଼ିଥିଲା।

ତା'ପରେ ଦୀର୍ଘ ପାଞ୍ଚ ବର୍ଷ। ଏହା ଭିତରେ ରୀତାର କୌଣସି ଖବର ମୁଁ

ଆଉ ପାଇନଥିଲି। ବିସ୍ମୃତି ଗର୍ଭରେ କ୍ରମଶଃ ଲୁଚିଯାଉଥିବା ତା'ର ସ୍ମୃତିକୁ ପୁନର୍ଜୀବିତ କରି ଆଜି ପୁଣି ଥରେ ସେ ଚିଠି ଦେଇଛି। କ'ଣ ଲେଖିଛି ? ଏ ଚିଠିଟି କ'ଣ ତା'ର ସେ ଅସ୍ୱାଭାବିକ ଦାବି ପୂରଣର ସଙ୍କେତ ନେଇ ଆସିଛି ? ନାନା ଆଶା ଓ ଆଶଙ୍କା, ଆଗ୍ରହ ଓ ଉତ୍ତେଜନା ଭିତରେ ଏଥର ତା' ଚିଠିଟି ପଢ଼ିବାକୁ ଲାଗିଲି। ଚିଠିଟି ଶେଷ ହେଲା ବେଳକୁ ଅନୁଭବ କଲି ମୋ ଭିତରେ ସତେ ଯେପରି ଭୂମିକମ୍ପର କମ୍ପନ।

ଦିଲ୍ଲୀରୁ ରୀତା ଚିଠି ଦେଇଛି। ଦୁଇ ବର୍ଷ ହେଲା ବାହା ହୋଇ ସେ ତା'ର ଡାକ୍ତର ସ୍ୱାମୀ ସହିତ ସେଇଠି ରହୁଛି। ସେ ଲେଖିଛି ବିବାହିତ ଜୀବନରେ ସେ ବେଶ୍ ସୁଖୀ ହୋଇଛି। ଦିଲ୍ଲୀ ଭଳି ଏକ ଅତ୍ୟାଧୁନିକ ସହରରେ ସୁଖ ସ୍ୱାଚ୍ଛନ୍ଦ୍ୟରେ ଚଳିବାର ସବୁ ସାମଗ୍ରୀ ତା'ର ସ୍ୱାମୀ ତାକୁ ଖଞ୍ଜି ଦେଇଛନ୍ତି। ମାତ୍ର ସବୁ ପ୍ରକାରର ସୁଖ ସମୃଦ୍ଧି ଭିତରେ ବି ମୋତେ ନପାଇଥିବାର ଦୁଃଖ ଟିକକ ସେ ଭୁଲି ପାରିନି। ତା' ଜୀବନର ସେଇ ଏକ ମାତ୍ର ଶୂନ୍ୟତାକୁ ପୂରଣ କରିବା ଲାଗି ସ୍ୱାମୀଙ୍କର ବିଦେଶ ଯାତ୍ରା ଜନିତ ଅନୁପସ୍ଥିତିର ସୁଯୋଗ ନେଇ ସେ ମୋ ପାଖକୁ ଧାଇଁ ଆସୁଛି। ମାତୃତ୍ୱର ପ୍ରଥମ ଅଙ୍କୁର ଭିତରେ ସେ ତା' କୁମାରୀ ଜୀବନର ପ୍ରଥମ ପୁରୁଷକୁ ଫେରି ପାଇବାକୁ ଚାହେଁ, ଯାହାକୁ ସେ ଏତେ ଦିନଯାଏ ମନରେ ସାଇତି ରଖିଥିଲା ତାକୁ ନିଜ ରକ୍ତ ଭିତରେ ଅନୁଭବ କରିବାକୁ ଚାହେଁ।

ରୀତାର ଯେଉଁ ଦାବିକୁ ଏକଦା ମୁଁ ନିହାତି ଅବାସ୍ତବ ମନେକରି ପୂରଣ କରିଦେବି ବୋଲି ଅତି ସହଜରେ ପ୍ରତିଶ୍ରୁତି ଦେଇପାରିଥିଲି - ଆଜି ମୋ ପାଇଁ ଏକ ବିଷମ ସମସ୍ୟା ରୂପେ ମୁଣ୍ଡ ଟେକି ଠିଆ ହୋଇଛି।

ଜୀବନରେ ଏତେ ବଡ଼ ଗୋଲକ ଧନ୍ଦାରେ ମୁଁ କେବେ ପଡ଼ିନଥିଲି। କି ଉତ୍ତର ଦେବି ରୀତା ଚିଠିର ? କୌଣସି ଉତ୍ତର ଦେବା ଲାଗି ସେ ମୋତେ ସମୟ ବି ଦେଇନଥିଲା; ମାତ୍ର ଦୁଇଦିନ ପରେ ସେ ଆସି ପୁରୀ 'ପାନ୍ଥଶାଳା'ରେ ପହଞ୍ଚିବ। ତିନି ଦିନ ରହଣୀ ଲାଗି ସେଇ ଦିଲ୍ଲୀରୁ ହିଁ ସେ ରୁମ୍ ରିଜର୍ଭ କରିନେଇଛି। ମୋତେ ତେଣୁ ନିର୍ଦ୍ଦିଷ୍ଟ ତିଥି ଓ ବେଳାରେ ସେଇ ପାନ୍ଥଶାଳାରେ ପହଞ୍ଚିବା ଲାଗି ତା'ର ଅନୁରୋଧ। ତିନୋଟି ଦିନ ପାଇଁ ତା'ର ସାଥୀ ହେବା ଲାଗି ତା'ର ସାଦର ଆମନ୍ତ୍ରଣ।

ମୋ ପାଖରେ ରୀତାର ଏ ଚିଠି ଆବିଷ୍କାର କରି ବାଧା ସୃଷ୍ଟି କରିବା ଲାଗି ସୌଭାଗ୍ୟକୁ ମୋର ସ୍ତ୍ରୀ ସୁଚରିତା ଦେବୀ ଘରେ ନାହାନ୍ତି। ତୃତୀୟ ସନ୍ତାନର ଜନ୍ମ ଯନ୍ତ୍ରଣାରୁ ମୁକ୍ତି ପାଇବା ଲାଗି ସେ ଏବେ ତାଙ୍କ ବାପାଙ୍କ ଘରେ। ସ୍ତ୍ରୀ ଅନୁପସ୍ଥିତିରେ ରୀତାର ଏ ଅସ୍ୱାଭାବିକ ଆମନ୍ତ୍ରଣକୁ କ'ଣ ଈଶ୍ୱରଙ୍କର ଅଭିଳାଷ ଭାବି ସାଦରେ ଗ୍ରହଣ କରିନେବି ?

ଏଇ ହଁ-ନାହିଁର ଦ୍ୱନ୍ଦ୍ୱ ଭିତରେ ମୁଁ ଯାଇ ଠିକ୍ ସମୟରେ ପାନ୍ଥଶାଳାରେ ପହଞ୍ଚିଲି। ମୁଁ ପହଞ୍ଚିବାର ଦୁଇଘଣ୍ଟା ପୂର୍ବରୁ ରୀତା ଆସି ମୋରି ଅପେକ୍ଷାରେ ବସି ରହିଥିଲା। ମୋତେ ଦେଖିଲା ମାତ୍ରେ ମୋର ପାଦ ଛୁଇଁ ସେ ପ୍ରଣାମ କଲା ଏବଂ ବହୁଦିନ ପରେ ନିଜର ହଜିଲା ପୁଅକୁ ଖୋଜି ପାଇଥିବା ଗୋଟିଏ ମା'ର ଆବେଗ ଓ ଅଧିରତା ନେଇ ତା' ଛାତିରେ ମୋତେ ସେ ଅନେକ କ୍ଷଣ ଯାଏ ଜାବୁଡ଼ି ଧରିଲା ଏବଂ ମୁଁ ଅନୁଭବ କଲି ମୋ ଛାତି ଉପରେ ଆଷାଢ଼ର ଆକାଶ ଯେମିତି ମୁଣ୍ଡ ପିଟୁଛି!

କିଛି ସମୟ ପରେ ସେ ନିଜକୁ ପ୍ରକୃତିସ୍ଥ କରି ମୁହଁ ଖୋଲିଲା - ଦୀର୍ଘ ଦୁଇ ବର୍ଷ ହେଲା ଦିଲ୍ଲୀର କୋଳାହଳ ଓ କୃତ୍ରିମତା ଭିତରେ ମୁଁ ସତକୁ ସତ ଅଣନିଶ୍ୱାସୀ ହୋଇପଡ଼ିଥିଲି। ଅନେକ ସମୟରେ ମୋର ଇଚ୍ଛା ହୋଇଛି ପୁଣି ଥରେ ଫୁଲବାଣୀର ସେଇ ଖୋଲା ଆକାଶ ତଳକୁ ଫେରିଯାଆନ୍ତି କି? ତା' ମାଟିର ଗନ୍ଧ, ଫୁଲର ମହକ ଓ ନାମହୀନ ଚଢ଼େଇଙ୍କ କିଚିରି ମିଚିରି ଶବ୍ଦର ସାଂଗୀତିକ ସହର ଭିତରେ ନିଜକୁ ଭୁଲି ବାଟ ଚାଲୁଥାନ୍ତି।

"ଅନେକ ଦିନ ପରେ ସମୁଦ୍ରର ଏ ନୀଳିମା ଆଃ! କି ଚମତ୍କାର ସତେ!"

"ତୁମେ ଆଜି ସମୁଦ୍ରର ନୀଳିମା ଦେଖୁଛ - ମୁଁ କିନ୍ତୁ ତା'ର ଗଭୀରତା ମାପୁଛି। ଗେଟିଏ ବିବାହିତା ସ୍ତ୍ରୀ ନିଜ ସ୍ୱାମୀର ଅନୁପସ୍ଥିତିରେ ସୁଦୂର ଦିଲ୍ଲୀରୁ ପୁରୀକୁ ଧାଇଁ ଆସିଛି 'ପାନ୍ଥଶାଳା'ର ଏକ ନିଭୃତ କୋଠରୀରେ ତା'ର ପ୍ରେମିକକୁ ଭେଟିବା ଲାଗି - ମୋ ଜୀବନର ଏହା ହେଉଛି ଏକ ବିସ୍ମୟକର ବିଚିତ୍ର ଅନୁଭୂତି। କହିଲ ରୀତା - ତୁମର ସ୍ୱାମୀ ଯଦି ଏ ପୁରୀଯାତ୍ରାର କାହାଣୀ କେବେ, କେଉଁଠି ଶୁଣନ୍ତି?

"ଆବଶ୍ୟକ ହେଲେ ମୁଁ ନିଜେ ତାଙ୍କୁ ଏ କାହାଣୀ ଶୁଣେଇ ଦେଇପାରେ। ସେ ଏକ ଭିନ୍ନ ବିଚାର ମଣିଷ। ବାହା ହେବା ପୂର୍ବରୁ ମନରେ କୌଣସି ଛଳନା ନ ରଖି ମୁଁ ମୋ ପ୍ରଣୟ କାହାଣୀ ତାଙ୍କ ନିକଟରେ ଖୋଲି ଦେଇଥିଲି। ଯେ କୌଣସି କୁମାରୀ ଜୀବନରେ ଏହା ଏକ ସାଧାରଣ ସ୍ୱାଭାବିକ ଘଟଣା କହି ବେଶ୍ ଆଗ୍ରହରେ ସେ ମୋର କାହାଣୀ ଶୁଣିଥିଲେ। ଏପରିକି ବିବାହ ପରେ ଆପଣଙ୍କୁ ନେଇ ମୋ ଜୀବନର ଶୂନ୍ୟତା ମୁଁ ତାଙ୍କ ପାଖରୁ ଗୋପନ ରଖିନାହିଁ। ଆମ ଭଳି ମଧ୍ୟବିତ୍ତ ପରିବାରର ରକ୍ଷଣଶୀଳ ମନୋଭାବ ତାଙ୍କର ନାହିଁ। ଆମ ଦୃଷ୍ଟିରେ ବିବାହ ହେଉଛି - ନାରୀ ଓ ପୁରୁଷ ଭିତରେ ଏକ ଆଜୀବନ ଅନାବିଳ ବନ୍ଧୁତା। ପରସ୍ପରର ସୁଖ ଦୁଃଖରେ ଭାଗ ନେବା ପାଇଁ ଏକ ଆନ୍ତରିକ ବୁଝାମଣା। ଏକ ଅଲିଖିତ ଚୁକ୍ତି।" ସେ କହନ୍ତି - "ମୁଁ ଯଦି ତୁମର ଦୁଃଖକୁ ନିଜର ଦୁଃଖ ବୋଲି ଗ୍ରହଣ କରି ନ ପାରିଲି - ତୁମ ଅଭାବର ଜ୍ୱାଳାକୁ ନିଜ ଅନୁଭବରେ ନ ଆଣି ପାରିଲି - ମୋର ସ୍ୱାମୀତ୍ୱ ତେବେ ମୂଲ୍ୟହୀନ।

ସ୍ୱାମୀତ୍ୱ କେବଳ ସ୍ତ୍ରୀ ଦେହର ସାମ୍ରାଜ୍ୟରେ ନିଜର ନାମାଙ୍କିତ ନିଶାଣ ପୋତି ଏକାଧିପତ୍ୟ ବିସ୍ତାର କରିବାକୁ ବୁଝାଏ ନାହିଁ। ସ୍ୱାମୀ ପକ୍ଷରେ ସ୍ତ୍ରୀକୁ ସନ୍ତାନ ଦାନ କରିବା କିମ୍ବା ସ୍ତ୍ରୀ ପକ୍ଷରେ ସ୍ୱାମୀର ସନ୍ତାନକୁ ନିଜ ଗର୍ଭରେ ଧରି ତାକୁ ପିତୃତ୍ୱର ଗୌରବ ଦେବା ଆଜିର ସମାଜରେ ବିବାହର ଏକମାତ୍ର ଉଦ୍ଦେଶ୍ୟ ନୁହେଁ। କେବେ ହୁଏତ ଥିଲା। ପରିସ୍ଥିତିକୁ ଚାହିଁ ମୂଲ୍ୟବୋଧ ବି ବଦଳିଯାଏ। ପୁରୁଷ ସହିତ ବିନା ସଂସର୍ଗରେ ଏବଂ ବିନା ଗର୍ଭ ଯନ୍ତ୍ରଣାରେ ନାରୀ ଯେତେବେଳେ ମାତୃତ୍ୱ ଲାଭ କରିବାର ଚମତ୍କାର ବୈଜ୍ଞାନିକ ପ୍ରକ୍ରିୟା ଆବିଷ୍କୃତ ହେଲାଣି - ସେତେବେଳେ ନାରୀର ସତୀତ୍ୱ, ଚରିତ୍ର - ଏ ସବୁର ଅର୍ଥ ମୁଁ କିଛି ବୁଝେ ନାହିଁ।" ନାରୀ ପୁରୁଷର ସମ୍ପର୍କକୁ ନେଇ ତଥାକଥିତ ପାପ-ପୁଣ୍ୟର ବିଚାର ବୋଧଠାରୁ ମୋର ସ୍ୱାମୀ ଖୁବ୍ ଊର୍ଦ୍ଧ୍ୱରେ।

ମନ୍ତ୍ରମୁଗ୍ଧ ହୋଇ ମୁଁ ରୀତାଠାରୁ ତା'ର ସ୍ୱାମୀର ଉପାଖ୍ୟାନ ଶୁଣିଥିଲି। "ସତରେ ତୋର ସୌଭାଗ୍ୟ ରୀତା - ଯେ, ତୁ ଏକ ଆଶ୍ଚର୍ଯ୍ୟ ସୁନ୍ଦର ସ୍ୱାମୀ ପାଇଛୁ।" ମୁଁ ମୁହଁ ଖୋଲିଲି।

"ତା' ନ ହୋଇଥିଲେ ଆପଣଙ୍କୁ ପାଇବା କ'ଣ କେବେ ସମ୍ଭବ ହୋଇଥାନ୍ତା ?"

ନା - ଆଉ 'ଆପଣ' ନୁହେଁ - ଏଥର 'ତୁମେ' କୁହ

ତେବେ ମୋର ସାର୍ ସମ୍ବୋଧନ ?

ତା'ର ବି ମୃତ୍ୟୁ ହେଉ। ନାରୀ ଓ ପୁରୁଷ ଭିତରେ ଅନ୍ୟ କୌଣସି ସଂଜ୍ଞା ବା ସମ୍ବୋଧନ ଅବାନ୍ତର। ଆମେ ପରସ୍ପର ଦୃଷ୍ଟିରେ କେବଳ ପୁରୁଷ ଓ ନାରୀ। ନାରୀ ଓ ପୁରୁଷ ଏକ ନିର୍ଦ୍ଦିଷ୍ଟ ସତ୍ୟକୁ ଆଶ୍ରୟ କରି ସମ୍ପର୍କ। ସେ ସତ୍ୟ ଚିରନ୍ତନ।" ମୁଁ କ୍ରମଶଃ ଭାବପ୍ରବଣ ହୋଇପଡୁଥିଲି।

ରାତ୍ରିର ବୟସ ବଢୁଥିଲା। ରହସ୍ୟମୟୀ ବୟସୀ ରାତ୍ରିର ରୂପ ଦେଖିବା ଲାଗି ଆମେ ରୁମ୍ ବାହାରକୁ ଆସି ବାଲ୍‌କୋନି ଉପରେ ଠିଆ ହେଲୁ।

ଖୁବ୍ ନିକଟରେ ଆମ ଦୃଷ୍ଟି ଆଗରେ ସମୁଦ୍ର। ରହସ୍ୟମୟୀ ବୟସୀ ରାତ୍ରିଠାରୁ ଆହୁରି ସୁନ୍ଦର, ଭୟଙ୍କର ଓ ରହସ୍ୟମୟ। ଆନନ୍ଦରେ, ଆବେଗ ଓ ଉତ୍ତେଜନାରେ ଆତ୍ମହରା ହୋଇ ଢେଉ ସବୁ ଆସୁଥିଲେ, ବେଳାର ବୁକୁରେ ନିଜକୁ ସମର୍ପି ଦେଇ ଯାଉଥିଲେ।

ମୁଗ୍ଧ ଦୃଷ୍ଟିରେ ରୀତା ସେଇ ସମୁଦ୍ରକୁ ଚାହିଁ ରହିଥିଲା।

"କ'ଣ ଦେଖୁଛ ରୀତା !" ମୁଁ ତା'ର ଧ୍ୟାନ ଭାଙ୍ଗିଦେଲି।

"ବୀଚି ଓ ବେଳାର ସମ୍ପର୍କ।"

"ବେଲା ଭୂଇଁ ମୁଁ ଏଠି ପଡ଼ି ରହିଛି।" ମୁଁ କହିଲି।

"ସେଇଥିପାଇଁ କି ଅପୂର୍ବ ଆକର୍ଷଣରେ ଟାଣି ହୋଇ କାହିଁ କେତେ ଦୂରରୁ ମୁଁ ଏଠାକୁ ଚାଲି ଆସିଛି। ତୁମରି ବୁକୁରେ ନିଜକୁ ହଜାଇ ଦେବା ଲାଗି।" - ଏତିକି କହି ମୋ ଛାତିରେ ମଥା ଗୁଞ୍ଜିଦେଲା। ଉତ୍ତେଜନାରେ ଥରୁଥିବା ରୀତାର ଦେହକୁ ମୋ ବନ୍ଧନ ଭିତରେ ଆଶ୍ରୟ ଦେଇ ରୁମ୍ ଭିତରକୁ ଫେରିଆସିଲି।

"ମୋର ଅନୁରୋଧ ଟିକକ ଭୁଲି ନାହଁ ତ ?" ନିରବତା ଭାଙ୍ଗି ରୀତା ମତେ ପ୍ରଶ୍ନ କଲା।

"ଭୁଲିନାହିଁ, କିନ୍ତୁ ସତରେ କ'ଣ ତମେ... ?"

ମୋର ଅସମ୍ପୂର୍ଣ୍ଣ ବାକ୍ୟରୁ ରୀତା ମୋ ମନର ସଂଶୟକୁ ବୁଝିନେଲା ବୋଧହୁଏ। ତା' ଆଖିର ଅସରନ୍ତି ଲୁହରେ ସେ ଏଥର ମୋ ପ୍ରଶ୍ନର ଉତ୍ତର ଦେଲା।

"ରୀତା, ତମେ ଲେଖିଥିଲ ନା - ନିଜର ପ୍ରତିଜ୍ଞା ଓ ପ୍ରତିଶ୍ରୁତି ପାଳନରେ ହିଁ ପୁରୁଷର ପୌରୁଷ ପ୍ରତିଫଳିତ ହୋଇଥାଏ ବୋଲି। ତେବେ ତୁମର ମୋ ପ୍ରତି ଏ ଅନାସ୍ଥା ଭାବ କାହିଁକି ?" ମୋ ଓଠରେ ଏଥର ତା'ର ଆଖିର ଲୁହ ପୋଛିଦେଲି।

ରୀତାର ଓଠରେ ତୃପ୍ତିର ହସ। ଅନ୍ତର ଭିତରୁ ମାତୃତ୍ୱର ପ୍ରବଳ ବାସନା ଜାଗି ଉଠୁଛି। ସମଗ୍ର ମୁଖମଣ୍ଡଳରେ ସେଇ ଅନନ୍ତ ତୃଷାର ପ୍ରତିଫଳନ।

ହଠାତ୍ କ୍ଷଣକ ପାଇଁ ମୁଁ ସ୍ତବ୍ଧ ହୋଇ ଠିଆ ହୋଇଗଲି। ସୀମନ୍ତରେ ତା'ର ସିନ୍ଦୂରଗାର। କିନ୍ତୁ ପର ମୁହୂର୍ତ୍ତରେ ପ୍ରତିଜ୍ଞା ଓ ପ୍ରତିଶ୍ରୁତି ପାଳନ କରିବାର ନିଷ୍ଠା ଓ ଦୃଢ଼ତା ଭିତରେ ମୋର ପୁରୁଷକାର ଚେଇଁ ଉଠିଲା। ମୋର ନିରବ ନିମନ୍ତ୍ରଣର ଭାଷା ରୀତା ଠିକ୍ ବୁଝି ପାରିଲା ବୋଧହୁଏ। ନିଜ ହାତରେ ଏଥର ଅନ୍ଧାରକୁ ସେ ପାଛୋଟି ଆଣିଲା।

ସେଇ ଅନ୍ଧାରର ମହା ସମୁଦ୍ର ଭିତରେ ଆମେ ଦୁହେଁ ହଜିଗଲୁ। ଭୁଲିଗଲୁ ଆମର ସ୍ୱତନ୍ତ୍ର ପରିଚୟ।

ଆଃ ! ମୋର ଦେହ ଓ ମନରେ ଏକ ନୂତନ ଶିହରଣ। ଦୀର୍ଘ ପାଞ୍ଚ ବର୍ଷର ବିବାହିତ ଜୀବନ ପରେ ବି ମନେ ହେଉଥିଲା - ଏଭଳି ଚରମ ତୃପ୍ତି ମୁଁ ଯେମିତି ଆଉ କେବେ ପୂର୍ବରୁ ପାଇ ନଥିଲି। ରୀତାର ଠିକ୍ ସେହି ଅନୁଭବ। ଅନ୍ଧାର ଭିତରେ ସତେ ଯେମିତି ଆମର ନବ ଜନ୍ମ ହେଲା।

ରାତିର ଅନ୍ଧାର ଅପସରି ଯାଇଥିଲା। ମିଳନର ସଂଗୀତ ଗାଇ ଶୋଇ ପଡ଼ିଥିବା ପ୍ରଣୟୀ ଆତ୍ମାକୁ ସ୍ୱାଗତ କରିବା ପାଇଁ ପାହାନ୍ତି ସକାଳର ଅସ୍ପଷ୍ଟ ଆଲୁଅ ଖୋଲା ଝରକା ଦେଇ ଭିତରକୁ ଆସୁଥିଲା। ଆଖି ଖୋଲି ଦେଖିଲି - ଏକ ନିର୍ଜନ ବେଳା

ଭୂଇଁ ପରି ରୀତା ଦେହ ଢାଳି ଶୋଇଛି । ତା'ର ମୁଦ୍ରିତ ଆଖିପତା ଦୁଇଟିରେ ଗଭୀର ଚୁମ୍ବନ ଆଙ୍କିଦେଇ ଧୀର ସ୍ୱରରେ କହିଲି – "ରୀତା, ଉଠ ସକାଳ ହେଲାଣି ।"

ସେମିତି ଆଖି ବୁଜି ରୀତା କହିଲା – "ପୁଅ ହେଲେ କ'ଣ ନାଁ ଦେବା ?"

"ବିସ୍ମୟ ।"

"ଆଉ ଝିଅ ?"

"ସେ ଦାୟିତ୍ୱ ତୁମର ।"

ରୀତାକୁ ତା'ର ଅନାଗତ ସ୍ୱପ୍ନରେ ବିଭୋର ହେବାକୁ ଛାଡ଼ିଦେଇ ରୁମ୍ ବାହାରକୁ ଆସିଲି ।

ଆକାଶ ବେଶ୍ ଫର୍‌ଚା ଦିଶିଲାଣି । ଖୁବ୍ ନିକଟରେ ସମୁଦ୍ରର ଜରାୟୁରୁ ସୂର୍ଯ୍ୟ ମୁଣ୍ଡ ଟେକୁଛି ।

ବାହାରେ ସମୁଦ୍ର – ଅଶାନ୍ତ, ଉଦ୍‌ବେଳିତ । ଭିତରେ ରୀତା – ଆଉ ଏକ ମହାସମୁଦ୍ର । କିନ୍ତୁ ସ୍ଥିର ଓ ଶାନ୍ତ । ମୁଁ ଥରେ ଭିତରକୁ ଚାହିଁଲି – ଆଉ ଥରେ ବାହାରକୁ । ମୋର ଦୃଷ୍ଟି ଦୂରକୁ... ଅନେକ ଦୂରକୁ ସମ୍ପ୍ରସାରିତ ହୋଇଥିଲା । ମୁଁ ଦେଖୁଥିଲି ଅନ୍ତହୀନ ସମୁଦ୍ରର ଛାତି ଉପରେ ସତେ ଯେପରି ଦିଗ୍‌ବଳୟ ଶୋଇଯାଇଛି; କିନ୍ତୁ ପରସ୍ପରର ଏକାନ୍ତ ଆପଣାର ମନେ ହେଉଥିବା ସମୁଦ୍ର ଆଉ ଦିଗନ୍ତ ଭିତରେ ଯେ ଶେଷହୀନ ବ୍ୟବଧାନ !!!

■■

ସ୍କୁଲ ଝିଅର ଚିଠି ଓ ଚକୋଲେଟ୍

"କଲେଜ ଝିଅଙ୍କ ଦ୍ୱାରା ବାରମ୍ବାର ପ୍ରତାରିତ ହେବା ପରେ ମୁଁ ଦିନେ ସ୍କୁଲ ଝିଅର ପ୍ରେମରେ ପଡ଼ିଗଲି।"

ପ୍ରିୟରଞ୍ଜନର କଲେଜ ପଢ଼ାବେଳର ଏହା ଥିଲା ଗୋଟିଏ ଗଳ୍ପର ଧାଡ଼ି। ଗପଟିର ନାଁ ବି ସେ ରଖିଥିଲା 'ସ୍କୁଲ ଝିଅ'। ସତୁରୀ ଦଶକର ଆଦ୍ୟ ଭାଗରେ ତା'ର ପ୍ରଥମ ଗଳ୍ପ ସଂକଳନରେ ଏ ଗପଟିକୁ ମଧ୍ୟ ସେ ସ୍ଥାନ ଦେଇଥିଲା। ପ୍ରାୟ କୋଡ଼ିଏ ବାଇଶ ବର୍ଷ ପରେ ସେଇ ଗପ ପଢ଼ି ଜଣେ ସ୍କୁଲ ଝିଅ ଯେ ସତକୁ ସତ ତାକୁ ଭଲ ପାଇ ବସିବ ଏବଂ ଚିଠି ଲେଖିବ - ଏକଥା କ'ଣ ପ୍ରିୟରଞ୍ଜନ କେବେ କଳ୍ପନା କରିଥିଲା ? ମାତ୍ର ବେଳେବେଳେ ଏମିତି ଘଟଣା ଘଟେ ଯାହା କେବେ କାହାରି କଳ୍ପନାକୁ ଛୁଇଁ ନଥାଏ, ଅଥଚ ବାସ୍ତବତାର କାୟା ଧରି ଦୃଷ୍ଟିପଥକୁ ଚାଲିଆସେ। ଜୀବନ ସହିତ ସମ୍ବନ୍ଧ ଯୋଡ଼ିଦିଏ।

ଆଜି ସେହିଭଳି କଳ୍ପନାତୀତ କଥାଟିଏ ପ୍ରିୟରଞ୍ଜନର ଜୀବନରେ।

ତା' ହାତମୁଠାରେ ବନ୍ଦ ଲଫାପାର ଚିଠିଟିଏ।

ଗାଢ଼ ହଳଦୀ ରଙ୍ଗର ଲଫାପା ଉପରେ ଗୋଲାପି ରଙ୍ଗର ସ୍କେଚ୍ ପେନ୍‌ରେ ଗୋଲ୍ ଗୋଲ୍ ଅକ୍ଷରରେ ଲେଖା ହୋଇଥିଲା ତା'ର ନାଁ ଓ ଠିକଣା। ଅନେକ ଦିନ ପରେ ଲଫାପାର ଚିଠିଟିଏ ସେ ଆବିଷ୍କାର କରୁଥିଲା ତା' ଘର ଫାଟକ ପାଖରେ ଝୁଲୁଥିବା ନିର୍ଜୀବ କାଠର ଚିଠିବାକ୍ସ ଭିତରୁ। ଅଧିକାଂଶ ଦିନ ବାକ୍ସ ଖାଲି ଥାଏ।

ପ୍ରତିଦିନ କିନ୍ତୁ ସେ ଖୋଲେ ଓ ବନ୍ଦ କରେ। ମାତ୍ର ବନ୍ଦ ବାକ୍ସ ଭିତରୁ କୌଣସି ପ୍ରାଣ ଓ ପ୍ରେରଣା ଥିବା ପତ୍ରଲିପିର ସନ୍ଧାନ ସେ ଆଉ ପାଏ ନାହିଁ। ଅଧିକାଂଶ ଚିଠି ତା'ର କଲେଜ ଠିକଣାରେ ହିଁ ଆସେ। ଆଉ ଏ ଚିଠି ପ୍ରାୟ ବରାଦି ଚିଠି। କୌଣସି ପତ୍ରପତ୍ରିକାକୁ ଲେଖା ପଠାଇବା ପାଇଁ କିମ୍ବା କିଛି ବ୍ୟକ୍ତିଗତ ଉଦ୍ଦେଶ୍ୟ ଥାଇ। ନିରୋଳା ବନ୍ଧୁଭାବ ନେଇ ଚିଠି ଲେଖିବା ପାଇଁ ଏବେ କାହାକୁ ଆଉ ବା ସମୟ ଅଛି? ବେଳେବେଳେ ପାଠକୀୟ ସଦ୍‌ଭାବ ନେଇ ଚିଠି କେତୋଟି ଅବଶ୍ୟ ଆସେ। ଏଭଳି ଚିଠି ପଠଉଥିବା ପାଠକମାନଙ୍କ ସହ ତା'ର ମୁହଁ ପରିଚୟ ନଥାଏ। କେବଳ ତା' ଲେଖାକୁ ନେଇ ସେମାନଙ୍କର ଯାହା କିଛି ପ୍ରଶଂସା ବା ପ୍ରତିବାଦ। ପ୍ରିୟରଞ୍ଜନ ସେମାନଙ୍କ ଚିଠିର ଦି'ଧାଡ଼ି ଉତ୍ତର ମଧ ଦେଇପାରେ ନାହିଁ। ଚିଠିଦେଲେ ଚିଠି ଆସେ। ଚିଠି ଆସିଲେ ଚିଠି ପୁଣି ଲେଖିବାକୁ ହୁଏ। ମାତ୍ର ପ୍ରିୟରଞ୍ଜନ ପାଇଁ ଏଭଳି ଚିଠି ଲେଖିବା ଓ ଚିଠି ପାଇବା ଅତୀତର କାହାଣୀ ହୋଇଯାଇଥିଲା। ମଧୁର ସ୍ମୃତିର କାହାଣୀ।

ଆଜି କ'ଣ ଏତେ ବର୍ଷ ପରେ ତା'ର ପୁନରାବୃତ୍ତି ? ଚମତ୍କାର ହସ୍ତାକ୍ଷରରେ ଗୋଲାପି ସ୍ୟାହିରେ ଲେଖା ତାରି ଠିକଣାରେ ଆସିଥିବା ବନ୍ଦ ଲଫାପାର ଚିଠିଟି ଥିଲା ପ୍ରିୟରଞ୍ଜନର ଏକ ନିତିଦିନିଆ ଜୀବନରେ ଏକ ବିସ୍ମୟକର ବ୍ୟତିକ୍ରମ। ଚିଠିଟିକୁ ହାତରେ ଧରିବା ମାତ୍ରେ ତା' ହୃଦୟରେ ଖେଳି ଯାଇଥିଲା ଏକ ତରୁଣ ପ୍ରେମିକ ହୃଦୟର କମ୍ପନ। ଚିଠିଟିକୁ ହଠାତ୍ ଖୋଲି ପାରୁନଥିଲା। କିଏ ଜାଣେ, କି ପ୍ରକାର ରହସ୍ୟ ତା' ଭିତରେ ଲୁଚି ରହିଥିବ। ଚିଠିଟିକୁ ଖୋଲିବା ପରେ ସତକୁ ସତ ପ୍ରିୟରଞ୍ଜନ 'ଚିଠି'ର ବୈଚିତ୍ର୍ୟମୟତାର ଆଭାସ ପାଇଗଲା। ପୂରା ଚିଠିଟିକୁ ପଢ଼ିବା ପୂର୍ବରୁ ପ୍ରଥମେ ତା'ର ଆଖି ଚାଲିଗଲା ଚିଠିର ଶେଷ ଅଂଶକୁ। 'ଇତି' ବଦଳରେ ଲେଖା ହୋଇଥିଲା, "ଇତି ନୁହେଁ, ଆପଣଙ୍କର ସ୍ନେହାଧୀନା ସ୍କୁଲଝିଅ।"

କିଏ ଏହି ସ୍କୁଲ ଝିଅ ? ପ୍ରିୟରଞ୍ଜନକୁ ଜାଣିଲା କିପରି ? ଇଏ ଆଉ ତା' କଲେଜ ପଢ଼ାବେଳର ନିଶା ନୁହେଁ ତ ? ସ୍କୁଲରୁ ଫେରି ପ୍ରତିଦିନ ଘର ଦୁଆର ମୁହଁରେ ଯିଏ ପ୍ରିୟର ବାଟକୁ ଅନିଶା କରି ରହୁଥିଲା। ପ୍ରିୟର ଯେତେବେଳେ କଲେଜରେ ଥାର୍ଡ ଇୟର, ନିଶା ଅଷ୍ଟମ ଶ୍ରେଣୀର ଛାତ୍ରୀ। କାହିଁ କେଉଁ କାଳର କଥା ଇଏ। ସେ ଦିନର ସେ ସ୍କୁଲ ଝିଅ ଏବେ ତାଙ୍କ ଦାଣ୍ଡ ଦୁଆରେ ପ୍ରିୟରଞ୍ଜନର ନୁହେଁ, ତା' ପ୍ରିୟ ସ୍ୱାମୀ କିମ୍ବା ସ୍କୁଲ ଫେରନ୍ତା ସାନଝିଅଟିର ବାଟ ଚାହିଁ ବସିଥିବ। ପ୍ରିୟ ଖବର ରଖିଥିଲା, ନିଶା ଏବେ ତା'ର ତିନି ଝିଅ ଓ ଇଞ୍ଜିନିୟର ସ୍ୱାମୀ ସହ ଓଡ଼ିଶା ମାଟିରୁ ଦୂରରେ - ଦୁର୍ଗାପୁରରେ।

ଚିଠିଟି କିନ୍ତୁ ଲୋକାଲ୍। ବାରିପଦାରୁ ହିଁ ପୋଷ୍ଟ କରାଯାଇଥିଲା। ପ୍ରାୟ

ବର୍ଷେ ହେଲା ପ୍ରିୟରଞ୍ଜନ ଏ ନୂଆ ସହରକୁ ବଦଳି ହୋଇ ଆସିଥିଲା। ଏ ବଦଳି ତା'ର ସ୍ୱେଚ୍ଛାକୃତ। ଭୁବନେଶ୍ୱରରେ ବହୁ ବର୍ଷ ବିତେଇବା ପରେ ସେ ପରିବର୍ତ୍ତନ ଚାହୁଁଥିଲା। ରାଜଧାନୀ ସଭ୍ୟତାର ରଙ୍ଗ ଓ ରୋଷଣୀ ଭିତରେ ସେ ଏକ ପ୍ରକାର ଅତିଷ୍ଠ ହୋଇ ପଡ଼ିଥିଲା। ଆଉ ଯେତେବେଳେ ସ୍ଥାନାନ୍ତର କଥା ଚିନ୍ତା କଲା, ସେତେବେଳେ 'ବାରିପଦା' ହିଁ ତା' ମନକୁ ଆସିଥିଲା। ତା'ର ମନେ ପଡ଼ିଯାଇଥିଲା ମହାପାତ୍ର ନୀଳମଣି, ଚନ୍ଦ୍ରଶେଖର ରଥ, ହୃଦାନନ୍ଦ ରାୟଙ୍କ ଭଳି ବିଶିଷ୍ଟ ଅଧ୍ୟାପକ ଓ ସାହିତ୍ୟିକମାନଙ୍କ କଥା। ସେମାନେ ତାକୁ କେତେଥର କହିଛନ୍ତି - "ପ୍ରିୟ, ଅଧ୍ୟାପକ ଜୀବନରେ ଥରେ ବାରିପଦା ଯିବ। ଚାକିରି ଜୀବନରେ କେତେ ଜାଗାରେ ତ ଯାଇ ରହିଛ। ମାତ୍ର ଦେଖିବ, ବାରିପଦା ରହଣିର ଅନୁଭବ ସ୍ୱତନ୍ତ୍ର। ବିଶେଷକରି ତୁମ ଭଳି କବି, ଲେଖକମାନଙ୍କ ପାଇଁ।" ସେଇ ସ୍ୱତନ୍ତ୍ରତାର କଳ୍ପିତ ସ୍ୱପ୍ନ ନେଇ ସେ ବାରିପଦା ଆସିଥିଲା। କଲେଜର ଲାଇବ୍ରେରୀ ଥିଲା ତା' ପାଇଁ ସବୁଠାରୁ ଆକର୍ଷଣୀୟ। କଲେଜରେ କ୍ଲାସ ନଥିଲେ ଲାଇବ୍ରେରୀ, ଲାଇବ୍ରେରୀ ପରେ ଆପଣାର ବସାଘର, ଅବା ଛୋଟ ସହର ଭିତରେ ଉଦ୍ଦେଶ୍ୟହୀନ ବିହାର। ଇଚ୍ଛା ହେଲେ ଲେଖୁଥିଲା - ନ ହେଲେ ନାହିଁ। ସମୟ ସ୍ୱଚ୍ଛନ୍ଦରେ ବିତିଯାଇଥିଲା। ସଂସାର-ବନ୍ଧନରୁ କେଉଁ କାଳୁ ତ ସେ ମୁକ୍ତ ଥିଲା।

ସେଇ ମୁକ୍ତ ଜୀବନରେ ବନ୍ଧନର ଏକ ନୂଆ ସୂତ୍ର ଧରି ଆସି ପହଞ୍ଚିଲା କେଉଁ ଅପରିଚିତା ସ୍କୁଲ ଝିଅର ପତ୍ରଲିପି। ପ୍ରିୟରଞ୍ଜନ ପଢୁଥିଲା। "ସାର୍' ସମ୍ବୋଧନ କରିଥିଲା ଝିଅଟି। ଚିଠି ଲେଖାର ଶାସ୍ତ୍ରୀୟ ରୀତିନୀତି କିଛି ଅନୁସରଣ ନ କରି ହଠାତ୍ ଆରମ୍ଭ କରିଥିଲା। ଲେଖିଥିଲା - ମନେ ଅଛି ନା ସାର୍, ଗଲା ମାସରେ ଆପଣ ଆମ ସ୍କୁଲକୁ ଆସିଥିଲେ। ବାର୍ଷିକ ଉତ୍ସବରେ ମୁଖ୍ୟ ଅତିଥି ହୋଇ। ନା, ଭୁଲ୍ କହିଲି, ଆପଣ ଥିଲେ ମୁଖ୍ୟବକ୍ତା। କିଏ ଜଣେ ମନ୍ତ୍ରୀ ମୁଖ୍ୟ ଅତିଥି ଥିଲେ। ଭାଷଣ ଦେବାକୁ ଯାଇ ମନ୍ତ୍ରୀ ଘଣ୍ଟାଏ କାଳ ଏଣୁତେଣୁ ଗର୍ଜନ କଲେ। ଆମକୁ ଭାରି ଚିଡ଼ି ମାଡୁଥାଏ। ଭୀଷଣ ଗରମରେ ଦେହମୁଣ୍ଡ ଝାଳ। କ'ଣ କରିବୁ ? ଚୁପ୍‌ଚାପ୍ ସୁନାଝିଅ ଭଳି ବସିଥାଉ। ଆଉ ଭାଷଣ ଶୁଣିବାକୁ କାହାରି ଇଚ୍ଛା ନଥାଏ। ଏଥର ଆପଣଙ୍କୁ କେତେ ଉପରକୁ ଉଠେଇଥାଆନ୍ତି। ଆପଣ କୁଆଡ଼େ ଜଣେ ଭଲ ଲେଖକ। ଭଲ ଅଧ୍ୟାପକ। ଏମିତି କେତେ କ'ଣ। ସେଇ ପରିଚୟ ଦେଲାବେଳେ ବଡ଼ଦିଦି କହିଲେ ଯେ, କଲେଜରେ ପଢ଼ିଲାବେଳେ ସିଏ ଆପଣଙ୍କର ଛାତ୍ରୀ ଥିଲେ। ତାଙ୍କ ମୁହଁରୁ ଆପଣଙ୍କ ପ୍ରଶଂସା ଶୁଣି ମୋ ପାଖରେ ବସିଥିବା ସାଙ୍ଗମାନେ କହୁଥିଲେ - ଆମ ବଡ଼ ଦିଦି ନିଶ୍ଚୟ ଏ ସାରଙ୍କୁ ଭଲ ପାଉଥିଲେ।"

ସେ ଯାହା ହେଉ, ଆପଣ ଶେଷରେ କହିବାକୁ ଉଠିଲେ। ଝାଳରେ ବୁଡ଼ିଯାଇଥିବା ମୋ ଦେହରେ ସତେ ଯେମିତି କିଏ ପବନ ବିଞ୍ଚିଦେଲା। ସତ କହୁଛି, ଆପଣ ଭାଷଣ ଶେଷ କରି ସାରିଲା ପରେ ମଧ୍ୟ ମୋତେ ଲାଗୁଥିଲା, ଆପଣଙ୍କ କଥା ଯେମିତି ଶେଷ ହୋଇନାହିଁ। ଏକ ଲୟରେ ଆପଣଙ୍କ ମୁହଁକୁ ମୁଁ ଚାହିଁ ରହିଥିଲି। ମନ୍ତ୍ରୀଙ୍କ ଭଳି ଆପଣ ବେଶି ସମୟ କହିଲେ ନାହିଁକି ବଡ଼ ବଡ଼ ଉପଦେଶ ଶୁଣେଇଲେ ନାହିଁ। ଭାଷଣ ଶେଷ କରିବାକୁ ଯାଇ ଆପଣ କହିଲେ, 'ଭଲ ପାଇ ଶିଖ। ହସି ଶିଖ। ହସି ହସି ବଞ୍ଚି ଶିଖ।'

ଆପଣଙ୍କ କଥା ଶୁଣିବା ପରେ ମୁଁ ଗୋଟିଏ ପ୍ରଶ୍ନ ପଚାରିବାକୁ ଚାହୁଁଥିଲି। ମାତ୍ର ସେଠି ତ କ୍ଲାସ ହେଉ ନଥିଲା। ଯାହା ମୁଁ ପଚାରି ପାରିନଥିଲି, ଏବେ ପଚାରୁଛି। କହିଲେ ସାର୍, ଭଲ ପାଇବା କ'ଣ କେହି ଶିଖେ? ଆପଣ ତ କଲେଜର ବଡ଼ ସାର୍। କେତେ ପାଠ ପଢ଼ିଛନ୍ତି। କେତେ ବହି ଲେଖିଛନ୍ତି। ବଡ଼ ବଡ଼ ପିଲାଙ୍କୁ ପଢ଼ଉଛନ୍ତି। ମୁଁ ତ ମାଟ୍ରିକ୍ ପାଶ୍ କରି ନଥିବା ଏକ ସ୍କୁଲ ଝିଅ। ମାତ୍ର ବୁଝିପାରୁ ନଥିଲି, ଭଲ ପାଇବା ଜଣେ ଶିଖିବ କେମିତି?" ଆପଣଙ୍କ କଥା ଶୁଣିବା ପରେ ମୋତେ ଭଲ ପାଇବା ପାଇଁ କାହାରିଠାରୁ କିଛି ଶିଖିବାକୁ ପଡ଼ିଲା ନାହିଁ। ମୁଁ ସେଇ ମୁହୂର୍ତ୍ତରୁ ଆପଣଙ୍କୁ ଭଲ ପାଇ ବସିଲି। ଆପଣଙ୍କୁ ଚାହିଁ ରହିବାକୁ ଭଲ ଲାଗୁଥିଲା। ଆପଣଙ୍କ କଥା ଶୁଣିବାକୁ ଭଲ ଲାଗୁଥିଲା ଇଚ୍ଛା ହେଉଥିଲା - ଆପଣ ଏମିତି କହୁଥାଆନ୍ତେ, ମୁଁ ଶୁଣୁଥାଆନ୍ତି। ସଭା ମୋଟେ ସରୁ ନଥାଆନ୍ତା।

ଜାଣିଛନ୍ତି ନା ସାର୍ - ସେଦିନ ଆମ ସ୍କୁଲ ଫଙ୍କସନ୍‌ରେ ମୋର ଦୁଇଟି ପ୍ରାଇଜ୍ ପାଇବାର ଥାଏ। ସିଲେଇରେ ଫାଷ୍ଟ ପ୍ରାଇଜ୍, ଆଉ ଗୀତରେ ସେକେଣ୍ଡ। ମନ୍ତ୍ରୀ ପ୍ରାଇଜ୍ ବାଣ୍ଟୁଥାଆନ୍ତି। ମୁଁ କିନ୍ତୁ ମନେ ମନେ ଭାବୁଥାଏ ମୋ ପ୍ରାଇଜ୍ ଆପଣ ଦିଅନ୍ତେ କି? ଠାକୁର ମୋ ଡାକ ଶୁଣିଲେ। ମନ୍ତ୍ରୀଙ୍କର କ'ଣ ଜରୁରୀ କାମ ଥିଲା ବୋଲି ଅଳ୍ପ କେତୋଟି ବାଣ୍ଟିଦେଇ ସେ ଚାଲିଗଲେ। ତା'ପରେ ପୁରସ୍କାର ବାଣ୍ଟିବାର ଦାୟିତ୍ୱ ଆପଣଙ୍କର। ଯେତେବେଳେ ମୋ ନାଁ ଡକା ହେଲା, ମୋ ଛାତି ଭିତରଟା କେମିତି ଦକ୍ ଦକ୍ ହେଲା। ଖୁସି ଲାଗୁଥାଏ, ହେଲେ ଲାଜ ମାଡୁଥାଏ। ଯାହା ହେଉ, ଆପଣଙ୍କ ହାତରୁ ପୁରସ୍କାର ଗ୍ରହଣ କରି ଅନ୍ୟମାନଙ୍କ ଭଳି ନମସ୍କାର ନ କରି ହାତ ମିଳେଇବା ପାଇଁ ହାତ ବଢ଼େଇଦେଲି। ଆପଣଙ୍କ ହାତରେ ମୋ ହାତ ମିଶିଲା। କେମିତି ଲାଗିଲା ମୋତେ ସେତେବେଳେ ଠିକ୍ ବୁଝେଇ ପାରିବି ନାହିଁ। ଇଚ୍ଛା ହେଉଥିଲା ଆପଣଙ୍କ ହାତରେ ହାତ ରଖି ସେମିତି ଠିଆ ହୋଇଥାଆନ୍ତି।

ଘରକୁ ଫେରି ଅପାକୁ ପଚାରିଲି ଆପଣଙ୍କ କଥା। ଆପଣ ଭଲ ପଢ଼ାନ୍ତି

ବୋଲି ସିଏ କହିଲା। ମୁଁ କହିଲି, ଆପଣଙ୍କ ଲେଖା ଗପ ବହି ଯଦି କଲେଜ ଲାଇବ୍ରେରୀରେ କିଛି ଥାଏ ମୋ ପାଇଁ ଆଣିଦେବାକୁ। ସିଏ ମୋ ମୁହଁକୁ ଚାହିଁଲା। କହିଲା – 'ଏ ବର୍ଷ ତୋର ମାଟ୍ରିକ ପରୀକ୍ଷା। ତୁ ତ ଯାହା ପାଠ ପଢୁଛୁ, ସେଥିରେ ପୁଣି ଗପ ବହି ପଢ଼ିବାକୁ ମନ!' ମୁଁ ଚୁପ୍ ରହିଲି। ମାତ୍ର ଆପଣଙ୍କ ବହି ନ ପଢ଼ିବା ଯାଏଁ, ମୁଁ ଜାଣେ, ମୋର ପାଠାରେ ଆଦୌ ମନ ଲାଗିବ ନାହିଁ।

କେତେ ରାତି ହେଲାଣି। ଅପା ଶୋଇ ପଡ଼ିଲାଣି। ମୁଁ ପଢ଼ା ବାହାନାରେ ଆପଣଙ୍କ ପାଖକୁ କ'ଣ ସବୁ ଲେଖି ଚାଲିଛି। ଆପଣ କ'ଣ ଭାବୁଛନ୍ତି କେଜାଣି ? ନା – ଥାଉ, ଅପା ନିଦ ଯଦି ଭାଙ୍ଗିଯାଏ ଆଉ ଦେଖିଦିଏ ଯେ ମୁଁ ପାଠପଢ଼ା ନାଁରେ ବସି ଚିଠି ଲେଖୁଛି, ତା'ହେଲେ ସବୁ ଗୋଳମାଳ ହୋଇଯିବ। ଅପା ହେଲେ ବି ତାକୁ ବିଶ୍ୱାସ କରିହେବ ନାହିଁ। ସିଏ କ'ଣ ତା' ଭଲ ପାଇବା ଓ ଚିଠି ଲେଖିବା କଥା ମୋତେ କେବେ କହିଛି ନା କହିବ ? ଯାଉଛି, ଏ ଚିଠିକୁ ମୋ ଛାତି ଭିତରେ ଗୁଞ୍ଜି ଶୋଇ ପଡ଼ିବି। ନିଦ ଆସୁନାହିଁ। ସ୍କୁଲ ଫଙ୍କସନ୍ କଥା, ଆପଣଙ୍କ ଭାଷଣ ସବୁ ମନେ ପଡୁଛି... ଇତି ଲେଖୁନାହିଁ। ଆଉ ଦିନେ ଲେଖିବି।

++++

ଆଜି ମୁଁ ଖୁବ୍ ଖୁସି। ମୋ ହାତରେ ଆପଣଙ୍କ ଗପ ବହି। ଅପାକୁ ସେ ଥରକ ଯାହା ଆପଣଙ୍କ ବହି ଆଣିଦେବା କଥା କହିଥିଲି। ସତକୁ ସତ, ସିଏ ମୋ କଥା ମନେ ରଖି ତାଙ୍କ କଲେଜ ଲାଇବ୍ରେରୀରୁ ଆପଣଙ୍କ ବହି ଆଣିଥିଲା। ଏଇଟି ଆପଣଙ୍କର ପ୍ରଥମ ବହି। ବାଇଶ ବର୍ଷ ତଳେ ପ୍ରକାଶ ପାଇଥିଲା। ବହିର ମଲାଟ ହୁଗୁଳି ଯାଇଥିଲା। କିଏ ତାକୁ ପଢ଼ିଥିଲା କେଜାଣି ବହି ଭିତରେ ଅନେକ ଜାଗାରେ ନାଲିଗାର ମରା ହୋଇଥିଲା। ଅଧିକାଂଶ ଗପରେ ପ୍ରାୟ ଏକା କଥା। ମୋତେ ସବଠୁ ବେଶି ଭଲ ଲାଗିଲା 'ସ୍କୁଲ ଝିଅ'। ସତରେ କ'ଣ ଆପଣ କେଉଁ ସ୍କୁଲ ଝିଅକୁ ଭଲପାଇଥିଲେ। ଆଉ ସେ ସ୍କୁଲ ଝିଅ ମଧ୍ୟ ଆପଣଙ୍କୁ ଠକି ଦେଇ ଚାଲିଗଲା ? ଏଇଟା କ'ଣ ସତକଥା ନା ମନରୁ ଫାନ୍ଦି ଲେଖିଛନ୍ତି ? ଆମ ଝିଅମାନଙ୍କୁ କାହିଁକି ଅଯଥା ବଦନାମ କରୁଛନ୍ତି କହିଲେ ! କଲେଜ ଝିଅ ହେଉ କି ସ୍କୁଲ ଝିଅ, ସେମାନେ ମାଷ୍ଟ୍ରମାନଙ୍କୁ ଭଲ ପାଆନ୍ତି କିନ୍ତୁ ବାହା ହେବାକୁ ଚାହାନ୍ତି ନାହିଁ। ଏଇକଥା ଆପଣ କହିଛନ୍ତି। ଜଣେ ଦି' ଜଣ କ'ଣ କଲେ ବା ନ କଲେ, ସେଥିପାଇଁ ଆପଣ ସମସ୍ତଙ୍କୁ କାହିଁକି ଦୋଷ ଦେଉଛନ୍ତି ? ହେଇ ଦେଖନ୍ତୁ ସାର୍, ମୁଁ ଆପଣଙ୍କ ସାଙ୍ଗରେ ମିଶି ନାହିଁ। ଆପଣଙ୍କୁ ଭଲ ଭାବରେ ଜାଣି ନାହିଁ। ଆପଣଙ୍କ କଥା ଶୁଣି ମୁଁ ସତକୁ ସତ ଆପଣଙ୍କୁ ଭଲ ପାଇ ବସିଛି। ମୋର ପାଠ ଓ ପରୀକ୍ଷା ସବୁ ଭୁଲି ଆପଣଙ୍କ ବହି ପଢୁଛି।

ଆପଣଙ୍କୁ ଚିଠି ଲେଖୁଛି। ମୁଁ ଯଦି ଆପଣଙ୍କୁ ବାହା ହେବା ପାଇଁ କୁହେ, ଆପଣ ରାଜି ହେବେ... ?

ବାସ୍ - ଏକ ବିରାଟ, ବିସ୍ମୟକର ପ୍ରଶ୍ନବାଚୀରେ ଚିଠିଟି ହଠାତ୍ ଶେଷ ହୋଇଯାଇଛି। ଠିକ୍ ଶେଷ ନୁହେଁ, ଝିଅର ଭାବନା ଓ ଲେଖା ଅଟକି ଯାଇଛି। ପ୍ରିୟରଞ୍ଜନ ପାଇଁ ଏହା ଏକ ବିଚିତ୍ର ଅନୁଭୂତି। ଝିଅଟି ପ୍ରଶ୍ନ ପଚାରିଛି। ଉତ୍ତର ପାଇଁ କିନ୍ତୁ ଅପେକ୍ଷା କରିନାହିଁ। ଉତ୍ତର ପାଇବା ପାଇଁ ନିଜର ନାମ ଓ ଠିକଣା କିଛି ଲେଖିନାହିଁ।

ଚିଠିଟିକୁ ଯଥା ସ୍ଥାନରେ ରଖିଦେଇ ଦର୍ପଣ ସାମନାରେ ଯାଇ ଠିଆ ହେଲା ପ୍ରିୟରଞ୍ଜନ। କେତେ ବୟସ ତାକୁ ହେଲା ? ମୁଣ୍ଡର ବାଳ ସବୁ ଆଗ ଆଡୁ ଘୁଞ୍ଚି ଘୁଞ୍ଚି ପଛପଟେ ଯାହା କିଛି ଅଟକି ଯାଇଛି। ଯେତିକି ଅଛି, ସେତକ ବି ତା'ର ସ୍ୱାଭାବିକ ରଙ୍ଗ ହରେଇ ବସିଛି। ମାତ୍ର ସ୍କୁଲ ଝିଅର ଏ ପତ୍ରଲିପି ସତେ ଯେମିତି ତା'ର ହୃତ ସମ୍ପତ୍ତିକୁ ଫେରେଇ ଦେବାର ପ୍ରତିଶ୍ରୁତି ନେଇ ଆସି ପହଞ୍ଚିଛି।

ପୁନଶ୍ଚ ପ୍ରତିଶ୍ରୁତି, ପୁନଶ୍ଚ ପ୍ରତୀକ୍ଷା। ବେଗହୀନ ଜୀବନରେ ପୁନର୍ବାର ଆବେଗ ଓ ଉତ୍କଣ୍ଠା। ଏ ଉତ୍କଣ୍ଠାର ସତେ ଯେମିତି ଶେଷ ନାହିଁ। ଶେଷ ନାହିଁ ପ୍ରତୀକ୍ଷାର। ପ୍ରିୟରଞ୍ଜନ ଭାବୁଥିଲା, ତା'ର ସମଗ୍ର ଜୀବନ ଯେମିତି ଏକ ଅନ୍ତହୀନ ପ୍ରତୀକ୍ଷା। ପ୍ରାପ୍ତିର ପୁଲକଠାରୁ ହରେଇବାର ଦୁଃଖ ଏବଂ ପୁଣି କିଛି ପାଇବାର ଆଶା ଓ ଆକାଂକ୍ଷା ଜନିତ ସୁଖ ହିଁ ଅଧିକ। ଭୂତ ଓ ଭବିଷ୍ୟତର ସ୍ଥିତିହୀନତା ଭିତରେ ତା'ର ସ୍ଥିତି ସର୍ବଦା ଦୋଳାୟିତ। ଏବେ ସେହିପରି ଆଶା-ଆଶଙ୍କାର ଦୋଳିରେ ବସି ଝୁଲିବାକୁ ଆରମ୍ଭ କରିଛି ପ୍ରିୟରଞ୍ଜନ।

କିଏ ଏହି ସ୍କୁଲ ଝିଅ ? ସତରେ କ'ଣ ସେ ତାକୁ ଭଲପାଏ ? ତା'ହେଲେ ନିଜର ପରିଚୟ ଗୋପନ ରଖିଲା କାହିଁକି ? କ'ଣ ସେ ପ୍ରକୃତରେ ତା'ଠାରୁ ଚାହେଁ। କେବେ ପୁଣି ତା'ଠାରୁ ଚିଠି ଆସିବ? କେବେ? ଭଟ୍ଟା ପଡ଼ିଯାଇଥିବା ଆବେଗରେ ପୁଣି ଜୁଆର ଉଠିଲାଣି।

ପ୍ରିୟରଞ୍ଜନ ନିଜ କବିତାର ପାଣ୍ଡୁଲିପିରୁ ପୁରୁଣା କବିତା ସବୁ ପଢ଼ିବାକୁ ଆରମ୍ଭ କଲାଣି। ଏହି ଭିତରେ ଗୋଟିଏ ଦୁଇଟି କବିତା ଲେଖି ସାରିଲାଣି।

କିଛି ଦିନ ପରେ ପୁଣି ଦିନେ ପ୍ରିୟ ପାଖରେ ଆସି ପହଞ୍ଚିଲା ତା'ର ବହୁ ପ୍ରତୀକ୍ଷିତ ଚିଠି। ସ୍କୁଲ ଝିଅର ଚିଠି। ସେ ଚିଠିଗୁଡ଼ିକ ବିନା ଉପକ୍ରମରେ ହଠାତ୍ ଯେପରି ଆରମ୍ଭ ହୋଇଯାଏ, ସେହିଭଳି ହଠାତ୍ ମଧ୍ୟ ଶେଷ ହୋଇଯାଇଥାଏ। ଏଇଥର ଚିଠି ନମ୍ବର (୩)। ଚିଠି ଉପରେ ସେ ନମ୍ବର ଓ ତାରିଖଟି କେବଳ ଲେଖିଥାଏ।

ଲେଖିଥିଲା - ଆଜି ଅଶୋକ ଭାଇ ଆସିଥିଲେ। ଦୂର ସମ୍ପର୍କରେ ସେ ମୋ

ଭାଇ ହେବେ। ମାତ୍ର ଅସଲରେ ମୋ ଅପା ତାକୁ ପ୍ରେମ କରେ। ବାଣୀବିହାରରେ ସେ ପଢ଼ନ୍ତି। ଏ ବର୍ଷ ତାଙ୍କର ଏମ୍‌ଏ ଶେଷ ବର୍ଷ। ସେ ଭଲ ପଢ଼ନ୍ତି। ଭଲ ଗପ ଓ କବିତା ମଧ୍ୟ ଲେଖନ୍ତି। ତାଙ୍କ ଲେଖା ସବୁ ବିଭିନ୍ନ ପତ୍ରିକାରେ ପ୍ରକାଶ ପାଇଛି। ଅପା ପାଖକୁ ନିୟମିତ ସେ ବାଣୀବିହାରରୁ ଚିଠି ଦିଅନ୍ତି। ମୁଁ ଅପାକୁ ଲୁଚେଇ ତାଙ୍କର କେତେ ଚିଠି ପଢ଼ି ଦେଇଛି। ମୁଁ ତାଙ୍କୁ ଦେଖିବା ମାତ୍ରେ ଆପଣଙ୍କ କଥା ପଚାରି ବସିଲି। ସିଏ ବି କୁଆଡ଼େ ଆପଣଙ୍କର ଛାତ୍ର ଥିଲେ ବିଜେବି କଲେଜରେ। ଆପଣଙ୍କ ସହିତ ତାଙ୍କର ଭଲ ସମ୍ପର୍କ ଅଛି ଜାଣି ଖୁସି ଲାଗିଲା। ଆପଣଙ୍କର ନୂଆ ବହିଟିଏ ଏବେ ବାହାରିଛି ବୋଲି ସେ କହୁଥିଲେ। ମୁଁ କହିଛି ମୋ ପାଇଁ ଆଣି ଦେବାକୁ। ସେ ହଁ କରିଛନ୍ତି। ମାତ୍ର ଅପା ତା'ର ବଡ଼ ଭଉଣୀ ପଣିଆ ଦେଖେଇ ହେଲା। କହିଲା, 'ଏବେ ଖାଲି ଗପବହି ନିଶା ଲାଗିଛି। ପରୀକ୍ଷା ସରିଯାଉ।' ମୁଁ କିଛି କହିଲି ନାହିଁ। ଅଶୋକ ଭାଇ ମୋତେ ଚୁପ୍ କରି ପଚାରିଲେ - 'ତୁ କ'ଣ ଆମ ପ୍ରିୟ ସାର୍‌ଙ୍କ ପ୍ରେମରେ ପଡ଼ିଯାଇଛୁ କି?" ମୁଁ ହସିଦେଇ କହିଲି - "ପ୍ରିୟ ସାର୍ କ'ଣ ଖାଲି ତୁମର?" ଅଶୋକ ଭାଇ କହିଲେ - 'ହଁ, ତୁ ସ୍କୁଲ ଛାଡ଼ି କଲେଜ ଗଲେ ସେ ବି ତୋର ହୋଇଯିବେ।" ମୁଁ କଲେଜ ନ ଗଲେ କ'ଣ ହେବ, ଏଇ ସ୍କୁଲରୁ ଆପଣ ଯେ ମୋର କେତେ ପ୍ରିୟ ହୋଇଗଲେଣି, ସେ କଥା ସିଏ ବା କାହିଁକି ଜାଣିବେ? ଆପଣ ବି କ'ଣ ଜାଣି ପାରିବେ ମୋ ମନକଥା। କେତେ ଶୀଘ୍ର ଏ ମାଟ୍ରିକ୍ ଘାଟୀ ଡେଇଁ ମୁଁ ଆପଣଙ୍କ କଲେଜ କୋଠାରେ ପହଞ୍ଚିବି, ଆପଣଙ୍କ ବକ୍ତୃତା ଶୁଣିବି, ସେଇ କଥା ଖାଲି ବସି ଭାବୁଛି। ପାଠ ପଢ଼ିବାକୁ ମୋତେ ଇଚ୍ଛା ହେଉନାହିଁ।

ଆରେ, ଯାହା କହିବି ବୋଲି ଭାବିଥିଲି, ସେ ଅସଲ କଥା ଭୁଲିଗଲିଣି, ଦେଖନ୍ତୁ ସାର୍, କିଛି ଖରାପ ଭାବିବେ ନାହିଁ ତ! ଯାହା ଶୁଣିଲି, ସେଇଆ ପଚାରୁଛି। ଅଶୋକ ଭାଇ କହୁଥିଲେ, ଆପଣଙ୍କ ସ୍ତ୍ରୀ କୁଆଡ଼େ ଆପଣଙ୍କୁ ଛାଡ଼ିଦେଇ ପଳେଇଲେ। ଆପଣଙ୍କର ଜଣେ ସାଙ୍ଗଙ୍କ ସହିତ ଏବେ ରହୁଛନ୍ତି। ଏଇଟା କ'ଣ ସତକଥା? ମୋର ତ ଜମା ବିଶ୍ୱାସ ହେଉନାହିଁ। ମାତ୍ର ଅଶୋକ ଭାଇ ତ ଆପଣଙ୍କୁ ଭଲ ଭାବରେ ଜାଣନ୍ତି। ଆପଣ ତାଙ୍କ ପ୍ରିୟ ସାର୍। ସିଏ ଆପଣଙ୍କ ନାଁରେ ମିଛ କହିବେ କାହିଁକି? ତାଙ୍କଠାରୁ ଆପଣଙ୍କୁ ଯାଇ ଦେଖା କରିବାକୁ ଇଚ୍ଛା ହେଉଛି। ଚିଠି ଲେଖି ଆଉ ମନ ବୁଝୁ ନାହିଁ। ଅଶୋକ ଭାଇଙ୍କ ଚିଠିର ଗୋଟିଏ ଧାଡ଼ି ମନେ ପଡ଼ିଯାଉଛି, ଯାହା ସିଏ ଆପା ପାଖକୁ ଲେଖିଥିଲେ, ଆଉ ମୁଁ ଲୁଚେଇ ପଢ଼ି ଦେଇଥିଲି - "ଚିଠିରେ କି ମନ ପୂରେ ବିନା ଦରଶନେ..." ହଁ ଆପଣଙ୍କ ବସା ଠିକଣା ତ ମୁଁ ବୁଝି ନେଇଛି। ଏଇ ରବିବାର ଦିନ ଖରାବେଳେ ଯାଇ ପହଞ୍ଚିବି ଆପଣ ଘରେ ଥିବେ। - 'ସ୍କୁଲ ଝିଅ'।

ପ୍ରିୟରଞ୍ଜନ ଆଶ୍ଚର୍ଯ୍ୟ ହୋଇଯାଇଥିଲା। ତା' ସମ୍ପର୍କରେ କେତେ କଥା ଏଇ ସ୍କୁଲ ଝିଅଟି ସତରେ ସଂଗ୍ରହ କରିପାରିଛି। ଅତୀତର ଦୁଃସ୍ୱପ୍ନ ଓ ଆଗାମୀ ଦିନର ସ୍ୱପ୍ନ, କିଛି କଥା ଓ କିଛି କଳ୍ପନା ମିଶ୍ରିତ ଭାବ ଧରି ତା'ର ତିନି ନମ୍ବର ଚିଠିଟି ପହଞ୍ଚିଥିଲା। କିଏ ଜାଣେ, ସ୍କୁଲ ଝିଅର ଏ ଚିଠି ତା' ପାଇଁ ଶେଷ ଚିଠି ନ ହେବ। ବିନା ଦେଖାରେ ଖାଲି ଚିଠି ଲେଖିବାରେ ମନ ପୂରେ ନାହିଁ ବୋଲି ସେ ଲେଖିଥିଲା। ମାତ୍ର ପ୍ରିୟରଞ୍ଜନଙ୍କୁ ଦେଖିଲା ପରେ ତା'ର ମନ ହୁଏତ ଫିକା ପଡ଼ିଯାଇପାରେ। ଆଉ ଦେଖିବା ପାଇଁ ବା କିଛି ଲେଖିବା ପାଇଁ ଇଚ୍ଛା ନ ହୋଇପାରେ। ସବୁ ଆଗ୍ରହ ହଠାତ୍ ଶେଷ ହୋଇଯାଇପାରେ। ଏମିତି ଘଟଣା ପ୍ରିୟରଞ୍ଜନର ଜୀବନରେ ଥରେ ଦି'ଥର ଘଟିଛି। ତା' ଅଧ୍ୟାପକ ଜୀବନର ଆରମ୍ଭରେ, ଯେତେବେଳେ ସିଏ ପ୍ରଚୁର କବିତା ଲେଖୁଥିଲା ତା' କବିତା ପଢ଼ି ବାଣୀବିହାରରୁ ଝିଅଟିଏ ନିୟମିତ ଚିଠି ଲେଖୁଥିଲା। ତା' ନିଜର କବିତା ମଧ୍ୟ ପଠଉଥିଲା ସଂଶୋଧନ କରି କୌଣସି ପତ୍ର-ପତ୍ରିକାରେ ପ୍ରକାଶ କରିଦେବା ପାଇଁ। ମାତ୍ର ହଠାତ୍ ଦିନେ ପ୍ରିୟରଞ୍ଜନ ଯେତେବେଳେ ତାକୁ ଦେଖା କରିବାକୁ ଆଗ୍ରହରେ ବାଣୀବିହାରରେ ଯାଇ ପହଞ୍ଚିଲା, ଝିଅଟି ଖବର ପାଇବା ମାତ୍ରେ ହଷ୍ଟେଲରୁ ଆସି ତାକୁ ଦେଖା କଲା ସତ, ହେଲେ ତା' ପରଠାରୁ ତା'ର ଚିଠି ଲେଖା, କବିତା ପଠେଇବା ସବୁଥିରେ ସବୁଦିନ ପାଇଁ ପୂର୍ଣ୍ଣଚ୍ଛେଦ ପଡ଼ିଗଲା।

ପ୍ରିୟରଞ୍ଜନର ଜୀବନରେ ଅନେକ କାହାଣୀ ଏମିତି ଅଧାରେ ଶେଷ ହୋଇଯାଇଛି। ସମ୍ଭାବ୍ୟ ପରିଣତି ଆଡ଼କୁ କିଛି ଗତି କରି ପାରିନାହିଁ। ପ୍ରେମରେ ନୁହେଁ କି ବିବାହରେ ମଧ୍ୟ ନୁହେଁ। ଅରୁଣିମାକୁ ବାହା ହେଲା ପରେ ସେ ଭାବିଥିଲା, ଏଥର ତୋ' ପ୍ରେମ ବନ୍ଧନର ବ୍ୟର୍ଥତାରେ ଇତି ଲେଖା ହୋଇଗଲା। ପୂର୍ଣ୍ଣତାର ନୂଆ କାହାଣୀ ଆରମ୍ଭ ହେଲା। ଭାବିଥିଲା, ପ୍ରେମ ଭିତରୁ ବିବାହ ସମ୍ଭବ ହେଲା ନାହିଁ ସିନା, ହେଲେ ବିବାହ ବନ୍ଧନରୁ ପ୍ରେମର ସ୍ୱାଭାବିକ ବିକାଶରେ ଆଉ କୌଣସି ବାଧା ରହିବ ନାହିଁ। ଯୁଗ ଯୁଗର ସଞ୍ଚିତ ବିଧି ବ୍ୟବସ୍ଥା ଅନୁସାରେ ବିବାହ ସହିତ ପ୍ରେମର ଘନିଷ୍ଠ ସମ୍ବନ୍ଧ ରହିଛି ବୋଲି ସେ ବିଶ୍ୱାସ କରିଥିଲା। ମାତ୍ର ଜାଣି ନଥିଲା ଯେ, 'ବିବାହ' ଭିତରୁ 'ପ୍ରେମ'ର ପ୍ରକାଶ କ୍ୱଚିତ ସମ୍ଭବ ହୋଇଥାଏ। ପ୍ରେମ ହେଉଛି ସ୍ୱତଃସ୍ଫୁର୍ତ୍ତ, ସ୍ୱାଭାବିକ। ପ୍ରକୃତିର ଦାନ। ବିବାହ ହେଉଛି ଏକ ସାମାଜିକ ସଂସ୍ଥାନ। ବ୍ୟକ୍ତିଗତ ଉଦ୍ୟମର ବନ୍ଧନ। ସମାଜର ନୀତି ନିୟମ, ଆଇନ ଓ ଆଦର୍ଶ ଆଧାରିତ, ଏକ ଆରୋପିତ ବ୍ୟବସ୍ଥା। ବିବାହ ମଧ୍ୟରୁ ପ୍ରେମରେ ମୁକ୍ତିର ସଂଗୀତ ନଥାଏ। ପ୍ରାଣର ଆବେଗ ବା ଉଚ୍ଛ୍ୱାସ ନଥାଏ। ଏ ପ୍ରେମ ଏକତ୍ର ସହବାସ ଜନିତ ମୋହରୁ ସୃଷ୍ଟି। ଏକ ଅବରୁଦ୍ଧ ଶୟନ କକ୍ଷରେ ଦୁଇଟି ଦେହର ମିଳନ ଘଟିଲେ ମନ ଯେ ଏକାଠି ମିଶିଯିବ,

ଏଥିରେ କୌଣସି ନିଶ୍ଚିତତା ନାହିଁ। ବରଂ ମନର ମିଳନରେ ଦେହର ମିଳନ ସ୍ୱାଭାବିକ ହୋଇପାରେ।

ଅରୁଣିମା ସହିତ ପ୍ରିୟରଞ୍ଜନର ବିବାହ ଜନିତ ମିଳନ ହେଲା। ବର୍ଷକ ପରେ ଝିଅଟିଏ ସେମାନଙ୍କ ସଂସାରକୁ ଆସିଲା। ନୂଆ ଅତିଥିଙ୍କୁ ପାଇ ବିବାହର ଦୁଇ ବର୍ଷ ବେଶ୍ ସ୍ୱଚ୍ଛନ୍ଦରେ ବିତିଗଲା। ତା'ପରେ ଆରମ୍ଭ ହେଲା ମତାନ୍ତର। କେବେ ବି ଯୋଡ଼ି ହୋଇ ନଥିବା ମନ ଭିତରର ଫାଟଟି ବାହାରକୁ ଫିଟି ପଡ଼ିଲା। ଅରୁଣିମାର ଲୋଡ଼ା ଘର। ଭଡ଼ାଘର ନୁହେଁ, ନିଜର ଘର। ପ୍ରିୟରଞ୍ଜନ କିନ୍ତୁ ହଠାତ୍ ନିଜକୁ ଇଟା, ସିମେଣ୍ଟ, ବାଲି ଚୂନ ସହିତ ଯୋଡ଼ି ଦେବାକୁ ଚାହୁଁନଥିଲା। ସଂସାରଟିଏ ଆରମ୍ଭ କରୁ କରୁ ଘର ତିଆରିର ଚକ୍ରବ୍ୟୂହ ଭିତରେ ଶେଷ ହୋଇଯିବାକୁ ଚାହୁଁନଥିଲା। ନିର୍ବୋଧ ବ୍ୟକ୍ତିମାନେ ଘର ତିଆରି କରନ୍ତି। କିନ୍ତୁ ବୁଦ୍ଧିମାନ ବ୍ୟକ୍ତି ଘର ଭିତରେ ଯାଇ ରହେ। ପ୍ରିୟରଞ୍ଜନର ଏ ଅଦ୍‌ଭୂତ ଜୀବନଦର୍ଶନ ବୁଝିବାର ଶକ୍ତି ଅରୁଣିମାର ନଥିଲା। ତା' ବିଚାରରେ ନିଜ ପାଇଁ ଘର ଖଣ୍ଡିଏ କରିପାରୁ ନଥିବା ମଣିଷ ନିହାତି ଅପାରଗ ଓ ସେ ଏହି ପ୍ରକାର ଧାରଣା କରିଦେଇଥିଲା ଏବଂ ସେଇ କଥାକୁ ସୁଯୋଗ ପାଇବା ମାତ୍ରେ ବାରମ୍ବାର ଦୋହରାଇବାରେ ଲାଗିଥିଲା। ପ୍ରିୟରଞ୍ଜନର କବିତା ଲେଖା, ଚିତ୍ରଅଙ୍କା ଆଦି ଅଭ୍ୟାସକୁ ତୁଚ୍ଛା ଶକ୍ତିକ୍ଷୟ, ସମୟର ଅପଚୟ ବୋଲି ସେ ମନେ କରୁଥିଲା। ଠିକ୍ ଯେମିତି ଅରୁଣିମାର ଅନେକ କଥା ପ୍ରିୟରଞ୍ଜନକୁ ଭଲ ଲାଗୁନଥିଲା। ଯଥା - ତିନି ବର୍ଷର ଝିଅଟିକୁ ତା'ର ଖେଳକୁଦର ସୁନ୍ଦର ଦୁନିଆରୁ ସ୍କୁଲ ନାମକ ବନ୍ଦୀଶାଳାକୁ ପଠେଇ ଦେବାର ଜିଦ୍। ତଥାପି ପ୍ରିୟରଞ୍ଜନ ଜାଣିଥିଲା, ବିବାହ ହେଉଛି ଏକ ବୁଝାମଣା। ସଂସାର କହିଲେ ପ୍ରତି ମୁହୂର୍ତ୍ତରେ, ପ୍ରତି କଥାରେ ସନ୍ଧିସ୍ଥାପନ। ମାତ୍ର ବେଳେବେଳେ ତୃତୀୟ ପକ୍ଷର ଅନୁପ୍ରବେଶ ଓ ଚକ୍ରାନ୍ତ ଫଳରେ ସାମୟିକ ସନ୍ଧି ବା ଶାନ୍ତିର ଚୁକ୍ତି ଭାଙ୍ଗିଯାଏ। ସବୁକିଛି ଓଲଟପାଲଟ ହୋଇଯାଏ।

ପ୍ରିୟରଞ୍ଜନର ସଂସାରରେ ଦିନେ ବାଲ୍ୟବନ୍ଧୁ ଅରିନ୍ଦମର ଆତ୍ମପ୍ରକାଶ। ଅରିନ୍ଦମର ଦେଖିଲା ଭଳି ଓ ଦେଖେଇଲା ଭଳି ଘର ଥିଲା, ଯାହା ପ୍ରିୟରଞ୍ଜନର ନଥିଲା। ଘର ତ ନୁହଁ, ରାଜଧାନୀ ଛାତି ଉପରେ ରାଜାର ପ୍ୟାଲେସ୍। ଉତ୍ତରାଧିକାରୀ ସୂତ୍ରରେ ପାଇଥିବା ବ୍ୟାବସାୟିକ ଜୀବନ ଓ ଜଗତ ଭିତରେ ଅରିନ୍ଦମ ପାଇଁ ସକଳ ପ୍ରାଚୁର୍ଯ୍ୟ ଭରି ରହିଥିଲା, ଯାହା ପ୍ରିୟରଞ୍ଜନର ନଥିଲା। ଅଧ୍ୟାପକୀୟ ବେତନ ଓ ଜୀବନଧାରା ଭିତରେ ସେ ଥିଲା ଏକରକମ ସ୍ଥିର। ଅରିନ୍ଦମ କିନ୍ତୁ ସବୁବେଳେ ଚଳଚଞ୍ଚଳ, ଉଦ୍ଦାମ ଓ ଅସ୍ଥିର।

ଏଇ ଅସ୍ଥିରତା ଆକର୍ଷଣ କରିନେଲା ଅରୁଣିମାକୁ। ଅରିନ୍ଦମ ଥିଲା ବିପତ୍ନୀକ। ବିବାହର ବର୍ଷେ ନ ପୂରୁଣୁ କାର୍ ଦୁର୍ଘଟଣାରେ ସେ ତା' ସ୍ତ୍ରୀକୁ ହରେଇ ବସିଥିଲା।

ପୁନର୍ବିବାହର ଚିନ୍ତା ହୁଏତ ତାକୁ ଘାରି ନଥିଲା। ନିଜର ଏକ ଚମତ୍କାର 'ଘର' (ବା ପ୍ରାସାଦ) ନିଶା କିନ୍ତୁ ଅରୁଣିମାକୁ ଘାରିଥିଲା। ଦିନେ ସୁପ୍ରଭାତରେ ପ୍ରିୟରଞ୍ଜନ ହଠାତ୍ ଆବିଷ୍କାର କଲା ତା'ର ଛୋଟ ଘର ଓ ସଂସାରଟି ବାଲ୍ୟବନ୍ଧୁ ଅରିନ୍ଦମର ସୁଦୃଶ୍ୟ ପ୍ରାସାଦ ଭିତରେ ନିଜର ଅସ୍ତିତ୍ୱ ହଜେଇ ଦେଇଛି। ଏପରିକି ତା' ସଂସାରୀ ଜୀବନର ଏକମାତ୍ର ସନ୍ତକ 'ଆସ୍ଥା'କୁ ବି ସେମାନେ ନେଇଯାଇଛନ୍ତି ସେଇ ପ୍ରାସାଦ ଭିତରକୁ।

ନା ବନ୍ଧୁ ବିରୁଦ୍ଧରେ କୌଣସି ଅଭିଯୋଗ ସେ ଆଣି ନଥିଲା। ଆଇନ ଅଦାଲତର ଆଶ୍ରୟ ନେଇ ପ୍ରିୟରଞ୍ଜନ ନିଜକୁ, ନିଜର ବନ୍ଧୁ ବା ବିବାହିତ ପତ୍ନୀକୁ ସର୍ବସାଧାରଣରେ ଅପଦସ୍ତ ବା ଅପମାନିତ କରିବାକୁ ଚାହିଁନଥିଲା। ଯାହା ଘଟିବାର କଥା ଘଟିସାରିଥିଲା। ନିରବରେ ସବୁକିଛି ସେ ଗ୍ରହଣ କରିନେଇଥିଲା। କେବଳ 'ଆସ୍ଥା' ପାଇଁ ଯାହା ଦୁଃଖ ହୋଇଥିଲା, ବିଚରା ତିନି ବର୍ଷର ଶିଶୁ। କ'ଣ ବା ସେ ଜାଣେ? ଝିଅଟିର ନାଁ ବହୁ ଭାବିଚିନ୍ତି 'ଆସ୍ଥା' ରଖିଥିଲା। ଜୀବନରେ ବହୁ ଝିଅଙ୍କର ଅନାସ୍ଥା ପ୍ରସ୍ତାବକୁ ଗ୍ରହଣ କରି କ୍ଳାନ୍ତ ହୋଇ ପଡ଼ିଥିବା ପ୍ରିୟରଞ୍ଜନ ଶେଷରେ ନିଜ 'ପିତୃତ୍ୱ' ଉପରେ ହିଁ ଆସ୍ଥା ରଖିଥିଲା। ମାତ୍ର ଶେଷରେ ସେଇ 'ଆସ୍ଥା'କୁ ବି ସେ ହରେଇ ବସିଲା ତା' ମା'ର ଅନାସ୍ଥା ପ୍ରସ୍ତାବ ଯୋଗୁଁ। 'ଆସ୍ଥା' ଏବେ ଅଠର ବର୍ଷରେ ପହଞ୍ଚି ଭୋଟ ଦେବାର ଅଧିକାର ହାସଲ କଲାଣି। ଦିଲ୍ଲୀର କେଉଁ କଲେଜରେ ପଢୁଛି - ହଷ୍ଟେଲରେ ଅଛି, ମାତ୍ର ତା' ଜୀବନରୁ 'ପ୍ରିୟରଞ୍ଜନ'ର ପିତୃତ୍ୱ ପରିଚୟ ସବୁଦିନ ପାଇଁ ହଜିଯାଇଛି।

ବହୁତ ବର୍ଷ ପରେ ପ୍ରିୟରଞ୍ଜନର ସବୁକିଛି ପୁଣି ମନେ ପଡ଼ିଯାଉଥିଲା। 'ସ୍କୁଲ ଝିଅ'ର ଚିଠି ତା' ପୁରୁଣା କ୍ଷତକୁ ସମୟର ଧୂଳିରୁ ପୋଛି ଦେଉଥିଲା। ସବୁକିଛି ଜଳଜଳ ଦିଶି ଯାଉଥିଲା। ମାତ୍ର କ୍ଷତଜନିତ କୌଣସି ଯନ୍ତ୍ରଣା ଆଉ ତା' ଭିତରେ ନଥିଲା। ଏକଦା ଝରିଯାଇଥିବା ରକ୍ତ ପୁଣି ଭରି ଯାଇଥିଲା। ପୂର୍ବ ପରି ସେ ଜୀବନକୁ ଭଲ ପାଇଥିଲା। ଜୀବନ, ଯାହା ଯେମିତି, ଯେତେବେଳେ ଯେଉଁ ଭଳି ରୂପ ରଙ୍ଗ ନେଇ ତା' ଆଗରେ ଉଭା ହୋଇଛି, ତାକୁ ସେ ସ୍ୱୀକାର କରି ନେଇଥିଲା।

ଏଇ ଯେମିତି ସ୍କୁଲ ଝିଅର ଚିଠି... ତା' ପାଇଁ କମ୍ ବିସ୍ମୟଜନକ ନୁହେଁ। ମାତ୍ର ବାସ୍ତବ ଅବିଶ୍ୱାସ ହେଲେ ବି ସତ୍ୟ। ଏଇ ତ - ପଢ଼ା ଟେବୁଲର ଗୋଟିଏ କୋଣକୁ ଅଲଗା ହୋଇ ରହିଛି ତା' ଚିଠି। ଆଜି ସେ 'ଚିଠି'ରୁ ସଶରୀରେ ଉପସ୍ଥିତ ହେବାର ତିଥି। ତିଥି, ବାର, ବେଳା ସବୁକିଛି ସେ ଆଗରୁ ଲେଖି ଜଣାଇ ଦେଇଛି। ରବିବାର ଖରାବେଳ। ହୁଏତ ଆସିବାକୁ ପ୍ରସ୍ତୁତ ହେଉଥିବ। ଆଉ ଟିକକ ପରେ ଆସି ପହଞ୍ଚିବ।

ଝିଅଟି ଆସୁଥିଲା। ଅତି ସନ୍ତର୍ପଣରେ ଦାଣ୍ଡ ଦୁଆର କଲିଂବେଲ୍ ଉପରେ ଆସି ହାତ ରଖୁଥିଲା। ତା'ର ସେଇ କୋମଳ ସ୍ପର୍ଶରେ ଘର ଭିତରେ ଏକ ଚମତ୍କାର

ସଂଗୀତର ସୁର ଖେଳିଯାଉଥିଲା। ଖୋଲି ଯାଉଥିଲା ରୁଦ୍ଧଦ୍ୱାର। ପ୍ରିୟରଞ୍ଜନ ଆସି ପାଛୋଟି ନେଇଥିଲା ନୂଆ ଅତିଥିଙ୍କୁ ଘର ଭିତରକୁ। ଛାତିଯାଏଁ ଥାକେ ବହି ଓ ଖାତା ଜାକି ସ୍କୁଲ ଝିଅଟି ଭିତରକୁ ଯାଉଥିଲା - ସତେ ଯେମିତି ତା'ର କୌଣସି ସାଙ୍ଗ ବା ସାର୍‌ଙ୍କ ଘରକୁ ପଢ଼ିବାକୁ ଆସିଛି। ଘର ଭିତରେ ପଶିଲା ମାତ୍ରେ ବହିପତ୍ର ରଖିଦେଇ ପିଇବା ପାଇଁ ପାଣି ମାଗୁଥିଲା। ଟାଣ ଖରାରେ ଆସିଥିବାରୁ ତାକୁ ହୁଏତ ଖୁବ୍ ଶୋଷ କରୁଥିଲା। ପାଣି ପିଇ ସାରିବା ପରେ କିଛି ସମୟ ଚୁପ୍ ଚାପ୍ ବସି ରହିଲା। ପ୍ରଥମେ କଥା ଆରମ୍ଭ କଲା ପ୍ରିୟରଞ୍ଜନ। ତା'ର ନାଁ, ଘର, ଠିକଣା ସବୁକିଛି ପଚାରି ବସିଲା। ଧୀରେ ଧୀରେ ଝିଅଟି ବେଶ୍ ସହଜ ହୋଇଗଲା। କେତେ କଥା ଗପି ଚାଲିଲା। ତାଙ୍କ ସ୍କୁଲ କଥା - ସ୍କୁଲର ସେଇ ଫଙ୍କସନ୍ ଦିନର କଥା - ତାଙ୍କ ସାହି ପାଖର ସେଇ ପୁଅ କଥା, ଯିଏ ସବୁଦିନେ ଝିଅଟିର ପଛେ ପଛେ ତା' ସ୍କୁଲଯାଏଁ ଯାଏ ଏବଂ ଛୁଟି ହେଲେ ତା' ପିଛା ଧରି ଫେରିଆସେ। ନିରବରେ ଯାଏ ଓ ଆସେ। କିଛି କହେ ନାହିଁ କିମ୍ବା କମେଣ୍ଟଦିଏ ନାହିଁ। କୌଣସି ଅସୁନ୍ଦର ଇଙ୍ଗିତ ଦେଇନାହିଁ କିମ୍ବା ସୁନ୍ଦର ଚିଠି ଖଣ୍ଡେ କେବେ ଲେଖି ନାହିଁ। ଏମିତି କେତେ କଥା। ଗପୁ ଗପୁ ସଞ୍ଜ ହୋଇଆସିଲା। ଏଥର ଝିଅଟି କହିଲା - ସାର୍, ମୁଁ ଯାଉଛି। ପ୍ରିୟରଞ୍ଜନ ତା' ହାତକୁ ବଢ଼େଇଦେଲା ଚକୋଲେଟ୍ ଡବାଟି। ଖାସ୍ ତା'ରି ପାଇଁ ସେ ଆଗରୁ କିଣି ରଖିଥିଲା। ଝିଅଟି କହିଲା - ନା, ଚକୋଲେଟ୍ ମୁଁ ଖାଏ ନାହିଁ। ଖବରକାଗଜରେ ପଢ଼ି ନାହାନ୍ତି, ଚକୋଲେଟ୍ ଖାଇ ତିନି ଜଣ ସ୍କୁଲ ଛାତ୍ରୀ କିପରି ଅସୁସ୍ଥ ହୋଇପଡ଼ିଲେ ?

ପ୍ରିୟରଞ୍ଜନ କହିଲା - ନା, ବାଜେ ଚକୋଲେଟ୍ ଇଏ ନୁହେଁ। କାଡବରୀ। ନାମୀ କମ୍ପାନୀର। ବଡ଼ ଦୋକାନରୁ ମଧ୍ୟ ଆଣିଛି। ନକଲି ନୁହେଁ।

- "ଆପଣ ଜାଣି ନାହାନ୍ତି ସାର୍, ଆଜିକାଲି ବଡ଼ ଦୋକାନରେ ବେଶି ନକଲି ଜିନିଷ। ଆପଣ ଯଦି ଦେବାକୁ ଚାହୁଁଛନ୍ତି, ତେବେ ଅସଲି ଚକୋଲେଟ୍ ଦିଅନ୍ତୁ" ଆଖି ନଚେଇ ସ୍କୁଲ ଝିଅଟି କହିଲା।

ପ୍ରିୟରଞ୍ଜନ - 'ଇଏ ତ ଅସଲି।'

"ନା ଅସଲି ହେଉଛି...

କଥା ଅଧା ରଖି ସ୍କୁଲ ଝିଅଟି ତଳକୁ ମୁହଁ ପୋତିଦେଲା।

କିଛି ବୁଝୁଥିବା ପୁଣି ବୁଝି ପାରୁନଥିବା ଭାବଭଙ୍ଗୀରେ ପ୍ରିୟରଞ୍ଜନ ଚାହିଁ ରହିଲା ଝିଅଟିକୁ।

ଲାଜ ଲାଜ ହସରେ ଝିଅଟିର ଓଠ ଖାଲି ଥରି ଉଠୁଥିଲା।

■■

ଆକାଶର ଅଭିସାର

(୧)

ଆକାଶର ରଙ୍ଗ ନୀଳ।

ତମେ ତା' ଉପରକୁ ମୁଠାଏ ଅବିର ଛାଟି ଦେଲ। ଅବିରର ରଙ୍ଗ ନାଲି।

ନୀଳ ଆକାଶରେ ନାଲି ରଙ୍ଗର ଛାପ ଓ ଛବି। ଠିକ୍ ସୂର୍ଯ୍ୟାସ୍ତର ରଙ୍ଗ ଭଳି।

ଉଦୟକାଳୀନ ସୂର୍ଯ୍ୟର ଉଜ୍ଜ୍ୱଳ କିରଣ। ମାତ୍ର ଅସ୍ତଗାମୀ ସୂର୍ଯ୍ୟର ଆଭାରେ ଥାଏ କାରୁଣ୍ୟ।

ନୀତା !

ତୁମ ପାଇଁ ମୁଁ ହେଉଛି ସେଇ 'କାରୁଣ୍ୟ'।

ଆଉ ମୋ ପାଇଁ ତୁମେ ସତରେ 'କରୁଣା'।

ତା' ନ ହୋଇଥିଲେ ସୂର୍ଯ୍ୟାସ୍ତ ଆକାଶକୁ ଆବୋରି ବସିବାକୁ କିଏ ବା ଅଗେଇ ଆସି ଥାଆନ୍ତା ? କିଏ ବା ଇଚ୍ଛା କରିଥାଆନ୍ତା ମଧ୍ୟ ରାତ୍ରିର ଆକାଶକୁ ଚୁମା ଦେଇ ମୁକ୍ତିର ସ୍ୱପ୍ନ ଦେଖିବାକୁ ? ଘରର ବନ୍ଧ ବା ବାରଣ୍ଡା ଡେଇଁ ପଙ୍କ କାଦୁଅର ମାଟି ରାସ୍ତାକୁ ଓହ୍ଲେଇ ଆସିବାକୁ ?

ତମେ କିନ୍ତୁ ଆସିଲ।

ଆକାଶର ଆଖିରେ ଆଖି ମିଳେଇଲ। ମାଟି ଉପରକୁ ଉଠି ଆସିଲ। ଲୋଟି

ପଡ଼ିଲ ତା' ଛାତି ଉପରେ। ସେଠି ତାରା ହୋଇ ଫୁଟିଲ। ଜହ୍ନ ହୋଇ ହସିଲ। ପୁଣି ମେଘ ହୋଇ ଭାସିଲ।

ଆହ୍ଲାଦିତ ହେଲା ଆକାଶ। ଘୂରି ବୁଲିଲା ତୁମ ସାଥୀରେ ନିର୍ଜନ ସୈକତରୁ କୋଳାହଳମୟ ସହର ଭିତରକୁ। ସହରର ଜନ-ସମୁଦ୍ର ଭିତରୁ ଦୂରରେ ଥିବା ସୁନ୍ଦର, ଅଚିହ୍ନା ଗାଁ ଭିତରକୁ। ଅରଣ୍ୟର ଶୀତଳ ଛାଇ ଭିତରୁ ପାହାଡ଼ର ଶିଖ ଉପରକୁ। ସବୁଠି ପରିପୂର୍ଣ୍ଣ, ପରିବ୍ୟାପ୍ତ ଆକାଶ।

(୨)

ଆକାଶକୁ କ'ଣ ଘରର ଅଗଣା ଭିତରେ ବନ୍ଦୀ କରି ହୁଏ? ଆକାଶକୁ କ'ଣ କାହାର ପଣତ କାନିରେ ବାନ୍ଧି ରଖି ହୁଏ? ଆକାଶ କ'ଣ କାହା କପାଳରେ କେବଳ ସିନ୍ଦୂରର ବିନ୍ଦୁ ହୋଇ ରହିପାରେ?

ଆକାଶକୁ କ'ଣ ଲୁଚେଇ ଦେଇ ହେବ ଗୋପନ-ପତ୍ରର ସିନ୍ଦୁକ ଭିତରେ? ଅବଦମିତ କରିଦେଇ ହେବ 'ସମୟ'ର ଶୃଙ୍ଖଳ ଭିତରେ?

ଆକାଶ ହିଁ ଆକାଶ। 'ବିନ୍ଦୁ'ର ସ୍ଥିତିରେ ନୁହେଁ, ସମୟର ଶୃଙ୍ଖଳ ଭିତରେ ନୁହେଁ, ବ୍ୟାପ୍ତିରେ ହିଁ ତା'ର ବିଶ୍ୱାସ। ବିସ୍ତୃତିରେ ତା'ର ପ୍ରକାଶ। ବିଶ୍ୱମୟ ତେଣୁ ଆକାଶ।

ନୀତା!

ତମେ କିନ୍ତୁ ତା' ପାଇଁ ଭୂମିଟିଏ ଖୋଜୁଛ। ଖୋଜୁଛ ଭୂମିକାଟିଏ। ତମେ ତା' ପାଇଁ ନୀଡ଼ଟିଏ ସନ୍ଧାନ କରୁଛ। ଅବା ଚାହୁଁଛ ତୋଳିଦେବ ତା' ପାଇଁ ବିରାଟ ନଅରଟିଏ। ପରିଚିତ ଜନପଦଠାରୁ ଦୂରରେ, କେଉଁ ଏକ ନିରୋଳା, ନିକାଞ୍ଚନ, ଅରଣ୍ୟ ଭିତରେ। ଯେଉଁଠି ଆକାଶ ସହିତ ତମର ଅଭିସାର କାହାରି ଦୃଷ୍ଟିରେ ପଡ଼ିବ ନାହିଁ। ଆକାଶକୁ ଆଲିଙ୍ଗନ କରି ତମେ ଭୁଲିଯିବ ସବୁକିଛି। ତୁମ ସଂସାରର ଦୁଃଖ ଓ ଦହନ। ତୁମ ଶୈଶବ ଓ କୁମାରୀ ଜୀବନର ବ୍ୟର୍ଥ ସ୍ୱପ୍ନ। ଖୋଜି ଚାଲିଛ ଏମିତି ଏକ ନିଭୃତ ଇଲାକା, ଯେଉଁଠି କେବଳ 'ଆକାଶ' ହିଁ ଥିବ। ତୁମେ ଓ ଆକାଶ। ଆଉ କେହି ନଥିବେ। ନଥିବ ତୁମ ଉପରେ କାହାର ଦାବି ଓ ଦାୟିତ୍ୱ। ଅଧିକାରର ସୀମା ଓ ସମ୍ପର୍କ। ଖୋଜି ପାଇବ? ପାଇବ ଆକାଶକୁ ବାନ୍ଧି ରଖିଲା ଭଳି ବନ୍ଧନଟିଏ?

ନୀତା!

ଏଭଳି ବ୍ୟର୍ଥ ପ୍ରୟାସ କର ନାହିଁ। ଆକାଶ ସହିତ ତୁମ ସମ୍ପର୍କର ସଂଜ୍ଞା

ଖୋଜ ନାହିଁ। ସମ୍ପର୍କର କୌଣସି ସଂଜ୍ଞା ଓ ସ୍ୱରୂପର ଊର୍ଦ୍ଧ୍ୱରେ ଆକାଶ। ସାମାଜିକ ତଥା ସାଂସାରିକ ପରିଚୟର ସମ୍ବିଧାନ ବାହାରେ ଆକାଶ।

ଆକାଶର ନା ଘର ଅଛି ନା ଦ୍ୱାର। ନା ବନ୍ଧ ଅଛି ନା ବନ୍ଧନ! ଆକାଶ ସଦା ମୁକ୍ତ, ପରିବ୍ୟାପ୍ତ।

ତମେ ଘର ଭିତରେ ଥାଇ ସୁଦ୍ଧା ଆକାଶକୁ ଅନୁଭବ କରିପାରିବ। ତୁମର ପ୍ରିୟ ପରିବାର ଓ ସଂସାରର ସୀମା ଭିତରେ ରହି ମଧ୍ୟ ଆକାଶର ଆହ୍ୱାନ ଶୁଣିପାରିବ। ଘରର କବାଟ, ଝରକା ଖୋଲି ଦେଇଥିବ। ମନର ସଦର ଦରଜା ମୁକୁଳା ରଖୁଥିବ। ତା'ହେଲେ ଆକାଶ ଦୃଶ୍ୟ ହେବ। ଆକାଶକୁ ହାତ ପାଆନ୍ତାରେ ପାଇହେବ।

ଆକାଶକୁ ପାଇବା ପାଇଁ ସବୁ ଛାଡ଼ିଛୁଡ଼ି ଦେଇ ପଳେଇ ଯିବାର ଆବଶ୍ୟକତା ପଡ଼ିବ ନାହିଁ। କାହାର ଆଖିର ଅନ୍ତରାଳରେ କୌଣସି ନିଷିଦ୍ଧ ଇଲାକା ଖୋଜି ବସିବ ନାହିଁ। ଯଦି ସତରେ କେବେ ଆକାଶର ସାନ୍ନିଧ୍ୟ ଇଚ୍ଛା କର, ତେବେ ଦେଖିବ, ଆକାଶ ତୁମ ଭିତରେ ଅଛି। ଆକାଶ ତୁମ ଭିତରେ ଥିଲା ଏବଂ ରହିଥିବ ଚିରକାଳ। ଶୈଶବରୁ ଆରମ୍ଭ କରି ଜୀବନର ଶେଷ ମୁହୂର୍ତ୍ତ ଯାଏ। ତା'ପରେ ତମେ ପୂରାପୂରି ଆକାଶର। ଆଉ ଆକାଶ ବି ତମର। ଖାସ୍ ତମର। ତୁମର ଭଲପାଇବାର ରଙ୍ଗକୁ ନେଇ ଆକାଶର ରଙ୍ଗ ନୀଳ। ତୁମର ସ୍ୱପ୍ନ ଓ ସମର୍ପଣରେ ହିଁ ଆକାଶ ଶାନ୍ତ ଓ ସୁନ୍ଦର।

(୩)

ହଁ, ବେଳେ ବେଳେ ଝଡ଼ ଉଠେ। ଝନ୍‌ଜା ଆସେ। ବିଜୁଳି ଚମକେ। ହଜିଯାଏ ଆକାଶର ନୀଳିମା। ବୋଳି ହୋଇଯାଏ ଦେହସାରା ତା'ର ମେଘର କାଳିମା। ଆଖିରୁ ଅଶ୍ରୁ ଝରେ। ସେ ଝର ହୁଏ ଝରଣା। ବହିଯାଏ ପାହାଡ଼ ବୁକୁ ଚିରି ଏ ଧରଣୀରେ। ଧନ୍ୟା ହୁଏ ଧରଣୀ। ଆକାଶର ଅଶ୍ରୁକୁ ସଞ୍ଚୟ କରି, ଆପଣାର ସମ୍ପତ୍ତି କରି ସେ ହସେ। ଭୁଲି ବସେ ନିଜର ତାପ ଓ ସନ୍ତାପ। ଶାନ୍ତ ହୋଇଯାଏ ଆକାଶ। ତା'ର ଅଶ୍ରୁ ଓ ଅବସାଦ, ମେଘ ସହ ତା'ର ଅଭିସାରର କାହାଣୀ, କଳଙ୍କର କାଳିମା - ସବୁକିଛି ପୋଛି ହୋଇଯାଏ ନିମିଷକ ମଧ୍ୟରେ। ପୁନର୍ବାର ଆକାଶ ଫେରିପାଏ ତା'ର ନୀଳିମା।

କାଳର କୁଟିଳ ବନ୍ଧନୀ ଭିତରେ ଛନ୍ଦି ହୋଇଯାଏ ନାହିଁ ଆକାଶ। ସବୁ ପ୍ରକାର କପଟପାଶାରୁ ସେ ନିଜକୁ ମୁକ୍ତ କରି ଆଣେ। ଅସ୍ୱୀକାର କରେ କାଳର ଶୈଶବକୁ। ସ୍ୱୀକୃତି ଜଣାଏ କାଳାତୀତ ପ୍ରଣୟର ଆବେଗକୁ। ସମର୍ପଣର ସଦ୍‌ଭାବକୁ।

ଆକାଶର ସମର୍ପଣ ଧରିତ୍ରୀ ପାଖରେ।

କାରଣ ଧରିତ୍ରୀ ସର୍ବଂସହା। ଯୁଗ ଯୁଗର ସଞ୍ଚିତ ଅସୁମାରି ବ୍ୟଥା ଓ ବେଦନାକୁ ବୁକୁରେ ଜଡ଼ାଇ ଧର ସେ ହସୁଥାଏ। ବାରମ୍ବାର ପୁଲକିତ ଓ ପଲ୍ଲବିତ ହେଉଥାଏ। ଶୂନ୍ୟତାରେ ଓ ପୂର୍ଣ୍ଣତାରେ। ଭାବରେ ଓ ଅଭାବରେ, ଅଶ୍ରୁର ଉଲ୍ଲାସରେ ଓ ଆନନ୍ଦର ଅଶ୍ରୁରେ। ସେ ବାରମ୍ବାର ଊର୍ଦ୍ଧ୍ୱମୁଖୀ ହେବାରେ ଲାଗିଥାଏ।

ଆକାଶକୁ ଚାହିଁ ଚାହିଁ ନିଃଶବ୍ଦରେ, ନିତ୍ୟନିୟତ ସେ ଲେଖି ଚାଲିଥାଏ ନିଜ ଭଲ ପାଇବାର କାହାଣୀ।

ସେ କାହାଣୀ ଶେଷ ହୁଏ ନାହିଁ। କାରଣ ଶବ୍ଦହୀନ ସେ କାହାଣୀ। ଶବ୍ଦ ଓ ଶୈଳୀର ଆଡ଼ମ୍ବର ଓ ଆଭରଣ ସେଥିରେ ନଥାଏ। ସ୍ୱଚ୍ଛ ସଲିଳା ପରି ଆକାଶରୁ ତାହା ଝରିଆସେ ଧରିତ୍ରୀ ଉପରକୁ। ଧରିତ୍ରୀ ବୁକୁରେ ପୁଣି ସଞ୍ଚରିଯାଏ ଆକାଶକୁ। ଗୋଟିଏ ଅଦୃଶ୍ୟ ସୂତ୍ରରେ ଉଭୟ ସତ୍ତା ଏକା ହୋଇଯାନ୍ତି।

ଆକାଶ ଓ ଧରିତ୍ରୀ।

ଧରିତ୍ରୀ ଆକାଶ।

(୪)

ନୀତା !

ତମେ ତ ମୋର ଧରିତ୍ରୀ।

ସ୍ନେହମୟୀ, ସୁଧାମୟୀ, ସର୍ବଂସହା ଧରିତ୍ରୀ।

ତମରି ପାଇଁ ତ ମୁଁ ଖରା ହୋଇ ଜଳେ। ବର୍ଷା ହୋଇ ଝରେ। ଚନ୍ଦ୍ର ଓ ବିଜୁଳି ହୋଇ ଚମକେ। ପୁଣି ତାରାଙ୍କ ମେଳରେ ଆଖିଠାରି ଡାକେ। ତମେ କିନ୍ତୁ ଆସିବ ଆସିବ ବୋଲି ଆସନା। ଖାଲି ପାଖକୁ ଡାକି ନେଇଯାଅ। ମେଘ ଆସେ ତୁମ ଦୂତ ସାଜି। ସେଇ ମେଘ ହୋଇଯାଏ ମୋ ପାଇଁ ପାଲିଙ୍କି। ପାଲିଙ୍କିରେ ବସି ମୁଁ ତୁମ ପାଖକୁ ଯାଏ। କାହାରିକୁ ଡରିଥରି, ଲୁଚିଛପି ନୁହେଁ, ସବୁରି ସାମ୍ନାରେ କହି ବୋଲି, ଡମ୍ବରୁ ବଜେଇ ହେଇ ଦେଖ, ମୁଁ ଆକାଶ ଆସିଛି ଧରିତ୍ରୀ ପାଖକୁ। ଧରିତ୍ରୀ ଚିରକାଳ ଆକାଶର। ଆକାଶଠାରୁ ଧରିତ୍ରୀକୁ କେହି କେବେ ଭିନ୍ନ କରିଦେଇ ପାରିବେ ନାହିଁ। ସେମାନେ ସବୁଦିନେ, ସବୁକାଳେ ଏକାଠି ଥିଲେ ଏକମନ ଏକ ଆତ୍ମା। ଏ ଯେଉଁ ଦୂରତା ଦେଖୁଛ, ପରାର୍ଦ୍ଧ ପରାର୍ଦ୍ଧ ଯୋଜନର ଦୂରତ୍ୱ, ସେସବୁ ସାଧାରଣ ମଣିଷର ଖାଲି ଆଖି ପାଇଁ। ବାହାରର ଦୃଶ୍ୟ ଦେଖିବା ପାଇଁ ବାହାରେ ଆଖି। ମାତ୍ର ଅନ୍ତରର ସମ୍ପର୍କ କଳିବାକୁ ହେଲେ ଅନ୍ତର୍ଦୃଷ୍ଟିଟିଏ ଲୋଡ଼ା। ସେ ଦୃଷ୍ଟି ସମସ୍ତଙ୍କର ନଥାଏ।

ବହିର୍ଦୃଶ୍ୟକୁ ନେଇ ସେମାନଙ୍କର ଯେତେ ଯାହା ଦର୍ଶନ ଓ ଚିନ୍ତନ। ତେଣୁ ସେମାନେ ଅବା କେମିତି ଦେଖି ପାରିବେ ଆକାଶ ସହ ଧରିତ୍ରୀର ପ୍ରଣୟର ରଙ୍ଗ ଆଉ ରାଗ? ମାପି ପାରିବେ ସେମାନଙ୍କ ସମ୍ପର୍କର ଗଭୀରତା?

ନୀତା!

ଭଲ ହୋଇଛି - ସେମାନେ କିଛି ଜାଣି ନାହାନ୍ତି। ସେମାନେ କିଛି ଦେଖି ପାରି ନାହାନ୍ତି। ବିନ୍ଦୁ ବିସର୍ଗ କିଛି ଜାଣିଥିଲେ ବା ଅନୁମାନ କରିଥିଲେ ଏତେ ବେଳକୁ ପ୍ରଣୟ ରଚି ସାରନ୍ତେଣି। କାରଣ ପ୍ରଣୟରେ ସେମାନଙ୍କର ବିଶ୍ୱାସ ନାହିଁ। ପ୍ରଣୟ କ'ଣ ସେମାନେ ଜାଣନ୍ତି ନାହିଁ। ପ୍ରଣୟର ପୂର୍ବରାଗ, ଅନୁରାଗ, ଅଭିମାନ ଓ ଅଭିଯୋଗ - ସେମାନଙ୍କ ପାଇଁ ଗୋଟିଏ ଗୋଟିଏ ଅପରିଚିତ, ଅଭିଧାନଗତ ଶବ୍ଦ ମାତ୍ର। ପ୍ରଣୟ କହିଲେ ସେମାନେ ପରିବାରକୁ ହିଁ ବୁଝନ୍ତି, ଆଉ ପରିବାର କହିଲେ ପ୍ରଜନନ। ଆଦିମ କ୍ଷୁଧା ଓ କାମନାର ପରିପୂରଣ ପାଇଁ ପରିବାର ହୋଇଯାଏ ଲାଇସେନ୍ସ ପ୍ରାପ୍ତ ଏକ ସାମାଜିକ ଅନୁଷ୍ଠାନ। ସେ ଅନୁଷ୍ଠାନ ଭିତରେ ବ୍ୟକ୍ତିସତ୍ତା ବନ୍ଦୀ ହୋଇଯାଏ। ଅନୁଷ୍ଠାନର ରୀତି, ନୀତି, ଆଚାର-ବିଚାର, ପ୍ରଥା ଓ ପରମ୍ପରାକୁ ଆପଣାର କରୁ କରୁ ବ୍ୟକ୍ତିର ନିଜସ୍ୱ ଇଚ୍ଛା-ଅନିଚ୍ଛା, ପସନ୍ଦ-ଅପସନ୍ଦ, ଆଗ୍ରହ ଅଭିଳାଷ ସବୁ ଲୋପ ପାଇଯାଏ। ବ୍ୟାପ୍ତିର ବ୍ୟାକୁଳତା ନେଇ ଜୀଇଁ ରହିଥିବା ବିରାଟ ସତ୍ତା ହଠାତ୍ ଏକ ସ୍ଥିର ବିନ୍ଦୁ ପାଲଟିଯାଏ। ଆଉ ସେଇ ବିନ୍ଦୁ ଯଦି ଅକସ୍ମାତ କେବେ ବିସ୍ତାର ଚାହେଁ, ତେବେ ଆରମ୍ଭ ହୋଇଯାଏ ବିସ୍ଫୋରଣ। ବିସ୍ଫୋରଣର ଧୂଆଁ ଓ ନିଆଁରେ ଜଳିପୋଡ଼ି ଛାରଖାର ହୋଇଯାଏ ପରିବାର ତଥା ସାମାଜିକ ଜୀବନର ମେଘନାଦ ପାଚେରୀ ସବୁ। ଧୂଳିରେ ମିଶିଯାଏ କେତେ ଯତ୍ନରେ ଗଢ଼ା ହୋଇଥିବା, ଶାସ୍ତ୍ରୀୟ ଆଚାର-ସଂହିତାରେ ଶୁଦ୍ଧ ହୋଇଥିବା, ବେଦ-ମନ୍ତ୍ରରେ ମନ୍ତୁରା ହୋଇଥିବା ଭଲ ପାଇବାର ବେଭାର ସବୁ। ଏକ ଛାତ ତଳେ ଦୁଇଟି ଛାତିର ତାତିକୁ ଏକ କରି କେତେ ଖରା-ବର୍ଷା-ଶୀତ କାକରକୁ ସାମ୍ନା କରୁଥିବା ମଣିଷ ଦୁଇଜଣ ହଠାତ୍ ନଦୀର ଦୁଇ ବିପରୀତ କୂଳରେ ଠିଆ ହୋଇ କେହି କାହାକୁ ଚିହ୍ନୁନଥିବା ଏବଂ ଛୁଇଁ ପାରୁନଥିବା ପରସ୍ପରର ଅପରିଚିତ, ଭିନ୍ନ ସତ୍ତା ପାଲଟି ଯାଆନ୍ତି। ତଥାପି ସେମାନେ ଏକାନ୍ତ ଭାବରେ ଏକାତ୍ମ ବୋଲି ଚମତ୍କାର ଅଭିନୟ କରୁଥାଆନ୍ତି ଏବଂ ଭିତରେ ଭିତରେ ଘୁଣ ଧରିଥିବା ଭଗ୍ନପ୍ରାପ୍ତ ଅନୁଷ୍ଠାନକୁ ବଞ୍ଚାଇ ରଖିବାର ଉଦ୍ୟମ କରି ଚାଲି ଥାଆନ୍ତି। ଗୋଟିଏ ମିଛକୁ ସତ ବୋଲି ପ୍ରତ୍ୟୟ ଦେବା ସାଧ-ସାଧନାରେ ଜୀବନ ସେମାନଙ୍କର ଶେଷ ହୋଇଯାଏ। ସେଇ ମିଛ-ସତର ସଂସାର ଓ ଜୀବନଧାରାରୁ ଜନ୍ମନିଏ ଆଉ ଏକ ଜୀବନର ଧାରା।

ନୀତା !

ଯୁଗ ଯୁଗ ଧରି ଆମ ସଂସାରରେ ଚଳି ଆସୁଥିବା ଏଇ ଧାରାରୁ ଆମେ କେହି ନିଜକୁ ବିଚ୍ଛିନ୍ନ କରି ପାରିନାହୁଁ। କରିବା ସମ୍ଭବ ମଧ୍ୟ ନୁହେଁ। ଗୋଟିଏ ପ୍ରତିଷ୍ଠିତ ପରମ୍ପରା ପ୍ରଭାବରୁ ନିଜକୁ ମୁକ୍ତ କରିବା କ'ଣ ଏତେ ସହଜ କଥା ! ମାତ୍ର ପରମ୍ପରାର ପ୍ରଚଳିତ ଧାରା ସହ ନିଜକୁ ସାମିଲ କରି ଆଉ ଏକ ନୂଆ ଧାରା ସୃଷ୍ଟି କରିବାରେ ଅସୁବିଧା କେଉଁଠି ? ନାନା ପ୍ରକାର ଦୁର୍ବଳତା ଭିତରେ ମଧ୍ୟ ଆମ ପରିବାର ଜୀବନର କିଛି ବୈଶିଷ୍ଟ୍ୟ ରହିଛି। ତାକୁ ଅସ୍ୱୀକାର କରିବାର ପ୍ରଶ୍ନ ଉଠୁନାହିଁ। ଅମେ ଉଭୟେ ତାକୁ ସ୍ୱୀକାର କରିଛେ। ସମ୍ମାନ ଦେଇଛେ। ଆମ ଜୀବନର ସମ୍ପଦ ଭାବରେ ଗ୍ରହଣ କରି ନେଇଛେ। ମାତ୍ର ସେଇ ସମ୍ପତ୍ତି ଆମ ଜୀବନର ସର୍ବମୂଳ ବା ସର୍ବଶେଷ ସମ୍ପତ୍ତି ନୁହେଁ। ପ୍ରତିଷ୍ଠିତ ପରମ୍ପରାର ବନ୍ଧନ, ପରିବାର-ଜୀବନର କଠୋର ଶୃଙ୍ଖଳ ଓ ଶୃଙ୍ଖଳାକୁ ଅସ୍ୱୀକାର କରି ଆମ ମନ ଭିତରେ ପରସ୍ପର ପ୍ରତି ଭଲ ପାଇବାର ଯେଉଁ ଚାରାଟି ଜନ୍ମ ନେଲା, ତାକୁ କ'ଣ ଆମେ ଅସ୍ୱୀକାର କରିପାରିବା ? ଯତ୍ନରେ ତାକୁ ପଲ୍ଲବିତ ଓ କୁସୁମିତ କରେଇବାର ନୈତିକ ଦାୟିତ୍ୱବୋଧରୁ ଆମେ କ'ଣ ଓହରି ଆସିବା ?

ଭଲ ପାଇବାର କ୍ଷେତ୍ର ହେଉଛି ବେଶ୍ ପ୍ରଶସ୍ତ ଓ ପ୍ରସାରିତ। ସେଠି ଅନେକ ଧରା ଓ ଉପଧାରା ଏକତ୍ର ମିଳିତ ହୋଇ ବହିଯିବାରେ କିଛି ବାଧା ନାହିଁ। ଖାଲି ଆଖିକୁ ଦୃଶ୍ୟ ହୁଏ ଗଙ୍ଗା-ଯମୁନାର ମିଳନ। ମାତ୍ର ସବୁରି ଅଦୃଶ୍ୟରେ ସରସ୍ୱତୀ ମଧ୍ୟ ସେମାନଙ୍କ ସହ ମିଳିତ ହୋଇଥାଏ। ଆମ ଭଲ ପାଇବାର ଧରା ଠିକ୍ ଅନ୍ତଃସଲିଳା ଏକ ସରସ୍ୱତୀ ଭଳି। ସବୁରି ଅଦୃଶ୍ୟରେ ବହି ଚାଲିଛି। ନିଜକୁ ଏକାତ୍ମ କରି ଦେଇଛି ପରସ୍ପରଠାରୁ ପୃଥକ୍ ଦୁଇ ପରିବାରର ମୂଳଧାରା ସହିତ। ଭଲ ପାଇବାର ଏ ହେଉଛି ଅଦୃଶ୍ୟ ସଂଗମ।

ନୀତା !

ସଂସାରର ଚିରାଚରିତ ଦୃଶ୍ୟମାନ ଧାରା ସହ ଏହି ଉପଧାରାର ମିଳନ ମଧ୍ୟ କେଉଁ ଅନାଦି ଅନନ୍ତ କାଳର କାହାଣୀ। ଆମେ ଇଚ୍ଛା କରି ଏ କାହାଣୀ ଲେଖିନାହୁଁ। ଆମେ ନୂଆ କରି ମଧ୍ୟ ଏ କାହାଣୀ ଲେଖିନାହୁଁ। ସବୁରି ଅଜାଣତରେ ଏପରିକି ଅମ ନିଜ କଳ୍ପନାର ବାହାରେ ଏ କାହାଣୀ ରୂପ ନେଇଗଲା ଆପଣା ଛାଏଁ ଛାଏଁ। କେହି କାହାରିକୁ ଆଖି ଭରି ଦେଖିବାର ବା ମନଭରି ଜାଣିବାର ସୁଯୋଗ ମଧ୍ୟ ନଥିଲା। ଆକାଶ ଓ ଧରିତ୍ରୀର ଦୂରତା ପରସ୍ପର ଭିତରେ। ଅଥଚ ଆଖି ପିଛୁଳାକେ ସବୁ ଦୂରତ୍ୱ କୁଆଡ଼େ ଅପସରି ଗଲା। ଦୁଇଟି ମନ ଗୋଟିଏ ଫରୁଆରେ ମୁଦି ହୋଇଗଲା। ଆଖି ବୁଜି ହୋଇଗଲା। ଆଉ କିଛି ଦେଖି ପାରିଲେ ନାହିଁ ଆମେ। ଦେଖିପାରିଲେ ନାହିଁ

ଆମ ଚାରିପଟେ ଘେରି ରହିଥିବା ସଂସାରର ଛାୟା ଓ ଛବି। ସବୁ ଅସ୍ୱାଭାବିକ ଦୃଶ୍ୟ ଆମ ପାଇଁ ଅଦୃଶ୍ୟ ହୋଇଗଲା। ଆମେ କେବଳ ପରସ୍ପରକୁ ଦେଖିଲେ ନିଜ ନିଜର ମୁଦ୍ରିତ ଆଖି ଦୁଇଟିରେ। ଆମେ କେବଳ ପରସ୍ପରକୁ ଅନୁଭବ କଲେ ପରମ ବିଶ୍ୱାସରେ। ସ୍ଥିର ଆତ୍ମାର ଆତ୍ମୀୟତାରେ।

ନୀତା !

ଏ ଦେଖାର କେବେ ଶେଷ ନାହିଁ କି ଅନୁଭବର ମଧ୍ୟ ଅନ୍ତ ନାହିଁ। ଏ ସମ୍ପର୍କରେ କୌଣସି ପ୍ରାପ୍ତି ନାହିଁ। ତେଣୁ ସ୍ୱାଭାବିକ ଭାବରେ ଏହାର କୌଣସି ପରିଣତି ମଧ୍ୟ ନାହିଁ।

ତଥାପି ବେଳେ ବେଳେ ଇଚ୍ଛା ହୁଏ, ଖୁବ୍ ଇଚ୍ଛା ହୁଏ - ଥାଆନ୍ତା କି ମୋର ବିହଙ୍ଗ ପକ୍ଷ। ଲଂଘି ଭୀଷଣ ଗିରି ସାଗର ବକ୍ଷ। ପକ୍ଷୀ ଜନ୍ମ ପାଇ ତୁମ କୋଳରେ ଯାଇ ବସିପଡ଼ନ୍ତି। ଚଞ୍ଚୁରେ ମୋର ଜୀବନଯାକର ସଞ୍ଚିତ ସ୍ନେହ ସବୁ ତୁମ ଦେହସାରା ବୁଣି ଦିଅନ୍ତି। ସନ୍ତପ୍ତ ଏ ପ୍ରାଣ ମୋର ଶୀତଳ ହୋଇଯାଆନ୍ତା। ସନ୍ତୃପ୍ତ ହୁଅନ୍ତା ତୁମ ସ୍ନେହର ସ୍ପର୍ଶରେ।

ନୀତା !

ମୁଁ ଜାଣେ - ମୋର ଇଚ୍ଛା କେବେ ଏ ଜନ୍ମରେ ପୂରଣ ହେବ ନାହିଁ। ପକ୍ଷୀ ଜୀବନର ସ୍ୱାଧୀନତା ଏ ଜୀବନରେ ବା କାହିଁ ?

ତଥାପି ପରମ ଆନନ୍ଦ ମୋର। କାହିଁ କେତେ ବର୍ଷର ଅପେକ୍ଷା ପରେ ତମେ ଆସିଲ। ସୁନାର ପଞ୍ଜୁରୀ ଭିତରେ ଥାଇ ମୁଁ ଡେଣା ଫଡ଼ ଫଡ଼ କରୁଥିଲି। ତମେ ଆସି ପଞ୍ଜୁରୀର ଦ୍ୱାର ଖୋଲିଦେଲ। ଚୁପି ଚୁପି କାନରେ ମୋର କହିଦେଲ - 'ଏଥର ଉଡ଼ିବୁଲ, ଅନନ୍ତ ଆକାଶର ନୀଳିମାକୁ ସାଙ୍ଗରେ ଧରି। ମୋ ପାଇଁ ତମେ ଆକାଶ ହୋଇଯାଅ - ଆକାଶ। ତୁମ ପାଇଁ ଏ ପଞ୍ଜୁରୀ ଶୋଭା ପାଏ ନାହିଁ - ହେଉ ପଛେ ସୁନାର।' ଅନେକ ଦିନ ଧରି ପିଞ୍ଜରାବଦ୍ଧ ଚଢ଼େଇଟିକୁ ପିଞ୍ଜରାମୁକ୍ତ କରି ଉଡ଼େଇ ଦେଲେ ସେ ହୁଏତ କିଛି କ୍ଷଣ ପାଇଁ ଉଡ଼ିପାରେ, ମାତ୍ର ପର ମୁହୂର୍ତ୍ତରେ ସେ ପୁଣି ଖୋଜିବସେ ଓ ଫେରିଆସେ ପଞ୍ଜୁରୀ ଭିତରକୁ।

ନୀତା, ଆମ ଅବସ୍ଥା ଠିକ୍ ସେଇଭଳି। ପଞ୍ଜୁରୀକୁ ଛାଡ଼ି ରହି ପାରିବା ନାହିଁ କି କେବଳ ପଞ୍ଜୁରୀକୁ ଧରି ରହିପାରିବା ନାହିଁ। ସବୁରି ଦୃଷ୍ଟି ଅନ୍ତରାଳରେ ଘୂରି ବୁଲୁଥିବା। ପୁଣି ସବୁରି ଦୃଷ୍ଟି ସାମ୍ନାରେ ପଞ୍ଜୁରୀ ଭିତରେ ଥାଇ ଡେଣା ଫଡ୍ ଫଡ୍ କରୁଥିବା। ପୋଷା ପକ୍ଷୀର ଭୂମିକାରେ ସୁନା ପଞ୍ଜୁରୀର ସୁହୃଦମାନଙ୍କୁ ସନ୍ତୁଷ୍ଟ କରୁଥିବା।

ନୀତା !

ଏ ସଂସାରରେ ଏହା ହିଁ ଆମର ଭାଗ୍ୟ । ତଥାପି ସୌଭାଗ୍ୟ ବୋଲି କହିବି ଯେ, ତମେ ମୋତେ ସୁନା ପଞ୍ଜୁରୀର ସୀମିତ ବଳୟ ଭିତରୁ ଆକାଶର ବିସ୍ତୃତି ଭିତରକୁ ଟାଣି ନେଇଗଲ । ମୋ ଧୂସର ଦେହରୁ ଧୂଳି ଝାଡ଼ିଦେଇ ସେଠି ଆକାଶର ରଙ୍ଗ ମାଖିଦେଲ । ମୁହୂର୍ତ୍ତକ ମଧ୍ୟରେ ମୁଁ ପାଲଟିଗଲି ଆକାଶ । ସୁନ୍ଦର, ସୁନୀଳ ଆକାଶ ।

ଆଉ ତମେ !

(୫)

ଆକାଶ !

ତମେ ହିଁ ମୋର ଆନନ୍ଦ ।

ଆନନ୍ଦ, ପୁଣି ତମେ ହିଁ ମୋର ଅବଶୋଷ ଓ ଅବସାଦ ।

ତମେ ହିଁ ମୋର ଭାବ ଓ ଅଭାବ ।

ତୁମକୁ ପାଇ ନ ପାଇବାର ପୁଲକ ମିଶା ବ୍ୟଥା ଓ ବ୍ୟର୍ଥତା ଭିତରେ ମୁଁ ଅହର୍ନିଶି ଏବେ ଖାଲି ଭଉଁରୀ ଖେଳୁଛି -

ଚକା ଚକା ଭଉଁରୀ
ମାମୁଘର ଚଉଁରୀ
ମାମୁ ମୋତେ ମାଇଲେ
କେତେ କଥା କହିଲେ

ପିଲାଦିନର ଚକାଭଉଁରୀ ଖେଳ ମନେ ପଡ଼ିଯାଉଛି । କିଏ କେତେ କଥା କହନ୍ତୁ । ମାମୁମାନେ ଯିଏ ଯେଉଁଠି ଅଛନ୍ତି, ମୋତେ ଯେତେ ଧରନ୍ତୁ ବା ମାରନ୍ତୁ - ହାତଗୋଡ଼ ବାନ୍ଧି ମାଛି ଭଣଭଣ, ଗୋବର ସଣ ସଣ ଗୁହାଳ ଭିତରେ ପକେଇ ଦିଅନ୍ତୁ ପଛକେ, ମୁଁ କାହାରି ମନକୁ ଆଉ ମାନିନେଇ ପାରିବି ନାହିଁ । କାହିଁ କେତେ କାଳର ଅପେକ୍ଷା ପରେ ମୁଁ ମୋ ଆକାଶକୁ ପାଇଛି । ମୋର ପ୍ରିୟତମ ଆକାଶ ।

ସେଇଥିପାଇଁ ତ ତିରିଶ ବର୍ଷର ସଂସାର ପରେ ବି ତେର ବର୍ଷର କୁଆଁରୀ ଝିଅ ପରି ଖୋଲା ଛାତ ଉପରେ ଆଖିବୁଜି ଘୂରିବୁଲୁଛି । ଗାଉଛି ସେଇ ଝିଅ ଦିନର ଗୀତ -

"ଆଖି ନାହିଁ, କାନ ନାହିଁ, ବାଜିଗଲେ ଦୋଷ ନାହିଁ ।"

ମୋର ଭାବ ଓ ଭାବନା, ଆକାଶକୁ ନେଇ ମୋର କଥା ଓ କଳ୍ପନା ଯଦି କାହାରି ଦେହରେ ବାଜି ଯାଉଛି, କାହାରି ମନକୁ ବାଧି ଯାଉଛି - ତେବେ ମୁଁ

ନାଚାର । ମୋର ଦୋଷ କିଛି ନାହିଁ । ମୁଁ କେବେ ବି କାହାରି କଥାରେ ଅବାଧ ହୋଇନାହିଁ । କୌଣସି କଥାକୁ ଅମାନ୍ୟ କରିନାହିଁ । ସୁନାଝିଅ ଭଳି ଶୈଶବରୁ ତିରିଶ ବର୍ଷର ଏ ସଂସାରୀ ଜୀବନ ଯାଏଁ ସବୁରି ଅଳି - ଅର୍ଦ୍ଦଳି, ଆଜ୍ଞା ଆଦେଶକୁ ଆପ୍ତବାକ୍ୟ ମଣି ଅକ୍ଷରେ ଅକ୍ଷରେ ପାଳନ କରି ଆସିଛି । ମୋ ଭିତରର ସବୁ ଇଚ୍ଛା - ଅନିଚ୍ଛାକୁ ଗୋପନ ରଖିଛି । କେବେ କୌଣସିଥିରେ ପ୍ରତିବାଦ କରିନାହିଁ । ପ୍ରତିକ୍ରିୟା ପ୍ରକାଶ କରିନାହିଁ । ଆଜି ଏତେ ବର୍ଷ ପରେ ଆକାଶର ରଙ୍ଗ ଦେଇ ହଠାତ୍ ଯଦି ମୋ ଦେହରେ ପକ୍ଷ ମେଲିଯାଇଛି, ପଞ୍ଜୁରୀ ଭିତରୁ ମୁକୁଳିବା ପାଇଁ ମନ ବ୍ୟାକୁଳ ହେଉଛି, ତେବେ ସେଥିରେ କାହାରି ବାଧା-ବନ୍ଧନକୁ ମୁଁ ସ୍ୱୀକାର କରିବି କାହିଁକି ? କାହାରି ନାଲି ଆଖି ଦେଖି ଡରିଯିବି କାହିଁକି ?

ମୁଁ ନାଚିବି ଗାଇବି । ଘରର କାନ୍ଥ ଓ କବାଟ ଡେଇଁ ଖୋଲାଛାତ ଉପରେ ମୋର ପ୍ରିୟ ଆକାଶକୁ ଚାହିଁ ଚାହିଁ ମୁଁ ଗୀତ ଗାଇବି । ମୁଁ ଝରିଯିବି ବର୍ଷା ହୋଇ । ଆକାଶ ଚାରିପାଖେ ସୃଷ୍ଟି କରି ପ୍ରଣୟ ଲହରୀ ମୁଁ ବହିଯିବି କୂଳ ଲଘିଂ । ସାଗରେ ଅଧୀର ନୀଳ ତରଙ୍ଗ, ଆକାଶେ କଜଳ ମେଘର ରଙ୍ଗ - ଗୁଣୁ ଗୁଣୁ ହୋଇ ମୁଁ ଗାଉଛି ମୋ ପ୍ରିୟ ଗୀତିକାରର ଗୀତ । ମୁଁ ନାଚୁଛି । ଧୂସର ମାଟିର ମୁଁ ଶ୍ୟାମଳୀ କନ୍ୟା, ତନୁରେ ଛୁଟାଇ ରୂପର ବନ୍ୟା - ମୁଁ ବହିଯାଉଛି ବନ୍ୟା ହୋଇ, ମାଡ଼ି ଯାଉଛି ପାହାଡ଼ି କନ୍ୟା ଭଳି କଣ୍ଟାଝଣ୍ଟା ନ ମାନି, ପାହାଚ ବୁକୁରେ ଝରଣା ହୋଇ -

କୋଉଠି ଥିଲା ମୋର ଏ ନାଚ ଗୀତ । ମୋର ଏ ଅମାନିଆ ଢଙ୍ଗ । କେମିତି ଆଜିଯାଏଁ ବାନ୍ଧି ହୋଇ ରହିଥିଲା । ଆଜି ପୁଣି କେମିତି ସବୁ ଗଣ୍ଠି ଫିଟିଗଲା । ମୁଁ ଫେରିପାଇଲି ମୋର ଛନ୍ଦ ଓ ତାଳ । ଜୀବନର ବେସୁରା ସଂଗୀତରେ ରାଗ ରାଗିଣୀ, ନୂଆ ସୁର ।

ଆକାଶ !

ତମେ ହିଁ ମୋତେ ପରଦା ଆଢୁଆଳରୁ ଟାଣି ନେଇଗଲ ଖୋଲା ଛାତ ଉପରକୁ । ତମେ ହିଁ ମୋତେ ହାତଠାରି ଡାକିଲ ତୁମ ଛାତି ଉପରେ ଲୋଟି ପଡ଼ିବାକୁ । ତୁମ ନୀଳ ରଙ୍ଗର କି ଅଦ୍ଭୁତ ଆକର୍ଷଣ କେଜାଣି । ମୁଁ ଘୂରି ବୁଲୁଛି - ଘରକରଣା ଭୁଲି । ଖରାତରା ନ ମାନି, ବେଳ-ଅବେଳ ନ ଜାଣି ଦଉଡ଼ିଗଲି ଖାଲି ଘରର ଛାତ ଉପରକୁ, ତୁମକୁ ଟିକିଏ ଆଖିଭରି ଦେଖିବା ପାଇଁ । ତୁମ ସହିତ ଅନ୍ତରଙ୍ଗ ବାର୍ତ୍ତାର ଆଳାପ ଟିକିଏ ଯୋଡ଼ି ଦେବା ପାଇଁ ।

ଅଥଚ ମୁଁ ଯେତେବେଳେ ତୁମର ପାଖକୁ ଯିବାରେ ଲାଗିଛି, ତମେ ସେତିକି ମୋଠାରୁ ଦୂରେଇ ଦୂରେଇ ଯାଉଛ । ବେଳେବେଳେ ମନେ ହୁଏ ସବୁ କିଛି ଭ୍ରମ ।

ଦୃଷ୍ଟିର ଭ୍ରମ। ଭାବନାର ଭ୍ରମ। ତମେ କେବେ ନଥିଲ। ଏବେ ମଧ୍ୟ ନାହଁ। ତମେ ଏକ ମିଥ୍ୟା। ବିରାଟ ମିଥ୍ୟା। ମାୟା ଓ ମରୀଚିକା। ମୁଁ ଯେମିତି ଏକ ମିଛ ମୋହରେ ପଡ଼ିଯାଇଛି। ମୋର ସ୍ୱାଭାବିକତା ହରେଇ ବସିଛି। ମୋ ଚାରିପଟେ ଆତଯାତ ହେଉଥିବା ସଂସାରୀ ମଣିଷମାନଙ୍କର ମଧ୍ୟ ମୋ ସମ୍ପର୍କରେ ଏହା ହିଁ ଧାରଣା। ସେମାନେ ଭାବୁଛନ୍ତି, ମୋ ମସ୍ତିଷ୍କ ଭିତରେ ସୂକ୍ଷ୍ମତନ୍ତ୍ରୀଗୁଡ଼ିକ ହୁଏତ ଛିନ୍ନଭିନ୍ନ ହୋଇ ପଡୁଛି। ମୋର ବିଶ୍ରାମ ଲୋଡ଼ା। ମୋର ଚିକିତ୍ସା ଲୋଡ଼ା। ଘରର ଜଞ୍ଜାଳ ଭିତରୁ ମୋତେ ମୁକ୍ତ କରି କେଉଁ ସ୍ୱାସ୍ଥ୍ୟ-ନିବାସରେ ମୋତେ ନେଇ ରଖିଦେଲେ ମୁଁ ହୁଏତ ମୋର ମାନସିକ ସ୍ୱାସ୍ଥ୍ୟ ଫେରି ପାଇବି। ଏହିଭଳି କେତେ କ'ଣ ଯୋଜନାରେ ମୋର ସଂସାରୀ ମଣିଷମାନେ ବ୍ୟସ୍ତ ଓ ବିବ୍ରତ।

ମାତ୍ର ଆକାଶ, କେମିତି ମୁଁ ବୁଝେଇବି ଯେ, ମୁଁ ଆଦୌ ଅସୁସ୍ଥ ନୁହେଁ। ବରଂଏତେ ବର୍ଷ ପରେ ମୁଁ ମୋର ସ୍ୱାଭାବିକତା ଫେରି ପାଇଛି। ଫେରି ପାଇଛି ମୋର ଜୀବନ ଶକ୍ତି। ଏ ଜୀବନ ମୋତେ ଫେରେଇ ଦେଇଛି ମୋର ପ୍ରିୟ ଆକାଶ। ଆକାଶକୁ ଚାହିଁ ଆନମନା ହେବା, ନାଚିବା, ଗାଇବା, ଚକା ଚକା ଭଉଁରୀ ଗୀତ ଗାଇ ଛାତ ଉପରେ ଘୂରି ବୁଲିବା ଅସୁସ୍ଥତା ବା ଅସ୍ୱାଭାବିକତାର ଲକ୍ଷଣ ନୁହେଁ।

ନା - ସେମାନଙ୍କୁ ଏସବୁ ବୁଝେଇ ଲାଭ ନାହିଁ। ସେମାନେ ଆଦୌ ବୁଝିବେ ନାହିଁ। ବରଂ ମୋର ଅସୁସ୍ଥତା ବଢ଼ିବାରେ ଲାଗିଛି ବୋଲି ସନ୍ଦେହ କରି ବସିବେ। ମୋତେ ବୋଉ ଜବରଦସ୍ତ ଏ ଘର ଭିତରୁ, ଘରର ଛାତ ଉପରୁ କେଉଁ ଏକ ସ୍ୱାସ୍ଥ୍ୟକେନ୍ଦ୍ରର ଅସୁସ୍ଥ ପିଞ୍ଜରା ଭିତରକୁ ଟାଣିନେଇ ଯିବେ। ମୋ ଘରର ଛାତ ଉପରେ ହସୁଥିବା ଆକାଶ ମୋ ପାଇଁ ସ୍ୱପ୍ନ ହୋଇଯିବ। ମୋର ଏତେ ଦିନର ସ୍ୱପ୍ନ ଓ ସାଧନା ବ୍ୟର୍ଥ ହୋଇଯିବ।

ମୁଁ ତେଣୁ ନିରବ ରହୁଛି। ନିଜ ସମ୍ପର୍କରେ କାହାରିକୁ କିଛି ବୁଝେଇବାର ବ୍ୟର୍ଥ ପ୍ରୟାସ କରୁନାହିଁ। ମୋ ମନର ଗତି ଓ ପ୍ରକୃତି ସପକ୍ଷରେ କୌଣସି ସ୍ପଷ୍ଟିକରଣ ଦେଉନାହିଁ। ସବୁରି ଚାହିଁବା ମୁତାବକ ନିଜକୁ 'ସାଧାରଣ', 'ସ୍ୱାଭାବିକ' କରି ଦେଉଛି। ଆପଣାର ସଂସାର ସହିତ ସାଲିସ୍ କରି ନେଉଛି।

ଆକାଶ।

ତୁମକୁ ପାଇବାକୁ ହେଲେ ମୋତେ ଏମିତି ସାଲିସ୍ କରି ବଞ୍ଚିବାକୁ ହେବ। ତମ ସହିତ ସମ୍ପର୍କ ରଖିବାକୁ ହେଲେ ସଂସାର ସହିତ ମୋତେ ସନ୍ଧି କରିବାକୁ ହେବ। ସଂଘର୍ଷରେ ଅଧିକ କ୍ଷତି ସିନା, କିଛି ସୁଫଳ ମିଳିବ ନାହିଁ। ସଂଘର୍ଷ ହେଲେ, ମୁକାବିଲାର ମନୋଭାବ ନେଇ ସଂସାରକୁ ସାମ୍ନା କଲେ ଷଡ଼ଯନ୍ତ୍ର କରି ମୋତେ ସେମାନେ

ତୁମଠାରୁ ଦୂରକୁ ନେଇଯିବେ। ମୁକ୍ତିର ଯେଉଁ ସ୍ୱାଦ ଟିକକ ଏତେ କାଳ ପରେ ଅନୁଭବ କରୁଛି, ସେତକ ପୂରାପୂରି ହରେଇ ବସିବି। ବନ୍ଧା ହୋଇଯିବି ଆକାଶ-ବିହୀନ ବନ୍ଦୀଶାଳାରେ। ଏଇ ବରଂ ଭଲ। ତମେ ଅଛ। ଆଖି ସାମ୍ନାରେ ତୁମକୁ ଦେଖି ପାରୁଛି। ତୁମରି ରଙ୍ଗରେ ତୁମ ଛବି ଆଙ୍କି ପାରୁଛି। କାହାଣୀର ଘର ତିଆରୁଛି। ମୋ ଘର ଭିତରେ ଘର। ବାସ୍ତବତାର ଛୋଟ ସଂସାର ଭିତରେ ମୋ କଳ୍ପନାର ଆଉ ଏକ ସଂସାର। ବିରାଟ, ଅଥଚ ସୁନ୍ଦର।

ଆକାଶ।

ମୋର ନୂଆ ସଂସାରର ସୃଷ୍ଟି ଓ ସ୍ଥିତି କେବଳ ତୁମକୁ ନେଇ। ତୁମେ ହିଁ ଏ ସଂସାରର ଏକମାତ୍ର ଚିତ୍ର ଓ ଚରିତ୍ର। ଯେତେ ଦେଖୁଥିଲେ ନୂଆ ଦିଶୁଥାଇ, ଯେତେ ଲେଖୁଥିଲେ ଶେଷ ହୁଏ ନାହିଁ।

ଭଲ ପାଇବାର କାହାଣୀର କ'ଣ ଶେଷ ଅଛି ନା ଶେଷ ଅଛି 'ଆକାଶ'କୁ ନେଇ ସ୍ୱପ୍ନ ଦେଖିବାରେ ଓ ସମ୍ପର୍କ ଯୋଡ଼ିବାରେ ?

■■

ଫୁଲଚୋରି

ପ୍ରତିଦିନ ସକାଳୁ ଉଠିଲା ମାତ୍ରେ ଶ୍ରୀମତୀ ଆସି ଦୁଃଖରେ ଅଭିଯୋଗ ବାଢ଼ନ୍ତି – "ହେଇ ଦେଖ, ଆଜି ବି ବଗିଚାରୁ ଫୁଲତକ କିଏ ନେଇ ଯାଇଛି । କାଲି ସନ୍ଧ୍ୟାରେ ମୁଁ ଗଣିଥିଲି । ମନ୍ଦାର ଗଛର ପାଞ୍ଚଟି କଢ଼ ଧରିଥିଲା । ମାତ୍ର ସକାଳୁ ଗୋଟିଏ ବି ଫୁଲ ନାହିଁ । ତା' ହେଲେ ସବୁଦିନ ସକାଳ ସଞ୍ଜରେ ଏତେ ପରିଶ୍ରମ କରି ପାଣି ଦେବି କାହିଁକି ?"

ସ୍ତ୍ରୀଙ୍କର ଦୁଃଖ ମୁଁ ବୁଝେ । ମାତ୍ର ବୁଝିପାରେନି, ପ୍ରକୃତରେ କିଏ ସବୁଦିନ ଏ ଫୁଲସବୁ ନେଇଯାଉଛି ।

ପଡ଼ୋଶୀ ପ୍ରମୋଦବାବୁଙ୍କର ତ ନିଜର ସୁନ୍ଦର ବଗିଚା ଅଛି । କେତେ ରଙ୍ଗର ବଗିଚା ତାଙ୍କର ହସୁଛି । ତାଙ୍କରି ପ୍ରେରଣାରେ ତ ମୋର ଏ ବଗିଚା ସଉକ । ତା'ହେଲେ ଏ ଫୁଲଚୋରିର ରହସ୍ୟ ଯେପରି ହେଲେ ଉଦ୍‌ଘାଟନ କରିବାକୁ ହେବ ।

ସ୍ଥିର କଲି, ଦିନେ ରାତିର ଶେଷ ପ୍ରହରରେ ନ ଶୋଇ ଚୁପ୍‌ଚାପ୍ ଜଗି ରହିବି । ଦେଖିବି – କିଏ ଆସି ରାତି ପାହିବା ପୂର୍ବରୁ ମୋ ବଗିଚାର ଫୁଲକୁ ଆପଣାର କରି ନେଉଛି ।

ରାତିସାରା ବହି ଧରି ବସିଗଲି । ରାତି ପାହିବାକୁ ବେଶ୍ କିଛି ସମୟ ବାକି ଅଛି, ବଗିଚା ପାଖରେ ଖସ୍ ଖସ୍ ଶବ୍ଦ ଶୁଣି ମୁଁ ବେଶ୍ ସଜାଗ ହୋଇଗଲି । ଚୁପ୍‌ଚାପ୍ ବାରିପଟ କବାଟ ଖୋଲି ବଗିଚା ପାଖରେ ପହଞ୍ଚିଗଲି ।

ମାତ୍ର କ'ଣ ମୁଁ ଦେଖୁଛି ?

ମୋର ପାଦ ଦୁଇଟି ସେଇ ମାଟିରେ ସତେ ଯେମିତି ପୋତି ହୋଇଗଲା ଭଳି ଅନୁଭବ କଲି।

ଅନ୍ଧାରରେ ମୋର ଦୃଷ୍ଟିଭ୍ରମ ହୋଇନାହିଁ ତ ?

ଗଛ ଆଡ଼କୁ ବଢ଼ି ଆସିଥିବା ହାତଟି ଫେରିଯାଉଛି। ବାଡ଼ ସେପଟେ ଠିଆ ହୋଇଛି, ନିରବ ପ୍ରତିମାଟିଏ। ଅନୁରାଧା। ମୋର ସହକର୍ମିଣୀ। ମୋ କ୍ୱାଟର୍ସର ଉପର ମହଲାରେ ସେ ରହେ।

ଚାକିରି କରିବାର ଆଠ ବର୍ଷ ଏହା ଭିତରେ ବିତିଗଲାଣି। ତଥାପି ଅନୁରାଧା ଏକାକିନୀ। ସଂସାର ଗଢ଼ିବାର ସୌଭାଗ୍ୟ ଏ ପର୍ଯ୍ୟନ୍ତ ହୋଇ ନାହିଁ। କିମ୍ବା ଜାଣି ଜାଣି ସେ ଜଞ୍ଜାଳକୁ ବୋଧହୁଏ ସେ ଆଡ଼େଇ ଯାଉଛି। ଶୁଣିଛି, ତା'ର ଅନେକ ସମୟ ବିତେ ଠାକୁର ପୂଜାରେ।

ଧୀର ସ୍ୱରରେ ମୁଁ କହିଲି, - "ଅନୁରାଧା, ଠାକୁର ପୂଜା ଲାଗି ଯଦି ଫୁଲ ଦରକାର, ମାଗିଥିଲେ ମୁଁ ତ ପ୍ରତିଦିନ ତୁମ ପାଖକୁ ଫୁଲ ପଠାଇ ଦିଅନ୍ତି। ମାତ୍ର ତା' ନ କରି ପ୍ରତିଦିନ ଏ ଅନ୍ଧାରରେ ଏତେ କଷ୍ଟ କରି ଫୁଲ ଚୋରି କରୁଛ କାହିଁକି ?"

"ଆପଣାର ଦେବତା ଲାଗି ଫୁଲ ମାଗିବା ଅପେକ୍ଷା ଚୋରି କରିବାରେ ଏକ ଅଦ୍‌ଭୂତ ଆନନ୍ଦ ଅଛି। ତମେ ସେକଥା ବୁଝି ପାରିବ ନାହିଁ ଅବିନାଶ।"

ଅନୁରାଧାକୁ ଚୁପ୍‌ଚାପ ମୁଁ ଏଥର ବଗିଚା ଭିତରକୁ ଡାକି ନେଲି। ଗଛର ସବୁତକ ଫୁଲ ତୋଳି ତା' ଦୁଇ ହାତର ଆଞ୍ଜୁଳିରେ ଭରିଦେଲି। ସେ ଫୁଲଭର୍ତ୍ତି ହାତ ଦୁଇଟିରେ ସେ ମୋ ହାତକୁ ଚାପି ଧରିଲା। ତା' ଆଖିର ଠୋପା ଠୋପା ଲୁହରେ ଭିଜିଗଲା ସେ ଫୁଲ ଓ ମୋ ହାତର ପାପୁଲି।

ଧୀର ସ୍ୱରରେ ଅନୁରାଧା କହିଲା - 'ଜାଣିଛ ଅବିନାଶ ! କେତେଦିନ ହେଲା ମୁଁ ଠିକ୍ ଏଇ ମୁହୂର୍ତ୍ତଟିକୁ ହିଁ ଅପେକ୍ଷା କରୁଥିଲି। ତମ ହାତରେ ଏମିତି ଧରା ପଡ଼ିଯିବା ଲାଗି ତ ମୋର ଏ ଫୁଲଚୋରି। ଠାକୁର ଆଜି ମୋ ଡାକ ଶୁଣିଛନ୍ତି।'

ନିରବରେ ଅନୁରାଧାର ଆଖିରୁ ଏଥର ମୁଁ ଲୁହ ପୋଛି ଦେଲି। ତା' ହାତର ଲୁହଭିଜା ଫୁଲ ତଳେ, ମୋ ପାଦ ପାଖରେ ଖସି ପଡ଼ିଲା।

ରାତି ପାହିବାକୁ ତଥାପି ଆହୁରି କିଛି ସମୟ ବାକି ଥିଲା।

■■

ଆକାଶ - ପହଁରା

ଉତ୍ତୀର୍ଣ୍ଣ ସନ୍ଧ୍ୟା

ଅସ୍ମିତା ତା କାର୍ଯ୍ୟାଳୟରୁ ଫେରୁଥିଲା -

ଫେରିବା ବାଟରେ ଅବିନାଶଙ୍କୁ ଫୋନ୍ କରି କହିଲା - ଅବିନାଶ, ଶୀଘ୍ର ତୁମ ଘରର ଛାତ ଉପରକୁ ଯାଅ। ଆଜି ଶୁକ୍ଳପକ୍ଷ ଦ୍ୱିତୀୟା , କହିବାକୁ ଭୁଲିଯାଇଥିଲି।

ଅବିନାଶ ଭୁଲି ଯାଇଥିଲା , ଅସ୍ମିତା ତାକୁ ଦିନେ କହିଥିଲା - ଦ୍ୱିତୀୟା ଜହ୍ନକୁ ଚାହିଁ ଯାହା ତୁମେ କାମନା କରିବ, ତାହା ଅବଶ୍ୟ ପୂରଣ ହେବ। ଏହା ଭିତରେ କେତେ ଦ୍ୱିତୀୟା ଯେ ମୁହଁ ଦେଖେଇ ହଜିଗଲେଣି ଆକାଶରୁ ତାର ହିସାବ ଆଉ ଅବିନାଶ ରଖିପାରିନାହିଁ। ଆଜି ପୁଣି ଅସ୍ମିତା ତାକୁ ମନେ ପକେଇଦେଲା ସେଇ ଦ୍ୱିତୀୟା ଜହ୍ନରକଥା।

ପାହାଚ ଚଢ଼ି ଦୁଇମହଲାଘରର ଛାତ ଉପରକୁ ଯିବାକୁ ଅବିନାଶ ଗୋଡ଼ରେ ଆଉ ବଳ ନାହିଁ। କିଛିଦିନ ତଳେ ସ୍କୁଟରରେ ଗଲାବେଳେ ପଛପଟୁ ଜଣେ ବାଇକ୍ ଆରୋହୀ ଏମିତି ଧକ୍କା ଦେଲେଯେ, ସେଥିରେ ବାଁ ପଟ ଗୋଡ଼ ଆଘାତ ପାଇ ଚାଲିବା କଷ୍ଟ ହେଉଛି। ରକ୍ଷା ହୋଇଛି, ମୁଣ୍ଡରେ କୌଣସି ଆଘାତ ବାଜିନାହିଁ କିମ୍ବା ଗୋଡ଼ର ହାଡ଼ ଭାଙ୍ଗିଲା ଭଳି ଯନ୍ତ୍ରଣା ଭୋଗିବାକୁ ପଡ଼ିନାହିଁ। ଅଳ୍ପକେ ଜୀବନ ରକ୍ଷା ପାଇଯାଇଛି। ଯୁବକ ଜଣକ ଅନ୍ୟମନସ୍କ ଥିଲେ କାରଣ ଦ୍ରୁତ ଗତିରେ ବାଇକ୍ ଚାଳନା ସାଂଗକୁ କାନପାଖରେ ଯୋଡ଼ିହୋଇ ରହିଥିଲା ଦାମୀ ମୋବାଇଲ୍। କାର୍‌ରେ ବା

ବାଇକ୍‌ରେ ଡ୍ରାଇଭିରେ ଥିଲାବେଳେ ମୋବାଇଲ ବ୍ୟବହାର ଲାଗି ଯେତେ ନିଷେଧାଜ୍ଞା ଜାରି ହେଲେ ବି କେହି ସେ କଥା ଶୁଣିବାକୁ ବା ମାନିବାକୁ ପ୍ରସ୍ତୁତ ନୁହଁନ୍ତି। ବିଶେଷ କରି ଯୁବକ ଯୁବତୀମାନଙ୍କର ଶୟନେ - ସପନେ ଜାଗରଣେ, ଖାଇଲାବେଳେ, ବସିଲାବେଳେ ଚାଲିକରି ଯିବାବେଳେ ହେଉ ବା ଯାନବାହନରେ - ସବୁବେଳେ କାନ ପାଖରେ ସେଇ କୁହୁକ ଯନ୍ତ୍ରଟି ଲାଗିଥିବ। ଶରୀରର ସେଇଟି ଯେମିତି ଗୋଟିଏ ଅବିଚ୍ଛେଦ୍ୟ ଅଂଶ ହୋଇଯାଇଛି। ଖୁବ୍ ଭଲକଥା ସମସ୍ତେ ଯେମିତି ପ୍ରତି ମୁହୂର୍ତ୍ତରେ ପରସ୍ପର ସହିତ ସମ୍ବନ୍ଧିତ ହୋଇ ରହିବାକୁ ଚାହୁଁଛନ୍ତି। ଅଥଚ ଦୃଶ୍ୟମାନ ହେଉଥିବା ସାମାଜିକ ସମ୍ବନ୍ଧର ବିସ୍ତାରିତ ପରିସର ଭିତରେ ପ୍ରତ୍ୟେକ ଅନୁଭବ କରୁଛନ୍ତି ସେ କେତେ ଏକ୍‌ଲା। କେତେ ନିଃସଙ୍ଗ। ଆତ୍ମହତ୍ୟାକାରୀଙ୍କ ସଂଖ୍ୟା ବଢୁଛି। ଗୋଟିଏ ମୁହୂର୍ତ୍ତରେ ଜୀବନ ଉପରୁ ଆସ୍ଥା ଚାଲିଯାଉଛି। ବର୍ଷ - ବର୍ଷର ସଂପର୍କ, ସଦ୍‌ଭାବ, ସହାବସ୍ଥାନ ଆଖି ପିଛୁଳାକେ ତାସ୍‌ଘର ଭଳି ଭୁଷୁଡ଼ି ପଡୁଛି।

ଅବିନାଶ ଭାବୁଥିଲା ଏଇ ରାଜାରାଣୀଙ୍କ କଥା। ଖବର କାଗଜରେ ଟି.ଭି. ଚ୍ୟାନେଲ୍‌ମାନଙ୍କରେ ଏଇ କେତେଦିନ ହେଲା - ସେଇମାନଙ୍କ ଖବର ତ ଏବେ ଚର୍ଚ୍ଚାରେ। ଜୀବନ ଆରମ୍ଭ ହେଉଥିଲା ସେମାନଙ୍କର। ପରସ୍ପରକୁ ଭଲ ପାଉଥିଲେ। 'ବିବାହ'ର ଆନୁଷ୍ଠାନିକ ସ୍ୱୀକୃତି କେବଳ ବାକି ଥିଲା, ସିନା, ହେଲେ ଏକାଠି ରହୁଥିଲେ, ଏକାଠି ନାଚୁଥିଲେ, ଗାଉଥିଲେ, ଅଭିନୟ କରୁଥିଲେ। ଆଗରେ ଥିଲା ଅନେକ ସ୍ୱପ୍ନର ସୁନ୍ଦର ଭବିଷ୍ୟତ। ଅଥଚ ବର୍ଷ ବର୍ଷର ବଂଧୁତା ଭିତରେ ମୁହୂର୍ତ୍ତକରେ କି ଅଭାବ ସୃଷ୍ଟି ହେଲା ଯେ ଜଣେ ନିଜର ବିଚାର ଶକ୍ତି ହରେଇ ଆରପାରିକୁ ଚାଲିଗଲା। ଆଉ ଜଣକୁ ନିଜ ବଂଧୁର ଆତ୍ମଘାତୀ କାର୍ଯ୍ୟ ପାଇଁ କାରାବାସ ଭୋଗିବାକୁ ପଡ଼ିଲା। ରାଜାରାଣୀଙ୍କ ସ୍ୱପ୍ନର ନଅର ଅକାଳ ଭୂମିକମ୍ପରେ ଚାହୁଁ ଚାହୁଁ ମାଟିରେ ମିଶିଗଲା।

ସଂପର୍କଟିଏ ଗଢ଼ିବା ପାଇଁ ବର୍ଷ ବର୍ଷର ତ୍ୟାଗ ସାଧନା ଲୋଡ଼ାହୁଏ, ଅଥଚ ଭାଂଗିବା ପାଇଁ ମୁହୂର୍ତ୍ତଟିଏ ହିଁ ଯଥେଷ୍ଟ।

ହଁ, ଗୋଟିଏ ମୁହୂର୍ତ୍ତ।

ରାଜାରାଣୀଙ୍କ ଅଭିନୟ ଜଗତର ସମାଚାର ଉପରୁ ଦୃଷ୍ଟି ଫେରେଇ ଅବିନାଶ ଏଥର ନିଜକୁ ଚାହିଁଲା। ନିରେଖି ଦେଖିଲା ନିଜକୁ। ଭାଂଗିପଡ଼ିବାର କେତେ କେତେ ଅଭାବିତ ଝଡ଼କୁ ସାମ୍ନା କରି, ତାର ପ୍ରକୋପକୁ ସହ୍ୟ କରି ଅବିନାଶ ତଥାପି ବାଟଚାଲିବା ଜାରି ରଖିଛି। ତାର ଭାବଦଗ୍ଧ ମନ ଉପରେ ଝଡ଼ ସୃଷ୍ଟି କରିଥିବା ଅସୁମାରି କ୍ଷତ ଚିହ୍ନ ଉପରେ ସେ ନିଜର ସ୍ୱଭାବ ସୁଲଭ ସ୍ନେହ ଓ ସର୍ଜନଶୀଳତାର ପ୍ରଲେପଟିଏ ଦେଇ ସେ ପୁଣି ନିଜକୁ ପଲ୍ଲବିତ କରିବାର ଉଦ୍ୟମ କରିଛି। ଏଥିରେ ଯେ ସେ ଅସଫଳ

ହୋଇଛି, ତାହା ନୁହେଁ। ମାତ୍ର ସଫଳତା, ବିଫଳତା ସତ୍ତ୍ୱେ ସେ କେବେ କାହାରିକୁ ମୁହଁ ମୋଡ଼ି ଚାଲିଯାଇନାହିଁ। କାହାରି ସହିତ କଟି ପକେଇ ଦେଇନାହିଁ। ସେ ବୁଝିଛି, ଜୀବନ କଟିଯିବା ପାଇଁ ନୁହେଁ, ଏକାଠି କାଟିବା ପାଇଁ।

ଅଥଚ,ଏଇ ଏକାଠି କାଟିବାର ପଣ ଭିତରେ ଅବିନାଶ ପୁଣି ଏକା ହୋଇଯାଉଛି। ଏକାଠି ଥାଇ ବି ଏକା। ଅବା ଏକା ଏକା ଏକାଠି।

ଜୀବନରେ ଭାଂଗି ପଡ଼ିବାର ପ୍ରଥମ ଧକ୍କା ଅବିନାଶ ପାଇଥିଲା ତା ବୋଉ ପାଖରୁ। ଯେଉଁ ବୋଉ ତାକୁ କେତେ ପୂଜାବ୍ରତ କରି ପାଇଥିଲା। ଅବିନାଶ ଥିଲା ତା ଅନ୍ତରର ପ୍ରତିଧ୍ୱନି। ତା ରକ୍ତର ପ୍ରିୟ ପ୍ରତିନିଧି। ଅଥଚ କିଶୋର ବୟସରେ ଅବିନାଶକୁ ଏବଂ ଅବିନାଶ ପରେ ଆଉ ତିନୋଟିଙ୍କୁ ଏ ସଂସାରକୁ ଛାଡ଼ିଥିବା ତା ବୋଉ ହଠାତ୍ କାହିଁକି ଜୀବନ - ବିମୁଖ ହୋଇ ପଡ଼ିଲା , ତାର ରହସ୍ୟ ଏପର୍ଯ୍ୟନ୍ତ ବୁଝିପାରିନାହିଁ ଅବିନାଶ। ଏ ପୃଥିବୀରୁ ବୋଉର ଆତ୍ମନିର୍ବାସନ ସବୁଦିନ ପାଇଁ ଅବିନାଶର ଅତ୍ୟନ୍ତ ସଂବେଦନଶୀଳ ମନ ଉପରେ ଏଭଳି କ୍ଷତଟିଏ ସୃଷ୍ଟି କରିଦେଇଗଲା, ଯାହାର ଗଭୀର ପ୍ରଭାବ ପଡ଼ିଲା ତା ଜୀବନଧାରା ଉପରେ। ସେଇ କିଶୋର ବୟସରୁ ଏକ ଅହେତୁକ ଭୟ। ପ୍ରତିଟି ଘଟଣା ଓ ସମ୍ବନ୍ଧକୁ ନେଇ ଆଶଙ୍କା ତାକୁ ସବୁବେଳେ ବିଚଳିତ, ବିବ୍ରତ କରି ରଖିଲା। ବୟସ ସହିତ ତାଳ ଦେଇ ମନ ଆଉ ପାକଳ ହେଲା ନାହିଁ।

ପାକଳ ବୟସରେ କଞ୍ଚା କିଶୋରର ମନ। ସେଇ କିଶୋରୀୟ ଚେତନାକୁ ପରିପକ୍ୱ କରିବାର ବାସନା ନେଇ ଯେତେ ନାରୀ ଆସିଲେ ଅବିନାଶର ଜୀବନରେ, ସମସ୍ତଙ୍କ ଭିତରେ ନିଜ 'ବୋଉ'କୁ ଆବିଷ୍କାର କରିବାର ବ୍ୟର୍ଥ ଉଦ୍ୟମ କରି ଧକ୍କା ପରେ ଧକ୍କା ସହ୍ୟକରିବାକୁ ପଡ଼ିଲା ତାକୁ।

ପ୍ରଣୟର ଅଭିସାର ଭିତରେ ମାତୃତ୍ୱର ଆବିଷ୍କାର।

ଆହତ ସର୍ପିଣୀର ଫୁତ୍କାର ଭିତରେ ଅବିନାଶର ଛାତି ଉପରେ ଲଗେଇ ଦିଆଗଲା 'ଅଣପୁରୁଷ' ର ମୋହର।

'ପ୍ରେମିକ'ରୁ ସେ 'ପୁରୁଷ' ହୋଇ ପାରିଲା ନାହିଁ।

ସବୁ ପ୍ରେମିକ ପୁରୁଷ ହୋଇ ପାରନ୍ତି ନାହିଁ କି ସବୁ ପୁରୁଷ ପ୍ରେମିକ ହୋଇପାରନ୍ତି ନାହିଁ।

ପ୍ରତ୍ୟେକ ନାରୀ ପ୍ରେମ ଚାହେଁ। କିନ୍ତୁ ପ୍ରେମ ସହିତ 'ପୌରୁଷ' ମଧ୍ୟ କାମନା କରେ ।

ଅବିନାଶ ଜାଣି ନଥିଲା ଯେ, ସେ 'ପୌରୁଷ' ର ପରୀକ୍ଷାରେ ବାରମ୍ବାର ଫେଲ୍ ହେଉଛି ବୋଲି। ଏବେ ତାକୁ ଜଣେଇ ଦେଲା ଅନାମିକା। ପୁଣି ସମସ୍ତଙ୍କୁ

ଡାକି ହାକି ଦୁନିଆ ଲୋକଙ୍କ ଆଗରେ କାଗଜ କଲମରେ ଲେଖି ଘୋଷଣା କରିଦେଲା ଯେ, ପୁରୁଷ ହେବା ତ ଦୂରର କଥା, ସେ ପ୍ରେମିକ ହେବା ପାଇଁ ମଧ୍ୟ ଅଯୋଗ୍ୟ।

ଅବିନାଶର ଅଯୋଗ୍ୟତାର ଦୀର୍ଘ ଇସ୍ତାହାର ଲେଖି ସେ ପ୍ରକାଶ କରିଥିଲା ଏକ ବହୁଳ ପ୍ରକାଶିତ ପତ୍ରିକାରେ। ଅବିନାଶକୁ ସେ ପରିଚିତ କରେଇଥିଲା ଜଣେ ଅଣପୁରୁଷ ଅଣନାୟକ ଭାବରେ।

ନିଜକୁ ନାୟକ କରି ଯେତେ କଥା ଓ କାହାଣୀ ସୃଷ୍ଟି କରିଥିଲା ଅବିନାଶ, ସେ କାହାଣୀର ଘର ସବୁ ଚାହୁଁ ଚାହୁଁ ତାସଘର ଭଳି ଭୁଷୁଡ଼ି ପଡ଼ିଲା।

ଅବିନାଶ ଦାଣ୍ଡରେ ଠିଆ ହୋଇଥିଲା ସୁଦ୍ଧୁ ଲଙ୍ଗଳା ହୋଇ।

ଅବଶ୍ୟ ତାକୁ ବସ୍ତ୍ରଦାନ ପାଇଁ ଲମ୍ବି ଆସିଥିଲା, ଅନେକ ସ୍ନେହସିକ୍ତ ହାତ।

ତା ଭିତରୁ ଅସ୍ମିତା ଜଣେ। ସେ 'ପ୍ରେମ' ଚାହୁଁଥିଲା। ଅବିନାଶର ପୌରୁଷ ନୁହେଁ। ପ୍ରେମ ବଦଳରେ ପ୍ରେମ। ଯେତେ ଦେଲେ ବି ସରିଯାଏ ନାହିଁ। ବରଂ ବଢୁଥାଏ ତାର ଗୁଣ ଓ ପରିମାଣ।

ପ୍ରେମମୟୀ ଅସ୍ମିତା। ହାସ୍ୟମୟୀ, ଲାସ୍ୟମୟୀ ଅସ୍ମିତା।

ପ୍ରେମର ପୃଥିବୀରେ କିନ୍ତୁ ସେ ଏକ୍ଲା ରହିଗଲା। ଇଚ୍ଛା କରି ନା ପରିସ୍ଥିତିର ଦାୟରେ ? ନିଜ ପ୍ରେମକୁ ନେଇ ପରିବାରଟିଏ ଗଢ଼ିବାର ସ୍ୱପ୍ନ କ'ଣ ତା'ର ନଥିଲା ? ଏଇକଥା ଅନେକଥର ଅବିନାଶ ପଚାରିଛି ଅସ୍ମିତାକୁ। ପ୍ରତିଥର ହସରେ ହସରେ କଥା ଚାତୁରୀରେ ପ୍ରସଂଗଟିକୁ ସେ ଏଡେଇ ଯାଇଛି। ମାତ୍ର ଦିନେ ସେ ଗପୁ ଗପୁ ନିଜକୁ ଖୋଲି ଦେଇଥିଲା। କହିଥିଲା କିଏ ନ ଚାହେଁ, ତା 'ପ୍ରେମ'କୁ ସ୍ଥାୟୀ ବଂଧନରେ ବାନ୍ଧି ରଖିବାକୁ ? ମାତ୍ର ଜାଣି ନଥିଲି ଯେ, ମୋର ପ୍ରେମିକ ପୁରୁଷଟି ପୂର୍ବରୁ ବିବାହିତ ବୋଲି। ଅନ୍ତତଃ ସେଭଳି କୌଣସି ସୂଚନା ସେ ମୋତେ କେବେ ଦେଇ ନଥିଲେ। ମାତ୍ର ମୁଁ ଆଉ ଫେରି ପାରିଲି ନାହିଁ। ଯାହା ପାଇଁ ଥରେ ମନ ଭିତରେ ଆସନଟିଏ ପାତି ଦେଇଛି, ସେ ଆସନରୁ ତାକୁ ଆଉ ଉଠେଇ ଦେବ କେମିତି ? ନା - ପାରିଲି ନାହିଁ। ତେଣୁ ହୃଦୟରେ ହିଁ ଘରଟିଏ ଗଢ଼ି ଦେଲି। କହିପାର ମନ୍ଦିର। ଆଉ ସେଇ ମନ୍ଦିରରେ ହିଁ ମୋର ପ୍ରିୟ ମଣିଷଟିକୁ ପ୍ରାଣର ଦେବତା ରୂପେ ଗ୍ରହଣ କରି ନୀରାଜନା ଆରମ୍ଭ କରିଦେଲି।

ଅସ୍ମିତାଠାରୁ ଏତିକି ଶୁଣିବା ପରେ ଅବିନାଶ ଆଉ ତାକୁ ଅଧିକ କିଛି ପଚାରିବାକୁ କି କିଛି ଜାଣିବାକୁ ଚେଷ୍ଟା ମଧ୍ୟ କରିନାହିଁ ଅବଶ୍ୟ କଥାରେ କଥାରେ ଇଙ୍ଗିତରେ ସୂଚନା ଦେଇଛି ଯେ ତା ପ୍ରିୟ ମଣିଷଟିକୁ ଅବିନାଶ ଭଲ ଭାବରେ ଜାଣେ। ଅବିନାଶର ମଧ୍ୟ ସେ ପ୍ରିୟ। କିଛିଟା ଅନୁମାନ ଅବଶ୍ୟ କରିପାରିଛି ଅବିନାଶ,

ମାତ୍ର ସେ ଦିଗରେ ସେ ଆଉ ବେଶୀ ଆଗେଇନାହିଁ। ଅନୁମାନର ସତ୍ୟତାକୁ ପରୀକ୍ଷା କରିବାକୁ ଚାହିଁନାହିଁ। ସେ ଚାହିଁଛି ଅସ୍ମିତା ସେମିତି ତା କଳ୍ପଲୋକରେ ଥାଉ। କଳ୍ପନାର ଅଭିଷେକ ଓ ଅଭିସାର ଭିତରେ ଯାତ୍ରା ଜାରି ରହୁ।

କଳ୍ପଲୋକରେ ଥାଇ ମଧ୍ୟ ମର୍ତ୍ତ୍ୟଲୋକକୁ ଭୁଲିନାହିଁ ଅସ୍ମିତା। ଅବିନାଶ ତ ସେଇ ମର୍ତ୍ତ୍ୟଲୋକର ଯାତ୍ରୀ। ମର୍ତ୍ତ୍ୟଲୋରେ ଯାତ୍ରା କଲାବେଳେ ଅବିନାଶ ବି ବେଳେବେଳେ କଳ୍ପଲୋକକୁ ଚାଲିଯାଏ। କଳ୍ପଲୋକରୁ ମର୍ତ୍ତ୍ୟଲୋକକୁ ଅସ୍ମିତାର ଅବତରଣ ଏବଂ ମର୍ତ୍ତ୍ୟଲୋକରୁ କଳ୍ପଲୋକକୁ ଅବିନାଶର ଆରୋହଣ - ଏହାରି ଭିତରେ ଦୁହେଁ ଦୁହିଁକୁ ଭେଟନ୍ତି। ବାସ୍, ସେଇ ପ୍ରଥମ ଭେଟ ପରେ ହିଁ ଦୁହିଁଙ୍କୁ ବାନ୍ଧିଦିଏ କବିତାର ସ୍ୱର୍ଣ୍ଣସୂତ୍ର। ତାପରେ କେବଳ ଭେଟି ଦିଆନିଆ ପରସ୍ପରକୁ କବିତାରେ। ଅସ୍ମିତାର କବିତାରେ ଅବିନାଶ ନଥାଏ। କିଂତୁ ଅବିନାଶର କବିତା ଭିତରକୁ ସ୍ୱତଃ ପଶିଆସେ ଅସ୍ମିତା, ତାର ଲୀଳାୟିତ ଛନ୍ଦରେ। ଅସ୍ମିତାର କଥା ତାକୁ ଲାଗେ ବଂଶୀସ୍ୱନ ଭଳି ଆଉ ତାର ହସରେ ସେ ଶୁଣେ ଝରଣାର ଗୀତ।

ଅସ୍ମିତା ଝରି ଝରି ଯାଉଥାଏ।
ଅବିନାଶ ସରି ସରି ଆସୁଥାଏ।

ସତରେ ସେ କ'ଣ ସରି ଆସୁଥାଏ ନା ନୂଆକରି କଅଁଳୁଥାଏ। ନା- ସରି ଆସୁଛି ବୋଲି କହିବା ଠିକ୍ ହେବ ନାହିଁ। କାରଣ ବୟସ ସହିତ ଜୀବନର କୌଣସି ସମ୍ପର୍କ ନ ଥାଏ। ହୁଏତ ସରି ଆସିପାରୁଥାଏ ବୟସ, ମାତ୍ର ଜୀବନ ହୁଏତ ଆରମ୍ଭ ହୋଇ ନଥାଇ ପାରେ କିମ୍ବା ନୂଆ କରି ଆରମ୍ଭ ହୋଇପାରୁଥାଏ।

ଥରେ ପ୍ରେମରେ ଭିଜିଗଲେ ଜୀବନ ହୋଇଯାଏ ଅସରା କାହାଣୀ। ମୃତ୍ୟୁର ସୀମାକୁ ଅତିକ୍ରମ କରିଯାଏ ଜୀବନ। ମୃତ୍ୟୁ ଦଉଡୁଥାଏ ଜୀବନ ପଛରେ। ହେଲେ ଜୀବନ ଧରା ଦେବା ଅବସ୍ଥାରେ ନଥାଏ। ଅରୁଣ ଉଦ୍‌ଭାସରେ ଜୀବନ ହସୁଥାଏ। ଅନନ୍ତ ଅରୁଣିମାମୟ ସାୟାହ୍ନ ତା'ର ଅରୁଣ ଉଦ୍‌ଭାସର ତେଜୋମୟ ପ୍ରାତଃକାଳକୁ ଅବଲୋକନ କରେ ପ୍ରେମରେ, ତୃପ୍ତିରେ, ପ୍ରଶାନ୍ତିରେ। ସତୀର୍ଥ କବି ଗୋପାଳକୃଷ୍ଣଙ୍କ ଜୀବନର ଉପଲବ୍ଧିକୁ ନିଜ ଅନୁଭବରେ ସାଉଁଟି ନେଉଥିଲା ଅବିନାଶ, ପତ୍ନୀ, ପୁତ୍ରକନ୍ୟାଙ୍କ ପ୍ରେମମୟ ସଂସାରରୁ ... ସନ୍ୟାସକୁ ଆଦରି ନେଇଥିବା ଏହି କବିବଂଧୁଙ୍କୁ ସେ ସ୍ମରଣ କରୁଥିଲା - ତାଙ୍କ କବିତାଂଶରେ, 'ଚକ୍ରବାଳୁ ଚକ୍ରବାଳ ପରିବ୍ୟାପ୍ତ / ସମୁଦ୍ର ଆକାଶ ଅନ୍ତରୀକ୍ଷ/ ଦ୍ୟାବା ପୃଥିବୀ ଭୂମା / ପ୍ରୀତିମୟ ଜୀବନ୍ମୟ ଉଦାତ୍ତ ପ୍ରଭାସ/ ନମନୀୟ କମନୀୟ / ଉଲ୍ଲାସ ଇଚ୍ଛାମୟ/ ଜୀବନର ଅରୁଣ ଉଦ୍‌ଭାସ।

ଦିନେ ଅବିନାଶ ଗଳ୍ପ ଶୁଣଉଥିଲା। ମାତ୍ର ଗଳ୍ପସାଗରରେ ସଂତରଣ କରି

ମୁକ୍ତା ସଂଗ୍ରହର ସାମର୍ଥ୍ୟ ସେ ଏହା ଭିତରେ ହରେଇ ବସିଥିଲା । ଏବେ ଖାଲି କବିତାର ବେଳାଭୂମିରେ ତାର ଇତସ୍ତତଃ ବିଚରଣ, କବିତାର କାକଳିରେ ଧ୍ୱନିତ ହୁଏ ତାର ନିଭୃତ ସ୍ୱପ୍ନବାସ । ସେଇଠୁ ଆରମ୍ଭ ହୁଏ, ଶୂନ୍ୟ ପହଁରା ଓ କୃତଜ୍ଞ ବିସ୍ମୟ । ଅତ୍ୟନ୍ତ ଆଲିଙ୍ଗନ ମୁଗ୍ଧ ପରିଚୟ ।

ସେଇ ପରିଚୟ ଭିତରେ ହିଁ ଦେବକନ୍ୟା ଅସ୍ମିତାର ଆବିର୍ଭାବ ।

ଦେବାଲୋକରେ ମୃତ୍ୟୁ ନ ଥାଏ । ସେଇ ମୃତ୍ୟୁର ଅନୁଭବକୁ ଥରେ ଆପଣେଇ ନେବାପାଇଁ ତ ଦେବତାମାନେ ଓହ୍ଲାଇ ଆସନ୍ତି ଏ ଧରାଧାମକୁ । ଦେଖନ୍ତି, ଉଭୟ ଜୀବନ ଓ ମୃତ୍ୟୁ ଏଠି ହାତ ଧରାଧରି ହୋଇ ଚାଲିଛନ୍ତି । ମରଣ ଭିତରେ ହିଁ ଜୀବନର ରମଣ ପ୍ରକ୍ରିୟା ଜାରି ରହିଛି । ମୃତ୍ୟୁକୁ ନେଇ ଉତ୍ସବ ପାଳିତ ହେଉଛି ଭୋଜିଭାତ ସାଙ୍ଗମାନଙ୍କ ମେଳରେ ।

ଏ ପୃଥବୀ ହେଉଛି ପ୍ରେମର ପୃଥିବୀ । ଆଉ ପ୍ରେମର ପ୍ରତୀକ ହେଉଛି ଈଶ୍ୱର । ସେଇ ପ୍ରତୀକଟି ରକ୍ତମାଂସର ପ୍ରତିମାଟିଏ ହୋଇ ଆପଣାକୁ ପ୍ରେରଣା ଦେଉଛି । ତମେ ସ୍ଥିର ହୋଇ ବସିଯାଅ ନାହିଁ ଅବିନାଶ । ସାମାନ୍ୟ ସାମାନ୍ୟ କଥାରେ ଭାଙ୍ଗି ପଡ଼ନା । ପ୍ରେମର ମହତ୍ତ୍ୱ ବୁଝିଛ ଯେତେବେଳେ ତୁମ ପାଇଁ କିଛି ବି ଅଲଭ୍ୟ ନୁହେଁ । ସବୁ କିଛି ତୁମ ହାତମୁଠାରେ । ତୁମେ ଯାହା ଚାହିଁବ ତାହା ଅବଶ୍ୟ ପାଇବ ।

ଗୁଂଜରିତ ହେଉଛି ଅସ୍ମିତାର ସ୍ୱର- ଯାଅ ଅବିନାଶ, ଘରର ଛାତ ଉପରକୁ । ଆଜି ଦ୍ୱିତୀୟା ତିଥିର ଜହ୍ନ । କ'ଣ ମାଗିବାର କଥା ମାଗିନିଅ ।

ବାଧ୍ୟ ଶିଶୁଟିଏ ଭଳି ଅବିନାଶ ଏଥର ଘରର ଛାତ ଉପରକୁ ଯାଇଛି । ସହରଟା ଜଳୁଛି ବିଜୁଳି ଆଲୁଅରେ । ନିଜ ଘରଠାରୁ ଅନତିଦୂରରେ ବିମାନବନ୍ଦର । ବନ୍ଦରର ଉଜ୍ଜ୍ୱଳ ଆଲୋକରେ ସେ ଖୋଜୁଛି ଜହ୍ନକୁ । ଜହ୍ନ କାହିଁ ? କଳାବାଦଲ ଭିତରେ ଜହ୍ନ ବୋଧେ ମୁହଁ ଲୁଚେଇ ଦେଇଛି । କିଛି ସମୟ ଚୁପ୍‌ଚାପ ଆକାଶକୁ ଚାହିଁ ବସିରହିଲା ଅବିନାଶ । ଆଜି ଦେଖିପାରିଲା ନାହିଁ ଦ୍ୱିତୀୟା ତିଥିର ଜହ୍ନକୁ । ମାତ୍ର ସେଇ ମେଘମାଳା ଭିତରୁ ଦେଖିପାରିଲା 'ଅସ୍ମିତା' ଯେମିତି ହସୁଛି । ସେ ନିଜେ କ'ଣ ସେଇ ଦ୍ୱିତୀୟା ଜହ୍ନ ! ତାକୁଇ କିଛି ମାଗିବାକୁ ସେ କ'ଣ ଅବିନାଶକୁ ଇଙ୍ଗିତ କରିଛି । ଅବିନାଶର ପ୍ରେମରେ ସେ ତାକୁ ଚିରଦିନ ନିଜର କରିବାକୁ ଚାହେଁ । ନା- ଅବିନାଶ ସ୍ଥିରକଲା ସେ କିଛି ମାଗିବ ନାହିଁ । ପ୍ରକୃତରେ ତାର ମାଗିବାର ହିଁ କିଛି ନାହିଁ । ପ୍ରେମରେ ଥିବା ଲୋକଟି ଦିଏ ସିନା କେବେ କାହାରିକୁ କିଛି ମାଗିପାରେ ନାହିଁ । ମାଗିବାଟା ହେଉଛି ପ୍ରେମ - ବିରୋଧୀଭାବନା । ତଥାପି ସେ ଦୃଶ୍ୟମାନ ହେଉ ନଥିବା ଦ୍ୱିତୀୟା ଜହ୍ନ ଭିତରେ ଅସ୍ମିତାକୁ ଚାହିଁ କାମନା କଲା - ଅସ୍ମିତା ହିଁ ମୋ

ଆସତ୍ତାର ଅଂଶବିଶେଷ ହୋଇ ରହିଥାଉ। ସବୁରି ଅଦୃଶ୍ୟରେ ମୋର ଭାବ ଜଗତରେ - ରହିଥାଉ ଅସ୍ମିତା କଳ୍ପନାର ଲତାଟିଏ ହୋଇ, କବିତାଟିଏ ହୋଇ। ଜୀବନ ସଜା କବିତାମୟ ହୋଇ ରହିଥାଉ।

ଦ୍ୱିତୀୟା ଜହ୍ନ କ'ଣ ସତରେ ଏତେ ଶୀଘ୍ର ମନସ୍କାମନା ପୂରଣ କରିଦିଏ ?

ବଡ଼ ଅଦ୍‌ଭୁତ କଥା। ଅବିନାଶ ଦେଖିଲା, ସେ ଆଉ ମର୍ତ୍ତ୍ୟର ଅବିନାଶ ହୋଇ ନାହିଁ। ଦ୍ୱିତୀୟା ଜହ୍ନରୁ ଧାରେ ଆଲୁଅ ନେଇ ମେଘମାଳା ଭିତରୁ ପରୀଟିଏ ଉଡ଼ି ଉଡ଼ି ଆସି ଅବିନାଶର କାନ୍ଧ ଉପରେ ବସିପଡ଼ୁଛି।

ଭୂମି ଉପରେ ଥାଇ ବିସ୍ମୟ ବିମୋହିତା ଅସ୍ମିତା ଦେଖୁଛି, ପକ୍ଷୀଟିଏ ହୋଇ ଅବିନାଶର ନୀଳ ଆକାଶରେ ପହଁରିଯିବାର ଦୃଶ୍ୟ।

■■

ଆଶାବରୀ

'ଆସ,
ପାଖକୁ ଆସ,
ହାତରେ ହାତ ରଖ
ପାଇବ ମୋ ହୃଦୟର ସ୍ପର୍ଶ'।

ଏତିକି କହି ଅନୁଭବ ମୋ ଆଡ଼କୁ ହାତ ବଢ଼େଇଦେଲେ। ପ୍ରଣାମର ମୁଦ୍ରାରେ ମୁଁ ଦୁଇହାତ ଯୋଡ଼ିଲି। କହିଲି-ମୁଁ ବନ୍ଧନ ଋହେଁନାହିଁ। ' ହାତରେ ହାତ ରଖିଲେ ମୁଁ ତୁମ ପାଖରେ ବନ୍ଧା ପଡ଼ିଯିବି ଅନୁଭବ। ଆଉ ରହିଲା ତୁମ ହୃଦୟର କଥା। ତାର ପରିଚୟ ତ ମୁଁ ପାଇ ସାରିଛି। ତୁମ ଚମତ୍କାର ହସ୍ତାକ୍ଷରର ଚିଠି ଓ କବିତାମାନଙ୍କରେ'।

- ହାତର ଅକ୍ଷରରେ କ'ଣ ହୃଦୟର ଉଷ୍ମତା ଅନୁଭବ କରିହୁଏ ?

- କାହିଁକି ନୁହେଁ ? ଯଦି ସେ ଅକ୍ଷରଗୁଡ଼ିକ ଲେଖିବାର ଅଭ୍ୟାସଗତ ପ୍ରକ୍ରିୟାରେ ନ ଆସି ଆତ୍ମଲୀନ ଅବସ୍ଥାରେ ଫୁଟିଥାଆନ୍ତି, ତେବେ ତାହା ତ ଆଉ ମାମୁଲି ଅକ୍ଷର ହୋଇ ରହେ ନାହିଁ। ତାହା ହୋଇଯାଏ ଅଙ୍ଗୀଭୂତ ହୃଦୟାଂଶ। ମୁଁ ଜାଣେନା, ତୁମ ଅକ୍ଷରର ଉଦ୍‌ଭବ କେଉଁ ପ୍ରକ୍ରିୟାରେ ?

ମୋ କଥା ଶୁଣି ଅନୁଭବ କିଛି ସମୟ ନୀରବ ରହିଲେ। କହିଲେ- ମୁଁ ଥିଲି ଫିଲୋସଫିର ଛାତ୍ର। ଆଉ ତୁମେ ଫିଜିକ୍ସର। କିଂତୁ ଏବେ ଦେଖୁଛି, ତମେ ତ ସାଧାରଣ ହସ୍ତାକ୍ଷର ଓ ହୃଦୟକୁ ନେଇ ବେଶ୍ ଦାର୍ଶନିକ ତତ୍ତ୍ୱ ବାଢ଼ି ବସିଲଣି।

'ଦାର୍ଶନିକ ତତ୍ତ୍ୱ ସଂପର୍କରେ ମୋର କୌଣସି ଧାରଣା ନାହିଁ। ମୁଁ ତତ୍ତ୍ୱ ଫତ୍ତ୍ୱ କିଛି ବୁଝେ ନାହିଁ। ଜୀବନକୁ ନେଇ ମୁଁ ମୋର ଦୃଷ୍ଟିଭଙ୍ଗୀର କଥା ହିଁ କହିଲି। ଏଥିରେ ଯଦି ତମେ କିଛି 'ଦର୍ଶନ'ର ଆଭାସ ପାଇଲ, ତେବେ ଭଲ କଥା- ପ୍ରତ୍ୟେକ ବ୍ୟକ୍ତି ତା ଜୀବନର ଦର୍ଶନକୁ ନେଇ ଚାଲେ।'

- ଆସ, ପାଖକୁ ଆସ। ମୁଁ ଆଉ ସେ 'ଦର୍ଶନ'ର କଥା ଉଠେଇବି ନାହିଁ। କୌଣସି ପ୍ରକାର ଦର୍ଶନ ଆମକୁ ଆଉ ପରସ୍ପର ଠାରୁ ଦୂରେଇ ନଦେଉ।

- ପାଖକୁ ଆସିବା ଆଉ ଦୂରେଇ ଯିବା- ଏସବୁ ସେଇ ଦୃଷ୍ଟିକୋଣର କଥା। ଏକାଠି ଦେହକୁ ଦେହ ଲଗେଇ ହାତରେ ହାତ ଛନ୍ଦି ବସିଗଲେ ଜଣେ ଜଣକୁ ତା ପାଖରେ ପାଇଯିବ, ତା ହୃଦୟକୁ ଛୁଇଁ ପାରିବ- ଏଥିରେ ମୋର ବିଶ୍ୱାସ ନାହିଁ। ପରସ୍ପର ଠାରୁ ସହସ୍ର ଯୋଜନ ଦୂରରେ ଥାଇ ମଧ୍ୟ ଜଣେ ଆଉ ଜଣକୁ ତାର ଖୁବ୍ ପାଖରେ ପାଇ ପାରିବ। ଆଉ ବର୍ଷ ବର୍ଷ ଧରି ପାଖାପାଖି ହୋଇ ରହୁଥିଲେ ବି ଦୁଇଜଣ ପରସ୍ପର ନିକଟରୁ ଅପହଞ୍ଚ ଇଲାକାକୁ ଚାଲିଯାଇପାରନ୍ତି। ଏସବୁ ଭାବର କଥା। ତମେ ନିଜେ ହିଁ ତ କେତେଥର ଉଚ୍ଚାରଣ କରିଛ- 'ଭାବକୁ ନିକଟ।'

- ହଁ, ସ୍ୱୀକାର କରୁଛି, ଭାବକୁ ନିକଟ। ମାତ୍ର ଭୁଲି ଯାଅ ନାହିଁ, ଭାବର ଅସ୍ତିତ୍ୱକୁ ବୁଝିବା ପାଇଁ କିଛି ଅନୁଭବ କଲା ଭଳି ବ୍ୟାବହାରିକ ଲକ୍ଷଣର ମଧ୍ୟ ଆବଶ୍ୟକତା ରହିଛି।

- 'ବ୍ୟାବହାରିକ ଲକ୍ଷଣ ?' ଠିକ୍ ବୁଝି ପାରିଲି ନାହିଁ।

- ଆସ- ପାଖକୁ ଆସ। ମୋତେ ବୁଝିବାକୁ ଚେଷ୍ଟାକର।

- ମୁଁ ତ ତୁମ ପାଖରେ ହିଁ ଅଛି। ଏଥର ତୁମେ ମୋତେ କବିତାଟିଏ ଶୁଣେଇପାର, ଯଦି ନୂଆ କିଛି ଲେଖିଥାଅ।

- ହଁ କବିତା ଶୁଣେଇବି। ଗପ ବି ଶୁଣେଇବି। ସେଇ ଗପ ଓ କବିତା ହିଁ ତ ଜୀବନସାରା ଶୁଣେଇ ଆସିଚି ତୁମକୁ।

- ତୁମର ସେଇ ଗପ- କବିତା ହିଁ ମୋର ପ୍ରିୟ।

- ଗଳ୍ପ କବିତା ତ ଜୀବନ ନୁହଁ। ଜୀବନକୁ ନେଇ ହୁଏତ ଏହାର ସୃଷ୍ଟି। ମାତ୍ର ଏହା କେତୋଟି ଶବ୍ଦ ଓ ବାକ୍ୟର ସମଷ୍ଟି ମାତ୍ର। ଜୀବନ ଏହି ଶବ୍ଦ ସମାହାରରୁ ଊର୍ଦ୍ଧ୍ୱରେ।

- ମାତ୍ର ଏହି ଶବ୍ଦକୁ ନେଇ ତ ତୁମେ ଜୀବନସାରା ଖେଳି ଆସିଛ।

- ହଁ, ସ୍ୱୀକାର କରୁଛି, ଶବ୍ଦଖେଳରେ ମାତି ମୁଁ ହୃଦୟ ପ୍ରତି ନ୍ୟାୟ କରିନାହିଁ। ଶବ୍ଦର ସୌଦାଗର ସାଜି ମୁଁ କେତେ ସମ୍ମାନ, ସମ୍ବର୍ଦ୍ଧନା ସାଉଁଟିଛି। ନିଜ ପ୍ରତିଷ୍ଠାରେ

ଆତ୍ମମଗ୍ନ ହୋଇ ରହିଯାଇଛି। ନିଜର ବୌଦ୍ଧିକ ବିଚାର, ଜ୍ଞାନ, ଦର୍ଶନ ଏବଂ ଏସବୁକୁ ବ୍ୟକ୍ତ କରିବାର ପାରଦର୍ଶିତାରେ ମୁଁ ନିଜକୁ ଅନ୍ୟମାନଙ୍କ ଠାରୁ ନିଆରା ମନେ କରି ଆତ୍ମବିଭୋର ହୋଇ ଯାଇଛି। ନିଜ ପାଇଁ ମଞ୍ଚ ତିଆରି କରିଛି। ନିଜର ଗୋଟିଏ ମଠ ତିଆରି କରିଛି। ସେହି ମଠର ମହନ୍ତ ହୋଇ ବସିବାରେ ଏକ ପ୍ରକାର ଆତ୍ମପ୍ରସାଦ ବି ଅନୁଭବ କରିଛି। ମାତ୍ର ଆଉ ନୁହେଁ।ଏବେ ମୋର ମସ୍ତିଷ୍କ ନୁହେଁ, ମୋ ଭିତରେ ଥିବା ହୃଦୟଟି ମୋତେ ହାତଠାରି ଡାକୁଛି- ଆସ, ପାଖକୁ ଆସ।

- ବେଶ୍ ଭଲକଥା। ଏଥର ସେଇ ହୃଦୟ ପାଖରେ ହିଁ ରୁହ। ହୃଦୟର ଡାକ ହିଁ ଶୁଣ।

- ସେଇ ଡାକ ଶୁଣିଲାବେଳେ ମୁଁ କେବଳ ତୁମକୁ ହିଁ ଆବିଷ୍କାର କରୁଛି। ତମେ ମୋର ଶବ୍ଦ ଶୃଙ୍ଗାରର ମୁଗ୍ଧା ନାୟିକା। ଏବେ ଶବ୍ଦପାଠରୁ ଫେରିଆସ ମୋ ପାଖକୁ, ମୋ ହୃଦୟର ଡାକ ଶୁଣିବା ପାଇଁ।

- ତମେ କ'ଣ କେବେ କାହା ହୃଦୟର ଡାକ ଶୁଣି ପାରିଛ ଅନୁଭବ ?

- ହଠାତ୍ ଏ ପ୍ରଶ୍ନ କାହିଁକି ? ମୋ ହୃଦୟବତ୍ତା ଉପରେ ତମର କ'ଣ ଆସ୍ଥା ନାହିଁ ?

- ଆସ୍ଥା ଥିଲା, ଏବେ ମଧ୍ୟ ସେ ଆସ୍ଥା ପୂରାପୂରି ତୁଟି ଯାଇନାହିଁ। ମାତ୍ର ତୁମକୁ ମନେ ପକେଇ ଦେବାକୁ ଚାହେଁ, ତମେ ଭୁଲି ଯାଉଥିବା କିମ୍ବା ଶୁଣି ନଶୁଣିଲା ଭଳି ରହୁଥିବା ଅନ୍ୟ ଏକ ହୃଦୟର କଥା।

'ଅନ୍ୟ ହୃଦୟ ?'- ଅନୁଭବର ଦୃଷ୍ଟିରେ ବିସ୍ମୟର ପ୍ରଶ୍ନବାଚୀ ?

- ହଁ, ସେ ଅନ୍ୟ ଆଉ କେହି ନୁହେଁ, ତୁମ ଗୃହାଙ୍ଗନର ଅନିଶା- ଯିଏ ତୁମ ହୃଦୟର ଡାକ ଶୁଣିବା ପାଇଁ ବେଶ୍ କିଛି ବର୍ଷ ହେଲା ଅପେକ୍ଷା କରି ରହିଛି। ତା ପାଇଁ ତମେ କିନ୍ତୁ ହୃଦୟରେ ତୁମର କୋଲପ ଦେଇ ବସିଯାଇଛ।

- ଦିନେ ସେ ହୃଦୟର ଦ୍ୱାର ଖୋଲି ଦେଇଥିଲି ତା ପାଇଁ। ମାତ୍ର ସେ ହୃଦୟର ଶୂନ୍ୟତାକୁ ନିଜ ହୃଦୟବତ୍ତାର ପୂର୍ଣ୍ଣତାରେ ଭରିଦେବା ବଦଳରେ ସେଠି ଗୁଡ଼ିଏ ଆବର୍ଜନା ଭରିଦେଇ ସେ ଚାଲିଗଲା। ହୃଦୟର ମହତ୍ତ୍ୱକୁ ଉପଲବ୍ଧି କରିବାର ଭାବ ତା ପାଖରେ ନଥିଲା। ଫଳରେ ମୋ ହୃଦୟର ଦ୍ୱାର ଆପେ ଆପେ ତା'ପାଇଁ ବନ୍ଦ ହୋଇଗଲା।

- ଏବେ ହୁଏତ ସେ ବୁଝିଲାଣି। ହୃଦୟର ଶକ୍ତି ଓ ପ୍ରଭାବକୁ ଅନୁଭବ କଲାଣି। ଅନେକାଂଶରେ ବଦଳିଗଲାଣି। ଖୋଲିଦିଅ ତା' ପାଇଁ ତୁମ ଅବରୁଦ୍ଧ ହୃଦୟର ଦ୍ୱାର।

- ନା- ତାହା ଆଉ ସମ୍ଭବ ନୁହେଁ। ଅନେକ ଚେଷ୍ଟାକରି ମୁଁ ନିଜକୁ ଆବର୍ଜନା ମୁକ୍ତ କରିଛି। ହୃଦୟର ଅଳିନ୍ଦ ନିଳୟକୁ ପରିଷ୍କାର କରି ଦେଇଛି ତାଜା ନୂଆରକ୍ତର ସଂଚଳନ ପାଇଁ। ସେଠି ଆଉ ପୁରୁଣାର ପୁନରାବୃତ୍ତି କଥା କହି ମୋତେ ଭାରାକ୍ରାନ୍ତ କରିଦିଅ ନାହିଁ। ଯଦି ମୋ 'ହୃଦୟ'କୁ ପ୍ରକୃତରେ ଚିହ୍ନି ପାରିଥାଅ, ତେବେ ମୋତେ ତୁମ ନିଜ କଥା ବ୍ୟତୀତ ଅନ୍ୟ କୌଣସି କଥା କହି ଅଶାନ୍ତ, ଅସ୍ଥିର କରିଦିଅ ନାହିଁ।

- ତୁମ ହୃଦୟକୁ ଚିହ୍ନିଛି ବୋଲି ତ ଏତେ କଥା। ମୁଁ ଚାହେଁନା ଅନୁଭବ, ତୁମକୁ କେହି ହୃଦୟହୀନ କହୁ। କେହି ନକହୁ ଯେ ତୁମର 'ହୃଦୟ' ଜନିତ ଲେଖା ସବୁ ତୁଚ୍ଛା ଛଳନା। କାରଣ ତୁମ ହୃଦୟର ଘଟଣା ସବୁ ତ ଏକାନ୍ତ ବ୍ୟକ୍ତିଗତ କିମ୍ବା ଗୋପନୀୟ ହୋଇନାହିଁ। ବ୍ୟକ୍ତି ହିସାବରେ ତମେ ଏବେ ସାର୍ବଜନୀନ ନିଜର ସୃଷ୍ଟି ମାଧ୍ୟମରେ। କୌଣସି ପାଠକ ତାର ସ୍ରଷ୍ଟାକୁ ତାର ସୃଷ୍ଟି ଠାରୁ ଭିନ୍ନ ଭାବରେ ଦେଖିବାକୁ ଚାହେଁନାହିଁ।

- କିଏ କ'ଣ ଚାହେଁ ବା ନଚାହେଁ ଏଥି ସହିତ ମୋର କୌଣସି ସଂପର୍କ ନାହିଁ। ମୁଁ କିନ୍ତୁ ମୋ ଦୃଦୟ ସହିତ କୌଣସି ପ୍ରକାର ଛଳନା କରିନାହିଁ କିମ୍ବା କରି ପାରିବି ନାହିଁ।

- ସେଥିପାଇଁ ତ କହୁଛି- ଜଣକ ହୃଦୟରେ କ୍ଷତ ସୃଷ୍ଟି କରି ତୁମେ କ'ଣ ନିଜ ହୃଦୟକୁ ଜ୍ୱାଳାମୁକ୍ତ ରଖି ପାରିବ ?

- ମୁଁ ତୁମ ସହିତ କୌଣସି ଯୁକ୍ତିତର୍କରେ ଭାଗ ନେବାକୁ ଆସି ନଥିଲି। ହାତଟିଏ ବଢ଼େଇ ଦେଇଥିଲି, ମୋ ହୃଦୟର ସ୍ପର୍ଶ ଦେବା ପାଇଁ। ମୋର ଆମନ୍ତ୍ରଣକୁ ସ୍ୱୀକାର ବା ଅସ୍ୱୀକାର କରିବା ବଦଳରେ ତମେ ମୋତେ କାହିଁକି ଅଯଥା ଟାଣି ନେଉଛ ମୁଁ ଭୁଲିବାକୁ ଚାହୁଁଥିବା ହୃଦୟର କ୍ଷତ ପାଖକୁ। ମୋତେ ମୋ ସ୍ଥାନରେ ରହିବାକୁ ଦିଅ।

- ତୁମକୁ ସ୍ଥାନଚ୍ୟୁତ କରିବାର ଉଦ୍ଦେଶ୍ୟ ମୋର ନାହିଁ। ବରଂ ତୁମକୁ ତୁମ ନିଜ ସ୍ଥାନକୁ ମୁଁ ଫେରେଇ ନେବାକୁ ଚାହେଁ।

- ଭୁଲ୍ ବୁଝିବ ନାହିଁ, ମୋର ମନେହୁଏ ତମେ ମୋତେ ଏ ପର୍ଯ୍ୟନ୍ତ ଠିକ୍ ରୂପେ ବୁଝିପାରି ନାହଁ। ମୋର ନିର୍ଦ୍ଦିଷ୍ଟ ନିଜ ସ୍ଥାନ ବୋଲି କିଛି ନାହିଁ। ଯେଉଁଠି ଅଛି ହୃଦୟ, ସେଇଠି ମୋର ଅବସ୍ଥାନ। ମୋ ପାଇଁ ହୃଦୟର ପରିସର ସୀମିତ ନୁହେଁ, ବ୍ୟାପକ। ଗୋଟିଏ ହୃଦୟରେ ଅନେକ ହୃଦୟର ସମାବେଶ ଘଟିପାରେ। ହୃଦୟର ରହସ୍ୟକୁ ବୁଝିବା ଏତେ ସହଜ କଥା ନୁହେଁ।

- ମୁଁ ତୁମକୁ ଠିକ୍ ସେହିକଥା କହିବାକୁ ଚାହୁଁଥିଲି ଅନୁଭବ। ଯୁକ୍ତି ଛଳରେ

ବୁଲିବୁଲି ତମେ ପୁଣି ସେଇ ଠିକଣା ସ୍ଥାନକୁ ଫେରି ଆସିଛ। ଠିକ୍ କହିଛ- ହୃଦୟର ରହସ୍ୟ ବୁଝିବା ଏତେ ସହଜ କଥା ନୁହେଁ। ତମେ ମଧ୍ୟ ବୁଝି ପାରିନାହଁ। ଯେଉଁମାନେ ତୁମକୁ ହୃତପିଣ୍ଡର ଚିତ୍ର ଦେଖେଇ ହୃଦୟକୁ ତୁମର କରାୟତ୍ତ କରିବାକୁ ଚାହାନ୍ତି, ତମେ ସେଇମାନଙ୍କ କରବନ୍ଦୀ ହୋଇ ରହିଯାଅ। ସେଇମାନଙ୍କ କଥାରେ ବସ, ଉଠ ହୁଅ। ଆଉ ଯେତେବେଳେ ସେମାନେ ନିଜ ନିଜ କାର୍ଯ୍ୟ ସମାପନ କରି ବାହୁଡ଼ି ଯାଆନ୍ତି, ଆଉ ଥରୁଟିଏ ବି ତୁମ ଆଡ଼କୁ ମୁହଁ ବୁଲେଇ ଚାହାନ୍ତି ନାହିଁ, ସେଇମାନଙ୍କ ପାଇଁ ତୁମ ହୃଦୟ କାନ୍ଦେ। ସେଇମାନେ ହିଁ କିଛିଦିନ ପାଇଁ ତୁମ ହୃଦୟର ଅଧିଶ୍ୱରୀ ହୋଇ ରାଜ୍ କରନ୍ତି। ତମେ କବି ପାଲଟିଯାଅ। କବିତା ଲେଖ। ଆଉ ରକ୍ତ ରଂଗରେ ହୃଦୟର ଚିତ୍ର ଆଙ୍କିଚାଲ। ବ୍ୟକ୍ତିରୁ ତମେ ହୋଇଯାଅ କେବଳ ଏକ ଅଭିବ୍ୟକ୍ତି।

– ବାଃ ! ମୁଁ ଥିଲି ଫିଲୋସଫିର ଛାତ୍ର ଆଉ ତମେ ଛାତ୍ରୀଥିଲ ଫିଜିକ୍ସର। କିନ୍ତୁ ଦେଖୁଛି ସେଇ ଫିଲୋସଫିରେ ହିଁ ମୋତେ ତୁମର ଶିଷ୍ୟତ୍ୱ ଗ୍ରହଣ କରିବାକୁ ପଡ଼ିବ। ସାଧାରଣ କଥାରେ ତୁମର ଅସାଧାରଣ ବିଶ୍ଳେଷଣ ଦେଖି ମୁଁ ସତରେ ଅଭିଭୂତ ହୋଇ ପଡୁଚି।

– ଉପହାସ କରୁ ନାହଁ ତ ? ମୋ କଥାରେ ବିଶ୍ଳେଷଣର କୌଣସି ବିଶେଷତା ନାହିଁ। ମୁଁ ବାସ୍ତବତାର କଥା ହିଁ କହୁଚି। ବ୍ୟକ୍ତିରୁ ସତକୁ ସତ ତମେ ଯେତେବେଳେ ଅଭିବ୍ୟକ୍ତି ପାଲଟିଯାଅ, ମୁଁ ସେଇ ନିର୍ବ୍ୟୈକ୍ତିକ ଅଭିବ୍ୟକ୍ତିକୁ ହିଁ ଭଲପାଏ। ସ୍ୱୀକାର କରେ, ଶ୍ରଦ୍ଧା କରେ, ସ୍ନେହ ଦିଏ।

– ଆଉ ହୃଦୟ ?

– ମୋର ଶ୍ରଦ୍ଧା ସ୍ନେହ, ସ୍ୱୀକୃତି ଆଉ କ'ଣ ଶୂନ୍ୟରୁ ଆସେ ?

– ତାହେଲେ ପାଖକୁ ଆସ। ହାତରେ ହାତ ରଖ। ମୋ ହୃଦୟକୁ ପୁଣି ଥରେ ପଢ଼ିବାକୁ ଚେଷ୍ଟାକର। ତମରି ପାଖରେ ହିଁ ମୋର ସମସ୍ତ ସ୍ନେହ, ସରାଗ, ଆପେ ଆପେ ଅଜାଡ଼ି ହୋଇ ପଡୁଛି ହୃଦୟକୁ ନିଃଶେଷ କରି। ଜୀବନରେ ଯିଏ ମୋତେ ଯେଉଁଠି ଭଲ ପାଇଛି, ଯେଉଁ ଭାବରେ ଭଲ ପାଇଛି, ଯାହାକୁ ଯେତିକି ତା' ବଦଳରେ ଦେଇଛି ବା ଦେଇ ପାରିଛି ଅବା ଦେବାକୁ ବାକି ରହିଯାଇଛି ଦେଉଁ ଦେଉଁ ଅଥବା ଦେଇ ନପାରିଛି ଅକ୍ଷମତାରୁ ସେ ସବୁ ଭାବ ଓ ଅଭାବର ଗୋଟିଏ ମୂର୍ତ୍ତି ପରିଗ୍ରହ ତମେ। ତମେ ଇ ବାସ୍ତବରେ ଜୀବନରେ ମୋର ମହାର୍ଘ ଅନୁଭୂତି। ସେ ଅନୁଭୂତି ଟିକକ ନିଜ ଭିତରକୁ ସାଉଁଟି ନେବାରୁ ମୋତେ ବଞ୍ଚିତ କରନାହିଁ। ଆସ, ପାଖକୁ ଆସ।

ପୁଣି ଥରେ ହାତ ବଢ଼େଇ ଦେଲେ ଅନୁଭବ।

ମୁଁ ଏବେ ମହାଦ୍ୱନ୍ଦ୍ୱରେ ।

ସାମ୍ନାରେ ଠିଆ ହେଇଛନ୍ତି ଅନୁଭବ ଏବଂ ଦେଖା ଯାଉ ନଥିବା ଦୂରତାରେ ଅନିଶା, ଯାହାର ଗଭୀର ଆସ୍ଥା ରହିଛି ମୋ ଉପରେ,ଯେ ମୁଁ ହିଁ ଫେରେଇ ଆଣିପାରିବି ତାର ଅନୁଭବକୁ ।

ସତରେ କଣ ଅନିଶାର ଆଶା ମୁଁ ପୂରଣ କରିପାରିବି ? ସେ ଦୁହିଁଙ୍କ ମଧ୍ୟରେ ଥିବା ଦୂରତାକୁ ଦୂର କରି ମୁଁ ସଂଯୋଗର ସେତୁଟିଏ ହୋଇପାରିବି ?

ପ୍ରଶ୍ନାକୁଳିତ ମନକୁ ଆଉ ବିଶେଷ ଚିନ୍ତା କରିବାକୁ ନଦେଇ ଅନୁଭବ ବଢ଼ାଇଥିବା ହାତରେ ମୁଁ ହାତ ରଖିଦେଲି ।

■■

‘ଆସ’ ବୋଲି ଡାକିଦେଲ ଯେ...

‘ଆସ’ ବୋଲି ଡାକିଦେଲ ଯେ, ଗଲାବେଳକୁ ‘ଓ’ କହିବାକୁ ରହିଲ ନାହିଁ।

କହିଲ - ଝିଅ କାନ୍ଦୁଛି। ଆଜି ସଅଳ ଉଠି ପଡ଼ିଲାଣି।

କହିଲ - ଆଉ ଟିକକ ପରେ ପୁଅ ଫେରି ଆସିବ ତା’ ପ୍ଲେ-ସ୍କୁଲରୁ। ‘ଭୋକ’ ‘ଭୋକ’ ବୋଲି ରଡ଼ି ଛାଡ଼ିବ।

କହିଲ - ଦେଖ, ଶାଶୁଙ୍କର ପୂଜା ବୋଧେ ସରି ଆସିଲାଣି। ତାଙ୍କ ପାଇଁ ଜଳଖିଆ ତିଆରି କରିନାହିଁ।

କହିଲ - ଆଜି ଇଏ ଟୁର୍‌ରେ ଗଲେ ନାହିଁ। ଠିକ୍ ଦି’ଟା ବେଳକୁ ଅଫିସ୍‌ରୁ ଲଞ୍ଚ ପାଇଁ ଫେରି ଆସିବେ। ସକାଳୁ ପୁଣି ବୋଝେ ମହୁରାଳି ମାଛ ରଖିଦେଇ ଯାଇଛନ୍ତି, ତାକୁ ବାଛି ବେସର ଠୁକୁଠୁକା କରିବାକୁ ପଡ଼ିବ।

କହିଲ-କହିଲ-ଆଉ କହିଲ। ଖାଲି କହି ଚାଲିଲ। କେତେ କେତେ ମିଛ ଆଉ ସତ ବାହାନାରେ ମୋ ପାଖରୁ ଖସି ଯିବାକୁ ଚାହିଁଲ। ମୁଁ ଚୁପ୍‌ଚାପ୍ ତମ ଦାଣ୍ଡ ବାରଣ୍ଡାରେ ପଡ଼ିଥିବା ପ୍ଲାଷ୍ଟିକ୍ ଚେୟାର ଉପରେ ବସି ରହିଲି। ତମେ ଭିତରକୁ ଯାଉଥାଅ - ଆସୁଥାଅ। ଆସୁଥାଅ ଓ ଯାଉଥାଅ।

‘ଆସ’ ବୋଲି ଡାକିଦେଲ ଯେ, ‘ଓ’ କହି ଘଡ଼ିଏ ବସିବାକୁ ତୁମର ତର ନଥାଏ। କେତେବେଳ ପରେ ତମେ ମୋତେ ଭିତର ବୈଠକୀକୁ ଡାକିନେଲ। ମୋ

ପାଖରେ ଆଣି କିଛି ଲୁଣି ବିସ୍କୁଟ, ଫ୍ରିଜ୍‌ରେ ରହି ଟାଣ ହୋଇଯାଇଥିବା ଦୁଇଟି ଲଡୁ ଗୋଟିଏ ପ୍ଲେଟରେ ରଖିଦେଇ ଗଲ।

କହିଲ - ଯାଏ, ତୁମ ପାଇଁ ମୁଁ ଚା' କରି ଆଣେ।

ମୁଁ କହିବାକୁ ଚାହୁଁଥିଲି - ନା, ମୋର ଚା' ଦରକାର ନାହିଁ। ତମେ ଆଗ ବସ। ତୁମ 'ଆସ'ର ଡାକରେ ମୁଁ ଆସି ପହଞ୍ଚିଯାଇଛି ଯେତେବେଳେ, ମୋ ପାଖରେ ଘଡ଼ିଏ ବସ। କିଛି କୁହ ନାହିଁ। ଖାଲି 'ଓ' କୁହ।

ମାତ୍ର ମୁଁ କିଛି କହିଲି ନାହିଁ। ଯାହା ସବୁ ମୁଁ କହିବାକୁ ଚାହୁଁଥିଲି ବା ଭାବୁଥିଲି, କିଛି ହେଲେ କିଛି ବି କହିଲି ନାହିଁ। ଚୁପ୍‌ଚାପ୍ ତୁମର ଆସିବା ଓ ଯିବାକୁ ଚାହିଁ ରହିଲି। ତୁମେ ମୋଠାରୁ କିଛି ଶୁଣିବାର ଅବା ଶୁଣେଇବାର ଭାବରେ ନଥିଲ। ତୁମର ଝିଅ କାନ୍ଦୁଥିଲା। ପୁଅ ସ୍କୁଲରୁ ଫେରିବାର ଥିଲା। ଶାଶୁଙ୍କ ପାଇଁ ଜଳଖିଆ ବାଢ଼ିବାର ଥିଲା ଆଉ ରାନ୍ଧିବାକୁ ଥିଲା ତୁମର 'ତାଙ୍କ' ପାଇଁ ମହୁରାଳି ମାଛର ବେସର।

ମୁଁ ବୁଝୁଥିଲି ତୁମର ବ୍ୟସ୍ତତା। ସମୟର ସ୍ୱଳ୍ପତା। ସଂସାରର ଦାବୀ ଓ ଦାୟିତ୍ୱ ପାଖରେ 'ଗତାୟୁ' ଜୀବନକୁ ହଠାତ୍ 'ବର୍ତ୍ତମାନ'ର ଶୃଙ୍ଖଳା ଭିତରେ ସଂଖୋଳି ନ ପାରିବାର ଅସହାୟତା।

ମୁଁ ସବୁ ବୁଝୁଥିଲି। ନିଜକୁ କିନ୍ତୁ କୌଣସି ପ୍ରକାରେ ବୁଝେଇ ପାରୁନଥିଲି। ବୁଝେଇ ପାରୁନଥିଲି ଯେ 'ଆସ' ବୋଲି ଡାକିଦେଲେ କେହି ସତରେ ଏ ବେଳରେ, ଏ ବୟସରେ ଆସି ପହଞ୍ଚିଯାଏ ନାହିଁ।

'ଆସ' ଥିଲା ତୁଚ୍ଛା କବିତାର କଥା। କଳ୍ପନାରେ କଳ୍ପନାରେ ସ୍ମୃତି ସହ ଲୁଚକାଳି ଖେଳିବାର କଥା। ବେଳେବେଳେ ସ୍ମୃତି ସହ ସାକ୍ଷାତ ପାଇଁ ମନ ବଳେ। ଆଉ ସାକ୍ଷାତ ମିଳିଗଲେ ଭୁଲି ହୋଇଯାଏ ସମୟ। ଭୁଲି ହୋଇଯାଏ ସଂସାର।

ମୁଁ ଜାଣେ ସେଇ ସ୍ମୃତିର ଘେର ଭିତରେ ଥାଇ ତମେ ମୋତେ ଡାକିଦେଲ - 'ଆସ' ବୋଲି। ଆଉ ମୁଁ ଚାଲି ଆସିଲି। ଭୁଲିଗଲି ବଦଳି ଯାଇଥିବା ସମୟର ସ୍ଥିତି। ଭୁଲିଗଲି ନିଜର ଅସ୍ତିତ୍ୱ। ନିର୍ବୋଧ ମୁଁ। ସ୍ମୃତି ସହ ନିଜକୁ ଏକାତ୍ମ କରିଦେଇ ଏକମୁହାଁ ହେଇ ଧାଇଁ ଧାଇଁ ଚାଲି ଆସିଲି। ଭୁଲିଗଲି ଭାବିବାକୁ ଯେ, ମୋତେ ଏମିତି ପଛକୁ ପଛ ପାଦ ପକେଇ ଧାଉଁଥିବାର ଦେଖି ପଥଚାରୀମାନେ କ'ଣ ଭାବୁଥିବେ! କ'ଣ କହୁଥିବେ! କହୁଥିବେ, ଦେଖ, ଏ ପାଗଳଟା କେମିତି ପଛକୁ ଚାଲିବା ଆରମ୍ଭ କରିଛି। କେଉଁଠି ଖାଲ ଢିପରେ ଗୋଡ଼ ଭାଙ୍ଗି ପଡ଼ିବା ହିଁ ସାର ହବ। ଏ ବୟସରେ କ୍ଷତ ଶୁଖିବାକୁ ଢେର ଦିନ ଲାଗିବ। କ୍ଷତ ମୋଟେ ଶୁଖି ବି ନ ପାରେ।

ମୋର କିନ୍ତୁ କାହାର କିଛି କହିବା, ଭାବିବା କିମ୍ବା ମୋତେ ଦେଖି ହସିବା

- କୌଣସି ପ୍ରତି ଲକ୍ଷ୍ୟ ନଥିଲା। ଖାତିର ନଥିଲା। ସ୍ମୃତି ସହ ସଂଲଗ୍ନ ହେବାର ଆବେଗରେ ମୁଁ ହୋଇଯାଇଥିଲି ବେଗବାନ୍ ଅଶ୍ୱ। କେଉଁଠି ଥିଲା, ମୋ ଭିତରେ ଏତେ ଶକ୍ତି କେଜାଣି !

ମାତ୍ର ତୁମ ପାଖରେ ଆସି ପହଞ୍ଚିବା ପରେ କୁଆଡ଼େ ଗଲା ମୋର ସେ ଶକ୍ତି ! କିଏ ହଠାତ୍ ହରଣ କରିନେଲା ମୋର ସମସ୍ତ ବେଗ ଓ ଆବେଗ ! ସ୍ମୃତିର ସଂଚିତ ଅନୁରାଗ ଓ ଯେତେ ସବୁ ଅଭିଯୋଗ ! କିଏ - କିଏ ସତରେ ଅପହରଣକାରୀ ? କାନ୍ଦୁଥିବା ତୁମର ଝିଅ ? ପ୍ଲେ-ସ୍କୁଲରୁ ଫେରି ନଥିବା ପୁଅ ? ପୂଜା କରୁଥିବା ଶାଶୁ ବା ଅଫିସ୍ ଯାଇଥିବା ଶାଶୁଙ୍କ ପୁଅ ? ନା - ଅନ୍ୟ କେହି ନୁହନ୍ତି। ତମେ ନିଜେ। ହଁ, କେବଳ ତମେ।

ତମେ ଆଉ ତମେ ହୋଇ ନଥିଲ। ବଦଳି ଯାଇଥିଲା ତମର ରୂପ ରଙ୍ଗ, ଚାହାଣି-ଚଳଣି-ସବୁକିଛି। ତୁମ ଅଣ୍ଟାରେ ଝୁଲୁଥଲା ନେନ୍ଥାଏ ଚାବିକାଠି। ସେଇ ଚାବିକାଠିରେ ବନ୍ଧା ହୋଇ ରହିଥିଲା ତୁମ ପୁଅ ଝିଅ, ଶାଶୁ, ଆଉ ଶାଶୁଙ୍କ ପୁଅର ସଂସାରର ସୁଖ-ସୌଭାଗ୍ୟ। ମୁଁ ଅଦିନରେ, ଅବେଳରେ ଯୋଗୀର ଥାଳି ଧରି ପହଞ୍ଚି ଯାଇଥିଲି ତମ ଦାଣ୍ଡ ଦୁଆରେ। ମୋ ବେହେଲାରେ ଆଉ ପୁରୁଣା ଗୀତର ସୁର ବା ଛନ୍ଦ ନଥିଲା। ଦୟାର ଭିକ ମୁଠିଏ ଦେଇ ତମେ ମୋତେ ବିଦା କରିଦେଇ ପାରିଥାନ୍ତ। ମାତ୍ର ସ୍ମୃତିର ତାଡ଼ନାରେ ତମେ ମୋତେ ଦାଣ୍ଡ ପିଣ୍ଡାରୁ ଘର ଭିତରକୁ ନେଲ। ବସିବାକୁ ଠାଆ ଦେଲ। ପିଇବାକୁ ପାଣି। ମାତ୍ର ନିଜେ ବସିଲ ନାହିଁ, ମୋର ଯଥାବିଧି ଚର୍ଚ୍ଚା କରି ସଅଳ ସଅଳ ବିଦା କରିବାକୁ ଚାହୁଁଥିଲ। ପାଖରେ ଲୁଣି ବିସ୍କୁଟ, ଦୁଇଟି ଲଡ୍ଡୁର ପ୍ଲେଟ ଓ ଗିଲାସେ ପାଣି ରଖି ଦେଇ ଚା' କରିବାକୁ ଚାଲିଗଲ।

ମୁଁ ଚୁପ୍‌ଚାପ୍ ବସି ରହିଲି। ଶକ୍ତିହୀନ, ଗତିହୀନ, ମୁକ୍ତିର ବ୍ୟାକୁଳ ମନ ନେଇ। କିଛି ସମୟ ପରେ ତୁମେ ଚା' ନେଇ ଆସିଲ। ତମେ ଠିକ୍ ମନେ ରଖିଥିଲ, ଲେମ୍ବୁ ଚା'ରେ ମୋର ବେଶି ପସନ୍ଦ। ପୂର୍ବ ଭଳି ଭାଗମାପ ସବୁ ଠିକ୍ ଥିଲା। ଚିନି ଓ ଚା'ର ପରିମାଣ, ଲେମ୍ବୁର ଆନୁପାତିକ ରସ। ସ୍ୱାଦରେ କିଛି କମିନଥିଲା। ତମେ ବାଢ଼ିଥିବା ଲୁଣି ବିସ୍କୁଟ କିମ୍ବା ସଯତ୍ନେ ସାଇତା ମିଠାରେ ନୁହେଁ, ମୁଁ ଚା'ରେ ହିଁ ମୋର ତୃଷ୍ଣା ନିବାରଣ କରିବାକୁ ଚାହିଁଲି। ଲକ୍ଷ୍ୟ କଲି, ତମ ଓଠ ସେତେବେଳେ ଥରୁଥିଲା। ତମେ ଆବେଗ କିମ୍ବା ଆଶଙ୍କାରେ ଶିହରି ଉଠୁଥିଲ। ତମର ବୋଧହୁଏ ମନେ ପଡ଼ିଯାଉଥିଲା ଗତାୟୁ ଦିନମାନଙ୍କର କଥା। ପ୍ରତିଥର ଚା' ପିଇ ସାରିଲା ପରେ ମୋ ଓଠ ଖୋଜୁଥିଲା ଅନ୍ୟ କିଛି - ଯାହା ପୂରଣ କରିବାରେ ତୁମର ସେତେବେଳେ ବିଶେଷ ଆପତ୍ତି ନଥିଲା। ତମେ ବୋଧହୁଏ ଭାବିନେଲ, ମୁଁ ସେଇ ପୁରୁଣା ଆଗ୍ରହ ବା ଦାବୀର ପୁନରାବୃତ୍ତି କରିବି।

ନା – ମୁଁ ଏତେ ବିଚାରଶୂନ୍ୟ ହୋଇ ଯାଇନଥିଲି । ସ୍ମୃତିର ଆବର୍ତ୍ତ ଭିତରେ ଥିଲେ ବି ବଦଳି ଯାଇଥିବା ସମୟ ସମ୍ପର୍କରେ ସଚେତନତା ହରେଇ ବସିନଥିଲି । ଚୁପ୍‌ଚାପ୍ ବସି ଚା' ପିଇଲି । ତୁମର କୁଶଳୀ ହାତରେ ସଜା ହୋଇଥିବା ବୈଠକୀ ଘରର କାନ୍ଥ, ଛାତ, କବାଟ-ଝରକାରେ ଝୁଲୁଥିବା ପର୍ଦ୍ଦା ଉପରେ ଆଖି ବୁଲେଇ ଆଣିଲି । କାଚ ଫୁଲଦାନୀରେ ଗୋଲାପ ଓ ରଜନୀଗନ୍ଧାର ସ୍ତବକ, ଟେରାକୋଟାର ବନ୍ଧନୀରେ କାକ୍‌ଟସ୍, କାନ୍ଥରେ ରାଧାକୃଷ୍ଣଙ୍କ ଯୁଗଳବନ୍ଦୀର ପଟ୍ଟଚିତ୍ର, ନିଜ ବଗିଚାର ବନ୍ଧେଇ ଫଟୋଚିତ୍ର ଉପରେ ଈଷତ୍ ନୀଳ ଆଲୋକର ପ୍ରତିଫଳନ – ସତରେ ଅପୂର୍ବ ଏକ ମାୟାମୟ ପରିବେଶ । ମୁଁ ହଜିଯାଇଥିଲି । ତମେ ଚୁପ୍‌ଚାପ୍ ଠିଆହୋଇ ରହିଥିଲ । ମୁଁ ଚାହୁଁଥିଲି, ତମେ ବସ । କିନ୍ତୁ ବସିବା ପାଇଁ କହିଲି ନାହିଁ । 'ଆସ' ବୋଲି ଡାକିଛ, ଆଉ ମୁଁ ଆସି ତୁମ ଘରେ ବସି ସାରିଲିଣି ଯେତେବେଳେ, ତୁମେ ଠିଆ ହେବାର ଅର୍ଥ – ମୋତେ ବସିବା ଜାଗାରୁ ଉଠି ଶୀଘ୍ର ଚାଲିଯିବା ପାଇଁ କହିବା । ମୁଁ ବୁଝିପାରୁଥିଲି ଇଙ୍ଗିତ । ତଥାପି ମନ ବୁଝୁନଥିଲା । ତମେ ବୁଝି ପାରିଲ ବୋଧେ ମୋ ମନର ଭାଷା । ମୋ ସାମନାରେ ସୋଫା ଉପରେ ବସିପଡ଼ିଲ । ବେଶ୍ ସହଜ ଓ ସ୍ୱାଭାବିକ ହୋଇ ଏଥର ପଚାରିଲ – ମୁଁ ଗଳ୍ପ ଲେଖା କାହିଁକି ଛାଡ଼ିଦେଲି ? ଏପରିକି ଖବରକାଗଜରେ ମଧ୍ୟ ସମସାମୟିକ ଘଟଣା ଉପରେ ନିଜର ଯେଉଁ ବିଚାର, ବିଶ୍ଳେଷଣ ବାଢୁଥିଲି, ସେସବୁ ତୁମ ନଜରକୁ ଆଉ ଆସୁନଥିବା କଥା ବି କହିଲ ।

କହିଲ – ଦୈନିକ 'ଖବର' ଆସିବା ମାତ୍ରେ ମୁଁ ପେଜ୍ ପରେ ପେଜ୍ ଓଲଟେଇ ଚାଲିଯାଏ ଏଡିଟ୍ ପେଜ୍ ପାଖକୁ । ଆଖି ଖୋଜେ ତମ ଲେଖା । ନିରାଶ ହୁଏ ।

ସତରେ କି ସୌଭାଗ୍ୟ ମୋର ! କିଛି ନ ହେଲେ ବି ଖବରକାଗଜ ପୃଷ୍ଠାରେ ତ ଅନ୍ତତଃ ତମେ ମୋତେ ଖୋଜୁଥିଲ । କହିବି ବୋଲି ଭାବୁଥିଲି ଏତକ । ହେଲେ କିଛି କହିଲି ନାହିଁ ।

ମୋର ଖାଲି ଇଚ୍ଛା ହେଉଥିଲା, ଶୁଣିବାକୁ ତମ କଥା । ତମ ମୁହଁରୁ କିଛି କବିତା । ଦିନ ଥିଲା, ଯେତେବେଳେ ମୁଁ ଖାଲି କଥା କହୁଥିଲି । କାହାଣୀ ଲେଖୁଥିଲି । ଆଉ ଲେଖି ସାରିବା ପରେ ତୁମକୁ ନ ଶୁଣେଇବା ଯାଏଁ କାହାରିକୁ ଛାପିବାକୁ ବି ଦେଉନଥିଲି । ମୋ ଠାରୁ ବେଶ୍ କେତୋଟି କାହାଣୀ ଶୁଣିବା ପରେ ତମେ ମଝିରେ ମଝିରେ ଗୋଟିଏ ଦୁଇଟି କବିତା ଲେଖି ଶୁଣୋଉଥିଲ । ବେଶ୍ ମାପଚୁପ ଶବ୍ଦ, ସଂଯତ ଭାବ ଓ ସାବଲୀଳ ପ୍ରକାଶ ଭଂଗୀ । ଲେଖି ସାଇତି ରଖି ଦେଉଥିଲ ଡାଏରୀ ଭିତରେ । ମୁଁ ଯେଉଁଦିନ ତମ ଅଜାଣତରେ ତମ ଡାଏରୀରୁ କବିତା ଚୋରି କରି ତୁମ ନାଁରେ

ଅବଶ୍ୟ ଗୋଟିଏ ପତ୍ରିକାରେ ଛାପି ତୁମ ହାତରେ ଆଣି ଧରେଇ ଦେଲି, ତମେ ବିସ୍ମୟ-ବିହ୍ୱଳ ଦୃଷ୍ଟିରେ ମୋତେ ଘଡ଼ିଏ ଚାହିଁ ରହିଲ। କହିଲ - "ଏ କ'ଣ କଲ? କବିତା ମୋର ଏକାନ୍ତ ନିଜର। ଅବଶ୍ୟ ତୁମର ବି ଏଥିରେ ଅଂଶ ଅଛି। ହେଲେ ଏ ଅଂଶ କେବଳ ମୋ କବିତାର ପ୍ରଥମ ଓ ଏକମାତ୍ର ଶ୍ରୋତା ଭାବରେ। କବିତାକୁ ନେଇ ମୋର ଆଉ କୌଣସି ପରିଚୟ ବା ପ୍ରତିଷ୍ଠା ଲୋଡ଼ା ନାହିଁ।"

"ତୁମ ଚାହିଁବା, ନ ଚାହିଁବ, ଲୋଡ଼ିବା ପଣକୁ ନେଇ ତୁମ କବିତା ତ ଆଉ ମୁହଁ ମାଡ଼ି ପଡ଼ିରହିବ ନାହିଁ। ସେ ତା' ଶକ୍ତି ବଳରେ ତା'ର ବାଟ ଖୋଜି କେଉଁଠି ନା କେଉଁଠି ପହଞ୍ଚି ଯାଇପାରେ। କାହାର ହୃଦୟରେ ବସା ବାନ୍ଧି ରହିଯାଇପାରେ। ସମ୍ପର୍କର ନୂଆ ପୃଥିବୀଟିଏ ରଚିପାରେ। ଲେଖିବା ପାଇଁ କବିତା ତୁମର ଥିଲା। ତୁମ ଅଧୀନରେ। ମାତ୍ର ଥରେ ଲେଖି ସାରିଲା ପରେ ସେଥିରେ ତୁମର ଆଉ ଅଧିକାର ଆସିଲା କେଉଁଠୁ?"

ମୋ ଯୁକ୍ତି ସହିତ ପ୍ରତିଯୁକ୍ତି କରି ତମେ ଆଉ କଥା ବଢ଼େଇବାକୁ ଚାହିଁଲ ନାହିଁ। ମୋ ବକ୍ତବ୍ୟକୁ ହୁଏତ ସ୍ୱୀକୃତି ଜଣାଇ କିମ୍ବା ତୁମ କବିତାକୁ ସ୍ୱୀକୃତି ଦେଇଥିବାର କୃତଜ୍ଞତାରେ ତମେ ମୋ ହାତକୁ ଟେକି ନେଇ କପାଳରେ ଲଗେଇଲ ଆଉ ମୁଁ ତୁମର ସେହି କପାଳରେ ମୋର ସ୍ନେହ ଓ ସଦିଚ୍ଛାର ସ୍ପର୍ଶ ଦେଲି। ମୋର କାହାଣୀ ଆଉ ତୁମ କବିତାର କଲ୍ଲୋଳ ଭିତରେ ଆମର କର ଓ କପାଳର ସ୍ପର୍ଶ କେତେବେଳେ ଖସି ଆସିଲା ଓଠ ପାଖକୁ, ଆମେ ଜାଣିପାରିଲେ ନାହିଁ। ପରସ୍ପର ପ୍ରତି ଥିବା ସ୍ନେହର ବିନ୍ଦୁବିନ୍ଦୁ ସଞ୍ଚିତ ଜଳଧାରା କେତେବଳେ ପ୍ରଣୟର ପାରାବାରରେ ରୂପାନ୍ତରିତ ହୋଇଗଲା, ଜାଣିଲା ବେଳକୁ ଆମେ ଆଉ କୂଳରେ ନଥିଲେ। ଭାସି ଚାଲିଥିଲେ ଦିଗହରା ଦରିଆ ଉପରେ।

କିନ୍ତୁ ତୁମର କବିତା ହିଁ ତୁମକୁ କୂଳକୁ ଟାଣିନେଲା। ପ୍ରକୃତିସ୍ଥ କରିଦେଲା। ତମେ ମୁକୁଳିଗଲ ନିଜ ଭିତରୁ। ଆମ ଉଭୟଙ୍କ ସୀମାହୀନ ସମ୍ପର୍କ ଭିତରୁ। କଳ୍ପନାର ଡେଣାରେ ଲାଗିଯାଇଥିଲା ଭିନ୍ନ ଏକ ଜୀବନର ରଙ୍ଗ। ନୂଆ ସ୍ୱପ୍ନ, ନୂଆ ସମ୍ପର୍କ, ସଂସାର ସହିତ ଚୁକ୍ତିପତ୍ର।

ମୁଁ କିନ୍ତୁ ସେମିତି ଦରିଆ ବୁକୁରେ ଭାସୁଥିଲି। ନା ଫେରି ପାରୁଥିଲି କୂଳକୁ, ନା ବୁଡ଼ି ଯାଇ ପାରୁଥିଲି। ନିଜ କାହାଣୀର ଜାଲରେ ଛନ୍ଦି ହୋଇ ପଡୁଥିଲି। ଏ କାହାଣୀର ନା କୌଣସି ଗତି ଥିଲା ନା ଶକ୍ତି। ଗାଣ୍ଡିବ ବିନା ଅର୍ଜୁନର ଅସହାୟତା ନେଇ ମୁଁ ପଡ଼ି ରହିଥିଲି ଯୁଦ୍ଧ ଭୂମିର ଠିକ୍ ମଧ୍ୟ ସ୍ଥଳରେ। ଶ୍ରୀକୃଷ୍ଣଙ୍କ ଭଳି ନା କୌଣସି ସଖା ଥିଲେ ମୋ ପାଖରେ ସାହସ ଓ ସାନ୍ତ୍ୱନା ଦେବା ପାଇଁ ନା କେହି ସଖୀ। ମୁଁ ଚୁପ୍‌ଚାପ୍ ସେମିତି ପଡ଼ି ରହିଲି। ମୃତବତ୍। କେତେକାଳ - କିଏ କହିବ?

ଏତିକିବେଳେ ମୋ କାନରେ ଆସି ବାଜିଲା କବିତାର ସଂଜୀବନୀ ମନ୍ତ୍ର। 'ଆସ', 'ଆସ' ବୋଲି କବିତାର ନିମନ୍ତ୍ରଣ -

ହାତ ଖୋଜୁଥିଲା ହାତଟିଏ। ହୃଦୟ ଡାକୁଥିଲା ହୃଦୟକୁ। ଏ ଖୋଜିବା ଓ ଡାକିବା କ'ଣ ସତ ନା ମିଛ? ବାସ୍ତବତା ନା ଖାଲି ମାୟା! ମନର ଭ୍ରମ! ଠିକ୍ ଜାଣିପାରିଲି ନାହିଁ। ଦ୍ୱନ୍ଦ୍ୱରେ ପଡ଼ିଗଲି। ଆଉ ଥରେ କାନ ପାତି ଶୁଣିଲି। ଆଖି ମେଲି ଚାହିଁଲି। ସତକୁ ସତ ତୁମେ ଡାକୁଥିଲ। କବିତାର ଶବ୍ଦରେ... ସୁମଧୁର ପଂକ୍ତିରେ-

"ଆସ ପାଖକୁ ଆସ
ମାନସ ମନ୍ଥନ କରି
ହରିନେବା ଅଛି ଯେତେ ବିଷ
ବିତରିବା ବିଶ୍ୱାସ-ପୀୟୁଷ
ମରଣକୁ କରି ଉପହାସ
ରଚିଯିବା ଜୀବନର ରାସ।"

ମୋ ଚାରିପଟେ ଖାଲି ସେଇ 'ଆସ', 'ଆସ'ର ମଧୁର ପ୍ରତିଧ୍ୱନି। ନ ଆସି ମୁଁ ରହିଥାନ୍ତି ବା କିପରି? ମାତ୍ର ଦ୍ୱନ୍ଦ୍ୱ-ମୁକ୍ତ ହୋଇଆସି ପହଞ୍ଚିଲା ବେଳକୁ ଅନେକ ବିଳମ୍ବ ହୋଇଯାଇଥିଲା।

ଆବିଷ୍କାର କଲି, ପକ୍ଷୀଟି ଥିଲା ପଞ୍ଜୁରୀ ଭିତରେ। ପଞ୍ଜୁରୀ ବାହାରେ ପକ୍ଷହୀନ ନିର୍ବୋଧ କାହାଣୀକାର ଚୁପ୍‌ଚାପ୍ ଠିଆ ହୋଇ ରହିଥିଲା। ଦେଖୁଥିଲା, ଖୋଲା ମେଲା ଆକାଶରେ ଡେଣା ମେଲେଇ ଉଡ଼ି ବୁଲିବାର ଶକ୍ତି ହରେଇ ବସିଥିଲା ତା'ର ପ୍ରିୟ ପକ୍ଷୀ।

ଏତିକିବେଳେ ତମେ କାନ୍ଥଘଣ୍ଟାକୁ ଚାହିଁଲ। ମୁଁ ବୁଝିପାରିଲି। ମୁଁ ବି ମୋ ହାତଘଣ୍ଟାକୁ ମିଳେଇ ଦେଲି ତୁମ କାନ୍ଥଘଡ଼ି ସହିତ। ଯିବା ପାଇଁ ପାଦ ବଢ଼େଇବା ପୂର୍ବରୁ ପାଟି ଫିଟେଇଲି। ପଚାରିଲି - "ତୁମ କବିତା ଲେଖା? କବିତାକୁ କ'ଣ ପୂରାପୂରି ଭୁଲିଗଲ?"

"କବିତାକୁ ଭୁଲିଯିବା ଏ ଜୀବନରେ କ'ଣ କେବେ ସମ୍ଭବ? କବିତାର ଘର ଭିତରକୁ ତମେ ହିଁ ଦିନେ ବାଟ କଢ଼େଇ ନେଇଥିଲ। ଆଉ ସେଇ ବାଟ ଆଣି ମୋତେ ପହଞ୍ଚେଇ ଦେଲା ଏ ଗମ୍ଭିରୀ ଘରେ। ତେଣୁ କବିତା ସହ ସମ୍ପର୍କ କାଟିବାର ପ୍ରଶ୍ନ କାହିଁ?"

"ତା'ହେଲେ ..."

ମୋ କଥାକୁ ପୂରା କରିବାକୁ ନ ଦେଇ ତମେ କହିଲ, "ତା'ହେଲେ ମୁଁ

ଆଉ କବିତା କାହିଁକି ଲେଖୁନାହିଁ ବୋଲି ପଚାରୁଛ ତ ? କବିତା ମୁଁ ଲେଖୁଛି । ହେଲେ ନିଜ ନାଁରେ ନୁହେଁ । ଛଦ୍ମ ନାଁରେ । 'ଶ୍ରୀ'ର କବିତା ହିଁ ମୋର କବିତା ।"

"ଛଦ୍ମନାମରେ କବିତା ? କବିତାରେ ପୁଣି ଛଦ୍ମତା... !" ମୋ କଣ୍ଠରେ ବିସ୍ମୟ ଓ ବ୍ୟଥାର ସ୍ୱର ।

"କବିତାଠାରୁ ଜୀବନ ବଡ଼ । ଜୀବନ ବଞ୍ଚିବାକୁ ହେଲେ ଓଢ଼ଣା ଟାଣିବାକୁ ହୁଏ । ବେଳେବେଳେ ଛଦ୍ମବେଶ ଧରିବାକୁ ହୁଏ । ଆବେଗରେ ବନ୍ଧ ବାନ୍ଧି ଛଳନାକୁ ଆବୋରି ନେବାକୁ ହୁଏ । ମୁଁ ଜୀବନ ବଞ୍ଚିବାକୁ ଚାହେଁ । ଆଉ କବିତାକୁ ବି ଛାଡ଼ିବାର ନୁହେଁ ।"

ନୀରବରେ ଜୀବନ ଓ କବିତାର ଅଦ୍‌ଭୁତ ବ୍ୟାଖ୍ୟା ମୁଁ ଶୁଣୁଥିଲି ତୁମ ପାଖରୁ । ବୁଝିବାକୁ ଚେଷ୍ଟା କରୁଥିଲି । ମୋର ନୀରବତାକୁ ଭଙ୍ଗ କରି ତମେ ପୁଣି କହିଲ - ତମେ ତ ଜଣେ କଥାକାର । ଅଧିକ କ'ଣ ଆଉ ବୁଝେଇବି ? ତୁମଠାରୁ ମୋତେ ଆଉ ଅଧିକ କିଏ ଚିହ୍ନିଛି ବା ଚିହ୍ନେଇଛି ଏ ଦୁନିଆକୁ ।

ମୁଁ ଜାଣିପାରୁ ନଥିଲି - ସତରେ କ'ଣ ମୁଁ ତୁମକୁ ଚିହ୍ନିଛି ନା ଏ ଦୁନିଆକୁ ଚିହ୍ନିପାରିଛି ?

ମୋତେ ବିଦାୟ ଦେବାକୁ ତମେ ଏଥର ଦାଣ୍ଡ ବାରଣ୍ଡା ଡେଇଁ ବେଶ୍ କିଛି ଦୂରର ମେନ୍ ଗେଟ୍ ପାଖକୁ ଆସିଲ । ଗେଟ୍ ଖୋଲି ମୁଁ ବାହାରି ଆସିବା ପୂର୍ବରୁ ତମେ ମୋ ହାତ ଧରି ଅଟକେଇ ଦେଲ ଏବଂ ଚାରିଆଡ଼କୁ ଥରେ ସନ୍ତର୍ପଣରେ ଚାହିଁଦେଇ ଛାତି ତଳେ ସାଇତା ଚାରିଚଉତା କାଗଜ ଖଣ୍ଡେ ବଢ଼େଇ ଦେଲ । କହିଲ - "ମୋ କବିତା ।"

ମଧ୍ୟାହ୍ନର ତେଜ ବଢୁଥିଲା । ତୁମ ଘରଠାରୁ କିଛି ଦୂରରେ ଥିଲା ଏକ ସୁନ୍ଦର ପାର୍କ । ଖରାର ଦାଉରୁ ରକ୍ଷା ପାଇବା ପାଇଁ ଏବଂ ତୁମ କବିତାର ସ୍ପର୍ଶ ପାଇଁ ମୁଁ ପାର୍କ ଭିତରକୁ ଗଲି । ଦେଖିଲି ଠାଆକୁ ଠାଆ ଗଛମୂଳେ ବସି ଗୋପନ ଆଳାପରେ ମାତିଛନ୍ତି ପ୍ରେମୀଯୁଗଳ । ମୁଁ ସେମାନଙ୍କଠାରୁ ବେଶ୍ କିଛି ଦୂରରେ ଚୁପ୍‌ଚାପ୍ ଗୋଟିଏ ଆମ୍ବଗଛର ଛାଇରେ ବସି ପଢ଼ିଲି । ପକେଟ୍‌ରୁ ବାହାର କରି ପଢ଼ିଲି ତୁମ କବିତା-

ତମେ ମୋର ଘର ନୁହଁ,
ସଂସାର ନୁହଁ
ସମ୍ଭୋଗ ନୁହଁ
କିମ୍ବା ସନ୍ୟାସ,
ତମେ ମୋର ସମୁଦ୍ର

ସାରା ଆକାଶ ।
ସମୁଦ୍ରକୁ ଧରି ହୁଏ ନାହିଁ
ଆକାଶକୁ ଛୁଇଁ ହୁଏ ନାହିଁ
ସମୁଦ୍ର–ଆକାଶ ବିନା
ଜୀବନ ବା କାହିଁ ?
ମୋ ମୁଦ୍ରିତ ଜୀବନରେ
ଅତଳ ସାଗର ତଳେ
ମହା ଶୂନ୍ୟତାରେ
ତମେ ହିଁ ତ ଆସ୍ଥା ମୋର
ଅନନ୍ତ ପ୍ରକାଶ ।

କବିତାଟି ପଢ଼ି ସାରିଲା ବେଳକୁ ଦେଖିଲି, ଆକାଶଟା ମେଘରେ ଛାଇ ହୋଇଯାଇଛି । ଜୋର୍‌ରେ ବହିବାକୁ ଆରମ୍ଭ କରିଛି ପବନ । ଆଉ ସେଇ ପବନରେ ହଠାତ୍‌ ମୋ ହାତରୁ ତୁମ କବିତାର କାଗଜଟି ଉଡ଼ି ଉଡ଼ି ଦୂରକୁ ଚାଲିଯାଉଥିଲା ।

ନା – ମୁଁ ଆଉ ତାକୁ ଧରିବାକୁ ଚେଷ୍ଟା କଲି ନାହିଁ । ମନେହେଲା, କବିତାଠାରୁ ବହୁ ଦୂରକୁ ଚାଲିଯାଇଛି ଜୀବନ ।

■ ■

ଢେଉଢେଉକା

ଅକାଳେ ସକାଳେ ଯେତେବେଳେ ମୁଁ ତୁମକୁ ଭେଟେ, ମନେହୁଏ, ପ୍ରଥମଥର ପାଇଁ ମୁଁ ଯେମିତି ଭେଟୁଛି। ଏଇ ଯେମିତି କାଲି। କହିଲ - ନୂଆ ବର୍ଷର ଛ' ମାସ ଏହା ଭିତରେ ବିତିଗଲାଣି। ଏ ବର୍ଷର ଏଇଟା ପ୍ରଥମ ସାକ୍ଷାତ। ତମେ କହିଲ - 'ନା, ଆମେ ଆଉ ଥରେ ଭେଟିଛେ। ମନେ ନାହିଁ, ଆପଣ ମୋତେ ନୂଆବର୍ଷର ଡାଏରୀ ଓ ପେନ୍‌ଟିଏ ଦେଲେ। କହିଲେ - ବର୍ଷସାରା କବିତା ଲେଖିବ।'

'ମୁଁ' ? ମନରେ ମୋର ବିସ୍ମୟ ଓ କୌତୂହଳ।

- 'ହଁ, ଆପଣ ଭୁଲିଯାଉଛନ୍ତି।'

ଠିକ୍ କହିଛ - ଭୁଲା ମନ ମୋର। ତା'ଛଡ଼ା ମୋ ବୟସ ମୋତେ ସବୁକିଛି ଭୁଲେଇ ଦେଉଛି। ବା ଏଇଆ ହେଇପାରେ, ତୁମକୁ ଦେଖିଲା ମାତ୍ରେ ମୁଁ ସବୁକିଛି ଭୁଲିଯାଉଛି। ଭାବୁଛି, ଏ ଯେମିତି ପ୍ରଥମ। ପ୍ରଥମ ସାକ୍ଷାତ। ପ୍ରଥମ ଭଲପାଇବା।

ଖାଲି ଭାବୁଥିଲି ସିନା, ହେଲେ କିଛି କହିପାରୁ ନ ଥିଲି। ସତେ ଯେମିତି ମୁଁ ପନ୍ଦର / ଷୋଳ ବର୍ଷର କିଶୋରଟିଏ। ଅବା କଲେଜରେ ପାଦ ଦେଇଥିବା ଅଠର ବର୍ଷର ତରୁଣ। ମନର କଥା କହିବାକୁ ଯାଇ ଅଟକି ଯାଉଥିଲି।

କିଛି ସମୟର ନିରବତା ପରେ ମୁହଁ ଖୋଲିଲି। କହିଲି - ଲେଖିଲ କବିତା ?

- ଲେଖିନି। କବିତା ନୁହେଁ, ଚିଠିଟିଏ ଲେଖିବି - ଆପଣଙ୍କ ପାଖକୁ। ସେଇ ସମୁଦ୍ରକୂଳରେ ଆମର ସାକ୍ଷାତକୁ ନେଇ।

ରାଜଧାନୀର କୋଳାହଳମୟ ଜନପଥରୁ ତମେ ମୋତେ ହଠାତ୍ ନେଇଗଲ ପୁରୀର ସମୁଦ୍ରକୂଳକୁ।

ଜାଣେନା, ତମେ ଜାଣିଛ କି ନାହିଁ - ସମୁଦ୍ର କୂଳରେ ଥିଲା ମୋର ପ୍ରଥମ ପ୍ରେମିକାର ଘର।

ପ୍ରାୟ ପ୍ରତିଦିନ ସନ୍ଧ୍ୟାରେ ମୁଁ ତାକୁ ଭେଟିବାକୁ ଯାଉଥିଲି। ଆମ ଘରଠାରୁ ତାଙ୍କ ଘରର ଦୂରତା କିଛି କମ୍ ନଥିଲା। ମାତ୍ର ବାପାଙ୍କ ଅମଳର ପୁରୁଣା ସାଇକେଲ୍‌ଟି ମୋତେ ନେଇ ଯାଉଥିଲା ସେ ଘରକୁ। ବାଟରେ ଗଲାବେଳେ ଅନେକବାର ସାଇକେଲର ଚେନ୍ ଖସିଯାଏ। ଚେନ୍ ସଜାଡୁ ସଜାଡୁ ହାତ କଳା ହୋଇଯାଏ। ତଥାପି ପଡ଼ିଉଠି ମୁଁ ପହଞ୍ଚି ଯାଉଥିଲି ଠିକ୍ ସମୟରେ। ବେଳେବେଳେ ବିଳମ୍ବ ହେଲେ ସେ ରୁଷି ବସିଥାଏ। ମାତ୍ର ଅପେକ୍ଷା କରିଥାଏ ତାଙ୍କ ଦାଣ୍ଡ ବାରଣ୍ଡାର ଗୋଟିଏ କୋଣକୁ ଥିବା ଛୋଟ ରୁମ୍‌ଟିରେ। ସେଇଠି ଆମର ପଢ଼ାଶୁଣା - ପାଠ ଆଲୋଚନା, ଅଥବା ପାଠ ବାହାନାରେ ଦିନଯାକର ସଞ୍ଚିତ ଭାବ ବିନିମୟ- ପ୍ରେମ ସମ୍ଭାଷଣ।

କଲେଜରେ ପ୍ରଥମ ବର୍ଷରୁ ହିଁ ସମ୍ବନ୍ଧ। ଶ୍ରୀଲେଖା ଥିଲା ମୋର ସହପାଠିନୀ। ବଙ୍ଗାଳୀ ପରିବାରରେ ତା'ର ଜନ୍ମ। ନଅ ଭଉଣୀ ଭିତରେ ତା'ର ନମ୍ବର ହେଉଛି ତିନି। ସବା ସାନ ଭଉଣୀର ବୟସ ଥିଲା ମାତ୍ର ଚାରି। ଦୁଇ ଭାଇ ବି ଥିଲେ। ଆଉ ଜଣକର ଶୈଶବରେ ଅକାଳ ବିୟୋଗ ହୋଇଯାଇଛି। ସମୁଦାୟ ୧୨ ପୁଅଝିଅଙ୍କୁ ନେଇ ଦେଶବନ୍ଧୁ ମିତ୍ରଙ୍କ ପରିବାର। ବଡ଼ ପୁଅ ଆସାମରେ ଏକ ଟି-ଇଷ୍ଟେଟ୍‌ର ମ୍ୟାନେଜର। ଦେଶବନ୍ଧୁ ଥିଲେ ପୂର୍ବ ବଙ୍ଗର ବାସିନ୍ଦା। ବଙ୍ଗ ବିଭାଜନ ବେଳେ କଲିକତାରୁ ଚାଲି ଆସିଥିଲେ ପୁରୀ। ପୁରୀ ଆସିବା ମୂଳରେ ଥିଲା ଏକ ସ୍ୱପ୍ନଦେଖା କାହାଣୀ। ଦିନେ ହଠାତ୍ ସ୍ୱପ୍ନରେ ଦେଖିଲେ ଦକ୍ଷିଣେଶ୍ୱରର କାଳୀ ମା' ରୂପାନ୍ତରିତ ହୋଇଗଲେ ଶ୍ରୀଜଗନ୍ନାଥରେ ଏବଂ ହାତ ଠାରି ଡାକିଲେ - ଚାଲିଆ, ଚାଲିଆ ମୋ ପାଖକୁ। ବାସ୍, ଆଉ ଚିନ୍ତା କରିବାକୁ ସେ ବେଶି ଦିନ ନେଲେ ନାହିଁ। କଲିକତାରୁ ସିଧା ପୁରୀ - କାଳୀଙ୍କ ପାଖରୁ କାଳିଆ ପାଖକୁ। ଆଉ ସେଇ କାଳିଆର କରୁଣାରୁ ନିଜର ରଙ୍ଗ ବ୍ୟବସାୟରେ ଉନ୍ନତି ଏବଂ ବିସ୍ତୃତ ବେଳାଭୂମି ନିକଟରେ ନିଜର ଘର କରି ରହି ଆସୁଥିଲେ। ଘରର ନାଁ ରଖିଥିଲେ 'ମିତ୍ରଭିଲ୍ଲା'। ଶ୍ରୀଲେଖାର ଜନ୍ମ ଏଇ 'ମିତ୍ରଭିଲ୍ଲା'ରେ।

ହଁ, ସେଇ 'ମିତ୍ରଭିଲ୍ଲା'ରେ ହିଁ ମୋ ପ୍ରେମର ଚାରା ମୁଁ ରୋପିଥିଲି। ଧୀରେ ଧୀରେ ଚାରା ବଢ଼ିଥିଲା। ପତ୍ର କଅଁଳିଥିଲା। ଗଛ ହୋଇଥିଲା। ସେଇ ଗଛମୂଳେ ମୁଁ ଓ ଶ୍ରୀ ବସିଥିଲୁ। ଆମ ଚାରିପାଖରେ ଘେରେଇ ହୋଇ ରହିଥିବା ଝାଉଁବଣ ଭିତରେ ଠିଆ ହୋଇଥିଲା ଆମ ଭଲପାଇବାର ଏକ୍‌ଲା ଗଛ।

ସେ ଗଛ ଏବେ ବି ମରି ନାହିଁ। ସମୟ କ୍ରମେ ସେ ଗଛରୁ ହୁଏତ ପୁରୁଣା ପତ୍ର ସବୁ ଝରି ପଡ଼ିଛି। ନୂଆ ପତ୍ର କଅଁଳିଛି। ଗଛର ରୂପ ରଙ୍ଗ ବଦଳିଛି। ସେଇ ଗଛମୂଳରେ ଅନ୍ୟ ଜଣେ ପ୍ରିୟଜନ ତା' ଭଲପାଇବାର ମଜବୁତ୍ ଘରଟିଏ ତିଆରି କରିଛି। ମାତ୍ର ସେ ଗଛମୂଳକୁ ଯିବାକୁ ମୋତେ କେହି ବାରଣ କରିନାହାନ୍ତି। ଶ୍ରୀଲେଖା ନୁହେଁ, କିମ୍ବା ତା' ବସାଘରର ପ୍ରିୟ ମାଲିକ ବି ନୁହନ୍ତି।

ସମୁଦ୍ର କୂଳକୁ ଆସିଲେ ସେଇ 'ମିତ୍ରଭିଲ୍ଲା' କଥା ହିଁ ମନେ ପଡ଼ିଯାଏ। କେତେ ବର୍ଷ ଏହା ଭିତରେ ବିତିଗଲାଣି। ପ୍ରାୟ ୩୦/୩୫ ବର୍ଷରୁ ଊର୍ଦ୍ଧ୍ୱ ହେବ - 'ମିତ୍ରଭିଲ୍ଲା' ଯାଇ ନାହିଁ। ଥରେ ଯିବାକୁ ଚାହିଁଥିଲି। ମାତ୍ର ବାଟ ପାଇଲି ନାହିଁ। ଏହା ଭିତରେ ସମୁଦ୍ରକୂଳର ମାନଚିତ୍ର ପୂରାପୂରି ବଦଳି ଯାଇଛି। ସବୁ ପ୍ରକାର ନୀତି ନିୟମର ଉଲ୍ଲଂଘନରେ ବେଳାଭୂମି ଉପରେ ଠିଆ ହୋଇଛି ସଂଖ୍ୟାତୀତ ଦୋକାନ ବଜାର। ହୋଟେଲ। ସ୍ଥାନୀୟ ରାଜନେତା ଏବଂ ଜମି ମାଫିଆଙ୍କ ମିଳିତ ଚକ୍ରାନ୍ତରେ ବେଳାଭୂମିର ଜମି ମଧ୍ୟ ଜବରଦଖଲ ହୋଇଯାଇଛି। ହଜିଯାଇଛି ପୁରୀ ସମୁଦ୍ରର ସୌନ୍ଦର୍ଯ୍ୟ। ଯେଉଁ ବେଳାଭୂମି ଦିନେ ଥିଲା ସମଗ୍ର ବିଶ୍ୱରେ ସବୁଠାରୁ ରମଣୀୟ ଓ ଆକର୍ଷଣୀୟ ଆଜି ତାହା ସର୍ବାଧିକ ପ୍ରଦୂଷିତ। ବିପଦ ସଂକୁଳ।

ଶୁଣୁଛି, 'ମିତ୍ରଭିଲ୍ଲା'ର ସେଇ ପାରିପାର୍ଶ୍ୱିକ ମୋହିନୀ ରୂପ ଆଉ ନାହିଁ। ମାତ୍ର ମନର ଆଲବମ୍‌ରେ ଏବେ ମଧ୍ୟ 'ମିତ୍ରଭିଲ୍ଲା'ର ସ୍ମୃତିଚିତ୍ର ଅମଳିନ ରହିଛି। ଏହାର ଅନତି ଦୂରରେ ଥିବା ଏକ ସାଂସ୍କୃତିକ କେନ୍ଦ୍ରରେ ମଝିରେ ମଝିରେ ରବୀନ୍ଦ୍ର-ସଂଗୀତ ଓ ନାଟକ ପରିବେଷିତ ହେଉଥିଲା। ରବି ଠାକୁରଙ୍କ 'ପରେର୍ ଦେଶ' ଓ ଅନ୍ୟ କେତୋଟି ନୃତ୍ୟ ନାଟିକାରେ ଶ୍ରୀଲେଖା ଓ ତା'ର ଭଉଣୀମାନଙ୍କ ନୃତ୍ୟାଭିନୟ ମୁଁ ଦେଖିଛି। ଏପରିକି ଦେଶବନ୍ଧୁ ମିତ୍ରଙ୍କ ଆଗ୍ରହ ଓ ଅନୁରୋଧରେ ରବୀନ୍ଦ୍ର ଜୟନ୍ତୀରେ ମୁଁ ବିଶ୍ୱକବିଙ୍କ ସମ୍ପର୍କରେ ମୋର କଲେଜପଢ଼ା ସୀମିତ ଜ୍ଞାନରେ ବକ୍ତୃତା ମଧ୍ୟ ପ୍ରଦାନ କରିଛି। ଶ୍ରୀଲେଖାର ମା' ଦେବବାଳା ଥିଲେ ଅତ୍ୟନ୍ତ ସ୍ନେହୀ। ସେଇ 'ମିତ୍ରଭିଲ୍ଲା'ରେ ଏବେ ମାତ୍ର ଦୁଇଜଣ ବାସିନ୍ଦା। ଦୁଇ ଭଉଣୀ ସୁଲେଖା ଓ ସ୍ମୃତିଲେଖା। ଦୁହେଁ ହାଇସ୍କୁଲରେ ଶିକ୍ଷୟିତ୍ରୀ ଥିଲେ ଏବଂ ବାହା ନ ହୋଇ ଏକା ଏକା ରହିଗଲେ।

ସୁଲେଖା ଏକ ପ୍ରକାର ସନ୍ନ୍ୟାସିନୀ। ଶ୍ରୀଲେଖାଠାରୁ ବୟସରେ ସାନ। 'ମିତ୍ରଭିଲ୍ଲା'ର ଉପର ମହଲାରେ ଥିବା ଠାକୁରଘରେ ପୂଜାର୍ଚ୍ଚନାରେ ଅଧିକାଂଶ ସମୟ ତା'ର ବିତିଯାଏ। ସ୍ମୃତିଲେଖା ବୟସର ଭାରରେ ଏକ ପ୍ରକାର ଶଯ୍ୟାଶାୟିନୀ। ଶ୍ରୀଲେଖାର ଉପର ଭଉଣୀ। 'ମିତ୍ରଭିଲ୍ଲା' କଥା ମନେ ପଡ଼ିଲେ, ସେଇ ସ୍ମୃତିଦିଦିଙ୍କ କଥା ମୋତେ ବେଶି ଆଚ୍ଛନ୍ନ କରେ। ଦୁଃଖ ଲାଗେ। ସବୁ ଭଉଣୀଙ୍କ ଭିତରେ ସେ

ଥିଲେ ସବୁଠୁ ସୁନ୍ଦର। ଫିଲୋସଫିରେ ବାଣୀବିହାରରୁ ଏମ୍.ଏ.। ମାତ୍ର ସେତେବେଳେ ସରକାରୀ ବା ବେସରକାରୀ କଲେଜରେ ଫିଲୋସଫିରେ ଅଧ୍ୟାପିକା ପୋଷ୍ଟ ଖାଲି ନଥିବାରୁ ବିଇଡି ପାଶ୍ କରି ପୁରୀଠାରୁ ଦୂରରେ ଏକ ଗ୍ରାମାଞ୍ଚଳର ଗାର୍ଲସ୍ ହାଇସ୍କୁଲରେ ଶିକ୍ଷୟିତ୍ରୀ ଭାବରେ ଜୀବନ ଆରମ୍ଭ କଲେ। ବାସ୍, ତା'ପରେ ସେ ସ୍କୁଲ ଛାଡ଼ି ଆସିବା ଆଉ ତାଙ୍କ ପକ୍ଷରେ ସମ୍ଭବ ହେଲା ନାହିଁ। ସ୍କୁଲର ଛାତ୍ରୀ ଏବଂ ପରିଚାଳନା ବୋର୍ଡର ସଦସ୍ୟମାନେ ତାଙ୍କୁ ଏମିତି ଭଲପାଇ ବସିଲେ ଯେ, ସେଇ ଭଲପାଇବାର ବନ୍ଧନକୁ ଏଡ଼ିଦେଇ ଆସିବାର ଶକ୍ତି ତାଙ୍କର ନଥିଲା। ଶେଷରେ ସେଇଠି ସେ ପଦୋନ୍ନତି ପାଇ ପ୍ରଧାନ ଶିକ୍ଷୟିତ୍ରୀ ପଦରୁ ଅବସର ନେଲେ। ତା'ଛଡ଼ା ଏକ ସ୍ୱପ୍ନଭଙ୍ଗର କାହାଣୀ ମଧ୍ୟ ତାଙ୍କ ଜୀବନକୁ ଆଚ୍ଛନ୍ନ କରିଥିଲା। କଲିକତାରେ ଯେଉଁ ବ୍ୟକ୍ତିଙ୍କ ସହିତ ତାଙ୍କର ବିବାହ ସ୍ଥିର ହୋଇଥିଲା ଏବଂ ଏଥିପାଇଁ ନିମନ୍ତ୍ରଣ ପତ୍ର ମଧ୍ୟ ଛପା ସରିଥିଲା, ଜଣାପଡ଼ିଲା ଯେ ସେ ବ୍ୟକ୍ତି ପୂର୍ବରୁ ବିବାହିତ ଏବଂ ତାଙ୍କର ପୁଅଝିଅ ଅଛନ୍ତି ତାଙ୍କ ଗାଁରେ। ଅଥଚ ସବୁକଥା ଗୋପନ ରଖି ସେ ପୁଣି ବାହା ହେବାକୁ ବସିଥିଲେ। ବାହାଘର ଭାଙ୍ଗିଗଲା। ଭାଙ୍ଗିଗଲା ସ୍ମୃତିଦିଦିଙ୍କ ସ୍ୱପ୍ନର ସୌଧ। ସାନ ଭଉଣୀମାନେ ଜଣକ ପରେ ଜଣେ ବାହା ହୋଇଗଲେ। ବିବାହ, ଘର-ସଂସାର ପ୍ରତି ଆଉ କୌଣସି ପ୍ରକାର ମୋହ ରହିଲା ନାହିଁ ସ୍ମୃତିଦିଦିଙ୍କର।

ସମୁଦ୍ରକୂଳର କାହାଣୀ ଏ ସବୁ। ଢେଉ ଢେଉକା ଜୀବନ।
ସେଇ ଢେଉରେ ଢେଉରେ ମୁଁ ଫେରିଯାଉଥିଲି ପଛକୁ।
ଶ୍ରୀଲେଖା ସହିତ ଅନେକ ସନ୍ଧ୍ୟା ବିତେଇଛି ଏଇ ସମୁଦ୍ରକୂଳରେ।
ବିତେଇଛି ବି ଏକା ଏକା। କିଶୋର ଓ ତରୁଣ ବୟସରେ।

ପଚାରିଛି ସୁଦ୍ରକୁ - କାହିଁକି ମୋର ପ୍ରିୟ ସହପାଠୀ 'ଶତ୍ରୁଜିତ୍'ର ବାପା 'ସମୁଦ୍ର ସ୍ନାନ' ପରେ ତାଙ୍କର ପତ୍ନୀ ଓ ଦୁଇ ପୁଅଝିଅଙ୍କୁ ଭୁଲି ଆଉ ଏକ ସଂସାର ଗଢ଼ିବାକୁ ମନ କଲେ ନିଜଠାରୁ ବୟସରେ ଅନେକ ସାନ, ନିଜର ଏକ ଛାତ୍ରୀ ସହିତ। କବି-ପ୍ରସିଦ୍ଧି ଅର୍ଜନ ପାଇଁ ଏ ସବୁ ଅନୁଭୂତି କ'ଣ ନିହାତି ଆବଶ୍ୟକ ଥିଲା ? ଏମିତି କେତେ ପ୍ରଶ୍ନ - ଅମୀମାଂସିତ, ଅସମାହିତ ରହିଯାଇଛି। ଏବେ ମଧ୍ୟ ତା'ର ଉତ୍ତର ଖୋଜିଲେ ମୁଁ ପାଏ ନାହିଁ।

ଶ୍ରୀଲେଖା ଗଲା। ସ୍ମରଣିକା ଆସିଲା - ସମୁଦ୍ରଠାରୁ ବହୁଦୂର ପାହାଡ଼ତଳି ଗାଁରୁ। ମାତ୍ର ଦିନେ ସମୁଦ୍ରକୂଳରେ ବସି ମୋ ସହିତ ଅନ୍ତହୀନ ଗପର ଆସର ମେଲିଦେଲା। ଥରେ ଆବେଗ-ଉଚ୍ଛ୍ୱାସରେ ଢେଉ ସହିତ ଖେଳୁ ଖେଳୁ ଢେଉର ମାଡ଼ରେ ପଡ଼ିଗଲା। ଗୋଡ଼ ମୋଡ଼ି ହୋଇଗଲା। ମାସେ କାଳ ଗାଁରେ ଘର ଭିତରେ

ପଡ଼ି ରହିଲା । ସ୍ମୃତିଦିଦିଙ୍କ ଭଳି ସ୍ମରଣିକା ମଧ୍ୟ ଏକା ରହିଗଲା । ତା'ର ଏକାକୀତ୍ୱ ମୁଁ ଦୂର କରିପାରିଲି ନାହିଁ କିମ୍ବା ତା'ର ଏକାକୀତ୍ୱ ପାଇଁ ମୁଁ ଦାୟୀ ମଧ୍ୟ ନୁହେଁ । ତା' ମନର ବେଳାଭୂମିକୁ ଗୋଟିକ ପରେ ଗୋଟିଏ ଢେଉ ଆସି ନିଜର ସ୍ପର୍ଶାନୁଭୂତିରେ ଆର୍ଦ୍ର କରି ପୂର୍ବ ଭଳି ଶୂନ୍ୟ, ଶୁଷ୍କ କରିଦେଇ ଚାଲିଗଲେ । ବେଳେବେଳେ ମୁଁ ସେଇ ଆର୍ଦ୍ର ଓ ଶୂନ୍ୟ ବେଳାଭୂମିର ଅନୁରଣନ ଶୁଣେ କୌଣସି ପତ୍ର-ପତ୍ରିକାରେ ପ୍ରକାଶିତ କଥା-କବିତାରେ । ସମୁଦ୍ରକୁ ନେଇ କେତେ କଥା, କେତେ କବିତା । ସୀତାକାନ୍ତଙ୍କ 'ସମୁଦ୍ର' ବା ଗୁରୁମହାନ୍ତିଙ୍କ 'ସମୁଦ୍ର ସ୍ନାନ'ରୁ ଆରମ୍ଭ କରି ଗୋପୀନାଥଙ୍କ 'ଲୟ ବିଲୟ' ଯାଏଁ । ଅସରନ୍ତି ସମୁଦ୍ରର ଶୋଷ, ସମୁଦ୍ରର କ୍ଷୁଧା । ନିଜର ତୃଷ୍ଣା ଓ କ୍ଷୁଧା ନିବାରଣ ପାଇଁ ସେ ସମସ୍ତଙ୍କୁ ହାତ ଠାରି ପାଖକୁ ଡାକେ । ଆକର୍ଷିତ କରି ଆଣେ ନିଜ ପାଖକୁ । ତା'ପରେ ଏକ୍‌ଲା କରି ଛାଡ଼ିଦିଏ ।

ଶୂନ୍ୟ ବେଳାଭୂମି । ବିକ୍ଷିପ୍ତ ହୋଇ ପଡ଼ି ରହିଥାଏ ସ୍ମୃତିର ଶାମୁକା ।

କେତେ ସ୍ୱପ୍ନ-ସମ୍ପର୍କ-ସ୍ମୃତିରେ ବିସ୍ତାରିତ ସମୁଦ୍ରର ବେଳା । ବୁକୁରେ ତା'ର ଅସୁମାରି ବୀଚିମାଳା । ଆମ ମନ ଭିତରେ ତା'ର ପ୍ରତିଫଳନ । ବାରମ୍ବାର ଭାଙ୍ଗି ପଡୁଥିବା ଏବଂ ମଥା ଟେକୁଥିବା ଢେଉମାନଙ୍କର ଅଦ୍‌ଭୁତ ସ୍ୱର-ସଂଗୀତର ଉଦ୍‌ବେଳନ ।

ବହୁ ବର୍ଷ ପରେ ତମେ ପୁଣି ମୋତେ ଡାକିନେଲ ସେଇ ସମୁଦ୍ରକୂଳକୁ । ଏଇଠି ମୁଁ ଦିନେ ଜନ୍ମ ହୋଇଥିଲି । ମରିଛି ବାରମ୍ବାର । ପିଲାଦିନୁଁ ଆଜି ଯାଏଁ । ପ୍ରତ୍ୟେକ ଆତ୍ମୀୟଙ୍କ ମୃତ୍ୟୁରେ ମୋର ମୃତ୍ୟୁ ହୁଏ ଏବଂ ମୁଁ ପୁଣି ଥରେ ଜନ୍ମନିଏ ନୂଆ ନୂଆ ସମ୍ପର୍କର ନିବିଡ଼ତାରେ । ପ୍ରେମରେ । ଆଜି କ'ଣ ସେଇ ପୁନର୍ଜନ୍ମର ଦିନ ?

ମୋର ଜନ୍ମ, ମୃତ୍ୟୁ ଓ ପ୍ରେମ ବା ପୁନର୍ଜନ୍ମର ସାକ୍ଷୀ-ପୁରୁଷ ଏଇ ସମୁଦ୍ର ? ସମୁଦ୍ର ନାରୀ ନା ପୁରୁଷ ? ନଦୀ ଯଦି ନାରୀ ହୁଏ, ସମୁଦ୍ର ପୁରୁଷ । ପ୍ରକୃତି-ପୁରୁଷ । ଅର୍ଦ୍ଧନାରୀଶ୍ୱର । ପ୍ରକୃତି ଓ ପରମଙ୍କ ମିଳନ ଭୂମି ହେଉଛି ଏଇ ସମୁଦ୍ର - ଯାହା ପାଖରେ ମଥାନତ କରିଛି ଆକାଶ ।

ହଁ ବହୁ ବର୍ଷ ପରେ ମୁଁ ସମୁଦ୍ରକୁ ଭେଟୁଥିଲି । ଭେଟୁଥିଲି ତୁମରି ଡାକରେ । ସତେ ଯେମିତି ତୁମର ଡାକିବା ପଛରେ ଥିଲା ସମୁଦ୍ରର ନିମନ୍ତ୍ରଣ । ନିମନ୍ତ୍ରଣ ପ୍ରଥମେ ଗ୍ରହଣ କରିବି କି ନାହିଁ ଦ୍ୱନ୍ଦ୍ୱରେ ଥିଲି । ମାତ୍ର ତମେ ଯେତେବେଳେ ଖୁବ୍ ଉଦାର କଣ୍ଠରେ କହିଲ - 'ଆପଣଙ୍କ ଇଚ୍ଛା', ସେତେବେଳେ ତୁମ ଇଚ୍ଛା, ସମୁଦ୍ରର ଇଚ୍ଛାକୁ ହିଁ ନିଜର କରିନେଲି । ମନ ଭିତରୁ ଦ୍ୱନ୍ଦ୍ୱ ଅପସରି ଗଲା । ପ୍ରକୃତରେ କହିବାକୁ ଗଲେ କୌଣସି ପ୍ରକାର ଦ୍ୱନ୍ଦ୍ୱ ବା ଦ୍ୱିଧା ନଥିଲା । ଥିଲା ଏକ ପ୍ରକାର ଭୟ । ନିଜର ପ୍ରିୟ,

ପରିଚିତ ସହରରେ କାଳେ କେହି ଚିହ୍ନାମୁହଁ ଆମକୁ ଆବିଷ୍କାର କରି ଅଶ୍ୱସ୍ତିକର ପରିସ୍ଥିତି ସୃଷ୍ଟି କରିବେ ଆମ ପାଇଁ, ଏହି ଭୟ ମୋତେ ଘାରିଥିଲା । ମାତ୍ର ଭଲପାଇବାର ଶକ୍ତି ପାଖରେ ଭୟ ବୋଧହୁଏ ହାର ମାନିଯାଏ ।

ମନର ସବୁ ଭୟ ଦୂର କରି ପହଞ୍ଚିଗଲି ତୁମ ପାଖରେ । ସମୁଦ୍ର ପାଖରେ । କୋଳାହଳମୟ ବେଳାଭୂମିରୁ ଅପେକ୍ଷାକୃତ ନିର୍ଜନ ସ୍ଥାନରେ ଆମେ ବସିଥିଲେ । ସନ୍ଧ୍ୟା ଆସିବାକୁ ବେଶ୍ ଡେରି ଥିଲା । କିଛି ସମୟ ନିରବତା ଭିତରେ କଟିଗଲା । ଅବଶ୍ୟ ସମୁଦ୍ର ମୋ ଭିତରେ ବାର୍ତ୍ତାଳାପ ଆରମ୍ଭ କରିଦେଇଥିଲା । ଆଉ ତମେ ସମ୍ଭବତଃ ସେଇ ନିରବ ଆଳାପରେ ହିଁ ଥିଲ । କିଛି ସମୟ ପରେ ତମେ ମୁହଁ ଖୋଲିଲ । ମୁଁ ଶୁଣୁଥିଲି । ମନ ଦେଇ, ପୁଣି ବେଳେବେଳେ ଅନ୍ୟମନସ୍କ ହୋଇ । ମନ ଭିତରୁ ତୁମର ସମୁଦ୍ର ଫିଟି ପଡ଼ିଥିଲା ।

ପୂର୍ଣ୍ଣାନନ୍ଦକୁ ତମେ ଭେଟିଥିଲ ଏଇ ସମୁଦ୍ରର ସହରରେ । ସହରର ଏକମାତ୍ର ସରକାରୀ କଲେଜରେ, ଯେତେବେଳେ ତମେ ଛାତ୍ରୀ, ଆଉ ସେ ତୁମର ଅଧ୍ୟାପକ, ପୁଣି ତୁମ ବାପାଙ୍କର ସହକର୍ମୀ । ତୁମ ସୌନ୍ଦର୍ଯ୍ୟର ସରଳତାରେ ମୁଗ୍ଧ ହୋଇ ସେ ତୁମକୁ ପ୍ରେମ ନିବେଦନ କରି ବସେ ଚିଠି ମାଧ୍ୟମରେ । ଚିଠି ପରେ ଚିଠି । ଏକତରଫା ଏ ଚିଠିଲେଖାରେ ସେ ତୁମ ଚିତ୍ତ ଜୟ କରିବାକୁ ସମର୍ଥ ହୋଇଥିଲା । ଦୂର ସାଳନ୍ଦୀ କୂଳରେ ଛାଡ଼ି ଦେଇ ଆସିଥିବା କିଶୋରୀ ଦିନର ସ୍ୱପ୍ନ ଓ ସ୍ମୃତି କ୍ରମଶଃ ଫିକା ପଡ଼ି ଆସୁଥିଲା । ଅସରା ବିରହ ଓ ବିସ୍ମରଣ ଭିତରେ ପୂର୍ଣ୍ଣାନନ୍ଦ ଥିଲା ଏକ ନୂତନ ବିସ୍ମୟ । ସମୁଦ୍ର ଭଳି ସେ ତୁମକୁ ଆକର୍ଷିତ କଲା । ତୁମ ବାପାଙ୍କ ଅନାଗ୍ରହ ଓ ଅନିଚ୍ଛା ସତ୍ତ୍ୱେ ସେ ତାଙ୍କର ଏକମାତ୍ର ଝିଅର ଇଚ୍ଛାକୁ ନିଜର କରିନେଲେ । ବାସ୍, ତା'ପରେ ପୂର୍ଣ୍ଣାନନ୍ଦ ସହ ସଂସାର ଓ ତୁମ ସ୍ୱପ୍ନର ପୂର୍ଣ୍ଣାହୁତି ।

ପୂର୍ଣ୍ଣାନନ୍ଦ ପାଇଁ ତମେ ହୋଇଗଲ ତା' ପ୍ରେମର ସମ୍ପତ୍ତି । ସେ ସମ୍ପତ୍ତି ଉପରେ ଯେମିତି ଏକମାତ୍ର ତା'ର ଅଧିକାର । ତମ ଭିତରେ ଯେ ଏକ ସ୍ୱତନ୍ତ୍ର ବ୍ୟକ୍ତିସତ୍ତା ରହିଛି, ଅଛି କିଛି କଥା, କିଛି କବିତା - କିଛି ସର୍ଜନଶୀଳତା, ସେ କଥା ସ୍ୱୀକାର କରିବାକୁ ସେ ଆଦୌ ପ୍ରସ୍ତୁତ ନୁହେଁ । ତୁମର ଲେଖାଲେଖି, ଲେଖକଙ୍କ ସହ ମିଳାମିଶା କିମ୍ବା ସାହିତ୍ୟର ସଭା-ସମିତିରେ ଯୋଗଦାନକୁ ସେ ସୁସ୍ଥ ମନରେ ଗ୍ରହଣ କରିପାରୁ ନଥିଲା । ଭୟ ହେଉଥିଲା, ତୁମର ଏ ସାହିତ୍ୟ-ସମ୍ପର୍କ କାଳେ ତୁମକୁ ତା'ଠାରୁ ଦୂରେଇ ନେବ । ତା'ର ଭୟାତୁର ମନ ଭିତରେ ଭଲପାଇବାର ବଂଶୀସ୍ୱନ ତମେ ଆଉ ଶୁଣି ପାରୁନଥିଲ । ଅବଶ୍ୟ ସାଂସାରିକ ସୁଖ-ସ୍ୱାଚ୍ଛନ୍ଦ୍ୟ ପାଇଁ ଯାହା ଯାହା ଦରକାର ସେ ସବୁକୁ ତୁମେ ନ ମାଗୁଣୁ ସେ ପୂରଣ କରି ଦେଉଥିଲା । ମାତ୍ର ତା'ର ଇଚ୍ଛା ଓ ଅଧିକାର

ବହିର୍ଭୂତ ଇଲାକାକୁ ସେ ତୁମକୁ ପ୍ରବେଶ କରିବାକୁ ଦେଉ ନଥିଲା। ବାସ୍, ଅଣନିଃଶ୍ୱାସୀ ତା' ପ୍ରେମର ପଞ୍ଜୁରୀ ଭିତରେ ତମ ପକ୍ଷୀମନଟି ବିକଳରେ ଛଟପଟ ହେଉଥିଲା। ଅବଶ୍ୟ ଏ ପ୍ରକାର ଅଶ୍ୱସ୍ତିରେ ବନ୍ଧନ ଭିତରୁ ସାମୟିକ ମୁକ୍ତି ମିଳିଗଲା, ଯେତେବେଳେ ତମେ ମା' ହେଲ। ପୁଅଝିଅଙ୍କୁ ମଣିଷ କଲ। ମାତୃତ୍ୱର ନୂଆ ପରିଚୟ ଓ ପ୍ରତିଷ୍ଠା ଭିତରେ ପୂର୍ଣ୍ଣାନନ୍ଦଙ୍କ ପ୍ରେମର ଯନ୍ତ୍ରଣା ଆଉ ଏତେ ବାଧିଲା ନାହିଁ। ମାତ୍ର ତା'ପରେ...! କାହିଁ କେତେ ଦୂରରେ ଏବେ ତୁମ ପୁଅଝିଅ - ନିଜ ନିଜ ଘର ସଂସାର ନେଇ ବ୍ୟସ୍ତ। ତମେ ପୁଣି ଏକା ଏକା। ପ୍ରେମିକ ସ୍ୱାମୀଟିକୁ ପାଖରେ ପାଇ ମଧ୍ୟ ତମେ ଯେମିତି ତା'ଠାରୁ ଅନେକ ଦୂରରେ।

ମୁଁ ଶୁଣୁଥିଲି ତୁମ କଥା। ସେଇ କଥା - ସମୁଦ୍ରରେ ଭାସି ଭାସି ମୁଁ ପହଞ୍ଚି ଯାଇଥିଲି କୂଳରେ। ତୁମ ପାଖରେ।

ଆକାଶର ସୂର୍ଯ୍ୟ ଧୀରେ ଧୀରେ ଖସି ଆସୁଥିଲେ ସମୁଦ୍ରର ଆଲିଙ୍ଗନ ଭିତରକୁ। ପାତଳ ଅନ୍ଧାରର ଚାଦରଟିରେ ଘୋଡ଼େଇ ହୋଇ ପଡ଼ିଥିଲା ବେଳାଭୂମି। ମୋ ଭିତରେ ଅସ୍ଥିରତା ଦେଖା ଦେଇଥିଲା। କାରଣ ଏ ସମୁଦ୍ରକୂଳ ଆଉ ଆଗ ଭଳି ନିରାପଦ ନଥିଲା। ଆମ ଆଖପାଖରେ ଆଉ କେହି ବସି ନଥିଲେ। ମୁଁ ଉଠିବାର ଉପକ୍ରମ କରୁଥିଲି। ତମେ ମୋ ହାତ ଧରି ପୁଣି ବସେଇ ଦେଲ। କହିଲ - 'ଜାଣେନା, ଆପଣଙ୍କ ପାଖରେ ଆଜି କାହିଁକି ନିଜକୁ ଖୋଲିଦେବାକୁ ଇଚ୍ଛା ହେଲା। କାହିଁକି ଆପଣ ଏତେ ଆପଣାର ମନେହେଲେ ମୋ ପାଇଁ।'

ମୁଁ କହିଲି - 'ପ୍ରତି କଥାର କିଛି କାରଣ ନଥାଏ। ସମୟ ହିଁ ସବୁଠାରୁ ଗୁରୁତ୍ୱପୂର୍ଣ୍ଣ। ଘଟଣା ଘଟେ ବିନା ପ୍ରୟାସରେ, ବିନା ପ୍ରସଙ୍ଗରେ। ଏଇ ଯେମିତି ତମ ସହିତ ମୋର ସାକ୍ଷାତ-ପରିଚୟ। ସାହିତ୍ୟସଭାରୁ ସମୁଦ୍ରକୂଳ। ଆଶ୍ଚର୍ଯ୍ୟ ମନେ ହୁଏ ନାହିଁ? ସବୁ କିଛି ଆକସ୍ମିକ ଓ ଅପ୍ରତ୍ୟାଶିତ।

- 'ନା, ସବୁ କିଛି ଯେମିତି ପୂର୍ବ ନିର୍ଦ୍ଧାରିତ। ବିଳମ୍ବରେ ହେଲେ ବି ଆମର ଯେମିତି ଦେଖା ହେବାର ଥିଲା। ମୋ ଭିତରେ ହଜିଯାଉଥିବା କବିତାର ନବଜନ୍ମ ହେବାର ଥିଲା। ଆସନ୍ତୁ ଏଥର ଯିବା।' - ଏତିକି କହି ତମେ ବସିବା ଜାଗାରୁ ଉଠି ପଡ଼ିଲ ଏବଂ ଆମେ ଦେହରୁ ବାଲି ଝାଡ଼ିଦେଇ ବେଳାଭୂମି ଅତିକ୍ରମ କରି ରାସ୍ତା ଉପରକୁ ଆସିଲେ - ଯିଏ ଯାହା ବାଟରେ ଚାଲିଯିବା ପାଇଁ।

ଘରକୁ ଫେରି ମୁଁ ସେଦିନ କବିତାଟିଏ ଲେଖିଲି। ବହୁ ଦିନ ପରେ ମୋ ଭିତରେ ପୁଣି କବିତା। ସେଇ କବିତା ମୁଁ ତୁମକୁ ଶୁଣେଇବାକୁ ଚାହୁଁଥିଲି। ଶୁଣିବାକୁ ଚାହୁଁଥିଲି ତୁମ କବିତା।

ମାତ୍ର ଆମେ ଏବେ ସମୁଦ୍ରକୂଳରେ ନୁହେଁ, ରହୁଥିବା ଭୁବନେଶ୍ୱରର ରାସ୍ତା ଉପରେ ପରସ୍ପରକୁ ଭେଟୁଥିଲେ। ତୁମେ ରହୁଥିବା ଘର ପାଖ ଗଳି ରାସ୍ତାରେ ଅପେକ୍ଷାକୃତ ଅନ୍ଧାରିଆ ନିର୍ଜନ ସ୍ଥାନରେ ଠିଆ ହୋଇଥିଲେ।

ବାଟ ଭାଙ୍ଗି ବିଦାୟ ନେବା ଉଦ୍ଦେଶ୍ୟରେ ମୁଁ ହାତ ବଢ଼େଇଦେଲି। ତୁମ ହାତରେ ମୋ ହାତକୁ ତୋଳି ନେଲାବେଳେ କହିଲ - 'ଇସ୍, ଆପଣଙ୍କ ହାତ ଏତେ ଥଣ୍ଡା ! କାହିଁକି ସତରେ ଏତେ ଶୀତଳତା !'

ମୁଁ ହସିଲି। କହିଲି - 'ଚାହିଁଲେ ତୁମେ ହିଁ ମୋ ହାତରେ ଭରିଦେଇ ପାରିବ ହୃଦୟର ଉଷ୍ମତା।'

ସୁନୀଳ ସମୁଦ୍ର ଭଳି ଏ ଜୀବନ ସତରେ ଏକ ନୀଳ ବିସ୍ମୟ।

ଶ୍ରୀଲେଖା ! ମୋର ସରି ଆସୁଥିବା ନହ ନହକା ଆୟୁଷର ତମେ ହିଁ ବିନ୍ଦୁଏ ସମ୍ଭାବନା।

ସମୁଦ୍ର କୂଳ ଲଙ୍ଘିଲାଣି

ସମୁଦ୍ର ଏବେ କୂଳ ଲଙ୍ଘିଲାଣି।

ଆସ, ଆମେ ଆଉଥରେ ସମୁଦ୍ର କୂଳକୁ ଯିବା।

ଗତଥର ସମୁଦ୍ରକୁ ଭେଟିଲା ବେଳେ କୂଳ ଠାରୁ ଆମେ ବହୁ ଦୂରରେ ଅପେକ୍ଷାକୃତ ଏକ ନିରୋଳା, ନିକାଞ୍ଚନ ସ୍ଥାନରେ ବସିଥିଲେ। ଆମ ଉଭୟଙ୍କର ଦୃଷ୍ଟିଥିଲା ଦୂର ଦିଗନ୍ତରେ, ଯେଉଁଠି ସମୁଦ୍ର ଓ ଆକାଶ ମିଶି ଏକ ହୋଇଯାଇଥିଲେ। ସନ୍ଧ୍ୟା ଆସିବାକୁ ଆହୁରି କିଛି ସମୟ ବାକିଥିଲା। ଅଜଣା ପକ୍ଷୀ କେତୋଟି ସମୁଦ୍ର ଢେଉକୁ ଛୁଇଁ ଛୁଇଁ ତା ଉପରେ ଚକ୍କର କାଟି ଘୁରି ବୁଲୁଥିଲେ। ସେମାନଙ୍କ ଭଳି ପକ୍ଷବିସ୍ତାର କରି ଉଡ଼ି ବୁଲିବାକୁ ମନ କହୁଥିଲେ ବି ସେ ସାମର୍ଥ୍ୟ ଆମର ନଥିଲା। ମୁକ୍ତବିହାର ଲାଗି ସାହସ ମଧ୍ୟ ନଥିଲା। ଆମେ ଚୁପ୍ ଚାପ୍ ବସିଥିଲେ ଏବଂ ସମୁଦ୍ରରେ ଢେଉର ଛନ୍ଦ ନୀରବରେ ଉପଭୋଗ କରୁଥିଲେ। କିଛି ସମୟର ନୀରବତା ପରେ ତମେ ପ୍ରଥମେ ମୁହଁ ଖୋଲିଲ। ହଠାତ୍ କେଉଁଠୁ ପଶି ଆସିଲେ କବି ରମାକାନ୍ତ ଓ ତାଙ୍କ ଶ୍ରୀରାଧା ତୁମ କଥା ଭିତରକୁ।

ତମେ ବେଶ୍ ଗପି ଚାଲିଥିଲ। କେଉଁ ସ୍ୱନାମଧନ୍ୟା ନାରୀଟି ଭିତରେ ରମାକାନ୍ତ ନିଜ କବି କଳ୍ପନାର ଶ୍ରୀରାଧାଙ୍କୁ ଭେଟିଥିଲେ ଏବଂ ତାଙ୍କ ଅବର୍ତ୍ତମାନରେ ତୁମ ଭିତରେ କବି ଏବେ ସେଇ ନାରୀ ପ୍ରତିଭାଟିକୁ ଆବିଷ୍କାର କରିଛନ୍ତି ବୋଲି ଏକଦା ସେ କହିଥିଲେ ତୁମକୁ। ଏକଥା କହିଲାବେଳେ ତୁମ ଭିତରର ଆହ୍ଲାଦ ଓ

ଉତ୍‌ଫୁଲ୍ଲ ଭାବକୁ ମୁଁ ଲକ୍ଷ୍ୟ କରିଥିଲି । ମନ ଭିତରର ସାତତାଳ ପାଣି ଓ ପଙ୍କ ଭିତରେ କେତେ ପଦ୍ମ କେଉଁଠି ଫୁଟୁଛନ୍ତି ଓ ଝାଉଁଳି ପଡୁଛନ୍ତି ତାର ହିସାବ କ'ଣ କେହି ରଖିପାରେ ? ସମୁଦ୍ରର ଢେଉଭଳି ଢେଉଢେଉକା ଏ ମନ ଓ ଜୀବନ । ସମୁଦ୍ର ସେଥର କୂଳ ଲଙ୍ଘି ନଥିଲା । ଅଥଚ ଗୋଟିଏ ବିରାଟ ଢେଉ ହଠାତ୍ ଫଣା ଟେକି ଉନ୍ମାଦିତ ହୋଇ ଆମକୁ ଛୁଇଁଦେଇଗଲା । ଢେଉର ଛୁଆଁରେ ଥିଲା ଅନେକ ଛୁଆଁର ଅନୁଭବ ।

ଅଥଚ ଆମେ କେହି କାହାକୁ ଛୁଇଁନଥିଲେ ।

ସମୁଦ୍ର କିନ୍ତୁ ଢେଉରେ ଢେଉରେ ଇଙ୍ଗିତ ଦେଇଗଲା , କାହିଁକି ଆଉ ପରସ୍ପର ଭିତରେ ଏ ଅଛୁଆଁ ଭାବ ! ନିଜ ଭିତରୁ ଅସ୍ପୃଶ୍ୟତା ଦୂର କରିବା ପାଇଁ ସମୟ ତ ଆଉ ଅପେକ୍ଷା କରିବ ନାହିଁ । ଏବେ ତ ବହୁ ବିଳମ୍ବରେ ତମେ ପରସ୍ପରକୁ ଭେଟିଲ । ଯେତେବେଳେ ଉଭୟଙ୍କ ଅଧରରେ ଅଧୀର ଭାବ ଅଛି, ଅଥଚ ନାହିଁ ଉତ୍ତାପ । ଯେଉଁ ଅଧୀର ଆବେଗ ଟିକକ ତୁମ ଦୁହିଁଙ୍କର ସତ୍ତାକୁ ଆଚ୍ଛନ୍ନ କରି ରଖିଛି, ସେଥିରେ ପରସ୍ପରର ଛୁଆଁ ଟିକେ ବାଜିଗଲେ ଦେଖିବ, ସରି ଆସୁଥିବା ଉତ୍ତାପ ହୁଏତ ପୁଣି ଥରେ ସଂଚରିଯିବ । ଆଉ ଡେରି କରି ଲାଭ ନାହିଁ । ଶବ୍ଦାୟିତ ସମୁଦ୍ରର ଏ ନିଃଶବ୍ଦ ସ୍ୱର ତୁମେ ଶୁଣି ପାରୁଥିଲକି ନାହିଁ ଜାଣେନା, ମୁଁ କିନ୍ତୁ ସ୍ପଷ୍ଟ ଶୁଣି ପାରୁଥିଲେ ବି ସାହସ କୁଳେଇ ପାରୁ ନଥିଲି ।

'ନିଜ ଚେତନାର ଭାବମୟୀ ଚିତ୍ରଲେଖାକୁ ଛୁଇଁବାଲାଗି କ'ଣ କିଛି ସାହସର ଆବଶ୍ୟକତା ପଡ଼େ ? ଭୀରୁ କେଉଁଠିକାର' ? ମୋ ଭିତରେ ଥିବା ଅନ୍ୟ ଏକ 'ମୁଁ' ମୋତେ ଛାଟ ମାରିଦେଲା ।

ସମୁଦ୍ରର ଇଙ୍ଗିତ, ତା ଢେଉର ସ୍ପର୍ଶ ଓ ମୋ ଭିତରର ଛାଟ ମୋତେ ସାହସୀ କରିଦେଲା । ବସିଥିଲାବେଳେ ଆମ ଭିତରେ ଯେଉଁ ସାମାନ୍ୟ ବ୍ୟବଧାନ ଟିକକ ଥିଲା, ତାକୁ ଦୂର କରିଦେଇ ମୁଁ ତୁମ ପାଖକୁ ଘୁଞ୍ଚିଗଲି ଏବଂ ତୁମ ଡାହାଣ ହାତର ପାପୁଲିକୁ ମୋର ଦୁଇ ହାତରେ ତୋଳିନେଇ ସେଠି ଚୁମାଟିଏ ଆଙ୍କିଦେଲି । ତମେ ପୂର୍ବଭଳି ସମୁଦ୍ରକୁ ଚାହିଁ ରହିଥିଲ । ହେଲେ ମୋ ହାତର ବନ୍ଧନ ଭିତରୁ ତୁମ ହାତକୁ ମୁକୁଳେଇ ନେଲ ନାହିଁ । ଲକ୍ଷ୍ୟ କଲି, ତୁମ ଆଖି ଭିତରେ ଜନ୍ମ ନେଇଥିଲା ବୁନ୍ଦା ବୁନ୍ଦା ଲୁହର ସମୁଦ୍ର । ସେ ସମୁଦ୍ର କୂଳ ଲଙ୍ଘିବା ପୂର୍ବରୁ , ମୁଁ ତାକୁ ପୋଛିଦେଲି ମୋ ଓଠରେ ଏବଂ ପ୍ରଥମ ଥର ପାଇଁ ଅକସ୍ମାତ ତମେ ଛୁଇଁ ଦେଲ ମୋର କପାଳ । କପାଳରୁ ଓଠର ଦୂରତା ବେଶୀ ନଥିଲା । କିନ୍ତୁ ଆମ ଭିତରର ସମୁଦ୍ର ଆଉ କୂଳ ଲଙ୍ଘିବାକୁ ଚାହୁଁନଥିଲା ।

କୂଳର ମାନମହତକୁ ରଖି ପାରିଥିବାର ଦମ୍ଭ ଏବଂ ପରସ୍ପରକୁ ଖୁବ୍ ନିକଟରେ

ପାଇଥିବାର ଖୁସିକୁ ସାଙ୍ଗରେ ଧରି ଆମେ ସେଦିନ ଫେରି ଆସିଥିଲେ ସମୁଦ୍ର କୂଳରୁ। ଫେରିଲାବେଳକୁ ସୂର୍ଯ୍ୟ ଅସ୍ତ ଯାଇଥିଲେ ସମୁଦ୍ର ଭିତରେ। ସଂଜବେଳର ଅନ୍ଧାରରେ ବୁଡ଼ିଯାଇଥିଲା ସମୁଦ୍ର କୂଳ। ଆମ ଭିତରେ କିନ୍ତୁ ଉଷାର ଉଦୟ ପର୍ବ ଆରମ୍ଭ ହୋଇଯାଇଥିଲା।

. . . .

'ଉଷା'ର ଉପସ୍ଥିତି ଆଦୌ ଦୀର୍ଘକାଳୀନ ନୁହେଁ।

କିଛି କ୍ଷଣର କୋମଳ କିରଣ ପରେ ଧୀରେ ଧୀରେ ଉତ୍ତାପ ବଢ଼େ ଏବଂ ତା ପରେ ମଧ୍ୟାହ୍ନର ସୂର୍ଯ୍ୟ ମୁଣ୍ଡ ଉପରେ ତାର ନିଆଁ ବର୍ଷୁଥାଏ।

ଆମେ ଫେରି ଆସିଲେ ସେଦିନ 'ଉଷା'ର ଅନୁଭବ ନେଇ। ପଛରେ ରହିଗଲା ଆମର ପ୍ରିୟ ସମୁଦ୍ର। ସଂସାର ଭିତର ପୂର୍ଣ୍ଣ ସୂର୍ଯ୍ୟର ପ୍ରତାପ। ଆମ ଭିତରେ ଥିବା ବର୍ଷ ବର୍ଷର ନୀରବତାକୁ ଭାଙ୍ଗିଦେଇ ସମୁଦ୍ର ଯେଉଁ କୁହୂ ସୃଷ୍ଟିକଲା ଆମ ଭିତରେ, ତାହା କୋହରେ ପରିଣତ ହେବାକୁ ଆଦୌ ବେଶୀ ସମୟ ଲାଗିଲା ନାହିଁ। କୋହର କୌଣସି ସ୍ୱର ନଥାଏ। ସ୍ୱରୂପ ନଥାଏ। ସ୍ଥିତି ତାର ଅନ୍ତରରେ। ଅବ୍ୟକ୍ତ ତାହା ସବୁବେଳେ। ଏହି ଅବ୍ୟକ୍ତକୁ କେବଳ ନିଜ ନିଜର ଗହାଣୀରେ ବ୍ୟକ୍ତ କରିବାଲାଗି ସମୟ ମଧ୍ୟ ଆମ ସହିତ ସହଯୋଗ କଲାନାହିଁ। ହଜିଗଲ ତମେ ସମୟର ସମୟହୀନତାରେ। ନିଜ ସଂସାରର ଜ୍ୱାଳା ଓ ଜଂଜାଳ ଭିତରେ।

ମୁଁ ଅପେକ୍ଷା କରୁଥିଲି, ଶୁଣିବା ପାଇଁ ତୁମର ସ୍ୱର। ପଢ଼ିବା ପାଇଁ ତୁମର କଥା ବା କବିତା। ଯାହା ସମୁଦ୍ରର ସ୍ପର୍ଶ ନେଇ ଆସିଥାନ୍ତା। କିଛି ନହେଲେ ତୁମର ହାତଲେଖା ଖଣ୍ଡେ ଚିଠି। ଯାହାର ପ୍ରତିଟି ଅକ୍ଷର ସମୁଦ୍ରର ଲୁହରେ ଭିଜି ଯାଇଥାନ୍ତା। ସେଇ ଅସ୍ପଷ୍ଟ, ଅଧାଚିହ୍ନା ଅକ୍ଷର ଭିତରେ ମୁଁ ତୁମକୁ ଛୁଇଁ ଦେଉଥାନ୍ତି। ତା'ପରେ ହଜିଯାଉଥାନ୍ତି ମୋ କଳ୍ପନାର କଥାକାରିତାରେ।

ମାତ୍ର ନା କଥା, ନା କବିତା, ନା ପତ୍ରଲେଖା। ସମୁଦ୍ର କୂଳରୁ ଆମେ ଅପହଞ୍ଚ ଦୂରତାକୁ ଗ୍ଲଲିଯାଇଥିଲେ। ସମୁଦ୍ର କେବଳ ଚିତ୍ରପଟ୍ଟିଏ ହୋଇ ରହିଯାଇଥିଲା ଆମ ଚେତନାର ଗ୍ଲରିକୋଣରେ। କୂଳେ କୂଳେ ଝାଉଁର ଜଙ୍ଗଲ। ସେଇ ଝାଉଁର ସିରିସିରି ସାଇଁସାଇଁ ପବନରେ ଶିହରିତ ଆମର ଦେହ- ମନ- ପ୍ରାଣ। ସବୁ କିଛି ଅବ୍ୟକ୍ତ, ଅଦୃଶ୍ୟ, ଅପହଞ୍ଚ।

ମୁଁ କିନ୍ତୁ ତୁମକୁ ପାଇବା ପାଇଁ କବିଙ୍କ ଆଶ୍ରୟ ନେଲି। ତୁମର ପ୍ରିୟ କବି। ଶ୍ରୀରାଧାର କବି। ରାତ୍ରିର ନିର୍ଜନ ପ୍ରହରରେ ଯେତେବେଳେ ସମସ୍ତେ ଶୋଇ ପଡ଼ିଥାନ୍ତି, ସେତେବେଳେ ତମେ ମୋତେ ଉଠେଇଦିଅ- କବିତାର କାକଳିରେ, ଶ୍ରୀରାଧାର ସ୍ୱରରେ-

ମୁଁ ଆଉ ଆବଦ୍ଧ ନୁହେଁ ମୋ ଜନ୍ମବେଳର
ଭାଗ୍ୟରେ, ଆସ୍ପର୍ଦ୍ଧା ପରି ମୁଁ
ବାରଣ ନ ମାନି ଆସେ ତମ ନିକଟକୁ।
ପ୍ରତ୍ୟେକ ଆସ୍ପର୍ଦ୍ଧା ଶେଷହୁଏ ତମଠାରେ।
ତମେ ତ ଅବଶ କର, ଆତ୍ମହରା କର
ଚେତନାକୁ ନିତି ନୂଆ ନୂଆ ଆନନ୍ଦରେ।

ଜାଣେ ନାହିଁ ଏ ଅନ୍ଧାର ଭିତରେ ତମେ ମୋ
ପାଖେ ପାଖେ ଅଛ କିମ୍ବା ନାହିଁ।
ନଥିଲେ ବି କ'ଣ ହେଲା ? ତମେ ତମ କଥା ରଖିବାକୁ
ଯେତେକାଳ ପ୍ରୟୋଜନ କର ସେତେକାଳ
ନିଃସଂକୋଚେ ମୋ ପାଖରୁ ନିଅ।

ରାତିର ଅନ୍ଧାରରେ ଏ ସ୍ୱର, ମନେ ହୁଏ ମୋ ପାଇଁ ନୂତନ ପ୍ରଭାତର ଆବାହନୀ। ମୁଁ ଫେରିଆସେ ଝରି ପଡୁଥିବା ଶୁଷ୍କ ହଳଦିଆ ପତ୍ରରୁ ପଲ୍ଲବନର ସବୁଜିମା ନେଇ। ରାତି ପାହି ସକାଳ ହୁଏ। ମୁହୂର୍ତ୍ତକର ପଲ୍ଲବନ ଓ ପତନ ଭିତରେ ପରିବର୍ତ୍ତିତ ହେଉଥାଏ ଜୀବନର ସଂଜ ଓ ସକାଳ। ଲାଗିଥାଏ ଆଲୁଅ ଅନ୍ଧାରର ଖେଳ।

ସମୁଦ୍ର ପୁଣି ଡାକିଲାଣି। ତା ଡାକରେ ଆତ୍ମୀୟତାର ସ୍ୱର ବାରି ହୋଇ ପଡୁଛି।

ତମେ ଏବେ କେଉଁଠି ? ସେ ଡାକ କ'ଣ ତମେ ଶୁଣିପାରୁ ନାହଁ ?

ଦିନେ ତମେ ହିଁ ମତେ ଡାକିନେଇଥିଲ ତା ପାଖକୁ।

ମୁଁ ଦୋ ଦୋ ପାଞ୍ଚ ହେଉଥିଲି। ମୋ ଭିତରେ ଦ୍ୱନ୍ଦ୍ୱ ଥିଲା। ଦ୍ୱନ୍ଦ୍ୱ ବା ଦ୍ୱିଧା ଯାହା କୁହ, ମୋର ସାମାଜିକ ସ୍ଥିତିକୁ ନେଇ, ମୋର ପରିଚୟକୁ ନେଇ। ମୋ ଠାରୁ ମୋର ତଥାକଥିତ ପରିଚୟ ଓ ପ୍ରତିଷ୍ଠା ମୋ ସାମ୍ନାରେ ବଡ଼ ହୋଇ ବାଟ ଓଗାଳୁଥିଲା। ଫଳରେ ମୋ ଭିତରର 'ମୁଁ'ଟି ଘର କୋଣରେ ଯାଇ ମୁହଁ ଲୁଚେଇ ଦେଉଥିଲା। ମନ ମାରି ରହୁଥିଲା। କିନ୍ତୁ ତୁମ ଡାକ ଓ ସମୁଦ୍ର ଡାକର ମିଳିତ ସ୍ୱରରେ କି ଶକ୍ତିଥିଲା କେଜାଣି, ତାହା ମନ୍ତ୍ର ଭଳି କାର୍ଯ୍ୟକଲା ଏବଂ ମୋ ଭିତରୁ ସକଳ ଦ୍ୱନ୍ଦ୍ୱ ଓ ଦ୍ୱିଧା ଦୂରକରି ମୋତେ ନେଇ ସମୁଦ୍ର କୂଳରେ ପହଞ୍ଚେଇଦେଲା ଏବଂ ପ୍ରଥମଥର ପାଇଁ ମୁଁ 'ମୁଁ' ହୋଇଗଲି। ମୋ ଉପରେ ଥିବା କଠିନ ଖୋଳପାରୁ ମୁଁ ବାହାରି ଆସିଥିଲି।

ମାତ୍ର ସତରେ କ'ଣ ମୁଁ ନିଜକୁ ସଂପୂର୍ଣ୍ଣ ଖୋଳପାମୁକ୍ତ କରି ପାରିଥିଲି ?

ମୁଁ ଜାଣେ, ମୋତେ ତମେ ଠିକ୍ ଚିହ୍ନି ପାରିଥିଲ। ମୋର ସଂଶୟକୁ ବୁଝି ପାରିଥିଲ। ସେଇଥିପାଇଁ ଆରମ୍ଭରୁ କବିଙ୍କ ଶ୍ରୀରାଧାର ଉପାଖ୍ୟାନ ଶୁଣେଇଥିଲ। ମୁଁ ବୁଝି ପାରିଲିନାହିଁ ତୁମର ଇଙ୍ଗିତ। କିମ୍ବା ବୁଝି ଅବୁଝା ରହିଗଲି। ଫଳରେ ତୁମେ ଉଦାସ ଦୃଷ୍ଟିରେ ଚାହିଁ ରହିଲ ସମୁଦ୍ରକୁ। ସମୁଦ୍ର ବୋଧେ ତମ ମନକଥା ବୁଝିପାରିଲା। ଆଉ ସେଇଥିପାଇଁ କୂଳଠାରୁ ବେଶ୍ ନିରାପଦ ଦୂରତାରେ ଥିଲେ ବି ଆସି ଆମର ଉଦାସୀନତା ଭାଙ୍ଗି ଦେଇଗଲା। ଆମ ଭିତରୁ ଅଛୁଆଁ ଭାବ ଟିକକ ଦୂର କରିନେଲା।

ମୁଁ ନିଜକୁ ନୂଆ ରୂପରେ, ନିଜ ରୂପରେ ଆବିଷ୍କାର କରିବା ଆରମ୍ଭ କରିଥିଲି।

ମୋର ଏଇ ଆତ୍ମ ଆବିଷ୍କାରର ଆଦ୍ୟପର୍ବରେ ତୁମର ଆକସ୍ମିକ ଅନ୍ତର୍ଦ୍ଧାନ।

ବହୁ ବିଳମ୍ବରେ ଅବଶ୍ୟ ଖବର ପାଇଲି ଯେ, ତମେ ପାରିବାରିକ ଜୀବନରୁ ଏକ ବିଶେଷ ଭୂମିକା ନିର୍ବାହ କରିବା ପାଇଁ ଭିନ୍ନ ଏକ ଦେଶକୁ ଯାତ୍ରା କରିଛ। କେବେ ଫେରିବ ? ମୁଁ ଅପେକ୍ଷା କରିଛି।

ଅପେକ୍ଷା କରିଛି, ଆଉଥରେ ଅନ୍ତତଃ ସମୁଦ୍ର କୂଳକୁ ଯିବା। ସଂସାର ଭିତରେ ନିଜ ନିଜର କୁଳଧର୍ମ ଆମେ ରକ୍ଷା କରି ଆସିଛେ ନିଷ୍ଠାର ସହିତ। ଏବେ ସୃଷ୍ଟିର ଆଦିଭୂମିକୁ ଫେରିଯିବାରେ କାହିଁକି ସଂକୋଚ କରିବା ? କାହିଁକି ଆମେ ନିର୍ମଳ ନିଷ୍ପାପ ଆତ୍ମାର ଆହ୍ୱାନକୁ ଅସ୍ୱୀକାର କରିବା ?

ଆସ, ମନ ଓ ଶରୀରକୁ ଆମର ଯେତେ ପ୍ରକାରର ପୋଷାକ ପରିଧେୟରେ ଆବୃତ କରି 'ଶୁଦ୍ଧ, ସାମାଜିକ'ର ପରିଚୟ ଆମେ ହାସଲ କରିଛେ, ମୁହୂର୍ତ୍ତକ ପାଇଁ ଅନ୍ତତଃ ସେ ସବୁକୁ ପରିତ୍ୟାଗ କରି ନୂତନ ବସ୍ତ୍ର ଧାରଣ କରିବା, ଯେଉଁ ବସ୍ତ୍ରରେ ଥିବ ସମୁଦ୍ରର ଶୁଭ୍ର ଫେନିଳ ତରଙ୍ଗ। ଆକାଶର ନୀଳିମା ଓ 'ଉଷା'ର ଅରୁଣିମା। ଶୂନ୍ୟ ବସ୍ତ୍ରରେ ଫୁଟି ଉଠୁଥିବ ପୂର୍ଣ୍ଣତାର ଆଦିମରଙ୍ଗ।

■■

ପ୍ରେମ ଓ ପ୍ରାର୍ଥନା

ପୂରାପୂରି ବାକ୍‌ଶୂନ୍ୟ ହୋଇଗଲି ।

ବିସ୍ମୟ ବିମୂଢ଼ ଅବସ୍ଥା ମୋର, ଯେତେବେଳେ ସେ ଆସି ମୋର ପାଦଛୁଇଁ ପ୍ରଣାମ କଲେ ।

ତା' ପରେ ଦୁଇହାତ ପ୍ରସାରଣ କରି ଆଲିଙ୍ଗନ ପାଇଁ ଆମନ୍ତ୍ରଣର ମୁଦ୍ରାରେ ଠିଆ ହେଲେ ।

ମନ୍ତ୍ରଚାଳିତ ଭଳି ମୁଁ ତାଙ୍କ ବନ୍ଧନ ଭିତରକୁ ଚାଲିଗଲି ।

ବୁଝିପାରୁ ନଥିଲି, କ'ଣ ସବୁ ଘଟି ଯାଉଛି !

ଏକଦା ସେ ମୋର ଗୁରୁଥିଲେ । ଦେଖିଲାମାତ୍ରେ ତାଙ୍କ ପାଦସ୍ପର୍ଶ କରୁଥିଲି । ଏବେ ବି କରୁଛି । ମାତ୍ର ଆଜି ସେ ମୋର ପାଦତଳେ ମୁଣ୍ଡ ନୁଆଁଇଲେ । ବହୁ ବର୍ଷ ପରେ ତାଙ୍କ ସହ ସାକ୍ଷାତରେ ସମ୍ପର୍କର ନବୀକରଣ ହୋଇଥିଲା । ଜୀବନର ସାୟାହ୍ନରେ ସେ ପହଞ୍ଚି ସାରିଥିଲେ । ଅସ୍ତକାଳୀନ ସୂର୍ଯ୍ୟର ରକ୍ତିମ ଆଭା ତାଙ୍କ ଶରୀରରେ ଫୁଟି ଉଠୁଥିଲା ।

ମୁଁ ମଧ୍ୟ ଯୌବନ ଉତ୍ତୀର୍ଣ୍ଣ ବୟସରେ ପାଦ ଦେଇ ସାରିଥିଲି । ପାରିବାରିକ ଜୀବନର ଦାୟ ଓ ଦାୟିତ୍ୱ ବୋଲି ଯାହା ଥାଏ ସେ ସବୁ ପୂରଣରେ ଆମେ ଉଭୟେ ନିଜ ନିଜର ଭୂମିକା ମଧ୍ୟ ନିର୍ବାହ କରି ସାରିଥିଲୁ । କହିବାକୁ ଗଲେ, ଜଞ୍ଜାଳ କିଛି ନଥିଲା । ଅଥଚ ଜୀବନ ଥିଲା, ସ୍ୱପ୍ନ ଥିଲା । କେବଳ 'ବଞ୍ଚିବା' ପାଇଁ ନୁହେଁ, ଜୀଇଁବା

ପାଇଁ। ଜୀବନ ଜୀଇଁବାର ସ୍ୱପ୍ନ ବଞ୍ଚିବାର ଗତାନୁଗତିକ ଧାରା ଠାରୁ ସମ୍ପୂର୍ଣ୍ଣ ଭିନ୍ନ।

ସେ ଥିଲେ ଜଣେ ସ୍ୱପ୍ନଦର୍ଶୀ ମଣିଷ। ସ୍ୱପ୍ନ ଦେଖିବା ଓ ଦେଖେଇବାରେ ତାଙ୍କର ଥିଲା ଅଦ୍‌ଭୁତ ପାରଦର୍ଶିତା। ମୁଁ ତାଙ୍କର ଶିଷ୍ୟଶିଷ୍ୟାମାନଙ୍କ ମଧ୍ୟରେ ପ୍ରିୟ ଥିଲି କି ନାହିଁ କହିପାରିବି ନାହିଁ। କିନ୍ତୁ ସେ ଥିଲେ ମୋର ଗୁରୁମାନଙ୍କ ମଧ୍ୟରେ ପରମ ଓ ପ୍ରିୟତମ। ପ୍ରଣମ୍ୟ ପୁରୁଷ। ତାଙ୍କୁ ଦେଖିଲେ, ତାଙ୍କ କଥା ଶୁଣିଲେ ମୁଁ ଭିନ୍ନ ଏକ ଜଗତକୁ ଚାଲିଯାଉଥିଲି। ବିଭୋର ହୋଇ ଯାଉଥିଲି। ଗୀତ ଗାଇବାକୁ ଇଚ୍ଛା ହେଉଥିଲା। ଗାଉଥିଲି ମଧ୍ୟ।

ଆଶ୍ଚର୍ଯ୍ୟ ହେଉଥିଲି, ଅନେକ ଦିନୁ ମୋ କଣ୍ଠରୁ ହଜି ଯାଇଥିବା ସୁର ଓ ସଂଗୀତ ପୁଣିଥରେ ମୋ ଭିତରେ ମଧୁର ମୂର୍ଚ୍ଛନା ତୋଳୁଥିଲା।

ଆଖି ମୁଦି ସେ ମୋ ଗୀତ ଶୁଣୁଥିଲେ। ତାଙ୍କରି ପାଇଁ ମୁଁ ପୁଣିଥରେ ଖଟତଳୁ ଧୂଳି ଜମି ଯାଇଥିବା ମୋ ହାରମୋନିୟମ୍ ରୁ ଧୂଳି ଝାଡ଼ି ରିଡ୍‌କୁ ସଜାଡ଼ି ନେଇଥିଲି। ହାରମୋନିୟମ୍‌ରେ ଆଙ୍ଗୁଳି ଚଳାଇଲା ବେଳେ ମୁଁ ଦେଖୁଥିଲି, ମୋ ସାମ୍ନାରେ ମୋ ନନା ଠିଆ ହୋଇଛନ୍ତି। ସେମିତି ଦୀର୍ଘ ଶାଳପ୍ରାଂଶୁ ଚେହେରା। ମୁଗ୍ଧ ଦୃଷ୍ଟିରେ ସେ ମତେ ଚାହିଁଛନ୍ତି। ଏ ହାରମୋନିୟମ୍ ତାଙ୍କରି ଅମଳର। ପ୍ରତିଦିନ ଆକାଶ ଫର୍ଚ୍ଚା ହେଉ ହେଉ ତାଙ୍କ ସୁମଧୁର କଣ୍ଠରେ ଆବୃତ୍ତ ଭଜନଜଣାଣ ମୋତେ ନିଦରୁ ଉଠାଇ ଦେଉଥିଲା। ନିଦ କିନ୍ତୁ ପୂରାପୂରି ଭାଙ୍ଗି ନଥାଏ। ନିଦ ମଳ ମଳ ଆଖିରେ ମୁଁ ତାଙ୍କ ପାଖରେ ବସି ଗୀତ ଶୁଣୁଥିଲି। ସେ ଥିଲେ ମୋର ଗୀତ ଗୁରୁ। ସେ ଚାଲିଯିବା ପରେ ହାରମୋନିୟମ୍ ସହିତ କାହାରି କୌଣସି ସମ୍ପର୍କ ନଥିଲା। ମୁଁ କିନ୍ତୁ ତାକୁ ନେଇ ଆସିଥିଲି ମୋ ଘରକୁ। ଏବେ ପୁଣି ଧୂଳି ଛାଡ଼ି ସେଥିରେ ନିଜର ସ୍ନେହ ଅଜାଡ଼ି ଦେବାର ଦେଖି ସେ ବୋଧେ ସମୟର ଆରପାରିରୁ ଉଠି ଆସିଛନ୍ତି ମୋ ଗୀତ ଶୁଣିବାକୁ। ମନ ପ୍ରାଣ ଦେଇ ଗୀତ ଗାଉଥିଲି। ଗାଇ ସାରିଲା ବେଳକୁ ଦେଖେ ତ ନନା ନାହାଁନ୍ତି। ନନାଙ୍କ ବଦଳରେ ଠିଆ ହୋଇଛନ୍ତି ମୋ ଶିକ୍ଷାର୍ଥୀ ଜୀବନର ଶେଷ ଗୁରୁ ଅଭୟାନନ୍ଦ। ଗୀତ ଗୁରୁ ନ ହେଲେ ମଧ୍ୟ ସେ ଚାହାଁନ୍ତି ମୁଁ ଗୀତ ଗାଇବାର ଅଭ୍ୟାସ ଯେମିତି ଜାରି ରଖେ।

ଅଦୃଶ୍ୟରେ ମୋ ନନା ପଣ୍ଡିତ ମଧୁମାଧବ ଷଡଙ୍ଗୀ। ଦୃଶ୍ୟମାନ ଅବସ୍ଥାରେ ମୋର ଗୁରୁ ଅଭୟାନନ୍ଦ।

ମାତ୍ର ହଠାତ୍ ସେ କାହିଁକି ଆଜି ମୋର ପାଦ ଛୁଇଁ ପ୍ରଣାମ କଲେ ଏବଂ 'ଗୁରୁମା' ବୋଲି ସମ୍ବୋଧନ କଲେ।

ଏହା କ'ଣ ବୟସଜନିତ ମତିଭ୍ରମ! ନା ଅନ୍ୟ କିଛି।

କ'ଣ ହୋଇପାରେ ଏହାର କାରଣ ? ମୁଁ କିଛି ବୁଝିପାରୁନଥିଲି । କିନ୍ତୁ ବନ୍ଦୀ ହୋଇସାରିଥିଲି । ସେ ମୋତେ ପ୍ରଣାମ କଲେ । ତା ପରେ ତାଙ୍କ ବନ୍ଧନରେ କିଛି ସମୟ ବାନ୍ଧି ରଖି ମୁକ୍ତ କରିଦେଲେ ।

ମାତ୍ର ମୁକ୍ତ ଅବସ୍ଥାରେ ଥାଇ ମଧ୍ୟ ମୁଁ ଯେମିତି ବନ୍ଦିନୀ ପାଲଟିଯାଇଥିଲି । ଅନୁଭବ କରୁଥିଲି, ମୋ ଶରୀରରେ ଗୁରୁଦେବଙ୍କ ସୁଦୃଢ ବନ୍ଧନ ବଳୟ । ମୋ ଯାତ୍ରା ଆରମ୍ଭ ହୋଇଯାଇଥିଲା ଭିନ୍ନ ଏକ ଜଗତକୁ , ଯେଉଁ ଜଗତ ସହିତ ମୋର ସାମାନ୍ୟ ପରିଚୟ ମଧ୍ୟ ନଥିଲା । ଅଜ୍ଞାତ ରହସ୍ୟମୟ ଏ ଯାତ୍ରା । ମୁଁ କେବଳ ଭାସିଭାସି ଯାଉଥିଲି । ମୋର ଚଉରିପଟେ ଧବଳ ମେଘର ଆସ୍ତରଣ । ଆଉ ତା' ଭିତରେ ମୁଁ । ମୁଁ ବୋଧହୁଏ ଆଉ ରକ୍ତମାଂସ ଶରୀରରେ ନଥିଲି । ନିଜେ ମେଘ ପାଲଟି ଯାଇଥିଲି । ତଥାପି ଅନୁଭବର ଶକ୍ତି ମୋ ଭିତରୁ ହଜି ଯାଇନଥିଲା । ମୁଁ ଅନୁଭବ କରୁଥିଲି, ତଳେ ବହୁ ଦୂରରେ ମାଟି ଉପରେ ଦୁଇ ହାତ ପ୍ରସାରଣ କରି ଠିଆ ହୋଇଛନ୍ତି ମୋର ଗୁରୁଦେବ । ବୋଧହୁଏ ଅପେକ୍ଷା କରିଛନ୍ତି ମୋ ଅବତରଣର ମୁହୂର୍ତ୍ତକୁ - କେତେବେଳେ ମୁଁ ବର୍ଷା ହୋଇ ଝରିପଡ଼ିବି ମାଟି ଉପରେ ।

ମାଟି ଉପରେ ଗୁରୁଦେବଙ୍କ ସାଧନା ।

ଆଉ ସେହି ସାଧନାର ଲକ୍ଷ୍ୟ ସ୍ଥଳରେ ମୁଁ ଏକ ପ୍ରବହମାନ ଜଳଧାରା ।

ଝରିବାକୁ ଇଚ୍ଛା ମୋର, ଝରି ପାରୁନାହିଁ ।

କେବଳ ଭାସି ଚାଲିଛି- ମେଘର ମେଖଳା ଭିତରେ ମୁଁ ନିଜେ ଏକ ଭାସମାନ ମେଘ । ଭାସି ଭାସି ପହଞ୍ଚିଲି ଯେଉଁ ଆକାଶରେ, ତାର ନିମ୍ନଭାଗରେ ବହି ଯାଉଛି ଚିତ୍ରାନଦୀ । ବହୁ କାହାଣୀ, କବିତା ଓ କିମ୍ବଦନ୍ତୀ ଆଧାରିତ ଚିତ୍ର ଓ ଚରିତ୍ରମାନଙ୍କ ସ୍ମୃତିସାକ୍ଷୀ ହୋଇ ବହି ଯାଉଥିବା ଚିତ୍ରାନଦୀ କୂଳରେ ଆମ ଗାଁ- ଆମଘର, ବାଣୀପୁର । କେତେ ବାଣୀ ସାଧକଙ୍କର ଜନ୍ମ ଓ ସାରସ୍ୱତ ସାଧନାର ପୁଣ୍ୟଭୂମି ଏହି ବାଣୀପୁର । ଛୋଟ ମୋର ଗାଁ ଟି । ପୋଥି ପତରରେ କିନ୍ତୁ ତା'ର ବେଶ୍ ନାଁ ଅଛି । ନାଁ ବି ଅଛି ମୋ ନନାଙ୍କର, ବାଣୀପୁର ହାଇସ୍କୁଲର ସଂସ୍କୃତ ପଣ୍ଡିତ ଭାବରେ । ସଂସ୍କୃତର ବିଦ୍ୱାନ ଭାବରେ କେବଳ ନୁହେଁ, ତାଙ୍କର ସଙ୍ଗୀତ ସାଧନା ମଧ୍ୟ କିଛି କମ୍ ନଥିଲା । ଅନେକ ଆକର୍ଷଣୀୟ ସରକାରୀ ବୃତ୍ତିର ପ୍ରଲୋଭନକୁ ଏଡ଼ିଦେଇ ସେ ଆରମ୍ଭରୁ ଶେଷ ଯାଏଁ ଏଇ ଗାଁରେ ରହିଯାଇଥିଲେ । ବାଣୀପୁରକୁ ନେଇ ତାଙ୍କର ସ୍ୱପ୍ନ ଓ ସାଧନା । ସେ ଚାହୁଁଥିଲେ, ସମଗ୍ର ରାଜ୍ୟରେ ତାଙ୍କର ପ୍ରିୟ ବାଣୀପୁରର ସୁଖ୍ୟାତି ପ୍ରସାରିତ ହେଉ । ତାହା ହିଁ ହେଲା ।

ସେହି ପ୍ରସିଦ୍ଧ ଗାଁ ଓ ଗାଁର ପ୍ରସିଦ୍ଧ ପଣ୍ଡିତ ମଧୁମାଧବଙ୍କ ଘର । ଦୂର ଆକାଶରେ

ଥାଇ ମୁଁ ସ୍ପଷ୍ଟ ଦେଖିପାରୁଛି । ବହି ଯାଉଥିବା ଚିତ୍ରାନଦୀର ଜଳଧାରାରେ ଦେଖୁଛି ନିଜର ପ୍ରତିବିମ୍ବ । ମୋର ପିଲାଦିନ, ତା ପରେ ବଢିଲା ବୟସର ଦିନ, କୁମାରୀ ଜୀବନର ସ୍ୱପ୍ନ- କେତେ କ'ଣ ଚିତ୍ର ଅଙ୍କା ହୋଇ ରହିଛି ସେଇ ନଈ କୂଳରେ । ମୁଁ ସେଇ ନଈର ଏକ ଅଶ୍ରୁଧାରା- କାହିଁ କେଉଁ ଦୂର ଦିଗନ୍ତରେ ଭାସୁଥିବା ମେଘ ଖଣ୍ଡେ ।

ପିଲାଦିନେ ଶୁଣିଥିଲି ମୋ ଜେଜେ ମା'ଙ୍କ ପାଖରୁ କେତେ କାହାଣୀ ଏହି ଚିତ୍ରାନଦୀକୁ ନେଇ । ଏସବୁ ପ୍ରେମ ଓ ମୃତ୍ୟୁର କାହାଣୀ । ଏ କାହାଣୀ ଶୁଣୁଶୁଣୁ ମୁଁ ଆନମନା ହେଉଯାଉଥିଲି । ସେତେବେଳେ ପ୍ରେମ କ'ଣ, ମୃତ୍ୟୁ କ'ଣ ଠିକ୍ ଭାବରେ ବୁଝି ନପାରିଲେ ବି ଦୁଇ ଆଖିରେ ମୋର ଲୁହ ଜମି ଯାଉଥିଲା । ବଡ଼ ହେଲା ପରେ ପଢିଲି ଆମ ଗାଁର ଜଣେ ପ୍ରସିଦ୍ଧ କବିଙ୍କ କାବ୍ୟଗାଥା- 'ଚିତ୍ରାର ଅଶ୍ରୁଲିପି' ।

ଚିତ୍ରଗଡ଼ ରାଜ୍ୟର କାହାଣୀ । ରାଜାଙ୍କ ଦ୍ୱାରା ଶାସିତ ସ୍ୱାଧୀନ ରାଜ୍ୟ ଚିତ୍ରଗଡ଼ । ଚିତ୍ରଗଡ଼ର ରାଜଜେମା ଚାରୁଚିତ୍ରଲେଖା ଭଲ ପାଇ ବସନ୍ତି ରାଜସଭାର ଜଣେ ପଣ୍ଡିତଙ୍କ ପୁଅକୁ । କଥା ଯାଇ ପହଞ୍ଚେ ରାଜାଙ୍କ ପାଖରେ । ରାଜା ଚେତାବନୀ ଦିଅନ୍ତି ନିଜର କନ୍ୟା ଓ ତାର ପ୍ରେମିକ ପଣ୍ଡିତ ପୁଅକୁ । ମାତ୍ର କୌଣସି ରାଜାଦେଶ କ'ଣ କେବେ ହୃଦୟର ସ୍ୱଚ୍ଛ ପ୍ରେମସଲିଳାକୁ ରୋକିପାରେ ? କ୍ରୋଧ ଜର୍ଜରିତ ରାଜାଙ୍କ ଆଦେଶରେ ପଣ୍ଡିତ ପୁତ୍ରକୁ ଦିଆଯାଏ ଜଳସମାଧି । ପୁତ୍ର ବିୟୋଗରେ ଶୋକାତୁର ପଣ୍ଡିତ ମଧ ଚିତ୍ରାନଦୀରେ ଝାସ ଦିଅନ୍ତି ଏବଂ ତାର କିଛି ଦିନ ପରେ ଚାରୁଚିତ୍ରଲେଖାର ମୃତଦେହ ଆବିଷ୍କୃତ ହୁଏ ନଦୀ କୂଳରୁ । ରାଜକନ୍ୟାଙ୍କ ପ୍ରେମ ଶେଷରେ ତାଙ୍କୁ ଡାକି ନିଏ ମରଣ ପାଖକୁ- ଜଳସମାଧି ଲାଭ କରିଥିବା ନିଜ ପ୍ରେମିକ ପାଖକୁ । ଏହି କାହାଣୀ ଆଧାରିତ ଚମତ୍କାର କାବ୍ୟଗାଥାକୁ ପାଠ କରି ମୁଁ ଅନେକବାର ଅଶ୍ରୁସ୍ନାନ କରିଛି । ଏବେ ଚିତ୍ରଗଡ଼ର ରାଜଉଆସ ଧ୍ୱସ୍ତବିଧ୍ୱସ୍ତ । ମାତ୍ର ସେହି ରାଜ୍ୟ ଅଧୁନସ୍ଥ ବାଣୀପୁର ରହିଛି ।

ଚିତ୍ରାନଦୀର କରୁଣ କାହାଣୀ, ପ୍ରେମ ପ୍ଲାବିତ୍ ଅଶ୍ରୁଧାରା ମୋ କୁମାରୀ ଜୀବନକୁ ମଧ ସଞ୍ଚାରିତ ହୋଇ ଆସିଲା । ପଣ୍ଡିତ ମଧୁମାଧବଙ୍କ ଜ୍ୟେଷ୍ଠାକନ୍ୟାର ପ୍ରଣୟ କାହାଣୀ କିନ୍ତୁ ମୁଁ ମୋ ନନାଙ୍କ କାନରେ ପଡ଼ିବାକୁ ଦେଲିନାହିଁ । ହାଇସ୍କୁଲ ପଢା ଶେଷ କରୁ କରୁ ସେ ମୋର ବିବାହ ସ୍ଥିର କରିଦେଲେ । ମୁଁ ସ୍ଥିର କରିପାରିଲି ନାହିଁ କ'ଣ କରିବି ? ନନା, ବୋଉ,ଭାଇଭଉଣୀ ସମସ୍ତଙ୍କ ଅଲକ୍ଷ୍ୟରେ ମୁଁ କିନ୍ତୁ ମୋ ହୃଦୟ ସମର୍ପି ଦେଇଥିଲି ଜଣେ ଯୁବକଙ୍କ ପାଖରେ । ତାଙ୍କର ଯିବା ଆସିବା ଆମ ଘର ଭିତରକୁ ଥିଲା ଜଣେ ଦୂର ସମ୍ପର୍କୀୟ ଭାଇ ଭାବରେ । ସେ ହିଁ ମୋ ଭିତରେ କବିତା ସୃଷ୍ଟି କରିଥିଲେ । ମୋ ହାତରେ କଲମ ଧରେଇଥିଲେ । ହାଇସ୍କୁଲରେ ପଢିବା ବେଳୁ ମୁଁ କବିତା ଲେଖିବାକୁ ଆରମ୍ଭ କରିଥିଲି । କେହି କେବେ ଜାଣିବାର ସୁଯୋଗ

ପାଇନଥିଲେ। କାରଣ ମୋ କବିତାକୁ ମୋ 'ପ୍ରିୟ' ପାଖରେ ନିବେଦିତ କରି ସାଇତି ରଖିଥିଲି ମୋ ଡାଏରୀର ଗୋପନ ପୃଷ୍ଠାରେ। ସ୍ଥିର କରିଥିଲି, ଏ କବିତା ପ୍ରକାଶ ପାଇବ ସେଇ ପ୍ରିୟଙ୍କ ସହିତ ମୋର ସୁଖ ମିଳନରେ। ମାତ୍ର ପ୍ରେମରେ ସୁଖଭୋଗ ବୋଧହୁଏ କମ୍ ଥାଏ। ଦୁଃଖର ଭାଗଟା ବେଶୀ। ବିବାହ ସ୍ଥିର ହୋଇଯିବା ପରେ ମୁଁ ଦିନେ କାନ୍ଦି କାନ୍ଦି ବୋଉ ପାଖରେ ସବୁ କଥା ଜଣେଇଲି। ମୋ ଆଖିରୁ ଲୁହ ପୋଛିଲାବେଳେ ବୋଉ ଆଖିରୁ ବି ଝରିପଡ଼ିଲା। କହିଲା - 'ଆଗରୁ କହିଲୁ ନାହିଁ କାହିଁକି ? ଏବେ ବେଳ ଗଡ଼ି ଗଲାଣି। ତୋ ନନାଙ୍କୁ ତୁ ଜାଣୁ। ସେ କଥା ଦେଇ ସାରିଛନ୍ତି ଯେତେବେଳେ, ସେଥିରୁ ଆଉ ପାଦେ ଟଳିବେ ନାହିଁ। ଭଲ ଘର, ଭଲ ବର ଦେଖି ସେ ତୋର ବାହାଘର ସ୍ଥିର କରିଛନ୍ତି। ଅନ୍ୟ ସବୁ କଥା ମନରୁ ପୋଛିଦେ'।

କାନ୍ଦି କାନ୍ଦି ବୋଉର ପଣତକାନି ଭିଜେଇ ଦେଲି। ଛାତିକୁ ପଥର କଲି ଚିତ୍ରାନଦୀ କୂଳକୁ ଗଲି। କହିଲି- ରାଜଜେମାଙ୍କ ଭଳି ମୁଁ ଜୀବନ ହାରି ଦେବି ନାହିଁ। ମୋ ନନାଙ୍କ ନାମ ମର୍ଯ୍ୟାଦାକୁ ମୁଁ ମାଟିରେ ମିଶେଇ ଦେବି ନାହିଁ। ମୁଁ ଚାହିଁବି, ମୋ ପ୍ରିୟ କିନ୍ତୁ ଜୀବନରେ ଅଧିକ ପ୍ରେମ, ଅଧିକ ଯଶ ଲାଭ କରି ସୁଖୀ ହୁଅନ୍ତୁ।

ଶେଷ ଥର ପାଇଁ ବାଣୀପୁର ଗାଁ ଘରୁ ପରଦେଶୀ ହୋଇ ଚାଲିଯିବା ପୂର୍ବରୁ ଏଇ ଚିତ୍ରାନଦୀକୂଳରେ ମୁଁ ଭେଟିଥିଲି ମୋ କୁମାରୀ ଜୀବନର ବାଞ୍ଛିତ ସ୍ୱପ୍ନପ୍ରିୟଙ୍କୁ। କାହାରି ତୁଣ୍ଡରେ କିଛି ଭାଷା ନଥିଲା। ଆମେ କେବଳ ନୀରବରେ ପରସ୍ପରକୁ କେଇ ମୁହୂର୍ତ୍ତ ଜାବୁଡ଼ି ଧରିଥିଲୁ। ସେ ମୋ ଆଖିରୁ ଲୁହ ପୋଛିଦେଇଥିଲେ, ଆଉ ମୁଁ ତାଙ୍କ ଆଖିରୁ। ଶେଷ ବାକ୍ୟ ସେ ମୋ ଉଦ୍ଦେଶ୍ୟରେ ଉଚ୍ଚାରଣ କରିଥିଲେ। କହିଥିଲେ, ତମେ ମୋ ପାଇଁ ସାଧାରଣ ନାରୀ ନୁହଁ ,ପ୍ରାର୍ଥନାର ସଙ୍ଗୀତ। ଚିରକାଳ ସେହି ସଙ୍ଗୀତ ହୋଇ ରହିଥିବ। ଏତିକି କହି କବିତାରେ ଲେଖା ଚିଠିଟିଏ ବଢେଇ ଦେଇଥିଲେ। ମୁଁ ତାକୁ ଛାତିତଳେ ଗୁଞ୍ଜିଦେଇ ତାଙ୍କ ପାଦ ଛୁଇଁ ପ୍ରଣାମ କରିଥିଲି। କହିଥିଲି- 'ତମେ ବି ମୋର ଚିରକାଳର ପ୍ରାର୍ଥନା ହୋଇ ରହିଥିବ। ପ୍ରାର୍ଥନା ଅଭିପ୍ରେତ ଈଶ୍ୱରଙ୍କୁ କ'ଣ ସହଜରେ ପାଇ ହୁଏ' ?

ଷୋହଳ-ସତର ବର୍ଷର ଏକ ଅନଭିଜ୍ଞା କୁମାରୀ କଣ୍ଠରେ ଏତେ ଶବ୍ଦ ଓ ଭାଷା କେଉଁଠୁ ଆସିଲା କେଜାଣି ? ଏବେ ବି ଭାବିଲେ ବିସ୍ମିତ ହୁଏ। ଏ କ'ଣ ପ୍ରେମର ଶକ୍ତି ? ପ୍ରାର୍ଥନାର ଶକ୍ତି ?

ଅନେକ ସମୟରେ ମୁଁ ସେଇ ସ୍ୱପ୍ନପ୍ରିୟଙ୍କ ସଯତ୍ନେ ସାଇତା ଚିଠିଟିକୁ ବାହାର କରି ପଢେ। ଅଶ୍ରୁସଜଳ ଆଖିରେ ଅସ୍ପଷ୍ଟ ଦିଶେ ଅକ୍ଷର। ମାତ୍ର ସ୍ପଷ୍ଟ ଦିଶିଯାଏ ସେହି ଧୂଆଁଳିଆ ଅତୀତ। ଚିତ୍ରାନଦୀ କୂଳରେ ଶେଷ ସାକ୍ଷାତ ଏକ ଅବ୍ୟକ୍ତ ବେଦନାର ସୁର

ହୋଇ ଗୁମୁରି ଉଠେ ମନ ଭିତରେ। କେତେ ବର୍ଷ ବିତିଗଲାଣି, ଆଉ କେବେ ବି ଦେଖା ହୋଇନାହିଁ ତାଙ୍କ ସହିତ।

ଆଉ ଏବେ ? ମୋ ସାମ୍ନାରେ ଦୁଇ ହାତ ପ୍ରସାରଣ କରି ଠିଆ ହୋଇଥିବା ମୋର ଗୁରୁଦେବ କ'ଣ ସେଇ ପୂର୍ବ ସ୍ୱପ୍ନର ନୂତନ ରୂପାନ୍ତର ?

ମାଟ୍ରିକ ପାଶ୍ କରି ସଂସାର ଗଢିଥିଲି। ହେଲେ ସୌଭାଗ୍ୟ ମୋର, ବାହାଘର ପରେ ମଧ୍ୟ କଲେଜରେ ପଢିବାକୁ ଅନୁମତି ମିଳିଗଲା। ମୋର ସ୍ୱାମୀ ଓ ଶାଶୁଶ୍ୱଶୁରଙ୍କ ପାଖରୁ। ବିଶେଷ ତାଲିମ ପାଇଁ ଇଞ୍ଜିନିୟର୍ ସ୍ୱାମୀ ଚାଲିଗଲେ ଜର୍ମାନ୍। ସୁଦୂର ଅତୀତର କୁମାରୀ ସ୍ୱପ୍ନ, ଦାମ୍ପତ୍ୟ ଜୀବନର କଳ୍ପିତ ସୁଖସୌଭାଗ୍ୟ ସାଙ୍ଗକୁ ଆରମ୍ଭ ହେଲା ମୋର ନୂଆ କଲେଜ ଜୀବନ। ସେଇ କଲେଜ ଜୀବନରେ ହିଁ ଅଭିମନ୍ତ୍ରିତ ହେଲି କବିତାର ମନ୍ତ୍ରରେ। ଦୀକ୍ଷା ଗୁରୁ ଥିଲେ ଅଭୟାନନ୍ଦ। ଶୁଭ୍ର ଧୋତି ପଞ୍ଜାବୀ ପରିହିତ ତରୁଣ ଅଧ୍ୟାପକ -ଇଂରାଜୀ ବିଭାଗର। ଇଂରାଜୀ କବିଙ୍କ କବିତା ବୁଝେଇଲା ବେଳେ ସେ ନିଜେ କବି ପାଲଟି ଯାଉଥିଲେ ଆଉ ସେକ୍ସପିୟରଙ୍କ ନାଟକର ବ୍ୟାଖ୍ୟା କଲାବେଳେ ନିଜେ ଏକ ଚରିତ୍ର। ତାଙ୍କ କ୍ଲାସ୍ ରୁମ୍‌ର ସମୟ ମୋତେ ସୃଜନର କଳ୍ପଲୋକକୁ ନେଉଯାଉଥିଲା। ସେଇଠି ଆରମ୍ଭ ହେଲା ମୋର ନାଟକ ଲେଖା, କଲେଜ ନାଟକରେ ଅଭିନୟ, ବାପାଙ୍କ ପୁରୁଣା ହାରମୋନିୟମ୍‌ରେ ପୁଣି ଗୀତର ସୁର। ହଜିଯାଉଥିବା ଫଗୁଣ ପୁଣି କଡ଼ ଲେଉଟାଇଲା। ଚିତ୍ରାନଦୀର ଚିତ୍ରକଳ୍ପ ମୋତେ ପୁଣି କବିତାମନସ୍କ କରିଦେଲା।

ମୋ ସଂସାରରେ ନୂଆ ଅତିଥିଙ୍କ କୋଳାହଳ ଆରମ୍ଭ ହୋଇଯାଇଥିଲା। କଲେଜ ଶିକ୍ଷା ଶେଷ ହେବା ପରେ ମୁଁ ମୋର ନିତିଦିନିଆ ଜୀବନ ଭିତରେ ମଜ୍ଜି ଯାଇଥିଲି। ମୋର ଶିକ୍ଷା ଗୁରୁ ରାଜ୍ୟର ବିଭିନ୍ନ ଅଞ୍ଚଳରେ ନିଜର ବୃତ୍ତିଗତ ଜୀବନର ଭୂମିକା ନିର୍ବାହ କରୁଥିଲେ।

ହଠାତ୍ ରାଜ୍ୟ ରାଜଧାନୀରେ ପୁଣି ଦେଖା। କବିତା ଆସରରେ, ନାଟକ ଉତ୍ସବରେ, ସାହିତ୍ୟ ସଭାରେ ଅଭୟାନନ୍ଦଙ୍କ ଉପସ୍ଥିତି, ତାଙ୍କର ସ୍ୱର ଓ ସଂଳାପ ଭିତରେ ମୁଁ ଫେରିଗଲି ମୋର କୁମାରୀ ଜୀବନକୁ। ଚିତ୍ରାନଦୀର ପ୍ରବାହ, ବାଣୀପୁର ସାଧକମାନଙ୍କ ସାଧନା ମୋ ଭିତରେ ପୁଣି ସଞ୍ଜୀବିତ ହେଲା। ମୁଁ ବହିବାକୁ ଆରମ୍ଭ କଲି।

ବୟସର ପ୍ରଭାବ ମୋର ଗୁରୁଙ୍କୁ ସ୍ଥାଣୁ ଓ ସ୍ଥବିର କରିଦେଇ ନଥିଲା। ମନରେ ତାଙ୍କର ତାରୁଣ୍ୟର ସବୁଜିମା। କିନ୍ତୁ ସଂସାରର ସୁଖସୌଭାଗ୍ୟ ତାଙ୍କର ନଥିଲା। ବିବାହର ଅଳ୍ପ କେଇ ବର୍ଷ ପରେ ପତ୍ନୀଙ୍କର ବିୟୋଗ। ନିଃସନ୍ତାନ ଅଭୟାନନ୍ଦଙ୍କ ସାଂସାରିକ

ଜୀବନ ପରିବାର କେନ୍ଦ୍ରିତ, ଆତ୍ମକୈନ୍ଦ୍ରିକ ହେବାର ସୁଯୋଗ ନଥିଲା। ସେ ଥିଲେ ମୁକ୍ତ ଜୀବନର ପଥଚାରୀ। ଆଉ ମୁଁ ! ଜୀବନର ଦୀର୍ଘ ନିଦାଘ ଯାତ୍ରା ପରେ ପ୍ରେମ ମୌସୁମୀର ମେଘମାଳା ଭିତରେ ମୁଁ ଭାସିଚାଲିଥିଲି। ଝରି ଆସୁଥିଲା କବିତାର ଧାରା। କବିତା କିଛି ମାଗେ ନାହିଁ। ପ୍ରେମମୟ ହୃଦୟରେ ଆସ୍ଥାନ ପାତିବାକୁ ମାଗେ କେବଳ ସ୍ଥାନ ଟିକେ।

ଗୁରୁ କିଛି ମାଗି ନଥିଲେ। ମୁଁ ମଧ୍ୟ ତାଙ୍କୁ କିଛି ମାଗି ନଥିଲି। କିନ୍ତୁ କବିତା ଆମ ଦୁହିଁଙ୍କ ପାଇଁ ପରସ୍ପର ହୃଦୟରେ ସ୍ଥାନଟିଏ ସଂରକ୍ଷିତ କରି ଦେଇ ରଖିଦେଇଥିଲା। ସେଇ ନିରୁପିତ ସ୍ଥାନରେ ସବୁରି ଅଲକ୍ଷ୍ୟରେ ଆମର ସ୍ୱଚ୍ଛନ୍ଦ ବିଚରଣ ଜାରି ରହିଥିଲା।

ଚିତ୍ରାନଦୀ କୂଳରୁ ଯେଉଁ ଯାତ୍ରା ଦିନେ ମୁଁ ଆରମ୍ଭ କରିଥିଲି, ବହୁ ବର୍ଷ ପରେ ସେହି ନଦୀ ଜଳ ଆଜି ବାଷ୍ପ ହୋଇ ମତେ ପରିଣତ କରିଛି ଏକ ଭାସମାନ ମେଘରେ।

ମାଟି ଉପରେ ଠିଆ ହୋଇଛନ୍ତି ମୋର ଗୁରୁଦେବ। ସ୍ୱପ୍ନପ୍ରିୟଙ୍କ ନୂତନ ଅବତାର। ମୁଁ ଫେରୁଛି ମାଟିକୁ।

ହଁ ଫେରିଲି। ପାଦ ଛୁଇଁ ପ୍ରଣାମ କଲି ଏବଂ ଦୁଇ ହାତ ପ୍ରସାରଣ କରି ଆମନ୍ତ୍ରଣ କଲି ଗୁରୁଦେବଙ୍କୁ ମୋ ପ୍ରେମର ବନ୍ଧନୀ ଭିତରକୁ।

ନିଃସଂକୋଚରେ ସେ ସ୍ୱୀକାର କଲେ ମୋର ଆମନ୍ତ୍ରଣକୁ।

ମାତ୍ର ଏ କ'ଣ ? ମୋ ବାହୁ ବନ୍ଧନରେ ବନ୍ଦୀ ଥାଇ ଗୁରୁଦେବ କାନ୍ଦିବାକୁ ଲାଗିଲେ। ମୋ ଉଷ୍ମ ବକ୍ଷସ୍ଥଳ ଓଦା ହୋଇଗଲା ତାଙ୍କର ଆଖିର ଲୁହରେ।

ସେ ଲୁହ ସଂକ୍ରମିତ ହେଲା ମୋ ଆଖିକୁ। ଲୁହ ଭର୍ତ୍ତି ଆଖିରେ ଆମେ ଆଉ କେହି କାହାରିକୁ ଦେଖିପାରୁନଥିଲୁ।

ଲୁହ ପୋଛି ଆଖି ମେଲିଲାବେଳକୁ ଦେଖିଲି, ବନ୍ଧନ ଭିତରୁ ଅନ୍ତର୍ହିତ ହୋଇଯାଇଥିଲେ ଗୁରୁଦେବ। ମୋ ଚାରିପଟେ କେବଳ ଶୂନ୍ୟତାର ଆସ୍ତରଣ।

ପୂର୍ଣ୍ଣଗର୍ଭାରୁ ଶୂନ୍ୟଗର୍ଭା ହୋଇ ମୁଁ ଏବେ ଠିଆ ହୋଇଛି ମାଟି ଉପରେ। ବାକ୍‌ଶୂନ୍ୟ ।

■■

ଚିହ୍ନା ଅଚିହ୍ନା

ଅନେକ ଦିନ ପରେ ବିଦ୍ୟାଦେବୀଙ୍କର ଫୋନ୍।

ମୁଁ କଲ୍ ରିସିଭ୍ କରୁ କରୁ ସେ ପଚାରିଲେ - କ'ଣ ଲେଖିଲେଣି ଏହା ଭିତରେ?

ମୁଁ କହିଲି - ମୁଁ ଆପଣଙ୍କ ଉପରେ ରାଗିଛି।

- ବହୁତ ବ୍ୟସ୍ତ ଥିଲି ଏଇ କେତେ ଦିନ ହେଲା। ଅଫିସ୍ କାମ - ପୁଣି ଘରେ କୁଣିଆ ମଇତ୍ରଙ୍କ ଗହଳି।

: ଆଉ ଲେଖାଲେଖି? ନୂଆ କିଛି ଗଳ୍ପ କି କବିତା?

- ହଁ, ଏଇ ବ୍ୟସ୍ତତା ଭିତରେ କିଛି ଲେଖିଛି ଅବଶ୍ୟ। କବିତା ଗୋଟିଏ, ମାତ୍ର ଗପ ଦୁଇ ତିନୋଟି ଶେଷ କରିଛି। ଆଉ କିଛି ଆରମ୍ଭ କରିଛି। ଆଉ ଆପଣ?

: ନା ମୁଁ କିଛି ଲେଖିନାହିଁ। ଲେଖି ପାରୁନାହିଁ।

- କାହିଁକି? କ'ଣ ବେଶି ସଭାସମିତି? ସମୟ ପାଉ ନାହାନ୍ତି?

: ନା, ସମୟର ଅଭାବ ବୋଲି କେବେ କହିବି ନାହିଁ। ଜଣେ ଗୁରୁଜନଙ୍କର ଆପ୍ତବାକ୍ୟଟିଏ ମୋର ମନେ ଅଛି - ଏ ଲେଜିମ୍ୟାନ୍ ନେଭର୍ ଫାଇଣ୍ଡ୍ସ ଟାଇମ୍। ବଟ୍ ଏ ବିଜି ମ୍ୟାନ୍ ହାଜ୍ ଅଲ୍‌ୱେଜ୍ ଟାଇମ୍। ମୁଁ ଅଳସୁଆ। ପୁଣି ବ୍ୟସ୍ତ ମଣିଷ। ମାତ୍ର ଅଳସୁଆ ବୋଲି ସମୟ ଅଭାବର ବାହାନା କରିବି ନାହିଁ। ବ୍ୟସ୍ତ ରହିଲେ ବି ଲେଖାଲେଖି ପାଇଁ ପ୍ରଚୁର ସମୟ ଅଛି।

- ତା'ହେଲେ ଲେଖୁ ନାହାନ୍ତି କାହିଁକି ?

: ସତରେ କାହିଁକି ମୁଁ ଲେଖୁନାହିଁ ? ମୁଁ ଜାଣିପାରୁ ନାହିଁ, ଆପଣ କୁହନ୍ତୁ।

ମୋ କଥା ଶୁଣି ସେ ହସିଲେ। ତାଙ୍କ ହସ ହିଁ ମତେ ସବୁଠୁ ବେଶି ଭଲ ଲାଗେ। ବହୁ ଦିନ ପରେ ତାଙ୍କ ହସ ଶୁଣିଲି। ଫୋନ୍‌ରେ ତ ଆଉ ହସିବାର ଦେଖିପାରିବି ନାହିଁ। ହସିଲା ବେଳେ ସେ ଓଠରେ ହସ କେମିତି ତାଙ୍କର ଦୁଇ ଆଖିକୁ, ତାଙ୍କର ସମଗ୍ର ବ୍ୟକ୍ତିତ୍ୱକୁ ସଞ୍ଚରି ଯାଉଛି, ତା'ର ପ୍ରତ୍ୟକ୍ଷ ଅନୁଭୂତି ସିନା ସାଉଁଟି ପାରିବି ନାହିଁ। ମାତ୍ର ଅନୁଭବ ତ କରିପାରିବି। ହଁ, ଅନୁଭବ କରୁଥିଲି ସେ ହସରେ କୌଣସି ବିଷ ମିଶି ନଥିଲା। ନିରୋଳା, ନିର୍ମଳ ହସ। ସ୍ୱଚ୍ଛ ଝରଭଳି ଝରି ଆସୁଥିଲା ତାଙ୍କ ଅନ୍ତର ଭିତରୁ।

ବିଦ୍ୟାଦେବୀଙ୍କୁ କେହି କେବେ ହସିବାର ଦେଖି ନାହାନ୍ତି, ଅନ୍ତତଃ ତାଙ୍କ ଅଫିସ୍ ଭିତରେ। ଅଫିସରମାନେ ବୋଧହୁଏ ନ ହସିବା ପାଇଁ ଟ୍ରେନିଂ ନେଇଥାଆନ୍ତି। ବିଦ୍ୟାଦେବୀ ସବୁବେଳେ ଗୁରୁଗମ୍ଭୀର ଏବଂ ଖୁବ୍ କଡ଼ା ମିଜାଜ୍‌ର ବୋଲି ତାଙ୍କ ଅଫିସ୍‌ର ଅଧସ୍ତନ କର୍ମଚାରୀମାନଙ୍କ ମଧ୍ୟରେ ଚାଲିଥିବା ଆଲୋଚନାର କିଛି କିଛି କଥା ବି ମୋ କାନରେ ପଡ଼ିଛି। ମାତ୍ର ତାଙ୍କ ଅଫିସିଆଲ୍ ଆଚରଣ ସହିତ ମୋର ବା କି ସମ୍ପର୍କ ? ମୁଁ ତାଙ୍କୁ କେବଳ ହସିବାର ଦେଖିଛି ଏବଂ ଦେଖିଛି କଥାର ନଈଟିଏ ହୋଇ ବହିଯିବାରେ। ତାଙ୍କର ସେହି କଥାର ଅସରନ୍ତି ଧାରା ମୋର ନିସ୍ତରଙ୍ଗ ମନକୁ ପ୍ଲାବିତ କରିଛି। ମଝିରେ ମଝିରେ ମୋ ଭିତରେ ଶୋଇପଡ଼ୁଥିବା କଥାକାରର ସତ୍ତାକୁ ସଞ୍ଜୀବିତ କରିଛି ଏବଂ ହସ ମୋ ଭିତରେ ଭରିଦେଇଛି ଏକ ପ୍ରକାର ସତେଜତା। ମୁଁ ପୁଲକିତ ହୋଇଛି।

ଫୋନ୍‌ରେ ବିଦ୍ୟାଦେବୀ ତାଙ୍କ ପ୍ରଶ୍ନର ପୁନରାବୃତ୍ତି କଲେ - କାହିଁକି ଆପଣ ଲେଖୁ ନାହାନ୍ତି ?

ମୁଁ ମଧ୍ୟ ମୋ ଉତ୍ତରକୁ ଦୋହରାଇଲି - ଆପଣ କୁହନ୍ତୁ, କାହିଁକି ମୁଁ ଲେଖୁନାହିଁ ବା ଲେଖି ପାରୁନାହିଁ। ଆପଣ ତ ଜଣେ ଗାଳ୍ପିକା। ଅନ୍ତର୍ଭେଦୀ ଦୃଷ୍ଟି ନେଇ ଥରେ ଗୋଟିଏ ଚରିତ୍ରକୁ ଅନୁଧ୍ୟାନ କରନ୍ତୁ। କ'ଣ ତା'ର ଅସହାୟତା ବା ଅସାମର୍ଥ୍ୟ ? ଆପଣ ତାକୁ ନେଇ କିଛି ଲେଖନ୍ତୁ।

: ହଁ, ଲେଖିବି ନିଶ୍ଚୟ। ଆଜି ନ ହେଲେ କାଲି। ହେଲେ ଆପଣ ମୋତେ ସହଯୋଗ କଲେ ହେଲା।

ସହଯୋଗର ହାତ ବଢ଼େଇଦେଲି। କହିଲି - ଠିକ୍ ଅଛି, ଏଇ ମୁହୂର୍ତ୍ତରୁ ହିଁ ମୁଁ ଆପଣଙ୍କର ସହଯୋଗୀ ବୋଲି ଧରିନିଅନ୍ତୁ। ସହଯୋଗର ନମୁନା ପେଶ୍ କରି

କହିଲି - ଆପଣ ତ ଜାଣନ୍ତି, ଅନେକ ମଧ୍ୟ ଆଲୋଚନା ପ୍ରସଙ୍ଗରେ କହିଆସୁଛନ୍ତି ଯେ ମୁଁ ଆଜିଯାଏଁ ନିଜକୁ ହିଁ ଲେଖିଚାଲିଛି। ନିଜକୁ ନାୟକ କରି ଲେଖିବା ଯେତିକି ସହଜ, ସେତିକି କଷ୍ଟକର ବ୍ୟାପାର। ମୋ ଭିତରେ ଏମିତି କିଛି କଥା ଅଛି, ଯାହାକୁ ସାମ୍ନା କରିବାକୁ ମୁଁ ଭୟ କରେ। ତେଣୁ ସେହି କଥା, ସେହି ଦୃଶ୍ୟ ଏବଂ ସେହି ଘଟଣା ପାଖରୁ ମୁଁ ବାରମ୍ବାର ପଳେଇ ଯାଉଥାଏ। ଜଣେ ପଳାତକ କ'ଣ କେବେ ଗାଳ୍ପିକ ହୋଇପାରିବ ?

: କାହିଁକି ନୁହେଁ? ନିଜକୁ ପଳାତକ ବୋଲି ଆପଣ କାହିଁକି ଭାବୁଛନ୍ତି ? ଆପଣ ପ୍ରକୃତରେ କୁଆଡ଼େ ଯାଉନାହାନ୍ତି। ଅଛନ୍ତି ନିଜ ଭିତରେ। ନିଜ ପୃଥିବୀରେ ନିଜେ ବିଚରଣ କରୁଛନ୍ତି। ମାତ୍ର ଆପଣଙ୍କର ନିଜର ସେଇ ପୃଥିବୀରେ କ'ଣ ଆପଣ ଏକା ଅଛନ୍ତି ? କେବେ ନୁହେଁ। ଆପଣଙ୍କ ସହିତ କେତେ କେତେ ମଣିଷ - ପ୍ରିୟ-ଅପ୍ରିୟ, ମିତ୍ର-ଶତ୍ରୁ, ଚିହ୍ନା-ଅଚିହ୍ନା ସମସ୍ତେ ସାମିଲ୍ ହୋଇଛନ୍ତି। ମଣିଷମାନଙ୍କୁ ବାଦ୍ ଦେଲେ ପଶୁପକ୍ଷୀ, କୀଟପତଙ୍ଗ ଏପରିକି ସୁଯୋଗ ଉଣ୍ଡି ରକ୍ତ ଶୋଷୁଥିବା ମଶା ଏବଂ ସଯତ୍ନେ ସାଇତା ବହିପତ୍ରକୁ କାଟି ଖାଉଥିବା ମୂଷାମାନେ ବି ଅଛନ୍ତି। ଆପଣ ଚାହିଁଲେ ମଧ୍ୟ ନିଜ ଭାବନାରୁ ସେମାନଙ୍କୁ ଦୂରେଇ ଦେଇ ପାରୁନାହାନ୍ତି। ସେମାନଙ୍କୁ ଛାଡ଼ି ଯେତେ ଯୁଆଡ଼େ ଗଲେ ମଧ୍ୟ ପୁଣି ଫେରିଆସିବାକୁ ବାଧ୍ୟ ହେଉଛନ୍ତି ସେମାନଙ୍କ ମେଳକୁ ଓ ନିଜ ଭିତରକୁ। ଅନ୍ତର୍ଯାତ୍ରାରୁ ବହିର୍ଯାତ୍ରା, ପୁଣି ବହିର୍ଯାତ୍ରାରୁ ଅନ୍ତର୍ଯାତ୍ରା - ଏମିତି ଯିବା ଆସିବାକୁ ନେଇ ଜୀବନ। ଆଉ ଜୀବନକୁ ନେଇ ଗପ। ଏ ଗପରେ ନିଜେ ନାୟକ ହୁଅନ୍ତୁ, ଅବା ପାର୍ଶ୍ୱଚରିତ୍ର - କିଛି ଯାଏ ଆସେ ନାହିଁ। କିନ୍ତୁ ଆପଣ ଲେଖନ୍ତୁ।

ଚୁପ୍‌ଚାପ୍ ମୁଁ ଶୁଣି ଯାଉଥିଲି। କେବଳ ହୁଁ ହାଁ କରି ଉତ୍ତର ଦେଉଥିଲି। ବିଦ୍ୟାଦେବୀ କିନ୍ତୁ କହି ଚାଲିଥିଲେ। ତାଙ୍କ କଥା ଶୁଣିବାକୁ ଭଲ ଲାଗୁଥିଲା। କାରଣ ସେ କଥାରେ ଜୀବନର କିଛି ସତ୍ୟ ନିହିତ ଥିଲା। ଥିଲା ମଧ୍ୟ ତାଙ୍କ ନିଆରା ଦୃଷ୍ଟି ଓ ଦର୍ଶନର ପ୍ରତିଫଳନ।

- ଆପଣଙ୍କୁ ଏହା ଭିତରେ ମୋର ଦୁଇଟି ଗପ ବହି ଦେଇ ଆସିଛି। ପଢ଼ିଲେଣି କି ନାହିଁ ଜାଣେନା। ଅବଶ୍ୟ କେତୋଟି ଗପ ପୂର୍ବରୁ ପତ୍ରପତ୍ରିକାରେ ପ୍ରକାଶିତ ହୋଇଥିଲା। ଆପଣ ପଢ଼ିଛନ୍ତି। ମାତ୍ର ଦୁଇଟି ଗପ, ଭାବୁଛି ଆପଣ ପଢ଼ି ନାହାନ୍ତି। ପଢ଼ିବେ - ଗୋଟିଏ 'କେବଳ ପ୍ରତୀକ୍ଷା' ଏବଂ ଅନ୍ୟଟି 'ନିଜସ୍ୱ ପୃଥିବୀ'। ପଢ଼ିବେ ଏବଂ ଗପଲେଖା ଆରମ୍ଭ କରିବେ।

: ଆପଣ ତ ଲେଖୁଛନ୍ତି। ମୁଁ ପଢୁଛି। ମୋ'ଠାରୁ ସାତ ପଛର ସାନ

ପିଲାମାନେ, ମୁଁ ଲେଖାଲେଖି ଆରମ୍ଭ କଲାବେଳକୁ ଯେଉଁମାନେ ମାତୃଗର୍ଭରେ ନଥିଲେ, ସେମାନେ ଏବେ ବେଶ୍ ପ୍ରଭାବଶାଳୀ ଗଳ୍ପକାର ଭାବରେ ପ୍ରତିଷ୍ଠା ଅର୍ଜନ କଲେଣି। ତାଙ୍କୁ ପଢ଼ିଲାବେଳେ ମୁଁ ନିଜକୁ ଦେଖୁଛି - କେତେ ଆଗରେ ସେମାନେ, ଗଳ୍ପର ଭାବ, ବିଷୟ ଚୟନ ଓ ପରିବେଷଣ ଶୈଳୀରେ। ଆଉ ମୁଁ ସେମାନଙ୍କ ସାତ ପଛରେ। ଯେଉଁମାନେ ମୁଁ ଜନ୍ମ ହେବା ପୂର୍ବରୁ ଆମ ଗଳ୍ପ ସାହିତ୍ୟକୁ ସମୃଦ୍ଧ କରି ଯାଇଛନ୍ତି, ସେମାନେ ମଧ୍ୟ ଆଜିକାର ଲେଖକମାନଙ୍କଠାରୁ କେତେ ଆଗରେ। କି ଚମତ୍କାର ଲେଖା ସେମାନଙ୍କର! ଏବେକାର ପିଲାମାନେ କ'ଣ ସେମାନଙ୍କୁ ପଢୁଛନ୍ତି ? ସେମାନଙ୍କୁ ମନେ ରଖିଛନ୍ତି ?

- କିଏ କାହାକୁ ମନେ ରଖିଲା ବା ନ ରଖିଲା, କିଏ କ'ଣ ଲେଖି କାହାଠାରୁ କେତେ ଦୂର ଆଗକୁ ଚାଲିଗଲା ବା ପଛରେ ରହିଗଲା ସେସବୁ କଥା ଆପଣ ଚିନ୍ତା କରୁଛନ୍ତି କାହିଁକି ? ଲେଖାଲେଖିର ଦୁନିଆରେ ଆଗପଛ, ସାନବଡ଼, ଭଲମନ୍ଦ, ପୁରସ୍କୃତ ଓ ଉପେକ୍ଷିତ ଲେଖକର କିଛି ତୁଳନା ହୁଏ ନାହିଁ। କିଛି ହିସାବ କେହି ରଖେ ନାହିଁ। ଯିଏ ରଖିବାର କଥା ରଖନ୍ତୁ। ଯିଏ ଲେଖାର ସମାଲୋଚନା କରିବା କଥା କରନ୍ତୁ। ମାତ୍ର ଲେଖକଟିଏ ସେସବୁ ପ୍ରତି ଦୃଷ୍ଟି ନ ଦେଇ ଲେଖିଚାଲେ। କେବଳ ଲେଖିବା ହିଁ ତା'ର ପ୍ରକୃତି, ତା'ର ପ୍ରବୃତ୍ତି, ତା'ର ଧର୍ମ। ଆପଣ ମୋ'ଠାରୁ ବୟସରେ, ଜୀବନର ଅଭିଜ୍ଞତାରେ, ଜଣେ ଲେଖକ ଓ ଗାଳ୍ପିକ ଭାବରେ ବହୁତ ଆଗରେ ଅଛନ୍ତି। ଆପଣଙ୍କୁ କୌଣସି ଉପଦେଶ ବା ପରାମର୍ଶ ଦେବାର ଧୃଷ୍ଟତା ମୁଁ କରୁନାହିଁ। ମୁଁ କେବଳ ଚିନ୍ତିତ ଯେ, ଆପଣ ଆଉ ବିଶେଷ କିଛି ଲେଖୁ ନାହାନ୍ତି।

: ମୁଁ ନ ଲେଖିଲେ କାହାର କିଛି କ୍ଷତି ହେବ ନାହିଁ। କିମ୍ବା ଲେଖିଲେ କେହି ହଠାତ୍ ଲାଭବାନ ମଧ୍ୟ ହେବେ ନାହିଁ।

- ଲାଭ କ୍ଷତିର ପ୍ରଶ୍ନ କାହିଁକି ଉଠଉଛନ୍ତି ? ପ୍ଲିଜ୍, ମାଇଣ୍ଡ ସାଙ୍ଗେ ମ୍ୟାଟେରିଆଲ୍‌କୁ ଯୋଡ଼ନ୍ତୁ ନାହିଁ। ମାଇଣ୍ଡକୁ ନେଇ ଆମର କାରବାର। ଲେଖାଲେଖି ଏକ ପ୍ରକାର ଭାବର ବେଭାର। ତା' ଭିତରେ ଅଭାବ, ଅସୁବିଧା, ଅଭିଯୋଗର ପ୍ରଶ୍ନ ଓ ପ୍ରସଙ୍ଗ ଅବାନ୍ତର। ଅନାବଶ୍ୟକ। ଆପଣ କୁହନ୍ତୁ, ଆପଣ ନ ଲେଖି ଆନନ୍ଦ ପାଉଛନ୍ତି କି ? ଯଦି ପାଉଥା'ନ୍ତି, ତେବେ ମୋର କିଛି କହିବାର ନାହିଁ। ଆପଣ ନ ଲେଖନ୍ତୁ। କିନ୍ତୁ ମୁଁ ଭାବୁଛି...

ମୁଁ ତାଙ୍କୁ ବାକ୍ୟ ଶେଷ କରିବାକୁ ନ ଦେଇ କହିଲି - ନା, ନ ଲେଖିବା ଦ୍ୱାରା ମୁଁ ଅସ୍ୱସ୍ତି ଅନୁଭବ କରୁଛି। ବରଂ ଲେଖିଦେଲା ପରେ ଏକ ପ୍ରକାର ଆଶ୍ୱସ୍ତି ମିଳୁଛି। ଲେଖି ସାରିବା ମାତ୍ରେ ଛାତି ଭିତରଟା ଉଶ୍ୱାସ ଲାଗୁଛି।

- ତା'ହେଲେ ଲେଖନ୍ତୁନା। ଲେଖି ଚାଲନ୍ତୁ। ଦେଖିବେ, ସେଇ ଲେଖା ଭିତରେ ଆପଣ ନିଜକୁ ଆବିଷ୍କାର କରି ଚାଲିଛନ୍ତି- ବାରମ୍ବାର ଏବଂ ନୂଆ ନୂଆ ରୂପରେ। ନିଜ ଜୀବନକୁ ଆମେ କେତେ ଦୂର ବା ଚିହ୍ନିଛେ? ଜୀବନ ଓ ଗପ ଉଭୟେ ଆମ ପାଇଁ ଅଚିହ୍ନା। ଆଉ ଏ ପୃଥିବୀ?

: ଅଚିହ୍ନା ପୃଥିବୀର ଅଚିହ୍ନା ମଣିଷ ଆମେ। ଆପଣ ଠିକ୍ କହିଛନ୍ତି। ଜୀବନ ଓ ଗପ ଉଭୟେ ଅଚିହ୍ନା। ସେଇ ଅଚିହ୍ନାକୁ ଚିହ୍ନି ଚିହ୍ନେଇବାର ପ୍ରୟାସରେ ତ ଲେଖକର ଯାତ୍ରା ଆରମ୍ଭ ହୁଏ ଆଉ ଶେଷ ହୁଏ ମହାଯାତ୍ରାରେ।

- ଶେଷକୁ ଆପଣ ଠିକ୍ ବାଟକୁ ଆସିଲେ। ଆପଣ ସବୁ ବୁଝିଛନ୍ତି। ସବୁ ଜାଣିଛନ୍ତି। ଦିନ ଥିଲା, ଆପଣ ପ୍ରଚୁର ଲେଖୁଥିଲେ। ଆପଣଙ୍କ ଭିତରେ ଏବେ ବି ସେଇ କ୍ରିଏଟିଭିଟି ଅଛି। ଅଥଚ ଆପଣ ନୀରବ ହୋଇଯାଉଛନ୍ତି। କେଜାଣି କାହିଁକି ଆପଣଙ୍କ ନୀରବତାକୁ ମୁଁ ଗ୍ରହଣ କରିପାରୁ ନାହିଁ। ମତେ କଷ୍ଟ ହେଉଛି।

ମୁଁ ନିରୁତ୍ତର ରହିଲି। କାରଣ ଦୀର୍ଘ ସମୟ ଆଳାପ ଯୋଗୁଁ ଫୋନ୍ ଲାଇନ୍ କଟିଗଲା। କିଛି ସମୟ ପରେ ମୋ ଆଡୁ ମୁଁ ଫୋନ୍ କଲି। ବିଦ୍ୟାଦେବୀ କହିଲେ- ଆସନ୍ତା ରବିବାର ଛୁଟିଦିନ। ମୁଁ ଆପଣଙ୍କୁ ଭେଟିବି। ମୋ ଗପ ଶୁଣେଇବି ଏବଂ ଶୁଣିବି ଆପଣଙ୍କ କଥା। ଗପ ଲେଖିବା ଓ ନ ଲେଖିବାର କଥା।

: ଠିକ୍ ଅଛି। ଆମେ ପରସ୍ପରକୁ ଭେଟିବା। ଢେର୍ କଥା ଗପିବା। ମାତ୍ର କେଉଁଠି? ଆପଣଙ୍କର ବା ମୋର ନିଜ ଘରେ? ନିଜ ଘର ସମ୍ପୂର୍ଣ୍ଣ ରୂପେ ନିଜର ନୁହେଁ, ଯେଉଁଠି ଆମେ ଆମର ନିରଙ୍କୁଶ କଥାଯାତ୍ରା ଜାରି ରଖିପାରିବା। ଆପଣଙ୍କ ଘରେ ଆପଣଙ୍କ ଲେଖାର ପ୍ରତିଦ୍ୱନ୍ଦ୍ୱୀ ସ୍ୱାମୀ ଅଛନ୍ତି, ଆଉ ମୋ ଘରେ ମୋର ଲେଖକୀୟ ଜୀବନ ସହିତ ସମ୍ପୂର୍ଣ୍ଣ ସହଯୋଗ କରୁଥିବା ମୋ ପତ୍ନୀ। ତଥାପି ମୁଁ ସହଜ ହୋଇପାରିବି ନାହିଁ ନିଜକୁ ପ୍ରକାଶ କରିବାରେ। ପରସ୍ପରକୁ ବୁଝିଥିବା ଅବା ବୁଝିବାକୁ ଚେଷ୍ଟା କରୁଥିବା, ପରସ୍ପରର ଲେଖାକୁ ଭଲ ପାଉଥିବା ଦୁଇ ସ୍ୱପ୍ନବିଭୋର, ଗଳ୍ପାତୁର ଆତ୍ମାର ଆଳାପ ଚାଲିଥିଲାବେଳେ ତୃତୀୟ ପକ୍ଷର ଉପସ୍ଥିତି ଏବଂ ଅନୁପ୍ରବେଶ ପରିବେଶକୁ ଅନୁକୂଳ କରିବ ନାହିଁ।

- ତା'ହେଲେ କେଉଁଠି ବସିବା ଆମେ?

ମୁଁ ମଧ୍ୟ ନିଜକୁ ନିଜେ ପ୍ରଶ୍ନ କଲି। ଏତେ ବଡ଼ ସହରରେ ସତରେ କେଉଁଠି ବସିବା ଆମେ? ଅଛି କିବା ସ୍ଥାନଟିଏ - ନିରୋଳା ଓ ନିକାଞ୍ଚନ। କୀର୍ତ୍ତନ ଓ କୋଳାହଳଶୂନ୍ୟ। ଶୁଣିବାକୁ ପଡ଼ିବନି ନେତାଙ୍କ ଭାଷଣ। ଜନପଥରେ ଯାଉଥିବା ଆନ୍ଦୋଳନକାରୀମାନଙ୍କର ଅର୍ଥହୀନ ସ୍ଲୋଗାନ ଓ ଗର୍ଜନ। ଅଛି କି ଏଭଳି ସ୍ଥାନ? ହେବା ପାଇଁ ଧ୍ୟାନମଗ୍ନ। ନୀରବରେ ଶୁଣିବାକୁ ହୃଦୟର ବଂଶୀସ୍ୱନ। ଅବା ମେଲିଦେବା

ପାଇଁ ଗପର ପସରା ? ଜଣେ ଖାଲି ଗପୁଥିବ, ଆଉ ଜଣେ ଶୁଣୁଥିବ। ତଥାପି ସରିବ ନାହିଁ ଗପକୁହା ଅବା ଗପଶୁଣା। ଗପ ତ ନଦୀର ଧାରା, ଚିରସ୍ରୋତା, ଶୁଖିବାର ନାହିଁ। ମାତ୍ର କାହିଁ ? କେଉଁଠି ସେ ସ୍ଥାନ ? କିଏ ସେ ବତେଇଦେବ ଠିକଣା ତାହାର ? ନିଜ ମନ ଭିତରେ ଉଙ୍କାରିତ ଏଇ ସବୁ ଭାବନାକୁ ମୁଁ ବ୍ୟକ୍ତ କଲି ବିଦ୍ୟାଦେବୀଙ୍କ ପାଖରେ।

ସେ କହିଲେ - ସତରେ କ'ଣ ସ୍ଥାନର ଅଭାବ ?

: ଦେଶର ଯେକୌଣସି ଅଞ୍ଚଳରେ ମୁକ୍ତ ବିଚରଣ କିମ୍ବା ବିଚାର ବିନିମୟର ସ୍ୱାଧୀନତା ଆମକୁ ସମ୍ବିଧାନ ଦେଇଥିଲେ ବି ସେସବୁ ସେଇ ସମ୍ବିଧାନର ପୃଷ୍ଠା ଭିତରେ ସୁରକ୍ଷିତ ରହିଛି। ପ୍ରକୃତ ବାହାରକୁ ଆସିଲେ ଆମେ ସବୁ ଅସୁରକ୍ଷିତ। ପାର୍କ, ହୋଟେଲ ବା ଯେକୌଣସି ପବ୍ଲିକ୍ ପ୍ଲେସ୍‌ରେ ଏବେ ସ୍ୱାମୀ ସ୍ତ୍ରୀ ମଧ୍ୟ ଏକାଠି ବସିବା ଆଉ ବିପଦମୁକ୍ତ ନୁହେଁ। ସଂସ୍କାର ଓ ସଂସ୍କୃତିର ସୁରକ୍ଷା ଓ ସଂରକ୍ଷଣ ନାଁରେ ଦଳେ ଠେଙ୍ଗାଧାରୀ ଘୂରି ବୁଲୁଛନ୍ତି ସହର ସାରା। ଆଉ ଆଇନ୍ ଓ ସମ୍ବିଧାନ ଆଖିମୁଦି ନିଶ୍ଚିନ୍ତ ନିଦ୍ରାରେ। ମୁଁ ମୋର ସ୍ୱଭାବ ସୁଲଭ ଢଙ୍ଗରେ ଆମର ସ୍ୱାଧୀନତା ଓ ଗଣତାନ୍ତ୍ରିକ ମୂଲ୍ୟବୋଧକୁ ନେଇ ଏକ ପ୍ରକାର ବକ୍ତୃତା ଦେବା ଆରମ୍ଭ କରିଥିଲି।

ସେ କହିଲେ - ଠିକ୍ ଅଛି। ବସିବାର ସ୍ଥାନ ବାଛିବା ଦାୟିତ୍ୱ ଆପଣଙ୍କର। ଶୁଣନ୍ତୁ ମୋର କବିତାଟିଏ। କିଛି ଦିନ ତଳେ ଲେଖିଛି।

ତା'ପରେ ଫୋନ୍‌ରେ ବିଦ୍ୟାଦେବୀ ଯେଉଁ କବିତାଟି ଶୁଣେଇଲେ, ସେଥିରେ ସ୍ଥାନ-କାଳ-ପାତ୍ରର ସହାବସ୍ଥାନ ସମ୍ପର୍କରେ ଏକ ପ୍ରକାର ଦାର୍ଶନିକ ବ୍ୟାଖ୍ୟାନ ଥିଲା। ଆମ ପାଇଁ ପୂର୍ବ ନିର୍ଦ୍ଧାରିତ ଆମର ସ୍ଥାନ - କେଉଁଠି ଜନ୍ମ ହେବୁ, କେଉଁ ସ୍ଥାନରେ କାହା ସହିତ ଯୋଡ଼ି ହୋଇ ରହିବୁ, ପୁଣି ବିଚ୍ଛୁଡ଼ି ଯିବୁ। ପ୍ରତ୍ୟେକ ସ୍ଥାନର ଅଛି ଗୋଟିଏ ଗୋଟିଏ କାହାଣୀ। ପ୍ରତ୍ୟେକ ସମୟ ମଧ୍ୟ ତା' କଥା କହେ ଏବଂ ସେହି ଅନୁସାରେ ସ୍ଥାନ ଓ ସମୟ ଭିତରେ ଘୂରି ବୁଲୁଥିବା ପାତ୍ରପାତ୍ରୀ। ଏମାନଙ୍କର କାହାଣୀ ପ୍ରତ୍ୟେକ ପରସ୍ପରଠାରୁ ଭିନ୍ନ, ସ୍ୱତନ୍ତ୍ର। ପୁଣି ସମାନତାର ଏକ ଅଦୃଶ୍ୟ ଯୋଗସୂତ୍ର ରହିଛି ଏମାନଙ୍କ ମଧ୍ୟରେ। ପ୍ରତ୍ୟେକ ଜୀବନ ତେଣୁ ଗୋଟିଏ ଗୋଟିଏ ଚମତ୍କାର କାହାଣୀ। ଅନ୍ତର୍ଦୃଷ୍ଟି ଓ କୌତୂହଳ ଅଭାବରୁ ଆମେ ହୁଏତ ସେ କାହାଣୀକୁ ଧରିପାରୁନା। କିନ୍ତୁ ସେଇ କାହାଣୀ ହିଁ ଜୀବନକୁ ଧରି ରଖିଥାଏ। କେତେବେଳେ ସେଇ ଜୀବନର କାହାଣୀ ଛନ୍ଦମୁକ୍ତ କବିତା ହୋଇଯାଏ, କେତେବେଳେ ଶୁଷ୍କ ନିରସ ଗଦ୍ୟ। ଗଦ୍ୟ ହେଉ ବା ପଦ୍ୟ, କାହାଣୀ ହେଉ ବା କବିତା, ଜୀବନ ହିଁ ଜୀବନ।

ବହୁ ଦିନ ପରେ ବିଦ୍ୟାଦେବୀଙ୍କୁ ମୁଁ ଶୁଣିଲି ତାଙ୍କ କବିତାରେ। କବିତା ଭିତରେ ଥିବା କାହାଣୀ ଓ ଜୀବନ ଦର୍ଶନରେ।

କିଛି ସମୟ ଚୁପ୍‌ଚାପ୍, ଆଖିମୁଦି ବସିବା ପରେ ଫେରିଆସିଲି ମୋ ପଢ଼ା ଟେବୁଲ୍ ପାଖକୁ। ଆପଣା ଛାଏଁ ଛାଏଁ ହାତ ଚାଲିଗଲା କାଗଜ ଓ କଲମ ପାଖକୁ। ସ୍ମରଣ କଲି ବିଦ୍ୟାଦେବୀଙ୍କୁ। ସେ ହସୁଥିଲେ। ତାଙ୍କ ଅବାରିତ ହସର କଳଧ୍ୱନି ପ୍ରତିଧ୍ୱନିତ ହେଲା ମୋ ଭିତରେ। ଶିହରିତ ହେଲା ମନପ୍ରାଣ। ନିଜ ପୃଥିବୀରେ ନିଜକୁ ପୁଣି ଥରେ ଆବିଷ୍କାର କରିବା ଅଭିଯାନରେ ବାହାରିଲି। ଆମ ଉଭୟଙ୍କର ବସିବା ପାଇଁ ନିରୋଳା ସ୍ଥାନଟିଏ ବାଛିବାର ଦାୟିତ୍ୱ ମୋତେ ଦେଇଛନ୍ତି ବିଦ୍ୟାଦେବୀ।

କେଉଁଠି ଅଛି ସେ ସ୍ଥାନ ? ବିଦ୍ୟାଦେବୀ ଏବେ କେଉଁଠି ?

କୋଳାହଳମୟ ଗୋଲାମ ନଗରୀରେ ସେ ଆଉ ନାହାନ୍ତି।

ସରକାରୀ ନିର୍ଦ୍ଦେଶରେ ଯାଇ ପହଞ୍ଚିଛନ୍ତି ପୁରୁଣାଗଡ଼ରେ।

ପୁରୁଣାଗଡ଼ର ପ୍ରାକୃତିକ ପରିବେଶ ତାଙ୍କୁ ମୁଗ୍ଧ କରିଛି। ସହରକୁ ଚାରିପଟୁ ଘେରି ରହିଛି ପାହାଡ଼। ପାହାଡ଼ର ପାଦଦେଶରେ ଘନ ଅରଣ୍ୟ। ସେଇ ଅରଣ୍ୟର ବୃକ୍ଷରାଜି ଭିତରେ ବିଦ୍ୟାଦେବୀଙ୍କୁ ମିଳିଛି ଛୋଟ ବଙ୍ଗଳା ଟାଇପ୍‌ର ଘର। ସେଇ ସହରଟିରେ ସେ ନିଜ ବିଭାଗର ସର୍ବୋଚ୍ଚ ଅଧିକାରୀ। ରାଜଧାନୀ ଭଳି ଉପରକୁ ଉପର ଥାକମରା ହୋଇ ଅଫିସର ନାହାନ୍ତି - ଯାହାଙ୍କ ପାଖକୁ ବେଳ ଅବେଳରେ ଫାଇଲ୍ ଧରି ଦୌଡ଼ିବାକୁ ପଡୁଥିଲା। ନିଜ ଇଚ୍ଛା ବିରୋଧରେ କିଛି ଆଦେଶ ପାଳନ କରିବାକୁ ହେଉଥିଲା। ଏଇ ଆଦେଶ ପାଳନରେ ତାଙ୍କର କୁଣ୍ଠା ଏବଂ ବେଳେବେଳେ ପ୍ରତିକ୍ରିୟା ପ୍ରକାଶ କରିବାର ମନୋବୃତ୍ତି ଯୋଗୁଁ ତାଙ୍କୁ ଠେଲି ଦିଆଗଲା ପୁରୁଣାଗଡ଼। ବାସ୍, ସେଇଠି ଯାଇ ରୁହ - ନିଜର ପରିବାର ଓ ସଂସାରଠାରୁ ଦୂରରେ। ଯେତେ ଇଚ୍ଛା ସେତେ ଗପ ଓ କବିତା ଲେଖ। ବିଦ୍ୟାଦେବୀ ଏବେ ସେଇ ପ୍ରକୃତି କୋଳରେ ଆପଣାର ସୃଜନ ପ୍ରବୃତ୍ତି ଚରିତାର୍ଥରେ ବିଭୋର ଅଛନ୍ତି। ମଝିରେ ମଝିରେ ସେଇ ଦୂରଭାଷରେ ହିଁ ମୋତେ ତାଙ୍କ ଗଳ୍ପର ପ୍ଲଟ୍ ଏବଂ କବିତାର କାହାଣୀ କହନ୍ତି ଏବଂ ମୋ'ଠାରୁ ସେମିତି ଗପ ଓ କବିତା ଶୁଣିବାକୁ ଚାହାନ୍ତି।

ଏଇ ରାଜଧାନୀରେ ସେ ଥିଲାବେଳେ ମଝିରେ ମଝିରେ ମୁଁ ତାଙ୍କ ଅଫିସ୍‌ରେ ପହଞ୍ଚି ଯାଉଥିଲି। ଅଫିସ୍ ଟାଇମ୍ ଗଡ଼ିଗଲା ପରେ ଚା' କପ୍‌ର ଉଷ୍ମତା ଭିତରେ ଗଳ୍ପ କବିତାର ଉଷ୍ମ ଆସର ସମ୍ଭବ ହେଉଥିଲା। ମାତ୍ର ଏବେ ସେ ସୁଯୋଗ ନାହିଁ। ଏବେ ଆମେ ଉପଯୁକ୍ତ ସ୍ଥାନର ସନ୍ଧାନରେ।

ହଁ, ଏବେ ମୁଁ ହାତରେ କାଗଜ, କଲମ ଧରି ଗୋଟେ ସୁନ୍ଦର ସ୍ଥାନର ମାନଚିତ୍ର ଆଙ୍କୁଥିଲି। ଦେଖିଲା ବେଳକୁ ମୋ କଳ୍ପନାର ସେଇ ମାନଚିତ୍ର ପାଖରେ ମୁଁ ନିଜେ ଯାଇ ପହଞ୍ଚିଗଲି। ଏକଥା କିପରି ସମ୍ଭବ ହେଲା, ସେ କଥା ମୁଁ କହିପାରିବି

ନାହିଁ । ଏ ବିଶ୍ୱ ବ୍ରହ୍ମାଣ୍ଡରେ ଅନେକ ଅଲୌକିକତା ରହିଛି । ଅବିଶ୍ୱାସ୍ୟ ମନେ ହେଉଥିବା ଅନେକ କଥା ବାସ୍ତବ ହୋଇଥାଏ ।

ମୁଁ ପହଞ୍ଚିଗଲି ସେଇ ସ୍ଥାନରେ, ଯେଉଁ ସ୍ଥାନ ଏବେ ସରକାରୀ ନିର୍ଦ୍ଦେଶରେ ବିଦ୍ୟାଦେବୀଙ୍କ ଆବାସସ୍ଥଳୀ ହୋଇଯାଇଥିଲା । ବିଦ୍ୟାଦେବୀ ପୂର୍ବରୁ ସାମାନ୍ୟ କୌଣସି ସୂଚନା ପାଇନଥିଲେ । ଆସନ୍ନ ସନ୍ଧ୍ୟା ସମୟ । ପାହାଡ଼ ଉପରେ ଅସ୍ତଗାମୀ ସୂର୍ଯ୍ୟଙ୍କର ରକ୍ତିମ ଆଭା ଖେଳେଇ ହୋଇ ପଡ଼ିଥିଲା । ତା'ର ପାଦଦେଶରେ ଥିବା ଏକ ସମତଳ ଭୂଇଁରେ ବସି ନିର୍ଲିପ୍ତ ଦୃଷ୍ଟିରେ ବିଦ୍ୟାଦେବୀ ଶୂନ୍ୟକୁ ଚାହିଁଥିଲେ । ପାହାଡ଼ ଉପରେ ଥିବା ମନ୍ଦିରରୁ ସନ୍ଧ୍ୟା ସମୟର ଘଣ୍ଟଧ୍ୱନି ପ୍ରତିଧ୍ୱନି ତୋଳୁଥିଲା । ମୁଁ ଚୁପ୍‌ଚାପ୍ ପାଦ ଚିପିଚିପି ଯାଇ ବିଦ୍ୟାଦେବୀଙ୍କ ପାଖରେ ବସିପଡ଼ିଲି । ହଠାତ୍ ମୋତେ ସେ ସ୍ଥାନରେ ଦେଖିଦେଇ ସେ କ'ଣ କହିବେ ନ କହିବେ ଭାବି ପାରିଲେ ନାହିଁ । ଖାଲି 'ଆପଣ ?' ଏତିକି କହି ଚୁପ୍ ହୋଇଗଲେ । ବିସ୍ମୟ, ଅବିଶ୍ୱାସ ଓ ଅନନୁଭୂତ ପୁଲକର ମିଶ୍ରରାଗରେ ତାଙ୍କର ଶ୍ୟାମଳ ମୁହଁଟି ଆହୁରି ଉଜ୍ଜ୍ୱଳ ଦିଶିଲା । ବାସ୍, ଆଉ କିଛି କଥା ନାହିଁ, ବାର୍ତ୍ତା ନାହିଁ । ଗପ ନାହିଁ କି କବିତା ନାହିଁ । ଅଖଣ୍ଡ ନୀରବତା ଭିତରେ ଆମେ ହଜିଯାଇ ଥିଲୁ ।

ବିଦ୍ୟାଦେବୀ ଏବଂ ମୁଁ । ବସିଥିଲୁ ପାଖାପାଖି । ହେଲେ କେହି କାହାରିକୁ ଛୁଉଁ ନଥିଲୁ । ପବନ କିନ୍ତୁ ଆମକୁ ଛୁଉଁଥିଲା । ସେଇ ପବନରେ ହିଁ ସଞ୍ଚରି ଯାଉଥିଲା ଆମର ନିଶ୍ୱାସ । ଆମର ବିଶ୍ୱାସ । ଆମର ଆନନ୍ଦ ଓ ଅବସୋସ । ନା – ଭୁଲ୍ କହିଲି । ଅବସୋସ କିଛି ନଥିଲା । ବରଂ ଥିଲା ଏକ ମିଳିତ ସ୍ୱପ୍ନର ଉଦ୍‌ଭାସ ।

କିଛି ସମୟ ପରେ ଧୀରେଧୀରେ ବହୁଥିବା ଶାନ୍ତ ଶୀତଳ ପବନର ବେଗ ବଢ଼ିବାକୁ ଲାଗିଲା । ଆଖି ପିଛୁଳାକେ ସେଇ ପବନ ମତେ ବସିଥିବା ସ୍ଥାନରୁ ଉପରକୁ ଉଠେଇ ନେଲା । ମୁଁ ଦେଖୁଥିଲି, ଧୀରେ ଧୀରେ କେମିତି ମୁଁ ଶୂନ୍ୟରେ ଧୂଆଁ ହୋଇ ମିଳେଇ ଯାଉଥିଲି । କିନ୍ତୁ ଧୂମାଭ ଦିଗନ୍ତରେ ଥାଇ ସ୍ପଷ୍ଟ ଦେଖିପାରୁଥିଲି – ଅସହାୟ ଅବସ୍ଥାରେ ବସିବା ସ୍ଥାନରୁ ଉଠି ଠିଆ ହୋଇପଡ଼ିଛନ୍ତି ବିଦ୍ୟାଦେବୀ । ସେ ବିଶ୍ୱାସ କରିପାରୁ ନାହାନ୍ତି – କ'ଣ ସବୁ ଘଟିଯାଉଛି ତାଙ୍କ ଆଖି ସାମ୍ନାରେ । ସେ ହାତ ବଢ଼େଇ ମତେ ଧରିବାର ବ୍ୟସ୍ତ ଚେଷ୍ଟା କରୁଛନ୍ତି । ମୁଁ ଆଉ ତାଙ୍କ ହାତ ପାଆନ୍ତାରେ ନାହିଁ ।

କିନ୍ତୁ ସେଇ ଦୂରରେ ଥାଇ ଦେଖୁଥିଲି, ବିଦ୍ୟାଙ୍କ ଆଖିରୁ ଧାର ଧାର ହୋଇ ଲୁହ ବହି ଚାଲିଥିଲା । ନିଜ ପଣତରେ ପୋଛି ନ ଦେଇ ସେ ତାକୁ ସେମିତି ବହିଯିବାକୁ ଛାଡ଼ି ଦେଇଥିଲେ । ଏବଂ ଶେଷରେ ସେଇ ଶୂନ୍ୟକୁ ଚାହିଁ 'ପ୍ରଣାମ' ମୁଦ୍ରାରେ ସ୍ଥିର ହୋଇ ଠିଆ ହୋଇଥିଲେ ।

■■

ଗପଗୀତ ଛନ୍ଦାଛନ୍ଦି

- ଗୋଟେ ଗପ କୁହ, ପାହିଯାଉ ଏ ରାତି।

ନୀରବତା।

- କ'ଣ କିଛି କହୁନାହଁ ଯେ!

- (ନୀରବତା ଭଙ୍ଗ) ତମେ ଗୋଟେ ଗୀତ ଗାଅ। ଗାଇ ଚାଲ। ନ ପାହୁ ଏ ରାତି।

- ଆଉ କ'ଣ ମୋ କଣ୍ଠରେ ସୁର ଅଛି ନା ଗୀତ ଗାଇବାର ବୟସ!

- ଗୀତ ଗାଇବାର କିଛି ବୟସ ନଥାଏ। ଲତା ଓ ଆଶାଙ୍କୁ ଶୁଣୁନାହଁକି?

- ସେମାନେ ଆଜୀବନ ସ୍ୱର ସାଧିକା। ସେମାନଙ୍କ ସାଧନାର ଶକ୍ତି ଓ ତେଜରେ ବୟସ ହାର ମାନିଗଲା।

- ଆଉ ତମେ?

- ମୁଁ ଆଉ ସାଧିଲି କେତେବେଳେ? ସ୍ୱର ସାଧୁ ସାଧୁ ଲକ୍ଷ୍ୟଭ୍ରଷ୍ଟ ହେଲି। ନିଜ ସ୍ୱର ଅପେକ୍ଷା ଅନ୍ୟ ଏକ ସ୍ୱର ମୋତେ ମୋହଗ୍ରସ୍ତ କରିଦେଲା। ଉଚ୍ଛନ୍ନ ସ୍ରୋତ ଭଳି ଭାସିଗଲି।

- ଭାସିଯାଇ କୂଳରେ ତ ଲାଗିଲ।

- କୂଳ? କାହାକୁ ତମେ କୂଳ କହୁଛ?

- ହଁ, କୂଳ ନୁହେଁ ତ ଆଉ କ'ଣ? ଯେଉଁ ସ୍ୱର ତୁମକୁ ଆଚ୍ଛନ୍ନ କଲା,

ଏବଂ ଉଚ୍ଛନ୍ନ ସ୍ରୋତ ଭଳି ଭସେଇ ନେଲା, ସେ ତ ତୁମକୁ କୁଳ ସୀମନ୍ତିନୀର ଗୌରବ ଦେଲା। ଚୁପି ଚୁପି ତୁମ କାନରେ ଶୁଣେଇଲା ମାତୃତ୍ୱର ମନ୍ତ୍ର। ତମେ ହେଲ ମନ୍ତ୍ର ଦୀକ୍ଷିତା ମାଆ।

- ସତ, ମାଆ ହେଲି। ବାହା ନ ହୋଇ ମାଆ। ତା'ପରେ ?

- ତମେ କୁହ। ମୁଁ କେମିତି କହିବି, କ'ଣ ହେଲା ତା'ପରେ ?

- ତା'ପରେ ମୁଁ ନାନାବାୟା ଗୀତ ଗାଇଲି। ମୋ ପୁଅ ପାଇଁ। ଆଉ ପୁଅର ବାପା ପାଇଁ ବାୟାବସା ସଜାଇଲି।

- ଆଉ ତମ ଗୀତ ?

- ହାତରେ ପିନ୍ଧିଥିବା କାଚର ରୁଣୁଝୁଣୁ। ବାସନର ରଣଝଣ, ପୁଅର ବନ୍ଦ ହେଉନଥିବା କାନ୍ଦର ଲହର, ମୋ ଜୀବନର ଗୀତ ପାଲଟିଗଲା। ତା' ସାଙ୍ଗକୁ ଘର କରଣାରେ ସାମାନ୍ୟ କିଛି ଏପଟ ସେପଟ ହୋଇଗଲେ ପୁଅର ବାପାଙ୍କ ଗାଳି। ସେ ଗାଳି ବି ବେଳେ ବେଳେ ଦେହରେ ଆସି ପଡ଼ିଲା। ଦେହ ହୋଇଗଲା ଏକ ବାଦ୍ୟଯନ୍ତ୍ର।

- ବାଦ୍ୟଯନ୍ତ୍ରର ବି ଏକ ପ୍ରକାର ସଂଗୀତ ରହିଛି। ସେ ଗୀତ କ'ଣ ତୁମ ମନକୁ ଛୁଇଁନାହିଁ ?

- ଯନ୍ତ୍ର ସଂଗୀତର ଧ୍ୱନି ଏତେ ତୀବ୍ର ଥିଲା ଯେ ତା' ଭିତରେ ମୋ ମନର କୋମଳତା ପୂରାପୂରି ନଷ୍ଟ ହୋଇଗଲା। ହଜିଗଲା ମୋ ଭିତରୁ ଗୀତର ତାଳ, ମାନ, ଲୟ। ମୁଁ ଗୀତ ଗାଇବା ଭୁଲିଗଲି।

- ସତରେ ଭୁଲିଗଲ ? ଏଇ ଗୀତ ଯେ ମୋତେ ତୁମ ପାଖକୁ ଟାଣି ଆଣିଲା।

- ତାହା ମୋର ଭୁଲ ଥିଲା। ଭୁଲିଯାଇଥିବା ଗୀତରେ ସୁର ଦେବାକୁ ଇଚ୍ଛା କରି ମୁଁ ବୋଧହୁଏ ପୁଣି ଥରେ ଭୁଲ୍ କରି ବସିଲି।

- ଭୁଲ-ଠିକ୍, ବାଛିବାକୁ ଆମେ କିଏ ? ତମ ଭିତରେ ଗୀତର ସୁର କ'ଣ ତମେ ସୃଷ୍ଟି କରିଥିଲ ? କାଇଁ ମୁଁ ତ ଇଚ୍ଛା କରି ଗୀତ ଗାଇପାରୁ ନାହିଁ। ଗାଇ ପାରିବି ନାହିଁ। ଅଥଚ ଏଇ ଗୀତ ପ୍ରତି ମୋର ଦୁର୍ବଳତା ଓ ଆକର୍ଷଣ ପିଲାଦିନରୁ। ଖୁବ୍ ପିଲାବେଳେ ବୁଢ଼ୀ ମା' ମୋର ଖୁବ୍ ଧୀର ସ୍ୱରରେ ମୋ କାନ ପାଖରେ ଗୁଣୁଗୁଣଉଥିଲା ଗୀତ - ପିମ୍ପୁଡ଼ା ପିମ୍ପୁଡ଼ି ବାହା ହୋଇଗଲେ, ଗଗନେ ଉଡ଼ିଲା ଧୂଳି... ତା' ପର ପଦଗୁଡ଼ିକ ଆଉ ମନେ ପଡ଼େ ନାହିଁ। ଏଇ ଗୀତ ଶୁଣି ଶୁଣି ମୁଁ ବୋଧହୁଏ ସେତେବେଳେ ଶୋଇପଡୁଥିଲି। ମାତ୍ର ଏବେ ଭାବୁଛି କ'ଣ ହୋଇପାରେ ସେ ଗୀତର ଅର୍ଥ ? ପିମ୍ପୁଡ଼ା ପିମ୍ପୁଡ଼ିଙ୍କର ବାହାଘର - ପୁଣି ସେ ବାହାଘରର ହା-ହିଲ୍ଲୋଳରେ ଗଗନରେ ଧୂଳି ଉଡ଼ିବାର ଦୃଶ୍ୟ। ସବୁକିଛି ଅବୋଧ ଲାଗୁଛି। ତଥାପି ସେଇ ଗୀତ ହିଁ ମୋତେ ଆଜିଯାଏଁ

ଆଚ୍ଛନ୍ନ କରି ରଖିଛି। ତା' ପରେ ବଡ଼ ହେଲାପରେ ବାପାଙ୍କୁ ହାରମୋନିୟମ ଧରି ଗୀତ ଗାଇବାର ଶୁଣିଛି। ସକାଳୁ ଅତି ମଧୁର ସ୍ୱରରେ ଗାଆନ୍ତି ଭଜନ। ଲେଖିଛନ୍ତି ବି ଅନେକ ଗୀତ ଓ ଜଣାଣ। ବୋଉର ଗୀତଖାତା ଆବିଷ୍କାର କରିଛି, କିନ୍ତୁ କେବେ ତାକୁ ଗୀତ ଗାଇବାର ଶୁଣିନାହିଁ। ଗୀତ ବଦଳରେ ବୋଉ ତ ମୋ ପାଇଁ ଏକ ଗପ ହୋଇ ରହିଗଲା। ଏକ ଅଧାଲେଖା ଅସମ୍ପୂର୍ଣ୍ଣ ଗପ। ଜୀବନର ସେଇ ଅପୂର୍ଣ୍ଣତାକୁ ପୂରଣ କରିବା ପାଇଁ ଗପ ଲେଖିବସିଲି। ହେଲେ ପାରିଲି କେଉଁଠି ? ଗୀତ ଶୁଣିବାର ଆଗ୍ରହ ଓ ଗପ ଶୁଣେଇବାର ଆକୁଳତା ଭିତରେ ଗଡ଼ି ଚାଲିଲା ଜୀବନ।

- ବାସ୍, ତମେ ଏମିତି ଗପିଚାଲ। ସେ ଗପ ଶୁଣିବାରେ ରାତି ପାହିଯାଉ।

- ନା, ମୁଁ ତ ତୁମ ଗୀତ ଶୁଣିବାକୁ ଆସିଛି।

ବିଶ୍ୱାସ କର, ଗୀତ ମୋ ଭିତରୁ ଉଭାନ୍ ହେଇଯାଇଛି। ମୁଁ ଆଉ ଗାଇ ପାରୁନାହିଁ। ଗାଇବାକୁ ଚାହିଁଲେ ମୋର ଅତୀତ ଆସି ମୋ ସାମ୍ନାରେ ଠିଆ ହୋଇଯାଉଛି। ମଧୁର ଓ ଭୟଙ୍କର ଅତୀତ। ମୁଁ ତାକୁ ଭୁଲିବାକୁ ଚାହେଁ।

- ଭୁଲିପାରିବ ? ସେଇ ଅତୀତ ତ ତୁମର ବର୍ତ୍ତମାନ। ତୁମ ଜୀବନର ବାସ୍ତବତା।

- ସେ ବାସ୍ତବତାକୁ ମୁଁ ଏବେ ଅସ୍ୱୀକାର କରୁଛି।

- ଏହା କ'ଣ ଏତେ ସହଜ କଥା ?

- କାହିଁକି ନୁହେଁ? କହିପାର, ମୁଁ ଜଣେ ଅପରାଧୀ। କାରଣ ମୁଁ ନାରୀ। ପଢ଼ିଛ ଅଜିତ୍ କୌରଙ୍କ ଆତ୍ମକଥା ?

- ପ୍ରଖ୍ୟାତ ପଞ୍ଜାବୀ ଲେଖିକା ଅଜିତ୍ କୌର ?

- ହଁ, ତାଙ୍କର ଆତ୍ମଜୀବନୀ 'ଯାଯାବର'। ମୁଁ ତ ଭାବିଲି ଅଜିତ ଯେମିତି ମୋରି କଥା ହିଁ ଲେଖିଛନ୍ତି। ମୋ ନାରୀ ଜୀବନର ଅନେକ ସାମଞ୍ଜସ୍ୟ ରହିଛି ତାଙ୍କର ଏଇ ଜୀବନ-କାହାଣୀରେ। ତାଙ୍କରି ଭାଷାରେ ହିଁ ମୁଁ କହିଛି କ'ଣ ମୋର ଅପରାଧ। ଏକ ନମ୍ବର ଅପରାଧ - ନାରୀ ହୋଇ ଜନ୍ମ ହେବା। ଦୁଇ ନମ୍ବର ଅପରାଧ - ଏକୁଟିଆ ନାରୀ। ତିନି ନମ୍ବର ଅପରାଧ - ଏକୁଟିଆ ଓ ନିଜର ଜୀବିକା ନିଜେ ଉପାର୍ଜନ କରୁଥିବା ନାରୀ। ଆଉ ସବୁଠୁ ବଡ଼ ଅପରାଧ - ଉପାର୍ଜନକ୍ଷମ, ବୁଦ୍ଧିମତୀ, ଆତ୍ମସମ୍ମାନଯୁକ୍ତ, ଏକୁଟିଆ ନାରୀ।

- ତମେ ଏକୁଟିଆ ହେଲ କେତେବେଳେ ? ତମ ସାଙ୍ଗରେ ତ ଅଛି ତୁମର ପରିବାର। ଦୁଇପୁଅ ଓ ସ୍ୱାମୀର ସଂସାର।

- ସେଇ ସଂସାର ଭିତରେ ଥାଇ ବି ମୁଁ ଏକୁଟିଆ ଥିଲି। ଏକାଠି ଗୋଟିଏ

ଛାତ ତଳେ ବାସ କଲେ ଯେ ଏକାକୀତ୍ୱ ରହିବ ନାହିଁ, ଏହା ମୁଁ କେବେ ଅନୁଭବ କରିନାହିଁ। ଏକାଠି ଥାଇ ଏକୁଟିଆ ଥିଲି, ଆଉ ଏବେ ତ ସତକୁ ସତ ଏକୁଟିଆ। ଏଇ ଏକୁଟିଆ ରହିବାଟା ମୋତେ ବେଶ୍ ଭଲ ଲାଗୁଛି। ମୁଁ ଆଶ୍ୱସ୍ତ ଅନୁଭବ କରୁଛି। ମୁଁ ସେଇ ତଥାକଥିତ ପାରିବାରିକ ସମ୍ବନ୍ଧର ଅତ୍ୟାଚାରରୁ ମୁକ୍ତ ଅଛି। ସେମାନେ ଯଦି ମୋର ଇଚ୍ଛା-ଅନିଚ୍ଛାକୁ, ମୋର ବ୍ୟକ୍ତିତ୍ୱକୁ ସ୍ୱୀକାର କରିବାକୁ ପ୍ରସ୍ତୁତ ନୁହନ୍ତି, ମୁଁ ସେମାନଙ୍କୁ ସ୍ୱୀକାର କରିବି କାହିଁକି ? କେଉଁ କାରଣରୁ ? ମୋ ସର୍ତ୍ତରେ ମୁଁ ଜୀବନ ବଞ୍ଚିବାକୁ ଚାହେଁ। ମୋ ଜୀବନ ମୋର। ତା'ର ବି ମୂଲ୍ୟ ଅଛି। ସେହି ମୂଲ୍ୟ ସହ ମୁଁ ବଞ୍ଚିବି। ମୁଣ୍ଡ ଟେକି ବଞ୍ଚିବି। ଆତ୍ମସମ୍ମାନ ସହ ବଞ୍ଚିବି। ବାକି ଦୁନିଆର ମୂଲ୍ୟ ଓ ମାପକାଠିରେ ନିଜର ମନ ନ ମାନିଲେ ମଧ୍ୟ ତା' ସହ ବୁଝାମଣା କରି ବଞ୍ଚିବା ମୋର ପସନ୍ଦ ନୁହେଁ।

– ଗୀତର ଝରଣାରୁ ତମେ ତ ଏବେ ନିଆଁର ଝୁଲ ହୋଇ ଝରିବାକୁ ଆରମ୍ଭ କରିଛ।

– ତମେ ମୋର ଗୀତ ଶୁଣିଛ। ମୋ ଭିତରର ନିଆଁକୁ ଦେଖିନାହଁ। ସେଇ ନିଆଁରେ ନିଜେ ଜଳିଛି ସିନା, କାହାକୁ ଜାଳିବାକୁ ଦେଇନାହିଁ। ଯଥାଶକ୍ତି ଚେଷ୍ଟା କରିଛି, ଜହ୍ନର ଶୋଭା ଓ ଶୀତଳ କିରଣରେ ସମସ୍ତଙ୍କୁ ଶାନ୍ତ, ସଂତୃପ୍ତ କରିବା ଲାଗି। ମାତ୍ର ହାରି ଯାଇଛି। ଜହ୍ନର ଜୀବନରେ ଜହର ଗୋଳି ଦିଆଯାଇଛି। ଯେଉଁ ଗୀତ ଶୁଣିବା ପାଇଁ ତମେ ମୋ ପାଖରେ ଅଳି କରୁଛ, ସେଇ ଗୀତ ହିଁ ପାଲଟିଗଲା ମୋ ଜୀବନର ଅଭିଶାପ। ହଁ, ଅଭିଶାପ ନୁହେଁ ତ କ'ଣ ? ଅଥଚ ସେଇ ଗୀତରେ ହିଁ ଗଢ଼ା ହୋଇଥିଲା ମୋ ସଂସାର। ଗୋଟିଏ ଜୀବନ ଉଜୁଡ଼ି ଯାଉଥିଲାବେଳକୁ ମୋ ଅଜାଣତରେ ମୋର ନୂଆ ଜୀବନ ଗଢ଼ା ହେଉଥିଲା। ମୁଁ ସେତେବେଳେ ମାଟ୍ରିକ୍ ପରୀକ୍ଷା ଦେଇ ଗାଁରେ ରହୁଥାଏ। ଅପା ବାହାହୋଇ ରହୁଥାଏ ଭୁବନେଶ୍ୱରରେ। ଅନେକ ସମୟରେ ଅସୁସ୍ଥ ରହୁଥାଏ। ହଠାତ୍ ଦିନେ ଜଣାପଡ଼ିଲା ତାକୁ କ୍ୟାନ୍ସର। ତା'ର ଗୋଟିଏ ବୋଲି ଝିଅ ପାଞ୍ଚ ବର୍ଷର। ଭିଣୋଇ ଭାଙ୍ଗି ପଡ଼ିଲେ। ଆଗରୁ କଥା ଥିଲା, ମାଟ୍ରିକ୍ ପରୀକ୍ଷା ପରେ ମୁଁ ଅପା ପାଖରେ ରହି, ଭୁବନେଶ୍ୱରରେ ପଢ଼ିବି। ଭିଣୋଇଙ୍କ ଦୁର୍ଦ୍ଦିନରେ ମୁଁ ଚାଲି ଆସିଲି ଅପା ପାଖକୁ। ତା'ର ଝିଅ, ତା'ର ଘରର ସବୁ ଦାୟିତ୍ୱ ନିଜ ଉପରକୁ ନେଇଗଲି। ଭିଣୋଇଙ୍କ ଚାକିରି ସେକ୍ରେଟେରିଏଟ୍‌ରେ। ସେକ୍ସନ ଅଫିସରରୁ ପ୍ରମୋସନ ପାଇ ଅଣ୍ଡର ସେକ୍ରେଟେରୀ ହୋଇଥାଆନ୍ତି। ଅପାର ଚିକିତ୍ସା ପାଇଁ ପ୍ରାଣପଣେ ଲାଗି ପଡ଼ିଥାଆନ୍ତି। ସବୁବେଳେ ଚିନ୍ତାଗ୍ରସ୍ତ। ଏକମାତ୍ର ସାନ୍ତ୍ୱନା ଥାଏ, ମୁଁ ତାଙ୍କ ସଂସାରର ବୋଝକୁ

ସମ୍ଭାଳି ନେଇଛି। ଝିଅ ମୋ ପାଖ ଛାଡୁ ନଥାଏ। ପ୍ରତିଦିନ ରାତିରେ ମୁଁ ତାକୁ ଗୀତ ଶୁଣାଏ। ଗୀତ ନ ଶୁଣିଲେ ତାକୁ ନିଦ ହେଉ ନଥିଲା। ଦିନେ ସେ ଶୋଇ ପଡ଼ିଲା ପରେ, ତା'ର ବାପା ଆସି ମୋ ପାଖରୁ ଗୀତ ଶୁଣିବାର ଜିଦ୍ କଲେ। ବାସ୍, ସେଇ ଗୀତରେ ଗୀତରେ ସେ ଭାସିଗଲେ ଆଉ ତାଙ୍କ ସହିତ ମୁଁ। ଅନେକ ଦିନ ହେଲା ନିଜର ସ୍ତ୍ରୀର ସାନ୍ନିଧ୍ୟ-ସୁଖରୁ ବଞ୍ଚିତ, ବୁଭୁକ୍ଷିତ ଶରୀର ତାଙ୍କର ତୃଷ୍ଣା ନିବାରଣ ଚାହୁଁଥିଲା। ସେଇ ତୃଷ୍ଣାତୁର ଶରୀରର ସ୍ପର୍ଶରେ ମୁଁ ଅଣାୟତ୍ତ ହୋଇଗଲି। ତା'ପରେ ଅପାର ଏ ସଂସାରରୁ ବିଦାୟ ଏବଂ ସେ ସଂସାରରେ ମୋର କର୍ତ୍ତୃତ୍ୱ। ବେଦୀରେ ବସିବାର ଆଉ ଆବଶ୍ୟକତା ନଥିଲା। ପରେ କୋର୍ଟରେ ବିଧିସମ୍ମତ ବ୍ୟବସ୍ଥା ଫଳରେ ଆରମ୍ଭ ହେଲା ମୋର ସଂସାର। ମାତ୍ର ତା' ପୂର୍ବରୁ ମାତୃତ୍ୱର ମନ୍ତ୍ରରେ ମୁଁ ଦୀକ୍ଷିତା ହୋଇ ସାରିଥିଲି। କେବଳ ଜନ୍ମ ଦେଇ ମା' ହେବାର ସ୍ୱୀକୃତି ପାଇବା ବାକି ଥିଲା। ମା' ହେଲି। କିନ୍ତୁ ପାଠ ବି ପଢ଼ିଲି। ଭଲ ପଢୁଥିଲି ମୁଁ। ମାଟ୍ରିକ୍‌ରେ ଫାଷ୍ଟକ୍ଲାସ୍ ପାଇଥିଲି। ପଢ଼ା ସାଙ୍ଗେ ସାଙ୍ଗେ ଗୀତ ଶିଖିବା ଓ ଗାଇବା ଜାରି ରହିଲା। ରମାଦେବୀ କଲେଜରୁ ବିଏ ପାଶ୍ କଲାବେଳକୁ ମୁଁ ଦୁଇଟି ପୁଅର ମା'। ତା'ପରେ ବାଣୀବିହାରରେ ଫିଲୋସଫିରେ ଏମ୍‌ଏ ଏବଂ ଅଧ୍ୟାପିକାର ଚାକିରି।

- ଏସବୁ କଥା ତ ମୁଁ ଜାଣେ। କାହିଁକି ଆଉ ତା'ର ପୁନରାବୃତ୍ତି ?

- ମୁଁ କିନ୍ତୁ ତମକୁ କିଛି କହିନଥିଲି। ତମେ କେବଳ ଜାଣିଥିଲ ଯେ, ମୁଁ ମୋ ସ୍ୱାମୀଙ୍କର ପ୍ରଥମା ନୁହଁ।

- ତୁମ ଗୀତ ସହିତ ଥିଲା ମୋର ସମ୍ବନ୍ଧ। ଯେତେବେଳେ ଶୁଣିଲି (ମନେ ନାହିଁ କାହା ପାଖରୁ ଶୁଣିଲି - ତମେ ଭଲ ଗୀତ ଗାଇପାର, ସେତେବେଳେ ଆମ ଷ୍ଟାଫ୍ କ୍ଲବ୍ ଭୋଜି ସଭାରେ ତୁମକୁ ଗୀତ ଗାଇବାକୁ ଅନୁରୋଧ କଲି। ଆଉ ତମେ କିଛି ସମୟ 'ହଁ' 'ନାହିଁ' ଦ୍ୱନ୍ଦ୍ୱ ଭିତରେ ମୋର ଅନୁରୋଧ ରକ୍ଷା କଲ। ତା'ପରେ ତ କ୍ଲବର ପ୍ରତି ମିଟିଂରେ ତୁମ ଗୀତ ବିନା ମିଟିଂ ଶେଷ ହେଉ ନଥିଲା।

- ତମେ ଥିଲ ଷ୍ଟାଫ୍ କ୍ଲବ୍‌ର ସେକ୍ରେଟାରୀ। କଥା କହିବାର କଳାରେ ସମସ୍ତଙ୍କ ମନ କିଣି ନେଇପାରୁଥିଲ। କ୍ଲବ୍‌ର ସବୁ ଭୋଜିସଭା ବେଶ୍ ଉପଭୋଗ୍ୟ ହେଉଥିଲା। ତମ ଅନୁରୋଧରେ ଖାଲି କ୍ଲବର ଭୋଜିରେ କାହିଁକି, କଲେଜ ଫଙ୍କସନ୍‌ରେ ମଧ୍ୟ ଗୀତ ଗାଇଲି। ମାତ୍ର ସେଇ ଗୀତ ଗାଇବା ମୋର ଅନେକ ବାନ୍ଧବୀଙ୍କୁ ଈର୍ଷାତୁର କରିଦେଲା। ଗୀତରୁ ଜନ୍ମ ନେଲା ଅନେକ ଗପ। ଗପରୁ କେତେ ରକମର ଗୁଜବ।

- ମୁଁ ଜାଣେ, ସେଇ ଗୁଜବ ମଧ୍ୟ ଯାଇ ପହଞ୍ଚିଲା ତୁମ ସ୍ୱାମୀଙ୍କ ପାଖରେ।

ବେଳେବେଳେ କଲେଜ ଆସିଲେ ସେ କିନ୍ତୁ ମୋତେ ଭେଟୁଥିଲେ। ମୋ ପ୍ରତି ତାଙ୍କର ବ୍ୟବହାର ବେଶ୍ ସ୍ୱାଭାବିକ ଓ ମାର୍ଜିତ ଥିଲା।

- ମୋତେ କିନ୍ତୁ ଦେଖେଇ ଶିଖେଇ କେତେ କଥା କହୁଥିଲେ। ତୁମ ପାରିବାରିକ ଜୀବନ ସମ୍ପର୍କରେ ସତ ମିଛର କେତେ କାହାଣୀ ସେ ସଂଗ୍ରହ କରିଥିଲେ। ମୁଁ କେବେ ପଚାରି ନାହିଁ କି ଜାଣିବାକୁ ଇଚ୍ଛା ବି କରିନାହିଁ ଯେ, ସତରେ କ'ଣ ତମ ସ୍ତ୍ରୀ ଆତ୍ମହତ୍ୟା କରିଥିଲେ। କଲେଜରେ କେବଳ ଏତିକି ସମସ୍ତେ ଜାଣିଥିଲେ ଯେ, ତମେ ବିପତ୍ନୀକ। ତୁମର ଦୁଇ ପୁଅ ପାଠ ପଢ଼ିସାରି ବିଦେଶରେ। ଜଣେ ବିବାହିତ ଏବଂ ଆଉ ଜଣକ ଲାଗି ତମେ ପାତ୍ରୀ ସନ୍ଧାନରେ ଥିଲ।

- ମୁଁ ଜାଣେ, ମୋ ଚରିତ୍ରକୁ ନେଇ ଅନେକ ଚର୍ଚ୍ଚା। ଏ ସମ୍ପର୍କରେ ମୁଁ କାହାରିକୁ କିଛି ପଚାରିବା ବା ନିଜ ତରଫରୁ କୌଣସି ସଫେଇ ଦେବା ଆବଶ୍ୟକତା ଅନୁଭବ କରିନାହିଁ। ମୁଁ ଲେଖୁଥିବା ଗପରୁ ସେମାନେ ବୋଧହୁଏ ଅନେକ କଥାକୁ ସତ ବୋଲି ଭାବି ନିଅନ୍ତି।

- ତୁମ ଗପ ଲେଖିବାର ଶୈଳୀ ହିଁ ସେଇଭଳି। ମନେହୁଏ, ଯେମିତି ସବୁ ସତକଥା। ଏପରିକି ତୁମ ଭାଷଣରେ ମଧ୍ୟ ଥାଏ ସେହିଭଳି ଏକ ଆପଣାପଣ; ଯାହା ଖୁବ୍ ସହଜରେ ଶୁଣିବା ଲୋକର ମନକୁ କିଣିନେଇପାରେ।

- ତୁମ ମନକୁ କ'ଣ ମୁଁ କିଣିପାରିଛି ?

- ଏ ପ୍ରଶ୍ନର ଉତ୍ତର ମୁଁ ଜାଣିନାହିଁ। ତମ କଥା ରଖି ମୁଁ କିନ୍ତୁ ଗୀତ ଗାଇବା ଆରମ୍ଭ କରିଥିଲି ଏବଂ ତମ ଗପବହି ଲାଇବ୍ରେରୀରୁ ଆଣି ପଢୁଥିଲି। ମୋର ଗୀତ ଗାଇବା ଓ ତୁମ ଗପ ପଢ଼ିବା ମୋ ସ୍ୱାମୀଙ୍କ ମନରେ ସନ୍ଦେହର ବିଷ ବୀଜ ବୁଣିଦେଲା। ସେ ମଞ୍ଜିରୁ ଚାରା ଓ ଚାରାକୁ ଧୀରେ ଧୀରେ ବଢ଼େଇବାରେ ସାହାଯ୍ୟ କଲା କିଛି ସହକର୍ମୀଙ୍କ ମିଛସତର ମନଗଢ଼ା କାହାଣୀ।

- ତମେ କିନ୍ତୁ ମୋତେ ଏ ସମ୍ପର୍କରେ ବିଶେଷ କିଛି କହୁ ନ ଥିଲ। ସବୁ କଥା ନିଜ ଭିତରେ ଲୁଚେଇ ରଖିବାକୁ ଚେଷ୍ଟା କରୁଥିଲ।

- ଅଯଥା ମୁଁ ତୁମ ମନରେ କଷ୍ଟ ଦେବାକୁ ଚାହୁଁ ନଥିଲି।

- ମୁଁ କିନ୍ତୁ ଅନ୍ୟ ସୂତ୍ରରୁ ତୁମ ସ୍ୱାମୀଙ୍କ ସନ୍ଦେହର ସୂଚନା ପାଇ ନିଜକୁ ଯଥାସମ୍ଭବ ଦୂରେଇ ରଖୁଥିଲି। ତମେ କିନ୍ତୁ ଥିଲ ନିହାତି ବେପରୱା। କଲେଜରୁ ଫେରିବାବେଳେ ଅନେକ ସମୟରେ ତମେ ନିଜ କାର୍‌ରେ ଆଣି ମୋତେ ମୋ ବସାରେ ଛାଡ଼ି ଦେଇ ଯାଉଥିଲ। ମୋ ନିଜର ସେତେବେଳେ ଗାଡ଼ି ନଥିଲା। ମୁଁ ଅଟୋରେ ଯିବା ଆସିବା କରୁଥିଲି।

– ଏହା ଭିତରେ ଆମର ଶ୍ରୀଯୁକ୍ତ ଅବସର ନେଇ ସାରିଥିଲେ। ଅବସରକାଳୀନ ସମୟ ବିତିଲା ମୋ ଉପରେ ସବୁବେଳେ ସତର୍କ, ସଂଧାନୀ ଦୃଷ୍ଟି ରଖିବାରେ। ଘର ବାହାରେ ମୋର ଯିବା-ଆସିବା, ବସିବା-ଉଠିବା ସମ୍ପର୍କରେ ଟିକିନିଖି ଖବର ସଂଗ୍ରହରେ। କଲେଜରୁ କୌଣସି କାରଣରୁ ସାମାନ୍ୟ ବିଳମ୍ବରେ ଫେରିଲେ, ତାଙ୍କଠାରୁ ଶୁଣିବାକୁ ପଡୁଥିଲା, 'କୋଉ ପ୍ରେମିକ ସହ ସାକ୍ଷାତ କରି ଆସିଲୁ ?' ତା' ପୁଣି ପୁଅମାନଙ୍କ ଆଗରେ। ମୋର ସହିବାର ସୀମା ଟପି ଯାଉଥିଲା। ତଥାପି ନୀରବ ରହୁଥିଲି। ଚୁପଚାପ୍ ଘରକାମ, ରୋଷେଇବାସ ସାରି ମୋତେ ପୁଣି ପରଦିନ କ୍ଲାସ ପାଇଁ ପ୍ରସ୍ତୁତ ହେବାକୁ ପଡୁଥିଲା। ଠିକ୍ ଏତିକିବେଳେ ସେ ଆସି ଲାଇଟ୍ ଲିଭେଇ ଦେବେ ଏବଂ ନିଜର ସ୍ୱାମୀତ୍ୱ ଜାହିର୍ କରିବା ପାଇଁ ଟାଣି ନେଇଯିବେ ଶେଯ ଉପରକୁ। ସେତେବେଳେ ମୋ ମନରେ ନା କୌଣସି ଆବେଗ ଥାଏ ନା ଶରୀରରେ ଉତ୍ତେଜନା। ପ୍ରେମହୀନ ମନ ଓ ଦେହ, କେବଳ 'ବିବାହ' ନାମକ ଫାଶୀକାଠରେ ଝୁଲୁଥାଏ।

– ତମେ କିନ୍ତୁ ବେଶ୍ ସମ୍ଭାଳି ନେଇଥିଲ ନିଜକୁ। ତୁମକୁ ଦେଖିଲେ ଆଦୌ ଜାଣି ହେଉ ନଥିଲା, ତୁମ ଉପରେ ବହି ଯାଇଥିବା ଝଡ଼ର ଭୟାବହତା।

– ଆଉ କିନ୍ତୁ ସମ୍ଭାଳି ପାରିଲି ନାହିଁ। ମାନସିକ ଉତ୍ପୀଡ଼ନ ଏକ ପ୍ରକାର ନିତିଦିନିଆ ଘଟଣା ହୋଇଯାଇଥିଲା। ଆବେଗବିହୀନ ସହବାସର ନର୍କବାସ ସାଙ୍ଗକୁ ନାନା ଅଶାଳୀନ, କଦର୍ଯ୍ୟ ପ୍ରଶ୍ନ ପଚାରି ସେ ମୋର ଆତ୍ମା ଉପରେ ପ୍ରଚଣ୍ଡ ପ୍ରହାର କରୁଥିଲେ। ଦିନେ ଦିନେ ନିଜକୁ ମୋ ଉପରେ ନଦି ଦେବା ପୂର୍ବରୁ ମୋର ବସ୍ତ୍ର ମୁକ୍ତ କରିଦେଇ ଖୋଜୁଥିଲେ, କେଉଁଠି କିଛି ଦାଗ ଅଛି କି ନାହିଁ।

– ବାସ୍ ଚୁପ୍ ହେଇଯାଅ। ଆଉ କିଛି କୁହ ନାହିଁ।

– ଏହା ଭିତରେ ତୁମର ବଦଳି ହୋଇଗଲା ଦୂରକୁ। ଏ ବଦଳିରେ ତାଙ୍କର ହାତ ଥିଲା ବୋଲି ଶୁଣିବାକୁ ପାଇଲି। ମୁଁ ମଧ୍ୟ ବଦଳି ହୋଇ ଚାଲିଗଲି କଟକ। ମାତ୍ର ତାଙ୍କ ସନ୍ଦେହ ଦୂର ହେଲା ନାହିଁ। ଭାବିଲେ, ଆମ ଭିତରେ ଏବେ ମଧ୍ୟ ଭାବର ଆଦାନ ପ୍ରଦାନ ଚାଲିଛି। ଫୋନ୍ କଥାବାର୍ତ୍ତାକୁ ଜଗି ବସିଲେ। ମୋବାଇଲ୍‌ରେ ମେସେଜ୍ ଚେକ୍ କଲେ। ଏକ ଦାୟିତ୍ୱବାନ ଅବସରପ୍ରାପ୍ତ ଅଫିସର ଏବଂ ଗୃହୀ ମଣିଷର ପରିଣତ ବୟସରେ ଏ ପ୍ରକାର ପାଗଳାମି ମୁଁ ଆଉ କେତେ ବରଦାସ୍ତ କରିଥାଆନ୍ତି ? ବିବାହ ମୋ ପାଇଁ ବୋହି ପାରୁନଥିବା ବୋଝ ପାଲଟି ଯାଇଥିଲା। ମୁଁ ମୁକ୍ତି ଚାହୁଁଥିଲି। ଯଥାଶୀଘ୍ର ମୁକ୍ତି। କାରଣ ମୋର ଜୀବନ ଜୀଇଁବାକୁ ଥିଲା।

(ବେଶ୍ କିଛି ସମୟର ନୀରବତା)

ମୁଁ ଏବେ କୋର୍ଟର ଆଶ୍ରୟ ନେଇଛି। ଯେଉଁ କୋର୍ଟର କାଳି ଓ ମୋହର

ବାଜି ଆରମ୍ଭ ହୋଇଥିଲା ମୋର ଦାମ୍ପତ୍ୟ ଜୀବନ, ସେଇ କୋର୍ଟର ସ୍ୱୀକୃତି ପାଇଁ ମୁଁ ଅପେକ୍ଷା କରୁଛି ବନ୍ଧନରୁ ମୁକ୍ତି ପାଇବା ଲାଗି। ମାତ୍ର କୋର୍ଟର ଆଶ୍ରୟ ନେବା ପରେ ଅତ୍ୟାଚାର ମୋ ଉପରେ ବଢ଼ି ଚାଲିଲା। ମୋର ମୂଲ୍ୟବାନ ଜିନିଷପତ୍ର ଗାଏବ୍ ହୋଇଗଲା। ମୋ ଅଜାଣତରେ ମୋ ଏଟିଏମ୍‌ରୁ ଟଙ୍କା କାଢ଼ି ନିଆଗଲା। କେଜାଣି କି ମନ୍ତ୍ର ପଢ଼େଇ ମୋ ପୁଅ ଦୁଇଟିଙ୍କୁ ମଧ୍ୟ ମୋଠାରୁ ଅଲଗା କରି ନିଆଗଲା। ବାପା ନୁହେଁ, ଯେଉଁ ମା' ପୁଅ ଦୁହିଁଙ୍କର ସବୁ ପଢ଼ା ଖର୍ଚ୍ଚ ବହନ କରିଥିଲା, ସେଇ ମା' ବିରୁଦ୍ଧରେ ପୁଅମାନେ ସାକ୍ଷ୍ୟ ଦେଲେ। ପତ୍ନୀର ମର୍ଯ୍ୟାଦା ତ ଯାଇଥିଲା, ମା'ର ମମତା ବି ଶେଷରେ ଧୂଳିରେ ମିଶିଲା। କେଉଁ ଆଶା ଓ ଆଗ୍ରହରେ ମୁଁ ପଡ଼ି ରହିଥାଆନ୍ତି ? ମୋ ଜୀବନ ଉପରେ ମଧ୍ୟ ଆକ୍ରମଣର ଆଶଙ୍କା ଦେଖିପାରିଲି। ଶେଷରେ ମୁଁ ଆଜି ଗୃହତ୍ୟାଗୀ। ସନ୍ନ୍ୟାସିନୀ ତ କହିପାରିବି ନାହିଁ। କିନ୍ତୁ ଏକାକିନୀ।

ଦୀର୍ଘ ନୀରବତାରେ ହଜିଗଲେ ଅନୁଭବ ଓ ଅନୁପମା। ଅନୁଭବ ଆସିଥିଲା ତା'ର ଏକଦା ସହକର୍ମୀ ଅନୁପମା ପାଖରୁ ଗୀତ ଶୁଣିବା ପାଇଁ। ଏହା ଭିତରେ ସେ ଅଧ୍ୟାପକ ଜୀବନରୁ ଅବସର ନେଇ ସାରିଥିଲା। ମାତ୍ର ଗୀତ ବଦଳରେ ଅନୁପମା ନିଜେ ଗୋଟିଏ ଗପ ପାଲଟି ଯାଇଥିଲା।

ଖୋଲା ଛାତ ଉପରେ ଦୁହେଁ ବସିଥିଲେ। ଅନୁଭବ ଓ ଅନୁପମା। ରାତିର ବୟସ ବଢୁଥିଲା। ତିଥି କ'ଣ କେଜାଣି, ଆକାଶରେ ଫାଳିକିଆ ଜହ୍ନର ମ୍ଳାନ ହସ। କିଛି ସମୟର ଅଖଣ୍ଡ ନୀରବତା ପରେ ଅନୁଭବ ଏଥର ମୁହଁ ଖୋଲିଲା। କହିଲା – ମୁଁ ଆଶ୍ଚର୍ଯ୍ୟ ! ତୁମ ସହିତ ଏବେ ମଧ୍ୟ ଯୋଡ଼ା ହୋଇ ରହିଛି ମୋର ନାଁ। ଅଥଚ କେହି ଜାଣନ୍ତି ନାହିଁ ଯେ ଏବେ ବି ତୁମେ ମୋ ପାଇଁ ଅଛୁଆଁ।

– 'ମୁଁ କିନ୍ତୁ ଛୁଇଁଛି ତୁମ ମନ। ଆଉ ତମେ ମୋ ଜୀବନ।'

– 'ଭୁଲି ହେଉ ନଥିବା ଗୀତର ସୁର ହୋଇ ତମେ ରହିଛ ମୋ ଭିତରେ।'

– 'ତମେ ବି ଆସିଛ ଅସରନ୍ତି କଥାର ଗଳ୍ପ ହୋଇ ମୋ ପାଇଁ।'

– 'ଗୋଟେ ଗୀତ ଗାଅ। ଗାଇ ଚାଲ ନ ପାହୁ ରାତି।

– ମୁଁ ଆଉ ଗାଇ ପାରୁନାହିଁ। ତମେ ଗୋଟେ ଗପ କୁହ। ପାହିଯାଉ ଏ ରାତି।

ରାତି ପାହିଲା ବେଳକୁ ଆକାଶରେ ଭାସୁଥିଲା ମଲାଜହ୍ନ।

ତଳେ ଖୋଲା ଛାତ ଉପରେ ଗାଇ ହୋଇ ନଥିବା ଗୀତ ଓ କହି ହେଉନଥିବା ଗପର ଯୁଗଳବନ୍ଦୀ ନିଶ୍ଚଳ ହୋଇ ଶୋଇଥିଲେ ନିଘୋଡ଼ ନିଦରେ।

ଦ୍ୱିତୀୟା ଜହ୍ନ

"ଆପଣ ଦ୍ୱିତୀୟା ଜହ୍ନକୁ କେବେ ଦେଖିଛନ୍ତି ?' ଫୋନ୍ କରି ପଚାରିଲା ଅସ୍ମିତା ।

ମୁଁ କହିଲି, "ହଁ, କେବେ କେମିତି ଆଖିରେ ପଡ଼ିଛି । ମାତ୍ର କାହିଁକି ଏ ପ୍ରଶ୍ନ ?"

"ଆସନ୍ତାକାଲି ଦ୍ୱିତୀୟା ଜହ୍ନର ତିଥି । ଜାଣନ୍ତି ନା, ଦ୍ୱିତୀୟା ଜହ୍ନକୁ ଚାହିଁ ମନରେ କିଛି ଅଭିଳାଷ ରଖିଲେ, ତାହା ନିଶ୍ଚୟ ପୂରଣ ହୁଏ ।"

ଅସ୍ମିତା କହିଥିଲା ବୋଲି ମନେରଖି ରାତିରେ ଆଜି ଛାତ ଉପରକୁ ଯାଇ ନିରୋଳାରେ ଆକାଶକୁ ଚାହିଁଲି । ସୁନୀଳ କାନ୍‌ଭାସ୍ ଉପରେ ଶିଳ୍ପୀ ହାତର ଅଙ୍କା ଛବିଟିଏ ଭଳି ଦ୍ୱିତୀୟା ଜହ୍ନ ଶୋଭା ପାଉଥିଲା ।

ଅପଲକ ନୟନରେ ଜହ୍ନକୁ ଚାହିଁ କ'ଣ କାମନା କଲି ଜାଣିଛ ଅସ୍ମିତା ?

କହିଲି - ଅସ୍ମିତା ମୋ ପାଇଁ ସବୁବେଳେ ଅସ୍ମିତା ହୋଇ ରହିଥାଉ ।

ଅସ୍ମିତା ମୋ ପାଇଁ କବିତାଟିଏ ।

ଅସରନ୍ତି କଥାର କଳିକାଟିଏ ।

ଅସ୍ମିତା ମୋ ପାଇଁ ଝିଅଟିଏ ।

ଅସ୍ମିତା ମୋ ପାଇଁ ମାଆଟିଏ ।

ଅସ୍ମିତା ମୋ ପାଇଁ ବନ୍ଧୁଟିଏ ।

ଅସ୍ମିତା ମୋ ପାଇଁ ପ୍ରେମିକାଟିଏ ।

ମୋର ଅହଙ୍କାର, ମୋର ଅଭିମାନ, ମୋ ଭଲପାଇବାର ଅଧିକାର - ସବୁ କିଛିର ମିଶ୍ରରାଗ ହେଉଛି 'ଅସ୍ମିତା' ।

ଜୀବନ ସରି ଆସିଲାବେଳକୁ ଅକସ୍ମାତ୍ ଅସ୍ମିତାର ଆବିର୍ଭାବ । କେଉଁଠି ଥିଲା ସତରେ ଅସ୍ମିତା ?

ତୁମ ଅସ୍ମିତା ତୁମରି ପାଖରେ ଥିଲା । ତୁମ ଚାରିପାଖେ ଘୂରି ବୁଲୁଥିଲା । ଗୀତ ଗାଉଥିଲା । ନାଚି ଯାଉଥିଲା । ପାହାଡ଼ୀ ଝରଣା ଭଳି ହସି ହସି ଝରିଯାଉଥିଲା । ତମେ କିନ୍ତୁ ଦେଖିପାରୁ ନ ଥିଲ । ଅସଲ ଅସ୍ମିତାକୁ ଭୁଲି ତମେ ଅଭିନୟନିପୁଣା ସସ୍ମିତାମାନଙ୍କ ମାୟାବର୍ତ୍ତରେ ଭଉଁରୀ ଖାଉଥିଲ । ଭୁଲି ଯାଇଥିଲ ନିଜର ପରିଚୟ । ବାୟାବାତୁଳଙ୍କ ପରି ଭ୍ରମରେ ଭ୍ରମୁଥିଲ ଏଣେତେଣେ । କୂଳକିନାରା କିଛି ନଥିଲା । ଖୋଜି ପାଉ ନ ଥିଲ ନିଜର ଠାବ ଓ ଠିକଣା । ଠିକଣା ଖୋଜିବାର ପ୍ରୟାସରେ ନିଜର ଠିକଣା ହଜେଇ ଦେଇଥିଲ । ଥରେ ନୁହେଁ, ବାରମ୍ବାର । ଏବେ ଯାତ୍ରା ଶେଷରେ ଏତିକି ଭାବି ଆଶ୍ୱସ୍ତ ହୁଅ ଯେ, ତମେ ତୁମର ପରିଚୟ ଖୋଜି ପାଇଛ । ଫେରି ପାଇଛ ଅସ୍ମିତାକୁ ।

ଆଜି ରାତିରେ ଦ୍ୱିତୀୟା ଜହ୍ନ ଦେଖୁଛ । କାଲି ରାତିକୁ ବଦଳି ଯାଇଥିବ ଏହାର କାୟା । ଦ୍ୱିତୀୟାରୁ ତୃତୀୟା, ଚତୁର୍ଥୀ - ଏଇମିତି ବଢ଼ି ବଢ଼ି ଶେଷରେ ପୂର୍ଣ୍ଣିମାର ଜୁଆର ଖେଳୁଥିବ ଆକାଶରେ ଏବଂ ଅବିନାଶ, ତୁମ ଛାତର ଅଗଣାରେ । ତା'ପରେ ପୁଣି ସବୁ କିଛି ଲୁଚିଯିବ, ହଜିଯିବ । ଶେଷରେ ସାରା ଆକାଶ ଅନ୍ଧାର । ସେଇ ଅନ୍ଧାର ଭିତରେ ତମେ ଅଣ୍ଡାଳି ହେଉଥିବ । ଖୋଜୁଥିବ ଜୀବନ, ଖୋଜୁଥିବ ମରଣ । ନା ଜୀବନ ଥିବ ପାଖରେ, ନା ମରଣ ଆସୁଥିବ ତୁମକୁ କୋଳେଇ ନେବାକୁ । ବଡ଼ ଅଦ୍‌ଭୁତ ଅବସ୍ଥା ସେତେବେଳେ । ଅବ୍ୟକ୍ତ ଅସହାୟତା । ଅସହାୟତାର ସେଇ ଚରମ ମୁହୂର୍ତ୍ତରେ, ଜୀବନ ମରଣର ସୀମା ଭେଦି ଆସି ପହଞ୍ଚିଯାଉଥିବ ଅସ୍ମିତା । ଏଇ, ଏବେ ଯେମିତି ଆସି ପହଞ୍ଚିଯାଇଛି ।

ତମେ କ'ଣ କେବେ କଳ୍ପନା କରିଥିଲ ଅବିନାଶ ଯେ, ଅସ୍ମିତା ବୋଲି କେହି ଜଣେ ଅଛି ତୁମ ପାଇଁ, ଅନେକଙ୍କ ଭିତରେ ଅନ୍ୟା ଓ ଅନନ୍ୟା ହୋଇ, ଅଭିସାର ରଚୁଛି ଗୋପନରେ - ଏକା ଏକା ଚୁପ୍‌ଚାପ୍ ! ତମ କଳ୍ପନାର ସୀମା ବାହାରେ ତମେ ଦେଖିପାରୁ ନ ଥିବା, ପହଞ୍ଚିପାରୁ ନ ଥିବା କେଉଁ ଏକ ଅପହଞ୍ଚ ଇଲାକାରେ, ଅସ୍ମିତା ତା'ର ଆସ୍ଥାନ ଅଧିକାର କରି ବସି ରହିଛି, ରାଜରାଜେଶ୍ୱରୀ ଠାଣିରେ ହସ୍ତ ପ୍ରସାରଣ କରି - ଯାହା ମାଗୁଛ ମାଗ, ଦାନ ପାଇଁ ସେ ପ୍ରସ୍ତୁତ । ମାତ୍ର କିଛି ମାଗି ବସିଲାବେଳକୁ ଦେଖୁଛ, ଅସ୍ମିତା ଆଉ ନାହିଁ । ତା'ର ଉପସ୍ଥିତି ପୁଣି କେଉଁ ଘନ

ଅରଣ୍ୟ ଭିତରେ, ଧ୍ୟାନମଗ୍ନା ସନ୍ନ୍ୟାସିନୀର ଭାବମୁଦ୍ରାରେ। ବଦଳି ଯାଉଥିବ ଦୃଶ୍ୟ। ଅସ୍ମିତା ବସି ଫୁଲଦୋଳାରେ ଝୁଲୁଥିବ କୁନିଝିଅଟିଏ ଭଳି। ପରମୁହୂର୍ତ୍ତରେ ଅଯାଚିତ ଭଲପାଇବାର ପଣତକାନିଟି ମେଲିଦେଇ ବସିଥିବ ମାଆର ଭୂମିକାରେ। ଏ ସମସ୍ତ ଦୃଶ୍ୟର ଘଟନ-ବିଘଟନ ହୃଦୟର ନିଭୃତ ନିଳୟରେ। ହୃଦୟ ଥିଲେ ଦେଖିହେବ। ହୃଦୟ ଥିଲେ ବୁଝିହେବ। ଏସବୁ ହୃଦୟର ବ୍ୟାପାର।

ଅବିନାଶ ! ତମର ହୃଦୟ ଅଛି ତ ? ଯଦି ଥାଏ, ତେବେ ସେ ହୃଦୟକୁ ଆବିଷ୍କାର କରିବାକୁ ଆଖି ଅଛି ତ ? ଏମିତି ସେମିତିକା ଆଖି ନୁହେଁ। ଦୃଶ୍ୟମାନ ଜଗତକୁ ଦେଖିଲା ଭଳି ସାଧାରଣ ଆଖି ନୁହେଁ । ଏ ଆଖି ଭିତରେ ଥାଏ, ଅନ୍ତରର ଆଲୋକକୁ ଆବିଷ୍କାର କରିବାର ଶକ୍ତି। ବାହାରେ ଘନଘୋର ଅନ୍ଧାର ଜମାଟ ବାନ୍ଧିଲେ ବି ତୁମର ଏଇ ତୃତୀୟ ଆଖିଟି ତୁମକୁ ଭିତରର ଅସଲ ଆତ୍ମା ଓ ଆଲୋକକୁ ଦେଖିବାର ସୁଯୋଗ ଆଣିଦେବ।

ଅବିନାଶ ! ଥରେ ପରଖି ନିଅ ତୁମ ଭିତରର ଆଖିଟିକୁ। ଦେଖିବ, ଅସ୍ମିତା ଅନ୍ୟ କେଉଁଠି ନାହିଁ। ନା ସେ ରାଜରାଣୀ, ନା ସନ୍ନ୍ୟାସିନୀ। ନା - କାହା ଗୃହାଙ୍ଗନରେ ବସି ନିଜର କେଶବିନ୍ୟାସ କରୁଥିବା ସୀମନ୍ତିନୀ ସେ ! ଚେତନାର ଚନ୍ଦ୍ରବିନ୍ଦୁଟିଏ ହୋଇ ସେ ଶୋଭା ପାଉଛି ତୁମ ଭିତରେ। ତୁମେ ଯୋଗ୍ୟ ହୋଇଥିଲେ ତାକୁ ପାଇବ। ଅଯୋଗ୍ୟ ହୋଇଥିଲେ ହରେଇ ବସିବ।

ମୁଁ ଜାଣେ ମୋର ଅଯୋଗ୍ୟପଣ। ଯୋଗ୍ୟତା ସମ୍ପର୍କରେ ସନ୍ଦିହାନ। ମାତ୍ର ମୋ ଜାଣିବା - ନ ଜାଣିବାରେ କ'ଣ ଅଛି ? ଦ୍ୱିତୀୟା ଜହ୍ନର ଛବି ଯିଏ ଆଙ୍କିଦେଲା ମୋ ଚେତନାର କାନ୍‌ଭାସ୍‌ରେ - ସିଏ କହିବ ମୋ କଥା। କହିବ, ମୁଁ ତା'ର ଭାବ ପାଇଁ ଭାଜନ କି ଅଭାଜନ। କାରଣ ବଡ଼ ଅଭାବୀ ମୁଁ। ସିଏ କିନ୍ତୁ ଭାବ-ସମୁଦ୍ରରେ ସଦା ପହଁରୁଥାଏ। ପୁଣ୍ୟତୋୟା ପ୍ରାଚୀ ତଟରେ କଟିଛି ତା'ର ଶୈଶବ। ଦିଗନ୍ତ ବିସ୍ତାରୀ ଧାନକ୍ଷେତର ସବୁଜ ପଣତ ଆବୋରି ବସିଛି ତା'ର କୈଶୋର ଓ ତାରୁଣ୍ୟ। ଫଗୁଣର ରଙ୍ଗ ଖେଳରେ, ପୁଣି ଗାଁ ମୁଣ୍ଡ ପ୍ରଶସ୍ତ ଦୋଳବେଦିରେ ଦୋଳି ଖେଳିଛି ତା'ର କବିତା ମହମହ ଯୌବନ। ସେ ସଦା ସ୍ମିତା, ପୁଣି ଅସ୍ମିତା। କବିତାର ଛନ୍ଦ ସାଙ୍ଗକୁ ଗଦ୍ୟର ଗାମ୍ଭୀର୍ଯ୍ୟରେ ସେ ସଦା କଳକଳ, ପୁଣି ସ୍ଥିର, ଅଚଞ୍ଚଳ। ଅଦ୍‌ଭୁତ ତା'ର ଚାହାଣିରେ ସେ ଚମକେଇ ଦେଇପାରେ। ନିଜେ କିନ୍ତୁ ଚମକି ପଡ଼େ ନାହିଁ। ଚେତନାର ଚଉହଦିରେ ତା'ର ଚନ୍ଦନର ବାସ, ତୁଳସୀର ମହକ। ଅସ୍ମିତାରୁ ସେ ପୁଣି ଅର୍ପିତା। ମାଟି ମନସ୍କାରୁ ଦେବମନସ୍କା।

ଅବିନାଶ ! ସତରେ କ'ଣ ତମେ ଚିହ୍ନିପାରିଛ ଅସ୍ମିତାକୁ ? ଯେତିକି ଯାହା

ଚିହ୍ନିଛ ବୋଲି ଭାବୁଛ, ତାହା ଅସ୍ମିତାର ଏକାଂଶ ମାତ୍ର। ସର୍ବାଂଶ ନୁହେଁ। ସାରା ଜୀବନ ବିତିଗଲେ ବି ତମେ ଅସ୍ମିତାକୁ ଠିକ୍ ବୁଝିପାରିବ ନାହିଁ। ତାକୁ ଧରିପାରିବ ନାହିଁ। ଅତି ଚିହ୍ନା ମନେ ହେଉଥିଲେ ବି ସବୁଦିନ ପାଇଁ ସେ ଅଚିହ୍ନା ରହିଯାଇପାରେ ତୁମ ପାଖରେ। ଜଣେ ମଣିଷ ଅନ୍ୟ ଜଣେ ମଣିଷକୁ କେବେ ବି ସମ୍ପୂର୍ଣ୍ଣ ଭାବରେ ଜାଣିପାରିବ ନାହିଁ। ସମ୍ଭବତଃ ସାରା ଜୀବନ ଏକା ସାଥିରେ ରହିଲେ ବି।

ମନେରଖ ଅବିନାଶ, ଜଣେ ମଣିଷ ପାଇଁ ଆଉ ଜଣେ ମଣିଷ ଠିକ୍ ଏକ ଅନ୍ଧାର କୋଠରି ପରି। ତୁମ ମନ ହୋଇପାରେ ଯେ, ବତିଟିଏ ଜାଳି ସେ ଅନ୍ଧାର କୋଠରି ଭିତରକୁ ପ୍ରବେଶ କରିବ ଏବଂ ପରଖି ନେବ ତା'ର ଅସଲ ସ୍ଥିତି। କିନ୍ତୁ ଏ ପ୍ରକାର ସ୍ୱାଧୀନତା କେହି କାହାରିକୁ ଦିଏ ନାହିଁ। ପ୍ରତ୍ୟେକ ମଣିଷ ପାଇଁ ମନ ତଳର ଅନ୍ଧାର ହିଁ ତା'ର ନିଜସ୍ୱ।

କହିପାରିବ ଅବିନାଶ, ଅସ୍ମିତା ତୁମ ମନ ଗହୀରର ଅନ୍ଧାରିଆ କୋଠରି ନା ଆଲୋକ-ଉଜ୍ଜ୍ୱଳ ଦିଗବାରେଣୀ ?

ତୁମ ସମ୍ପର୍କର ସୀମା ଭିତରେ ଯେତେ ସବୁ ସଂଜ୍ଞା ରହିଛି, ତା' ଭିତରେ କ'ଣ ଅସ୍ମିତାକୁ ବାନ୍ଧି ରଖିହେବ ? ନିର୍ଦ୍ଦିଷ୍ଟ ପରିଚୟର ପରିସୀମିତ ଭୂମିକା ଶେଷ ହୋଇଯିବା ପରେ ଅସ୍ମିତା କ'ଣ ତା'ହେଲେ ଭୂମିଚ୍ୟୁତ ହୋଇଯିବ ?

ନା - ସବୁ ଲୌକିକତାରୁ ଊର୍ଦ୍ଧ୍ୱରେ, ସମସ୍ତ ନାମାଙ୍କିତ ପରିଚୟ ବାହାରେ ଅସ୍ମିତା ସହ ସମ୍ବନ୍ଧ ସାରା ଜୀବନର। ଦେହରୁ ବିଦେହ, ଜନ୍ମ ଜନ୍ମାନ୍ତରର।

ଜୀବନ-ସମ୍ବନ୍ଧର ଏ ରହସ୍ୟକୁ ଭେଦ କରିପାରୁ ନାହିଁ ଅବିନାଶ।

ଫେରି ଆସୁଛି ନିଜ ପାଖକୁ।

ଦେଖୁଛି ନିଜ ଭିତରେ ସେ ଆଉ ନାହିଁ।

ଅସ୍ମିତା ଆଖିର ଭ୍ରୂଲତା ପରି ଆକାଶରେ ଶୋଭା ପାଉଛି ଦ୍ୱିତୀୟା ଜହ୍ନ। ସେ ଜହ୍ନ ଭିତରେ ଢଳଢଳ ହେଉଛି ସ୍ୱପ୍ନବିଭୋର ଜୀବନଟିଏ।

କାହାର ସେ ଜୀବନ - ତା' ନିଜର ନା ଅସ୍ମିତାର ?

ଅଭିଭୂତ ଅବିନାଶ - ଚିତ୍ତରୁ ଚୈତନ୍ୟ।

ସବୁ କିଛି ସ୍ୱାଭାବିକ ଓ ଅସ୍ୱାଭାବିକ, ଅନନ୍ୟ ଅଭିସାର।

■■

ଜହ୍ନବଗିଚାରେ ଜୀବନ

ପ୍ରାୟ ପ୍ରତିଦିନ ରାତିରେ ତମେ ମତେ ଫୋନ୍ କର।

ଅକ୍ଷୟ ମହାନ୍ତିର ମନଛୁଆଁ କିଛି ଗୀତ, ଜଗଜିତ ସିଂର ଗଜଲ ଶୁଣାଅ। ନହେଲେ ନିଜେ ଲେଖିଥିବା କବିତାରୁ କେଇପଦ।

ତୁମକୁ ଶୁଣିଲା ପରେ ମୁଁ ଶୋଇବାକୁ ଯାଏ।

ତୁମ କଣ୍ଠସ୍ୱରରେ ଏକ ପ୍ରକାର ମଧୁର ମାଦକତା ଥାଏ। ତାହା ମତେ ମୁହୂର୍ତ୍ତକ ପାଇଁ ନିଶାଗ୍ରସ୍ତ କରିଦିଏ। ଅନ୍ୟ କୌଣସି ପ୍ରକାର ନିଶାର ଅଭ୍ୟାସ ନାହିଁ ମୋର। ଏଇ ତୁମର ପଦିଏ କଥା ବା କବିତା ବା ସୁଲଳିତ କଣ୍ଠରେ ସଂଗୀତର ଛଟା ମତେ ଚାପମୁକ୍ତ କରିଦିଏ। ମୁଁ ଶୋଇଯାଏ ନିଶ୍ଚିନ୍ତରେ। ହାତ ପାଆନ୍ତାରେ ତମେ ନଥିଲେ ମଧ୍ୟ ତମେ ଥାଅ ଚାରୁ ଚିତ୍ରପଟ୍ଟଟିଏ ହୋଇ ମୋ ଚେତନାରେ। ଚେତନାର ସେଇ ଛବିଟିକୁ ଆଖି ପୂରେଇ ଦେଖୁ ଦେଖୁ ଆଖି ଲାଗିଯାଏ।

ଏଇ କେତେ ଦିନ ହେଲା ତୁମ ସ୍ୱର ଅପହଞ୍ଚ ହୋଇଗଲା ମୋ ପାଖରେ। ମୁଁ ବିବ୍ରତ ହୋଇପଡ଼ିଲି। ନିଦ ହଜିଗଲା ମୋ ଆଖିରୁ। କିଛି ଅଘଟଣ ଘଟିଲା କି? ଥରେ କି ଦି' ଥର ନୁହେଁ, ଏକାଧିକ ବାର ବାରମ୍ବାର ଫୋନ୍ କଲେ ବି କୌଣସି ଉତ୍ତର ଆସୁନଥିଲା। ଫୋନ୍ ରିଙ୍ଗ୍ ହୋଇ ହୋଇ ଶେଷରେ ଥମି ଯାଉଥିଲା। 'ନୋ ରିପ୍ଲାଇ'ର ନାସ୍ତିବାଣୀ ମତେ ଉଦ୍‌ବିଗ୍ନ କରି ଦେଉଥିଲା।

ଏଭଳି ଉତ୍କଣ୍ଠା, ଉଦ୍‌ବେଗ ଓ ଆବେଗସିକ୍ତ ହୃଦୟର ଛନ୍ଦପତନ ମୋ

ଜୀବନରେ ଏଇ ଯେ ପ୍ରଥମ ଥର ପାଇଁ ଆସିଛି ତା' ନୁହେଁ। ଜୀବନର ପ୍ରଥମ ପୁଷ୍ପିତ ସକାଳ, ତେଜୋଦୀପ୍ତ ମଧ୍ୟାହ୍ନ ଏବଂ ଅସ୍ତାଭିମୁଖୀ ସୂର୍ଯ୍ୟର ସାୟଂକାଳ - ଏ ତିନି ପ୍ରହରରେ ମୁଁ ଏ ପ୍ରକାର ଅନୁଭବର ପୀଡ଼ା ଓ ପୁଲକ ଭୋଗିଛି। ମାତ୍ର ଜୀବନର ଚତୁର୍ଥ ଓ ଶେଷ ପ୍ରହରରେ ଏକ ପ୍ରକାର ଭାବାତୀତ ଅବସ୍ଥାରେ ବସି ମୁଁ ଯେତେବେଳେ ଆକାଶର ଶୂନ୍ୟତାକୁ ନିଜ ଭିତରେ ଅନୁଭବ କରୁଥିଲି, ସମୟର ସୀମାହୀନ ସମୁଦ୍ର ଭିତରକୁ ପାଦ ବଢ଼ଉଥିଲି, ଠିକ୍ ସେତିକିବେଳେ ନିଛାଟିଆ ସମୁଦ୍ର କୂଳର ସୁନ୍ଦର ପ୍ରତିଧ୍ୱନି ହୋଇ ତମେ ମତେ ପଛକୁ ଫେରାଇ ଆଣିଲ। ମୁଁ ପୁଣି ଥରେ ସେଇ ସମୁଦ୍ରବାଲିରେ ଦେଖାଦେଇ ଲୁଚି ଯାଉଥିବା କଙ୍କଡ଼ା ପଛରେ ଗୋଡ଼େଇବାକୁ ଆରମ୍ଭ କଲି। ଗୋଟେଇ ବସିଲି ଶିପ ଓ ଶାମୁକା। ଆଖି ଆଗରେ ନାଚି ଯାଉଥାଏ ପୁରୀ ରଥଯାତ୍ରାର ମେଳା ମଉଛବର ଦୃଶ୍ୟ। ହାତରେ ଧରିଥିବା ବେଲୁନ୍ ପବନରେ ଉପରକୁ ଉପରକୁ ଉଡ଼ି ଯାଉଥାଏ। ଆଉ ସେ ବେଲୁନ୍‌କୁ ଧରିବାର ବ୍ୟର୍ଥ ଓ ବିଫଳ ପ୍ରୟାସ ମୋର।

ସବୁକିଛି ଆକସ୍ମିକ ଓ ଅପ୍ରତ୍ୟାଶିତ।

ବଦଳିଯାଉଛି ଦୃଶ୍ୟପଟ। ଭାବାତୀତ ଅବସ୍ଥାରୁ ମୁଁ ପୁଣି ଭାବସମୁଦ୍ରରେ ସନ୍ତରଣ କରିବା ଆରମ୍ଭ କରୁଛି।

ପୁଣି ଥରେ ପୁନର୍ଜନ୍ମର ପୀଡ଼ା।

ପୁଣି ଥରେ ପଣତକାନିର ମାୟା।

ପୁଣି ଥରେ କୋକିଳର କୁହୁ ଓ କୁହୁକ।

ପୁଣି ଥରେ ବିନିଦ୍ର ରାତି ବିତେଇବାର ଉହକ।

ପୁଣି ଥରେ ଛାତି ଭିତରେ ପାଗଳ ପବନର ଛୁଆଁ ଓ ଚମକ।

ପୁଣି ଥରେ, ପୁଣି ଥରେ। ପୁରୁଣା ଅନୁଭୂତିର ପୁନରାବୃତ୍ତି। ତମେ ହିଁ କାରଣ ହୋଇ ଦେଖା ଦେଲ। ମାତ୍ର ଏ ସବୁର ନିରାକରଣ ବେଳକୁ ତମେ ନିରବ ହୋଇଗଲ।

କାହିଁକି ତୁମର ଏ ନିରବତା ? କାହିଁକି ?

ଭାବନାର ଭଉଁରୀ ଭିତରେ ଘାରି ହେବାବେଳେ, ମୋ ଡାକ ବୋଧେ ତମ ପାଖରେ ପହଞ୍ଚିଲା।

ମୋ ଫୋନ୍ ପରଦାରେ ଭାସି ଉଠିଲା ତୁମ ନମ୍ବର। ମୁଁ କଲ୍ ରିସିଭ୍ କଲି। ଧୀର କଣ୍ଠରେ କହିଲ - ମୁଁ ଶୋଇ ପଡ଼ିଥିଲି। ଦେହ ଭଲ ନଥିଲା। ରକ୍ତଚାପ ଖସି ଆସିଥିଲା। ଡାକ୍ତର କହିଲେ ଚିନ୍ତା କରିବାର କିଛି ନାହିଁ। ମୁଁ କିନ୍ତୁ ଦୁର୍ବଳ ଅନୁଭବ କରୁଛି।

ଏ ଦୁର୍ବଳତାର କାରଣ କ'ଣ ମୁଁ? ମୁଁ ପ୍ରଶ୍ନ କଲି।

କିଏ କହିଲା ? ଆପଣ ତ ମୋର ଶକ୍ତି। ମୋର ସର୍ଜନଶୀଳତାର ସମ୍ଭାବନା। ମୋର ସକଳ ସଂଶୟର ସମାଧାନ ଆପଣ।

ସମ୍ପର୍କର ନିବିଡ଼ତା ସତ୍ତ୍ୱେ ବୟସର ବ୍ୟବଧାନ ତଥା ବାହ୍ୟ ପରିଚୟର ସ୍ୱରୂପ ଦୃଷ୍ଟିରୁ ମତେ ତୁମର ସମ୍ବୋଧନ ସେଇ 'ଆପଣ' ସ୍ତରରେ ହିଁ ଥିଲା।

ତୁମ ପ୍ରତି ମୋର ସମ୍ବୋଧନ ମଧ୍ୟ ଅତି ଆପଣାର 'ତୁ'କୁ ଖସି ନଥିଲା। ସେଇ 'ତମେ' ସ୍ତରରେ ହିଁ ଥିଲା।

ଅବଶ୍ୟ ଇଂରାଜୀରେ ଏଇ ସବୁ 'ତୁ', 'ତମେ', 'ଆପଣ'ର ଭିନ୍ନତା ଦୂର ହୋଇଯାଏ ଗୋଟିଏ ମାତ୍ର ଶବ୍ଦ - 'ୟୁ'ରେ। 'ଆଇ' ଆଣ୍ଡ 'ୟୁ'। 'ଆଇ ଲଭ୍ ୟୁ' କହିଦେଲେ ହେଇଗଲା। 'ଆଇ ଲଭ୍ ୟୁ'ର କିଛି ଦିନ ପରେ 'ଆଇ ଲିଭ୍ ୟୁ'।

କିନ୍ତୁ ଆମ ଚଳଣିରେ 'ଲଭ୍' କିମ୍ବା 'ଲିଭ୍' ଏତେ ସହଜ କଥା ନୁହେଁ। ଗୋଟିଏ ଗୋଟିଏ ବାକ୍ୟର ଉଚ୍ଚାରଣରେ ଏହା ଆରମ୍ଭ ହୁଏ ନାହିଁ କିମ୍ବା ଶେଷ ମଧ୍ୟ ହୋଇଯାଏ ନାହିଁ। ସମ୍ପର୍କ ଯୋଡ଼ି ହୋଇ ରହୁ ବା ଭାଙ୍ଗିଯାଉ, ଯେଉଁ ଭାବଟି ମୁହୂର୍ତ୍ତକ ପାଇଁ ହେଲେ ବି ଦୁଇଟି ଆତ୍ମା ଭିତରେ ସଞ୍ଚରି ଯାଇଥାଏ, ତା'ର ପ୍ରଭାବ ସାରା ଜୀବନ ପାଇଁ ଅକ୍ଷତ, ଅବ୍ୟାହତ ରହିଯାଇପାରେ। ଏପରିକି ସମ୍ପର୍କର କୌଣସି ବ୍ୟାକରଣଗତ ସଂଜ୍ଞା ନ ଥାଇ ମଧ୍ୟ ସବୁରି ଅଲକ୍ଷ୍ୟରେ, ଅଦୃଶ୍ୟରେ ଏପରିକି ବିନା ସାକ୍ଷାତ ସଂଳାପରେ ମଧ୍ୟ ଏହା ଦୁଇଟି ପ୍ରାଣକୁ ଜୀବନର ଅନ୍ତିମ ମୁହୂର୍ତ୍ତ ଯାଏ ଆଚ୍ଛନ୍ନ କରି ରଖିପାରେ। ସେମାନଙ୍କୁ ଭସେଇ ନେଇପାରେ ଉଚ୍ଛନ୍ନ ସ୍ରୋତରେ। ଥଳକୂଳ ନଥିବା ସୀମାହୀନ ସାଗରରେ ଏକ ଶୂନ୍ୟ ନଉକା ଭଳି କେବଳ ଭାସିଚାଲିବାରେ ଏ ସମ୍ପର୍କର ସାରକଥା ଲେଖା ହୋଇଥାଏ।

ସମୟର ସମୁଦ୍ରରେ ଜୀବନର ନଉକାଟି ମୋର ବୁଡ଼ି ବସିଲା ବେଳକୁ ତମେ ହଠାତ୍ ନାଉରିଆ ହୋଇ କାତ ମାରିବାକୁ ଆରମ୍ଭ କଲ। କୂଳକୁ ଟାଣି ଆଣିବାର ଚେଷ୍ଟା ତୁମର। କାତ ମାରି ଚାଲିଛ ଗୀତ ଗାଇ ଗାଇ। ସେ ଗୀତ ଶୁଣି ଶୁଣି ନଉକା ଭାସି ଚାଲିଛି। ତୁମ ଗୀତ ଯେତେବେଳେ ବନ୍ଦ ହୋଇଯିବ, ଜାଣି ରଖ ନଉକାଟି ସେତେବେଳେ ନିଶ୍ଚୟ ବୁଡ଼ିଯିବ।

'ସେ ବେଳ ଆସିବ ନାହିଁ। କାରଣ ତୁମ ପାଇଁ ଗୀତ ଗାଇବା ମୋର ବନ୍ଦ ହେବ ନାହିଁ।' - ପ୍ରତିଶ୍ରୁତି ଦେଉଛ। ଏଭଳି ପ୍ରତିଶ୍ରୁତି ପାଇବା ମୋ ପାଇଁ କିଛି ନୂଆ ନୁହେଁ। ପ୍ରିୟ ପ୍ରତିଶ୍ରୁତି ଉପରେ ଆସ୍ଥା ରଖି ପ୍ରତାରଣାର ପୀଡ଼ା ମଧ୍ୟ ମତେ ଭୋଗ କରିବାକୁ ପଡ଼ିଛି। ତା'ପରେ ଧରିନେଇଛି, ପ୍ରତିଶ୍ରୁତିର ଅନ୍ୟ ନାମ ବୋଧେ ପ୍ରତାରଣା। ମାତ୍ର ପ୍ରତାରଣାକୁ ପ୍ରତାରଣା ଭାବରେ ଗ୍ରହଣ କରିବାର ଦୁଃଖକୁ ମୁଁ ଆପଣେଇ ନାହିଁ।

କାରଣ ଦୁଃଖ ପାଇବା ପାଇଁ ତ ମୁଁ ସମ୍ପର୍କ ଯୋଡ଼ି ନଥିଲି। ଦୁଃଖ ପାଇବା ପାଇଁ ତ କେହି ଏ ସଂସାରକୁ ଆସିନଥାଏ। ତେଣୁ ଅତୀତରେ ଯାହାକୁ ମୁଁ ପ୍ରତାରଣା ବୋଲି ଭାବୁଥିଲି ତାହା ହିଁ ମୋ ପାଇଁ ଅଦୃଶ୍ୟ ପ୍ରେରଣା ହୋଇ ମତେ ସୃଜନଶୀଳ କରିଛି। ମତେ ବାଟ ଚାଲିବାର ନୂଆ ଅଭିଜ୍ଞତା ଦେଇଛି।

ମୁଁ ବାଟଚଲା ବନ୍ଦ କରିନାହିଁ।

ଏଇ ତ, ଏମିତି ଚାଲୁ ଚାଲୁ ଦେଖା ତୁମ ସହ।

ତୁମେ କିଏ ?

ସତ କହ ତୁମେ କିଏ ?

କାହିଁକି ମୋତେ ନିଦରୁ ଉଠେଇଲ ?

ପୁଣି କାହିଁକି ମୋ ଆଖିରେ ନିଦ ଭରିଦେଲ ?

ନିଦଭରା ଆଖିରେ ଦେଖିବାକୁ ସ୍ୱପ୍ନ ଆଉ କିଛି ନଥିଲା। ସ୍ୱପ୍ନଦେଖା ସରିଯାଇଥିଲା। ତଥାପି ତୁମେ ଖୁବ୍ ଧୀର ସ୍ୱରରେ କହିଲ, ସ୍ୱପ୍ନଦେଖା କେବେ ସରେ ନାହିଁ। ସ୍ୱପ୍ନ ଶେଷ ତ ଜୀବନ ଶେଷ। ସ୍ୱପ୍ନହୀନ ଜୀବନ ବଞ୍ଚିବା ଯାହା, ନ ବଞ୍ଚିବା ସେଇଆ।

ମୁଁ ଘାରି ହେଲି। ମୁଁ ଘୂରି ବୁଲିଲି। ତୁମ ହାତଗଢ଼ା ସ୍ୱପ୍ନର ବଗିଚା ଭିତରେ।

ସ୍ୱପ୍ନବଗିଚାରେ ଅନେକ ଫୁଲର ବର୍ଣ୍ଣାଳି। ଆଉ ଜହ୍ନବଗିଚା ?

ତମେ ଜହ୍ନବଗିଚାକୁ କେବେ ଯାଇଛ, ସୁଲେଖିକା ?

ଏଇ ଆମ ଓଡ଼ିଶାରେ ଜହ୍ନବଗିଚା ବୋଲି ଗୋଟିଏ ଗାଁ ଅଛି। ଅବଶ୍ୟ ମୁଁ ସେ ଗାଁକୁ କେବେ ଯାଇନାହିଁ। ସେ ଗାଁରେ ଆଶ୍ରୟ ନେଇଛି କବିଟିଏ। କବିତାକୁ ଆଶ୍ରୟ କରି ବଞ୍ଚିଛି। କବିତା ତା' ନିଶ୍ୱାସରେ। କବିତା ତା' ବିଶ୍ୱାସରେ। ସେ କେବେ ତା' ଆଶ୍ରୟସ୍ଥଳୀ ଛାଡ଼ି ଦୂରକୁ ଯାଇନାହିଁ। ଜହ୍ନବଗିଚାରୁ ପାଦ କାଢ଼ି ବାହାରକୁ ଆସିନାହିଁ। ଯେଉଁ ଗାଁ ଜହ୍ନବଗିଚାକୁ ତା'ର କାୟା କଳେବରରେ ଧରି ରଖିଛି, ସେଠି ଆଉ କୌଣସି ଗାଁ ବା ସହରକୁ ଯିବାର କି ପ୍ରୟୋଜନ ?

ଜହ୍ନ ହିଁ ତା'ର ଜୀବନ।

ପକ୍ଷେ ଅନ୍ଧାର, ପକ୍ଷେ ଆଲୁଅ।

ଆଲୁଅ-ଅନ୍ଧାରର ଲୁଚକାଳି ଖେଳ ଭିତରେ କବିତାକୁ ଆଶ୍ରୟ କରି ବିତି ଯାଉଛି କବିର ଜୀବନ। କବିର ହାତରେ ପୁଣି ବୀଣା। ସେଇ ବୀଣାର ଝଙ୍କାରରେ ସେ ନିଜେ ଝଙ୍କୃତ ହୁଏ ଏବଂ ଝଙ୍କୃତ କରେ ଅନ୍ୟମାନଙ୍କୁ।

ଗୋଟିଏ କବିତାର କି ଶକ୍ତି କହିଲ ଦେଖି ! କେବେ ଦେଖିନଥିବା କେଉଁ ଦୂର

ଗାଁର ନଈପଠାରୁ ଅବା ଆମ୍ବ ତୋଟାରୁ ଶବ୍ଦର ସବାରୀରେ ଆସି ପହଞ୍ଚିଲା ଯେଉଁ କବିତା ମୋ ପାଖରେ, ମୁଁ ତା'ର ଆକର୍ଷଣୀୟ ରୂପ ରସ ଛନ୍ଦରେ ସତରେ ଭାବାବିଷ୍ଟ ହୋଇପଡ଼ୁଛି।

ଇଚ୍ଛା ହେଉଛି, ଥରେ ଆଖି ପୂରେଇ ଦେଖି ଆସିବାକୁ ସେଇ ଜହ୍ନବଗିଚାକୁ। ଜହ୍ନବଗିଚାରେ ଆଶ୍ରୟ ନେଇଥିବା କବିତାର ଉତ୍ସ ଓ ଆଶ୍ରୟସ୍ଥଳୀକୁ। 'ଗୋଟିଏ କବିତାକୁ ପଢ଼ିବାର ଅର୍ଥ ହେଉଛି ନିଜ ଆଖି ଦ୍ୱାରା ଶୁଣିବା। ଯା'କୁ ଶୁଣିବାର ଅର୍ଥ ହେଉଛି ନିଜ କାନ ଦ୍ୱାରା ଦେଖିବା।' ଏ ଅଦ୍ଭୁତ ଚମତ୍କାର ବାକ୍ୟଟି କବି ଅକ୍ଟାଭିଓ ପାଜ୍‌ଙ୍କର।

ସୁଲେଖିକା, ତମେ ତାଙ୍କ କବିତା କିଛି ପଢ଼ିଛ ? ପଢ଼ିଛ କି ଜହ୍ନବଗିଚାରୁ ଝରି ଆସିଥିବା କବିତା ? କବିତା କିଛି ମାଗେ ନାହିଁ। ପ୍ରେମମୟ ହୃଦୟରେ ଆସ୍ଥାନ ପାତିବାକୁ ମାଗେ କେବଳ ସ୍ଥାନ ଟିକିଏ।

'ସବୁ ପ୍ରେମୀ କବି ନିଶ୍ଚୟ, ହେଲେ ସବୁ କବି ପ୍ରେମୀ ନୁହନ୍ତି। ପ୍ରେମ ଓ କବିତାକୁ ଷୋଳଅଣା ଭୋଗିଥିବା ଲୋକେ ଏ କଥା ଜାଣନ୍ତି।'

'ପ୍ରେମର ସମୁଦ୍ରରେ ଆତ୍ମାହୁତି ନ ଦେବା ଯାଏଁ କବିତାର ମୋତି ମିଳେ ନାହିଁ।'

ଯେଉଁମାନେ ପ୍ରେମର ମିଛ ପ୍ରତ୍ୟୟ ସୃଷ୍ଟି କରି କବିତା ନାଁରେ କେବଳ ଶିପ, ଶାମୁକା ସବୁ ଗୋଟାଉଥାଆନ୍ତି, ଗୋଟାଏ ଢେଉ ଆସି ସେମାନଙ୍କୁ ଭସେଇ ନେଇଯାଏ। କାଳଗର୍ଭରେ ସବୁ କିଛି ଲୀନ ହୋଇଯାଏ।

କବିତାକୁ କଜ୍ଜଳ କରି ଆଖିରେ ନାଇବାର କଳା ସମସ୍ତଙ୍କୁ ଜଣାନଥାଏ ସୁଲେଖିକା।

ତମେ କିନ୍ତୁ ଧୀରେ ଧୀରେ, ମୁଁ ଅନୁଭବ କରୁଛି, ସେ କଳାଶକ୍ତିକୁ ଆହରଣ କରି ଚାଲିଛ। ମୁଁ ତ ବିଶ୍ୱାସ କରିପାରୁନାହିଁ, ଯେଉଁ କବିତା ସବୁ ତମେ ମତେ ଶୁଣେଇ ଚାଲିଛ, ସେ ସବୁ ତୁମ କଲମରୁ ଝରିଛି ବୋଲି। ମୁଁ ଏ ସମ୍ପର୍କରେ ସଂଶୟ ପ୍ରକାଶ କଲେ ତମେ ହୁଏତ ଆଘାତ ପାଅ। ମାତ୍ର ଜାଣିରଖ, ମୋର ଏହି ସଂଶୟରେ ରହିଛି ତୁମ କବିତାର ସଫଳତା ସମ୍ପର୍କରେ ଏକ ପ୍ରକାର ସ୍ୱୀକାରୋକ୍ତି।

ଚାଲ, ଏଥର ଆମେ ଆମ ସ୍ମାର୍ଟସିଟିର ଅସ୍ୱଚ୍ଛ ପରିବେଶ ଓ ଅର୍ଥଶୂନ୍ୟ କୋଳାହଳରୁ ଟିକେ ଦୂରକୁ ଯିବା। ଚିତ୍ରାନଦୀ କୂଳରେ ବସିବା। ଜହ୍ନବଗିଚାରେ ଜହ୍ନକୁ ଭେଟିବା। ବସନ୍ତ ବଗିଚାର ଫୁଲ ଓ ପବନକୁ ଛୁଇଁବା। ଅବଶ୍ୟ ଜାଣେ ନାହିଁ 'ଜହ୍ନବଗିଚା' ପରି 'ବସନ୍ତ ବଗିଚା' ବୋଲି ଗାଁଟିଏ କେଉଁଠି ଅଛି କି ନାହିଁ। ନଥିଲେ ଆମେ ସୃଷ୍ଟି କରିବା ଆମ କଥାରେ, ଆମ କବିତାରେ। ଖାଲି କଥା ଓ କବିତା କାହିଁକି, କବିମାନଙ୍କୁ ନେଇ ନୂଆ ଗାଁଟିଏ ବସେଇବା। ଘନ ଜଙ୍ଗଲର ସବୁଜିମାକୁ

ନଷ୍ଟ କରି, ଶତାଧିକ ବର୍ଷର ପୁରୁଣା ଗଛମାନଙ୍କୁ ମାଟିରେ ମିଶେଇ ଦେଇ ଯଦି ଆକାଶଛୁଆଁ କଂକ୍ରିଟ ଜଙ୍ଗଲ ସବୁ ସୃଷ୍ଟି କରାଯାଉଛି ଏବଂ ତାକୁ ବିଭିନ୍ନ ନାଁରେ ସୁରମ୍ୟ ବିହାରର ଆଖ୍ୟା ଦିଆଯାଉଛି, ଆମେ ତା'ହେଲେ ସେଇ ସବୁ ଗଛଲତା, ପଶୁପକ୍ଷୀଙ୍କୁ ନେଇ ବସନ୍ତ ବଗିଚାର ସର୍ଜନାକାର ନ ହେବା କାହିଁକି ?

ତମେ ଜାଣିଛ କି ସୁଲେଖିକା, ଆମରି ମେଳରେ ଥାଇ କଥା କଥାକେ କବିତା ଝରଉଥିବା, ସନ୍ନ୍ୟାସୀର ଆଭରଣ ଭିତରେ ଉଭୟ କବିତା ଓ ରାଜନୀତିକୁ ଆଦରି ନେଇଥିବା କବିଟି ଦିନେ ସ୍ୱପ୍ନ ଦେଖେଇଥିଲା, ଚିଲିକା କୂଳରେ ବସିବ କବିମାନଙ୍କର ଏକ ଗାଁ - ଯେଉଁ ଗାଁରେ ବିଶ୍ୱର କୋଣ ଅନୁକୋଣରୁ କବିମାନେ ଆସି ବସା ବାନ୍ଧିବେ। କବିତାର କାକଳିରେ ମୁଖରିତ ହେବ ସେ ଅଞ୍ଚଳ। ବିଶ୍ୱକବିଗ୍ରାମ ହେବ କବିତାର ଏକ ତୀର୍ଥ ସ୍ଥଳ। କେତେ ସ୍ୱପ୍ନ, କେତେ ସମ୍ଭାବନାର ଉଜ୍ଜ୍ୱଳ ଚିତ୍ର ଆଙ୍କିଦେଇ କବିଟି ରାଜନୀତିକୁ ପେସା କରି ନେଲା। କ୍ଷମତା ହାତକୁ ଆସିଲା। ମାତ୍ର ସେ କ୍ଷମତାରେ କବିତାର ସ୍ପର୍ଶ ଲାଗିଲା ନାହିଁ। ବରଂ କବିତାକୁ କବଳିତ କଲା କ୍ଷମତା। ଫଳରେ କବିର ଗାଁ ସବୁଦିନ ପାଇଁ ଏକ ଅଛୁଆଁ ସ୍ୱପ୍ନ ହୋଇ ରହିଗଲା। କବି କିନ୍ତୁ ନାଁ କଲା ନିଜ ରାଜନୀତିର ଶକ୍ତିକୁ ଆୟୁଧ କରି।

ଅବଶ୍ୟ କବିତାର ଲେଖକ ଭାବରେ ନାଁ କରିବା ଓ 'କବିତା'ରେ ଜୀଇଁବା ଏକା କଥା ନୁହେଁ। ଭଲପାଇବାର ନିବିଡ଼ ଭାବକୁ ଅକ୍ଷରଙ୍କର ଧାଡ଼ିରେ ନାନା ଆକୃତିର ପ୍ରତିମା ଗଢ଼ି ସେଥିରେ ମଜ୍ଜିଯିବା ହିଁ 'ଜୀଇଁବା'ର ଅର୍ଥପୂର୍ଣ୍ଣତା।

କପଟ କାରିଗରୀର କୌଶଳରେ କବିତାକୁ ତିଆରି କରିହୁଏନା। ସାର୍ଥକ କବିତା ଅର୍ଥ କବି ମଧ୍ୟ ସେଇ ସର୍ଜନାତ୍ମକ ସାର୍ଥକତାର ଦରଦୀ, ମରମୀ, ସମଭାଗୀ।

ମୋ ପାଇଁ କବିତା ଲେଖିବା ଏକ ନିରବ ଆଳାପ : ଆତ୍ମ କଥନ।

ନିଜ ଭିତରେ ନିଜକୁ ଦେଖୁଦେଖୁ, ତମେ ହଠାତ୍ ସାମ୍ନାକୁ ଚାଲି ଆସିଲ। କବିତାର କୋମଳ ଗାନ୍ଧାର ହୋଇ। ସଂଗୀତର ମଧୁର ମୂର୍ଚ୍ଛନା ହୋଇ। ଜୀବନ କଡ଼ ଲେଉଟେଉଛି।

ରାତି ଶୋଇଗଲେ ଦୀପ ଲିଭିଗଲେ
ଜହ୍ନବଗିଚା ବୁକେ,
ଚତୁର୍ଦ୍ଦଶୀର କରୁଣ ଜହ୍ନ
ତା'ର ଦିନଲିପି ଲେଖେ।

ମୁଁ ଶୋଇନାହିଁ ସୁଲେଖିକା। ଅପେକ୍ଷା କରିଛି ତୁମ କବିତାର ପଦଧ୍ୱନିକୁ।

■■

ଅନ୍ତାକ୍ଷରୀ

ମଲ୍ଲିକାକୁ ନେଇ ଲେଖିଥିବା ଅନେକ କବିତାକୁ ଏକାଠି ଗୁନ୍ଥି ଦେଇଥିବା ବହିରେ କବି ଦେବଦାସ ତା' ସଂପର୍କରେ ଯାହା ଲେଖିଥିଲେ, ସେତକ ପଢ଼ିବା ପରେ ଅବିନାଶର ଭାବନା ଭିତରକୁ ପଶି ଆସିଲା ମାଧବୀ । କାରଣ ତାଙ୍କର ବର୍ଣ୍ଣନା ସହିତ ପୁରାପୁରି ଖାପ୍ ଖାଇ ଯାଉଥିଲା ମାଧବୀ । ସେ ଲେଖିଥିଲେ - 'ମଲ୍ଲିକା ଜଣେ ସାଧାରଣ ଝିଅ । ଶାବନା ରଙ୍ଗର । କିନ୍ତୁ ତାକୁ ଯେତେ ଦେଖିଲେ ବି ସେ ସରେ ନି, କି ତା' ରହସ୍ୟର ଅନ୍ତ ହୁଏନି ।'

ମାଧବୀ ସହିତ ଅବିନାଶର ସାକ୍ଷାତ ହୁଏ ଶାନ୍ତିନିକେତନର ଏକ ସାହିତ୍ୟ ସଭାରେ । ଅବିନାଶ ଏହି ସଭାରେ ଯୋଗ ଦେଇଥିଲା ମୁଖ୍ୟବକ୍ତା ଭାବରେ । ଉଦ୍‌ଘାଟନୀ ସଭା ପରେ ଆୟୋଜିତ ଏକ କବିତା ପାଠୋତ୍ସବରେ ଭାଗ ନେଇ ମାଧବୀ କବିତାଟିଏ ପଢ଼ିଥିଲା । ତା' କବିତାର ଶୀର୍ଷକ ଥିଲା 'ମଲ୍ଲିକା ଏବେ କେଉଁଠି ?' କବିତା ପାଠ କରିବାର କଳା ତାକୁ ବେଶ୍ ଜଣାଥିଲା । ଭାବସ୍ନିଗ୍ଧ କଣ୍ଠସ୍ୱରରେ ମାଧବୀର ଚମତ୍କାର କବିତା ଆବୃତ୍ତି ଅବିନାଶକୁ ମୁଗ୍ଧ କରିଥିଲା । ସେହି ସାହିତ୍ୟ ସଭାରେ ଏବଂ ତା'ପରେ ଶାନ୍ତି ନିକେତନର ରହଣି ଭିତରେ ମାଧବୀ ସହିତ ଦୁଇ / ତିନି ଥର ଯାହା ଦେଖା ସାକ୍ଷାତ । ସେଠି ଓଡ଼ିଆ ଭାଷା-ସାହିତ୍ୟରେ ପି.ଜି. କରୁଥିବା ଛାତ୍ରଛାତ୍ରୀଙ୍କ ମଧ୍ୟରେ ମାଧବୀ ଥିଲା ଶେଷ ବର୍ଷର ଛାତ୍ରୀ । ଶାନ୍ତି ନିକେତନରୁ ବିଦାୟ ନେବା ପୂର୍ବରୁ ମାଧବୀ ଭଳି କିଛି ଛାତ୍ରଛାତ୍ରୀ

ଅବିନାଶର ଫୋନ୍ ନମ୍ବର ରଖିଥିଲେ । ମାତ୍ର ମାଧବୀ ବ୍ୟତୀତ ଆଉ କେହି ତାକୁ ଫୋନ୍ କରି ନଥିଲେ ।

ଶାନ୍ତିନିକେତନରୁ ଫେରିବାର ପ୍ରାୟ ଚାରିମାସ ପରେ ଅବିନାଶ ପ୍ରଥମ ଫୋନ୍‌କଲ୍ ପାଇଲା ମାଧବୀ ପାଖରୁ । ସେତେବେଳକୁ ମାଧବୀର କବିତା ଏବଂ ଶାନ୍ତିନିକେତନ ସାହିତ୍ୟ ସଭାର ସ୍ମୃତି-ଅନୁଭୂତିରେ ସମୟର ଧୂଳି ଜମିବାକୁ ଆରମ୍ଭ କରିଥିଲା । ମାତ୍ର ଦୂରରୁ ଭାସି ଆସୁଥିବା ମାଧବୀର ସ୍ୱରରେ ହଠାତ୍ ସେ ଧୂଳିସବୁ ଉଡ଼ିଯାଇ ସବୁକିଛି ସ୍ୱଚ୍ଛ, ନିର୍ମଳ ଦିଶିଲା । ସ୍ନେହଭିଜା ଆପଣାପଣର ଅଭିମାନ ମାଧବୀର - 'ଏଠୁ ଗଲାପରେ ଆମକୁ ଭୁଲିଗଲେ ବୋଧହୁଏ ।' ଅବିନାଶ ପଚାରିଦେଲା - 'ମଲ୍ଲିକା ଏବେ କେଉଁଠି ?' ଉତ୍ତରରେ ମନଜିଣା ହସର ମଧୁର ମୂର୍ଚ୍ଛନା । ମୂର୍ଚ୍ଛିତ ହେଲା ଅବିନାଶ । କଡ଼ ଲେଉଟାଇଲା ତା'ର ବୟସ । ସେ ପଛକୁ ଫେରିଲା । ମାଧବୀର କବିତା - 'ମଲ୍ଲିକା ଏବେ କେଉଁଠି ?' ତାକୁ ପୁଣି ଫେରେଇ ନେଲା ପ୍ରାୟ ତିରିଶିବର୍ଷରୁ ଊର୍ଦ୍ଧ୍ୱ ଅତୀତକୁ - ସେହି ଶାନ୍ତିନିକେତନକୁ । ଆଶ୍ଚର୍ଯ୍ୟ ହେଉଥିଲା ଅବିନାଶ, ମାଧବୀ କାହିଁକି ଏଭଳି କବିତା ଲେଖିଲା ? ସେ କ'ଣ ଅବିନାଶର ଅତୀତ ସଂପର୍କରେ କୌଣସି ସୂତ୍ରରୁ କିଛି ଖବର ସଂଗ୍ରହ କରିଥିଲା ଏବଂ ସେଇ ଖବରକୁ ଆଧାର କରି ଅବିନାଶର ଉପସ୍ଥିତିରେ ସେ ତା'ର କବିତାରେ ପଚାରିବାକୁ ଚାହୁଁଥିଲା - 'ମଲ୍ଲିକା ଏବେ କେଉଁଠି ?'

ଅବିନାଶ ବି ଜାଣେ ନାହିଁ, ମଲ୍ଲିକା ଏବେ କେଉଁଠି ? ଦିନେ ମାଧବୀ ଭଳି ମଲ୍ଲିକା ବି ଶାନ୍ତିନିକେତନରେ ପଢୁଥିଲା । ହେଲେ ଓଡ଼ିଆ ଭାଷା-ସାହିତ୍ୟ ନୁହେଁ, ସେ ଥିଲା ଫିଲୋସଫିର ଛାତ୍ରୀ । ଗ୍ରାଜୁଏସନ୍ ପରେ ଅବିନାଶ ଚାଲିଗଲା ଦିଲ୍ଲୀ । ମଲ୍ଲିକା ଆସିଲା ଶାନ୍ତିନିକେତନ । ରେଭେନ୍ସାରେ ଦୁହିଁଙ୍କର ଥିଲା ଇଂଲିଶ୍ ଅନର୍ସ । ଅବିନାଶର ଇଚ୍ଛା ଥିଲା, ଦୁହେଁ ଏକାଠି ଦିଲ୍ଲୀ ଯିବେ । ମାତ୍ର ମଲ୍ଲିକା ତା'ର ମତ ବଦଳେଇଲା । କବିଗୁରୁ ରବିଠାକୁରଙ୍କ ସ୍ୱପ୍ନ ଭୂମି ଶାନ୍ତିନିକେତନ ପ୍ରତି ତା'ର ଥିଲା ଅହେତୁକ ଆକର୍ଷଣ । ତା' ସହିତ ଦର୍ଶନ ଶାସ୍ତ୍ର ଅଧ୍ୟୟନ ପ୍ରତି ବିଶେଷ ଆଗ୍ରହ । ଫଳରେ ଦୁହିଁଙ୍କ ରାସ୍ତା ଅଲଗା ହୋଇଯାଇଥିଲା । ମାତ୍ର ଅବିନାଶ ସୁବିଧା ଦେଖି ମଝିରେ ମଝିରେ ଶାନ୍ତିନିକେତନ ଆସୁଥିଲା । ଦୁହେଁ ଏକାଠି ଶାଳ ବଣରେ ବସି ପ୍ରକୃତିର କବିତା ଶୁଣୁଥିଲେ । ମଲ୍ଲିକା ରବୀନ୍ଦ୍ରଙ୍କ କବିତା ଆବୃତ୍ତି କରୁଥିଲା । ପି.ଜି.ର ପ୍ରଥମ ବର୍ଷ ଶେଷ ହେବା ଯାଏଁ ସଂପର୍କ ସ୍ୱାଭାବିକ ଥିଲା। ମାତ୍ର ଶେଷ ବର୍ଷରେ ଅବିନାଶ ଲକ୍ଷ୍ୟ କଲା ମଲ୍ଲିକାର ବ୍ୟବହାରରେ ଏକ ଅସ୍ୱାଭାବିକ ପରିବର୍ତ୍ତନ । ଖରାଛୁଟିରେ ସେ ଆଉ କଟକ ଫେରିନଥିଲା । ଛୁଟିରେ ଶାନ୍ତିନିକେତନରେ ରହିବ

ବୋଲି ଖବର ପାଇ ଅବିନାଶ ସେଠିକି ଯାଇଥିଲା । ମାତ୍ର ସେଠି ସେ ଆଉ ତା'ର ପୂର୍ବ ମଲ୍ଲିକାକୁ ପାଇ ନଥିଲା । ସବୁବେଳେ ଉଦାସ ଓ ଅନ୍ୟମନସ୍କ ରହୁଥିଲା ମଲ୍ଲିକା ଏବଂ କିଛି ପଚାରିଲେ ନିରୁତ୍ତର ରହି ଶୂନ୍ୟ ଦୃଷ୍ଟିରେ ଚାହୁଁଥିଲା । ଏପରିକି ଅବିନାଶର ଅନୁଭବ ହେଲା, ସେଠାରେ ତା'ର ଉପସ୍ଥିତି ସେ ଆଉ ଚାହୁଁ ନାହିଁ । ବିସ୍ମିତ ଅବିନାଶ ଗଭୀର ମର୍ମବେଦନାରେ ଫେରି ଆସିଥିଲା ମାତ୍ର ଦୁଇ ଦିନର ରହଣି ପରେ ।

ଅବିନାଶ ପରେ ଜାଣିବାକୁ ପାଇଲା ଯେ, 'ମଲ୍ଲିକା ତାଙ୍କ ଡିପାର୍ଟମେଣ୍ଟର ଜଣେ ବେଶ୍ ପ୍ରଭାବଶାଳୀ ପ୍ରଫେସରଙ୍କ ବାସନାର ଶିକାର ହୋଇଥିଲା । ଏଭଳି ଶିକାର କରିବାରେ ସେ ଥିଲେ ଜଣେ କୁଶଳୀ କଳାକାର । ତାଙ୍କ ଶିକାରୀ ଦୃଷ୍ଟିରୁ ବର୍ତ୍ତିବା କୌଣସି ସୁନ୍ଦରୀ ଛାତ୍ରୀଙ୍କ ପକ୍ଷରେ ସମ୍ଭବ ହୋଇ ନାହିଁ । ଏଭଳି ଏକ ଅଭାବିତ ଅଘଟଣରେ ନିଜର ବ୍ୟଥା ଓ ବେଦନା ମଲ୍ଲିକା ପ୍ରକାଶ କରିଛି ତା'ର ଜଣେ ବଙ୍ଗୀୟ ସହପାଠୀ ପାଖରେ । ସେହି ସହପାଠୀର ସାନ୍ତ୍ୱନା ଓ ସହାନୁଭୂତି ଭିତରେ ଗଢ଼ି ଉଠିଛି ତା' ସହିତ ସଂପର୍କ । ଶାନ୍ତିନିକେତନର ସୁନ୍ଦର, ଶାନ୍ତ ପରିବେଶରେ ଦର୍ଶନଶାସ୍ତ୍ରର ଚର୍ଚ୍ଚା ଓ ଚିନ୍ତନ ଭିତରେ ମଲ୍ଲିକାର ଜୀବନ ଦର୍ଶନ ପୁରାପୁରି ବଦଳି ଯାଇଥିଲା । ସେ ନିଜେ ଜାଣିପାରୁ ନଥିଲା, ସେ କ'ଣ କରୁଛି ବା କୁଆଡ଼େ ଯାଉଛି ? ଅବିନାଶ ପଛରେ ରହିଯାଇଥିଲା ।

ଏମ୍.ଏ. ଫାଇନାଲ୍‌ରେ ପରୀକ୍ଷା ଦେବା ପୂର୍ବରୁ କ'ଣ କେଉଁଠୁ ଖବର ପାଇ ମଲ୍ଲିକାର ବାପା ଆସି ତାକୁ ନେଇ ଯାଇଥିଲେ ଶାନ୍ତିନିକେତନରୁ । ତା'ର ବିବାହ କରିଦେଇଥିଲେ । ଏକ ଅଏଲ୍ କମ୍ପାନୀର ଜଣେ ପଦସ୍ଥ ଅଧିକାରୀଙ୍କ ସହିତ ତା'ର ବାହାଘର ହୋଇଥିଲା । ବିବାହ ପରେ କିଛି ବର୍ଷ ମୁମ୍ବାଇରେ ରହି ସେ ଚାଲିଯାଇଥିଲା ତା' ସ୍ୱାମୀ ସହ ଦୁବାଇ । ମାତ୍ର ତା'ପରେ ତା'ର ଆଉ କୌଣସି ଖବର ଅବିନାଶ ପାଖରେ ନଥିଲା । ଶୁଣିବାକୁ ପାଇଥିଲା ଯେ, ବିବାହ ପରେ ମଲ୍ଲିକାର ମାନସିକ ସ୍ଥିତି ଭଲ ନଥିଲା । ଜାଣିଶୁଣି ସେ ନିଜର ସାଙ୍ଗସାଥି, ବନ୍ଧୁବାନ୍ଧବ କାହାରି ସହିତ ସଂପର୍କ ରଖୁନଥିଲା । ଏବେ ବହୁ ବର୍ଷ ପରେ ପାଉଁଶ ତଳୁ ମଲ୍ଲିକାର ସ୍ମୃତି ନେଇ ଆସିଛି ମାଧବୀ । ପଚାରୁଛି ତା' କବିତାରେ 'ମଲ୍ଲିକା ଏବେ କେଉଁଠି ?'

ଅବିନାଶର ମଲ୍ଲିକା ପରି ନୁହେଁ, ମାଧବୀ ହେଉଛି ଅବିକଳ ଦେବଦାସର ମଲ୍ଲିକା ପରି । ତାକୁ ଯେତେ ଦେଖିଲେ ବି ସେ ସରେନି । ତାକୁ କେଉଁ ଦେଖିପାରେ କି ଅବିନାଶ ? କେବଳ ଶୁଣେ । ପ୍ରାୟ ଦିନେ, ଦୁଇ ଦିନ ଅନ୍ତରରେ ରାତିରେ ନିଦ୍ରା ଯିବା ପୂର୍ବରୁ ମଲ୍ଲିକାକୁ ସେ ଶୁଣେ ତା' କବିତାରେ । ଅବଶ୍ୟ ସେଇ ଶୁଣିବାରେ ହିଁ ତାକୁ ସେ ସ୍ପଷ୍ଟ ଦେଖିପାରେ । ତାକୁ ଛୁଇଁପାରେ ଏବଂ ତା'ର ସ୍ପର୍ଶ ଅନୁଭବ କରିପାରେ

ନିଜର ଶିଥିଳ ହୋଇ ଆସୁଥିବା ଶରୀରରେ । କଥାକୁହା ଢଳଢଳ ଆଖି ଦୁଇଟି ତା'ର । ବଡ଼ ତୀବ୍ର, ଅନ୍ତର୍ଭେଦୀ ତା'ର ଚାହାଣି ।

ଏମ୍.ଏ. ପରୀକ୍ଷା ଦେଇ ସାରିବା ପରେ ଶାନ୍ତିନିକେତନରୁ ମାଧବୀ ଫେରି ଆସିଥିଲା ତା'ର ଗାଁକୁ । ତା'ର ଅନ୍ୟ ସାଙ୍ଗସାଥିମାନେ ଏମ୍.ଫିଲ୍‌ରେ ଆଡ୍‌ମିଶନ୍ ନେଲେ । ମାତ୍ର ମାଧବୀର ଘରେ ପରିସ୍ଥିତି ଅନୁକୂଳ ନଥିଲା । କିଡ୍‌ନି ଜନିତ ସ୍ୱାସ୍ଥ୍ୟଗତ ସମସ୍ୟା କାରଣରୁ ବାପାଙ୍କୁ ତା'ର ସପ୍ତାହରେ ଦୁଇଥର ଭୁବନେଶ୍ୱର ଯାଇ ଡାଏଲିସିସ୍ ନେବାକୁ ପଡୁଥିଲା । ସେ ତେଣୁ କୌଣସି ଘରୋଇ କଲେଜରେ ଅଧ୍ୟାପିକାର ଚାକିରି ପାଇଁ ନିଜର ଭାଗ୍ୟ ପରୀକ୍ଷା କରୁଥିଲା । ସୌଭାଗ୍ୟକୁ ଅବିନାଶର ପ୍ରିୟ ସହର ଅନୁଗୁଳର ଘରୋଇ ମହିଳା କଲେଜରେ ତାକୁ ଅଧ୍ୟାପିକାର ଅସ୍ଥାୟୀ ନିଯୁକ୍ତି ମିଳିଗଲା । ଏକଦା ସେଇ କଲେଜରେ ଅବିନାଶର ଜଣେ ଛାତ୍ରୀ ଅଧ୍ୟାପିକା ଥାଇ ନିକଟରେ ଅବସର ଗ୍ରହଣ କରିଥିଲା । ମଲ୍ଲିକାର ସେଇ କଲେଜରେ ନିଯୁକ୍ତି ଖବର ପାଇ ଅବିନାଶ ଖୁସି ହୋଇଥିଲା । ଅନୁଗୁଳ ସହିତ ଅବିନାଶର ଏକ ଭାବଗତ ସଂପର୍କ ରହି ଆସିଛି ଅଧ୍ୟାପକର ଜୀବନର ପ୍ରାରମ୍ଭ କାଳରୁ । ସେହି ଭାବର ବଳୟ ଭିତରେ ଏବେ ଆକସ୍ମିକ ଭାବରେ ମାଧବୀର ଉଦୟପର୍ବ । କାହିଁ କେତେ ଦୂରରୁ ପକ୍ଷୀଟିଏ ଉଡ଼ି ଉଡ଼ି ଆସି ଅସ୍ତଗାମୀ ସୂର୍ଯ୍ୟକୁ କହୁଛି - ଏତେ ତରତର କାହିଁକି ? ଆଉ ଘଡ଼ିଏ ରହିଯାଅ ।

ଅବିନାଶ ଫେରିଆସୁଛି ତା'ର ବାହୁଡ଼ା ବାଟରୁ । ରାତିର ଅନ୍ଧାର ଭିତରେ ସେ ଏବେ ଶୁଣି ପାରୁଛି ପକ୍ଷୀର କାକଳି । ନୂଆ ସକାଳର ଆବାହନୀରେ ଆତ୍ମହରା ହୋଇପଡୁଛି । ମଲ୍ଲିକାର ଠିକଣା ହଜି ଯିବାର ବହୁ ବର୍ଷ ପରେ ମାଧବୀ ଆସୁଛି ମଲ୍ଲୀର ମହକ ନେଇ । ସେଇ ମହକ ତା'ର ଅସଜଡ଼ା କବିତାରେ । କବିତାରେ ପ୍ରଶ୍ନ, କବିତାରେ ଉତ୍ତର । କବିତାର ଅନ୍ତାକ୍ଷରୀରେ ଖେଳାଳୀ ଦୁଇଜଣ - ମାଧବୀ ଓ ଅବିନାଶ ।

କେବେ ଶେଷ ହେବ ଏ ଅନ୍ତାକ୍ଷରୀ ଖେଳ ? କିଏ ଜିତିବ ଆଉ କିଏ ହାରିବ ଏ ଖେଳରେ ? ସେ କଥା କାହାରି ମନକୁ ଏଯାଏଁ ଆସି ନାହିଁ । ଖେଳରେ ସେମାନେ ମାତିଛନ୍ତି । ଅଦ୍ଭୁତ ସତରେ ଏ କବିତାର ନିଶା ! ମାଧବୀଠାରୁ ପ୍ରଥମେ କବିତା ଶୁଣିବା ପରେ ଅବିନାଶ ତାକୁ ଶୁଣେଇଥିଲା ନିଜ କଥା - 'ଜନ୍ମମାଟି ଠାରୁ ବହୁ ଦୂରେ କବିଗୁରୁ ରବୀନ୍ଦ୍ରର ଶାନ୍ତିନିକେତନେ, ସାହିତ୍ୟର ସଭା-ସମାବେଶେ ପ୍ରଥମ ସାକ୍ଷାତ । ତମେ ଶୁଣିଲ ମୋ' କଥା, ଆଉ ମୁଁ ଶୁଣିଲି କବିତା ତୁମର । ସଂପର୍କ - ସାନ୍ନିଧ ମାତ୍ର କେଇ ମୁହୂର୍ତ୍ତର । ତା'ପରେ ଦୀର୍ଘ ନୀରବତା । ମୁଁ ଫେରିଲି ମୋ'

ଘରକୁ । ତମେ ବି ଆସିଲ ଫେରି ଶିକ୍ଷା ଶେଷ କରି । ହେଲେ ଶେଷ କାହିଁ ? ଶିକ୍ଷାର ନ ଥାଏ ଶେଷ । ଶେଷ କିଛି ନାହିଁ ଜୀବନରେ, ସାହିତ୍ୟରେ, କଥା-କବିତାରେ । ଶେଷ ବି ନ ଥାଏ ଭଲ ପାଇବାରେ । ଶେଷରୁ ଆରମ୍ଭ ହୁଏ । ଗାଇବାକୁ ଇଚ୍ଛାହୁଏ ଜୀବନ ସଙ୍ଗୀତ ପୁଣି ନୂଆ ସୁରେ, ରାଗ-ରାଗିଣୀରେ ।

ଅବିନାଶ ତା' କବିତାର ସ୍ତବକଟି ମାଧବୀ ହାତକୁ ବଢ଼େଇ ଦେଇ କହିଲା - ଏଥର ତମର ଗାଇବା ପାଳି । ତୁମ ସ୍ୱର ମିଠା ଅତି । ସୁନ୍ଦର ବି କରିପାର କବିତା ଆବୃତ୍ତି । କବିତାରେ କବିତାରେ ହେ ମୋର ମାଧବୀଲତା, ତମେ ହୁଅ ଆୟୁଷ୍ମତୀ । ମୁଁ ତ ଏବେ ଜୀବନର ଶେଷ ସୋପାନରେ । ନାହିଁ କିଛି ସଂଭାବନା । ତଥାପି ଆସିବି ଉଠି ଶୁଣିବାକୁ ତୁମ କଥା, ତୁମ ଗୀତ, ତମେ ହେବ ମୋ' ପାଇଁ କି ଶେଷର ଆରମ୍ଭ ଆଉ ନୂତନ ପ୍ରେରଣା ।

ଆବେଗଭରା ହୃଦୟରେ ଉତ୍ତର ଦେଇଥିଲା ମାଧବୀ । କହିଥିଲା - ନିମିଷକର ଦେଖା ସତ, ହେଲେ ସାରା ଜୀବନ ପାଇଁ ଯୋଡ଼ି ହୋଇଗଲା ଏକ ନୂଆ ସଂପର୍କ । ଏ ସଂପର୍କର କୌଣସି ନାଁ ନାହିଁ । ନାଁ ଦିଆଯାଇ ପାରିବ ନାହିଁ । ଦେବାର ଆବଶ୍ୟକତା ମଧ୍ୟ ନାହିଁ । ଖାଲି ଏତିକି କହିବି, ତମେ ହିଁ ମୋ' କଥା କବିତାର ନାୟକ ।

ଦୂରଭାଷରେ ଭାସି ଆସୁଥିବା କଥା-କବିତାର କୁହୂରେ ଦୂର ହୋଇଯାଇଥିଲା ବୟସ ଓ ପଦମର୍ଯ୍ୟାଦାର ବ୍ୟବଧାନ । ଅବିନାଶ ଓ ମାଧବୀ ଉଭୟେ ପରସ୍ପରର ପାଖକୁ ଲାଗି ଆସିଥିଲେ ।

ଅବିନାଶ ଭାବିପାରୁ ନଥିଲା, କଳନା କରିପାରୁନଥିଲା, କେତେ ରହସ୍ୟରେ ଘେରା ସତରେ ଏ ଜୀବନ ! ରକ୍ତର ସଂପର୍କମାନେ ଦୂରେଇ ଯାଉଥିଲାବେଳେ ସଂପର୍କର ନୂଆ ରୂପରଙ୍ଗ ନେଇ ମାଧବୀଲତାମାନେ ଆସୁଛନ୍ତି । ଧୂସର, ମଳିନ ପଡ଼ି ଆସୁଥିବା ଜୀବନଚିତ୍ରରେ ନୂଆ ରଙ୍ଗର ଲେପ ଦେଇ ଯାଉଛନ୍ତି । ଲେଖୁଛନ୍ତି ଜୀବନର ନୂଆ କବିତା । ମନ୍ତ୍ରମୁଗ୍ଧ ହୋଇ ଅବିନାଶ ଶୁଣୁଛି ସେ କବିତା । ମାଧବୀର କବିତାରୁ ଜନ୍ମ ନେଉଛି ଅବିନାଶର କବିତା । ଏ କବିତା ପ୍ରକାଶ ପାଇଁ ନୁହେଁ, କୌଣସି ପୁରସ୍କାର କିମ୍ବା ନିଜର କବି ପରିଚିତି ଓ ପ୍ରତିଷ୍ଠା ପାଇଁ ନୁହେଁ । କେବଳ ନିଜର ଭାବ ଓ ଅନୁଭବକୁ ନେଇ ଆତ୍ମମଗ୍ନ ଓ ଅନ୍ତର୍ଲୀନ ହୋଇ ରହିବାର ମାଧ୍ୟମ ହେଉଛି ଏ କବିତା ।

ପ୍ରତି ସପ୍ତାହରେ ବାପାଙ୍କର ଡାଏଲିସିସ୍ । ଖରାଛୁଟି ପାଇଁ ଦୁଇମାସ ଅଧ୍ୟାପିକା ପଦରୁ ଅବ୍ୟାହତି । ପୁଣି ନିଜର ନିଯୁକ୍ତିକୁ ନେଇ ଅନିଶ୍ଚିତତା । ସ୍ଥାୟୀ ଚାକିରି ପାଇଁ

ଜାତିଗତ ସଂରକ୍ଷଣ ଭିତରେ ତୀବ୍ର ପ୍ରତିଦ୍ୱନ୍ଦିତା । ଏସବୁ ଭିତରେ ମାଧବୀ ଅପେକ୍ଷା କରିଥାଏ ଅବିନାଶର ପଦେ କଥା ଓ କେଇ ଧାଡ଼ିର କବିତା ପାଇଁ । ଅବିନାଶ ଯେତେବେଳେ ସ୍ନେହାତିଶଯ୍ୟରେ ମାଧବୀକୁ 'ସୁନ୍ଦରୀ ଶ୍ୟାମା' କହି ସମ୍ବୋଧନ କରେ, କିମ୍ବା ନିଜ କବିତାରେ ତା'ର କଥା କୁହା ଢଳଢ଼ଳ ଆଖିର ପ୍ରଶଂସା କରେ, ସେତେବେଳେ ମାଧବୀର କୌଣସି ଦୁଃଖ ଆଉ ଦୁଃଖ ହୋଇ ରହେ ନାହିଁ । ପ୍ରାପ୍ତିର ପୁଲକରେ ତା'ର ତନୁମନ ଶିହରି ଉଠେ । ସେ ପୁଣି କଲମ ଧରେ, ତା'ର ସଂଚିତ ଆବେଗକୁ ବ୍ୟକ୍ତ କରିବା ପାଇଁ କବିତାରେ । ଅପେକ୍ଷା କରେ ଅବିନାଶର ପ୍ରତ୍ୟୁତ୍ତର ପାଇଁ ।

ମାତ୍ର ଏବେ କିଛିଦିନ ହେଲା ଅକାଳ ବାତ୍ୟାର ଆବିର୍ଭାବ ପରେ ଉଭୟଙ୍କ ବାର୍ତ୍ତାଳାପରେ ପୂର୍ଣ୍ଣଚ୍ଛେଦ ପଡ଼ିଯାଇଛି । ଯୋଗାଯୋଗ ସବୁଠି ବିଚ୍ଛିନ୍ନ, ଫୋନ୍ ସବୁ ଅଚଳ ଅବସ୍ଥାରେ । 'ଫଣି'ର ଫୁତ୍କାରରେ ସବୁଠି ହାହାକାର । ସମସ୍ତେ ଅଣ୍ଟା ଭାଙ୍ଗି ପଡ଼ିଛନ୍ତି । ଉଠିବାକୁ ବଳ ପାଉ ନାହିଁ । କବିତାରୁ ବିଚ୍ଛିନ୍ନ ହୋଇଯାଇଛି ଜୀବନ । ଅବଶ୍ୟ ଝଡ଼ ଆସିବ ବୋଲି ଆଗରୁ ପୂର୍ବାନୁମାନ ହୋଇଥିଲା । 'ଫଣି'ର ସୂଚନା ପାଇବା ପରେ ଦିନେ ଫୋନ୍ ଯୋଗେ ଅବିନାଶ ମାଧବୀକୁ ଶୁଣେଇଥିଲା କବି ସଚ୍ଚି ରାଉତରାୟଙ୍କ କବିତାର ଗୋଟିଏ ପଦ – 'ଏଇ ଯେ ଆସୁଛି ଝଡ଼, କର ସଖୀ ତାରେ ନମସ୍କାର / ତା' ପଦେ ପ୍ରଣତି ବାଢ଼େ ବନଗିରି, ନଦୀ ପାରାବାର ।'

ଝଡ଼ ଆସିଲା । ଚାଲିଗଲା । ପ୍ରକୃତିକୁ ଧ୍ୱଂସ କରି, ଜଳ-ଜଙ୍ଗଲ-ଜମିକୁ ଶୋଷି, ଚିପୁଡ଼ି ନଷ୍ଟ କରିଦେବାର ବିକୃତି ଏବଂ ନିଜ ଗଢ଼ିବାର କଳା-କୌଶଳରେ ଆକାଶକୁ ଛୁଇଁବାର ଔଦ୍ଧତ୍ୟକୁ ଏକା ଫୁତ୍କାରରେ ଧୂଳିସାତ୍ କରିଦେଇ ଝଡ଼ ଚାଲିଗଲା ତା' ବାଟରେ । ତାକୁ ତମେ ଯେଉଁ ନାଁ ଦେଉଛ, ଦିଅ, ଫନି କୁହ କି ଫଣି ଅବା ଫାଇଲିନ୍, ସେଥିରେ କିଛି ଯାଏଆସେ ନାହିଁ । ନାମ ଭିନ୍ନ, ରୂପ ଏକା । ପ୍ରକୋପର ମାତ୍ରା କେତେବେଳେ ବଢ଼ିପାରେ କେତେବେଳେ ବା କମ୍ ହୋଇପାରେ । ମାତ୍ର ନିଜ କୋପର ନିଜେ ଶିକାର ହୋଇ ମଧ୍ୟ ପ୍ରକୋପ ଦେଖେଇବାକୁ ଭୁଲି ନାହିଁ ପ୍ରକୃତି ।

ବିନା ବିଜୁଳି ଆଲୁଅରେ, ଅସହ୍ୟ ଗରମ, ଗୁଳୁଗୁଳିରେ 'ବିପର୍ଯ୍ୟୟର ମୁକାବିଲା ପାଇଁ ଆମେ ପ୍ରସ୍ତୁତ' ବୋଲି କହୁଥିବା ନିଜ ସରକାରର ମିଛ ଘୋଷଣା ଓ ମନ୍ଥର କାର୍ଯ୍ୟଶୈଳୀରେ ଅଣନିଃଶ୍ୱାସୀ ହୋଇପଡୁଥିବା ଅବିନାଶ ଏବେ ମିଞ୍ଜି ମିଞ୍ଜି ଜଳୁଥିବା ମହମବତୀର ଆଲୁଅରେ ପଢୁଥିଲା ଦେବଦାସର ମଲ୍ଲିକାକୁ –

ମନେପଡ଼େ କଥା ତା'ର, ଯା'ର ଦୁଇ ଆଖିର ଆକାଶେ

ଶ୍ରାବଣର ସବୁ ମେଘ ସବୁ ନଦୀ ହ୍ରଦ ହୋଇ ଭାସେ
ଯା' ଦେହର ମ୍ଳାନ ରତ୍ତୁ ଯନ୍ତ୍ରଣାରେ କ୍ରମନୀଳ ହୋଇ
ବିଷଣ୍ଣ ପତ୍ରଟି ପରି ଶ୍ୟାମ-କ୍ଷୁର କୁହୁଡ଼ିରେ ମିଶେ ।

ମଲ୍ଲିକା ଏବେ କେଉଁଠି ? ଦେବଦାସର ମଲ୍ଲିକା ତ ରହିଗଲା ତା' କବିତା ବହିରେ । ହେଲେ ଅବିନାଶର ମଲ୍ଲିକା ? ମାଧବୀ କ'ଣ ମଲ୍ଲିକାର ନୂଆ ରୂପ ? ବୟସର ଡାକରେ ହଜିଯିବା ପୂର୍ବରୁ ମାଧବୀକୁ ସେ ଆଉ ହରେଇ ବସିବନି ତ ? ଅବିନାଶର ମନରେ ସଂଶୟ । କାରଣ ଯେଉଁ କବିତା ସବୁ ସେ ଲେଖିଥିଲା ମାଧବୀ ପାଇଁ, ଶୁଣେଇଥିଲା ତାକୁ, ଏବେ ଖୋଜିଲେ ଆଉ ପାଉ ନାହିଁ ।

ହଜିବା ଓ ଖୋଜିବାର ଲୁଚକାଳି ଭିତରେ ଏ ଜୀବନ ତା'ର ଦିନେ ଶେଷ ହୋଇଯିବ । ହଜିଯିବ ସେ ସବୁଦିନ ପାଇଁ ଏ ଧରା ବୁକୁରୁ । ହଜିବାଟା ସତ୍ୟ । ମାତ୍ର ଏ ସତ୍ୟକୁ ମିଥ୍ୟା କରିବା ପାଇଁ ଲୋଡ଼ା ଟିକିଏ ପ୍ରେମ । କେବଳ ପ୍ରେମ ।

ପ୍ରେମର ପୃଥିବୀରେ ଅବିନାଶର ବିହାର ଚିରକାଳ । କେତେବେଳେ ପ୍ରଜାପତି ତ, କେତେବେଳେ ସୁଗନ୍ଧରେ ଭରା ଫୁଲଟିଏ । କେତେବେଳେ ମୃଦୁ, ମନ୍ଦ ମଳୟ ତ କେତେବେଳେ ଝଡ଼ର ଝଙ୍କାର । ପ୍ରେମର କେତେ ରୂପ, କେତେ ରଙ୍ଗ, କିଏ କଳିପାରିବ ଉଦ୍‌ବେଳିତ ପ୍ରେମର ତରଙ୍ଗ । କେତେବେଳେ ଏ ତରଙ୍ଗ କାହାକୁ ଛୁଇଁଦେଇ ଚାଲିଯିବ ଅବା ଭସେଇ ନେବ, କିଏ କହିପାରିବ ? ପାତ୍ରପାତ୍ରୀମାନେ ବଦଳି ଯାଉଥାଆନ୍ତି, ହେଲେ ସବୁରି ଅଲକ୍ଷ୍ୟରେ ପ୍ରେମର ଅବାରିତ ଅନ୍ତଃସ୍ରୋତଟିଏ ବହି ଚାଲିଥାଏ ନିଃଶବ୍ଦରେ - ମଲ୍ଲିକାଠାରୁ ମାଧୁବୀ ଯାଏଁ । ଦେବଦାସଠାରୁ ଅବିନାଶ ଯାଏଁ ।

ଉତ୍ତର ସତୁରିର ଅବିନାଶ ପାଖରେ ଏବେ ସତେଇଶି ଛୁଇଁ ନଥିବା ମାଧବୀଲତା । ହାତ ବଢ଼େଇଲେ କେହି କାହାରିକୁ ହୁଏ ତ ଛୁଇଁ ପାରିବେନି । ହେଲେ ଶୁଣି ପାରୁଛନ୍ତି ପରସ୍ପରକୁ ନିଜର ନିଃଶ୍ୱାସ-ପ୍ରଶ୍ୱାସରେ । ବହୁଦିନୁ ନୀରବି ଯାଇଥିବା କବିତାର ଆଳାପରେ ନିଜ ଭାବନାର ସ୍ପର୍ଶ ଦେବାକୁ ଯାଇ ଅବିନାଶ ଏଥର ଲେଖିଲା ମାଧବୀ ଉଦ୍ଦେଶ୍ୟରେ - ଆସ, ପାଖକୁ ଆସ । ମୁଁ ଠିଆ ହୋଇଛି କୂଳରେ । ପାଦ ବଢ଼େଇବାକୁ ଡର । ଆସ, ମୋ' ହାତଧରି ଟାଣିନିଅ ସମୁଦ୍ରର ଗଭୀରତାକୁ । ମୋତେ ବୁଡ଼େଇଦିଅ ତୁମ ପ୍ରେମରେ । ମୁଁ ଚାହେଁ ମୃତ୍ୟୁ ଓ ପୁନର୍ଜନ୍ମ ଏକା ସାଙ୍ଗରେ ।

■■